文春文庫

おれたちの歌をうたえ

呉 勝浩

文藝春秋

目次

序　昭和四十七年　8
第一章　さよならの今日に　令和元年　11
第二章　すべての若き野郎ども　昭和五十一年　75
第三章　追憶のハイウェイ　令和元年　227
第四章　強く儚い者たち　平成十一年　311
第五章　巨人　令和元年　463
第六章　誰ぞこの子に愛の手を　令和二年　647

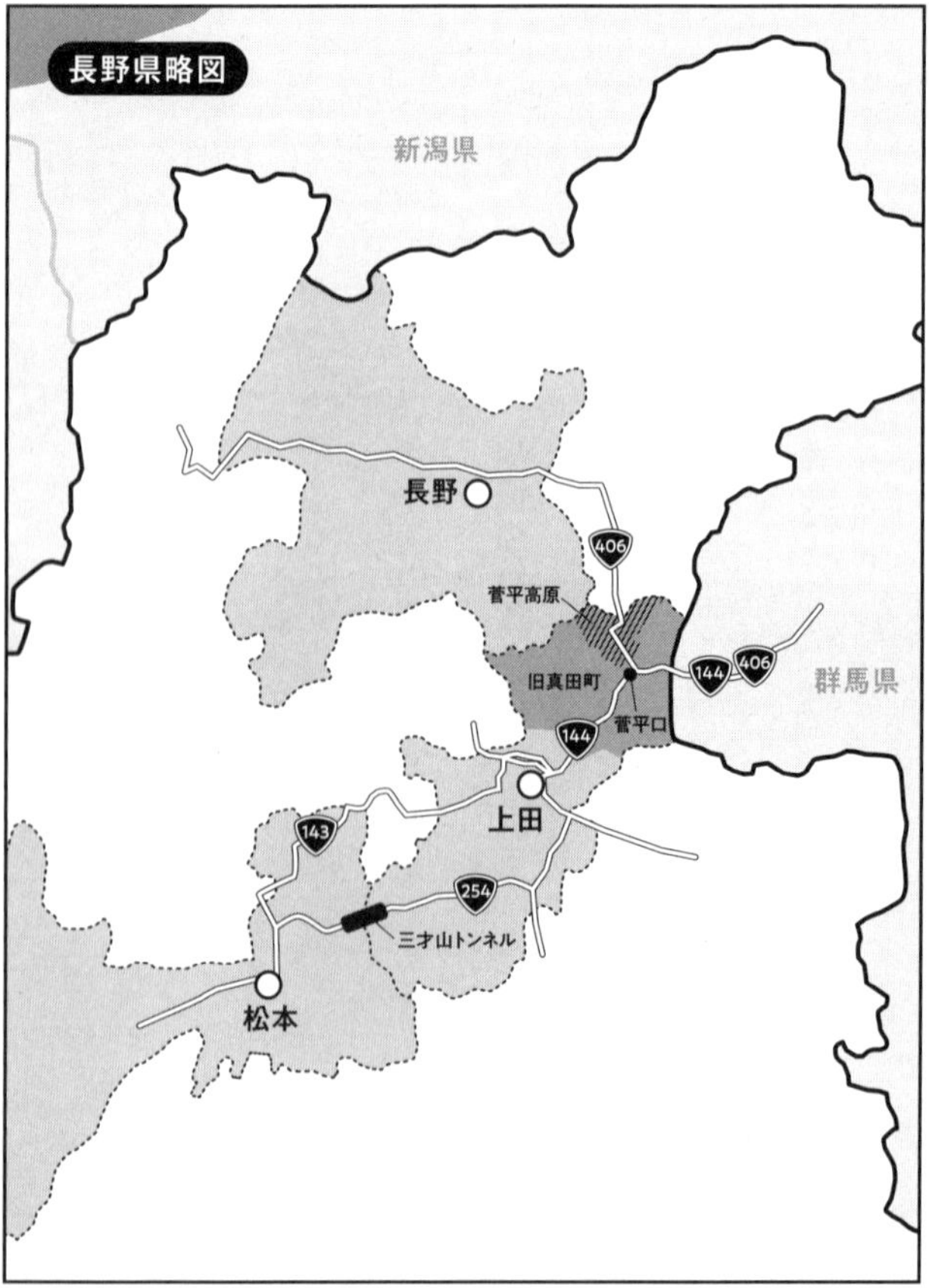
長野県略図
新潟県
長野
406
菅平高原
旧真田町
144
406
群馬県
菅平口
144
上田
143
254
三才山トンネル
松本

地図・上楽藍

主要登場人物

［栄光の五人組］

河辺 久則　かわべ・ひさのり
五味 佐登志　ごみ・さとし
外山 高翔　そとやま・こうしょう
石塚 欣太　いしづか・きんた
竹内 風花　たけうち・ふうか

［長野県上田市］

竹内 三起彦　たけうち・みきひこ
竹内 千百合　たけうち・ちゆり
岩村 清隆　いわむら・きよたか
崔（岩村）英基　チェ・ヨンギ／ひでき
崔（岩村）里子　チェ・リジャ／さとこ
崔（岩村）文男　チェ・ムンナム／ふみお
崔（岩村）春子　チェ・チュンジャ／はるこ
飯沢 伸夫　いいざわ・のぶお
外山 恭兵　そとやま・きょうへい
近藤 柾人　こんどう・まさと

［東京都］

海老沼　えびぬま……ＳＲＰエンタープライズ代表
阿南　あなん……警視庁捜査一課強行犯係 係長
佐々木　ささき……警視庁捜査一課強行犯係
鵜本　うもと……東京地方検察庁検事
赤星 寿道　あかほし・じゅどう……紅閃グループ代表

［長野県松本市］

茂田 斗夢　しげた・とむ
……五味佐登志の世話を任されていたチンピラ
坂東　ばんどう……シャイン・ヴューの元締め
チャボ……坂東の手下
キリイ……坂東の手下

おれたちの歌をうたえ

序

昭和四十七年

吹雪の向こうに、巨大な影を見たという。ゆうに十メートルはありそうな、巨人の影だったという。二本の足で立つそれが、じっとこちらを見下ろしていたのだと。まるで炎を背負う軍荼利明王《ぐんだりみょうおう》だったのだと。戦争が終わった年の冬。ハルビンからハバロフスクのあいだのどこか。なぜそこにたったひとりで迷い込んでいたのか、祖父は語りたがらなかったが、ただ、巨人の影については懐かしそうに、そしてうれしそうに聞かせてくれた。自分が生き延びた奇跡など、たいした話じゃないとでもいうふうに。

祖父はそのときの吹雪を、天がふるう鞭《むち》だと表した。うねるように吹きつけてくる風、降りそそぐ雪の銃弾。見わたすかぎりの白い沼。ろくな装備もなく、すぐに皮膚の感覚がなくなって、じっさい指を六本も失った。両足と両手で三本ずつ。右手の人差し指は自分で食いちぎった。理由は憶えていない。腹が減ったのか、意識をつなぎとめようとしたゆえなのか。太陽の方角、時刻、日にちすら怪しい状態で、ここがソ連なのか満州なのか、あるいはすでに彼岸なのかも判然としないまま、ひたすら盲目的に、進まねば、と念じつづけたのだという。

巨人の影は、最後の気力が底をつき、ばたりと身体が崩れ落ちたとき、現れた。

——導かれる、というやつだ。

しみじみとした口調で祖父はいった。

——吹雪の向こうで仁王立ちしていてな。それが、こう、ふり返って、先へ歩いてゆくのだ。おれはそれを追いかけた。精も根も尽き果てて倒れ込んだ男が、呼吸のひとつすらあきらめかけていた男が、顔を上げ、目を凝らし、這《は》うように雪をかきわけ、影の背を追ったのだ。まだなのだと。おまえはまだ、順番じゃない。生きて果たす役目がある。だから、進め。そう、影に命じられた気持ちになってな。

話が一段落すると、祖父は決まって頭をなでてくれた。指が足りない手は温かく、頼もしかった。

いま、目の前で、ずんずんと雪が降り積もっている。雑草くらいの丈が膝の高さに育つまで、もうあと三十分もかからない気がした。薄曇りの空から黙々と落ちてくる欠片《かけら》たちに、そのいきおいを減らす気配はまるでない。

首に巻いたマフラーをぎゅうっと絞った。思わず足踏みしそうになるのをこらえた。手袋を固めて拳をつくり、ガチガチと鳴る奥歯に力を込める。すでにここでけっこうな時間を過ごしているはずだ。足もとへ目をやると、雪の沼が脛《すね》のあたりまで迫ってきている。

このまま抜けだせなくなったらどうしよう——。そんな不安に襲われた。寒い。怖い。心細い。仲間のもとへ駆け寄りたい。せめて呼びかけ、返事がほしい。ここにいるのが自分ひとりでないことを確かめたい。そしてペンションに帰って風呂を浴び、熱いお茶を飲んで煎餅をほおばって……。

歯を、食いしばる。あふれる臆病を嚙み殺す。

押しつぶしてくる静寂に抗《あらが》って、小さく歌を口ずさむ。くじけそうな心のために、精いっぱい陽気なテレビ漫画の歌を。

西から昇ったおひさまが　東へ沈む——

気がつくと、凍える独唱に想像の声が重なっていた。あいつらの歌声だった。音程もばらばらな四つの声が、まるで肩を寄せ合い、腕をふって叫ぶぐらい、騒がしく。

体温が上がる。へたっていた心が奮う。

ほどなく、降りしきる雪のずっと向こうに、それが見えた。ぱっと空に放たれるように、まっすぐのびた。瞬間、祖父の手のひらを近くに感じた。

ああ、そうか。やっぱりあれはそうだったんだ。おれの前にも現れたんだ。

じいちゃんを導いた、巨人の影。

——あれのおかげで、おまえに会えた。

じいちゃんは頭をなでながら、いつも最後にこういった。

——こんなにも、美しい未来にな。

第一章

さよならの今日に

令和元年

心当たりのないコールにたたき起こされる目覚めほど不快なものはなかった。歳月に黄ばんだカーテンから差し込んでくる朝陽に汗ばみながら、ついさっき、ようやく眠りのとば口にたどり着いたタイミングであればなおさら。

涼しい顔でわめきつづけるスマートフォンは見知らぬ番号を示していた。仕事柄、人間関係の出入りは激しいほうだが、河辺《かわべ》久則《ひさのり》にはただすれちがうだけとわかりきっている番号でも欠かさずに登録をする癖があった。相手の特徴を打ち込んだだけのアドレスは百ではきかない。無言イタズラ。女四十代だみ声、間違い……。意味はないし用途もない。たとえおなじ「無言イタズラ」や「女四十代だみ声」からコールがあっても、きっと無視はしないだろう。げんにいま、河辺は知り合いの可能性がほとんどない未登録の番号を通話にしようとしている。かかってきた電話には出る。これもまた習性だった。

〈おっ〉

つながると同時に電話口の向こうで反応があった。

〈えーっと、あんた、河辺さん?〉

「誰だ」

〈へ？〉

上ずった声に重ねる。「誰だ、おまえ」

〈な、なんだよ、いきなり〉

声のトーンもしゃべり方もずいぶん若い。せいぜい二十代。ふつうに考えれば男性だ。

〈誰とか、おまえとか……それは、ちょっと失礼じゃねえの？〉

「ふざけるな」

息をのむ気配が伝わってくる。電話には出ても、人の就寝を邪魔する無礼者にやさしくしてやる習性まではもっていない。

「いいから名乗れ。嫌なら切って、もう二度とかけてくるな」

〈いや、じゃなくて……なんなんだあんた、その態度〉

たどたどしい文句がつづく。男の口調にははぐれ者特有の雑さがあった。水商売、闇金、売人。どのみち下っ端だろう。昔とちがい、この程度でまごつくガキが特殊詐欺で高級外車を乗り回している可能性もなくはない。だが河辺には関係ない。風俗や金貸しの営業、強請集《ゆすりたか》り、仕事の誘い、よろず相談……どのパターンであろうと話が弾むことはあり得ない。「相手を選ぶんだな」と返して終わりだ。「男二十代きょどり、目的不明」とでも登録し、寝直すだけ。

そのはずだった。

〈あんた、ゴミサトシって知ってるか〉

不機嫌に告げられた名前に意識が跳ねた。五味佐登志《ごみさとし》。すぐに変換できた。

〈あんたが河辺さんなら――〉

「待て」言葉を遮《さえぎ》って身体を起こした。座り直す拍子に、いつ底が抜けても不思議じゃないパイプベッドがぎしりと悲鳴をあげた。「――とりあえず、名乗ってくれないか」

〈またそれかよ。いいだろ、べつに。おれが誰でも〉

「心苦しいんだ。いつまでも失礼な『おまえ』呼ばわりじゃ」

適当に会話をしながら頭をなでる。薄い短髪がざらつく。頭からサイドテーブルへ左手を移動する。掃除という文化を卒業してひさしいが、ここはマシな一帯だ。キャップをなくして五日ほど経つペットボトルをつかみ、一気にあおる。味がする。どんな味かは、ふつうの語彙《ごい》では表せない。だから河辺は液体を、黙って胃袋に落とした。

〈シゲタだよ〉

「シゲタ？　字は？」

小さな舌打ちが聞こえた。〈草冠の茂るに田んぼの田〉

「下の名前じゃ、ないんだな」

〈決まってんだろ、うっせーな〉

「じゃあ茂田《しげた》くん。君は佐登志と、どういう関係だ？」

〈おい〉苛立《いらだ》ちが耳を打つ。〈先に質問したのはこっちだ。あんたが河辺なのかちがうのか、まず答えろよ〉

「河辺だ。河辺久則本人で間違いない」

風下に立ちたくはなかったが、ここで電話を切られるわけにもいかない。つくった拳をゆっくり開く。

「必要なら、生年月日をいおうか」

〈要《い》らねえよ、そんなもん〉

刺々《とげとげ》しさのなかに対話の意思が読み取れた。茂田は茂田で、決裂を望んではいないらしい。

それだけに気になった。この電話の目的が。

「佐登志は――」

〈死んだよ。昨日〉

スマホを握る手が強張《こわば》った。同時に身体の芯から力が抜けていく感覚があった。死んだ。佐登志が死んだ。

「そうか」

ようやく出た台詞は、床に転がる三キログラムの鉄アレイより味気なかった。

〈何が可笑《おか》しいんだよ〉

「いや……、すっかり置物になってると思ってな」

茂田が不服そうに鼻を鳴らした。わけわかんねえ、とでもいうように。

そうか。おれの吐息は笑っていたか。だがそれが、はたしてどんな感情による笑いだったのか、自分でもよくわからない。

二十年。うんざりするほどの年月が、おれと佐登志のあいだには横たわっている。かろうじてつながっていたか細い糸が、たったいま、不意打ちのように途切れた。

「それで――」河辺は事務的に訊いた。「君の用件は?」

茂田の絶句が伝わってきた。

〈ふつう、もっと先に訊くことあんだろ。あんたらが友だちならよ〉

「友だちだ。だが人間を六十年近くもやってると、嘆き悲しむにも手順が要るんだ」

なんだよそれ――。若者の疑問に、まったくだ、と河辺は思う。

「この番号は佐登志から?」

〈そうだよ。それ以外にねえだろ。何かあったら報《しら》せろって頼まれてたんだ。こんな番号がほんとにつながるのか、信じてなかったけどな〉

「伝書鳩の時給は幾らだ?」

返事がやんだ。それからドスのきいた声がする。〈おっさん。いいかげんにしろよ〉

河辺は黙ってみた。茂田の息づかいに、はっきり怒りがにじんでいた。なのに電話を切る様子はない。

だんまり勝負は、先に茂田が折れた。

〈伝言がある〉

「おれ宛てにか」

〈ああ、あんたにだ〉

唾《つば》を飲みそうになるのをこらえる。

「どんな?」

〈こっちにきたら教える〉

「もったいつけるじゃないか。あとでもいまでもいっしょだろ」

〈駄目だ。これだけは譲れない。あんたがこっちにきてからだ〉

「まるで、お宝の地図でも見つけたみたいな慎重さだな」

嘲《あざけ》るような鼻息。そこに潜むわずかなぎこちなさを、河辺は聞き逃さなかった。

しかし駆け引きはここまでだ。

「どこへ行けばいい？」

〈西堀《にしぼり》〉

しばらくぶりに聞いた名称。けれどそれがどこにあるどんな地域か、違和感なく了解できた。

「わかった。行こう」

〈いつになる？〉

「三時間後」

即答し、河辺は立ち上がった。


ふたつに分かれたクローゼットの上段で山盛りになっている上着とシャツ、ズボンやタオルを床にぶちまけ、毛布と背広がいっしょくたに積まれたゴミ溜めの奥から何十年も前に買ったリュックを引っ張りだす。もうどのくらい、これを使っていないか記憶を探る。買い物も仕事も手ぶらが板についている。それでこと足りる生活が長くつづいている。

下着と肌着と靴下を二組ずつ床から拾いリュックに詰める。少し迷ってから背広をつかむ。葬式があったところで出る気はないが、それとこれとは話がちがう。つまり気持ちの問題だった。

急ぎ足で向かった玄関で備え付けの姿見に目がいった。穿《は》きっぱなしのチノパン、染みの跡が目立つ白Tシャツ。いまさら恥じらいに尻込みする歳でもないが、ひどいものだった。げっそりとした面構え。三分後に野垂れ死んでも驚きひとつない風体。ともかく上着くらいもっていこうと踵《きびす》を返す。

しみったれたブルゾンをリュックといっしょに肩にかけ、部屋を出た。アパートの外付けの階段を三階から駆けおりる。最上階に借りた部屋は値段のわりに広く日当たりもいいが、次に震度四以上の地震があれば命の保証はないと大家から耳打ちされている。二階を過ぎるとき外国語の歌が聞こえた。たぶん中東辺りの、こちらでいう演歌みたいな曲だろう。

駐車場まで少し歩く。小汚い建物が密集するこの町にカーポートなんてものは見当たらない。住人のアシはせいぜい自転車か原付で、それだっていつ盗まれても文句はいえない。そういうたぐいの地域であった。

すぐさま汗が噴き出た。九月も終わりかけている事実をとうてい承服できないほど日差しが強い。この調子だとブルゾンはたんなる荷物だ。とはいえそれは東京ならという話であって、目的地の西堀は、長野県松本市《まつもと》にある。

倉庫じみた月極め駐車場を契約しているのは河辺でなく、海老沼《えびぬま》という昔馴染みの男だった。ささやかな食い扶持《ぶち》と倒壊寸前のアパートを世話してくれたのだから恩人といっていい。ついでに今日、社用のプリウスを拝借しても罰は当たらないだろう。

頭に順路を浮かべながらエンジンをかける。首都高から中央自動車道、そして長野自動車道……。一拍遅れでカーナビに目的地を打ち込んだ。ほぼおなじルートが表示された。いまのところ事故や渋滞情報はない。

プリウスを発進させる。池袋方面へ走らせる。順調に行っても三時間後の約束は守れそうになかった。法定速度を守るかぎりは。

都道に合流したタイミングで茂田の台詞が思い出された。もっと先に訊くことあんだろ――。

わかっている。そのとおりだ。まずは死因。家族の有無、生活の様子。力になれることがあるかどうか。これくらい、誰だって思いつく。友だちならば。

そう。友だちだ。それを疑ったことはない。

甲高い電子音が鳴りはじめた。ドリンクホルダーに突っ込んでおいたスマホを見ると、海老沼の名前が表示されていた。

スピーカーで通話にする。「何か用か」

〈何か？　用か？〉海老沼の機嫌はわかりやすかった。〈なあ河辺さん。おれが馬鹿だってんなら教えてくれ。あんたもしかしていまこのおれに、『何か用か』って、そうい

ったのか〉

「たぶんな。すまんが寝起きでよく憶えてない」

〈そうかい。だったら馬鹿はあんただ。いいか、よく聞け。『何か用か』って台詞はな、人様にこれっぽっちも迷惑をかけず、身勝手な行動は慎んで、なんの用事も生まないような奴だけが口にしていいもんなんだぜ〉

朝っぱらから元気なことだ――。河辺はため息をこらえた。相手は宵の口から飲みつづけ、目をつむるきっかけを逃したときのテンションだった。

電話の理由は察しがついた。お気に入りのプジョーが盗まれ、川崎のコンビナートで無残なガラクタとなって見つかって以来、海老沼は所有する車に特別仕様のGPSをつけるようになった。決められたエリアから出るとスマホに連絡がいくという、猜疑心《さいぎしん》の塊みたいな代物《しろもの》を。

〈おい、もしもし？　目は覚めたか？　こっちは眠くてしようがねえ。だから早いとこ説明してくれ。なんでこんな時間におれの車でおれに断りもなくおれの二十三区を出ようとしてんのか、簡潔にはっきりと、誠意を込めて〉

「ドライブだ」

ぶちぶちぶちぶち。神経がねじ切れる音がここまで届きそうな沈黙だった。

「気にせず寝てくれ。明日には帰る」

〈は？〉

ぽかんとした声だった。

〈明日だと？　冗談だろ。今夜の仕事はどうする気だ〉

「送り迎えのドライバーくらい猿でもできるさ。レンタカーの代金は天引きでいい。ガソリン代も」

〈馬鹿野郎！　てめえの給料なんぞ前借りで残っちゃいねえ！〉

「海老沼」

道の先に首都高速五号のランプが見えた。

「高速代も頼む」

歯ぎしりの気配がした。おなじ職場で働いていた昔から、こいつの気性は変わらない。

〈……あんた、いつまで先輩面が通じると思ってるんだ？〉

「土産を買ってくるよ」

海老沼が怒鳴る前に通話を切る。すぐにかけ直しのコールが鳴る。それが消えたころ、プリウスがＥＴＣをくぐった。


事故とネズミ捕りに注意を払いながらぎりぎりまで速度を上げた。道は首都高から中央自動車道に変わっている。平日の午前中ということもあってか、八王子から神奈川、そして山梨にいたるまで車の流れはスムーズだった。巷《ちまた》では老人の暴走運転が蛇蝎《だかつ》のごとく嫌われているという。そんな話をつい先日、店の女の子に教えてもらったばかりだが、この調子なら火に油をそそぐ真似はせずに済みそうだった。たかが三時間くらいの運転は屁でもない。ただ少し、目がちかちかする。明るい車窓のせいだろう。ネオンの隙間をちょぼちょぼ走るのとは勝手がちがう。お天道さまの下、それも都内を出るなんて、いったいどのくらいぶりか。

ふだん、河辺のフィールドは池袋界隈と決まっていた。荒川より北へ行くことはめったになく、目白通りを南へ下るのもまれだった。時刻は日によってまちまちだが、たいてい午後六時ごろ、最初の客の指名が入る。明け方の店じまいまで、ホテル、マンション、一軒家、職場の仮眠室……指定の場所へ店の子を連れてゆく。運ぶのは女の子だけじゃない。女性客相手の男娼たち。ホスト崩れにスポーツマン崩れ。藝大生、慶大生、前科持ちの半グレ。これが意外に需要があった。海老沼はどうしようもない男だが商売にだけは労を惜しまない。この十年、あの手この手で群雄割拠《ぐんゆうかっきょ》のデリヘル業界を生き延びてきた。

苦労と成功のぶんだけ酒量が増えた。癇癪《かんしゃく》も横暴も血中アルコール濃度に比例する。おそらく今回、海老沼は河辺を放りだす決心をつけている。それがひと眠りで覚める悪い夢なのか、雨にも負けず燃えたぎる黒い炎なのか、蓋《ふた》を開けてみるまでわからない。還暦を前にした住所不定のやもめ男がありつける仕事など想像する価値もない。

海老沼に見捨てられれば仕事がなくなる。仕事がないと来月の家賃が払えない。

そんな現実を他人事のように眺めている自分がいて、我ながら呆れた。

ネジが一本、外れた感覚だった。あるいは抜けてしまったのかもしれない。湿ってガラクタになっていた手榴弾のピンが。

南アルプス市を過ぎ、県境が近づく。進行方向右手にそびえるのは八ヶ岳《やつがたけ》。長野県内の学校にはたいてい泊りがけで山歩きをする林間学校ならぬ山間学校、いわばキャンプ合宿の行事があって、八ヶ岳は定番のスポットだ。

——おれたちが、あの日登った場所は、菅平《すがだいら》高原へつながる山道だった。

半世紀ほど昔、近所の家族同士が集った小学六年の冬休み。佐登志は遊びの最中も隙あらば雪をつまんで食べていた。それをフーカが見咎《みとが》めて「ばっちいからやめなえ！」と叱った。東京の光化学スモッグがふくまれているかもしれないよとキンタが知識を披露し、フーカをからかうようにコーショーが佐登志と競って雪をほおばって……。

黒い影。なぜあのとき、あれを見つけてしまったのか。そしてなぜ、あの背中を追ってしまったのか。

ふいに説明のつかない感情が込み上げ、河辺は自分の喉をかきむしった。片手運転が車体をゆらし、危うくニュースになりかけた。ハンドルを握り直して気を静める。骨ばった喉仏がひりひりする。こんな発作も、ずいぶんひさしぶりだった。

軌道修正したプリウスが長野県に進入する。目指す松本市は、すっかり足が遠のいている故郷の山を挟んだとなりにある。

コインパーキングにプリウスを駐《と》めたのは午前十一時過ぎ。茂田の電話を切ってから三時間と二十分が経っていた。遮るものが何もない真っ平らなアスファルトに立って天を仰ぐ。真っ青な空に浮かぶ凶暴な太陽に東京も信州も関係なかった。松本城の天守はビルやマンションに隠れ、ここからではまったく見えない。

待ち合わせの場所へ急いだ。松本の地に馴染みがあるわけではないのに足は迷わず進んだ。地図が頭の中にできている。いや、進むたび地図が復元されていく感覚だった。かつてこの辺りを歩きまわったことがある。たった二日間、けれど濃密な二日間。あのときも河辺は汗だくだった。全国レベルで猛暑の年だったのだ。

西堀は江戸時代の旧名で、正式な住所ではないものの現在も広く使われている通称だ。松本城の南西に位置し、お堀の内側にあたる土井尻《どいじり》とともにかつては歓楽街として栄えたそうだが、現代にその名残りはほとんどない。マンションと住宅が小ぎれいにならぶ風景は、猛暑の中を歩き回った平成十一年の夏よりもなおいっそう、拍子抜けするほど健全だった。

そこに突然、ふっとめまいのような亀裂が入る。道沿いに、なんの前触れもなく看板の連なりが現れる。ずらりとならぶスナックの門扉は真っ昼間の明るさにくすみ、灯の落ちた原色のネオン看板はまるで子どもの落書きだった。ひしめく建物のドア、壁、シャッターに地面まで、どこかしら汚れが染みついている。閑静な住宅地にあって、十分もかからず歩きまわれそうなこの一区画だけ、時の進みを拒絶する不可思議な磁力を放っている。

店の勝手口に挟まれた細くくねった道を進み、チューブ状の鍵だけが真新しい錆《さ》びた自転車を過ぎたとき、

「河辺さんか？」

奥に建つレンガ壁のビルから呼び声がした。鉄の階段がむきだしになったエントランスの陰から青年が立ち上がった。金髪の坊主頭。パステルピンクのアロハシャツ、薄汚れたジーンズ。耳には輪っかのピアスがぶら下がっている。下履きはビーチサンダル。その点だけ胸をなでおろす。喧嘩のつもりでこんな恰好をしてくる馬鹿はいまい。

おなじように向こうも、河辺を値踏みしているらしい。いっちょ前に目をすがめ、余裕ありげに鼻を鳴らす。

「なあ、あんた、河辺さんだよな？」

「君が茂田くんか」

「おい」

下からのぞき込むようにガンを飛ばしてくる。真っキンキンの坊主頭がまぶしい。

「うぜえんだよ、いちいち。さっきから人の質問を馬鹿にしやがって」

「人の質問を馬鹿にするなんて難しいことをしてるつもりはない。初めまして、河辺だ。必要なら身分証を見せるが」

「おっさん。なめすぎだ、てめえ」

間近で見る茂田は小綺麗な顔をしていた。胸板は薄く、河辺よりわずかに高い身長。百七十五センチくらいか。声で感じたとおり二十代前半だろう。つるりとした肌は殴り合いが日常化した者のそれではなかった。加えて口臭にシャブ臭さはない。

「ボコボコにして身ぐるみ剝《は》いで街中に放りだしてやろうか、あん？　おれが声かけりゃ十人くらいあっという間に集まんぞ」

「そうか。何分待てばいい？」

茂田が目を剝《む》いたまま固まった。「てめえ――」

「べつにふざけてるわけじゃない。君をなめているわけでもない。兄貴分がいるならそっちと話すほうが早いと思っただけだ。いちおう断っておくが、これでおれも東京じゃそこそこ顔が利く。下手してケジメとらされるのは君のほうかもしれないぞ」

「は？　見え透いてんだよ、吹かし野郎」

「疑うなら池袋のＳＲＰエンタープライズって会社に電話してくれ。おれの在籍を、組の寺地《てらち》さんに訊くといい。因縁をつけられる覚悟があるならな」

すごんだ茂田の表情に、ひと筋の動揺が走った。ＳＲＰエンタープライズは海老沼が表向きやってる会社で、寺地は経理のおっさんだ。

「よく考えてみろ。おれがまともな人間か？　佐登志の友だちが」

目の前の薄い唇が小刻みに開いたり閉まったりを繰り返した。広いおでこにべっとりと汗がにじんだ。しまったという後悔と、引っ込みがつかない意地とが奥歯でせめぎ合っている。冷めた頭で河辺は思う。これで佐登志が、明るい世界の住人でなかったことが確認できてしまった。

気の抜けた吐息がこぼれかけた。同時にやりすぎたと反省した。我ながら大人げない。何よりも意味がない。チンピラを押さえつけたがる習性は、いまやたんなる悪癖だ。少なくともデリヘルの運転手という身分においては。

「悪かったよ、茂田くん。こっちもピリピリしてる。なんせ佐登志のことを聞いたばかりで――」

肩に置こうとした手が乱暴にふり払われた。警戒心もあらわに距離をとる茂田に、憎々しげな視線で刺された。河辺を戸惑わせるほどの、異様な迫力があった。

「怒るな。謝ってるだろ」

「おれに――」茂田の唇が震えた。「二度とおれに、偉そうにするな」

その怒りの矛先をつかみ損ね、反応が遅れた。

「……ああ、わかった。約束する」

茂田は燃えるような目でこちらをにらみ、やがておおげさに舌を鳴らした。踵を返し、来いともいわず歩きだす。不貞腐《ふてくさ》れたように肩をいからせる彼に一抹の不安を感じつつ、河辺はスナック通りを進んだ。軒先の安っぽいネオン看板のなかに「ＬＯＶＥ」の文字。ただの愛嬌ではない。そのものずばりを買うことができるのだ。ホステスの多くが東南アジアのご婦人であることからついたあだ名は信州のリトルタイランド。ふつうの歓楽を求めるなら松本駅周辺に店はある。ここへ吸い寄せられるのは、夜のどぎつさに焼かれたい連中だ。

茂田は迷いなくスナック通りを越え、角を曲がった。少し歩いた先の道沿いに黒ずんだコンクリートのビルがあった。ドアも受付もない玄関口をくぐると、ここが集合住宅であることがわかった。奥にのびる通路の左右に武骨なドアがならび、その手前にコンクリートの階段がのびている。フロアの電灯はついていない。一日中真っ暗でも驚くに値しないたたずまいだと河辺は思う。

茂田は階段をのぼった。中二階になった踊り場に大きな窓が備わっていたが、となりの建物に遮られ陽の光はぼんやりにじんでいるだけだった。空気は冷えている。そして淀んでいる。壁には原因不明の黒染みが、手すりのように二階までつづいている。

「佐登志は、不遇だったようだな」

「あんたはちがうのかよ？」

言葉を失い、すぐに苦笑がもれた。たしかにこの見てくれで他人を憐むのは滑稽でしかない。

二階フロアの右側、一番奥の部屋の前で茂田は止まった。ジーンズのポケットから無造作に鍵を取りだしガチャリと開ける。二〇六号室。

ドアが開くと、冷気を感じた。日当たりがどうとかいうレベルではなかった。冷房、それも最低温度を最大出力で吐きつづけているような。

茂田にならい、土足のままあがった。三歩で終わる廊下。左手のドアは便所だろう。風呂があるかはわからない。あってもユニットにちがいない。

ヤニ臭いワンルームを目の当たりにし、既視感に襲われた。キッチンの位置、窓の位置、広さも内装の雰囲気も、何より掃除という文化を捨ててひさしいありさまが、自分のアパートと驚くほど重なった。

そしてベッドの位置。

「どういうことだっ」

思わず叫んだ。床の物を蹴散らしながらベッドへ進んでいた茂田がふり返り、「はあ?」という顔をした。それは怒鳴られた理由がほんとうにわかっていない表情で、河辺は目の前の青年にかすかな怖気《おぞけ》を覚えた。

短く息を吐き、気を静め、あらためて茂田に問うた。「なぜだ?」

意識はベッドへ向いていた。そこにしなびた男が仰向けに寝ていた。あきらかに息絶えていた。河辺の直感は、彼が五味佐登志であることを、歳月の隔たりを超え確信していた。

「通報を、してないのか」

「え? ああ。仕方ねえだろ」

彼のいう「仕方なさ」が想像できず、呆然と茂田を見やる。

「だってこういうの、どうしたらいいかわかんねえし」

すねたような口ぶりだった。あとはかすかな不安のほか、悪びれた様子も、やましい底意《そこい》もうかがえない。それがよけいに、河辺には不気味に映った。

気を取り直し遺体へ目をやる。佐登志は口を半開きにしていた。目はつむっていた。もっさりとした髪の毛は真っ白で、頬はこけてしわくちゃだった。薄い掛け布団が胸のあたりまで覆っていたが、とくに外傷があるふうでもない。人間が死ぬことによる悪臭もほとんどない。エアコンと掛け布団のおかげだろう。そしてたぶん、オムツをしているのだと河辺は察した。

自然とため息がもれる。いうまでもなく、おれたちは歳をとったのだ。

脳裏を、いくつかの常識的な選択肢がよぎった。それに伴うわずらわしさ、あるいは労力、そしてリスク。すべてを天秤《てんびん》にかけたのち、茂田にいった。

「くわしい話を聞かせてくれ」


河辺は掛け布団をめくった。佐登志はランニングシャツと、下は安っぽい寝間着を身につけていた。予想どおり汚物の臭いが鼻を刺した。顔を近づけ、首もとから順に全身を観察する。

「昨日の夜、一時くらいにそこでそうなってんのを見つけてよ。死んでんのはすぐわかったから、だからやべえってなって」

「ひとりだったのか?」

「佐登志さんに女はいねえよ」

佐登志さん——か。「じゃなくておまえのことだ。ひとりでここにきたのか」

「え? ああ、そう。ひとりだよ。だってふたりも三人も連れてくる必要なんてないだろ?」

「おれのほかに報せた相手は?」

「いねえよ」

うなずく代わりにかがめていた腰を起こす。背筋をのばすと強張った筋肉がほぐれた。

「佐登志は独り身だといったが、子どももいなかったのか」

「じゃねえの？　昔のことは知らねえけど」

茂田は苛つくようにそっぽを向いた。どこへ視線を投げようと、カップ麺の容器やペットボトル、空き缶、肌着やジャージがごちゃまぜに散らばった床があるばかりだ。

「おまえと佐登志の関係は？」

「おい。さっきからおまえ、おまえって――」

「茂田」

正面から見つめる。「自分の置かれてる状況を理解したほうがいい」

瞬間、あの燃えるような瞳が現れた。しかし今回はおびえのほうが勝っていた。

「おまえは見つけた死体を放置している。それだけでもパクられておかしくない。おまけにエアコンをかけちまった」

「エアコンの、何が悪いんだよ」

「おまえ、杯はもらってるのか」

「は？」

「組の杯だ」

「そんなもん、ねえ。あるわけねえ」

「そうか」いいながらスマホを取りだし、操作方法を思い出しながらカメラを起動する。

「だとしても無関係ではないよな」

「……何がいいてえんだ？　さっさとエアコンの話をしろよっ」

「ずっとその話をしてるんだ。ヤクザの使いっ走りが死体を放置して、おまけに部屋をキンキンに冷やしたっていう馬鹿話をな。いいか？　こんな告白を聞いて、まともな人間はどう考える？　何か事情があって死亡時刻をごまかそうとした。おれが刑事なら、真っ先にそう疑う」

茂田の顔が青ざめた。その横で河辺は、握ったスマホで佐登志の死体を撮影してゆく。

「仮にやましいことがなくても面倒は避けられない。おまえの雇い主にも迷惑がかかるだろう」

「ざけんな！」

茂田が吠えた。そして下唇に手を当てた。「おれは、ただ……」

「茂田」

悪態すら見つけられないでいる青年を正面から見据える。

「佐登志とのことをぜんぶ話せ。そしたらアドバイスくらいはしてやれる」

こちらをにらみながら、茂田はつまんだ唇をぎゅうっとねじった。幼さの残る逡巡《しゅんじゅん》と、河辺は黙って向き合った。

「……そんなに、長い付き合いじゃねえよ」

出会いは今年の二月。地元の逆らえない先輩からアパートに住む女の子の面倒を任された。タイ人、フィリピーナ、コリアンガール。部屋には二段ベッドがふたつあり、四人でも五人でもいっしょに暮らせるつくりになっているらしい。

「どいつもこいつも歳くって稼げなくなった連中で、そのくせワケありなもんだから、ちゃんとカネをつくるまで監視しろっていわれてたんだ」

まともなホステス業なはずがない。地元ヤクザが仕切る過激な店が勤め先というわけだ。

女の子のほか、アパートの住人はふたり。一階の管理人室に住む老婆と、ここを根城にしていた佐登志だ。

佐登志の首筋を撮ろうとした手を止め、たまらず河辺は口を挟んだ。「こいつは組員だったのか」

「そういうんじゃねえよ。佐登志さん、刺青《いれずみ》とかもなかったし」

「なら、どうして囲われてた？」

数を住ませてなんぼのタコ部屋をひとりで使っていたのだ。それなりの待遇といっていい。

「安上がりだからだろ。力仕事とか雑用とか」

「オムツしてるようなジジイに、どんな雑用と力仕事ができるんだ？」

茂田は気まずそうに黙った。あらためてベッドの周りを見る。壁ぎわにオブジェのように散らばっているビールの空き缶、ワンカップ、焼酎の瓶。それらでパンパンにふくらんだゴミ袋の山。たとえこれが数年間の成果であっても、まともな神経を腐らせるには充分と思える量だ。

河辺はそれらにもカメラを向けた。「ずいぶん、悪かったんだろ？」

「頭が？　それとも身体？」

「どっちもだ」

「ふだんは平気だった。ほとんど外には出なかったし、おれ以外相手する奴もいなかったけど、でもまあ、いちおう話はできたし、なんつーか、マシだった」

言葉を探すように肩をすくめる。「酔うと、どうしようもなかったけどな」

「酔ってないときもあったのか」

「週に五、六時間くらいはな」

口ぶりに乾いた笑みがにじむ。「先輩から、住み込みで世話してくれって頼まれて、最初にしたのがクソ掃除だった。泣きたくなったけど、断れねえだろ?」

河辺の返事を待たずに早口でまくし立てる。「酒を取り上げたら騒ぐし暴れるし、泣くし。だから話し合ったんだ。お互い気持ちよく暮らすためのルールについて」

「その結果がオムツか」

今年の二月からとはいえ共同生活は半年を超えている。部屋の様子を見るかぎり、茂田もまた掃除という文化に縁のない人間のようだった。

「カネはどうしてたんだ」

「組からまわってくるのを、おれが預かってやりくりしてた」

「現金でか」

当たり前だろ、という表情が返ってくる。このご時世、タダ飯を食わせてくれるヤクザなどいない。大方、生活保護費をはじめとする福祉サービスからピンハネしていたのだろう。通帳とカードさえ押さえておけば取りっぱぐれない堅実なシノギだ。

「節約したぶんがおまえのギャラか」

「悪いかよ」

「悪くはない。世界中でみんながやってることだ」

たとえ佐登志の意思に反して安酒ばかり与えたのだとしても。ろくに着替えを買ってやらなかったのだとしても。

「経済合理性ってのが流行りなんだろ？」

茂田は顔をしかめ、つまらなそうに舌を打った。

河辺はあらためて部屋を見まわす。クローゼットの位置まで自分の住まいとまったくいっしょだ。もっともこの部屋のそれは、洋風の押し入れと呼ぶほうがしっくりくる見てくれだったが。

「経済的にいえば、もっと狭くていいはずだがな」

「どういう意味だよ」

「酔っ払いのジジイを囲うには広すぎる。おなじピンハネなら商売女を四、五人住まわせるほうがはるかに儲かる」

「そりゃあ、佐登志さんだって昔からずっと酒浸りってわけじゃねえ。ちゃんと役に立ってた時期もあったんだろ」

あと――、とつづける。

「これは本人がいってたことだけど、おれはいざってときの人形だって」

想像がついた。住人同士の揉め事、あるいは組員の不始末による変死。そういった不測の事態が起こったとき、組とは無関係という体《てい》で差しだされる身代わり要員だ。

「十年くらい前はさ」茂田がポツリともらす。「駅の公園通りで用心棒みたいなことしてたんだってよ。嘘かほんとか知らねえけど、組の人にも一目置かれてたらしい」

老兵に対する最低限の敬意。しかしこの部屋にそれを見いだすのは、あまりにロマンチシズムがすぎるだろう。

「遺体を見つけた経緯は？」

発見は火曜から水曜に変わった深夜一時ごろ。その火曜日、茂田が目を覚ましたのは昼過ぎ。クローゼットの前にあるわずかなスペースが彼の寝床で、そこに寝袋を敷いていた。

目覚めてすぐ、茂田は飯とシャワーのために部屋を出た。アパートの一階にある共同風呂はシャンプーの最中にゴキブリを踏んづけて以来使うのをやめていた。

「だから駅前のサウナか、付き合いのあるソープで安く借りるんだ」

前々日にスロットで勝ち、財布に余裕があったため、この日はサウナを利用した。定食屋で飯を食い、アパートに戻ったのは夕方五時過ぎ。受け持ちの女の子をもれなく出勤させるのが茂田のいちばんの任務だ。

それを見届けたあとは適当に時間をつぶす。漫喫《まんきつ》でだらだらしたりパチンコ店で遊んだり。たまに先輩や組の人間に呼びだされる。手伝いをさせられたり、飯に連れていってもらったり。

「いろいろ頼まれるのは面倒だけど、信用されてっから仕方ねえよな」

あとは明け方に最後の子がはけるまで、街中をうろつくのが仕事といえる。夜中に一度、ここに戻ってくるのは日課だった。酒を届けないと佐登志がうるさいからだ。

「買い溜めしとくとすぐぜんぶ飲んじまうからな。ちょっと遅いってだけでくそみそに怒られたこともある」

午前一時もいつもよりは遅い。だがこの日にかぎり、佐登志は愚痴のひとつもこぼさず、その半開きの口がふたたび動くこともなかった。

ベッドに仰向けで寝転ぶ友人を見つめた。あらためてその首筋に顔を近づけ、最後の一枚を撮影する。「――この状態のままだったのか？」

河辺の質問に、「ああ」と答えが返ってくる。

「遺体を動かしたりふれたりは？」

「ねえよ」

「おまえ以外の誰かがここにきた可能性」

「たぶんない。外へ出るときは鍵を閉めたし」

「エアコンをかけたのは？」

「なんとなくさ。このままじゃまずい気がして。現場保存とかって聞いたことあったし」

「それなら一一〇番も耳にしたことがあるはずだがな」

茂田はむすっと唇をゆがめ、けれどいい返してはこなかった。

「それで？」

眉間にしわを寄せた仏頂面に問いかける。

「佐登志はおまえに何を頼んだんだ?」

「何って……だから、もし自分がくたばったら河辺って男に報せてくれって」

七月の終わりごろだと茂田は語る。たしか有名な馬が死んだとかで佐登志さん、へんにブルーになってってさ。様子が危なかったから明け方まで飲みに付き合ったんだ。佐登志さん、その馬がどんだけすごかったかって話をずっとしてて。そいつが引退してからいろいろ潮目が変わっちまったんだって泣きだして……。その流れで、おれも長くないとかいいだして——。

「酔ったいきおいだったんだろうけどさ。あんたのこともろくに説明してくれなかったし」

ただ、昔の友だちだという以外。

「ディープインパクトだ」

「は?」

「七月に死んだ馬の名前さ」

いいながら河辺はもう一度、ベッドに横たわる佐登志へ目をやる。中学生のころから危なっかしい兆候はあった。学校帰りに制服の上着を脱ぎ近所の雀荘に立ち寄っていた男だ。「教育県」を自任する長野県には昔から競馬や競艇といった公営ギャンブルの会場や場外馬券場が存在しない。当時、一介の中坊《ちゅうぼう》が競馬の知識を得るにはそういう大人と知り合うしかなかった。ギャンブルと裏社会は、いまより密接に絡み合っていた。

「伝言も、そのときに聞いたんだな?」

佐登志が、河辺に残したという伝言だ。

「内容は？」

茂田が視線を外した。唇をいじりながら言い訳のようにいう。「伝言ていうか、なんていうか……、ちょっとわけわかんない感じなんだけど」

「いいから教えてくれ。文句はいわない。たとえそれがどんなくだらない内容でも」

決心をつけるようにひと息つき、茂田はこんなふうに切りだした。

「永井荷風《ながいかふう》って知ってるか？」

すっと、胃の底が軋《きし》んだ。

「明治生まれの小説家らしいんだけど」

パステルピンクのアロハシャツを着た金髪の青年が口にすると、まるで吹き替えのように聞こえる台詞だ。

「『濹東綺譚《ぼくとうきたん》』とか、『腕くらべ』とか――」

「『断腸亭日乗《だんちょうていにちじょう》』だろ？」

茂田の驚いた顔は、すぐに納得の色に変わった。

胸に手を当てる。茂田に勘づかれないよう、気を静める。

「開けてみろよ」

茂田が差す指に従って、河辺はふり返った。押し入れのようなクローゼットがそこにあった。いま一度、茂田のほうを見やると、彼はただ、うながすように顎をしゃくった。

白い木製のクローゼットと向かい合う。瞬間、五十年前に降った雪が脳裏をちらつく。

取っ手に指をかけ、スライドさせた。扉は簡単に開いた。もしここが河辺の部屋なら中には衣類や毛布が詰まっているはずだった。

河辺は目を見開き、唾を飲んだ。

クローゼットは三つに分かれていた。右側半分に服掛けの吊り棒がついた長方形のスペース。左は河辺の部屋とおなじく上下二段になった収納スペース。

その空間のすべてが、みっしりと埋まっていた。

本だ。

本、本、本――。

横に寝かせて積まれた山が、前後左右、まんべんなく連なって、壁どころか、大きな立方体をつくっていた。吊り棒のほうには単行本の山もあったが、ほかはぜんぶ文庫か新書のサイズだった。ほぼすべてに帯がなく、半数ほどはカバーもない。タイトルと作者が印字された背の部分は小汚くすすけ、ページの黄ばみが確認せずとも想像できた。

「すげえだろ?」

どこか誇らしげに茂田がいった。「二千冊はあるんじゃねえか? ずっとため込んでたらしくてさ。美術館のそばのマンションからここに移ってくるとき、本を運ぶのがマジでたいへんだったたって佐登志さん笑ってた」

河辺は曖昧にうなずきながら、背に印字されたタイトルを追った。『阿部一族』、『男どき女どき』、『宮本武蔵』、『この人を見よ』、『愛の詩集』、『贋金《にせがね》つくり』、『リロ・グラ・シスタ』、『不連続殺人事件』……。

思わずつぶやいた。「めちゃくちゃだな」

文学、通俗小説、詩集、思想書、新書、ミステリー……。目に映るかぎり、およそ文字で書かれているという以外、ジャンルも時代もばらばらだ。

「馴染みの古本屋がいるんだ。よぼよぼのじいさんなんだけど、月に一回トランクに本を詰めてやってきて、佐登志さんがその中から買うやつを選んで」

多いときで二十冊。店にとっても悪くない稼ぎだったろう。ラインナップを見るかぎり、売れ残りを手当たりしだいといった趣きもある。

しかし茂田の見方はちがった。「たぶん佐登志さんのほうがいろんな種類を頼んでたんじゃねえかな。なんでもありだから増える一方でよ。いいかげん床が抜けるって脅しても、ぜったい捨てようとしねえんだ。おれがちょっとさわっただけでブチギレるしよ」

部屋が汚れ放題なのも、クローゼットの本だけがきれいに積まれているのも、茂田が住みはじめる前から変わらない佐登志のやり方だったという。

「しかもこれ、ぜんぶ読破してるんだって」

「こいつもか？」

塊の最上部に置かれた文庫を手に取る。ウィトゲンシュタイン『論理哲学論考』。茂田は肩をすくめた。「だとしたら、酔ってない五、六時間を使ったんだろうな」

嘘か真かはどうでもよかった。ただ、戸板を一枚挟んだこちらと向こうの落差に、胃の底がざわついた。アルコールの残骸が散らばる俗世と、活字が織りなす知性の同居が、佐登志の心の何がしかの奇形を表している気がして、しかしそれは、必ずしも河辺に退廃だけを感じさせせはしなかった。

「で、これなんだけど」

茂田がジーンズの後ろポケットから一冊の文庫本を引き抜いた。カバーのないむきだしの表紙に小さな文字で、『浮沈《うきしずみ》・来訪者《らいほうしゃ》』と記されている。そして「永井荷風」の文字。

「知ってるだろ？」

「いや、初めて見る」

茂田が眉をひそめた。「嘘つくなよ。さっきはくわしかったじゃねえか」

「荷風は文豪だ。代表作くらい、おれの世代ならみな知ってる」

歯が浮きそうになるのをこらえた。名前は耳にしていても、じっさいに読んだ人間がどれほどいるか。まして河辺が挙げた『断腸亭日乗』は荷風が四十年にわたって記した日記文学だ。代表作の呼び声があるのは事実だが、そうとうの物好きでないかぎり手をだせる代物ではなく、それは河辺が少年だった当時も変わらない。

そう。物好きな人だった。荷風を愛する、あのキョージュと呼ばれていた男は。

「ごまかしてんじゃねえだろうな」

茂田に、昭和三十四年生まれの常識がわかるはずもなかった。

とはいえ河辺も、彼が取りだした文庫本に本心から首をひねっていた。

「その本が、おれへの伝言なのか？」

探るような目つきでにらまれた。茂田は文庫本を守るように腰を引き、筋肉を強張らせている。

河辺は顔の高さに両手を上げた。「落ち着け。おまえをどうこうする気はない。もちろんおまえの取り分も」

「……どういう意味だ」

「こんな面倒事、いくら同居人の頼みでもタダで引き受けるお人好しはいないだろ。とくにおまえみたいな、賢い若者ならなおさらな」

皮肉はストレートに皮肉として受け止められ、茂田の肌がみるみる赤らんでゆく。

「佐登志だって承知していたはずだ。自分が死んだあとおまえに働いてもらうには、ちゃんと報酬を用意しておく必要があるってな」

そしてそのヴァリエーションは多くない。

「カネか？」

この世でもっともシンプルにして、強力なモチベーション。

「もう少し推理してやろう。七月に飲んだとき、あいつがした報酬の話をおまえは酔っ払いの寝言だと思って聞き流した。ところが奴が死んでから、いかにもそれらしいヒントを見つけて、まさかマジだったのかと慌てている。どうだ、なかなかいい線いってるんじゃないか？」

「……うるせえ」

「おまえはそれを黙ってネコババしてもよかったはずだ。なのになぜか律義に連絡を寄越してきた。しかも電話だけじゃなく、直接会いにこいというおまけ付きで」

眼光を、茂田に飛ばす。

「答えはこうだ。おまえは佐登志の残したヒントを読み解けなかった。意味不明だった。だから仕方なく、おれを巻き込むことにした。佐登志の思惑どおりにな」

「うるせえっつってんだろ！」

悪党として茂田は、致命的なほど感情のコントロールが足りていない。

「ムカつくのはわかるが、あいつの気持ちも察してやれ。何せ死んだあとの話だ。おれが奴の立場でもネコババを心配するし、策のひとつやふたつは仕込んでおく。たとえ相手が金髪のチンピラだろうと、悟りを開いた坊さんだろうと」

「てめえ――」

「だが」と河辺は遮る。「だがおまえの、佐登志を慕っていた気持ちは疑わない」

茂田の唇が声をだし損ねた。その小刻みな動きに、迷いがはっきりと見てとれた。

「死体の横で唾を飛ばし合うのはやめよう。おれはこのまま帰ってもいい。佐登志の死に顔を拝めたのは感謝するが、無駄な長居をする気はない。話すか話さないか、おまえが決めてくれ」

茂田を見つめ、身体から力を抜く。やわらかな声をだすための準備は、けれど河辺に、たんなる手順を超えて鈍痛のような感情をわきあがらせた。

「佐登志はおれに、何を残したんだ?」

口にした台詞の裏で問う。なぜ、生きているうちに連絡をしてこなかった？

「──分け前は?」

ようやく聞けたのは、ショットグラスよりも底が浅い返答だった。

「七・三。これ以上はゆずれねえ」

「要らん。ぜんぶやる」

文字どおり吐き捨てた。「札束だろうが古文書だろうが勝手に持っていけ」

「カッコつけんな。誰が信じるかよ」

いっせいに体温が引く。体内で蠢《うごめ》くマグマを感じる。これ以上関わるのをやめようか。それかこの若造を、顔の形が変わるまで殴りつけてやろうか。

視線を落とし、ひと息つく。マグマをおさめる手順として。

「そんなにいうなら三でも四でももらってやるさ。こんな生活をしていた男に、取り合うほどの財産がほんとうにあるならな」

「七・三でいいんだな」

「ああ。端数は勝手に切り捨てろ」

「よし。契約成立だ」

妙に力強くいう。契約成立。まるでそれが手柄であるかのように。

「ほら」

と、茂田が文庫本を差しだしてきた。「佐登志さんはこれを『来訪者』って呼んでた」

受け取った『来訪者』は、なんの変哲もない薄汚れた古本だった。新潮文庫。ジーンズの後ろポケットにしまえるくらいの厚さ。

「最初のページを見てみろよ」

茂田に従って表紙をめくる。中央に横書きでタイトルと筆者名が素っ気なくならんでいる。その下半分を、豪快な手書き文字が埋めていた。黒のサインペンで縦書きに五行、印字された社名を無視して記されている。

巷《ちまた》に雨がふるやうに
わが山に雪がふる
幼子は埋もれ、音楽家は去った
狩人と、踊るオオカミの子どもたち
真実でつながれた双頭の巨人

「大丈夫かよ?」

茂田の声で我にかえった。玉のような脂汗。動悸《どうき》。手もとの震えをごまかすように、河辺は左手で額をぬぐった。

「あんた、その詩の意味がわかるのか?」

「――少しだけな」

えっ、と上ずった声があがる。「ほんとかよ」

「信じろとはいわない。正解にたどり着ける保証もないしな」

「いいよ。いいからさっさと教えろよ」

「その前に、あいつの携帯を見せてくれ」

茂田が面倒くさげに顔をしかめた。きつくにらむと渋々、今度はジーンズの前ポケットをまさぐる。差しだされた電話機はシンプルな、いわゆるガラケーだった。

「でも中身、ほとんど空っぽに近いぜ」

茂田のいうとおりだった。メールの使用はなし。アプリもゼロ。まさしく「携帯できる電話機」だ。肝心の電話のほうもひどかった。アドレス帳にならぶのは中華、ラーメン、すし、クリーニング、酒屋、電気屋といった属性だけで、店名すらない。

佐登志の生活が偲《しの》ばれた。本を読むか、酒を飲むか、その両方か。社会と関係を結ぶ意欲を失った男の実像。あるいは『論理哲学論考』などという代物は、酔っ払いでもしないと理解できないのかもしれなかった。

着信履歴を見て、河辺はさらに眉間のしわを深くした。ひたすら数字で埋まっている。驚くことに佐登志は、個人をひとりも番号登録していなかった。

「これは、組が用意したものか？」

茂田がうなずく。「連絡がつかないと役所がうるさいらしくてな」

「自分のは？」

「ずいぶん昔に処分したってさ」

「――あいつは、どうやっておれの番号を？」

「知らねえよ。でもおれに教えるっつって、すらすら口にしてたけどな」

暗記していたのか。大昔、みながそうしていたように。

「もういいだろ？　取り調べを受けたくて呼んだんじゃねえぞ」

ここまでのところ、茂田に嘘やごまかしは感じない。

しかし。

「この落書きの、どこにカネの匂いがした？」

下手くそな五行詩。これだけを手がかりに本気でお宝を探すつもりならクスリでラリってる可能性を検討しなくてはならない。

鋭い目つきのまま茂田は黙った。先ほどまでのむやみな敵意はなりをひそめ、代わりに打算が、目の前の老人の利用価値を計っていた。

好きにしろ。どのみち主導権はこちらへ移っている。

「佐登志からもらったヒントはこの本だけか？」

河辺が掲げた『来訪者』を奪うように引っつかみ、茂田は小さくうなずいた。

「ほかにおれが見ておくものは？」

「ないと思うけど」

「ちゃんと家探しも済んでるわけだな」

茂田がバツが悪そうに目をそらした。この散らかり具合から元の状態を想像するのは困難だったが、どうせ似たり寄ったりだろう。右にあろうと左にあろうと、ゴミはゴミでしかない。

一方でクローゼットの中は整然としている。茂田がこの本の山を崩さなかったのは、たんに何もないと決め込んだだけなのか。スマホを向ける。積み上がった塊は、ある種の墓標に見えなくもなかった。

　写真を撮り終え、『論理哲学論考』をズボンのポケットにねじ込んだ。ほかにふれたものは？　布団と、クローゼットの取っ手。足跡も残してしまった。手遅れだ。下手な小細工はしないほうがマシだろう。

　佐登志のガラケーを操作する。チノパンにこすりつけ指紋を消し、茂田に突き返す。

「場所を変えよう。いつまでもここにいるのはまずい」

「まずいって……どこ行くんだよ？」

「ゆっくり話せるところに案内してくれ」

　歩きだす直前、河辺はもう一度佐登志を見やった。たぶん、これが最後になる。口を半開きにした死に顔は無念をにじませているようにも見えるし、たんに呆《ほう》けているようにも見えた。ベッドの枕もとに備わったささやかな棚。そこに置かれている五冊ほどの文庫本。そのなかに、最後まで手にしていた読みかけのものがまじっているはずだと思ったが、どの本かはわからなかった。

　床に散らばったゴミを踏みつけドアへ進む。待てよ、と叫ぶ茂田にいう。

「佐登志の携帯を戻しておけよ。鍵もな」

「鍵？」

「この部屋の鍵だ。決まった場所ぐらいあるんだろ？」

「あ、ああ、そうだな。いや、でも――」まごつきながら茂田が答えた。「ふだんから、おれが持ち歩いてたんだけど」

河辺は立ち止まり、茂田をふり返った。眉間にしわが寄る。なるほど。いわれてみればその可能性がいちばん高い。やはり勘は鈍っている。

「わかった、任せる。ただし施錠はおすすめしない。怪しんでくださいと申告したいんじゃなければな」

今度こそ、佐登志の部屋をあとにする。


陽はますます強烈に照りつけていた。アパートから駐車場まで迷うことはなかった。一度歩いた道は憶える。若いころにたたき込まれた能力は錆びついていない。錆びているのは関節の節々だ。この程度の速足で息があがるとは。

後ろから騒がしい声が追いかけてくる。どこ行くんだ？　死体はあのままでいいのか？　おい、なんとかいえよ！　河辺は答えない。唇を結んでずんずん歩く。情報を与えずペースを握る。これも昔に教えられたやり口だ。

視界の隅に松本城の天守が見えた。河辺の足はプリウスを駐めたコインパーキングへ向かう。自動精算機にカネを払いながら、重々しく口を開く。

「兄貴分はどんな奴だ」

「は？　おれは組員じゃねえ」

「おまえに仕事をさせてる怖い先輩がいるんだろ。名前は？」

「ああ……、坂東《ばんどう》さんだよ」

スジもんかと訊くと首を横にふる。

「だけど顔は利く。あの人は稼いでっから」

「女でか」

「いや、それは組の手伝いみたいなもんで、本業はネットの通販だ。後輩使って、水とか化粧品とか売ってる」

市内のマンションの一室を拠点にしているという。原価も効能もゼロに等しいグレーな品物をパッケージだけ高級にして売りつける。商品集めにヤクザの手を借り、手間賃という名目で組に上納する。一瞬でそんな構図が頭に浮かんだ。

精算を終えプリウスへ向かう。

「誰にも佐登志のことは話してないんだな?」

「死んだことを?」

「それにおれのこと、本のメッセージのこと、隠し財産のこと」

返ってくるのは足音だけだ。

茂田を見る。手をかけた運転席のドアが熱い。

「正直にいってくれ。おれはべつにどっちでもいい。おまえを相手にするんでも、坂東さんを相手にするんでも」

本音をいえばアンダーグラウンドな人間と関わりたくはない。その兆候を感じたら一目散に逃げるつもりだ。彼らとやり合う後ろ盾はとっくになくしている。気概も。

迷うそぶりに、ため息のように声がもれた。

「坂東には相談してない、か。つまりおまえは、佐登志の隠し財産をてめえひとりでいただこうって腹なんだな」

「……悪いかよ」

こちらをにらむ茂田の目が燃えている。なんだろう――と、河辺は思う。このチンピラが身体の奥に飼っているもの。獰猛《どうもう》な何か。

「べつに悪くはない」

運転席に乗り込む。茂田が戸惑いを引き連れたまま反対側へ走る。エンジンをかけたところで閉まったばかりの助手席に尋ねた。

「坂東ってのはどんな奴だ。賢いか？　冷静か感情的か。理知的か暴力的か」

「賢くて冷静で、感情的で理知的で暴力的だよ」

「ずいぶんだな」

「カタギのままで組と対等にやれてんのはカネだけが理由じゃねえ」

それがほんとうなら敵にしたくないが――。

「するとおまえは、そんな男を出し抜くつもりなんだな」

茂田は唇を噛んでいる。

「いいだろう」

プリウスを発進させると、茂田が驚いたように口を開いた。「佐登志さんはあのままか？」

「それはあとでいい。まずはゆっくり話せる場所へ行くのが先だ」

「……エアコンは、ほっといていいのかよ」

ああ、と河辺は応じる。

「そうだな。このしつこい残暑のおかげで一日中冷房を効かせてたって不自然じゃないだろうな」

ほんの一瞬、茂田は考え、「くそ！」と吠えた。「騙しやがったなっ」

河辺は付き合わない。蹴飛ばされるダッシュボードよりも優先すべきことがある。

「ひとつ、大事なことを伝えておく」

プリウスをコインパーキングから車道へ。煙草が吸いたい――。二十年ぶりの欲求だった。

「佐登志は自然死じゃない。あれは殺しだ」


パチクリと音が聞こえそうな目つきだった。それから茂田は薄い唇をゆがませ、「もう騙されねえ」と必死に余裕をよそおった。

「殺し？　んなわけあるかよ。あんなもん、誰がどう見たって病死じゃねえか」

「病死、か」河辺は適当にハンドルを切って交差点を曲がる。「たとえばどんな病気だ？」

「知らねえよ。知らねえけど、病気は病気だろ。急性アルコールなんとかって」

「あれだけの酒飲みが突然に？」

「そりゃあだいたい、死ぬときはみんな突然だろ」

たしかに、と心が納得した。たしかにそれは、ひとつの真理かもしれない。

「だとしたら——」流れるままプリウスを走らせる。「酔っ払う必要があるな」

「は？　当たり前だろ。ふざけてんのか？」

「どこから出てきたんだと思う？」

「酒が？　そんなもんあの部屋には——」

言葉を失った唇に指が向かう。

「なかった」と、河辺はいう。「酒はなかった。佐登志が死んだ夜、おまえはまだ奴にそれを届けていなかったんだからな」

飲みすぎ防止に考えられた一日一回の配給制度。茂田が死体を見つけたのは、まさにそれを届けようとしたときだった。

「……隠してたのかも。べつに、酒だけが原因ともかぎらねえし」

「ああ、そうだな。心筋梗塞、脳卒中。おれたちの歳であんな生活をしていたら何があっても不思議じゃない」

だが——。

「だが人は、そう簡単にはきれいに死ねない」

茂田が、探るような視線を寄越してくる。

「布団に横になって安らかに衰弱死なんてのは、そうとう運がいい死にざまだ」

たいていの人間は最後まで苦しみ、抗う。肚《はら》がすわっているように見えても、いざ死に直面したら慌てふためく。そんな人間をたくさん見てきた。

「佐登志は寝たきりでもなかったんだろ？」

わかりやすい沈黙が返ってくる。

「あの死体はきれいすぎる。ベッドに姿勢よく寝転んで、おまけに布団までかぶってた。おまえがエアコンをかける前からな」

しつこい残暑の、寝苦しい夜がつづいていたはずなのに。

「どうだ？　おれに話していない事情を思い出さないか？　じつはおまえが布団をかぶせたとか、初めからエアコンはついていたとか」

「ねえよ」茂田の思いつめた表情が、ついさっき蹴飛ばしたダッシュボードへ向いている。「ぜんぶ、あんたに話したとおりだ」

「そうか。ならつづけよう。次は状況証拠じゃなく、動かしがたい物証について」

景色が、市街地から離れつつあった。

「先に訊いておくが、佐登志はクスリをやっていたか？　麻薬のたぐいだ」

「まさか。聞いたこともねえ。昔はともかく、いまはない。買えるカネもわたしてねえし」

首肯《しゅこう》しながら河辺は片手運転でスマホを操作する。「見ろ」と茂田に差しだす。画面には、佐登志のデスマスクが大写しになっている。

「首筋のところだ」

握ったスマホに目を凝らしていた茂田が、え？　ともらした。

「これって——」

「注射痕《ちゅうしゃこん》だろう」

ほんのわずか。けれどはっきり、佐登志の右の首筋に、赤い小さな点がある。

「たとえばこういう手口だ。酒を飲ませて眠らせる。隙をついて強力な睡眠薬をまぜてもいい。相手の意識がなくなったところに、注射器で毒物を送り込む」

「そんなの、バレバレのやり方じゃねえか」

「どうだろうな。毒物がアルコールなら、意外とバレにくいかもしれない」

啞然とする茂田を横目に、かつて学んだ知識を披露する。「酒で人を殺すのは難しくない。二十年も前のことだが、エタノールとアセトアミノフェンを凶器にして保険金殺人を企てた事件があった。エタノールは酒、アセトアミノフェンは風邪薬の成分だ」

事件の犯人たちは長期にわたってそれを被害者に摂取させつづけた。

「経口摂取だとそこまで致死率は高くない。だがアルコールを血管注射できるなら、ほとんどの人間がイチコロだ。佐登志の体格なら一ミリグラムも打てば問題なく死亡する」

泥酔させ、睡眠薬も併用したとすれば大きく暴れることもなかっただろう。

「注射痕も、ダニに嚙まれたで納得できるくらいのサイズだ。区別をつけるほど念入りに調査するかは微妙だろう。調査したところで血液から出てくるのはアルコールとせいぜい睡眠薬の成分だ。おまけにあの生活状況を見せられて、真面目に捜査しようって刑事がどれだけいるか」

家族もいない独居老人。ヤクザの息がかかった大酒飲み。あからさまな殺人の痕跡でもないかぎり、うやむやで処理されてもおかしくない。

「おまえらだって真相なんか求めない。むしろ組は、病死か事故死でさっさと片づけたがる」

「あんた、何もんだ？」

刺々しい問いかけのタイミングで赤信号につかまった。

「わかったふうなことばっかいいやがって。なんなんだ、いったい」

「ただの落ちぶれたはぐれ者さ」

「うるせえ。こんな犯罪マニアがまともな人間なわけねえだろ」

「じゃあ、なんだと思う？」

「――殺し屋とか」

腹から笑いそうになった。

「まあ、近からず遠からずだ」

根城にしてたのは桜田門――。喉までそう出かかったがやめておく。元警視庁刑事という肩書には便利さと危うさがつきまとう。誇らしさと、虚しさも。

「安心しろ。物騒な稼業は引退してる。だが役には立つさ。こうなった以上、お互い仲良くやったほうが得だろ？」

「仲良く？　冗談じゃねえ。ただ、契約は契約だ」

取り分は七対三、か。

「そこは、ちゃんとする」

「充分だ」

茂田は信じきっているのだろう。人はみな、カネをほしがっている生き物だと。

「で、どうする？　そろそろどこへ行くか決めたいんだが」

「勝手に走らせたのはあんただ。こんな場所、きたこともねえよ」

投げやりにそっぽを向く茂田の横で、そうか、と思った。道沿いはすっかりさびれ、広がる田畑の向こうに山肌が見えている。不格好な案山子《かかし》、年季の入った軽トラック。休めそうな店はどこにもない。だが方向を間違ったという感覚はなく、むしろこの風景を求めてハンドルを操《あやつ》っていた気さえした。

もう一度、そうか、と思う。どうやらおれは、少しばかり落ち込んでいたらしい。

信号が青に変わる。


熱い湯を顔に浴びせた。天井を仰ぐと湯気がふわりと上空へのぼっていった。平日の昼間だ。大浴場に利用客の姿はほとんど見えず、浴場は貸し切り状態だった。河辺は湯船のへりに頭をのせ、湯気の行き先を眺めた。

松本城のふもとから走りだしたプリウスは北へ北へと進み、気がつくと安曇野《あづみの》市に入っていた。山裾に建つスーパー銭湯を教えてくれたのは茂田ではなく優秀なカーナビだった。

肩まで湯に浸かった身体から、疲労が溶けていくのがわかった。疲労以上に記憶を薄めたかった。佐登志の死にざま、酒瓶にあふれた部屋、本で埋まったクローゼット。『来訪者』、五行の詩。経験上、過度な思い入れは捜査の妨げにしかならない。

風呂を出て向かった食堂は入り口側のフロアにテーブル席がずらりとならび、奥の窓ぎわが一段高い畳敷きになっていた。その一角の長テーブルにぽつんとひとり、がつがつしている金髪の坊主頭があった。

「何を食ってるんだ」

上目遣いでこちらを見る茂田に、せわしなく動かすレンゲを止める様子はなかった。こんな場所で湯上りにチャーハンをかっ食らう感性を河辺はなくしている。唐揚げの一個もいらない。せいぜいソーメンでいい。それすらいまは気分じゃなかった。

「けっこうな身分だな」

飲みかけの缶チューハイへ顎をしゃくる。

「文句あんのか」

「ないさ。だがおれがここに戻ってこず車で消えたら、おまえどうするつもりだったんだ?」

ようやく、レンゲが動きをやめた。そんな可能性は聞いてないと見開かれた目が訴えている。半袖短パンの館内着を着たふたりがにらみ合っている姿はさぞかし間抜けにちがいないと、河辺は内心で苦笑する。

「冗談だ。冗談だが、もう少し気を張ったほうがいい。自分の状況を忘れずに」

「……よくいうぜ。のんびり温泉なんていいだしたのはどこの誰だよ。おれは反対したぞ」

コップに汲んできた水で舌を湿らせてから、「いいか、茂田」と人差し指を向ける。

「おれが現役だったころ、こんな馬鹿野郎がいた。うっかり自宅のマンションで女房を殺しちまった会社員でな。自分のしでかした粗相を隠すため、遺体を解体し小分けにして、ゴミとして処分しようと考えた。小心者だったがひどく真面目でもある奴で、ひと晩中、飽きもせず作業をつづけた。気がついたら朝だ。慌てて着替えていつもどおりに出勤し、そしてあっけなくお縄になった。夜通しの作業で、本人は慣れちまってたんだな。部屋に置いてあった背広やワイシャツにこびりついた肉の臭い。血の臭い、臓物の臭い」

茂田の喉が波打った。飲み込んだのはチャーハンか生唾か。

「あれはひどいもんだ。掃除したつもりでも家庭用洗剤じゃあ一年くらいは平気で残る。よく、おれも叱られた」

口がすべった。ごまかすように窓の外へ目をやる。生気にあふれた木々の緑が茂っている。

「ともかく、臭いは馬鹿にできない」

「……服は、どうすりゃいいんだ」

「ピンクのアロハに思い入れがないなら土産物屋で新しいのを買え。まあじっさいはあの短時間で、あのくらいきれいなホトケなら心配ないがな」

「そういう趣味か？」

不意打ちのような鋭さだった。レンゲが折れそうなほど、拳に力がこもっている。

「そうやって、ひとをからかうのが趣味なのか？　まずいとかやっぱりまずくねえとか、ふざけやがって」

「からかったつもりはない」

ただ、染みついているのだ。挑発、けむに巻く。真意を悟らせない。いつからだろう。そうした話術が変えがたい性格になってしまったのは。

よく怒られた。これも、妻だった女性に。

「悪くとるな。油断は禁物というだけだ。まあ、ちゃんとやるから安心してくれ。おまえが捕まれば、おれも困るからな」

「ちょ、ちょっと待てよ」

「声が大きい」

茂田は口をつぐみ、レンゲを皿の中に放った。

「捕まるって――」

「当たり前だ。おまえがあの部屋で暮らしていたのは事実だし、すぐバレる。指紋から毛髪まで腐るほど証拠はあるしな。いきなり逮捕ってことはなくても探られるに決まってる」

「話がちがうじゃねえかっ」

「容疑者候補から外れたいってだけならそれ用のプランを教えてやってもいい。いますぐ通報して、この二日ばかりのアリバイをでっちあげる上手いやり方をな」

「じゃあ――」

「だが、佐登志の隠し財産を手に入れたいっていうなら話はべつだ」

「なんでだ？　容疑を晴らしてからでいいだろ」

「警察をなめるなよ。いざ動きはじめたときのあいつらほど徹底した組織はない。まず佐登志の隠し財産なんて即座に見つかる。そしてそのカネが不透明なものであればあるほど、おまえの手にわたる可能性は低くなる」

河辺が言葉を発するたび、茂田の顔色は青から赤へ、赤から青へめまぐるしく変わった。

「カネは――」その中間の顔色で絞りだす。「なくちゃ駄目だ」

河辺はうなずく。「なら選択肢はひとつだ。佐登志の死がバレる前に、それを手に入れるしかない」

「……ああ、そうだ、そうだな」

そうだ、そうだよな……と茂田は繰り返した。

なぜ、この程度の説明で信じてしまえるのだろう。なぜ、自分が騙されていると疑わないのだろう。ぶつぶつつぶやく茂田を眺めているうち、河辺の意識は過去に飛んだ。

――なあ、聞いたかよ。

驚くほど鮮やかに、

――これで決まりだ、あいつがやったってことだろ？

一言一句、

──あいつが殺したんだよ！

熱っぽい響きから弾む白い息まで、ありありと。

ちくしょう、あの野郎──。

ぶっ殺してやる。

「誰なんだ？」

「え？」

「犯人だよ。佐登志さんを殺《や》った犯人」

一瞬、河辺の思考は空白になった。「ああ……」とうめいてコップの水を空ける。我ながらぎこちない。無為な生活は、狼狽《ろうばい》の仕方すら自分から奪ってしまっていたらしい。

「それは、こっちが訊きたいくらいだ。心当たりはないのか」

「部屋で本読むか酒飲むかだけの人だぜ？　恨みを買うんだって体力とカネが要るだろ」そういいながら残りのチャーハンに手をつける。

「人間関係はどうだったんだ？」

「おれがいっしょに住みはじめてから訪ねてきたのは飯の出前と古本屋のじいさんと役所の奴だけだよ。ひとりのときは知らねえけど」

「組で関わってたのは？」

「組じゃねえけど、おれの前の世話役はチャボってあだ名の、骸骨《がいこつ》がスーツ着てるみたいなチンピラだ。つってもだいたいほったらかしだったみたいだけどな。まあ、様子見にいってクソもらしてたら嫌にもなるぜ」

だからこそ茂田にその役割がまわってきたのだ。

「チャボは組関係の仕事を坂東さんに任されてて、佐登志さんの生活費をくれてたのもあいつだ」

チャーハンを平らげてから訊いてくる。「強盗にやられた可能性はないかな」

「行きずりの空き巣が、わざわざあのボロアパートを選んでか？」

だとしたら才能がなさすぎる。

「おれの見立てが正しければ犯人は注射器を持っていたことになる。往診の医者か骨まで腐ったジャンキー以外、そんなものを持ち歩いてる奴はいない」

つまりこうなる。初めから殺すつもりだった。少なくともその可能性を抱いて、犯人は佐登志の部屋を訪ねたのだ。

「じゃあやっぱ」と、茂田がもらす。「隠し財産か」

犯人の目的、殺しの動機。

「はっきりいってそれ以外考えられねえよ。佐登志さんを殺して得する奴なんてこの世のどこにいるんだよ。どうしてもってんなら、おれになっちまう」

シモの世話をさせられていた男が両手を広げた。

「隠し財産の話、七月に聞くまで噂のひとつもなかったのか」

「当たり前だろ。そんなのあったら徹底的に調べられて、誰かがとっくに巻き上げてる。組の奴らか、坂東さんが」

乱暴にチューハイをあおる。自分が口にした坂東の名を押し流すように。

さて……と河辺は頭をなでた。茂田の言い分を、どこまで鵜呑《うの》みにしてよいものか。

「そろそろ本題に入ろうか」まっすぐ見やる。「佐登志の隠し財産ってのはなんなんだ？」

根本的な疑問だった。噂すら存在しない謎の隠し財産。そんな与太話を酒飲みの戯言《ざれごと》と聞き流さず、なぜ茂田は信じているのか。信じることができるのか。

「ブツが何か、目星はついているのか？」

現金、有価証券、ダイアモンド……。

「べつに、金の延べ棒でもかまわないが」

「なんで知ってんだ！」

その反応に、むしろ河辺の目が丸くなった。

「てめえやっぱり、金塊を狙ってやがったんだな」

疑いの眼差し、怒り――冗談ではない。

「待て。おれはおまえの電話を取るまで佐登志の住まいだって知らなかったんだぞ？それにお宝が目当てなら、もっと紳士的に対応してる」

そんなことより――。

「佐登志は、ほんとうに金塊を？」

前のめりになる河辺を、茂田は疑いの眼差しでうかがっていた。

「答えろ。いや、答えてくれ。もしそうなら、おれは宝探しのヒントをやれるかもしれない」

「……ヒントが先だ。あんた、やり口が汚ねえからな」

ため息をこらえる。身から出た錆。しかし苦い。

「エム」

茂田の顔色が変わった。瞳孔まで開かんという面だ。やはり悪党の資質に欠けている。

「当たりのようだな」

「……やっぱり知ってたんだな、佐登志さんの昔のシノギを」

「おまえ、煙草は？」

「は？　吸わねえけど」

「そうか」

ヤニ臭さとは裏腹に、佐登志の部屋に煙草の箱は見当たらなかった。灰皿も空っぽだった。ふたりして煙を吐き合ったのは二十年前、新宿。あいつもやめたんだなと自分の知らない旧友の生きざまを想像しかけ、河辺はテーブルの上を見つめた。コップの水はもう空だった。客が増える様子はなく、おしゃべりの声も聞こえない。

「おい、ちゃんと説明しろよ。ぜんぜん連絡取ってなかったとか、嘘ばっかいいやがって」

テーブルに唾が飛んでいる。黙れと叫びたくなった。その青っ白《ちろ》い喉を思いっきりつかんで、ねじ折ってしまおうか。それともキラキラしてる両目に指を突っ込んでやろうか。

「まあ——」ゆっくりと顔を上げる。「そうがなるな。こっちは年寄りだ。労《いた》わってくれ」

「よくいうぜ！」両手をふり上げ、膝を崩す。不貞腐れた面で、舌打ちのついでのようにチャーハンの皿に残った米粒を人差し指で押しつぶし、そのままひょいっと口に運んだ。

ふいに思い出す。雪を食う、小学生だったころの佐登志——。

突如、過去が、ものすごいいきおいで自分を通過していく気分に襲われた。遠ざけていた記憶が鋭い光の矢になって、びゅんびゅんと飛んでくる。河辺を通過し、またぞろどこかへ過ぎてゆく。何本も何本も、ちがう矢が飛んできて、ぶち当たっては通過して、ほんの少しずつ、河辺の現在を傷つけてゆく。

「金塊の話を——」どうにか軽い口調を保てた。「佐登志は、どんなふうに説明したんだ？」

「どんなって……、よくわかんねえよ。佐登志さん、べろんべろんだったから」

「なのにおまえは信じたんだろ？　あんなアパートに住んで、酒すら自由に買えない生活をしていた男が金塊を隠し持ってるなんて、ふつうに考えれば妄想だ」

茂田は指をなめている。河辺にどこまで手札をさらすか、いっちょ前に吟味しているらしい。

「金塊があるという根拠を聞けないなら仕方ない。もうひとっ風呂浴びて東京へ帰るとしよう」

「くそ！」盛大な悪態が返ってきた。「わかったよ。でも、これはなんつーか、そのときの感じっつーか雰囲気っつーか……ともかく、おれは佐登志さんが嘘をついてるとは思えなかったんだ。上手くいえねえけど」

「話してくれ」

茂田が観念したようにあぐらをかいた。

七月の末に飲み明かした夜、初め佐登志はディープインパクトがいかに輝かしい存在であったかを涙ながらに語ったという。あれが全力で走っているとき、競ってるのは馬じゃなかった。もうそんなのは相手にならない。あれはもっと先へ走っていくんだ。どんどんどんどん、未来を追い越していくように。容赦なく、過去を蹴散らすスピードで……。

スペシャルウィーク、セイウンスカイ、ビーマイナカヤマ、カブラヤオー。とりとめない思い出話がはじまった。「一レース最高で幾ら勝った？　幾ら負けた？」茂田の問いに、佐登志は笑った。「あの時代は十万減ろうが二十万増えようが、ガキの遊びに思えたもんだ」羽振りがよかったころの自慢は、しだいに自分語りへ移っていった。オグリキャップがバンブーメモリーと壮絶な差し合いを演じた一九八九年、二十九歳のときに上京した。サラリーマンならせいぜい係長という年齢だが、平社員でも投資をかじり、ほんのちょっとツキがあれば大金が転がせたバブル真っ盛りのころである。

「でも、上京してしばらくは苦労したってさ。飯も食えない生活で、それでたしか、地下鉄で毒ガスがまかれた年にエムの仕事をはじめたんだって」

エム――M。

「秘密の財産なんだろ？　大昔の、軍隊だかの」

「いちおう――」河辺は首もとを指でさすった。「一般的には東京湾に沈められた旧日本軍の隠し財産ということになっている」

それをGHQが密かに回収した。この莫大な秘密財産は当時、経済科学局長として戦後経済を牛耳っていたマーカット少将の頭文字からとってM資金と名づけられた。

もちろんすべて公的には未確認の、いわば都市伝説に近しい与太だ。にもかかわらずM資金を利用した詐欺は昭和のころから平成にいたるまで、まるで亡霊のように生き残ってきた。

「つまり佐登志は、M資金詐欺に手を染めていたんだな？」

茂田が小さくうなずいた。「じっさいにどんなことをしてたかは、よくわかんなかったけど」

経済犯罪――とくに詐欺に類するものは名称からしてわかりにくい。たぶん茂田に金融商品取引法の法解釈とその抜け道を理解させるには大河ドラマ並みの期間が要る。

話を聞くかぎり、佐登志はカネ余りの資産家や企業人を相手に投資詐欺を行っていたらしい。闇ルートからM資金関連の有力な情報を手に入れた、M資金を管理する委員会が何十年かぶりに会員を募集している、総額ウン千億相当の金塊をバックに世界の名士が名を連ねる投資グループ、厳選されたVIPのみに約束された超高額配当、新メンバー選出審査にあたって必要な幾ばくかの保証金、なあに、リターンの額に比べればチリ紙のようなものですよ、そもそも落選の場合は全額返金されますから云々……。

「それで、客を信じさせるために、いくつか本物の金塊を用意してたんだって」

M資金の中身は諸説あるが、そもそも与太である以上、なんであろうとかまわない。説得力さえあるなら仏像でも石ころでもいい。そのなかでも黄金は、ピカイチの部類だろう。

「しばらく順調だったけど、何年かしてごたごたがあって手仕舞いにしたらしくてさ。見せ金用の金塊もほんとは現金にするつもりでいたけど、アシがついたらまずいから泣く泣くあきらめたんだって」

「それをどこかに隠した、か」

「でもほんとにやばいから、死ぬまで場所は教えられないって」

あながち、ないストーリーでもない。詐欺師が口にするブラックジョークとしてならば。

河辺は息を吐いた。ゆっくりまばたきをする。佐登志が詐欺に、よりによってM資金詐欺に手を染めていた。そこにどうしようもない皮肉を感じてしまう。あるいは人生に対する復讐だったのかもしれない。どのみち答えは、もう聞けない。

茂田を見つめる。「おまえも、最初は信じてなかったんだな」

「そりゃだって、ヒントっつって、あのわけわかんないポエムだぜ？」

その時点では文字どおり、酔っ払いの戯言だった。

だが死体を見つけ、認識が変わった。

「七月の夜を思い出して、『来訪者』をめくってみたんだ」

それは枕もとの棚にならぶ文庫本にまじっていた。酒を飲むときも本を読むときも、たいていベッドに寝転ぶかあぐらをかいていたという佐登志の傍らに、『来訪者』はずっと置かれていたのだ。殺された瞬間も。

「なんとなくピンときてさ。なんであの本の呼び方が『浮沈』じゃなかったんだって」

『浮沈・来訪者』という書名の、わざとあとのほうを選んだ理由。

「だからきっと、『来訪者』に何かあるんじゃないかと思った」

中編くらいの長さがある小説は、このような書きだしではじまる。


わたくしはその頃身辺に起った一小事件のために、小説の述作に絶望して暫《しばら》くは机に向ふ気にもなり得なかったことがある。


すぐに茂田は読むのをあきらめ、パラパラとページをめくることにした。

そして見つけたのだという。

「赤ペンの丸で囲ってあったんだ」

小説の終わりのほうにある、こんなささいな台詞。


「チヱリーを。」

「佐登志さんがよく飲んだのは日本酒と焼酎だ。缶ならビールかチューハイ、それとたまにニッカ。ワインとかはやらない。あの部屋のゴミを思い出せばわかるだろ？」

黙って先をうながす。

「おれは掃除とかもさせられてたからな。いっしょに住みはじめた最初のころ、壁際の空き瓶をぜんぶ片そうとしてめちゃくちゃ怒られて。だからじゃないけど、記憶に残ってた」

たった一本、日本酒や焼酎とは毛色のちがう洒落《しやれ》た黒い瓶の存在を。

「ボルスっていう、チェリーブランデーだった」

「それが、なんなんだ？」

しびれを切らす河辺をおもしろがるように、茂田はニヤリとした。手真似で瓶を持ち、蓋を開ける真似をする。それから架空の瓶を傾け、手のひらに注ぐ。

「――中に、何か入っていたのか」

「ちっちゃなビー玉だ。ただし純金の」

河辺は腕を組んだ。茂田の態度を見るかぎり、問題のビー玉をじかに見せる気はなさそうだった。金塊探しが不発に終わったとき、唯一残る報酬だ。一瞬たりとて手放したくないのだろう。

「それからあの夜をふり返ったら、なんかこう、納得できる感じがしたんだ。暗号の、《真実》ってのが、つまり金塊のことなんだって」

茂田の顔がギラついた。

「佐登志さんは嘘をついていない。金塊はある。どこかに隠されたまま眠ってる。五百万円以上の価値がある、お宝が」

五百万、か。佐登志が口にした額なのか、それを適当にアレンジした数字なのか。河辺は顎を上げ、宙へ息を吐く。どのみち――。

とっくに引きずり込まれている。茂田にではなく、佐登志に。あの詩を目にしたときから、おれは一本道を歩かされている。双頭の巨人――その影を追って。

「次はあんたの番だ」

茂田のすごんだ顔が迫ってくる。耳のピアスがかすかにゆれた。つるりとした肌はみずみずしく、隠しようのない若さで満ちている。

「知ってること、ぜんぶ話せよ」

茂田はわかっていない。それがどれほどの時間を要するか。どれほどの忍耐を要するか。たとえば河辺と佐登志たちとの物語が、あの雪の日にはじまったのだとして、彼が死ぬまで五十年近い時間が流れている。

まったくおなじように、自分にも。

「いいだろう」

河辺はゆっくり息を吐いた。

「ぜんぶ話してやる。ぜんぶな」

宙を見たまま、声をだす。

「おれと佐登志は幼なじみだった。育ったのは松本市の東、独鈷山《とっこさん》や鹿教湯《かけゆ》温泉を越えた先にある上田市《うえだ》の、真田町《さなだまち》というところだ」

当時はまだ市ではなく、小県郡《ちいさがた》真田町となっていた。山を挟んだすぐとなりは群馬県だ。

「浅間山《あさまやま》はわかるだろ？」

茂田は答えず、ただつまらなそうに唇をゆがめている。

「ほかに仲のいい友だちが三人いた。みな近所の同い年で、小学生のころから遊んでいた連中だ」

フーカ、キンタ、コーショー。

組んだ腕に力がこもった。

「昭和五十年代のはじめのほう、年末から年始にかけて、日本中がとんでもない豪雪に襲われた年があった。あの当時——おれたちはあの町で、《栄光の五人組》と呼ばれていた」

快適な空調の下で、しかし窓から差し込む陽の光を浴びた身体に、汗がにじんだ。

第二章

すべての若き野郎ども

昭和五十一年

主人公が黒人女に「いかせてくれ」と叫んだ瞬間、我にかえって本を閉じ、河辺久則は慌てて顔を上げた。危うく額から汗が落ちるところだった。手にした本は借り物で、まず怒られる心配はないものの、雑にあつかうのは気が引ける。一滴の染みだってつけたくない。だから肝が冷えた。

――いや、ちがう。

とっくに食いきったアイスの棒を奥歯で噛み締めながらべつの言い訳を探したが見つからず、認めざるを得なくなった。気の動転は、下腹部に生じた熱のせいだ。あぐらをかいた膝の上に本を置き、額をぬぐう。べっとりした汗を指がすくう。木陰になった特等席はこんな晴天の昼間でも日差しをおだやかにし、だから汗は、身体でなく心が流したものだった。

くそ。なんでこんなに――。

勃《た》ってしまっているのか。

それだけならべつにいい。健康な男子高校生の新陳代謝と呼ぶべき生理現象は毎朝毎晩、飽きることなく繰り返されているし、いずれ経験するであろう男女の交わりに人並みの期待と憧れを抱いているのは久則とて自覚していた。

だが今回にかぎっては、その理由がどうも上手く割りきれない。閉じた単行本のカバーを見つめる。やわらかなタッチで描かれた横顔のイラスト。ピンクの線が丸いおでこと突き出た鼻をふちどっている。白い肌。男か女か、妙に色っぽいまつ毛のせいでわかりにくい。

夏休みがはじまる前に出た新刊の小説だった。大きな文学賞を獲り、飛ぶように売れていると聞くけれど、内容ははっきりいってよくわからない。米軍基地のそばに暮らすリュウという青年が主人公で、そいつが娼婦とナニしたり、友だちといっしょにナニしたり、集団でナニしたりするのをひたすら描いていくのである。ボクシングのジャブみたいな細切れの文章が延々つづいて意識をぐらぐらさせられる。ほとんどぜんぶのページに登場する怪しげな麻薬。みんなして汗をかき、ことあるごとに嘔吐する。こんな馬鹿げた小説は初めてだ。

馬鹿げているが、下腹部の熱は嘘じゃない。

ふくらんだ自分のそれに、ジーパンの上からふれる。頭の中に、いましがたの場面が浮かぶ。女の子たちを引き連れたリュウが外国人の男女がたむろする部屋を訪ね、麻薬をきめながらセックスをしまくる。部屋の持ち主はたぶん黒い肌の米兵で、ずっとレコードがかかっている。リュウは黒人女と交わりながら、なぜか太っちょの白人女にも迫られて、その行為のさなかに黒人男のイチモツをくわえさせられる。のどの奥まで突っ込まれて涙ぐみ、でもどうすることもできず、たくましい彼の肉体を眺めながら、なすがままにされている。そして場面の最後、ようやく絶頂を許されて、「いかせてくれ」と叫ぶのだ。

「ヒーちゃん」

突然名を呼ばれ、すっかり朦朧《もうろう》としていた久則は反射的に片膝を立て、まず真っ先に股間《こかん》のふくらみをごまかした。アイスの棒が、口から離れ地面に落ちた。

人影がやってくる。ここは地元の山岳隊や猟友会が共同で管理する物置小屋の軒下で、久則たちには定番の待ち合わせ場所だった。

この日もごたぶんにもれず人待ちしていた久則だったが、緑葉に彩られた土の坂をのぼってくるお坊ちゃん頭に、思わず「なんで？」と上ずった声をあげてしまった。下半身の醜態《しゅうたい》を忘れるほど意外な人物だったのだ。

「なんで、おまえが」

「ひどいね。もともとこの場所をみんなに教えたのはぼくなのに」

半袖の制服を着たキンタが、つぶらな瞳をぱちくりさせた。両手をほとんどゆらさずに歩くのがこの幼なじみのヘンテコな癖で、たまにそれは幽霊が移動しているみたいに見えたりする。

「コーちゃんに聞いたんだ。おととい、役所のそばでたまたま会って」

あの馬鹿——思わず舌を打ちそうになった。

「だからっておまえ、なんでくるんだよ。関係ないし、それに、いろいろまずいだろ」

「まずいって？」

「まずいもんはまずいんだよ。聞いてないのか？　おれたちいまから、喧嘩しにいくんだぜ」

いつか観たギャング映画を真似て、ぶっきらぼうに吐き捨てる。地面に置いた木刀をつかみ、勇ましく掲げる。するとキンタは涼しい顔でくすりと笑い、久則のジーパンを指さした。どきっとする間もなく、

「ヒーちゃんこそ喧嘩の前に読書とは余裕だね」

「……知らないのかよ。これはいま、日本でいちばん凶暴な小説で、だから闘争心がギンギンになるやつなんだ」

「ふうん。文男《ふみお》くんに借りたの？　次にぼくも頼もうかな」

「え？　や、やめとけ。おまえにはまだ早い。勉強が駄目になっても知らないぞ」

「小説くらいで駄目になるほど無能じゃないよ」

さらりといってのけ、小屋の壁に背中をあずける。目の高さで、やけに重量感のある肩掛け鞄がゆれた。夏休みにもかかわらず制服姿なのは学習塾に通っているからだ。というか小学校のころを除いて、こいつの私服を見た憶えがない。

考えてみると、こうして顔を合わせること自体、ずいぶんひさしぶりだった。

「どうせおまえ、小説なんか読まないくせに」

「そんなことないよ。中学まではみんなといっしょにキョージュのおすすめをけっこう読んでた。鷗外《おうがい》大先生、漱石《そうせき》先生、芥川《あくたがわ》氏も直哉《なおや》氏も」

「すすめられたんじゃなく、無理やり押しつけられたんだけどな」

キンタがやわらかくほほ笑んだ。顎も耳もほっぺたも、どこもかしこも丸々していて、同い歳とは思えないほど幼く見える。

「正直、何がおもしろいんだろうとは思ってた。だってぼく、猫でも坊っちゃんでもないからね」

まったくだ、と久則も笑った。「それをいうなら荷風さんはもっとひどい。女郎屋通いのじいさんが書いた小説を中学生に読ませるとか正気じゃないだろ」

「でも実篤《さねあつ》には学ぶところもあったね。『友情』なんて素晴らしい反面教師だと思う」

「どんなストーリーだっけ？」

「友だちに裏切られる話」

なごやかさがふいっと消えた。こちらを見下ろすキンタの視線にバツが悪くなり、久則はそっぽを向く。「べつに裏切っちゃいない」うっかり強がるみたいな口調になった。

「ただ今回は、おまえ向きの集まりじゃないから」

「たしかに馬鹿げてる。復讐のために暴力をふるうなんて野蛮だし、だいいち効率的じゃない」

やっぱりか、と久則は思った。喧嘩に参加する気はなく、止めにきただけ。冷静で堅実なキンタらしいといえばらしい。それにほっとする気持ちと疎《うと》ましく思う気持ちと、それからもやもやと、むずがゆい気持ちが生じた。ジャブの連打で追い払いたくなるような感情が。

「フーカの、ハルちゃんを想う気持ちはわかるけどね」

岩村春子《いわむらはるこ》はおなじ町内に住む中学一年生の女の子だ。本名は崔春子《チエ・チユンジヤ》という。岩村家が朝鮮人一家であることは町のみんなが知っていて、つい先日、それがもとで春子は襲われそうになった。高校生の男どもに絡まれ、林の中へ追い立てられたのだ。朝鮮人のアソコは横に裂けてるってほんとかよ——。そんなふざけた理由で押し倒され、両手両足をつかまれて、下着を取られそうになったとき、たまたま近所のおじさんが通りかかった。男たちは逃げだし、泣きじゃくる春子をなだめるため、ふだんから彼女を妹同然に可愛がっているフーカが呼ばれた。

怒り狂うフーカから集合がかかったのはその日の晩だ。まさにこの物置小屋に呼びだされたキンタを除く三名を前に、フーカは高らかに拳を掲げた。わたしのハルを泣かした阿呆どものパンツを剝《は》いでこい！

数日後、コーショーが犯人グループを突きとめた。おなじ工業高校に通うクズどもだった。

「フーカは野蛮とか効率とか、通じる女じゃないからな。一度決めたら火の玉だ」

「ハルちゃんが望んでなくても？」

春子に、今日の襲撃は伝えていない。

「当事者を無視した報復なんて、たんなる自己満足だと思わない？」

「何いってんだキンタ」

思わず久則は立ち上がった。いつの間にか股間は平静を取り戻していた。

「理屈なんか関係ない。おれたちが動く理由は――」

キンタの胸に拳を当てる。

「ここの熱だろ」

「……心が命じるままに？」

「ちがうのかよ」

おでこがくっつきそうな距離で迫る久則に、キンタは口もとをほころばせた。

坂の下で、クラクションが二度鳴った。

「おーい、ヒー坊、おりてこいよお」

その呼びかけに「いま行く！」と叫び返したのはキンタだった。止める間もなく肩掛け鞄をゆらしながら坂道をおりてゆく。両手をほとんど動かさない歩き方で。

「あれえ？　なんでおまえがいんだよ」

キンタの姿に、軽トラを降りたばかりのサトシが目を丸くした。薄汚れたTシャツに灰色の作業ズボン。つるつるに剃った坊主頭、こんがり焼けた肌。上背がないぶんすばしっこく、最近はそこにたくましさが加わった。

「どうしたの、これ」軽トラを眺めるキンタに、家から借りてきたんだとサトシが答えた。運転できるんだっけ？　馬っ鹿野郎、寝ぼけちゃいかんぜ、こちとら年中こき使われてる身なんだからよ――。

高校へいかず親が経営する運送会社を手伝っているのだ。とはいえ配達はバイクのはずで、年齢的に四輪は完全な無免許だ。まあ、いちいちうるさくいってくる地元民はいないけど。

こんなもの用意してどうする気？　とキンタ。わかんねえけど便利かなと思ってさ。サトシが得意げに胸を張る。どーんて後ろから突っ込んだらイチコロじゃね？　そんなの相手、みんな死んじゃうよ。駄目かな。駄目だよ。

「じゃあキンタ、ほかにすげえアイディア考えてくれよ」

「いいけどサッちん、代わりに自転車お願いね」

合点承知の助とばかりに道端のかご付き自転車をひょいっと担ぐ。

「ヒー坊もいっしょに乗れよ。コーショー拾ってくから」

「ちょっと待てって。おいキンタ、おまえほんとに付いてくんのか。塾の日じゃないのかよ」

電車で一時間以上もかけて長野市に通っているのだ。この時刻に遊んでいていいはずがない。

自転車といっしょに荷台で体育座りをしているキンタがきょとんとする。「ヒーちゃん、そんなこと心配してたの？」

「……悪いかよ」

「ううん。でも大丈夫。ぼく頭いいし、それに殴りっこはしない。向いてないから」

ぶるるんとエンジンがうなる。サトシの号令が響く。出発シンコおおお！

「走って付いてくるつもり？」

「……くそっ」

久則は木刀と単行本を手に荷台へ飛び乗った。

軽トラは物置小屋を背に町の西側へ走りだした。土くれの道を抜け、舗装道路に入ってすぐ、左手のほうに木々の連なりが現れる。町を貫く神川《かんがわ》の土手だ。道路から一段低くなっているから鬱蒼《うっそう》とした頂上部の葉っぱが目の高さで見える。水面まではさらに十メートルほどあるが、不思議と水の気配は届く。

錆びた荷台にならんで座り、ガタゴトゆれながらキンタが目を爛々《らんらん》とさせて語りだした。

ねえ、ヒーちゃん。ぼくは最近、経済のことに興味があるんだ。塾で習ってる先生が大学でそういう勉強をしている人でね。金融工学っていう新しい学問を知ってる？　キヨージュの家には『資本論』とかフリードマンなんかはあったけど、やっぱりあれはもう古典じゃないかな。きっともっと、世界は進んでいくよ。文学とはちがってさ、科学はすごいスピードで進化するだろ？　おカネの世界もおんなじで、科学なんだ。合理性にもとづいた、検証可能な理論が生まれて、それを実践する投資家や実業家が経済をまわして、それがまた新しい理論と技術を生んで……。

ぼくはもっと勉強がしたい。学んで学んで、学び尽くして、そうすればきっと、真実みたいなものに近づけると思うんだ。何か、美しいものに、ふれられる気がしてるんだ……。

「馬鹿っ」

思わず怒鳴った。「だからいってんだ！　おまえ東京の大学に行くんだろ？　この町の誰よりもずっと偉くなるんだろ？　そんな奴が、こんなとこで遊んでてどうすんだよっ」

もし怪我をしたら。警察に捕まったら、進学ができなくなったら……。

「どうせ役に立たないくせに」

「うん。でもぼくだって、たまには心の命令に従うよ」

いい返せない久則の横で、にこにこしながらキンタは天を仰いだ。ねえ、ヒーちゃん。

「風が気持ちいいね」

ほどなくサトシが調子っぱずれのクラクションを鳴らす。行く先の道の真ん中に、長身のコーショーが立っている。

襟足が肩口までのびた暑苦しい長髪。前髪を片方に流しているのが気障《きざ》ったらしい。歳の離れたお兄さんの整髪料を使ってゲンコツをくらうのが日課で、身につけている真っ白いパンツも洒落たチェックの長袖シャツも革靴も、煙草やライターにいたるまで、もれなくお兄さんから盗んできたものなのだ。

「あいつらのゲーム、ちょうど終わるころじゃないかな」

コーショーがいう「あいつら」とは工業高校のサッカー部で、練習試合の帰りに春子を襲った二年生軍団は今日もおなじグラウンドで対抗戦をしているらしい。

「夏休みで調子にのってたんだろう。どいつもこいつもぶさいくでモテないから」

軽トラの荷台の、自転車を挟んだ向こう側でコーショーは風に逆らうように煙草を吹かす。その横顔は男の久則から見ても整っている。ニキビひとつなく、髪はさらさら。切れ長の目。耳の形まですっきりしている。たぶん持ち主のお兄さんより白いパンツが似合ううえ、ギターの腕前も玄人《くろうと》はだしというから気にくわない。町の喫茶店で歳上のおネエさんと逢引きしてたとかいう噂を聞くたび久則は、こいつの彫刻みたいな鼻をねじり曲げたくなる。

「運動神経もトロいのさ。レギュラーはひとりだけ、あとは補欠だそうだ」

やっぱりモテない——。そういって煙草を弾いて飛ばし、胸ポケットからサングラスを取りだしたから久則は呆れた。

「おまえ、そんなもんかけて喧嘩する気か？　失明しても知らないぞ」

「仕方ない。おなじクラスの奴もいる。あとあとまで揉めるのはごめんだからな」

「バレるに決まってるだろ。顔より先に身長を隠せよ」

ギターに出会って煙草をくわえはじめるまで、中学バレー部のエースをつとめた猛者《もさ》である。

「それにその服、大丈夫なのか」

「見た目よりずっと動きやすいさ」

「じゃなくて、泥とか鼻血とか。お兄さん、ゲンコツで済めばいいけど」

コーショーの兄は筋骨隆々、大学時代は空手部の主将で、相手の肋骨《ろっこつ》を折るのが趣味だったとか。

「よせよ」気取っていられたのは三文字までだった。「うげえ……死にたくなってきた」青くなった顔を走る荷台から外へ垂らし色男は嘆いた。次はバリカンでハゲにするって脅されてるんだ……。

「相手の確認はするからさ、つづきはおまえらでやってくれない？」

「ふざけんな馬鹿。向こうは五人もいるんだろ」

「え、そうなの？」と体育座りのキンタ。「三人って聞いてたけど」

「ハルを襲った奴らはな。でもほかにふたり、いつもつるんでるデクノボーがいてたぶん五人」コーショーはだらしなく座り直し、深いため息をつく。「一人一殺でも足りない」

「あ、ぼくは数えないでね。応援係だから」

「可愛い女の子じゃない声援になんの価値があるっていうんだ？」

「ふふ。ねえ、サッカーっておもしろいの？」

「ノー・ウェイ。最高なのはロックンロールに決まってる。ディープ・パープル、キング・クリムゾン、デヴィッド・ボウイ……。クールだ。いっとくけどビートルズはそうでもない。あれはふつうにきれいなコーラスグループ。ロックの本質とは関係ない」

「ドアーズは？」久則は思わず訊いた。「ドアーズはカッコいいのか」

「ドアーズ、か……」コーショーは煙草を取りだす。走るトラックの風で上手くつかずにマッチを二本使う。余裕のふりして煙を吐く。「……ま、悪くはないかな」

どうもうさんくさかった。音楽の知識も、ついでに煙草も、吹かしな気がしてしまようがない。

手もとにある小説の世界ではドアーズがガンガンに鳴っていた。その音を聴いたわけじゃないのに久則は、それがものすごく騒がしく、イカした音楽にちがいないと確信している。

「まあ、どうせサッカーなんてのはすぐ飽きられる」

大ざっぱに話題を終わらせ、そうだこれフーカから、と傍らの風呂敷包みをこちらへ寄せる。中身は弁当箱だった。蓋を開けると海苔で巻かれたおにぎりが四つ詰まっている。

「奴らのパンツを剝いでから食えとさ」

「ちぇっ、奴隷商人みたいな女だな！」

「でもあいつ、おれたちが何もしなかったら、ぜったいひとりで突っ込んでたろうな」

「間違いないね。うん、それは百パーセント間違いない」

久則にもたやすく想像できた。キョージュの家には先祖伝来の日本刀がある。フーカならためらわず鞘《さや》を払うだろう。そしていつも道場でやってるように、面、胴、小手、突き……これで四人死んだ。おれたちは、むしろ残ったひとりが気の毒だった。

「……そうだな。おれたちは、なるべく平和的な暴力で解決しよう」

軽トラが側道へ舵を切ったタイミングで「ハルの様子も見てきたのか」と久則は訊いた。コーショーと春子の家は歩いて数分の距離にある。弁当箱をコーショーが持っていたのは、岩村家で春子の面倒をみているフーカに呼びだされたからにちがいなかった。

「いちおう、見た感じはふつうだったけどな」

その答えに少しだけ安心した。おとなしい性格だが春子はけっして弱くない。むしろ兄の文男より肚がすわっているんじゃないかと思うこともある。

一方で、それがよけいに彼女が経験したであろう恐怖や屈辱を想像させ、いたずらをした男どもへの怒りがぐつぐつ高まってゆく。

「文男くんはどうしてたの?」

邪気のないキンタの問いに、「ほっとけばいい、あんな腰抜け」コーショーは唾を吐くようにそっぽを向いた。「――部屋の外から誘ってみたんだ。いっしょにこないかと。返事もなかった。ドアに背を向けて、丸くなっていたんだろう」

チクリと胸が痛んだ。岩村家の長男を馬鹿にする住人は多い。岩村家自体、あまり快く思われておらず、コーショーのように春子だけ可愛がるという人もたくさんいる。だけど久則は、文男のことも嫌いになれない。

文男が、この本を貸してくれたときのことを思い出した。ぼそぼそと、たどたどしいしゃべり方で、けれど真剣に、彼はこういっていた。――物語の、最後の最後に、世界が、色鮮やかに、なる。ぱーっと、色が、つく。透明な、ブルー。タイトルのとおり、それがはっきり、おれ、見えた。

意味はわからなかった。ただ必死に自分の感動を伝えようとしているのはわかった。すでに成人している文男だが、ふだんはほとんど家から出ず、反対に仕事のときはひと月ほどどこかへ消える。文男を連れていくのは久則たちにも馴染みがあるセイさんという男だ。セイさんはあきらかにカタギじゃない。文男の部屋にある大量の本はぜんぶ彼の所有物で、そしてきっと文男もセイさんの所有物なのだと久則は思っている。

「心の底までミスター・チキンだ。おれの兄貴の爪の垢《あか》でも飲めばいい」

しつこく文男をなじるコーショーはかつて偉そうにこうのたまっていた。女を大事にしない男に生きる価値はない。母親に姉に妹、近所のおばちゃん、軒下に住みついた雌猫まで。おネエさんと逢引きしている噂を聞いたばかりだった久則は、たんに白けておしまいだったが。

トラックは住宅地を越えてゆく。玄関に水をまく主婦や自転車を引くアイス売りとすれちがう。

「なんかこのおにぎり、フーカみたい」とキンタが笑う。いわれてみると、角ばった形が鬼の顔に見えなくもない。

「ひさしぶりに、みんなでそろったみたいだね」

「どうせ来週には集まるけどな」とコーショー。「そしてキョージュがおおげさに出迎える」

「『よくきたニャ、我が栄光の五人組っ』」

久則の誇張した物真似に笑いが起こった。同時に短いクラクションが鳴った。運転席の窓から大声が轟《とどろ》く。

「おうおう、わんだれ！　そろそろカチコミの時間じゃやぜ！」

サトシが嘘くさい坂本龍馬《さかもとりょうま》になったとき、神川に架かる赤茶けた橋が横目に過ぎた。

道が川に近づいて、鬱蒼とした雑木林が途切れると、一気に風景が開けた。川面はきらきら光り、道のそこらじゅうをまぶしい緑が埋めつくしている。やがてトラックは、大きなグラウンドのそばに出る。

予定外にもほどがあるぜ！　ああ、まったくひどいめに遭った。けっきょく相手は何人だったんだ？　七人だよ七人。誰だよ五人とかいってたの。おまけに全員レギュラーだったたんだろ？　見ろよこのふくらはぎ、まだ腫れてら——。

「すぐにバレたしな」サングラスの位置を直しながらコーショーがいう。「待ち伏せのプランはどこへいったんだというスピードで」

「軽トラのせいだろ」久則が肩を小突くと、「冗談じゃねえ」サトシが唇を尖らせる。

「おれがあのあとどんだけオヤジにぶん殴られたと思ってんだ。奴らのひとりがサイドミラーを壊したせいでよお」

「おれは兄貴の三日月蹴りでアバラが折れかけた」うんざりとコーショーがもらした。

「サッカーより空手のほうが痛い」そんな発見は一生涯したくなかったとでもいうようにブルーハワイのかき氷をスプーンで乱暴にかきまぜる。

開けっ放しの引き戸の外で「氷」ののぼりがはためいていた。その向こうにからりと晴れた青空が広がっている。扇風機がよく当たるテーブルを占拠して「サッカー部襲撃作戦」についてしゃべりつづける久則たちを気にもせず、店主のじいさんは眠そうに団扇《うちわ》をあおいでいる。ラジオから甲子園の喧騒が聞こえる。

「まあでも、勝ちは勝ちだろ」

サトシがノー天気にまとめ、メロン味の氷をかき込んだ。コーショーが、まあな、というふうに口もとをゆるめる横で、久則は黙々とスプーンを口に運んだ。ひんやりした苺味に舌がしびれた。

軽トラがグラウンドに着いたとき、練習試合はとっくに終わり、サッカー部は解散したあとだった。引き返すついでに春子が襲われた林の辺りへ行ってみると、幸運にも七人の男どもがアイス片手にぶらついていて、そこにばっちり主犯の三人組がそろっていた。不運だったのは、軽トラのハンドルを握る男が獲物を逃がしてイラつくサトシだったことだろう。突然の僥倖《ぎょうこう》に雄叫びをあげ、久則たちに断りなく、迷いなく、そしてブレーキを踏むこともなく、彼は集団に突っ込んだ。いちおうクラクションは鳴らしていたが、それは相手に対する警告というよりも戦闘開始を告げる軍隊ラッパの気分だったにちがいない。軽トラの急襲にサッカー部の連中は慌てふためき、呆然とし、不意打ちとしては成功だったかもしれないが、荷台の久則たちにとってもそれは立派な不意打ちだった。いきなり突っ込む奴があるか！　内心そう毒づきながらやけくそで肚を決め、久則は荷台から飛び降りた。コーショーやサトシを横目に、とにかく木刀を相手の肩口にふりおろした。怒号に悲鳴。よくわからない雄叫び。勇敢にかかってくる者、へたり込む者、畑に飛び込む者、林へ逃げる者……。主犯のひとりを追って、久則は林へ走った。頭の中は真っ白だった。ただ前を走る男の背を追った。黒く、陰った背中を。

結果だけいうと、主犯三人にそれぞれ落とし前をつけさせたのだから、まずまず充分な戦果だろう。

「でも、パンツは剝ぎ取れなかったね」

宇治金時をほおばりながらキンタがいって、サトシがむっと目を吊り上げる。

「パンツを剝いでこいってのは物のたとえ、仮の話で、ようは痛めつけたらオッケーなんだよ」

「そうなの？　てっきりぼく、それが条件かと思ってた。勝ち負けの条件。それを定めたルールがサッカーにもバレーにもあるでしょ」

「うるせえぞ、頭でっかち！　喧嘩にはねえんだ、そんなもん。ほら、あれだ、戦争と音楽にルールがないのといっしょでよお」

なあ、と顎をしゃくられたコーショーが適当に肩をすくめる。

「だいたいおめえ偉そうなこといえんのか。どうせ最後まで荷台に隠れてたんだろ腰抜け野郎」

キンタがきょとんとした。

それからこちらを見る。久則は相手にせずかき氷を口に入れた。

「ふうん……まあ、そうかも」

「そうだぜ、ぼくちゃん」

いってサトシはキンタの宇治金時を勝手にスプーンですくった。

「身体を張らない奴にかき氷を食う資格はねえ。憶えときな」

「うん、わかった。ぜったいに忘れない」

おおげさな奴、とサトシが苦笑し、「ともかくMVPはヒー坊の木刀だ」とコーショーが指で久則を差す。「サッカーより空手より、怖いのは剣道だった」

「それなら最強はフーカだな。——そろそろ行こうぜ」

腰を上げ、久則は足もとのリュックを担いだ。みなめいめい、おなじようにバッグやナップザックを持っていた。夏休みのお盆が過ぎたこの時期、キョージュの家で行う一泊二日の勉強合宿。中学時代からつづく久則たちの恒例行事が今年もはじまる。勉強合宿？　気にしなくていい。親を説得するための極秘暗号なのだから。

店の外には畑が広がっている。自宅の一階を利用したかき氷屋の両どなりは似たような民家で、その背後にそびえるのは千メートル級の剣岩山《けんがんやま》だ。ここから山へ五分も歩けば久則たちが待ち合わせに使っている物置小屋に着くが、今日はそちらへ背を向けて、畑と住宅に挟まれた土くれの道をだらだら歩いた。ほどなく交差点に出くわす。町名から名をとった真田交差点。

久則たちは国道を山家《やまが》神社の方角へ上っていった。畑と川としかない左手側とちがい、国道の右側は山沿いの斜面に住宅が建ちならんでいる。

しばらくして右手の坂の先に小学校が現れた。同級生の近況や思い出話に花が咲く。久則の自宅はもう少し山のほうにあって、もともとこの四人にフーカを加えた五人組は小学校がいっしょで遊びはじめた仲だから、キョージュの家もいわばご近所さんだ。それでもちょっとした冒険気分を味わえるのは、ふだん山家神社より北へ行くことがめったにないせいだろう。べつに風景が様変わりするわけでもなく、ちがいといえば徐々に標高が高くなるくらいではあるけれど。

真田氏発祥の地とされる長野県小県郡真田町は、上田市の東部からにょきっと突き出た恰好で北に広がっている。中心に中学校が建っていて、そこから土地は左右に細長く分岐している。いわば山岳地帯にできたY字形の窪みといったところか。久則たちが住むのは右にのびた地域で、四方八方、景色の先には必ず山がそびえている。

町の子どもが問答無用で通わされる中学校まで、郵便局から二キロちょっと。雨の日は泣きたくなるし、雪の日は寒さで死にかける。真夏日だって楽じゃない。あっちで上りこっちで下りを繰り返す地形だから油断するとへたってしまう。無駄に広く、場所によっては助けを呼ぶこともままならない、なかなかやっかいな土地なのだ。

水が弾《はじ》ける音が聞こえた。用水路から川に水が落ちている。144号線と近づいたり離れたりしながら並走している神川は、場所によっては谷と呼んでいいほど険しく深い。とくに階段が整備されているわけでもないのに幼いころはよく無理をして砂利の川原へ下って遊んだ。気兼ねなく大リーグボールの練習ができたし、水辺の剣豪ごっこはおおいに気分が盛り上がった。

川と近い道沿いは木々の元気がことさらよく、ときおり、強烈な緑とおなじくらい獰猛な羽虫の大群に襲われる。そのたびサトシがきゃっきゃとはしゃいだ。昔ならコーショーも加わったはずなのに、スカし星人になってしまった現在のこいつは余裕ぶって付き合わない。それを「ふん」と感じながら、とはいえ久則自身、ガキっぽい真似を恥ずかしく思いはじめてもいる。おれたちもう高校二年生なんだぜ？　というか、おまえがいちばん無邪気ってどうなんだ？　中学のころから雀荘に出入りし、ひと足早く職に就いた友人は羽虫相手に「アチョー」とジャンプキックを繰りだしている。そんな光景に久則は、くすぐったいため息をつく。

国道の右側には数年前に廃止になった真田線の名残りがあって、駅舎もそのまま放置されている。そこを越えるといよいよ山里の趣きが濃くなってゆく。山道を北上しつづけるとスキー場で有名な菅平高原にたどり着くが、車でないとつらい距離だ。スキー場の手前にサトシの親戚がやっているペンションが建っていて、小学六年生の冬休み、五人の家族が声をかけ合い、みなで泊りに出かけたことがある。

久則たちが《栄光の五人組》と呼ばれるきっかけとなった雪の日は、その二日目だった。

「よく考えたらそんな呼び方、いまだに使ってるのは世界でキョージュただひとりだぜ」

栄光もくそもねえや――。嘆いてみせるサトシの口調は、半分以上まんざらでもない。テレビの『スパイ大作戦』が大好きで、チームでやるごっこ遊びに夢中だった男は近所の畑からキュウリをくすねるとか、野良犬を退治するだとかいうくだらないミッションに嬉々として挑んでいた。「サッカー部襲撃作戦」も、いちばん張り切っていたのはこいつだ。まあ、軽トラの運転席から出たところを袋叩きにされた瞬間の気持ちまでは知らないが。

「おれがやられたのは、おめえの手抜きが原因だからな」

サトシの肩パンチをくらってキンタがよろけた。私服の久則たちとちがい、この秀才だけはいつもの制服スタイルだ。

「痛いなあ。よくないいと思うよ、そうやってすぐ乱暴するの」

「うるせい。男の会話はゲンコツと決まってんだ。ろくな作戦も立てられなかった能なしが生意気をいうんじゃねえ」

「だっていきなりトラックで突っ込むんだもん。あんなのどうしようもないよ」

「昔みたいにパッと閃《ひらめ》きゃよかったんだ、パッとよお」

キンタが肩をすくめる。「あれはまぐれ。ぼくは本来、慎重に計画を練るタイプ」

何がタイプだカッコつけめ！　責めるサトシに、いや、でもおまえが悪いだろ、客観的にあの特攻は、とコーショーが突っ込んで、それは間違いない、おれも正直まずおまえの頭を木刀でカチ割りたかったぜ、と久則がとどめを刺す。

「黙れ、黙れ。主犯のひとりはとっちめたんだ。文句はねえだろ」

久則が袋叩きから救ってあげてこその手柄ではあったけど。

「おれもひとりキルしたな」

シャツを破られながら、お兄さん直伝の金的《きんてき》蹴りを放ったという。

「ほれ見ろ。キンタだけだぜ、なんもしてねえのは。おまえにフーカのにぎり飯を食う資格はなかったのだ」

「あのおにぎり、鮭が入ってて美味しかったね」

ちぇっ、のんきな奴め。でもまあ、たしかに美味かった、口の中血だらけでよくわかんなかったけど――。

キンタの目配せを、久則は無視した。こいつがトラックの荷台から密かに降りていたことを誰も気づいていない。そして久則は、それを口にしないと決めている。

そうこうしているうちに無人の旧駅舎が見えた。ホームは肩くらいの高さがある。裏手をさらにのぼると山家神社だ。

駅舎と道を挟んだこちら側、左車線の道沿いに生えている大きなカツラの木が、キョージュの家の目印だった。細長い網目のような枝が不気味に広がっていることから別名、幽霊カツラ。これをくぐると神川へおりる坂があり、坂の下は雑草と雑木林でぼうぼうの、ほとんど荒地と呼んでいい場所だが、いちおう道らしきものもある。木陰にはキョージュのカローラが駐まっている。

神川に架かる狭い赤錆《あかさび》の橋を渡りながら、久則は不思議な気分になった。国道からたかだか三メートルほど下っただけで、奥にそびえる剣岩山がぐんと巨大に感じられる。山の中腹に、名前の由来になった白い岩が剣のようにとんがっている。

「見ろよ」笑いをこらえきれない様子でサトシが橋の向こうを指さした。ひょろっとしたガニ股に、ぷりっとしたお尻があった。「ドリフのコントみてえなケツしてやがる」

川と山に挟まれた、一段低いその土地は、さながら離れ小島であった。

橋を渡りきったサトシがお尻に向かって「キョージュ！」と叫んだ。すると地面にかがんでいた上半身がひょいっと起きた。こちらを向くや、「おお、チミたち！」と弾んだ声が返ってくる。作務衣《さむえ》姿の骨ばった老人が、首のタオルで汗をふきつつニカッと笑う。いかにも「教授」っぽい丸眼鏡がきらりと光る。キョージュこと竹内三起彦《たけうちみきひこ》先生は枯れ木のような両手を思いっきり広げ、興奮気味にこう叫ぶ。「よくきたなぁ、我が栄光の五人組っ！」

「やめてよお父さん、大声で」

栄光に包まれた五人目のメンバーはふくれっ面で、畑の奥にぽつんと建つ日本家屋からやってきた。半袖のスポーツシャツを着た奴隷商人——ではなくフーカが、「ほんと恥ずかしい」とぶつくさいいながら耳にかかった髪の毛をすくった。眉間にしわを寄せているときの彼女は一瞬で相手の魂を喰ってしまう怨霊のごとき迫力がある。じっさいは物理攻撃のほうがはるかに怖い。剣道の腕前は、おなじ道場に通う久則が誰よりも知っている。

「恥ずかしい？　とんでもない！　それはとんでもないことだ」雨乞いでもするみたく両手をふり上げた拍子に、頭頂部までとどきそうなキョージュの広いおでこが陽の光を反射させた。「こんな素晴らしい日に！　この湧き立つ精神の高揚を！　いったい誰に憚《はばか》る必要があるというのか、いや、ない」

「はいはい、そのとおりですわ、お父さま」長年こびりついた風呂場の黴《かび》を諭す口調でフーカがいう。わかったから、その土まみれの手を洗ってきたら？

「でないと、ろくに歓迎の抱擁もできないでしょ?」

邪悪な笑みを向けられ久則たちは震えあがった。キョージュならやりかねない。問答無用でむぎゅっと抱いて、最悪キスされるおそれもある。

「そ、そういえばさ」キョージュが早まる前にサトシが割り込んだ。「この畑、去年よりちょっと広くなってんじゃない?」

「よくぞ気づいてくれた!」

泥のついた手のまま抱きついてきそうないきおいに、サトシが慌てて腰を引く。

「今年からネギにハツカダイコン、イチゴも植えてみたのだ」

さっきまでいじっていた足もとの黒土はネギ畑だったらしい。趣味の自家菜園はこの数年でどんどん領土を拡大している。

「そして茄子。初めはそこの、ジャガイモの近くに植えたのだが、これはいけなかった。とてもいけなかった。なぜか? なんと! なんとジャガイモもナス科の野菜だったのだ。ジャガイモのくせにナス科! よろしいか? 必要とする栄養素や水分の量が似通った同系統品種をそばに植えると互いにそれを奪い合い育ちが悪くなるのだ。一方で助け合う種類もある。たとえば茄子とネギ。ネギの根には茄子を害虫から守る作用があり、トマトとパセリも相性がよいという。まったくもって土いじりとは奥が深い」

油断しているとその奥深さを日が暮れるまで語られかねない。い、いやあ、それにしても美味しそうな紫色だなあ、うんうん、こりゃあ食事が楽しみだ、ほんとほんと、そういやあ腹ペコだったの忘れてたぜ、まったくだまったくだ、早くキョージュの育てた野菜を食べたいなあ……。小芝居をフーカがニヤニヤ眺めている。ちょっと待て。むしろおまえが率先してエスコートすべきなのに！

「好きなだけ食うとよい。来年は白菜でもてなしてやろう。いずれあっちの余っている土地には林檎の木を植えようと思っとる。楽しみにしておきなさい」

「正気かよ」サトシが目を丸くする。「そんな馬鹿みたいに増やしまくって世話しきれんのか？」

「ははっ、心配ご無用。健康には自信がある。それにぼくも引退が近い。来年で最後のつもりだ」

キョージュの愛称で親しまれている竹内先生だが、じっさいは中学校に勤める国語教師だ。勤続年数は両手両足の指の数を軽く超え、五人組はもちろん、兄姉も、だいたい彼の教え子である。

「この先、時間はたっぷりあるでな。ここをどれだけ素敵にできるか、豊かにできるか。楽しみで仕方がない」

キョージュは、まだそこにない林檎の木を見つめていた。久則にも、それが見える気がした。きっと貧相で、けれどしっかり空に向かって立つ、キョージュみたいな木なのだろう。

と、家の玄関からすこやかな声がした。

「そろそろ中に入ったらどうです？　干上がってしまっても知りませんよ」

白いブラウスの、すらりとした女性のほほ笑みに、心地よい風が吹いた。千百合《ちゆり》というキョージュの長女で、フーカの七つ上のお姉さん。後ろで結んだしとやかな黒髪は妹のそれよりずっと長く、背中のあたりまで垂れている。コーショーいわく天女。サトシにいたっては結婚を前提にお付き合いしているつもりでいる。もちろんなんの実績もない妄想だが、こうした輩《やから》がめずらしくないくらい、千百合さんはこのど田舎に住む男子にとって憧れの存在、いわば野に紛れ込んだ高嶺の花なのだった。

「何をぼけっと、してんの、よ」

野生種のフーカにケツを蹴られ悶絶する久則の頭を、どこかで聞きかじった豆知識がよぎる。ローズマリーという花は、植木鉢を壊すパワーで育つのだとか。

「あれ？」激痛に涙を浮かべた目が、千百合さんの後ろに隠れている小さな人影をとらえた。

「なんだ、ハルもきてたのか」

春子のおかっぱ頭が、恥ずかしげにこくりとうなずく。

「フーカお姉ちゃんが、きてもいいっていってくれたから……」

「なあに照れてんの。まずはちゃんと挨拶をする。ほら、こっちきな」

ぱっと見まだ小学生といわれても不思議じゃない身体つきだ。千百合さんの背後からフーカのもとへ駆け寄ってくるさまは、ちょこちょこという効果音がぴったりくる。こんにちはと丁寧なお辞儀をされ、むしろこっちが恐縮した。

「さあ、早くいらっしゃい。ソーメンができてるから、冷たいうちに食べましょう」

千百合さんの呼びかけに、おお！　と男どもが応じ、畑の野菜を揚げた天ぷらもあるのだとキョージュが自慢する。

キョージュのあとに付いてぞろぞろ移動しかけたとき、春子が久則たちの前に飛びだした。こちらを見上げ、あのう、と小声で、けれど力強くいう。「ありがとうございました」

サッカー部襲撃作戦を指しているのだとすぐにわかった。

「ハルにしゃべったのかよ」

責めるサトシにぴしゃりとフーカがいい返す。「ちがうってば。この子、文男くんから聞いたんだって」

「あ、そっか」キンタがぽんと手のひらを打つ。「コーちゃんが教えたんだったね」

「え、おれ？」慌てるコーショーの背中をフーカが落雷のようにぶった。「あんたって女関係以外も軽率なわけ？」

いや、それはともかくだ。

「お礼なんていいよ、ハル。だっておれたち、ハルのためとかじゃなく、たんにあいつらが大っ嫌いでやっつけただけなんだから」

だからもう、つまらないことは忘れちまえ――。久則の言葉にそうそう、とサトシが同調した。あいつら根性なしで楽勝で、ぜんぜん気にする必要ないんだぜ。兄貴に比べたら熊とゲンゴロウくらいの差があったしな。あーあ、やっぱりわたしも参加したかった。それは駄目、フーカは、うん、ぜったいに駄目、なぜなら危険すぎる、敵も味方も全滅しかねない――。

襲撃作戦のことはキョージュや大人たちの耳に入らないよう気をつけていた。いまのところやられた側の連中が騒いでいる様子もない。もともと春子にちょっかいをだした負い目があるのだから当然といえば当然だろう。軽トラを持ちだしたサトシとお兄さんの服を汚したコーショーに思わぬ二次被害が出たが、それは完全に自業自得だからどうでもいい。

じっさい噂が広まって困るのは優等生のキンタと、警官の息子が暴力沙汰じゃ洒落になんねえもんな」

「忘れてくれないとヒー坊がたいへんだぜ。警官の息子が暴力沙汰じゃ洒落になんねえもんな」

「地味な庶務課のおっさんだけどな」肩を組んでくるサトシを暑苦しいと押し返し、春子に笑いかける。「もし次なんかあったら親父に活躍してもらうから、遠慮せずにいってこいよ」

春子がはにかんだようにうなずき、久則はほっとする。さしあたり恐怖が薄れ、安堵を覚えつつあるのなら、自分たちの行いも少しは役に立ったと思える。

初めから父を通じて警察に相談する手もあった。そのほうが無難だと、号令をかけた張本人のフーカも、兵隊として戦ったみんなもわかっていたはずだ。

誰にも相談しなかったのは、春子の名誉を守りたかったのがいちばんで、あとは気持ちの問題だった。

久則たちにとって、教師や親を利用するのはカッコ悪いやり方だった。たとえ馬鹿だ野蛮だと叱られようと、自分たちの手で解決することが大切だった。そんなこだわりの幼稚さを自覚しながら、けれど五人は誇りにしていた。大人たちが眉をひそめる理由もわかる。だけど、どうしようもない。心の命令。それを裏切った瞬間、自分たちから「栄光」は遠ざかってしまうのだ。

たぶん――。玄関へガニ股で歩く作務衣姿の老人の、薄い背中に苦笑がこぼれた。たぶんキョージュにかぎっては、事の顚末《てんまつ》を知ってなお教育者にあるまじき快哉《かいさい》を叫んでくれる。よくやった君たち！　と。

天ぷらとソーメンはぺろりと胃袋におさまって、残ったみんなのめんつゆまできれいに飲み干したサトシが食い意地のちがいを見せつけたころ、誰ともなく腹ごなしのハイキングに出かけようといいだした。いつものメンバーに春子を加えた六人で、国道を菅平高原の方角へぶらぶら歩いた。

高校生になってから会う回数はずいぶん減った。上田市に通う久則とコーショーもべつの学校だし、フーカは女子高。キンタにいたっては長野市の進学校だ。実家で働いているサトシともたまに道で鉢合わせする程度で、それぞれがそれぞれの生活のなかで新しい友人や知人をつくり、それぞれに喜びや苦しみを味わっていて、それらをぜんぶ相談し合えた時代は過ぎてしまった。なのにこうして集まると気づまりはなく、話題が途切れることもない。サトシがちゃらんぽらんな冗談を飛ばし、フーカが叱る。どこか調子っぱずれな豆知識を披露するキンタ、カッコをつけて口笛なんぞ吹いているコーショー。なぜか久則がまとめ役をやらされる。口ではぶつくさ文句をいうが、内心悪い気はしていない。

倉庫と工場を越える。了解をとったわけでもないのに自然と足は、かつて家族ぐるみで泊ったペンションの方角を目指した。どんどん勾配はきつくなるが、まだここらは切り拓いた土地にぽつぽつ民家が連なっていたりする。とはいえ一歩外れると山の中という環境で、菅平高原を訪れる観光客やハイキング客の遭難話は毎年のように聞こえてくる。

冬はスキー、夏は避暑地として菅平高原は重宝がられている。学校のスポーツ合宿、県外からくるファミリー。軽井沢ほど高級でもなく、小金を持った若い社会人、スカした大学生などさまざまな人種が行ったり来たりで、ゆえにまま、トラブルもある。だいたい都会の金持ちは傲慢でマナーもくそもありゃしない。観光地のお膝元に暮らす高校生の、これが偽らざる本音だった。

げんにちょうど、白いスポーツカーが久則たちの真横を猛スピードで駆け抜けた。遠ざかるテールにサトシの中指が炸裂する。「危ねえぞ、くそったれのボンボン野郎！」

「いまのあれ」興奮気味にコーショーがサングラスを外した。「フェアレディの新型だ。イカしてたな」

「ぼくはミニのほうが好きだなあ」キンタがにこにこし、「車なんて乗れればいいよ」と久則。「まあ、コルベットはカッコいいと思うけど……」

「うるせい、うるせい、この資本主義の犬野郎ども！　こちとら毎日おんぼろ原付で走ってんだちくしょうめ。イカだタコだミニだコルだ軟弱なことといったらまとめてソーカツしちまうぞ！」

　みんなに無視されたサトシが「ソーカツ、ソーカツ！」とやけくそな軍歌を歌いだす。

「ソーラン節みたいだね」とキンタがおもしろがる。

「やめなさい、耳が腐る」フーカは容赦がない。「ハル、こんな雑音聴かなくていいからね。どう、道きつくない？」

「ううん、楽しい」

　丸いほっぺを上気させながら春子はいう。「お姉ちゃんたちもここを歩いたんだよね？　わたしとおなじくらいの歳のころ」

「まあね。といっても登ったのはもっと上の山ん中で、この辺は車でぶーんだったけど」

「ねえ、お姉ちゃん。お姉ちゃんたちのあのお話、春子もちゃんと聞いてみたい」

　そのお願いに、一同は顔を見合わせた。こうしてそろって《栄光の五人組》誕生秘話を誰かに聞かせるのは初めてだった。照れくさく、しかしシチュエーションはあまりにもおあつらえ向きだった。

　みなの視線を感じ、んん、と久則は喉を鳴らす。

「あれはな、ハル。おれたちが小学校六年生の冬休みの出来事なんだ。この山道のもっと先のほうにある、森の中のペンションに泊った翌日でさ。その日、朝起きたら雪が」

　しんしんと、絶え間なく降っていた。

前の日はそうでもなかった。雪は絨毯《じゅうたん》くらいの、走り回るのにちょうどよいくらいの量だった。空は晴れ、気温もさほど低くなく、久則たちはペンションの近くで久則の姉たちやコーショーのお兄さん、サトシの弟妹、そして千百合さんに見守られながらソリ遊びに精をだした。

二日目も夕方までめいっぱい遊びたおすと決めていたところに、あの雪景色が飛び込んできたのだ。

「空は曇ってたし、寒さもひどかった。親はもちろん、コーショーのお兄さんも千百合さんも雪遊びは乗り気じゃなくて、だからペンションの中でトランプでもしようって話になって。でもおれたちは、むしろわくわくしてたんだ」

ふだんとちがう場所。そこに降りだした雪。

「だから、遠くには行かないから、ペンションの周りで遊ばせてくれってせがんでさ」

最後には千百合さんが味方をしてくれた。裁縫道具を手に窓辺の肘掛け椅子に腰かけ、わたしがここからみんなを見てますから――、とほほ笑んで。

「鬼ごっこだったな」コーショーが割り込んだ。「雪玉鬼ごっこ」

「タッチじゃなく雪玉をぶつけて鬼が代わるルールだったね」キンタが胸を張って自分を指さす。「考えたのはぼく」

「午前中はそんな感じで遊んで、それから昼飯食って、午後はどうしようかってなって」

思い出の雪景色とはほど遠い日差しのなか、菅平高原へつづく道は進むごとに狭まってゆく。鮮やかで獰猛な緑の木々が、左右から迫ってくるかのようだった。すれちがう車はたまに乗用車、あとはダンプだ。

「で、けっきょくかくれんぼをしようってなったんだ。たぶんキンタがいいだして」

「え？」キンタが目を丸くする。「ぼく？　憶えがないけど」

「フーカじゃねえの？　ついでにウンコしてえっつって」

「ぶっ殺すよ、サトシ」

「おれはいいだしっぺ、ヒー坊だった気がするけどな」

コーショーにいわれ、久則は首をひねった。そうだっけ？　ほんとうに憶えていない。そのあとのことが強烈すぎて。

「――まあいいや。ともかくかくれんぼに決まって。それで何回目だったかな。たぶん二回目だったと思うんだけど。あれは――」

おれが見つけた。

ペンションを囲んでいる森の中の、さらに奥。久則たちを乗せた車が使った車道とは離れた獣道に等しい山道。そこを黙々と歩いていくふたり組の背中。ニット帽、大きなリュック。

「ぱっと見て、男のふたり組だってわかった。片方は肩幅がでかかったし、もうひとりは太っちょだったから」

もうひとつ、ピンときた。あいつら、登山じゃない。

「装備がなんとなくちがう気がしたんだ。あの辺は有名な登山コースでもなかったし、もう少し行けば菅平高原だろ？　登山家って、そういうにぎやかなところは好きじゃない気がしてさ」

サトシがあとを引きとった。「だからヒー坊はよ、あいつら猟師にちがいないっておれたちを集めたんだ」

いまふり返るとたんなる思い込みである。旅と雪に浮かれていたのだろう。

「親戚にハンターがいて、昔ちょっと連れてってもらったことがあったんだ。でもそのときは獲物に恵まれなくて」

雉《きじ》でも鹿でも猪でもいい。狩猟の瞬間をこの目で見てみたい。

「ぼくたちには獣と人間の闘いはすごいアクションなんだって熱弁してたけどね」キンタの言葉にコーショーがうなずく。「ヒー坊にアジられて、すっかりその気になったんだったな」「じつはおれ、ちょっとびびっててよ。やめとこうぜって喉まで出かかったのを、この暴力女がやたらはしゃいで仕切ってよ」「そんなこともあったかしらね」「何が《かしらね》だ！　付いてこない奴は木の枝に逆さ吊りの刑だって脅したじゃねぇか！」

知らんぷりでそっぽを向くフーカだが、あのときの恐怖は久則の脳裏にもしっかり焼きついている。

いいだしっぺの久則を差し置き、先頭に立ったフーカは雪の斜面をずんずん進んだ。

「いつバレるかってドキドキしたよ。ほんと、遠慮なく近づいてくから」

五人の気配を隠したのも、おそらくは雪だった。視界の悪さ、足もとの悪さ、天候、気温。そうした要因がはやる気持ちを生み、リュックのふたり組の視野を狭くしていたにちがいない。

だとしても近づきすぎだ――そんなタイミングでフーカの足がぴたりと止まった。彼女の背中に久則がぶつかるくらい突然だった。声をだしかけた久則の頭を押さえてしゃがみ込み、みんなを集め、しいっと唇に指を当てた。それから小声でこういった。

――あいつら、悪者かもしれない。

怪談話のおどろおどろしい口調で告げると、春子はごくりと唾を飲んだ。

「お姉ちゃんは、なんでそう思ったの？」

「もちろん超能力――ってわけじゃなく、テレビで見たのよ。学生運動をしてた連中の、恰好とか雰囲気とか」

ハンターと間違えた久則とおなじで、勘といえば勘だった。ただいくばくかの根拠があったとするならば、彼女がキョージュの娘だったことが大きい。キョージュはフーカにテレビのニュースをよく見せていたという。新聞も読ませていた。豆知識ではキンタに及ばなかったが、フーカは小学生と思えないほど社会の出来事にくわしかった。

あのころ――一九七二年当時、世の中には全共闘と呼ばれる学生運動の熱が残っていた。ある意味、ますます凶暴になりつつあったといってもいい。全共闘自体はその三年ほど前、東京大学の占拠が失敗に終わった時点で尻すぼみとみられていたが、学生運動とは一線を画した過激派だとか武装革命を唱える連中だとかがやけっぱちのようにゲバ棒をふりまわし、トラメガで雄叫びをあげ、機動隊や放水車とやり合っていた。こうした事情を久則はのちに見聞きした。野球にプロレスにアニメに漫画。健全な小学生男児たるものニュースにうつつを抜かしている暇などなかった。河辺家の教育方針のせいもある。固く禁じられていたのは刑事ドラマだけという適当さだったのだ。

ただ、父がもらした、断末魔だな、というつぶやきは耳に残っていた。たしか活動家の男たちがまとめて逮捕されたニュースに対してだったか。断末魔の意味も、当時の久則はよくわかっていなかった。

フーカの頭には、もっとたくさんの事件が浮かんでいた。よど号ハイジャック、渋谷暴動にクリスマスの新宿爆弾事件。巻き込まれて被害に遭う一般人が増え、殉職する機動隊員がいた。取り締まりを強める警察に対抗するように交番が襲われ、鉄砲店や採掘現場の火薬庫から銃火器が奪われる。こうなると世の中の人々にとって活動家はたんなる暴力集団だ。共感とかけ離れた恐怖と嫌悪の空気が出来上がってゆく。

長野県でも七一年の六月に、上伊那《かみいな》郡長谷《はせ》村でダイナマイトが盗まれた。長谷村と真田町はそうとう距離があるけれど、強烈に刻まれた記憶は、乱暴で飛躍した短絡を少女に許した。彼らこそ、ダイナマイト強奪犯かもしれない――。

「あれは不思議だったな。誰も疑わなかった。ほんとにあいつら悪者だって信じた。キンタもそうだったろ?」

「うん、不思議だった。なんとなく、そっかって納得しちゃった」

「おれも、なんとなくって、わかるぜ。べつにフーカが怖かっただけじゃなくよ」

「わたしだって不思議。なんであんなふうに思ったのか。それに、なんであんな提案をしちゃったのか」

　――このままあとをつけてアジト突きとめて、あいつらをやっつけよう。

　冷静に考えたらまともじゃない。危なさを真剣に考えていなかったのだ。遊びの延長、とんでもなくスリリングな冒険。なのに奇妙な確信。自分たちは試されている。たとえば「運命」とか呼ばれる何かに。

「それでおれたち、ずっと山の中を追ってってたんだ。たぶん一時間もないくらいだったけど、すごく長く感じた。喉がカラカラで、寒いのに汗が止まらなかった」

　疲れを感じる余裕もなかった。くっついて進むみんなの息が耳のあたりにかかって熱い。

　そうこうしているうちにふたり組は森の中に建つ山小屋にたどり着いた。久則たちが待ち合わせに使っている物置小屋と似た用途の代物だろう。ふたり組は無理やりその扉を開け、中へ入っていった。

　結論からいうと、フーカの直感は間違いだった。彼らはダイナマイト強奪犯ではなく、猟銃を所持してもいなかった。だが一点、正しかった。指名手配中の、活動家だった点は。

「おれたちは、ついに悪者のアジトを突きとめたと思って興奮した。ただ、いくら五人でもこっちは小学生で、男ふたりに勝てるとは思えない。ペンションに戻って大人を呼んでこようとなって、すぐ問題に気づいた。ここがどこなのか、さっぱりわからなくなっていたんだ」

　初めての場所、似たような山の景色。極度の緊張で方向感覚すら怪しかった。

「地図も磁石も持っていない。ロープも双眼鏡も。肉眼じゃあペンションはどこにも見えない。さあ、どうしたと思う？」

「足跡は？」

　春子の答えに、久則は感心の笑みを浮かべる。「惜しい。だけどハル、雪は降りつづいていたんだ」

　途中までは足跡をたどって来た道を戻れたかもしれない。しかしその先はどうだろうか？　どんどん積もっていく雪が足跡を消し去って……。

「どうにかペンションまで帰れても、今度はまた山小屋へ戻るのがたいへんそうだ。ふたり組がいつ逃げだすかも定かじゃなかったしな」

「でもお兄ちゃんたち、悪い奴らを捕まえたんでしょ？」

「正確には親父と、親父が呼んだ同僚の警官だけど」

　ふたり組は抵抗もせず観念し、あっさり事態は収拾した。

「作戦を考えたのはぼく」うれしそうにキンタが右手を上げる。「あのときはめずらしくパッと閃いたの。ハルちゃんには難しいクイズじゃないと思うけど」

「待って、キンタお兄ちゃん。答えはいわないで。わたし、もうちょっと考えてみる」

　昔話が終わるのを待っていたかのように陽が傾いてきた。涼しい空気はまもなく冷たさを帯びるだろう。夏といえども山の夜は侮《あなど》れない。町のほうからフェアレディとは似ても似つかない大型ダンプが山を駆けのぼってゆく。何年も前に完成した萱平ダムだが、周辺工事はつづいている。

「そろそろ戻ろうぜ。ションベンが爆発寸前だ」

下品！　フーカが頭をはたき、それを合図にサトシの意見が採用された。体感にすぎないが、あの日に泊ったペンションまでまだずいぶん距離がありそうだった。あとから聞いたところによると、リュックのふたり組は山中で活動家の仲間と合流する予定だったが大きく道を間違え途方に暮れていたのだという。そのひと月後、長野と群馬の県境にある浅間山の山荘で人質立てこもり事件が起こる。犯人逮捕まで、テレビは連日リアルタイムの中継放送をつづけた。

ほっぺをぷくっとふくらませ謎解きに挑戦する春子をほほ笑ましく眺めながら、久則たちは踵を返した。

と、急にサトシが歌いだした。西から昇ったおひさまが、東へ沈む——。久則はむすっと顔をしかめた。サトシがよけいにおもしろがり、これでいいのだ、これでいいのだ、と声を張る。するとほかの奴らが悪乗りで「バカボンの歌」に加わる。フーカは悪戯っぽい目つきで、コーショーはカッコをつけて。音痴のキンタまで口を大きく開けている。ボンボンバカボン、バカボンボンボン……。あのとき雪の中で密かに口ずさんだのだと、うっかり教えてしまって以来、この話になるといつもこうしてからかわれる。きょとんとしていた春子が可笑しそうに笑いだし、怒るに怒れなくなった。ちぇっ。こんなことなら死ぬまで内緒にしとけばよかった。

下手くそな合唱とともに、あの雪の日が背後に遠ざかる。事の顚末を知り、二度とこんな危ない真似はするなと叱ったり、無事でよかったと胸をなでおろしたりする親たちのなかでただひとり、キョージュだけが真っ赤に上気させた満面の笑みでこう叫んだ。

——君らは小さな勇者だ！　栄光の五人組だ！


竹内家に戻って煎餅をつまんでいたら六時になった。さあさあ、時間だ、ほら早く——盛りのついた犬と化したキョージュに追い立てられ階段をのぼる。二階のすぐ横にある襖《ふすま》を先頭のサトシがやれやれと引く。畳敷きの客間は準備万端だった。部屋の奥に座布団と、譜面台のような本立てが例年どおりに用意されている。キョージュが座るその席を前に、久則たちはあぐらをかいたり寝転んだり、キンタだけは正座をしたり、めいめい好きな姿勢で開始を待った。背筋をのばせなどといわないのがキョージュのありがたいスタイルだ。

フーカが盆にコップをのせやってきて、さっさと配って自分も座る。真横で背筋をのばす彼女のすまし顔を、久則はちらりと見やった。去年に比べ髪がのびた。まつ毛も長くなったんじゃないか。

冷たい麦茶を味わっている暇もなく足音がした。キョージュの作務衣が敷居をまたぐ。その骨ばった両手に抱えているのは年季の入った置き時計だ。赤茶色にてかった長方形のボディ、ガラスで覆われた文字盤。シンプルだが気品を感じる。天地を支える二本の柱は金ピカで、嘘か真か、純金があしらわれているという。

　ふだん居間の隅で静かにしているこの古めかしい置き時計を持ちだすのも、すっかり恒例行事であった。柱とおなじく金ピカのねじ巻き鍵でねじを巻き、寝ていた時間を起こすのは、いわば開会の儀式だ。一時間で鐘が鳴るようになっている。これがないとキョージュは延々、夜が明けるまでしゃべりつづけてしまうのだから恐ろしい。チクタクと時を刻む音を合図に、この集まりで唯一、勉強合宿の名に恥じないイベントが幕を上げる。

　座布団に座ったキョージュが、うほん、と空咳をひとつついた。「えー、みなみなさま、烈日赫々《れつじつかっかく》、陽炎《かげろう》浮き立つ炎天の田舎道をはるばると、今年も我が家によくぞおこしくだすった」などと寄席の口上よろしく語りだす。

「さて、ここに取りだしたる小冊子は不肖わたくし竹内三起彦が手による写本にございますれば、親本となりまするは我が敬愛いたす永井荷風先生の書したる――」

「おいキョージュ！　ぶさいくな講談はいいからよ、さっさとはじめようぜ」

「こらっ！」寝転んで腹をかくサトシをキョージュが怒鳴る。「人が気持ちよく話しとるんだ。少しは我慢せんかね、この不調法モンが」

「講談でも漫談でもいいんだけどさ」久則も茶々に加わる。「さっきキョージュ、荷風さんを《先生》って呼んでたけどいいの？」「それはおれも気になってた」とコーショーが同意する。「たとえどんなにくだらないことでも、ポリシーを曲げるのはダサいとおれは思うな」

「大いに賛同！　さんざんっぱら益体《やくたい》なき教育をほどこされてきた娘としてもお父さまの軟弱な変節には断固抗議いたします」

つんと突き放すフーカの口ぶりにキンタが応じる。「朝令暮改、四面楚歌」

「ええい、わかったわい！　認める。ぼくが調子にのった。《先生》は取り消します。荷風はあくまで荷風さん」

ニヤニヤする久則たちに「まったく君らは口ばかり達者になってしまったものだ」とキョージュは弱り、それでみんなもっと可笑しくなった。キョージュの摩訶不思議な序列によると、日本近代文学の頂点は森《もり》鷗外大先生、その下に幸田露伴《こうだろはん》小先生、夏目《なつめ》漱石先生。志賀《しが》直哉や芥川龍之介《りゅうのすけ》、谷崎潤一郎《たにざきじゅんいちろう》なんかは「氏」扱い。太宰治《だざいおさむ》や坂口安吾《さかぐちあんご》は呼び捨て。そして別格なのが「我が人生の師にして友」といって憚らない永井荷風なのだった。友ゆえに「荷風さん」。迷惑な話だが、いつの間にやら久則たちもこの呼び方がなじんでいる。

「うほん」

仕切り直して、

「さてはじめようか」

笑みが消え、背筋がのびる。薄手の冊子を本立てに置く。冊子には短編小説、あるいは長編から抜きだしたひとまとまりが記されている。本屋で買った印刷物ではなく、この日のためにみずから書き写した写本だ。それをじっくり読みあげたのちに寸評と感想をいい合うのがこの勉強会、いや読書会――もとい朗読会の正体である。

「この会も、はや五回を数える。君たちも大人になった。この会にかぎらず多くの本を読み、勉学に励み、知識を得、また人生の多感なる経験を積んでおるものと拝察いたす。いいかげん、子ども扱いはやめねばならぬ。そこで今夜は、みなにもしかと胸に残しておいてもらいたい一編を取り上げようと思う。永井荷風著、『花火』」

キョージュが写本のページをめくる。この先は寝転んだままのサトシであってもよけいな野次は挟まない。たとえ淫靡《いんび》な場面における若い女性の口真似がすこぶる気色悪くとも。それはこのキテレツな老人に対する、久則たちなりの敬意であった。

午飯の箸を取ろうとした時ぽんと何処《どこ》かで花火の音がした。

永井荷風――本名・壮吉《そうきち》。一八七九年（明治十二年）、東京生まれ。高級官僚であった父親の財力と趣味人だった母親の影響で幼いころから芸事に親しんだ。明治、大正、昭和、みっつの時代を生き、一九五九年（昭和三十四年）、七十九歳の晩春、千葉県市川市の自宅にて病没。芸と色とを好み、銀座、浅草、深川といった盛り場に足しげく通いながら、とくに男女の小説を多くものした。その執筆範囲は小説にとどまらず、翻訳、紀行文、日記文学など多岐にわたる。

明治三十一年に奠都《てんと》三十年祭が上野に開かれた。桜のさいていた事を覚えているので四月初めにちがいない。式場外の広小路で人が大勢踏み殺されたという噂が

あった。

今宵キョージュが選んだ一編は、小説でなく随筆だった。これといった筋はなく、世に起こった出来事を風景のように淡々と綴る中、筆者の思いがすっと一言添えられる。荷風作品の代名詞といえる娼妓《しょうぎ》や色事《いろごと》は出てこない。以前の朗読会で読まれた『おかめ笹』の猥雑《わいざつ》さや、『歓楽』のほとばしる色情のほうが、まったく子ども向きじゃなかったはずだが。

しかしわたしは世の文学者と共に何も言わなかった。わたしは何となく良心の苦痛に堪えられぬような気がした。わたしは自ら文学者たる事について甚しき羞恥を感じた。

第一次世界大戦末期のころ、キョージュは竹内家の次男として生を受けた。地域の中心的な、それなりに裕福な家柄で、だからというわけでもないだろうが、三起彦は神童と謳われるほど聡明な少年だった。親のつてで下宿を世話してもらい東京の高校へ、そして大学へ。果ては学者か政治家かとささやかれたが、じっさいには教授どころか田舎中学の国語教師におさまった。その理由はけっして本人の怠惰でなく、奇矯な性格ゆえでもなく、戦争だった。

第二次世界大戦に日本が参戦した当時、三起彦は二十四歳。大学に籍を置き研究に勤しんでいたが、戦火拡大につれ若く優秀な人材はもれなく軍に目をつけられるようになる。その流れに三起彦も否応なくからめとられていった。泥沼化していく戦況。空襲、原子爆弾。

日比谷へ来ると巡査が黒塀を建てたように往来を遮っている。暴徒が今しがた警視庁へ石を投げたとか云う事である。

軍属時代の話をキョージュはしたがらない。いくさのあいだも密かに荷風を愛読していたのだ、発禁の廉価本を腹巻の下に肌身離さず隠し持ってな……そんな真偽不明の自慢話のほかは、いくらか信ぴょう性のある噂が聞こえてくる程度だ。語学力を買われ上海に従軍していたらしいこと。悲惨な終戦を経て故郷に帰ったとき竹内家は零落しきっていたこと。財産は離れ小島のようなこの土地と家屋と骨董品、あとは借金だけだったこと。兄弟は戦地で亡くし、両親は病気で亡くし、老いた祖父母の面倒をみるべく町の中学校に職を得たこと。徴用前に地元で見合い結婚した奥さんとは婚礼の日をふくめ三度しか会ったことがなく、そして彼女はある日忽然《こつぜん》と姿を消したまま行方不明であること。

昔のお祭には博徒の喧嘩がある。現代の祭には女が踏殺される。

教員をしながらキョージュは再婚した。親戚の紹介でめとった女性は胸に持病を抱え、しばしば長期の療養で家を空けたという。フーカを産んだ三年くらいのち、療養先で亡くなったと聞くけれど、戦争とおなじで、これについてもキョージュは語りたがらない。

花火は頻《しき》に上っている。わたしは刷毛《はけ》を下に置いて煙草を一服しながら外を見た。夏の日は曇りながら午《ひる》のままに明るい。梅雨晴の静な午後と秋の末の薄く曇った夕方ほど物思うによい時はあるまい………。

朗読は、思いのほか早く途切れた。キョージュは冊子を閉じ、つと目をつむった。細く長く息を吐いた。質素な客間を、余韻が満たした。誰も何もいえないし、身じろぎも憚られた。といって緊張を強いられることはなく、むしろ心地よい放心だった。不思議なもので荷風文学の神髄などわかりっこない少年たちが、しかしキョージュが読みあげるひと夜にかぎり、年齢や時代を超え、作家の綴った言葉や情景や男女の機微を我がものとして感じることができるのだった。少なくともそんな気にさせる力が、キョージュの朗読にはあると久則は思っている。

その力の源は、荷風に対する底なしの尊敬と愛情、自分の愛するものを語って聞かせるキョージュ自身のよろこびにちがいなかった。

だから久則は放心に浸りつつ、今夜なぜキョージュが『花火』という、いつもの半分くらいしかない長さの随筆を選んだのか、疑問を覚えずにいられなかった。もう一編という雰囲気もなく、口では朗読なんて一秒でも早く終わるべきだと毒づくサトシやコーショーからも、これではいささか物足りないという戸惑いが伝わってくる。

そんな空気のなか、丸眼鏡の向こうでキョージュの両目がゆっくり開かれた。

「大正八年、雑誌『改造』第一巻九号にて発表されたこの随筆は、荷風さんにしてはめずらしくおのれの政治信条を吐露した一編とされておる。とはいえ積極的意思とは正反対の、いわば敗北宣言、あるいは決別宣言とでもなろうか。研究者どもが呼ぶところの『戯作者宣言《げさくしゃ》』というやつだ」

閉じた冊子をふたたび開き、その箇所を再読する。

しかしわたしは世の文学者と共に何も言わなかった。わたしは何となく良心の苦痛に堪えられぬような気がした。わたしは自ら文学者たる事について甚しき羞恥を感じた。以来わたしは自分の芸術の品位を江戸作者のなした程度まで引下げるに如《し》くはないと思案した。

わたしは江戸末代の戯作者《ぎさくしや》や浮世絵師が浦賀へ黒船が来ようが桜田御門で大老が暗殺されようがそんな事は下民《げみん》の与《あずか》り知った事ではない——否《いな》とやかく申すのは却《かえつ》て畏《おそれ》多い事だと、すまして春本や春画をかいていたその瞬間の胸中をば呆れるよりは寧《むし》ろ尊敬しようと思立《おもいた》ったのである。

この宣言にいたる直前の出来事を、荷風はこう記している。

明治四十四年慶応義塾に通勤する頃、わたしはその道すがら折々四谷の通で囚人馬車が五、六台も引続いて日比谷の裁判所の方へ走って行くのを見た。

「『花火』の舞台は第一次世界大戦講和記念の日。麻布《あざぶ》の自宅で押し入れの壁張りをしている《わたし》が、祭りに浮かれる街の喧騒と曇天に響きわたる花火の音とを横目にしながら、つれづれに過去の騒動を思いかえす体裁となっておる。憲法発布祝賀祭の昔までさかのぼり、大津事件、日露開戦……。ここにならぶのは、いわば《国家》なるものが仕掛けた祭りである。明治四十四年に荷風さんが四谷で見かけた囚人馬車の群団は、大逆事件の被告らを乗せたものであった」

知っておるか？　という目を向けられ、久則たちは小さく首を横にふる。おそらくフーカとキンタは気をつかって黙っていただけだろうけど。

「大逆事件とは、幸徳秋水《こうとくしゅうすい》および管野須賀子《かんのすがこ》ら二十六名の無政府主義者が明治天皇暗殺を謀議《ぼうぎ》したとされる事件である。うち二十四名が皇室危害罪を主な理由とし死刑判決をくだされるまで、裁判は閉ざされたまま進み、巷に公開されたのは判決をいいわたすただ一日のみだった」

そもそも——とキョージュの語気が強くなる。

「事件は捜査の段階からして怪しげだった。たしかに幸徳らは無政府主義党を標榜《ひょうぼう》し機関紙の発行もしていたが、果たして天皇暗殺などという夢想的暴挙を、どこまで真剣に検討していたかは定かでない。判決に関しても、酒飲み話に毛が生えた程度の計画をたんに小耳に挟んだだけという無関係に等しい人間にすら容赦なく死刑の裁定がくだっておる。これらを踏まえ、荷風さんは囚人馬車の群れを目にしたとき、《云うに云われない厭《いや》な心持《こころもち》》になったのだろう」

そして判決のわずか一週間後、幸徳をふくむ主犯らは死刑に処される。

「はっきりいうならば大逆事件は体制による思想弾圧だったのだ。跳ねっかえりどもを威圧し、黙らせせんとする見せしめだった。こうした権力の無法がまかり通る世の趨勢《すうせい》を荷風さんは敏感に感じとり、一方でそんな暴力に面と向かって抗う気概のないおのれの矮小《わいしょう》さを嗤《わら》い、けれどけっして祭りの群衆には加わらなかった。無粋な鶏群《けいぐん》を斜に見ながら芝居小屋に通いストリップ小屋に通う。ぼくは荷風さんのそんな狷介不羈《けんかいふき》が、洒脱な意地の張り方が、たまらなく好きなのだ」

ふっとキョージュの表情がやわらぐ。「昭和十一年、かの二・二六事件が起こった翌日に荷風さんは溜池、虎ノ門の辺りまで野次馬見物に出かけたと『断腸亭日乗』に記しておる。感想を一筆、《さして面白き事なく》。はっは、なんとも愉快！」

膝を叩き、それからぐいっと目を見開いた。

「ここで君らに思想の是非や主義主張を植えつけるつもりはない。『やれ』とも『やるな』ともいわぬ。それは卑怯者の方法だし、やはり無粋だとぼくは思う。ただ、憶えておいてほしいのだ。君らがこの先この世の中で生きていく以上、いや、たとえ世捨て人になろうとも、それから逃れることはできん。それというのがなんなのか、ぼくも上手く名づけることができずにいるが、しかし、あるのだ。政治的であり社会的であり、世間と称するものでもあり、歴史だとか因縁だとかをひっくるめた、何か。それ自体が足枷《あしかせ》でありながら、それがなくては進めないような、何か。すでに存在し、まだどこにもない、何か。そのようにして世界は成ってきたという何か。……ああ、なんというロマンチシズム！　恥ずべき抽象言語！　これは荷風的でない。まったく荷風的ではない。だがぼくはじつのところ、彼が四十年にわたって書きつづけた『断腸亭日乗』の、すなわち日記文学の正体は、その《何か》を捉えんがための表現形態でなかろうかとも思うのだ。自然主義を出自とする文学者として、抽象でしか表せないものを、それでも生活の息づかいによって表すために」

　わかるかね？　と身を乗りだすキョージュに、

「えっと、つまり——」

気圧《けお》されながらサトシが応じる。「日記を、書きゃいいのか？」

沈黙の直後に笑いが弾けた。どこか異様だった空気がいっぺんに晴れ、日常がよみがえる。不貞腐れるサトシを、「ロックだな」とコーショーがからかう。

　わいわいとしたなかで、キンタだけが正座のまま、呆けた顔で宙を見やっていた。まるで難解な数学の問題にでくわしたみたいに。

　置き時計が可愛らしい鐘の音を響かせた。予定した一時間の終わりを告げる音であった。

パン、とキョージュが手のひらを打ち鳴らす。「さあさあ諸君、立ちたまえ」と両手を広げる。

「講義の時間は終わった。食し、歌え。獰猛なる青春の獣がその腹を満たすまで、大いに遊び呆けるがいい！」

陽は沈み、夜の帳《とばり》が下りはじめていた。玄関の明かりに照らされた鉄板の上で串刺しの牛肉が脂を弾き、煙を上げてしずるを飛ばす。野菜をのせるのはもっぱら女性陣の仕事だった。鶏肉、ソーセージ、焼きそば。チャンバラのように箸がぶつかり、そのたびに少年たちは奇声を発した。食う、焼く、わめく。内緒だが、酒もふるまわれた。キョージュはキャンプ用のチェアを持ちだし、にこにこ、こちらを眺めながらビールを口にしていた。お肉はたくさんありますからね。千百合さんの言葉に歓声があがり、ちょっとあんたたち、ハルのぶんも取ってあげなさいよねとフーカが怒る。朗読会のあいだ千百合さんを手伝ってバーベキューの準備をしていた少女に、ならばと久則たちは競って美味そうな皿を盛りつけた。選ばれた皿の奴がハルを嫁にできるんだぜ。はあ？　あんたらみたいなぼんくらにハルはあげません。おまえこそ売れ残るぜ、どうしてもっていうならおれがもらってやるけどよ。ほう、いい度胸じゃないサトシくん。あ、やめろ、馬鹿、火傷するだろ！

腹が満ちるとコーショーがフォークギターを弾きはじめる。この家には日本刀だけでなく三味線から能囃子（のうはやし）の和太鼓、怪しげな壺に戦時中の骨董品までよりどりみどりで置いてある。きっとどこかにミイラだってあるんだろう。山に面した離れ小島の土地で、隣家も離れているからちょっとやそっと騒いだって文句なんかいわれない。いわれたところで酒を飲ませりゃだいたいみんなお仲間だ。それにここはキョージュの家だぜ？小言なんていうだけ無駄と、とっくに誰もが心得ている。

地面に座ってコーショーを囲んで、わざわざサングラスをかけ直した自称ロックンローラーのよくわからない外国語の歌を聴く。『ヘイ・ジュード』なら合唱できるのにとキンタがぼやき、ダダダのとこだけなとサトシが寝転ぶ。萩原健一《ショーケン》にしなさいよ、マカロニのやつ。

そうこうしているうちに茹でだこみたいになったキョージュが小唄を歌いだす。ほれ、ミスター・チャック・ベリー、しっかり合わさんかい。酔っ払った家主にはロックンローラーも逆らえない。コーショーがギターで適当な伴奏をつける。ただでさえ下手くそなキョージュの唄が悲惨になる。世界の終わり、第七のラッパ。耳が腐るぜ！　千百合さん、淳子《じゅんこ》ちゃんを歌ってよ。春子、歌える！　ハルはもう十年、女を磨いてから……。

肉が尽き、酒が尽き、火が消えて、キョージュが舟を漕ぎはじめる。うとうとしだした春子の肩をゆすりつつ、フーカが送っていくという。ぼけっとしてたら背中を蹴られた。女の子に夜道を歩かせるつもり？　しぶしぶ腰を上げようとしたところに、落としちゃ駄目よと春子を押しつけられる。嘘だろ？　眠り姫をおぶって久則は立ち上がる。片づけをはじめた千百合さんの手伝いを我こそはと奪い合うサトシとコーショーを尻目に、久則たちは畑を通って赤錆の橋を渡った。

すっかり夜は更け、涼しい空気が心地よかった。耳もとに、春子の寝息がくすぐったかった。フーカの身体を右腕の肌に感じながら砂利道を歩いた。ほうぼうから虫の音がこだましていた。

フーカが鼻歌をうたった。『太陽にほえろ！』でマカロニが登場するシーンに流れた『ブルージンの子守唄』だという。嫌がらせか？　おれが刑事ドラマを禁止されてるって知ってるくせに。そんな久則くんに特別に教えてあげてるのよ。ふん、べつにいらない、おれは健《けん》さんのほうが好きだ。文太《ぶんた》じゃなく？　うん、だって健さんのほうが筋を通してる感じがするだろ？

古臭いのねえとからかわれ、ちぇっと心の中で舌打ちをする。

久則たちは国道１４４号線を下っていった。小学校を過ぎ、郵便局のそばに着き、交差点を右手に折れる。春子の家はキョージュとおなじく神川沿いの低地に建っているが、直接つながってはいないから、いったん川を渡って国道に出て、しばらく歩いてまた橋を渡り直す必要があった。

正面に、剣岩山の影が迫ってくる。物置小屋へつながる入り口を素通りし、民家がならぶ細い路地を川に沿って進んだ。家に明かりはあるけれど、すれちがう人はいない。たしかに女の子だけでは不安だろう。左手の、川と国道の向こうにそびえる山は本城《ほんじょう》跡と呼ばれていて、真田の山城があった場所だ。遠く前方に映る稜線は独鈷山。夜の闇に沈んでいても、不思議と形がわかる。空よりも、山はひとつ暗さが濃いと久則は思っている。スキーだ温泉だと人ははしゃぐが、けっきょくどこまでも山は野生だ。

「たまに、化け物みたいに感じる」

「化け物？」フーカの視線をこちらに感じた。

「山がさ。ほら、こう、なんか、とんでもなくでかい巨人がうずくまってるみたいに見えないか？　とくに夜、じっと見つめてると、だんだん、おれたちはこいつに支配されてるんじゃないかって思えてくる」

「見下ろされてるの？」

「どうかな。おれたちが一方的に見上げてるだけかもしれない。たぶんこの影は、巨人の背中だって気がするから」

「ふうん」

自然とふたりで剣岩山へ目をやった。空の半分を埋めつくす黒い塊は微動だにせず、その内部に無数の生命を抱え込んでいる。この瞬間にも数えきれないほどの命が誕生し、そして殺し合っている。

「ヒーちゃん、けっこうロマンチストね」

慌てて前を向き、久則は舌打ちをした。きっと朗読会で変な話を聞いたせいだ。

「黒い巨人のお化け、すくだまってるでえら坊、ふふふ」

「お、おまえ、ぜったいサトシとかにいうなよ！」

「さあどうでしょう。それはヒーちゃんの心がけしだいかなあ」

すでにけっこうな距離を歩いている。いくら小柄とはいえ人ひとりおぶっていくのは重労働なはずなのに、まあいいか、と思っている自分がいて、久則は温かいような、おもしろくないような、はっきりと決めきれない気持ちを持て余した。

　森と錯覚しそうな木々の群れが見えたらゴールは目前だ。路地から外れ、久則たちは注意しながら勾配を下っていった。平地に着くと暗がりに、手すりもない小さな木の橋が架かっている。何も知らずにきた者の足を捕らえるどぶの側溝はまるで罠だ。橋の先の開けた土地は形も広さもキョージュのところと大差ないが、畑などは見当たらない。それを納得してしまうほど、地面が固い。不毛。そんな言葉がぴったりくる。

　奥に、薄っぺらい平屋が建っている。くすんだ明かりが窓からもれている。ちょうど木々のあいだに隙間があって、剣岩山がよく見える。

「ハル、着いたよ。ほら、起きなさい」

　むにゃむにゃと春子が目を覚まし、ようやく久則の背中が軽くなった。小さな手を引き、フーカが玄関の前に立つ。「ごめんくださーい、竹内でーす」

　少し待つと家の中に動きがあった。明かりがつき、擦《す》りガラスの向こうに人影が映る。引き戸が開く。頬のくぼんだ女性が、ぬっとこちらを見下ろしてくる。

「こんばんは」フーカが明るい声でいう。「春子ちゃんを送ってきました」

「ああ――」

　と、女性の顔に笑みが広がった。「どうもね、タケチさん！　わざわざありがとね。上がってね、お茶入れるから」

「いえ、おかまいなく」

「そういわず。いわずに、ね」

春子の母親は里子《さとこ》さんといい、向こうの発音ではリジャと読む。背が高くやせ型で、髪の毛もぼさっとしていて、夜道で出くわすとびっくりしてしまうけど、けっして愛想は悪くない。むしろ世話好きの部類で、いったん訪ねたら最後、お菓子を食べなきゃ帰してくれない。

「オモニ……」春子が寝言のようにもらし里子さんの服の裾をつかんだ。里子さんはきつめの声で何かいうが朝鮮語なので久則にはわからなかった。こくこくと春子はうなずき、廊下に上がってふらふら歩いてゆく。寝ぼけた娘にかまわず、「さあさあ」と里子さんが手招きしてくる。やはりこうなったかと苦笑を浮かべながら、フーカといっしょに靴を脱いだ。べつにお菓子は嫌いじゃない。

暗い廊下を傷《いた》んだ干物の匂いがする台所へ向かう。その途中、右手にある居間の扉の隙間から、あぐらでテレビを観ている春子の父親と目が合った。英基《ひでき》さんはずんぐりむっくりした身体にランニングシャツ一枚で、よく見えないが、たぶん下着で座っていた。さっぱり刈り上げた髪の毛、細いキツネ目、猫背。里子さんとは正反対だ。

「こんばんは」

フーカが立ち止まって声をかけた。英基さんはうなずき、こちらを見つめる。

「お邪魔してます」

「あ」

「お菓子いただきます」

「ん」

「じゃあ」

軽く礼をしてすたすた歩きだすフーカとちがい、久則はこの無口な父親にいまだに慣れない。英基さんは四十過ぎ。里子さんとそう変わらない歳のはずだが、むっつりと暗い顔ばかりして、何倍もくたびれて見える。噂では、無口は日本語の発音が下手くそなせいなんだとか。サトシの親が経営する運送会社で働いているが、友だちのひとりもいないと聞いている。

ふたりとも朝鮮戦争が終わったころに、あまり良くない方法を使って日本へ出稼ぎにきたらしい。たしか松本の建設現場かどこかの飯場《はんば》で出会い結婚したという話だ。

台所の手前で、「文男くんに会ってきていいですか」と里子さんに断り奥へ進んだ。廊下は風呂と便所がある突き当たりで左右に分かれ、右へ曲がると文男の部屋が、さらに奥には、英基さん以上に日本語が駄目なお祖母《ばあ》ちゃんが寝起きする部屋がある。郷《くに》でたいへんな苦労をし、英基さんを頼りに海を渡ってきたというこのお祖母ちゃんの部屋を、久則は一度だけのぞいたことがある。塵《ちり》ひとつない畳の上に、花柄の清潔そうな布団が敷かれていた。岩村のお祖母ちゃんは大切にされているんだなと、軽く羨《うらや》んだのを憶えている。

文男の部屋の前に立ち、「久則だけど」と声をかけた。返事を待つのも面倒で、久則は襖を開けた。

もわっと汗臭い空気に出迎えられた。六畳ほどの和室は暗く、小さなスタンドライトがわずかな明かりを放っていた。その明かりの前にあぐらをかいた文男が、ぎこちなくふり返った。父親とおなじ猫背で、体型もそっくりだ。

「あ。どうも、ヒーちゃん。いらっしゃい」

口下手なのも似ている。ちがうのは伸ばしっぱなしの髪の毛、ニキビ面。夏でも長袖のトレーナーと長ズボンを着込んでいる点。そして定職に就いていないことくらいか。

挨拶もそこそこに、久則は部屋を見まわした。窓がある奥の壁も左右の壁も、隙間なく本の塔で埋まっている。単行本、文庫本、新書……さまざまな形の本が横に寝かせた状態で積まれ、それがみっしりならんでいる。小説から学術書までよりどりみどり。量だけならキョージュの蔵書に勝るとも劣らない。

しかし整然としている。本棚もなく、ばらばらのサイズが裸で積まれているのに、なぜかそう感じる。文男の、不思議な才能だと久則は思っている。

「もしかして、またちょっと増えた?」

「あ、うん。セイさん、こないだ、こっちきて、置いてた」

「え?　いつ?」

「先月。この前の、リュウのやつも、そのとき」

なるほどと納得した。あれは七月発売の新刊だ。ここには古本もあるが、おなじだけ新刊が置いてある。キョージュの蔵書ではこうはいかない。貸してと頼めばむしろ嬉々として何冊でも貸してくれるが、いかんせん品ぞろえが古すぎる。最新刊が泉鏡花《いずみきようか》という時代錯誤に加え、そもそも娯楽小説がほとんどない。気にくわないという理由から太宰や安吾、三島由紀夫《みしまゆきお》も置いてない。

だから本が読みたくなったとき、運悪くキョージュのご機嫌をとる必要でもないかぎり、久則は文男の図書館を利用するのが常だった。乱歩《らんぽ》や横溝《よこみぞ》の怪奇もの、清張《せいちょう》の映画原作や森村誠一《もりむらせいいち》の話題作、池波正太郎《いけなみしょうたろう》の新刊もたくさんある。何より希望をいえば文男が、図書館長にふさわしい的確さでオススメを選んでくれる。

正確には「文男の図書館」でなく、「セイさんの図書館」だ。ここにある本のぜんぶがセイさんのおさがりで、文男は管理を任されているにすぎない。

ちぇっ。セイさんがこっちにきてたなんて初耳だ。思わず唇がひん曲がる。

「オススメはある？」

「どんなの、いい？」

「いま読んでたのは？」

「高橋和巳《たかはしかずみ》。『邪宗門』」

「おもしろい？」

「難しい」

なら久則には無理だろう。引っ込み思案で人としゃべるのはいまいちな文男だが、読書に関しては並じゃない。

「なんでもいいけど、リュウみたいなのは勘弁してよ。ああいうのは、もういいや」

「おれ、良かったけど」

「まあ、評判はそこそこなんだろうけどさ」

「色、見えた？」

——物語の、最後の最後に、世界が、色鮮やかに、なる。ばーっと、色が、つく。透明な、ブルー。タイトルのとおり、それがはっきり、おれ、見えた。

「いや、ぜんぜん」久則はおおげさに首を横にふった。「はっきりいって胸くそ悪いだけの小説だった。主人公はスカしてるし、情けないし、その仲間たちもひどい。おれはああいう太陽族みたいな連中って、許せなくなる。あいつらの色なんて、見たくもないよ」

「ああ、そう……」文男は残念そうにうつむき、それでももごもごとしゃべりだした。あれは、あの小説は、戦争——、戦争に負けたこと、それが、勝ち負けじゃなく、敗戦が、もうそうでしかあり得ない時代に生まれた世代の、作品なんだと、おれは思ってて……。

必死に想いを伝えようとしている姿がいたたまれなく、妙に胸がざわついた。

「そんなことより文男くんさ、なんでハルにおれたちの襲撃を教えたんだよ。ハルにも、おれたちにも、それは卑怯じゃないか？　手伝いもしなかったくせに」

「え、いや——」文男が慌てたように顔を上げた。「おれ」

「まあ、もういいけど」

背を向けると同時に、手首をつかまれた。びっくりして文男を見ると、視線がかち合った。

「おれ——」文男が唾を飛ばす。「おれ、知ってる。あいつら、まずい」

「は？」

「まずい。ヒーちゃん」

「なんだよ、何いってんだよ」

「おれ、ちゃんとする。今度は」

「放せよ！」

手をふり払い、「痛《い》てえなっ」とにらみつける。文男が「ごめん」と小さく謝る。

「ヒーちゃん、おれ、ちゃんとする」

「もういいって」

「新しいの、ある。小説、オススメ」

「だから要らないってば」

「ある。オススメ」

「もういいっていってるだろ！」

熱が理性を焼いた。

「何がオススメだ。春子ひとり守れないで、本なんて少しも意味ないじゃないか！」

文男は何もいわなかった。自分の罵声に自分が傷ついた気分になって、久則は立ちつくしている年長の友だちから視線をそらした。もう一言、何かひどい台詞をいってしまう予感が怖くて、たまらず部屋を飛びだした。ちょうどトイレから、パジャマに着替えた春子が現れた。暗がりに立つ丸いほっぺをした少女の、妙に虚ろな目にどきりとし、火照《ほて》った身体《からだ》が一気に冷えた。

台所から、お饅頭なくなるよー、とフーカの呼ぶ声がする。春子は眠そうな顔になり、奥の廊下へ歩いてゆく。


「文男くんと何かあった？」

フーカの勘の鋭さに内心驚きながら、べつになんも、とことさらぶっきらぼうに吐き捨てた。ふうん、と上半身をかがめたフーカが意味深に顔をのぞき込んでくる。

「……おまえ、そんなふうに歩いてたらどぶに足を突っ込むぞ」

「そこまでドジじゃありません。それに落ちたら、ヒーちゃん助けてくれるでしょ？」

「どぶに落ちるのを助ける暇なんてないだろ」

「じゃなくって、足を挫《くじ》いたらおんぶしてくれるでしょってこと」

思わず目をそらしてしまう。糸のように細い月が夜空に光っている。

「で、何があったの？」

「ないよ、べつに何も」

「ふうん。ならいいけど」と信じていない響き。

「まあ文男くんもさ、もうちょっとしっかりしてくれないと困るんだけどね」

「困るって、おまえに関係ないだろ」

「そりゃそうよ。でも、いまは中途半端すぎる。ヤクザならヤクザになるなりしてちゃんと身を立ててくれないと、ハルがかわいそう」

「は？　なんでハルが」

「女の子だからよ」

久則はピンとこず眉間にしわを寄せたが、それ以上フーカは語らなかった。

気を取り直すように大きく両手をぶらつかせ、「ヒーちゃんはどうするの？　高校終わったら」

「どうって……、べつに、どうもしないさ。キンタみたいにデキがいいわけでもないし」

学区にうるさいこの辺で、わざわざキンタは長野市の高校を選んだ。あっちには良い塾があるからと、長野市出身のママさんがあの手この手を使ったらしい。狙っているのは日本一の大学。前に本人があっけらかんといっていた。

「勉強がぜんぶじゃないと思うけど」

「勉強以外もぜんぶだ。絵が描けるわけでもないし、スポーツだってそこそこだし」

「剣道もわたしに負ける」

うるさいな。

「サトシは会社を継ぐんだろ。あんな奴だけど、ここいらじゃいちばんの跡取り息子だもんな。コーショーには音楽がある。あいつ、東京へ行くつもりらしい」

「へえ！　おうちは許してるの？」

「まさか。夜行でも使って家出するつもりだろ。音楽のこととか教えてくれる先輩が先に上京してて、その人とバンド組むんだって」

へえ、ふうん、そっか、東京かあ。フーカの声に羨望《せんぼう》を感じ、ちくりと胸に痛みが走る。

「だから、そういうのがおれにはないんだ。おもしろいことなんか何もない」

「大学とかは？」

「——大学はわかんないけど、東京はないよ。コーショーんとこみたいに兄貴でもいればべつだろうけど、うちは姉ちゃんたちがいなくなって、おれしかいないから」

ふたりの姉は最近つづけざまに結婚し、ひとりは南部に、もうひとりは県外へ居を移していた。

「家をほったらかしにはできない」

「お父さんがいるじゃない」

「じいちゃんが——」

久則は、ズボンのポケットに手を突っ込んだ。

「じいちゃんが、ぼけちゃってんだ。ここんとこ、どんどんひどくなってて、けっこうむちゃくちゃでさ。親父は——、あいつは仕事とジャイアンツにしか興味ないから。だからお袋が、いっつもひどい目に遭ってる。ぶたれたり、怒鳴られたり……」

小便をかけられたり。

「さすがに、ほっとけないだろ」

砂利を蹴飛ばす。石ころが神川へ落ちてゆく。

「おれは、たぶん、警官になると思う」

誰かに打ち明けるのは初めてだった。地方警察は二世を歓迎するらしいから勉強はそこそこでも採用される見込みは高い――そんなふうに久則は語った。

「マカロニやジーパンみたいな刑事は無理だし、親父みたいな内勤も嫌だけど、でも交番のお巡りさんになら、なれるだろうから」

「ふうん……」フーカがため息のようにいう。「なんか、ヒーちゃんっぽいね」

「おまえは？　おまえも、どっかよそへ行きたいのか？」

「いえいえ、とんでもない。わたしは分相応、ちゃんとわきまえてますから」

「千百合さんみたいに、こっちで働くのか」

高校を卒業してから上田市の会社で事務員をしているのだと聞いている。

フーカが、意味ありげに小首をかしげた。「ヒーちゃんさあ」妙に粘っこい声でいう。「ユリ姉が会社で働いてるとこ、見たことあるの？」

「へ？」

「事務の仕事してるのを。帳簿つけたり、領収書を整理したり、お茶を汲んだりしてる姿をさ」

「いや……、そんなもん見たことないけど、でも、そうなんだろ？」

「うん、だよねえ」

はあ？　久則の戸惑いを置いてきぼりに、フーカは空を見上げた。なんなんだ、いったい――喉まで出かかった文句が、彼女の耳から顎に流れるなめらかなラインに吸い寄せられ、うやむやに消滅した。千百合さんとはまったく似てない。向こうが高嶺の花ならこっちは野生の小動物――ちょっと前まではそう思っていた。年々わからなくなってゆく。ただ中学三年のころ、多くの男子が彼女に交際を申し込んだのは事実だ。挑戦者の話を聞くたび久則はそわそわし、玉砕したと聞いて安堵した。

「ヒーちゃんは、いい警官になる気がするなあ」

「……なんでだよ」

「理由なんて知りません。でもそんな気がする。さっきお父さんが話してたでしょ？　社会とか世間とか、世の中には、そのようにして世界を成してきた何かがあるって」

「わかるような、わかんないような感じだったけどな」

「わたしだってさっぱりよ。でも、それはきっと良き事なんだと思う。ヒーちゃんは、それができる人なんだと思う」

良き事――。そのなんでもない言葉が、はっとするほど新鮮に響いた。

「《そうしましょうね？》」

すべるようにフーカが口にした。空を見たまま、月へ語りかけるみたいに。

「《愚者や意地悪い人たちが、私たちの幸せを妬《ねた》んだり、そねんだりするでしょうが、私たちは出来るだけ高きにあって、常に寛容でありましょうね》」

ふいにこちらを見て、にこりとほほ笑む。

そしてふたたび、空へ向かい詠《うた》いだす。

そうしましょうね？　「希望」が微笑しながら示してくれるつつましい道を、

楽しくゆっくりと私たちは行きましょうね、
人が見ていようが、またはは知らずにいようが、そんなことにはかまわずに。

暗い森の中のように恋の中に世をのがれて、
私たちの二つの心が恋の甘さ楽しさを歌い出すと、
夕ぐれに歌う二羽の鶯《うぐいす》のように聞えるでしょうね。

なおもフーカは詠《よ》みつづけた。音符のように言葉が跳ねて、その一言一言が、意味よりも早く久則の心に染み入ってきた。

運命が行末《ゆくすえ》私たちのため何を用意しているか
なぞは考えずに、歩調を合せて歩きましょう、
手に手をとって、混《まじ》りっけのない気持で愛し合う
人だけが持つ無邪気な心で、そうしましょうね？

アリアを歌いきったオペラ歌手のようにポーズを決め、どう？　と見つめてくる。
「ポール・ヴェルレーヌ。昭和の文学青年に大人気だったフランスの詩人。荷風も訳詩をしてる」

いまのは堀口大學《ほりぐちだいがく》だけどね、と添え、いたずらっぽく唇を広げる。

「ドキドキしたでしょ？」

答えられなかった。いまフーカと目を合わせたら、どうなってしまうかわからない。

スキップするみたいにフーカは歩いた。また鼻歌をうたった。やっぱり久則が知らない歌だった。わかることは何もなかった。だから黙って、ならんで歩いた。ただ彼女の背中で組んだ手の指を、恥ずかしいほど近くに感じた。月はほんとにか細くて、空は真っ暗だったけど、この瞬間、最後の花火が上がっても、ぜんぜん不思議じゃない夜だった。

「ねえ、ロマンチストな久則くん」

ぼろっちい赤錆の橋と二階建ての家屋が目前に迫ったころ、フーカがいった。吐息がかかりそうな距離で、目を細め。――わたしたちは、そうしましょうね？　と。

からかわれたんだ――。そんなふうにいい聞かせながら、それでもふわふわした気分のまま、久則はフーカの軽やかな足どりを追って玄関をくぐった。
バーベキューの片づけは済んでいて、流しの音もテレビの音も聞こえなかった。キョージュは寝室でいびきをかいているのだろう。一階の奥にある広間が久則たちの寝床で、今夜は五人でまぶたの限界までトランプをしようと決めていた。キンタが仕入れてきた大富豪というゲームは三日三晩遊べるくらいおもしろい。お菓子を取ってくるといって台所へ向かったフーカと別れ、広間へ近づくとサトシの歌が聞こえた。それに合わせコーショーとキンタが笑っている。卑猥《ひわい》な歌詞だ。フーカがくる前に、という肚か。

「あ、久則くん」

襖に手をかける直前、千百合さんに呼び止められた。廊下の隅で、彼女は黒電話を手にしていた。

「電話。セイさんよ」

「え?」

飛びつくように、久則は受話器を受け取った。

「もしもし」

〈おう、ヒー坊。元気そうだなあ〉

ちょっと間延びした話し方、鼻にかかった声。それを聞くだけでセイさんの姿が浮かんだ。さっぱりした黒髪にぱりっとした黒いシャツ。コートが似合うすらりとした手足、がっちりした肩。なのに胸板は薄く、面長の顔も細い。コーショーがサングラスを好むのは、ロックスターよりセイさんの影響だ。本名は岩村清隆《きよたか》といい、文男たちが岩村姓を名乗っているのは、仕事も住まいもセイさんの世話になっている縁からだという。英基さんより歳は下だが、貫禄は逆転している。

〈今年も合宿だと聞いてたからなあ。ほんとは顔をだしたかったんだ〉

「先月こっちにきてたんでしょ?　声かけてくれたらよかったのに。おれ、あれ読んだよ。リュウの小説。だから感想を話したかったんだ」

〈村上かあ〉どこかうれしそうな響きだ。〈あれはなかなかたいしたもんだ。ぶっきらぼうで、捨て鉢にみえるが、じつは熱い〉

「そう？　おれは、なんか馬鹿馬鹿しいって思ったけど」

〈ヒー坊らしいな。かまわんさ。小説なんざ好きにほめて勝手にくさして、銭のぶんだけ楽しみゃいいんだ〉

可笑しいことをいったわけでもないのに、自然と口もとがゆるんでしまう。

「今度はいつこっちにくるの？」

〈どうだろうなあ。そう遠くはないさ。年内、雪が降るころ。十二月、おまえの誕生日が過ぎたくらいか〉

「じゃあ、そのときまたいろいろ聞かせてよ。小説の話も、映画の話も」

セイさんは小説好きで映画狂で、東京に住んでいるから最新の情報をなんでもよく知っている。

〈おれの話もいいが、おまえのほうもいろいろ聞かせてもらわんとなあ。そろそろ進路も決まるだろ〉

またその話か。

「いいよ、それは。おれの進路なんて、どうせつまんないから」

〈つまんないってことはないだろう。まあ、また、ゆっくり聞かせろ。おまえらは、おれの弟弟子みたいなもんなんだから〉

「キョージュが師匠？　嫌だよ、カッコ悪い」

〈はは。そういうな。おれだってタコ先生の世話になったんだからな〉セイさんはキョージュのことを、そのつるりと丸いおでこに親しみを込めてタコ先生と呼んでいた。〈ガキのころに荷風を仕込まれて、いまじゃ立派な活字中毒者だ。おまえらだってそうだろう？　可愛がってもらってる。ちがうか？　なあ、ヒー坊。間違ってもそんな人の、顔をつぶしたらいかんよな〉

　急に、背筋が凍った。

〈ん？　聞いてるのか、久則〉

「あ、うん」

〈まったく、おまえも困った男だなあ〉

「セイさん――」

〈まだ、おれが話してる〉

　久則は言葉をのみ込む。

〈おおい、勘違いするなあ。怒ってるわけじゃない。むしろよくやったとほめたいくらいだ。岩村の家はおれが面倒みてるんだからな。英基も里子も文男も春子も、みんな親戚みたいなもんさ。春子を傷つけるってことは、おれを傷つけるってことだ。なあ、わかるだろ？〉

　うん、とどうにか返事をする。

〈ようし、いい子だ。だからな、おまえらがやったことに文句はないんだ。ただ、おまえらがぶっちめた奴らのなかに、ちょいとややこしいガキがいてなあ。まあ、その父親

の兄貴分からいろいろ巡って、おれの耳に届いたってわけなんだが。ようするに、落とし前つけろってな〉

さっき文男がいっていた。あいつら、まずい、と。

くくっと笑い声がする。〈ふざけた話さ。知ったこっちゃねえ。やるならとことんやっちまうぞってなもんだが、タチが悪いのは、問題のそのガキが、おまえらにやられてすっかり心を壊しちまってることなんだ〉

汗が、噴きだして止まらない。

〈身体は無事なのに一日中部屋にこもりっきりで、外にも出られないありさまらしい。たかがガキの喧嘩で、どうしたらそんなふうになるんだろうなあ〉

「セイさん――」

〈心配するな。この件はこっちで上手くやっとくさ。ただし、いいか？　タコ先生を巻き込むな。あの人のことだ。おまえらの揉めてる相手が面倒な奴らとわかった日にゃあ、勝手に出しゃばっていきかねない。こじれたら最悪の場合もある。火の粉が、千百合ちゃんに飛んじまう可能性もな〉

噴き出た汗が、今度は凍った。

〈まあ、おまえにかぎって、びびって泣きつくなんて真似は死んでもしないと信じているがな。なあ、ヒー坊。しっかりやれよ。春子のことも、文男のことも。おれは、おまえを頼りにしてんだから〉

「――うん、わかった」

〈ようし。じゃあ千百合ちゃんに代わってくれ〉

いわれるまま久則は、そばで待っている千百合さんに受話器を差しだした。動揺のせいか、安堵で気が抜けたのか、広間へ戻ろうとした足がふらついた。壁に手をついたとき、「久則くん」と後ろから呼ばれた。

受話器を抱えた千百合さんがこちらを見ていた。その眼差しに胸をつく迫力があって、思わず久則は背筋をのばした。

「みずからの道を進め。他人には好きに語らせよ」

ぽかんと、久則は千百合さんを見つめた。白い肌に、左目の泣き黒子《ぼくろ》が妙にくっきりしていた。

「勉強をしなさい。恥じない道を歩きたいなら」

彼女はいつもどおりのほほ笑みを浮かべ、受話器を耳に当て会話をはじめた。もう久則のことを気にするそぶりはなかった。かけられた言葉の意味もよくわからない。ただ、千百合さんが自分を気遣ってくれたことはたしかに思えた。ほんのり胸が熱かった。このことは、サトシたちには内緒にしとこう——。久則は背筋をのばしたまま、仲間が待つ広間へ戻った。


クリスマスより五度も気温が下がった十二月二十七日、月曜日。氷点下の中で久則は終業式の朝をむかえた。昼過ぎ、浮かれたクラスメイトの誘いから逃げて教室をあとにした。今日だけは降るなと願ったのに――。無理やり持ってきた自転車にまたがって雪をにらむ。手袋もジャンパーも、暴力的な寒波には太刀打ちできず、体温を保つべく全力でペダルを踏んだ。真田町は「ウワザイ（上在）」と呼ばれることもある。上田市側から見て、もっと高いところにある地域といった意味だ。ようするに通学路の帰りは坂が地獄ってことであり、おまけに朝よりいきおいを増した雪が地面を重たくしていた。まあでも、凍って滑るよりはぜんぜんマシだ。はやる気持ちにナニクソと力を込めて、まっすぐキョージュの家を目指した。

144号線を北上するにつれ天候は悪くなった。菅平高原のスキー客はよろこんでいるだろう。行楽に関係ない地元民にとっては迷惑なだけ。県内では降らないといわれる上田地域だが山間部は話がちがう。降るときは容赦なく降る。真田町の、久則たちが暮らす辺りはちょうど中間くらいの位置で、降るか降らぬか、どちらに転ぶかは文字どおり天の気まぐれなのだった。

今年は降りそうな予感がする。雪ではしゃぐ歳でもなく、憂鬱《ゆううつ》しか覚えない。河辺家の雪かきは久則の仕事だ。去年もおとどしも馬鹿みたいに積もったためひどい筋肉痛になった。

まもなくキョージュの家というところで久則は自転車の速度を落とした。廃駅の正面、幽霊カツラが立つ道端に、車のケツが駐《と》まっている。赤茶色のセドリックだ。

「セイさん」

自転車を横に停め窓を叩くと、運転席を倒して寝ていたセイさんがこちらを向いた。

薄い唇がにやっと広がり、「よお」と動く。

「ずいぶん早かったなあ。おまえ、ちゃんと友だちいるのか、ヒー坊」

開けた窓から、サングラスがこちらを見上げる。マフラーとコートも黒だ。

「いるよ。今日はセイさんがくるからふり切ってきた」

「うれしいこというじゃねえか。おい、それ置いてこい。タコ先生が帰ってくるまでちょっくらドライブしてこうぜ」

久則は大急ぎで坂をおり、キョージュの家の前に捨てるように自転車を停めた。全力でとんぼ返りし、セドリックの助手席に飛び込む。そのとたん、セイさんがエンジンをかける。獰猛な音と振動に体温が上昇する。父のサニーじゃこうはいかない。

松本城でも拝みにいくかあと独りごち、セイさんはシュッとした黒い手袋でハンドルを軽快に操った。革張りシートの座り心地とセイさんの横を独占できるなら、目的地が沖縄だろうが富士の樹海だろうが久則に文句はなかった。

「最近おもしろい映画あった？」

「『犬神家』、『愛のコリーダ』。どっちもそれぞれとんがってはいたけどなあ。よかったといえば、次の週にかかった『青春の殺人者』ってのがなかなかだったな」

「誰が出てるの」

「水谷《みずたに》さ。『傷《きず》だらけの天使《てん》』で、萩原《はぎわら》の相棒を演《や》ってた奴だ。監督は長谷川《はせがわ》といってな、『悪魔のようなあいつ』は観たか？　あれのホンを書いてた若手だ」

「ウチは刑事ドラマ禁止なんだよ。沢田研二《ジュリー》が主役だって聞いたけど」

「刑事というより犯罪ドラマだな。沢田が三億円事件の犯人役を演じてるんだが、時効直前に放送するにしちゃあ、けっこうなピカレスクぶりだった」

口ぶりがうれしそうだ。ずいぶん気に入ったのだろう。

「『青春の殺人者』は、新しかった」

「どこらへんが？」

ハンドルを握りながらこちらを向き、にやりとする。「最近、映画は観てるのか？」

「ぜんぜん。親父が小遣い増やしてくれないし、誕生日プレゼントもケーキだけだし」

「剣道の大会で勝ったら人食い鮫のシャシンに連れてってもらえるんだったろう」

「『ジョーズ』ね」セイさんは海外作品をほとんど観ない。理由は「かったるい」からだというけど、正直なところここの点だけはセイさんの感性を疑わざるを得ない。『スティング』の痛快さといったら！

「ずいぶん前の話だよ。試合も、準決勝で負けたし」

「ふうん、そりゃあ悪いことを聞いたな」

「県大会で四位だから、べつに悔しくないけどね」

「そうか？　それは、そうでもないだろ」

セイさんの口調は軽く、ゆえにどきりとした。悔しくないのは嘘じゃない。ベスト4はよくやったほうだと思っている。でもセイさんの基準では、それは満足に値しない。

「負け犬の話なんだ」

「え？」

「『青春の殺人者』さ。甘ったれのガキがしでかす親殺しの話でな。出来損ないの息子に出来損ないの親が殺される。とくに母親が笑えるんだが——、怖い」セイさんの唇がにゅるっとゆがむ。「筋は行き当たりばったりで、意味があるんだかないんだかよくわからんが、最後のな、なんともいえないラストカットが印象に残るんだ。水谷が抱える葛藤は安っぽく、軟弱だ。だが、じゃあどうしたらいいんだ？　そんな叫びを感じたな。渇きといってもいいかもしれん」

　話の中身をほとんど理解できないまま久則は訊いた。「渇きを描いたのが新しさなの？」

「主題が新しいわけじゃない。新しいのはそれを表すやり方だ。いいか、ヒー坊。けっきょくのとこ小説や映画が描くのは人間なんだ。そして人間なんてのは、そう簡単に新しくはならんのさ」

「でも東京は新しくなってるんでしょ？　どんどんマンションが建ってハンバーガーショップができて、乗り物も便利になってさ。新幹線でどこへでもすぐ行けるようになったら、生活が変わる。生活が変わったら価値観が変わる。それって、つまり人間が変わるってことじゃないの？」

「ほう。タコ先生、そんなこといってたのか？」

「ううん。キンタ」

　自分の考えだとカッコつけることもできたが、どうせバレると思い直した。セイさんは「ふん、あいつめ」と小憎らしそうに笑っている。

「そりゃあ表面的な振る舞いは変わるだろう。百年ちょっと前には死ぬことが武士道だと思い込んでた民族だ。おれが生まれたころだってお国のためにとかこつけて、馬鹿げた正義が大手をふっていたわけだしな。最近じゃあ共産主義革命を口にする奴もめっきり減った。べつに金持ちのくそどもがいなくなったわけでも、資本主義が心を入れ替えたわけでもないのにな。ようするに飽きと慣れなんだ。適応と呼ぶのもおこがましい軽やかさだろう？　とはいえ食い物をめぐって来る日も来る日も生き死にの殺し合いをしていた時代はともかく、それなりに腹がふくれた人間の根源的な欲望は、いつになっても変わらんとおれは思う。保身と嫉妬さ」

いつの間にかセドリックは上田市を抜け、独鈷山のふもとに細くのびる街道を走っていた。雪のやむ気配はなく、アスファルトがだんだんと白みを増している。

「それが人類からきれいさっぱりなくなった日には、キンタ先生のところへ頭を下げにいってもいいな」

道の先を見つめていると、「納得がいかないか？」と訊かれた。

「納得というか……」ごまかすように頭の後ろで両手を組む。

「保身とか嫉妬とか、よくわかんないよ」

ふふ、とセイさんが笑った。「おまえ、警官になりたいんだってな」

思わず横顔をにらんでしまう。「……フーカに聞いたの？」

「さあ、どうだったかなあ」はぐらかされた。千百合さんから聞いたのかもしれない。

キョージュの可能性もある。でもどのみち、フーカが誰かに話したのは変わらない。

「――べつに、なりたいとかじゃないよ。どうせ働くならってだけで」

「悪くないと思うがな。いかにも《栄光の五人組》にぴったりだ」

「まあ……、活動家よりは性に合ってると思うけどね」

セイさんがフロントガラスに向かってぽつりといった。「あと十年」

「え？」

「あと十年早く生まれてりゃあ、ヒー坊は火炎瓶片手にトラメガで叫んでた気がするけどな」

「おれが？　よしてよ！　あんな連中、浮かれて好きに暴れまわってるだけだ。愚連隊やヒッピーといっしょだよ」

「手厳しいな。しかし思想が要請する、革命という名の代紋が新しい表現を生む駆動力になったのは事実だろう。大島《おおしま》しかり小川《おがわ》しかり足立《あだち》しかり」

大島渚《なぎさ》くらいしか久則はわからない。

「深作《ふかさく》だってまったく無縁ってわけじゃない。村上の小説もそうだろ？　敗北と挫折の鬼っ子だ。あれはたぶん、敗戦がそうでしかあり得ない世代の表現なのさ。だっておかしな話じゃねえか。生まれたときから敗《ま》けを押しつけられてよ。おれたちは、闘ってすらいないのに」

セイさんの横顔を見つめながら、似たようなことを文男もいっていたのを思い出す。

「なあ、ヒー坊、ここだけの話、おれは荷風がいいなんて少しも思っちゃいねえんだ。けっきょくあいつは明治って時代の、美化された記憶と幻想にしがみつく偏屈爺《へんくつじじい》にすぎんのさ。奴の貴族的高慢と懐古趣味を激烈に批判した坂口のほうをおれは支持する。曰《いわ》く《筆を執る彼の態度の根本に『如何に生くべきか』が欠けて》いる」

唇をニヤリとさせ、「おれは東京で、東大と日大の決起集会をこの目で見た。血走った学生が一万も二万も集まって、ありゃあたいした騒ぎだった。ガキの祭りといやあそれまでかもしれねえが、たしかにほとばしっていた。間違いなく、あのうねりのなかに荷風はいない。奴はせいぜい、沿道の片隅で斜にかまえているだけだろう」

いつの間にかセイさんから笑みは消えていた。

「闘いもせずに敗けたまま。それを悔しいと思えなくなったら男は終わりだと、そうは思わねえか？」

「難しいことはわからないけど……」おそるおそる久則は返した。「新しくても古くても、悪い奴をカッコいいなんて思えないよ。悪いってのは、卑怯ってことでしょ？　おれ、卑怯な奴は大嫌いだ」

一瞬、セイさんはぽかんとした。それから弾けたようにハンドルを叩いた。「ははっ！　なるほど、はっきりしてやがる。こりゃいずれ、おまえに捕まる日がきそうだな」

「交番巡査にそんなチャンスはまわってこないよ。親父なんてずっと内勤だから、たぶん一度も逮捕とかしたことないんだ」

だから刑事ドラマが嫌なんだ、と久則はつづけた。ぜったい嫉妬してんだよ、と。

「そうかもな。まあ、おまえの親父さんは無口な男だ。ほんとの気持ちはわからんさ」

セイさんは中学の途中まで真田町で暮らしていた。母親はおらず、飲んだくれの父親が亡くなったのを機にひとりで上京したという。その電車賃をこっそり都合してくれたのがキョージュだった。中学の担任で、授業をさぼってばかりの不良生徒に対し、何かと世話を焼いてくれた。そんな国語教師をセイさんはいまでも慕っていて、東京で身を立てたのちも年に数回の挨拶をやめようとしない。ヤクザ者になったセイさんに、キョージュは会うたびお説教をするらしいが、それでも通いつづけている。

久則の父とは歳も離れていて、直接の知り合いではないはずだ。けれどまったく他人でいるのも、この町では難しい。数年前まで、セイさんはこちらに頻繁に通っていたという。くわしくは知らないが、ダムの建設現場に作業員を送り込む仕事を請け負っていたといえ。あれでもいちおう警官だから、何かと耳に入ることもあったのだろう。当時、セイさんになつく久則に、父はこういい放った。騙されるな、しょせんは三軍コーチにすぎない男だ――。あのときは大喧嘩になったし、いまでも久則は父を許していない。

「親父さんはともかく」セイさんが楽しげにいう。「まずおまえは、自分の問題を片づけなくちゃなあ」

ついにきたかと久則は唇を引き結んだ。覚悟はしてても肝が冷える。

「おまえにやられた工業高校の男、名前は飯沢伸夫《いいざわのぶお》っていうんだが」

四ヵ月前「おまえら」だったのが、はっきり「おまえ」に変わっていた。

「精神的に、かなり重症らしくてな。まったく良くならないんだと。まあ無理もない。知能をぜんぶ筋肉にしたような父親とシャブくってる母親に、病んだ息子の世話がまともにできるはずもねえ。腐った夫婦に大切なのは、息子をわやにした下手人からふんだくる見舞金だけなのさ。親が警官だってわかった日にゃあ、萎縮するか、悪知恵絞って利用しようとしてくるか、どっちに転ぶかは五分五分だろう。おまえんとこには、きれいな姉ちゃんがふたりもいるしな」

「セイさん」

「まあ聞け。話はついてる。筋肉親父の兄貴分ってのがおれの舎弟でな。この町の揉め事はおれを通す決めなんだ。そもそも春子に手えだしたのは向こうだ。つまり岩村の看板に唾吐いたも同然よ。その気になれば飯沢なんてえチンピラは、一家まとめて蓼科《たてしな》の山奥に埋めちまってもよかったのさ。おっと、未来のサツ官に聞かせる台詞じゃなかったな。それでだ。ともかく一発脅しをかまして、飯沢の親父と母親は黙らせた。少しだけ金を握らせて、おれの舎弟が住んでる松本に息子といっしょに引っ越しさせてな」

「え？　松本って——」

「ああ、いま向かってる。飯沢のガキが療養してる施設へな」

汗がとめどなく背中を濡らす。

「いいか、久則。ひとつだけ大事なことをいっておく。二度はいわないからよく聞けよ。警官だろうがヤクザだろうが、どっちも命を張った商売だ。タマ張ったもん同士があの手この手で化かし合って殴り合う、それがおれらの世界なんだ。生き残りたかったら、想像しろ。想像力をなくしたら負けなのさ。どんな場合でも、いちばん起こってほしくないことを想像するんだ。だいたいは起こりそうなことが起こるだろう。だが、それがどれほどあり得なそうであったとしても、いちばん起こってほしくないことだけは必ず起こる。起こっちまうもんなんだ。それに備えてない奴は、たった一度の不運で舞台から退場だ」

合いの手のように短くクラクションを鳴らす。

「繰り返すが、この件でおまえを責める気はない。むしろよくやったと抱きしめたいくらいだ。だがおまえは、自分がしたことの結果を、起こったことを、おまえ自身の目に焼きつけておかなきゃならない。それだけは、ちゃんとしておかなくちゃな」

「……払ってくれたお金は？」

「馬鹿野郎」頭をはたかれた。「貸しを押しつけるのがヤクザのやり方なんだ。いつかスピード違反を見逃せよ」

山道の先にできたばかりの有料トンネルがぽっかり口を開けていた。セイさんは迷わず金を払ってセドリックを走らせた。会話はなくなった。久則は手を組んで、じいっと心の準備につとめた。

トンネルを抜けて二十分もせずに白い建物に着いた。年の瀬ということもあるのか、学校に似たその施設は静まりかえっていた。セイさんに連れられ、久則は中へ入った。病室がならぶ二階の廊下を歩き、その部屋の前に着くと、セイさんが舌打ちをした。案内の人間があたふたと要領を得ない言い訳をする。こんなはずじゃ、たしかに今朝はベッドに、外出の予定はないはず……。

飯沢伸夫はいなかった。めくれた布団だけしかなかった。久則は否定しがたい安堵と、何かをしくじったという恐れを同時に覚えた。

外では雪が、だらだらと降りつづけている。


予定よりもずいぶん早く真田町に戻った。まだ夕方という時刻なのに外は暗く、セドリックを降りた久則は氷水のような風に吹かれて肩を震わせた。まだ帰っていないだろうと覚悟していたが、坂の下にキョージュのカローラは駐まっていた。

身ぶりでセイさんに教え、彼が降りてくるのを待つあいだ、久則は幽霊カツラのたもとから雪でかすむキョージュの家を眺めた。ここからだと日本家屋がすっかり見下ろせる。正面の二階には千百合さんの部屋の窓。たいていカーテンが引かれているし、そもそも曇りガラスだ。にもかかわらず、夜な夜な挙動不審な男子がここに立って切なげな息を吐いているという噂はよく聞く。むろんこれは怪談のたぐいでなく、大きな声ではいえないが久則も、サトシらとともに幽霊カツラの陰から目を凝らした前科があるのだった。

興味を示さないのはキンタくらいだ。あいつ、どんな女が好きなんだろう。

そんなことを考えていたら後ろから背中を押され転げかけた。笑うセイさんに文句をいって久則は坂を駆けおりた。キョージュは来年、庭の畑に白菜を増やして、あそこに林檎の木を植えるんだって……セイさんと話しながら、頭の片隅で、会わずじまいになった飯沢のことがくすぶっていた。施設を抜けだし、どこにいるのだろう。凍え死んでもおかしくないこの寒空の下で。

「悪ガキの親分と子分が来よったか」

玄関で迎えてくれたキョージュは分厚いどてらを着込んでいた。それでも小刻みに震え、白い息を吐いている。まあ入れ、と通された家の中も気温に大差はなかったが、風と雪がないぶん天国と地獄の差があった。

「すまんが飯も茶もだせんぞ」

「なんです、先生。ついにおれは客人の資格すら剝奪されちまったんで？」

「ふん、貴様はとっくの昔にな。……といいたいところだが、困っているのはこっちもおなじよ。ウチの女どもが帰ってこんのだ。酒はともかく、茶葉も米も、ぼくは不得手でな」

「ふたりともですか？」

セイさんの問いにキョージュがうなずいた。久則とおなじく終業式だったフーカは友だちと遊んでくる予告をしていたそうだが、

「千百合さんの会社はまだやってるの？」

久則の質問に、「仕事納めはあさってだと聞いとる」廊下を進みながらキョージュが答えた。

「迎えに行く？」セイさんに尋ねると、キョージュが「かまわん、かまわん」と手をふった。「まだ働いとる時間だし年の瀬だ。忘年会なんぞしとるのかもしれん。まあ、あれでおっちょこちょいなところもあるが、困ったら電話くらいしてくるだろう」

「学校も、仕事納めの飲み会があったんでしょう?」とセイさん。

「ああ。だがぼくは老兵だ。おおぜいで騒ぐのは身体にこたえる。顔だけだして早々に退散してきた」やれやれと肩を揉む。「なあに、バスが止まりでもせんかぎり心配ない。それまで男水入らずで一杯やっておこうじゃないか」

時刻は五時過ぎだった。フーカとて高校生だし、千百合さんにいたっては勤務中なのだから、たしかに心配しすぎだろう。じっさい久則も、千百合さんの職場をちょっとのぞきたかっただけである。

野次馬な思いつきはセイさんとならんで居間の炬燵《こたつ》に足を突っ込み、とろけるような暖かさを味わっているうちにすっかり消えた。キョージュが酒とつまみを運んでくる。

警察じゃあこういう酌を嫌ってほどさせられるんだぜとセイさんに焚きつけられて、見よう見真似でビール瓶を傾ける。注いだコップからあふれる泡をキョージュがすすった。

君はセンスの欠片もないな!

ざざ虫の佃煮をほおばりながらキョージュとセイさんは競うようにコップを空にし、ビールがなくなるや日本酒が登場した。久則はちびちびと最初の一杯をなめつづけ、ふたりが交わす時事談義を眺めた。内容が難しいのと早口なのと、ビールで脳みそがふやけていたせいもあり、すっかり聞き流しに終始したが退屈とは思わなかった。むしろこの場にいるのが自分だということに誇らしさを感じ、炬燵の気持ちよさも手伝って帰ろうという気力が溶けていった。

議論の隙を突いてお伺いを立ててみると、案の定、ゴキゲンなタコ先生はふたつ返事で「泊っていきなっしゃい！」と叫んでくれた。親に電話をするため極楽じみた炬燵から立ち上がる。とくに意識しないまま、目が壁の掛け時計に吸い寄せられた。例のねじ巻き時計とちがい、ほっといても止まらない電池式だとわかっているのに、秒針が動くまで、久則は針の位置を信じなかった。

文字盤は、八時五分を指している。

「ねえ、キョージュ。フーカの奴、ちょっと遅くない？」

ふたつの赤ら顔がそろって時計へ向いた。久則は内心自分の言葉に、ぜんぜん「ちょっと」じゃないと反論しつつ、大人たちの反応を待った。

「――どれ、心当たりに、かけてみるか」

キョージュが重い腰を上げた。酔っぱらっているせいか、少しよろけた。セイさんが届かない手をのばしかける。そのちぐはぐなやり取りが、胸騒ぎをかき立てる。

キョージュが廊下の黒電話へ向かい、久則もあとを追った。自宅への連絡など、もう頭から抜けている。

キョージュの細い手が受話器をつかもうとした瞬間、
ガシャンガシャン
玄関の戸を叩く音がした。

反射的にふり返るが、壁のせいで見えない。小走りに廊下を戻ると、ちょうど居間からセイさんが顔をだした。曇りガラス越しに人影があった。ガシャンガシャンとなんべんも拳を打ちつけている。

「ははあ」と、セイさんが吹きだした。「さてはヒー坊、鍵を閉めたな?」

「早く開けてえ! 凍え死ぬう!」戸を叩きながらフーカが声を張っていた。やれやれとキョージュが開錠し、白い雪にまみれたフーカが飛び込んできた。ううう、と震え、「あ、セイさん、いらっしゃい!」挨拶もそこそこに靴を脱ぎ「ひいい」と居間のストーブへ走ってゆく。

しまった、と久則は頭をかいた。防犯にうるさい河辺家とちがい、ここら辺は戸締りが適当な家も多い。鍵を持たずに出かけるなんてありがちだ。罪深い施錠犯をフーカが責め尽くすのは火を見るよりもあきらかだった。

言い訳を考えながら居間へ引き返している途中で、今度は電話が鳴った。「千百合か」とキョージュがつぶやいた。「おれ出るよ」久則は名乗り出た。「ついでに家に電話するから」

フーカの暴力を先延ばしするべく、そそくさと黒電話へ急ぐ。

「はい、竹内です」

〈あ、あの、岩村です〉

「え、ハル?」

おどおどした声に困惑が加わった。〈ヒー兄ちゃん?〉

「ああ、うん。遊びにきてたんだ。どうした? キョージュに用か」

〈うん……あのね、そっちに、お兄ちゃん、行ってない?〉

「文男くんが?」

うん……と消え入るような相づち。

「きてないけど、どうかしたのか」

〈うん、お兄ちゃん、いないみたいなの、お昼前からずっと〉

昼前から？　あの文男くんが？　仕事でもないかぎり、ほとんど家から出ないのに。

「お父さんたちはなんて？」

〈黙って車で出かけて、そのあとはぜんぜん知らないって……〉

不安が伝わってくる。何せこの気温と雪だ。

「いま、セイさんがいるから訊いてみるよ」

電話をつないだまま受話器を置き、居間へ走る。「セイさん。今日、文男くんに何か頼んだ？」「仕事を？　いいや、連絡もしてないが」

「ムンナムがどうしたんだ？」なぜかキョージュは彼らを朝鮮語の読み方で呼ぶ。

文男が出かけたっきり帰っていないのだと伝えると、セイさんが眉間にしわを寄せた。ストーブを占領している制服姿のフーカが不安げな顔をこちらへ向ける。

セイさんがいう。「まあ、大丈夫だろう。心配する時刻じゃないさ」

黒電話に戻りセイさんの言葉をそのまま伝える。春子が小さく〈わかりました。ごめんなさい〉と応じる。念のため近所の人に訊いて回ったらどうかと口にしかけ、のみ込んだ。岩村家に対する風当たりの強さ。それゆえ春子も、すがるようにキョージュの家に電話してきたのだろう。

「まあ、でも、たぶんそのうち、ひょっこり帰ってくるよ」

我ながら気休めの台詞だが、春子は、うん、ありがとう、と礼を返してくれた。何かわかったら電話すると約束し、受話器を置く。もやもやが、胸の奥からあふれ、じわりと皮膚を粟立《あわ》たせた。嫌な感じだった。

サトシやキンタに訊いてみようか。あいつらの家の番号なら頭に入っている。

回転盤の数字をまわしかけ、指が止まった。セイさんを独り占めにしている負い目が邪魔をした。セイさんに心酔しているサトシも、東京の話を聞きたくてうずうずしているコーショーも、抜け駆けに怒らないはずがない。

「あ、久則だけど」

悩んだ末、久則は自宅にかけた。

〈何をしてる〉

父の、感情のない声にうんざりした。

「キョージュのとこで遊んでる。泊ってくよ」

返事がない。つまり、苛立っている。

〈なぜ、勝手をする?〉

「べつにいいだろ、一日くらい」

〈母さんは、おまえのご飯をつくっているぞ〉

忘れていた。少しだけ胸が痛んだ。

〈帰ってこい〉

「泊ってくよ」

〈久則〉事務的な口ぶり。〈付き合う相手は選べ〉

かっと頭に血がのぼった。愛される一方で、エキセントリックな国語教師を毛嫌いする大人も多い。あのペンションのお泊り以来、久則の父もそのひとりになった。

「泊っていく。ご飯は明日の朝食べるって母さんにいっといて」

返事を待たずに電話を切る。熱を帯びた血液が全身を駆けめぐる。目の奥がちかちかする。血がにじむほど拳を握る。

「ヒー坊」

それがセイさんでなかったら、にらみつけていただろう。

黒い手袋をはめながら、彼は真剣な顔でこういった。

「千百合ちゃんを捜してくる」

セイさんが出かけ、キョージュが職場に電話した。残業で居残りの若い男性社員が、竹内千百合は六時に退社していると教えてくれた。千百合さんの行き先はフーカも知らなかった。思いつくまま仲のよい人間に電話をしたが、手がかりは得られなかった。

あとから聞いた話では、セイさんは明け方まで職場のある上田駅周辺をセドリックで巡回し、食堂や居酒屋、バーにスナックをのぞいてまわっていたという。

久則とキョージュは町内を捜した。とくに神川沿いを注意した。まれに酔っ払いや老人が転げる事故が発生する。この気温だ。気を失っただけでも命を落としかねない。繁る木々のあいだから十メートルほど下の川面を懐中電灯で照らすたび、久則は千百合さんの白い肌が現れやしないかと気が気でなかった。

やがて事情を聞きつけた住人たちが捜索に加わった。サトシの家族やコーショーの兄もいた。交番の巡査も顔を見せたが、父の姿はなかった。無性に恥ずかしく、怒りを覚えた。

夜が深まるころには町の男たちがおおぜい集まり、寒さに負けない妙な熱気が漂った。久則はサトシとコーショーと三人で川べりを捜しつづけ、幸か不幸か成果はなかった。それはほかの面々も同様で、誰ともなく、いよいよこれは山狩りの必要があるんじゃないかと声があがった。

山狩り？　なんでそんなところに千百合さんが？　考えたくもない。しかしこうなったら、もう、どうしようもない。

時間が経つにつれ焦りがつのり、足どりが殺気立ってゆく。雪は降りつづけた。気温はずっと氷点下だ。国道をぶっ飛ばしてきた白いフェアレディが捜索隊を轢《ひ》きかけ、運転席から罵声を飛ばした。町の男たちは車を囲み、一触即発の状態になった。ヒステリックなクラクションが何度も響いた。「くそボンが」菅平高原へ逃げるように走ってゆくテールランプに誰かが吐いた。山に埋めてやっか、都会もん。

午前二時過ぎ。いったんここまでにしよう、二次被害が出かねない。年配の巡査が提案し、みな帰路についた。キョージュは、蒼白の顔でひとりひとりに頭を下げた。今夜はありがとう。何か気づいたら連絡をください。どうか明日も、よろしくお願いいたします。

　家では電話番のフーカがひとりで待っていた。彼女もまた、顔色を失っていた。キョージュと久則を見るなり顔をゆがめ、かかってきた電話の内容を教えてくれたが、千百合さん本人から連絡はない。有意義な報せはひとつだけ。「ついさっきハルちゃんから。文男くん帰ってきたって」

　風呂に入り、いつも泊っている広間に布団を敷いてもらった。お休みの挨拶をしようと居間をのぞくと、キョージュは湯呑を見つめ炬燵にじっと座っていた。声がかけられなかった。このまま座りつづけるつもりなのだ。千百合さんが戻るまで。

　ひとりで寝るには広すぎる広間で、久則もまた眠れなかった。身体は疲れきっていたが意識は尖って、暗い天井を見つめながら、なぜこんなことになったんだ、と問いかけた。何が起こったのか、ほんの少しもわからない。けれど胸騒ぎは、これがたんなるおっちょこちょいじゃ済まない予感でいっぱいだった。

　セイさんが帰ってきたのは午前四時ごろだったそうだが、さすがに久則は眠りの中にいた。吹雪の音だけがする真っ黒な夢。

　翌日、翌々日――。天候は回復せず、気温は低いまま、千百合さんの行方はいっこうにつかめなかった。警察と町の有志が山狩りを計画したが天候不順で足踏みとなり、そうこうしているうちに大晦日が迫った。ふたつの低気圧が列島を挟んで通過し、北海道や東北、北陸で記録的な大雪が降った。多いところでは日に百センチにおよぶ豪雪になったという。県内でも内陸部はせいぜい十センチ程度の積雪だったが、山間部はそれなりに影響があり、けっきょく、千百合さんの行方はつかめないまま、雪とともに正月は過ぎた。町全体が重苦しい空気に覆われ、祝いの言葉も立派な料理も柏手《かしわで》も、どこか白々しさをぬぐえなかった。

キョージュは家にこもった。誰を責めることもなく、何を求めることもなく、ひたすら千百合さんからかかってくるかもしれない電話を待つことにしたのだった。訪ねることさえ憚られる凍てついた空気は、捜索の行き詰まりをはっきりと表していた。失踪から十日が経ち、久則たちにできることは残ってなかった。

始業式を明日にひかえた一月六日の正午、セイさんに呼ばれた久則は雪がぱらつくなかを集合に使っている山の物置小屋へ出向いた。すでにセイさんとサトシがきていた。まもなく焦げ茶色のコートを着込んだコーショーが現れた。最後にキンタが、制服にフード付きの毛糸の上着でやってきた。

軒下の缶に座ったセイさんが久則たちを上目遣いになめた。くだけた雰囲気はまったくなかった。千百合さんが消えてからキョージュの家に泊り込んでいるセイさんは、ただでさえ細かった顔から頬骨が出っ張り、サングラスで隠した目つきに幽鬼の気配を忍ばせていた。

「よおく、きてくれたなあ」

久則たちは微動だにせずセイさんの前にならんだ。サトシは海兵隊のように後ろで手を組み、コーショーは神妙にコートのポケットに手を突っ込んでいる。キンタの横に立ち、久則は身を強張らせた。

「いうまでもないが千百合ちゃんは見つかってねえ。手がかりもなしだ。事故や事件の痕跡がない以上、自分の意思でどっかへ行ったんじゃねえかと警察は見てる。ただの失踪あつかいじゃあ奴らの仕事も手ぬるいもんさ。正月に捜査員を働かせるのもタダじゃねえってなもんで、聞き込みも中途半端、はっきりいやあ放置だな。人の文句ばかりはいえねえか。この程度の、塵《ちり》みたいな雪にびびって山狩りをのばしのばしにしてるおれたちにゃあな」

いろんな噂が、久則の耳にも入っていた。千百合さんはしっかり者で、成人女性で、おまけにあの容姿だ。田舎暮らしに愛想を尽かし、好いた男のもとへ行ったんじゃないか。黙っていなくなったのはあのキテレツなお父っつぁんに反対されるのを嫌がったからだろう。町の若い衆に色目ばかり使ってたくせに、やっぱり都会がよかったってことだあね。おとなしそうな顔してあれは昔っから男好き、とんだアバズレだよ……。

邪推を口にする住人は増えている。ようするに暇人どもがゴシップに浮かれているだけだと頭ではわかっていたが、さすがに母がそんな話を近所のおばさん連中としているのを見かけたときは「うるせえぞ！」と怒鳴ってしまった。あとで泣かれ、よけいな罪悪感だけがつのった。

「フーカとキョージュは、どうしてんすか」

サトシの質問にセイさんは青白い顔を横にふった。「どうもこうもねえ。タコ先生はずっと居間で寝起きしてる。電話の前を動きたがらねえんだ。炬燵を廊下に動かそうとしたからさすがに止めて、電気屋呼んで電話のほうを居間にのばしてな。誘拐の可能性もあるからって、その対策もしてやった」

セイさんが煙草をくわえた。めずらしかった。ふだん久則たちの前では吸わないのに。

「フーカも似たような状態だ。飯は食えてるが、ほとんど病人みたいなもんだ」

地面へ吹きかける煙は雪より濃い白だった。

「誘拐だろうが駆け落ちだろうが、証拠のひとつも見つかっちゃいない。じっさい何があったかはわからねえ。車に轢かれた、変態に連れ去られた、くそ野郎に殺された」

殺された――。セイさんの声が震えていた。寒さのせいではないだろう。誰もが頭の片隅で考えていることだ。下世話な邪推は、それらをごまかす意味合いもあるのかもしれない。

「やったのが大人ともかぎらん。そうだろう？」

じろりと視線が、久則に突き刺さる。

「さすがにおれも、そろそろ向こうへ戻らなくちゃいけなくてな。そこでおまえらに頼みがある。この先、学校や近所で気になることがあったら、大小かまわず報せてくれ。文男を使ってくれたらいい。千百合ちゃんの失踪前と少しでも様子のちがう人間や、知ったようなクチをきく馬鹿がいたら、すぐあいつに伝えるんだ。いいな？　見逃すな。あの子を襲ったくそ野郎が、おまえらの教室や近所の定食屋にいるかもしれねえんだからな」

じりっと緊張が張りつめた。

「ただし変な真似はするなよ。仮に千百合ちゃんをやった犯人を見つけても手はださず、おれに任せるんだ」

「でも――」

「うるせえぞ、サトシ」

サトシが口を閉じ、しんと辺りが静まった。

「いいな？　自分たちでどうにかしようなんて考えたら承知しねえからな。ぜったいに、おれをとおせ。約束しろ」

「警察じゃなく？」

キンタの声はいつもと変わらず間が抜けていた。

「警察に連絡するほうが早いよ。セイさんが東京から戻ってくるのを待つよりも」

馬鹿！　と黙らせるより先に、「ああ、そうだな。そのとおりだ」とセイさんが認めた。

「だからこうしてお願いしてるのさ。おれに伝えろと」

心臓がしめつけられた。セイさんの放つ空気。殺気。

「ふうん」どこまでもキンタはのんびりだ。「わかった。そうする」

「ようし。頼んだぜ、おまえら」

いいながら腰を上げ、「繰り返すが、くれぐれもよけいな真似はするなよ。おまえらはピカピカの青少年なんだ。チン毛が生えそろうまで勉強と遊びにうつつを抜かすのがつとめなんだからな」

チン毛なら生えてらあとサトシがうそぶき、竿はキッズだけどなとコーショーが茶化した。セイさんはみんなに小遣いをくれた。少しだけ東京の話をして、じゃあなと坂をおりていった。

　セイさんがいなくなると、会話は弾まなかった。馬鹿話のひとつもないまま、なんとなく解散となった。

　坂を歩きながら、セイさん、やせたな、とサトシがつぶやく。兄貴のほうがもっとやせた、とコーショーが応じる。美味かったよな、千百合さんの天ぷら。お好み焼きも。あと、スケートな。

　ああ、楽しかった。それにあのときの千百合さん、綺麗だった。

　そうだな、綺麗だったなと、久則は返した。

「セイさんはああいってたけど――」サトシがいう。「なんかできねえかな、おれたちで」

「無理だよ」キンタが即答した。「警察が捜査してるのに、こうなってるんだから」

　サトシがキンタをにらんだ。「でもよ」

「セイさんを裏切るの？」

　痛いところを突かれ、サトシはごまかすように唾を吐いた。「そういやおまえ、一度も捜索にこなかったよな」

「うん。誘われなかったし、ぼくは家が遠いから」

「は？　関係ねえだろ、そんなの」

「関係はあるよ。それにぼくはとろくさいし、きっと役に立たなかった。だったら家で勉強をしているほうが――」

「よせよ」久則が止めた。「いいよ、もう。そういう話は」

みながやるせなさを嚙みしめていた。田舎に咲いた高嶺の花がどこかへ消えた。あるいは誰かに摘まれてしまった。それならよその男と駆け落ちのほうがいい。明日にでも手紙が届いてくれたらいい……。

十日後――しかし見つかったのは、首を絞められことときれた、白く冷たい死体だった。

キョージュの憔悴《しょうすい》を茶化せる者はいなかった。葬儀の日、喪主として座した老人は目を見開いたまま傾くようにうなだれ、しかし背筋だけはのびており、それがよけいに彼の変調を物語っていた。

フーカは気丈だった。腑抜けた父親の代わりに参列者に挨拶をし、ときおり姉の遺影へ力強い視線を投げた。千百合さんの写真は穏やかなほほ笑みを浮かべていた。

焼香だけ済ませ、久則たちはキョージュの家をあとにした。親とも別れ、ごく自然にサトシやコーショーと合流し、神川沿いを下った。ふたりは制服で、サトシは喪服だった。見るからに着慣れてないが、しかしこいつはもう働いているんだなと変に納得した。

黙々と歩き、郵便局のそばの交差点を折れ、剣岩山のほうへ進んだ。今週になって暖かい日がつづいたおかげで雪が溶け、道はぬかるんでいた。千百合さんの遺体が発見されたのも、そうした事情と関係していた。

山のふもとから物置小屋へ通じる坂をのぼる。ここへくるのは始業式前に呼びだされて以来だ。

セイさんは葬儀に顔をださなかった。ヤクザ者が迷惑かけちゃまずいだろ——たぶんそんな気遣いで。

このあいだ、彼が座っていた缶の上に先客がいた。キンタである。

「間に合ったね」

朗らかな口調が癇に障《さわ》った。それはサトシもコーショーもいっしょだった。癇癪をこらえることができたのは、キンタの息があがっていたからだ。半ドンの授業を終え、長野市から駆けつけたのだ。塾はさぼっている。スパルタなママさんにバレたらひどい目に遭うのに。

「いいから座っとけよ」

立ち上がりかけたキンタを制し、久則は彼の前に立った。サトシとコーショーがつづき、意図せずキンタを囲うかたちになった。葬儀の様子を伝えると、興味なさげに「ふうん」とだけもらす。薄情ぶりが鼻についたが、いちいち苛立ってる場合じゃなかった。

「おれたちで犯人を捕まえよう」

単刀直入に、久則は切りだした。

「警察に任せたほうがいい」案の定、キンタが即座に反対した。「それが当たり前だし、そのほうが効率的だ」

「わかってる。べつに競争するつもりはない。ただ、じっとしていられないだけだ」

キンタがため息をつく。呆れたければ呆れろ。久則に退く気はなかった。

「嫌ならおまえは抜けていい。サトシもコーショーも、無理にとはいわない。今回は相手が殺人鬼だからな。畑荒らしや野良犬とはわけがちがう」

でも——。

「おれはひとりでもやる。もう、それしか選択肢が浮かばないんだ。ほかの方法なんて、思いつかない」

感情が先走っている自覚はあった。けれどそれに抗うことを、久則はしてこなかった。いつも心の命令に従ってきた。それがどんな理由の、どういう衝動であったとしても。

「みんな好きにしてくれ。べつに恨んだりはしないから」

「ううん。やろう。ヒーちゃんがそこまでいうなら、ぼくはやる」

立ち上がったキンタが、まっすぐこちらを見た。正面から目が合った。こうして向かい合うのは夏合宿以来だと久則は気づく。

ほかのふたりの、答えるまでもないという顔つきに昂《たかぶ》るものがあった。それはふたり組の運動家を追いかけた雪の日や、サッカー部を襲撃した夏の日に感じたのとそっくりな興奮で、それ以上に熱かった。悪がいる。たしかに悪が存在している。その事実が、心を燃やす燃料になる。

たぎる気持ちに、「だけど」とキンタが冷や水をかけてきた。

「だけど問題がある。そもそもちゃんとした捜査がはじまって、それで事件が解決するのがいちばんだけど、そうじゃない場合こそぼくらの出番なわけでしょ？　警察より千百合さんをよく知っているっていう強みを活かして何かできるかもしれない。それにしたって手ぶらで行き当たりばったりじゃ時間の無駄。捜査情報はぜったいに必要。でも警察にとってぼくらはたんなる野次馬で、もっというと邪魔者で、もしかすると容疑者のひとりかもしれなくて、情報なんて、逆立ちしたって教えてくれるはずがない」

「セイさんに相談してみるのは？」

「駄目だ。反対されるに決まってる」サトシの提案を久則は撥《は》ねつけた。「セイさんにも、今回は内緒だ」

自分たちだけでやるしかない。しかしキンタのいうとおりだ。どこから手をつけたらいいのかすら見当もつかない。せめて父が刑事だったらやりようがあったのに……。

「情報ならあげる」

驚いてふり返ると、坂道を黒いセーラー服がのぼってきた。おまえ、なんで……と口にしかけた久則を、フーカはひとにらみで黙らせ、「情報は、わたしがあげる」と繰り返した。

「わたしは関係者だから。肉親だから。お父さんがあんなで、刑事さんから、わたしがいろいろ聞いてるから」

悲しみはうかがえなかった。ただ、怒りがあった。涙の代わりにあふれてしまいそうなそれを、必死でおしとどめているのだった。肩をいからせ、拳を握り、唇を嚙みしめて。

「ぜんぶ話すから。だからユリ姉を殺した奴を、わたしにやっつけさせて」

遺体発見は一月十六日の昼過ぎだった。場所は菅平口という交差点のすぐ近く。交差点といっても平地のそれとは印象がずいぶんちがう。キョージュの家から144号線を六キロほど北上した山の中にあり、この地点から北西へ、べつの国道が分岐する。交通量とかと関係なく、ようはそれだけの交差点なのだ。

軽トラが崖に面した路肩に駐まった。かぶっていたブルーシートをよけ、久則は凍える身体をこすりながら荷台から飛びおりた。おなじようにキンタがつづいた。助手席からフーカが、運転席からサトシが出てくる。フーカの案内で、四人は菅平口交差点から分岐する国道406号線を上った。

風景は完全に山中のそれだった。民家もまったく見当たらない。この雪道をもう六キロほど歩きつづければ菅平高原だ。去年、ウインタースポーツで有名なスイスのリゾート地と姉妹都市になったばかりで、その効果なのかは知らないが、今季も客足は順調だという。

千百合さんが見つかったのは、道がうねりはじめた直後、ほとんど直角に曲がる急カーブのふくらみの辺りだった。

「ここ」フーカが、下り車線の端っこに広がる空き地を指した。道路と山の斜面のあいだにできた茂みは膝丈の雑草で覆われていて、広すぎず狭すぎず、何かを棄《す》てるのにちょうどいいといえなくもなかった。頭上には雪化粧をした手つかずの木々がずらりとひしめき、圧迫感がものすごい。夜だったらと想像し、身震いする。

「なんでここにユリ姉が棄てられたのか、どうやってここまで連れられてきたのかも、ぜんぜんわかってないんだって」

ぶっきらぼうな口調がよけいに痛々しく、食いしばった口もとに不甲斐ない大人たちへの失望と憤りがにじんでいた。

発見の日から二週間が経った一月三十日日曜日。コーショーを除くメンバーで集まって遺体発見現場を訪ねることになったのは、いまもって警察がほんのわずかも事件の真相に近づけていないからである。

これまでも時間を見つけては事件の検討をしてきた。フーカが手に入れてきた情報をもとに、ああだこうだと意見を交わした。とはいえその程度ともいえる。決意があってもしょせんは高校生のやること。こなさなくてはならない日常が消えるわけでもなく、過ごしてみればいつもどおりの暮らしのなかで、ときおり襲ってくる行き場のない感情だけが事件の傷跡となっていた。

だがそれも、警察を信じたからだ。殺人事件だと判明し、本腰の捜査がはじまれば、きっとすぐに犯人は捕まるにちがいないと。

事はそう上手く運ばなかった。失踪からすでにひと月。なのに真実の解明は、フーカの言葉どおり、ぜんぜん何も、進んでいない。

「警察は菅平高原のスキー客が怪しいんじゃないかっていってる。帰る途中のユリ姉をナンパして連れ去って、殺したんじゃないかって」

失踪の日、上田駅のそばで女性がナンパされているのを見たという証言が出てきたのだ。町の捜索隊と揉めたフェアレディも候補に挙がっているらしい。地元民を疑うよりは気楽だが、しかし有力な手がかりと呼べるかは怪しかった。

「崖だね」

いつの間にやら道路を渡ったキンタが、上り車線のガードレールから身を乗りだしていた。こいつの運動神経を知っているだけに久則はぎょっとした。

「落ちたら助からないぞ」

「見つかるかどうかも怪しいね」

つられてそちら側へ道路を横切り、下をのぞいた。眼下に深い森がたたずんでいた。まるで底なし沼だ。たしかに死体のひとつやふたつ、永久に放置されたって不思議じゃない。

「雪があればなおさら」といってキンタが身体を起こした。ふり返って、フーカたちが立つ遺体発見現場の茂みを見つめる。「千百合さんが見つかったのも、雪が溶けはじめたからだよね」

露出した遺体を、菅平高原に出入りする食品会社の社員が見つけた。

彼女が失踪した十二月二十七日から年始にかけて、寒波は去らず雪も降りつづけた。東北や日本海側の地域に比べると豪雪というほどではなかったが、山間部では二十センチを超えている。寝転んだ人間を隠すには充分だったろう。とくに千百合さんほど華奢《きゃしゃ》な女性なら。

「ほんとうに？」

心を読まれた気がして、久則はうろたえた。そんな久則にかまわず、キンタは千百合さんの服装をフーカに確認した。失踪当日、彼女は黒いパンツにオフホワイトのぴったりしたセーターを着ていた。上着は濃いグリーンのロングコート。白いマフラーに、白いスニーカー。発見された遺体もおなじ恰好だった。なくなっていたのはショルダーバッグだけ。見つかっていない財布やバスの定期券、免許証のたぐいはここに入っていたと思われている。

「たしかに雪と雑草にまぎれる色味といえなくもないけど……」キンタは小首をかしげた。「この辺で車を停める用事ってある？」

「立ちションベンくらいじゃねえか」とサトシ。「でもこんな急カーブ、ふつうは怖くて選ばないと思うぜ」

「運転手ならではの意見だね」

にこりと笑い、キンタは茂みがある下り車線へふたたび道を横断する。その途中で、乗用車が下ってきた。カーブを曲がりながらクラクションを鳴らされた。雪のおかげでスピードはのろかったものの、なかなか心臓に悪い。

キンタは平気な顔で茂みを踏んだ。「草もしっかり生えてるし、目立ちにくかっただろうけど、それにしたってこんな往来のすぐそばで一ヵ月近くも気づかれなかったのは奇跡じゃないかな」

久則は左右を見ながら丸みのある背中を追った。「雪が積もったからだろ？　そのせいでみんな気づかなかった」

「うん。でも毎年、こんなに降ると決まってるわけじゃないからね」

「どういう意味？」フーカが前のめりになる。

「まずは遺体の様子を確認しよう。死因は頸部《けいぶ》の圧迫——つまり首を絞められたんだろうね」

凶器は彼女が身につけていたマフラーとみられている。それらに指紋など、犯人を特定する証拠は残っていなかった。

服装の乱れはなし。乱暴された痕跡もなかったと、以前フーカが震える声で教えてくれた。

「午後六時、定時に退勤したのを会社の人たちが見送っている。これが最後の目撃証言」

おかしな言動はなかったと、みな口をそろえているらしい。勤め先は大会社なんかじゃなく、千百合さんたち事務員は狭い部屋で肩をふれ合わせながら働いていたそうだから、異変が見逃されたとも思えない。強いて挙げるならあの日、昼休みから帰ってくるのが遅かった。しかしそれも、十分程度の話だという。

うーん、とキンタがうなった。「この点だけ……ちょっと腑に落ちないなあ」

「この点ってどの点だよ」

「労働者のモラルの度合い。あるいはたんに、事情だったのかもしれないけど」

まったく意味不明だ。

いや、というか——。

「この点だけって、おまえ何かわかったのか?」思わず責め口調になった久則を、涼しい顔でキンタはかわす。「戻ろう。ここは風が冷たすぎる」

トラックの運転席と助手席に無理やり四人で詰めた。運転席のサトシの横にちょこんと座り、手袋を取った両手で頰を挟んでいるキンタに、「ちゃんと説明しろ」と久則は迫った。あいだに挟まったフーカもキンタをにらむ。

「じゃあ、まず——」白い息を吐きながらキンタが話しだした。「あの場所まで、千百合さんはどうやって運ばれたんだと思う?」

「車だろ。それは間違いねえ」サトシが断言し、みなでうなずく。失踪の日、すでに雪は降っていた。前日の二十六日とちがい、気温は氷点下だ。

「上田市の会社から徒歩はあり得ねえし、真田町の家からでも菅平口まで歩くのは自殺行為だぜ」

「ぼくもそう思う。あの場所に千百合さんが無理やり連れていかれたにせよ、自分の意思で行ったにせよ、乗り物はぜったいに必要だった」

自分の意思で——久則に、それは盲点だった。

キンタがつづける。「でもバス通勤してた千百合さんが、あの日の仕事終わりにどんな乗り物に乗ったのかはわかっていないよね。乗用車なのかトラックなのかタクシーなのか。警察が殺人事件として捜査をはじめたにもかかわらず」

「目撃情報ならあるじゃねえか。スポーツカーにナンパされてたっていう」

「でもはっきりした証言じゃあないんでしょ？」

　だいぶ記憶があやふやで、ナンパされていた女性が千百合本人かどうかはもちろん、服装も二転三転するありさまだという。

「時間が経ってんだから仕方ねえだろ」

「ひと月くらいなら憶えているはずだよ。印象に残る出来事であれば、間違いなく」

「……それって」フーカが唇に指をそえる。「それってつまり、ユリ姉はとくに目立つことはしなかったってこと？」

　そのとおり、とキンタが手をこすり合わせる。「ぼくはこないだ塾の帰りに上田駅を歩いてみたんだ。そして千百合さんが働いていた印刷会社へ行ってみた。すごく近かった。バス停もすぐそばで、駅も遠くなかった。ぜんぶ表通りから行けるんだ。たとえばもし、千百合さんが誰かに無理やり車に乗せられたんだとしたら、騒ぎになってなくちゃおかしいよ」

「あの千百合さんが、ナンパ野郎にほいほいついてくなんてあり得ねえしな」

　サトシの意見に異論はあがらなかった。

「いつもどおりにバスで帰った場合でも目撃者がいるはずだよね。なのにひとりも見つかっていない。すると千百合さんは、ひっそり自分で車を運転したんだろうか。免許は持っていたから不可能じゃない。でも車は、キョージュが使ってたんだよね？」

　フーカがうなずく。竹内家に車はカローラが一台きり。それで出勤するのはいつもキョージュだったと。

「レンタカーなら履歴が調べられてるはずだけど、そんな話も聞こえてこない。現実味はない気がするね」

「じゃあ――」フーカが不安げな表情で訊く。「ユリ姉は会社を出てすぐ、誰か知り合いの車にすすんで乗ったってことなの？」

「あくまで可能性だけど、それがいちばんあり得ると思う。相手は、たぶん男性」

フーカが唇を引き結ぶ。さんざん警察から千百合さんの交友関係については訊かれているはずだ。けれどこうして、あらためて突きつけられると心は乱れる。

「でもわたし、ユリ姉の彼氏なんて聞いたことない」

「そこなんだ。千百合さんに秘密の彼氏がいたとして、それを家族に隠しておくのは難しくない。でも事件と認定されたいま、手帳や手紙もぜんぶ調べられたうえで、それでも相手が判明しないのはちょっと考えにくいよね。彼氏説が間違っているか、千百合さん自身が彼氏の存在を隠そうとしていたかのどちらかになる」

「待てよ。隠すって、警察にもって意味でか？」

久則の質問に「うん」と答えが返ってくる。「つまり千百合さんは、初めから、失踪するつもりだったんだ。消えたあとで探されたくないからヒントをぜんぶ処分しておいた。これならいちおう、何もわかっていない現状の説明がつく。たとえばそれを、終業式の日にした理由も」

目で問いかけるフーカに、キンタが答える。「いろいろ騒がれながら学校に通うのは、きっと大変だろうから」

妹に対する気遣い。あるいは中学教師である父親への配慮か。

「さすがに、想像力が旺盛すぎないか」

「それもそのとおり。でもぼくらにできることは想像の羽を広げることだけ。警察が手を焼いてる事件に対抗するのに、それしか武器がないからね」

いちいち正しくて嫌味なほどだ。

「でも、上田市と菅平口のあいだにはキョージュの家があるんだぞ?」

わざわざ自宅のそばを通って遺体を棄てに行くだろうか?　駆け落ちなら離れようとするのが自然だ。上田市で合流し、家に送るつもりだったというならわかるが……。

キンタが満足げににこりとする。「ヒーちゃんの疑問はもっとも。だけどその前に、さっきの道について考えてみよう。千百合さんが見つかった場所ね。あれは、変だ」

「遺体がなかなか見つからなかったことが?　でもそれは、雪が――」

「ヒーちゃん。遺体を隠したいんならね、降りつづける保証のない雪に期待するより、手っとり早く崖から投げちゃったらいいんだよ」

あっ!　と声がもれた。

「なのに犯人は茂みを選んだ。崖にしなかったのは遺体を隠す気がなかったからかな?　あり得なくはないけど、もっと単純に考えたらこうなるね。崖よりも茂みのほうが楽だった」

思わず、さっきまで立っていた急カーブのほうへ目がいく。軽トラは、キョージュの家から菅平の山頂へつづく国道の上り車線を走り、いま、崖側の路肩に駐まっている……。

久則は、自分の思い込みに気づいて興奮した。

「逆なのか」

「そう。上田市で車に乗った千百合さんは、自宅がある真田町を経由してあの場所に行ったんじゃなく、菅平高原のほうから山側の下り車線で運ばれて、車の中からあの茂みに棄てられたんだ」

茂みだろうが崖だろうが、遺体を抱えて道路を渡りたくないならば手近なほうに棄てるだろう。てっきり真田町から山を上ったと決めつけていたが、その場合、車は崖側を走ったはずで、茂みに遺体があるのはおかしい。

「もちろん下り車線を走っても崖から棄てることはできたはず。幹線道路じゃないからね。遺体を担いでいくのが嫌なら逆走して反対側に停めちゃえば解決する。だけどふだんならともかく、殺人犯になるかならないかの瀬戸際だったらどうだろう。あの年末の、スキー客がたくさん行き交う時期に、たとえ深夜であっても怖いよね。反対車線に駐車してたらすごく目立つし、目撃されたらおしまいだ。そんなリスクは冒せない。ぼくならそう考える」

だから茂みで我慢したのか。一秒でも早く遺体とおさらばしたくて。

「おまえ、すげえな」

サトシがもらした感嘆は、久則とフーカの思いでもあった。

「ありがとう。まだぜんぜん、犯人を特定したわけじゃないけどね。このくらいは警察も気づいてるはずだし」

「だとしても、千百合さんをやったのがただのナンパ野郎じゃないって、確信してるのはおれたちだけだろ」

久則は自分の言葉に手ごたえを感じた。やれるんじゃないか。悪を引っ捕まえる。それは間違いなく、良き事だ。

フーカのうなじが目の前にあった。以前より青白い。キョージュは学校も休みっぱなしで、いまもずっと炬燵に座って黒電話を見つめているらしい。

犯人をやっつける。自分たちは近づいている。

「次はどうしたらいい？　おまえのことだから、もうアイディアがあるんだろ」

キンタが人差し指をぴんと立てる。「まずはコーちゃんの報告に期待しよう」


コーショーとはその夜、公民館のそばにあるバスの待合室で合流した。そろそろ終バスという時刻で、ほかの待ち客は誰もいなかった。キンタの家まで歩いて五分。門限にうるさいママさんを納得させる言い訳は用意済みというから恐れ入る。

やってきたコーショーが引き戸を閉め、たまんないな、と白い息で震えた。

「兄貴たちの話、聞いてきた」

ついさっきまで地域の青年団が役場の集会所を借りて飲み会を開いていたのだ。千百合さんを偲ぶ会と銘打たれたその集まりに、コーショーはお兄さんのツテを使い潜り込んだ。

「ストレートにいうけど、青年団のひとたちに千百合さんの恋人はいないと思う」

飲み会には青年団のほかにも千百合さんの同級生や職場の同僚が参加し、顔ぶれは多彩だったが、彼女の好《い》い人を具体的に知っている者はいなかった。自分の兄をふくめたみんなが、この悲惨な出来事をどう消化してよいのか決めあぐね、せめてどこかにいる犯人に酒の力を借りて呪いの言葉を吐きかけていたという。

収穫といえば、千百合さんと高校のクラスメイトで、いまは上田市で主婦をしている女性と仲良くなったことだった。手をだしたんじゃないだろうな？　よしてくれ、おれよりふたまわりもふくよかなんだ……。

容姿はともかく、彼女の話は興味深かった。

「千百合さんとは仲良くて、卒業したあともたまに連絡を取ってたらしいんだ。それで、こんなことをいってた」

コーショーはフーカへ気遣いの視線を送ってから、意を決して口を開いた。

「千百合さん、あんまりよくない恋愛をしてたんじゃないかって」

「よくない恋愛って？」とキンタが訊く。ほんとうにわからないという顔だ。

「横恋慕とか、相手がゴロツキとか、そういうんじゃないか」

「ロックンローラーもだろ」とサトシが茶化す。

「否定はしない。ライク・ア・ローリング・ストーン。転がる石ころのスピリットは飼い慣らせない。……いや、そんなことはどうでもよくて、千百合さんにそういう人がいたのは事実みたいだ。名前も職業も、何ひとつ教えてくれなかったらしいけどな」

それが「よくない恋愛」の根拠か。

「でも、それ、六年も前の話なんだ」

六年前といえば千百合さんが高校を卒業した年だ。そのときふたりが良い関係だったなら進展か破局があるのがふつうで、結末を誰も知らないなんて考えにくい。町の男たちの熱い視線を集めていた女性の恋だ。隠すのも限界があるだろう。

何より、

「わたし、そんなのぜんぜん知らない」

妹のフーカに相談どころか愚痴のひとつもこぼさないなんてあり得るだろうか。

「おまえの推理のとおりかもな」

久則はキンタにいった。千百合さんには注意深く存在を隠してきた恋人がいて、関係は、現在も密かにつづいていたのだ。

「その主婦の彼女」とコーショーがつづけた。「いっしょに新聞部に入ってたらしいんだ。いろんなとこへ取材に行って、おもしろい人に会ったり、怖い人に会ったりしたって」

「怖い人って？」

「アイ・ドン・ノウ。もしかしたらセイさんかもな」

あり得る、と思った瞬間、「あっ」とフーカがもらした。

「そういえばユリ姉、辞めさせられたんだ。お父さんに」

「何を？」

「新聞部」

「え？　なんで」

「……わからない。でも、それで喧嘩になったの。ユリ姉がお父さんに逆らうのめずらしくて、だから憶えてる」

みな首をひねった。キョージュが新聞部をすすめるならわかるが、辞めろというのはイメージと合わない。

「最初は話し合ってたんだけど、ユリ姉は頑《かたく》なで、それでお父さん、鬼みたいになっちゃって。そっからユリ姉は、じっと黙って、大声で怒鳴るお父さんをただただにらんで……」

最後はキョージュが強引に退部させ、ほどなく千百合さんもふだんの様子に戻った。高校を卒業する直前、彼女の就職先を見つけてきたのもキョージュだと、久則たちはこのとき初めて知った。あの印刷所は、キョージュを慕っていた教え子の会社だったのだ。

「だからわたしは、そのときの喧嘩を見てるから、ユリ姉がお父さんのいうまま、素直に就職して働いてるのが、どうしても信じきれなくて……」

フーカが口をつぐみ、困惑が広がった。あの千百合さんがキョージュと大喧嘩？　呆気にとられるサトシやコーショーの横で、久則にはどこか腑に落ちる気持ちがあった。

とはいえフーカの話は、千百合さんが家を捨て駆け落ちを決断したその一因を説明しているのかもしれないが、殺人事件の解決に役立つかといわれると、いまひとつピンとこない。

待合室に光が差し込んだ。バスのヘッドライトだ。タイムアップとばかりに久則たちは解散することにした。外は相変わらずの極寒で、またたく間に皮膚がつっぱった。

「またね、バイバイ」とキンタが去るのを見送り、駐めてある軽トラへぞろぞろと歩く。軽トラのそばにコーショーの自転車が停まっている。

夜の寒さの中で走るトラックの荷台は拷問だ。無理やりでも助手席に乗せてくれと頼むためフーカを見ると、彼女の足は止まっていた。

「ふたりで行って。わたし、ハルちゃんちに寄っていくから」

「いまから？」見つかったら補導されかねない時刻である。

「用でもあるのか」

「お見舞い。もうずっと、風邪で寝込んでるらしいの」

「ハルが？」

「ううん、文男くん。この前ハルちゃんに電話したとき聞いて」

文男が風邪？　千百合さんの失踪以来、顔を見てなかったが……。

待て。そういえば。

「あの夜」

「そういえば」

コーショーのほうが早かった。「嫌な話があったな。飲み会で、犯人は誰だって話題になって」

「お兄さんが真犯人にされたのか？」とサトシがからかう。

「あり得なくはない。あの図体であのパワーで、ヴァイオレントで、じつにブルシットな奴だからな。でも残念ながら、名前が挙がったのは文男くんだ」

「はあ？　文男くん？　あんな引きこもりがどうやって千百合さんをナンパすんだよ」

「ナンパと決まったわけじゃないし、酒飲み話に根拠なんていらないだろう。ただ、失踪の日に文男くんを外で見たって人がいて」

「嘘つけよ。家が火事になっても動かない男だぜ」

軽口に流れていくふたりのやり取りを聞きながら、心臓がどくんと鳴った。目立たないよう息を整え、フーカに「なあ」と声をかける。

「殺人鬼がうろついてるかもしれないし、文男くんちまで付き合うよ」


半月の夜だった。木の橋の向こうで、平べったい家屋が青白く照らされていた。ごめんくださーいと声をかけるフーカの後ろに立って、久則はどうしようか決めかねていた。文男に会って何をどう訊くべきか。自分は何を、確認したいのか……。

すぐにのっそりと、長身の里子さんが現れた。「ああ……タケチさん。こんばんは」

玄関の明かりを背負い、顔が陰ってよく見えない。

「文男くん、風邪だって聞いたんですけど」

「ああ……、そうね、風邪ね」

「お見舞いにきたんですけど」

「うん、そうね、ありがとね」

そういいながらも、里子さんは道を空けようとしない。

「タケチさん」暗い声でいう。「このたび、ごシューショーさまね。ほんと、お姉さん」

「いえ。もう、大丈夫ですから」

「ううん、ほんと、ごシューショーよ」

涙ぐむ気配があった。フーカは苦笑いを浮かべ、さりげなく中へ入ろうとしている。

「ごめんね」けれど里子さんはどかない。「風邪だからね。会えないのね。うつすから。駄目だから。ごめんね」

「あの」久則が前に出る。「おれ、春子さんに会いたいんですけど」

里子さんが虚をつかれた顔をした。

「いや、この前ちょっとしたクイズをだして。その答え、教える約束で」

そう……。里子さんが、渋々といった様子で身体を半身《はんみ》にする。

「チュンジャ！」廊下を歩きながら奥へ呼びかける。

やっと軒をくぐった久則たちが靴を脱ごうとしたとき、右手の襖から英基さんが現れた。毛糸が飛びまくったセーターを着ていた。

「あ」と声をだす英基さんに、

「お邪魔してます」フーカが挨拶をした。

「ん」

「文男くんの様子見て、すぐ帰りますから」

そのとたん、彼の目つきが鋭く尖った。太い指がフーカへのびた。肩をつかまれ、フーカがびくりと身をすくめた。英基さんの指にぐっと力が加わって、とっさに久則は彼の手首をつかんだ。

「やめろよ」

強い口調に、自分で慌てた。「あの――フーカ、驚いてるから」

「あ、ん」

英基さんが我にかえって手を放す直前、

「アボジっ」

廊下の奥から咎めるような声がした。突き当たりに文男くんが立っていた。騒ぎを聞きつけて出てきたのだろう。いつものように長袖のトレーナーを着て、ぼさぼさの頭で。けれどちがった。右腕に見慣れない白いものが巻かれている。包帯。肩から吊ったギプス。

「文男くん」

久則たちを見つめるそのニキビ面に、ニキビでは説明できない傷の跡が見てとれた。

「それ――」

「帰って」

声の主は里子さんだった。文男とは反対の廊下からどたどたと戻ってきて、久則たちを見下ろして、「お願い。帰って」

「春子さんは――」

「チュンジャは寝てる。寝てるから無理」

「でも――」

「ヒーちゃん！」

文男の、初めて聞く大声だった。

「ヒーちゃん、おれ――」

里子さんがぴしゃりと朝鮮語で怒鳴りつけ、文男を黙らせた。

「帰って」

有無をいわせない態度だった。文男がおろおろしているのがわかった。しかし里子さんが廊下の真ん中に立つともう、彼の姿はよく見えない。里子さんのわきを固めるように、英基さんが背中を丸め立っていた。部屋からテレビの音が聞こえていた。

「お願いよ」

従うほかなかった。


疑惑はむくむくとふくらんだ。千百合さんが失踪した十二月二十七日、セイさんとともにキョージュの家で夜を過ごしていた久則は、春子の電話を受けている。

――そっちに、お兄ちゃん、行ってない？

――お兄ちゃん、いないみたいなの、お昼前からずっと。

そして深夜、今度はフーカが電話を取った。

――文男くん帰ってきたって。

引きこもりの文男くんが家族に黙って外出した夜に偶然、千百合さんが失踪した?

そんなの、宝くじが当たるよりあり得ない。

コーショーが仕入れてきた「文男を外で見た」という噂話が、がぜん信ぴょう性を帯びてきた。しかもあの怪我だ。腕の骨折は、一ヵ月前でもおかしくない。千百合さんにやられたのだとしても不思議じゃない。

「その電話はたしかなの?」

「わたしもちゃんと憶えてる。帰ってきたはずなのに、ハルちゃん、どっか不安そうな声だった」

キンタの質問にフーカが答えた。二月の最初の日曜日、久則たちはフーカの部屋に集まって会議を開いていた。こぢんまりとして飾り気のない室内に、せいぜい女の子らしさといえば可愛らしいクッションと壁に垂れ下がった小さな人形の集まり――吊るし雛だけだった。

「風邪だって教わったときも、よく考えたら変だった。遊びに行っていいかって聞いたら、なんだか言い訳みたいに文男くんが風邪だからっていいだして」

けっきょくそれは嘘だった可能性が高い。

「文男くん、車の運転できるんだっけ」

キンタの問いにサトシが答える。「そりゃあな。下っ端とはいえセイさんを手伝ってんだから」

「車自体、岩村のおうちは持ってるの？」

「ここらで車なしは無理だろ。おんぼろの、たしかスバルだったんじゃねえかな」

「R－2、水色のツーシートだったはずだ」とコーショーが補足する。

キンタは正座のまま、

「お昼前からずっと……」

つぶやいて、

「帰ってきたのは深夜……」

宙を見やる。

キンタを横目に久則は訊いた。「コーショー、例のあれは？」

「ノット・イエット。まだ聞けてない。悪いが話したのが誰だったかも、よく憶えてないからな」

文男を外でみかけたという証言の裏取りだ。お兄さんはともかく、コーショーにとっては初対面だらけの飲み会でその人を捜すのは骨だろう。あまり期待できそうにない。

「でも、そもそも、ふたりにそんな接点あったか？」久則は正直な疑問を口にした。たしかにこの町で岩村家にもっとも好意的だったのがキョージュたちだったのは間違いない。とはいえ、それはあくまでご近所さんの範囲というのが久則の理解だった。

「何かあるとしたら――」フーカが頰に手を当てた。「ユリ姉が教わっていたときかも」

「教わってたって、何を？」

「朝鮮語」

初耳だった。フーカによるとこの一年ほど、仕事帰りに岩村家に寄るなどして学んでいたらしい。千百合が朝鮮語を憶えようと思い立った理由までは聞いていないが――。

「だからって文男くんが好きだったとかではないと思う。まして駆け落ちなんて」

「教わってる恩がありゃ、ドライブくらい付き合うんじゃねえか？」とサトシが息巻く。

「それでユリ姉を？　あの文男くんが？　想像つかない」

「わかんねえよ。千百合さんはきれいだったからよ。どんな聖人ぶった奴でも、つい変な気持ちになっちまうことはあんだろ」

「だからって殺すってのはクレイジーすぎる。文男くんの意気地のなさは筋金入りだしな」

「びびってる奴ほど、わーっとなって、がーってやっちまうもんだろ」

サトシの意見に、コーショーは反論しなかった。久則はじっと拳に力を込める。ヒーちゃん！　と呼ばれた声が耳に残っていた。悲痛な、助けを求めるような響き……。

「だとしても弱いよ。証拠がぜんぜんないんだもの」

キンタが白昼夢から戻ってきた。

「というか、そもそもぼくらに証拠集めは無理なんだけど」

「それをいっちゃあおしめえだぜ、キンタよ。こういうときは守りより攻めがいいに決まってら。どうやったら犯人だって特定できる？　いっぺん相手を文男に絞って、上手い方法考えろよ」

「たしかに文男くんがシロだってわかったら、それはそれでプログレだからな」

プログレ？　進歩ってことだ。かーっ、なんだそりゃ、このくされ横文字野郎め！

雑音を無視して、またもやキンタは白昼夢に没入してゆく。

フーカを見ると、彼女は壁の吊るし雛へ目をやっていた。可愛らしくデフォルメされた拳大の雛人形が紐にくくられ上から下へ連なっている。高価な雛人形がない家庭で代わりに飾られる手づくり人形だ。近所同士で女の子にプレゼントし合ったりすることもある。

キョージュの家には立派な市松の雛人形がある。だからこれは、春子へあげるやつだろう。

久則の視線に気づいたフーカが弱々しくはにかんだ。「ユリ姉が得意だったの。裁縫がぜんぜんなわたしはたまに手伝うくらいで」

吊るされた人形は男の久則から見ても良い出来映えだった。ぱっと見、すでに人形の数はそろっていそうだ。

「今年はペースが速いなって思ってたけど、まさか駆け落ちするつもりだったなんてね」

「ほんとに、なんの心当たりもないのか？」

フーカはうつむいて答えなかった。先日から、ちょっと様子がちがう。文男の家をいっしょに訪ねたとき、いや、正確にはバスの待合室での最後、千百合さんの新聞部にまつわる思い出話のあたりから、くっきり澄んだ彼女の瞳に、ねばっこい影が差している。哀しみとも怒りともちがう、染みのような影が。

黙りこくるフーカの返事をあきらめ、あらためて吊るし雛へ目を移した。女雛と男雛の二列に分かれた紐にそれぞれ人形がいくつかくくられている。女雛の列には三人官女と思《おぼ》しきものが、男雛の列には五人囃子がにこりとほほ笑んでいる。衣装はカラフルで、人形と人形のあいだに雛道具を模した小さな飾りが挟まっているのも目に楽しい。

ただ一点、足りていない。

「――女雛は？」

男雛のとなりに女雛がいない。いちばん肝心な、ふつう真っ先につくりそうな人形が。

フーカが、苦しげにつぶやいた。「ユリ姉が見つかって、それからずっと、お父さんが握ってる」

ふっと身体に隙間風が吹いた。キョージュの体温にふれた気がして、久則は吊るし雛から目をそらした。物言わぬ、千百合さんの遺品から。

と、急に思いつくことがあった。

「なあ、キンタ。犯人は十二月二十七日の午後六時過ぎに、上田駅のそばで退勤した千百合さんを拾ったんだよな。それは事前に計画されていたことで、千百合さんは初めから内緒の駆け落ちをするつもりだった。で、途中で何かいざこざがあって、殺された。遺体が棄てられてた状況を考えると、こっちから山を上ったんじゃなく、菅平高原のほうから車で山を下った可能性が高い。ここまでは合ってるか？」

「うん、完璧な要約だと思う」

「じゃあ疑問なんだけど、いちばん最初、まだ何も問題が発生していないころ、ふたりはどこへ行こうとしてたんだ？　だって少なくとも遺体を棄てたときは菅平高原からきたんだろ？　上田市からそんなとこに、スキー以外で行く理由なんか――」

「長野市」

そう答えるやいなや当のキンタが、「そっか」と目を見開いた。

「そう。長野市だよ。菅平高原は、真田町と長野市のあいだにあるんだから」

４０６号線で山を抜けた先は須坂《すざか》市だけど感覚的には長野市で間違いないし県道34号線を使えばもっと早く長野市に着くし千曲《ちくま》川を越えたら市街地でぼくの学校もすぐそこで上田駅とは、そう、たぶん四十キロくらいの距離で――。

「待てキンタ。落ち着け。ちょっと気になっただけで、千百合さんの目的地は、べつに事件の解決と関係ないだろ？」

「何いってるの、ヒーちゃん！　ふたりがどこへ行くつもりだったかはどうでもいいんだ。それは可能性がありすぎて考えても仕方ない。問題は、駆け落ちする当日に、千百合さんが定時まで働いてたってことだよ」

いわれると、なるほど、おかしい。べつに給料日でもあるまいし、家を出て、すぐに姿をくらましてもよかったはずだ。

「急にいなくなる後ろめたさとか、そういうモラルの問題だったなら、その日のうちに退職を伝えていると思うしね。だからぼくは、それを相手の男のせいだと考えたんだ。

朝から午後六時ごろまで、どうしても身動きがとれなかったんだろうって。それで千百合さんは仕方なく、いつもどおりに働いた。変わったことをして不審がられるのが嫌だったから」

キンタがどんどん早口になってゆく。「よく考えたら目的地さえ決まっていたら別々に動いたっていいんだけどね。でもまあ、ぼくにはよくわからないけど駆け落ちするカップルっていっしょに行動したがるものなのかなって無理やり納得してたんだ。でもいま、もうひとつの可能性を思いついた。単純だ。千百合さんは時間がくるのを待っていたんだよ」

「夜になるのを？　なんでだよ」

「夜行列車」

久則は「あっ」と口を開けた。

「上田駅には停まらず、長野駅には停まる、たとえば大阪行き『ちくま』」

「いや――、でも車があったなら」

「大阪まで走る？　警察に届けられて、いつ見つかるかもしれない乗り物で？」

そうだ。車を用意した男のほうにも事情はあったはずなのだ。家族に捜索願をだされ、ナンバーを手配されるのはむしろふつうで、だからふたりは長野駅で車を捨て、列車に乗り換えるつもりで……。

「待て待て。それもおかしくないか？　だったらやっぱり、昼の特急を使えばいい。夜行にして得することなんか――」

「あるの。ひとつだけ。あの日が終業式だったから」

「え？」

「昼間は、駅にたくさんの学生がいたでしょ？　ぼくみたいに長野市に通ってる学生や、どっかへ遊びに出かける学生が。もちろん上田駅にもたくさんいたはず。ぼくらは授業から解放されて、ばらばらの好き勝手な時間にいろんな場所をうろうろしていて、ようするに、いつどこで顔見知りに会うかわからない状況だった」

　顔見知りに会ってしまったら行き先を憶えられるかもしれない。

「そんな不安を減らすために夜を待つ必要があったんだ。もちろん、ぜんぶがぜんぶ合理的に考え抜かれた行動じゃないと思う。もっと上手いやり方はいくらでもあったはずだし、そもそも駆け落ちも殺人も、不合理だからね」

　ふいに、久則は怖気を感じた。目の前のあどけない少年の、突き放した口ぶりに。

「でもとにかく千百合さんたちは、そういう段取りで駆け落ちを計画した。そう仮定すると、こうなる。犯人はあの日の夜、仕事終わりの千百合さんを上田駅で拾って、長野駅へ移動した」

　その後トラブルが発生し、殺人が起こり、遺体を棄てるべく慌てて菅平高原へ走った。

「慌ててた根拠は？」

「余裕があったら崖から落とせるルートを選んだはずだから」

　崖でなくとも、路肩の茂みより見つかりにくい場所はあっただろう。

　パン、とキンタが両手を合わせる。

「以上のことを踏まえると、これが計画的な犯行だった可能性はずいぶん低い。もしくは犯人の知能がずいぶん低い。だとするとチャンスはあるね。警察力を使えない、ぼくらにだって」

きっとできる、とキンタがほほ笑む。

「あとひとつ、武器になる証拠をちょうだい。そしたらこの問題、ぼくが解決してあげる」

帰りがけ、サトシに声をかけられ、ふたりで近くの駄菓子屋に寄った。缶のココアをおごってもらい、歩こうぜと誘われた。斜面の住宅地を上り山家神社へ向かう。もう少し小学校のほうへ行けばサトシの家だ。キンタの奴ほんとに頭いいんだな、ちょっと怖いくらいだったぜ、とサトシがいった。ああ、そうだな、と久則も認めた。でもあいつ、ちょっと性格、変だから。おう、それはおれも、正直思った。

そんな会話をしつつ、変なのはむしろおまえじゃないか？　と久則はいぶかった。通り過ぎる家々の軒先に藁《わら》で吊った凍《し》み豆腐がならんでいる。

薄《う》っすら雪が積もった境内は静かだった。なんとなしに階段を上り、石畳を賽銭《さいせん》箱のそばまで行って、サトシは狛犬《こまいぬ》の下に腰かけた。その横に立って久則は、用件はなんだろうかとそわそわした。

おもむろにサトシが口を開いた。「おまえ、卒業したらどうすんだ？」

「え？」予想外で焦ってしまう。「あ、ああ……、まあ、どうだろうな。大学いくカネは、ウチはないだろうから」

警官になる。なんとなく、それを口にするのは憚られた。

そっか、とサトシはつぶやいた。どういう意味の「そっか」だ？　なぜか、おもしろくない。

「コーショーは東京に出て、先輩とバンド組むんだってさ」

「らしいな。馬鹿だぜ。そう簡単に上手くいったら苦労しねえよ」

勝手がちがった。いきおいでなんでも突破するタイプのくせに、妙に大人びたことをいう。

「おい、サトシ、なんか変だぞ。どうしたんだよ」

ああ、と歯切れの悪い相づちのあと、サトシは突然、両手でぱしんと自分の頬を叩いた。

「コーショーの真似じゃねえけど、おれも東京に行くかもしれねんだ」

「は？　東京って、おまえ、会社はどうするんだよ」

「もちろん会社ごとさ」

呆気にとられる久則を置き去りに、サトシはしゃべりつづけた。じつはこないだ親父とお袋が夜中にこそこそ相談してるの聞いちまってよ。くわしくはアレだけど、どうやら近いうちにけっこうな大金が転がり込んでくるらしいのよ。それで都内に事務所を移して、向こうのマンションに引っ越して、弟と妹は私立の中学に入れるんだって、お袋がはしゃいでて。おれとちがって、あいつらデキがいいからなあ……。

飲み終えたココアの缶をくぐってきた鳥居めがけて放る。そんな罰当たりを咎める余裕も、久則にはなくなっていた。「ほんとなのか」

「ああ。早けりゃおまえらが卒業するのと同時だよ。受験とかもあるらしいから」

「中学で?」

「正気じゃねえよな」

ようするに自慢話かと気持ちが荒《すさ》みそうになったとき、似合わない神妙さでサトシがいった。

「もしマジでそうなったら、おれ、フーカに声かけようかと思ってんだ」

一瞬、頭が真っ白になった。「は?」ようやく出た声は上ずっていた。「何いってんだ、サトシ」

「何って、そのまんまだ。ようするに、告白するんだよ」

告白。意味は、わかるが。

「――千百合さんのファンだったんじゃないのかよ」

「ファンはファンだけど、それとこれとはちげえだろ。嫁さんにするなら、おれは気が強いほうがいい」

嫁さん――。

「今回の件で、さすがにいろいろ、やりにくくなっちまったけど、でもおれ、本気なんだ。だからいちおう、おまえには断っておこうと思ってよ」

なんで？　とは口にできなかった。それを口にしたら、勝負が決まってしまう。とっくに自分たちはそういう間合いなのだとようやく悟った。

「恨みっこなしでいきたいんだ。おまえとは」

勝手なことを。いや、勝手なのはどっちだ？　わからない。混乱している。

しかし責め立てる権利など一ミリもありはしない。べつにフーカと、特別な関係というわけじゃない。少なくとも、いまはまだ。

まあ、じゃあ、おれもがんばるよ――そんな台詞を用意したとき、サトシが笑った。

「おれ、『付き合ってくれ』って伝えてさ、そんでもう一回、あいつにいってほしいんだ。『そうしましょうね』って」

感情が凍った。血液が止まった。一拍遅れて、怒濤《どとう》のように、雪崩《なだれ》を打って、熱が押し寄せてきた。

そうしましょうね。

あいつにいってほしいんだ、もう一回。

久則は胸を手のひらでこすった。

駄目だろ、それは。

あれは、あの時間は、おれたちだけのものじゃないのか？　おれとフーカだけの。そうじゃなきゃ――、
許されない。

石段に座るサトシを見下ろし、その首筋に視線を注ぎ、自分の意思を探すうち、記憶

の花火がまたたいた。

夏の日の午後。怒号が響く道端の乱闘。林の中へ逃げだす背中を、おれは追った。春子を襲ったサッカー部のくそ野郎。飯沢伸夫という名のくずは足をもつれさせ、すっ転び、こちらを向いて泣きべそをかいた。おれは木刀を握り直して近づいた。肩を打ちつけてやろうと思った。それで勝負はつくはずだった。木刀をふりかぶろうとしたとき、飯沢が右手をこちらに突きだした。安い命乞いかと呆れた。だが、ちがった。「助けて」ではなかった。奴はこういった。五百円！ 叫ぶようにいった。五百円払ったぞ！

あのときも、おれの身体は機械仕掛けのように停止した。心は凍傷を負う寸前みたいに温度をなくした。思考も言葉も、雪原にたつ陽炎みたいにあやふやだった。

――――に、ちゃんと五百円払ったんだ！

それは聞いたことのない名前だった。少し遅れて、飯沢は勘違いしているのだとわかった。久則たちの正体がわからず、春子の報復だとも気づかず、思いついた心当たりを口にしたのだ。おそらくは女を、五百円でいうことをきくような少女を、金で買った記憶を。

そう理解した瞬間、久則は思った。ああ、わかった。わかったから黙れ。悪め。

一転、身体が動いた。心の凍傷が爆発的な熱を帯び、すべきことがくっきりとした。木刀を投げ捨て、飯沢の両肩をつかみ、覆いかぶさった。おびえる無抵抗の飯沢の、背中を地面に押しつけた。ゆっくり、おれは手を動かした。両手の親指を、震えるふたつの瞳に当てた。おまえはもう二度と、綺麗なものを見ちゃいけない……。

ヒーちゃん！

「まあ、あいつはたぶんおれみたいなチビよりタッパのあるスマートな男がいいんだろうなって気はすんだけど――」

「好きにしろよ」

「え？」

「好きにしたらいいじゃねえか」

久則は、手のひらをジャンパーにこすりつけた。手袋の上からも汗ばんでいることがはっきりわかった。

「誤解だ。おれとフーカは、なんでもない」

そう。勘違いだ。飯沢がそうだったように。

こちらを向くサトシの表情が、泣き笑いのようにゆがんだ。その隙間に、同情の色があった。拳をふり上げそうになるのを必死にこらえた。

「あんな暴力女の、どこがそんなに気に入ったんだよ」

「それはおまえ、ちゃんと告白が成功したら教えるよ」

苛立ちをごまかすように久則は石ころを蹴る。

「でも――、会社ごと引っ越すなんて、どっからわいてくるんだよ、そんな大金」

「くわしくはわかんねえけど、なんかすげえ投資先を特別に紹介してもらえるみたいでよ。預けた金が何倍にもなって返ってくるんだと」

なんか――、とつづける。

「昔の陸軍だか海軍だかが隠した金の延べ棒が、めちゃくちゃ見つかったらしいんだ」

内緒だぜ？　近所の奴らにごちゃごちゃいわれると困るから――。

ふうん、と久則は思った。サトシとおなじで、カネが儲かる仕組みなどピンとこない。ただひとつ、理解した。カネは、あるところにはある。そしてそれは、もともと持ってる奴らのところに集まるようにできている。地方の下っ端公務員にはチャンスのチャの字もまわってこない。

「東京か……」

「羨ましいか？　後楽園で王の三振が生で見られるし、競馬場にも行けるんだぜ」

冗談めかしていた。気遣いがあった。それもおもしろくなかった。

「でも、まずは犯人の野郎を捕まえねえとな。でなくちゃ何もはじまんねえよ」

「――ああ、そうだな」

まだ四時を過ぎたくらいだというのに、辺りはもう薄暗い。

翌週の日曜日の晩、みんなの家にコーショーから電話があった。飲み会で出会った証言者を突きとめたという連絡だった。コーショーの質問に、その人は教えてくれた。あの日、働いている弁当屋に文男くんが買いにきた。場所は、長野駅のすぐ近く。

月曜日の授業に出る気はなかった。親に怪しまれないためだけに制服を着て、食卓についた。

白飯をかき込んでいると不機嫌な声がした。

「まだ、竹内の娘と遊んでいるのか」

父は新聞紙へ目を向けていた。生真面目しかご利益《りやく》のないダルマ面が事務的にぼやいた。「あそこの家と付き合うのはよせと、前にもいったはずだがな」

久則は無視して鮭の身をほぐした。

「殺された娘にも、どうやらいろいろあったらしい」

さすがに顔が上がった。父はこちらを見もせず味噌汁をすすった。

「……千百合さんが、どうしたんだよ」

「父親があぁでは、子どももゆがむ。駄目になる。そういうことだ」

はぐらかされた。捜査情報なのか、ただの偏見なのか。

億劫《おっくう》げに新聞のページをめくる。

「ようするに古い人間なんだ。娘をぶって、いうことを聞かせるような」

フーカから聞いた大喧嘩の話だろう。その手の噂はすぐ広まる。そしていつまでも陰口のタネにされる。

久則は顔を下げた。カブの漬物を口に運んだ。ぎすぎすした空気の中、素知らぬ顔をしていた母が、ああ、そうだ、と急に手を叩いた。「おじいちゃんのご飯、忘れてたわ」

またか、と久則は箸を投げだしたくなった。前の晩に祖父が癇癪を起こしたのだ。そういう日の朝、母はわざと忘れる。

「寒くて膝が痛むのよ。でも行かないとまた、なんですぐ持ってこないんだって叱られるのかしら」

ため息をつく母のかたわらで、父は広げた新聞へ無表情に目を落としている。何も聞こえてないふりで。

「台所に、お盆を用意してあるんだけど……」

「いいよ、おれが持ってく」

台本に書かれた台詞。退屈な芝居をさせられる役者ってのはこういう気分なのかもしれない。

盆を運びながら、心の中で父を罵倒した。あんたは息子をぶつことすらしないじゃないかっ。

足で障子を開け、寝室に入る。洋風の造りの家のなかで、ここだけ和室になっている。祖父はささくれた畳に敷かれたせんべい布団に寝転んで、口を開けて眠っていた。かすかないびきが聞こえなければ、干からびたミイラと間違えそうだ。

膝を折って顔を近づけ、じいちゃん、飯、と声をかけるが反応はなかった。長くはないのだろう。もう少し生きてほしい気もするし、垂れ流される汚物の臭いやオムツの処理を、自分だろうが母だろうが、いつまでしなくてはならないのかとうんざりするのも事実だった。

食事を載せた盆を枕もとに置き、久則は立ち上がった。いまはこんなありさまだが、祖父には可愛がってもらった。彼の昔話を聞くのが大好きだった。

布団の上に置かれた両手に目がいった。指の足りない手。戦争で、たぶん人を殺《あや》めた手。仲間を救ったりもしたのだろう。祖父は武勇伝をほとんど語ってくれなかったが、ただ、久則の頭を撫でるまでに、語りつくせない歴史があることは想像できた。

恥じないように、しなくちゃな。

腹の底で脈打つものを感じた。食卓へは戻らず上着を羽織り、「行ってきます！」と声を張って靴を履く。

白い綿雪が降っていた。重たい雲が空を覆っていた。長く降りそうな気配だった。

郵便局のそばの交差点のほうへ。雪は降りつづいている。強くもならず弱くもならず、しんしんと。

郵便局の中で暖をとっていたサトシが飛びだしてきた。ひと目で苛立っているのがわかった。久則を見るなり声を荒げた。なあ、聞いたかよ、これで決まりだ、文男が、あいつがやったってことだろ？　白い息が沸騰している。あいつが殺したんだよ！　ちくしょう、あの野郎――。

コーショーがやってきた。キンタは？　と訊かれ、まだだと答える。もしかして親に気づかれたのかもしれないな。おれだってやべえ、最近仕事さぼりすぎてっから。サトシが苛立ちを積もった雪にぶつける。

キンタ抜きでは話にならない。空模様のわりに気温はマシで、このまま外で待つことにした。文男への怒りをひとしきり吐きだし終えたサトシがテレビドラマの話をし、コーショーが主題歌の歌謡曲をくさした。おまえはほんとメリケンの手先だな！　いや、日本にだってイカしたミュージシャンはいる。最近はゴダイゴってのがカッコよかった。

誰だそれ、ふざけた名前しやがって。英語の歌詞で歌ってるけど日本人、セイさんから聞いてないか？　『青春の殺人者』って映画の劇中歌、『イエロー・センター・ライン』。霧が深い山奥を車で走ってて、疲れと眠気でハンドルを切り損ねそうになったとき、道の中央に引かれた一本の黄色い線が道標となってわたしを導いてくれる……そんな歌詞だ。ふうん、それならよくわかるぜ、おれも何度か死にかけてっから。酒を飲んで運転するのはやめたほうがいいな。しらふであんな仕事してられっかよ！

それからまた、文男の話になった。ふざけやがって、あの野郎、ぶっ殺してやる——。サトシの怒りを受け止めながら、ふと久則は、セイさんはこのことを知っているのだろうかと思った。あの夜、春子がかけてきた電話についてはセイさんも知っている。そして文男の怪我を知らないとは思えない。ならばセイさんは、奴の怪しさを知りながら黙っていることになる……。

「ごめん、遅くなった」

キンタが小走りに駆けてきた。小走りでも手をふらないから人形がずずっと迫ってくるようで気色悪い。

「雪、積もりそうだね」

「平気だろ。せいぜいくるぶしだ、このくらい」

サトシが乱暴に決めつけ歩きだす。１４４号線を神川沿いに歩いてゆく。

しばらく進むと、道の先から奇妙ななりをした男がやってきた。

「あれれ？」最初にサトシが気づいて素っとん狂な声をあげた。みな立ち止まった。

「やあ、諸君」

男が山高帽子をひょいっと掲げた。丸眼鏡の顔がにこりとほほ笑む。キョージュだった。

「どうしたんだよ、その恰好」

キョージュの服装は作務衣でもどてらでもなかった。出勤用の安っぽいよれよれのやつではなく、しっかり仕立てられた背広に黒い羽織りコートとマフラーをひっかけて、手にはステッキを持っている。足もとは足袋に下駄。それすら粋に感じるような出で立ちだった。

「うむ、まあ、なんというか、ほれ、おあつらえ向きの雪が降っておるもんでなぁ」

にこにこしながら、わけのわからないことをいう。

「おれたち、これからキョージュの家に、フーカに会いに行くとこなんだけど……」

いいながら久則は、おかしな気分になった。なぜか、このまま見逃さないでほしいと思った。学校へ行けと叱ってくれと。

しかしキョージュは、「道理で！」と元気にいう。「あの子が風邪なんぞ引くもんかと怪しんでおったんだ」

まったく君らは困った子だなぁ、かかか。

千百合さんの葬儀以来、腑抜けになったキョージュとこうして話すのは初めてだった。前回フーカの部屋に集まったときも、久則たちの挨拶が聞こえているのかいないのか、まったく相手にしてもらえなかった。壊れたブリキ人形。町の人たちからも、似たような感想が聞こえてくる。

それがすっかり嘘のようだ。無精ひげはさっぱりし、表情も豊かで、生気を取り戻している。まるで千百合さんの死が、なかったことになったみたいに。

「そんな顔をするでない」久則たちの疑問を、キョージュはあっさり見抜いてみせた。「案ずるな、案ずるな。残念ながら、ぼくは聖人でないし怪物でもない。君らと変わらぬたんなる人だ。血が流れ、感情を持て余し、時の経過に逆らえない有機生命体にすぎんのだ。生きるほかない。戦争だって震災だって、ぼくはそう念じて乗り越えてきた。いつもとなりで誰かが亡くなり、そのたび生き残ってきたのだ。ぼくはそう簡単に腐りはせん。ちゃあんと生きる。人間らしい、まっとうな道をゆく」

「キョージュ……」サトシが、声を絞りだす。たまらずというふうに訴える。「おれたち……、おれたち、千百合さんをやった犯人が、どうしても赦《ゆる》せなくて――」

「いうな」

優しい声だった。「わかっておる。君らだってつらかろう。だが栄光の五人組よ。約束してくれ。どんなに苦しくとも、無慈悲な理不尽に希望を奪われたとしても、けっして、君らはけっして、あきらめてはならんのだ。美しい未来を、あきらめてはならんのだ」

さあて、とキョージュは空を見上げる。

「学校へ顔をだしてこよう。生きるためには食わねばならん。食うためには働かねばならん。働くためには背骨をしゃきっとせねばならん。まったくこの世の中は、なかなか上手くできておる」

ではな――と残し、キョージュはゆっくり歩いていった。久則たちはその背中を見送った。コーショーがつぶやいた。ぜったい、捕まえよう、犯人。返事はなかった。みな、そんなことは承知していた。もしキョージュがいう美しい未来とやらがあるのなら、それは千百合さんを殺した犯人を捕まえた先にしかあり得ない。間違いなく、そうなのだ。

なのに久則は、わき上がる高揚の隅っこにこびりつく、かすかな胸騒ぎを捨てきれなかった。行こう。フーカに会うんだ。そうすれば解決する。いや、フーカはサトシと。いや、ちがう、関係ない。くそ。学校、就職、東京。くそ。

「行こう」

キンタがいう。みなが動きだす。久則もそれに従う。胸騒ぎ。雪が降っている。もう戻れない。

廃《すた》れた駅舎。幽霊カツラが見えてくる。坂をおりる。神川に架かる赤錆の橋を渡る。キョージュの畑が白いヴェールをかぶっている。古びた日本家屋。こちらから見える二階の窓は千百合さんの部屋。毎年、彼女が迎えてくれた玄関。バーベキュー、フォークギター。いつか林檎の木を植えようと話していた庭の隅……。

フーカが顔をだす。中へ通してくれる。キョージュと会ったよ。そう、いきなり出かけるっていいだして……。居間は無人だ。黒電話を引っ張り込んだ炬燵に、いつも座っているキョージュはいない。腰を下ろすや、どうやって文男を追いつめるかの相談がはじまる。なあキンタ、どうにかなんのか？　うん、まずシロかクロか、はっきりさせなくちゃね。まだ決まったわけじゃないからね、文男くんがなんであの日長野駅にいたのか、それをちゃんと説明できたら、とりあえずクロとはならないからね。腕の骨折についても説明が要るんじゃねえか？　里子さんの態度だって怪しかったぞ。ハルちゃん、大丈夫かな……。電話が鳴った。みなびっくりした。悪戯も多いの、ユリ姉の遺体が見つかってから。フーカが悔しげにいって受話器を取った。え？　セイさん？　五人がまた驚く。うん、うん、お父さんならさっき出かけて――え？　うん、いま、ここにいるけど。久則が指名される。受話器を受け取る。久則だけど、どうしたの？　なんでここにいるってわかったの？　学校がある平日なのに。

全員のところにかけてまわってるんだとセイさんは答えた。声が硬い。久則、おまえ、よけいな真似をしたな？　怒っている。探偵ごっこがバレたのか。隠しても無駄な気がした。いまさらでもあった。キンタの推理を聞かせれば、セイさんだって納得してくれるにちがいない。

その前にセイさんが怒鳴った。なんで飯沢のことをタコ先生に話したんだっ！

え？　飯沢？　なんで、いま、その名前が？

さっき電話があったんだ、文男の骨折を診た医者からな。タコ先生からくわしい話を聞かせてくれとせがまれたってな。

待ってセイさん、何をいってるのか、ぜんぜんわからない。ちゃんと説明を――。

セイさんが早口にいう。文男には飯沢の面倒を見るようにいいつけてたんだ。あいつはそれで松本市の施設に通ってた。おまえには内緒にしてたんだ、変な気をつかわせたくなかったからな。

でもなんで、そこにキョージュがからんでくるの？

馬鹿野郎！　おまえらが話したんじゃねえのか、文男の腕を折ったのは飯沢の仕業だと。

情報が錯綜《さくそう》していた。わけがわからなかった。飯沢が文男の腕を折った？　十二月二十七日に？

ああっ！

受話器に耳を寄せていたキンタが叫んだ。こんな大声は知り合ってから初めてだった。

そうか、そうだったのか！　あいつが飯沢なんだね、あのサッカー部の、林の中で――。

おれが両目をつぶしかけた男。五百円とほざいてたくそ野郎。

おい、いったいどうなってんだ？　今度はセイさんが訊いてくる。タコ先生は飯沢の件で骨折を調べたんじゃないのか？

ちがう。ちがう、ちがう、ちがう！　キンタがわめく。ああ、間違った。ヒーちゃん、ぼくは間違ったよ。文男くんが長野駅にいたのはそれが理由だったんだ。飯沢に頼まれて連れてったんだ。なんで？　なんで飯沢が長野駅に？　キンタが答える。復讐だよ！　夏休みの復讐だ。終業式だったから、二十七日を逃したら冬休みがはじまってしまうから、だから学校が終わる時間を狙って――。

待て、おれが通ってるのは上田市の――。

ちがう。ぼくだよ、ヒーちゃん。ぼくが狙われたんだ。長野市の高校に通っているぼくが狙われて、それに気づいた文男くんは飯沢を止めようとして、だから怒りを買って殴られて、腕を折られて……。

なんで、おれじゃなく、おまえが？

あのときぼくも見たからだよ。泣きじゃくる飯沢の無様な姿を。そして彼は復讐の一番手にぼくを選んだ。まずはやっつけやすいほうを――。

当然セイさんは顚末の報告を受けていた。だから文男を疑わなかった。彼の外出も怪我も、千百合さんの件とは無関係だと承知していたから。

何をごちゃごちゃやってんだ？　セイさんが苛立っている。キンタはかまわずフーカへ迫る。キョージュにぼくの推理を話した？　犯人が長野駅にいたことを。そんなの話すわけない。でも昨日コーショーの電話で事件の話をしたよね、キョージュはずっとここにいたんじゃないの？　ううん、電話を取ったらすぐお父さんは出ていったから……。ねえセイさん、とキンタが受話器を奪う。セイさんいってたよね、キョージュから、千百合さんが誘拐だった場合の対策を頼まれたって。

久則は、この会話の行きつく先がわかって言葉を失う。そうか。そうだったのか。ああ、そうだ、やってやったよ、組事務所でも使ってる録音機を仕込んでやった。ボタンひとつで通話をテープに記録できるやつを。

おい！　とサトシが炬燵の中から箱型の機械を取りだす。太い線が、黒電話とつながっている。

キョージュは気づいていたのだ。久則たちが犯人捜しをしていることに。そしてそれが前進しはじめていることに。それを察してフーカにかかってきた電話を密かに録音した。キンタの推理を知り、文男が長野駅にいたことを知った。でもキョージュは知らない。飯沢伸夫の存在を。

止めなくちゃ、と誰かがつぶやいた。五人全員が、一瞬でその思いを共有した。この家にはフォークギターも三味線も日本刀もある。戦時中の骨董品、軍属時代にキョージュがぶら下げていたモーゼル銃も。

誰からともなく立ち上がった。黒電話からセイさんの呼ぶ声がした。かまわず玄関へ走りだす。靴に足を突っ込みながら戸を開ける。真っ先に飛びだしたキンタの足が間違ってフーカの運動靴を履いている。雪が延々と降っている。

氷の膜のような空気を裂いて、久則は走った。すぐにみなキンタを抜いた。久則の前をサトシがいった。横にフーカがついてきた。コーショーとキンタの息づかい。赤錆の橋を渡り、坂を駆け、144号線を全力で下った。小学校を越えた。郵便局を越えた。橋を渡り川を越え、さらに進んだ。肺がちくちく痛んだ。氷点下の小さな針が突き刺さった。滑らないよう足によけいな力がこもった。汗なのか雪が溶けた水なのか、わからない液体が流れた。発熱したような体温。

だーん。

路地に踏み入ったとき、行く先で破裂音が轟《とどろ》いた。足が止まった。すぐ頭に浮かんだ。銃声だと。かすかな人の声。悲鳴に似た叫び。無理やり、足を動かした。岩村家は路地のすぐ横の眼下にあるが、森と見紛《みまが》う葉の一群が邪魔をして見通せない。

「キョージュ！」

誰が叫んだのか。みなで叫んだのか。

舗装道路から土くれの勾配を駆け下り、繁る木々のたもとに着いて景色が開けた。どぶの側溝に架かる木の橋の向こうに、人影が立っていた。真っ白に塗られた大地に、赤い染みが点々としていた。その奥に建つ平べったい家屋の前、玄関のそばに、人がうつ伏せで倒れている。ピクリともしないそれは里子さんの長身だった。

「キョージュ……」

立っている人影は山高帽子をかぶっていた。右手にモーゼル銃を握っていた。銃口の先で、地べたに座り込んだ老婆が朝鮮語でわめいていた。彼女の腕の中で、人間がぐったりしていた。胸が赤く染まっていた。文男だった。キョージュのステッキが、雪が積もった地面に落ちていた。

だーん。

銃口からやわらかな煙が上がった。文男の身体が跳ねた。老婆が叫んだ。

「キョージュ」

キョージュがこちらに気づいた。とても穏やかな表情だった。かすかにほほ笑んでいるようにも見えた。目が合った。

「ちがう、ちがうんだ」

久則は、そういった。声になったかはわからなかった。でも口は動いた。

次の瞬間、心臓を突かれたように、キョージュがはたと呼吸をやめた。白い息が消えた。モーゼル銃がだらんと下がった。目を見開いた顔が、さっきまであんなに生気にあふれていた肌が、またたく間に何十年と牢獄につながれた罪人のそれに変わった。キョージュの口が動きかけ、躊躇《ちゅうちょ》して、笑おうとして失敗し、痙攣《けいれん》したように頭をふってうなだれて、唇がわないて、そのぜんぶがはっきりと、久則の目に焼きついた。真っ白な舞台に転がる死体、鮮血の模様。

左手の拳が開く。雪の上に鮮やかな色彩が落ちる。千百合さんが遺した、小さな女雛。

だーん。

キョージュが、老婆を撃った。機械仕掛けの玩具が時刻に合わせてそうするような動きで。老婆は動かなくなり、キョージュは天を仰いだ。問いかけるようにも見えたし、祈っているようでもあった。

彼の丸っこい頭がふいに大きくがくんとうなだれ、そのとき、垂れ込めた雲の切れ間からゆっくりと、黄金の光が差し込んだ。白いささやかな舞台が、死体と鮮血の美術が、きらきらと輝いて、けれどその光の角度は、ただひとりキョージュだけ、黒く塗りつぶすにとどまった。

それは影だった。ひとりの男の、黒くて濃い影だった。そのはるか向こうに、山がそびえていた。人間では太刀打ちできない巨人の、うずくまった塊が。

キョージュが、もう一度こちらを向いた。陰っているせいで表情がわからない。でも、何か、声をかけなくては。

――ぼくはそう簡単に腐りはせん。ちゃあんと生きる。人間らしい、まっとうな道をゆく。

キョージュの影が、ゆっくり動くのが目に映った。モーゼル銃を口にくわえるのがわかった。だーん、と音が響いたはずだ。弾けたはずだ。すべてがあまりにも鮮やかで、美しく、だから久則は、目の前の何もかもがまぼろしに思えて仕方がなかった。

数日後——。怪しげな車が駐まっているという匿名の通報を受け、群馬県警の巡査が雪の山中でグレーのセダンを見つけた。場所は千百合さんの遺体が棄てられていた菅平口交差点付近から東へ三十キロほど離れた、めったに人が寄りつかない廃屋のそば。半分ほど雪に埋もれた車体の運転席にはたくましい男性の死体があった。胸部に突き刺さったサバイバルナイフの柄《え》を本人の両手が握っていた。助手席には千百合さんのショルダーバッグ。男の名は近藤柾人《こんどうまさと》、三十歳。傷害や破壊行為の罪で逮捕され、この秋に出所したばかりであった。学生時代から左翼運動にのめり込んでいた彼は、かつて久則たちの機転で捕まったふたり組の片方だった。

第三章

追憶のハイウェイ

令和元年

「我にかえった佐登志が救急車を呼べと怒鳴って、コーショーが近所の家へ走っていった。岩村家の電話を使うという発想はなかったな」

そのあと佐登志は、呆然と立ち尽くすフーカをそっと抱き寄せた。だがこれは、坊主頭のチンピラには教える必要のない記憶だ。

「おれはみなを残し、遺体のそばへ向かった。何か考えがあったわけじゃない。ただ目の前の出来事が信じられなくて、なんでもいいから確証を得たかったんだろう。生きてるなら応急処置をしたほうがいい。もしかしたらそのくらいは頭にあったのかもしれないが」

河辺は木の橋を渡った。誰も止めなかった。積もりはじめた雪を踏みつけ、三人が倒れているそばまで歩いた。キョージュと、キョージュに撃たれた文男、文男を抱き締めたままことときれている文男の祖母。キョージュは横向きにくずおれていた。ステッキが雪に埋もれていた。山高帽が転がっていた。モーゼル銃を握った右手、手づくりの女雛を握っていた左手。口から後頭部へ抜けた銃弾が、白いキャンバスに赤黒い花を咲かせていた。丸眼鏡の奥で見開かれた両目は虚空を見つめ、そこにも雪が、あとからあとから降っていた。

「キョージュは即死だった。文男の祖母もおなじだ。脳天に一発くらってな。文男は、腹と胸に一発ずつ。おれが見たときはもう死んでいた」

片膝を立てた茂田が、ぎりっと左手の親指を噛んだ。スーパー銭湯の名前が入った館内着のボタンが外れ、薄い胸板がのぞいている。

「あとは玄関のそばに倒れていた里子さんか。彼女は背中と顔面を撃たれてた。鼻が破裂してたらしい」

直接は見ていない。そこまでは行けなかった。雪原に横たわる死体の群れの、白昼夢と見紛う静謐《せいひつ》さに現実感を奪われる一方で、本能は怯《ひる》んでいた。救急車と警察がくるまで、もう一歩も動けなかった。

「ほかの人は？」と茂田が訊いてきた。「家の中はどうだったんだよ。ハルちゃんと、ハルちゃんの親父さんは」

ハルちゃん。その馴れ馴れしい呼び方に内心で苦笑しつつ、首を横にふる。

「嘘だろ」茂田が身を乗りだした。「子どもも殺したのかよ！」

「声がでかい」顔を寄せ、「巻き込まれなかったという意味だ」

一拍おいてから茂田が、くそっ！　うぜえ！　とおおげさに悪態をついた。

「平日だったからな。春子は学校、英基さんは仕事だ。あの日、家にいたのは三人だった」

生存者はもちろん、ほかの民家とも離れていたため目撃者もおらず、何が起こったのか正確なところはわかっていない。あるのは状況証拠にもとづいた、確率の高い推測だけだ。

午前八時ごろ、キョージュが岩村家を訪ねる。応対した里子を隠し持っていたモーゼル銃で脅し、文男に会わせろと命じる。おとなしく従っていた里子が、部屋の前に着いたとたん反撃に転ずる。銃を持った男が相手でも体格は勝っていた。もみ合いながら「逃げなさい！」と部屋の中に呼びかけ、文男が廊下に顔をだす。安全に逃げるなら部屋の窓を使うべきだが、そこは本の壁で埋まっていた。それより母親に加勢するほうが良いと踏んだのではないか。しかしおり悪しく、騒ぎを聞きつけた祖母がとなりの部屋から現れてしまう。里子の命令だったのか文男の判断だったのか、彼は祖母を逃がすことを優先し、老婆を抱え玄関へ向かった。

ほどなくキョージュが里子をふり払う。玄関へ逃げる里子を追う。モーゼル銃を発射する。弾は玄関のガラスを割った。裸足で外へ飛び出した里子に、もう一発。これが彼女の背中をとらえた。里子はうずくまりながら、それでもキョージュの足にすがりついた。至近距離から顔面を撃たれるまでは。

足の悪い老婆を連れて雪の中を逃げきれるわけがない。文男はキョージュに追いつかれ、腹を撃たれる。倒れ込んだ孫を抱き、老婆がわめく。橋の向こうに河辺たちがたどり着く。

「あとは話したとおりだ」

千百合の失踪と死を知ったとき、里子たちは慌てふためいたことだろう。何せ失踪とおなじ日に文男は外出し、おまけに怪我をして帰ってきたのだ。あらぬ疑いを恐れるのは当然だった。ゆえに河辺たちを遠ざけた。彼らは信じていなかったのだ。河辺たちを、町の住人を。あるいは文男自身のことも。

空のコップをつかみ河辺は立ち上がる。もう小一時間、水も飲まずに話しっぱなしだ。三時間でも四時間でもぶっ通しで取り調べにあたれたころとは体力がちがう。

広い食堂エリアにはちらほらと客がいた。まだ日中ゆえか、リタイア組と思しき風体の人たちが目立った。おひとりさまの男性客だ。蕎麦をすする者、飯も食わずただぼーっとしている者。汲みたての水を飲む。自分も似たようなものか。水汲みの往復すら面倒に感じているのだ。コップをふたついっぱいにして長テーブルの座敷へ戻る。

茂田は、また親指を噛んでいた。

「それで？」腰を下ろすのも待ってくれない。「千百合さんのほうは、けっきょくどういうことだったんだ」

「おまえが知る必要はない。彼女の事件は無関係だ。佐登志が殺されたこととも、遺された金塊とも、五行詩の暗号ともな」

「ふざけんな。ぜんぶ話す約束じゃねえか」

「おれたちの話はな。何もかもをお望みならロッキード事件が社会に与えたインパクトから事細かに伝えなきゃならない」

茂田の拳がテーブルを叩いた。「あんたの屁理屈はうんざりだ。関係あるかないかはおれが決める」

「威勢が戻ったな。青白い顔は風呂で流してきたか？」

「なんだと」

「人殺しの容疑をかけられてびびってた面さ。それとも飯を食ったら忘れたか？　ずいぶん育ちがいいんだな」

茂田の体温がみるみる上がる。テーブルにのった拳がチャーハンのレンゲをつかんだとき、河辺は自分自身に嫌気が差した。

レンゲが飛んでくる前にいった。「よせ。悪気はない」

「悪気だと」

「ああ、昔の癖だ」

「人を小馬鹿にするのがか」

「そうだ」

いぶかしむ茂田に向かってかぶりをふる。「悪かった。ほんとうだ」

しばらくにらみつけられた。やがてレンゲが皿の中に転がった。「じゃあ話せ。ぜんぶ」

コップの水で舌を湿らし、河辺は話の端緒を探した。

「――少しややこしい説明からしよう。あの時代に特有の事情だ。おまえ、全共闘や革マルを知ってるか？　いや、もっと単純に、反体制運動がどんなものか実感はあるか」

「国会前でデモとかしてる連中だろ？　でかいスピーカーで音鳴らして、ラップとか歌って」

「それをもっと組織化して大規模にして、より過激にしたのが六〇年安保騒動だ。それにつづく学生中心の全共闘運動。あの時代、左翼運動は文字どおりムーブメントだった。熱気があったし、大義があった」

だから作家や学者、サラリーマンから町の床屋のおかみさんにいたるまで、多くの市《し》井《せい》の人々が理想に燃える運動家を応援し、カンパを惜しまなかったのだ。対米従属に対する異議申し立て、反ベトナム戦争、反資本主義、大学腐敗粉砕、労働者大衆による自治奪取、マルクス主義世界同時革命……。題目はいくらでもあった。その数だけセクトがあった。セクトの数だけ方法論があり、対立と内部抗争があった。東大安田講堂の陥落を潮目に運動の熱は急速に冷めはじめ、大衆の支持を失ってなお運動をつづけようとする者たちは先鋭化の道を選ぶほかなかった。それがまた非難を集め、孤立が深まる。負のスパイラルだ。

郵便局強盗、交番襲撃、銃火器強奪。資金と武器を手に入れるための行動は暴力性を増し、当局の締めつけも厳しくなった。しだいに追いつめられていく活動家たちは都市から山へ活動の拠点を移す。奥多摩、群馬に山岳ベースを築き、警察の追っ手をかわしながら武力闘争の準備をもくろむが、その過程で仲間同士のリンチが横行した。死体がごろごろ増えるにつれ、理想実現に青春を燃やした革命家たちはたんなる暴力集団に成り下がってゆく。

「《総括》という馬鹿げたやり方があってな。勝手に酒を飲んだとか、女に欲情したとか、心がまえがなっていないだとか。そうした問題点をあげつらい、なぜ罪を犯したのか自己批判を要求する。それが充分にできるまでペナルティを科せられるんだが、ひどくなると手足を拘束されたり一日中雪山の木にくくられたりする。ほかのメンバーに代わる代わる殴らせたりな。覚醒をうながすための試練という建前だったそうだが、そもそも総括の基準はリーダーの胸三寸で決まるいいかげんさだ。何人か殺して歯止めがきかなくなったんだろう。男も女も、合わせて十名以上が亡くなったといわれている」

「コロンビアの麻薬戦争みてえだな」

見当ちがいな感想を、しかし嗤《わら》う気にはなれなかった。偉そうに語っている河辺自身、運動の全盛期は小学生だ。デモもシュプレヒコールも、『いちご白書』も『腹腹時計《はらはら》』も、しょせんは遠いところで起こっていた大人たちの営みで、あとから仕入れた知識を披露しているにすぎない。まして茂田にとっては浅間山荘事件すら「歴史」か「時代劇」のたぐいだろう。

千百合事件をキョージュが終わらせた七七年の九月、日本赤軍によって日航機がハイジャックされる。「人命は地球より重い」という福田赳夫《ふくだたけお》総理の言葉で有名なダッカ事件だ。高校三年になり、いよいよ進路を決めねばという時期だった。

「左翼だけじゃない。右翼は右翼で経団連のビルを襲ったりして戦後体制打破を叫んでいた。政治運動そのものが、過激派の代名詞として定着した時期といっても過言じゃないだろう。それでもシンパは残っていた。指名手配されている活動家を匿《かくま》ったりカネを援助したりする者がな」

義理も人情もあったろう。当然、現状に対する不満や憤りも。しかしきっと、それだけではない。忘れられなかったのだ。美しい大義と、たくましい革命へのたぎり。この不平等で不公平な社会の変革。それを良き事だと、心から信じ、殉じた者もたしかにいた。

「千百合さんも、そうだった」

茂田が目を見開いた。

きっかけは高校の新聞部だったという。顧問の男性教師が運動の熱烈なシンパだったのだ。まだ若く面倒見のよい彼と接するうちに感化され、近場の集まりに取材の名目で出向くようになった。あの美貌と気立てだ。さぞかし可愛がられたことだろう。顧問の活動に気づいた学校側がそれをキョージュに報せるまで、運動家たちとの交流はつづいた。たんに周りに流された結果ではないと河辺は想像している。彼女自身、心から運動の理念に惹かれていたにちがいないと。

こうした活動を通じ、千百合と近藤柾人は出会う。

「退部させたキョージュも知らなかったようだが――、すでにそのころ、千百合さんたちは好《い》い仲だったらしい」

ふたりの死後、元新聞部顧問が明かした話である。

近藤が所属していたのは山岳ベースにも関わっていた新左翼団体だった。銃による革命――目的遂行のためには暴力行使も辞さないという方針を打ちだしていたという。幹部クラスではなかったものの、百八十センチ百キロの巨躯《きょく》を誇り、武道の心得もあったという近藤は公務執行妨害、傷害、窃盗、凶器準備集合罪といった罪状をずらりと重ねた猛者《もさ》だった。

「千百合さんが、なぜそんな男に惹かれたのかは永遠に解けない謎だろう」

ふと思い出す。彼女の顔だち、表情、仕草、口ぶり、泣き黒子。町の男どもが憧れた高嶺の花、天女。しかしこの歳になってふり返ると、そのことごとくが作り物めいている。完璧に制御された振る舞いは露ほども本心をもらさず、美しく気立てのいい女性という、取るに足らない印象だけが残っている。その内側にほとばしっていたであろう激情の片りんを、ほんのわずか垣間みることがあったくらいだ。

「わかっているのは近藤が群馬県の医大を中退し活動にのめり込んでいたこと、そして奴の出身地が兵庫県だったことだ」

大学進学率が五人に一人にも満たない時代だ。武闘派のイメージが強い近藤でさえ医者の卵だったことは、学生運動の中心がマルクス主義の小難しい理屈で侃々諤々《かんかんがくがく》の討議ができる頭脳と教養をもつインテリたちで占められていた実情をあらわしている。女性で高卒という千百合は変わり種といえるだろう。

「ちょっと待てよ。あんたらがガキのころ捕まえた男の片割れが、たまたま千百合さんの恋人だったのか？　そんなの、朝イチ一回転目でビッグボーナス大当たりみたいな偶然だろ」

「もちろんそんな奇跡は考えにくい。おれたちが小六だった七二年の一月、千百合さんは二十歳前だ。すでに高校を卒業し働いていた。近藤は二十五歳ごろ。男と女がくっつくにはちょうどいい年齢だが、新聞部の一件からしても、キョージュの革命運動に対する態度はあきらかだ。逆立ちしたってふたりの交際を認めなかっただろう。だからたぶん、これは推測の域を出ないが、七二年のあの日、近藤と千百合さんは密かに連絡を取り合い、約束を交わしていたんだ」

「――駆け落ちの約束をか？」

河辺はうなずく。失踪のおよそ五年前、最初の計画があったのだ。家族ぐるみで行ったペンションのお泊り会の隙をつき、父親と妹を捨てて近藤と道をともにするという計画が。それはたんなる駆け落ちではなく、運動への本格的な参加も意味していたのだろう。もしかするとそのまま群馬の山岳ベースへ向かうつもりだったのかもしれない。ゆえに近藤は同志の男を連れていた。

「お泊り会を利用したのは千百合さんの希望でもあったんだろう。最後の思い出づくりだったのだろうし、自分の決意がゆらがないことを確認したかったのかもしれない」

雪が降ったお泊り会の二日目、河辺たちが外へ遊びに出るまぎわ、千百合は窓辺の肘掛け椅子に座って遠くを見つめていた。器用に縫物をしながら、そこから見える雪山の風景に近藤が現れるのを待っていたのだ。なめらかに針を操る白い指を、河辺はいまでも思い出すことができる。

泊っていたペンションの近くで落ち合い、行方をくらます。単純明快な計画は、しかし思わぬかたちでつまずいた。近藤たちが道を間違えるという失態を犯したのだ。雪のせいもあったのか、近藤たちはペンションの近くまできながら進路を誤り、山中をさまよう羽目になる。そして河辺たちに見つかり、警察の手に落ちる。

「逮捕された近藤は千百合さんの名前をださず、千百合さんもまた彼の思いを察して口を閉ざした。五年間、ふたりはひたすら息をひそめていたんだ」

五年後、出所した近藤はふたたび千百合に連絡を取った。そして二度目の駆け落ちを計画した。

「すげえ情熱だな。純愛ってやつか」

その口ぶりは他愛ない再現ドラマの感想に聞こえた。いや、しょせんおれも観客か——そう思い直したとき、「でもよ」と茂田がつづけた。

「何をどうしたらこれが殺しになるんだ？　何年も我慢して、今度こそ駆け落ちしようって盛り上がってたんだろ？　それが当日になったら首絞めてましたって、いきなりすぎるぜ」

「正確な事情はわからん。ただ状況は、近藤による無理心中があった可能性を否定していない」

茂田が眉をひそめる。「駆け落ちと心中のちがいくらい、おれだってわかってるぞ」

「皮肉じゃない」身体を前へかたむける。「近藤は千百合さんを上田で拾い、長野駅へ向かっている途中でトラブルが起こって彼女を殺した——そうおれたちは考えていた。だが、よく考えてみろ。ふつうなら近藤が運転席に、千百合さんが助手席に座っていたはずだ。もし近藤が千百合さんを彼女のマフラーで絞め殺そうと思ったら、最低でも車は停まってなきゃならない。人目があるのもまずいだろう。上田駅も長野駅も、犯行場所としてふさわしいとはいいがたい。じっさい遺体は菅平高原の近くで見つかっている。つまり近藤たちは、いったん長野駅を通過して菅平高原のほうへセダンを走らせた可能性が高い。でなければ、彼らは夜行列車に乗ってから喧嘩なり殺し合いなりをしているはずだからな」

茂田が、ひそめた眉のしわを深くする。

「出所後、近藤は兵庫県の実家に身を寄せていた。千百合さん失踪の当日、彼は親の車を無断で拝借し長野県へ向かったことがわかっている。朝に出て、到着時刻はだいたい午後三時ごろ。近藤のこの動きは、少なくとも夜行で大阪へ行くつもりだったというキンタの説と矛盾する。まわりくどくなったが、ようするにこうだ。近藤には端《はな》っから、駆け落ちする気がなかった」

ぽかんとした顔に向かってとどめを刺す。「ついでにいうとふたりの遺体の所持品に、列車のチケット自体がなかった」

「……また、後だしかよ」

「クイズをやってるわけじゃないからな」

ちっ！　と舌を鳴らし、すごんでくる。「だったらなんで千百合さんが素直に付き合ったんだよ。彼女も死ぬつもりだったのか？」

「ほんとうのところはわからない。だが結果から逆算すると、彼女は騙された可能性が高い。駆け落ちをしようと誘われ、しかし近藤のほうは心中するつもりだった」

あるいは――。

「千百合さんはもう一度運動に参加しようとしていた。だが近藤に、そのつもりはなかった」

車に残された彼女のショルダーバッグから手書きの便せんが一枚見つかっている。彼女の字で綴られた革命歌『インターナショナル』の日本語歌詞には不自然な誤字が散見され、なんらかの符牒《ふちょう》ではないかという議論を生んだ。捜査の手をかいくぐり活動をつづけている過激派グループと連絡を取り合っていたのではないかと。

真相は河辺の耳に入ってこなかった。だがどのみち、千百合さんに故郷を捨てる意志がなかったなら、近藤との関係を示す証拠を処分していた理由がわからない。そして近藤にその気があったなら、少なくともふたりはもっと離れた場所で見つかっているはずだ。

「すれちがっていたんだ。五年という月日のあいだに」

世の趨勢《すうせい》もこの推理を裏付けている。七二年の浅間山荘事件から、運動のかたちも世間の温度も大きく変わった。はたして近藤がどのような思想を抱き、どの程度の情熱を共産主義革命に捧げていたかは不明だが、出所後、退潮の一途をたどる運動の残骸を目の当たりにした驚きは想像に難くない。理想の挫折を肌で感じ、いったい何を思ったか。この国に革命は起こらない。その失望が与えた衝撃はいかほどだったか。社会の変化が、失われた時間が、彼の中にいびつな化学反応を起こした末に、希死念慮を暴発させるどす黒い精神のニトログリセリンを生んだとしても、なんら不思議はないのではないか。

いずれにせよ、出所間もない近藤には公安のマークがついていた可能性が高い。それをふり切って行動に出た以上、相当の覚悟があったのは間違いない。

「気持ちは、わかる」

「心中野郎の？　はっ、キメえ」

唾でも吐きそうないきおいで茂田はそっぽを向いた。爪が、薄い胸板を乱暴にかいて赤い筋をつくっている。

「――もし、近藤ってのがあんたとおなじくらいキモい野郎だったとしてよ。それでもなんか、変じゃねえか？　なんか、上手くいえねえけど」

河辺は曖昧に小首をかしげるだけにしておいた。勘は悪くない。もし自分が本庁の刑事で、茂田が所轄の若い奴だったなら、名前くらい憶える気になっただろう。

無理心中、あるいはトラブルによる殺人と自殺。おおよそはこのストーリーに当てはまる。近藤がとったであろう行動の、いくつかの疑問に目をつぶるなら。

しかしそれも些末《さまつ》なこととして受け止められた。人殺しの心理は不可解の塊、ブラックボックス。経験上、納得するほかない事実だ。

何より。

「当時センセーショナルにあつかわれたのはむしろ岩村家――チェ家惨殺のほうだった」

茂田の表情が気味悪くゆがんだ。「話題をかっさらわれて、千百合さんのほうは適当になったたってわけか」

「手抜き捜査とまではいわない。千百合さん殺害もチェ家惨殺も、県警はちゃんと調べたはずだ。一方で、地域の不名誉にさっさとケリをつけたがっていたのも事実だろう」

《日本のダボス》と称して菅平高原の観光地化に力を入れていた時期だ。県の経済界も早期解決を望んだにちがいない。

「千百合さんの思想も影響していたはずだ。運動家同士のいざこざと聞けば、細部はどうあれ、みな納得する時代だった。おまけに父親は地域でも有名な変わり者で、彼に殺されたチェ家も評判のかんばしくない在日一家だった」

「関係ねえだろ」

茂田が冷笑を浮かべていた。「評判がかんばしいとかかんばしくねえとか、それとこれがどう関係してんだよ」

河辺は黙って茂田を見つめた。坊主頭をキンキンに染めた青年は嘲《あざけ》りを隠さない顔つきで、ふいに視線を畳の上に投げた。瞬間、笑みが引っ込んだ。ゆがんだ唇を人差し指と親指がちぎるようにつねった。それが、ちっ、と音を鳴らした。

「まあ、そんなもんか」

訳知り顔のぼやきで感情に蓋をした。河辺にはそう見えた。河辺が汲んできたコップのひとつを断りもなく手に取り一気に飲み干す。

そんな仕草を眺めながら、河辺は自分が拳を握っていることに気づいていた。ほんの一瞬ではあるが、表面的な怒りや粋がった脅しとは一線を画す迫力を彼のうちに嗅ぎとった。暴発の予感。おのれの直感を、河辺は馬鹿にしていなかった。起こってほしくないことにかぎって起こる。その格言は傷となって刻まれている。あの日キョージュを、そのまま行かせてしまって以来。

茂田が空のコップをテーブルに叩きつけた。

「おれは金塊さえ手に入れば文句ねえ」

「――そうか。それなら出かけよう」

どこへ？　という目が、立ち上がる河辺を見ていた。

「図書館か本屋だ」

きょとんとする茂田にいう。

「暗号を解くんだろ？」

巷に雨がふるやうに
わが山に雪がふる
幼子は埋もれ、音楽家は去った
狩人と、踊るオオカミの子どもたち
真実でつながれた双頭の巨人

茹でダコになりそうだぜ――。助手席に乗り込むやシートを倒し、茂田は両手を頭の後ろに組んでしまった。土地勘がないのは聞いているが潔いほど我関《われ》せずだ。河辺は冷房を最大にしてからカーナビに手をのばした。

「カネは幾ら持ってる?」

「なんだよ急に」

「急じゃないだろ。銭湯の代金はこっちが払った。ガソリン代も」

「はっ。ずいぶんケチくさいじゃねえか」

「七・三まで取り分をねぎった男には負けるさ」

べつにねぎってねえ! そんな威勢を受け流し、行き先を長野市の県立図書館に定める。

「待てよ。山ん中を突っ切って片道一時間半? ここらの図書館じゃ駄目なのか」

「おまえ、どうするつもりなんだ?」

「は?」

「今夜、仕事に行くのか? 松本に戻ったとたんブタ箱に入れられるかもしれない状況で」

兄貴分を裏切る覚悟でここにいるくせに。

「もし姿をくらます気なら安曇野《あづみの》でごちゃごちゃするより長野市に出るほうが話が早い。宿を探すのも楽だし、どこかへ逃げるとなっても便利だ」

それに――とつづける。

「小さな図書館に目当ての本があるとはかぎらない。なければほかを当たるが、閉館が七時ごろだとして残り四時間を切ってる。見つからなければ書店で買わなくちゃならん。だから訊いたんだ。カネはあるかと」

「……ほんとに、まわりくどい野郎だな」

「電子書籍で後払いって手もあるが、おれはごめんだ。やるならおまえが買ってくれ」

茂田が親指の爪を噛む。それを横目で観察する。

「どうする？　安曇野の図書館に寄ってもいいが」

「いや、いい。長野に行こうぜ」

「くどいついでにもう一回訊いておこう」エンジンをかけ、ハンドルを握る。「松本に帰る気はないんだな？」

「――金塊が先だ。それがなきゃはじまんねえ」

いいだろう。プリウスを駐車場から走らせる。

「ニュースを見ておけ。佐登志の遺体が発見されているかもしれない」

「おれに指図すんな！」

茂田に動く気配がないのを確かめてから、河辺は自分のスマホを投げた。ピンクのアロハシャツとジーパンのあいだに落ちたそれを、茂田は苦々しげにつかんでタップした。パスワードのひとつもつけてねえのかと馬鹿にしたようにいう。必要のない生活なのさと答える。シンプルなんだ。いまはとんでもなくシンプルな日々なんだ。

「そしてそれを、悪くないと思っている」

もちろん天地がひっくり返ったって良いとは思っちゃいないがな――。

茂田はつまらなそうに聞き流し、それからぶっきらぼうに佐登志のニュースは見当たらないと教えてくれた。

「ニュースになってたところでどうしようもねえんだろ？」

「おまえが金塊を求めるかぎりな」

ふん、と鼻を鳴らし、ぽつりともらす。「佐登志さん――、自分がやられたシノギだったんだな」

M資金詐欺。佐登志の家族に食らいつき、根こそぎぜんぶ奪った悪夢。そう。まさしく悪夢だ。淡い夢の代償という意味で。

「たぶんとしかいえない。しょせんおれはガキで、他人だった。キョージュの事件があってからは会うこともなくなった。事件の真相はともかく、おれたちの勇み足は広まったからな。親父には愛想を尽かされたし、お袋はわけもわからないまま近所に謝りたおしてた」

そうこうしているうちに祖父が亡くなった。最期は悲惨だった。どこにそんな力を隠してたのかというほど暴れ、家の中をぐちゃぐちゃにし、勝手にすっ転んでおっ死《ち》んだ。ゲロと糞尿をまき散らして。

「あそこにいる意味がなくなった。おれは卒業と同時に親戚のツテで八王子に移り住んだ。親父もお袋も止めなかった」

そして警官になった。しかしこれを、茂田に伝える必要はない。

「ほかの仲間は？」

「ばらばらだ。父親が殺人鬼になって死んじまったフーカはどこかへ引き取られた。高校卒業を機にコーショーはバンドマンを目指して、キンタは大学に受かってそれぞれ上京したが、連絡を取り合うことはなかった」

携帯電話があったらちがっただろうか。インターネットがあったなら、ＳＮＳであいつらを捜したろうか。わからない。環境は新しくなっても、人間はそう簡単に新しくはならない。セイさんと呼び慕っていた、岩村清隆の言葉だ。

「春子と英基さんはセイさんが引き取った。けっきょくみんな、あの町を出たことになる」

ふたりの姉とも長らく没交渉だ。葬式でもあればと思う反面、デリヘルの運転手がどの面下げてという気もする。職業の貴賤意識をぬぐえないのは家族より、河辺自身かもしれない。

「マジで連絡してなかったのか？　なんだかんだで、みんな東京にいたんだろ？」

「――しなかった。ほとんどな」

アクセルを踏み込む。民家と緑に挟まれたまっすぐな道で、かすかに車が跳ね上がる。となりで茂田が顔をしかめ足を組んだ。

「おまえ」河辺の目が、その足もとへ吸い寄せられた。「サンダルはどうしたんだ」

「は？　サンダル？　なんだよ、それ」

「その靴は――」

「おれの靴だよ。文句あんのか？」

きれいな白いスニーカーを隠すように足を解《ほど》く。河辺はそれ以上、何もいわずに前を向く。

でもよ、としつこく訊いてくる。「あんたの話に出てくる佐登志さん、本なんてぜんぜん読む感じじゃねえよな」

そうだな、と河辺は答えた。そうだな、としか答えようがなかった。二十年前も、奴はぜんぜんそんな感じじゃなかったのだから。

「寝てろ。着いたら起こす」

まもなく山道のとば口が見えてくる。

赤レンガ調の建物の玄関をくぐったとき、時刻は五時をむかえようとしていた。みすぼらしい初老の男と坊主頭を金色に染めたチンピラの組み合わせに受付の職員がぎょっとしたが気にせずにやり過ごし、一般図書のある二階へ向かう。案内図にあった自習用の個室を目指して奥へ進むが全室利用者で埋まっていた。手近な部屋をのぞくと中学生くらいの男の子がこちらに気づき、受付の職員とおなじようにぎょっとした。そそくさと荷物をまとめ退室するまぎわ、「悪《わ》りいな」と茂田が声をかけたが無視された。デスクに座り、河辺はペンとノートを広げた。途中のコンビニで購入してきたものである。

ノートを横にし、あらためて佐登志が遺した五行詩を書き込んでゆく。

「ほんとにこんなもん解けるのか?」

「ふつうは無理だろうな。これは、おれたちの記憶と結びついた暗号なんだ。アカの他人が解こうと思ったら、そうとうな知識と莫大な運が必要だろう」

「あんたにはそれがあるってんだな？」

詩を書き終え、次のページを破る。ペンを走らせながら訊き返す。「おまえはどうだ？　佐登志はこの暗号についてなんといっていた？　ささいなことでもいい。解き方のヒント、方向性」

「――どうだったかな。思い出したらいうよ」

駆け引きできる身分か？　文句はこらえ、メモを書き終えたノートの切れ端をすべらせる。「そこにある本を探してきてくれ」

「おれが？」

「ほかに誰がいる？　頭脳労働を代わってくれるなら図書委員を引き受けてやってもいいが」

茂田は表情だけで文句を表した。

「急げよ。そんなに時間はない」

メモを手に書架コーナーへ向かう茂田の足どりはひどく場違いだった。ガキの使いくらいはこなしてくれよと願いながらスマホを手にする。「シャイン・ヴュー」で検索をかけるとホームページがヒットした。さぞかしキラキラした画面が現れるのだろうと想像したが、あんがい落ち着いた、地味なロゴが目に入る。おもしろみのないレイアウトは、そのままわかりやすさになっていた。なるほど。十代、二十代の若者がターゲットではなく、それよりももっと上、おそらく五十代以上を狙った商売らしい。美容、健康、運気アップといったカテゴリーがあり、水、化粧品、健康食品、パワーストーンとならぶ。ありがちといえばありがちなラインナップだ。

会社概要をタップする。茂田から教えてもらった《怖い先輩》がやっている通販会社の、しかし社長の名は坂東ではなかった。三十代くらいの、おそろしく整った顔立ちの女性が写真付きで載っている。はたしてこの人物はこの世に実在するのか。自分なら疑わしいほうに賭けるだろうと河辺は思った。

あるいは、茂田の話のすべてがホラという可能性も捨てきれない。

「くそっ、めんどくせえこと押しつけやがって！」

茂田が戻り、河辺はスマホをテーブルに伏せた。同時に五冊の本が目の前に置かれた。

「文句あるか？」

「いや、上出来だ。たぶんな」

「たぶんだと？」

「あまり期待するなってことだ。初めからいってる。確実に解ける保証はないと」

「てめえ――」

「まあ座れ。騒いで通報されたら馬鹿らしいぞ」

怒りで目を剝く茂田を無視し、一冊目に手をだす。

いいかげん河辺に苛つくのも飽きたらしい。茂田が身を乗りだしてくる。「何者なんだ、そのおっさん」

「革命家に見えるか？」河辺は本の表紙をあらためる。『ヴェルレーヌ詩集』。

「あんたの話にも出てきたからわかってる。詩人なんだろ？　詩人って、どうやったらなれるのか知らねえけど」

「おれだって知らないさ。たぶん履歴書は要らないんだろうが」

けっ、と茂田が吐く。「そいつと暗号がどう関係してんだよ」

「一行目と二行目」

巷に雨がふるやうに
わが山に雪がふる

「この二行はヴェルレーヌの有名な詩をもじったものだ。原文はこうだな」

巷に雨の降るごとく
わが心にも涙ふる。

「堀口大學訳、ヴェルレーヌの四番目の詩集に載った詩だそうだ」

「お勉強をする気はねえぞ」

「まあ聞け。ボードレールやランボーとならぶフランス象徴詩の雄として、ヴェルレーヌは昭和の文学青年に大きな影響を与えたといわれている。この出だしはとくに有名だった。荷風もこいつを訳している」

二冊目を手に取る。永井荷風『珊瑚《さんご》集』。その最後のほうに目当ての訳詩があった。

巷に雨の濺《そそ》ぐが如く、わが心にも雨が降る。

「荷風と同様、ヴェルレーヌもおれと佐登志の共通の記憶だ。そしてヴェルレーヌを手がかりに次の行、《幼子は埋もれ、音楽家は去った》が解ける。まずは中原中也」

三冊目に手をのばす。『中原中也全集 第一巻』。

「中也もまたフランス詩の翻訳に精力的だった。中也の訳詩はランボーを中心にしたものだが、わずかにヴェルレーヌのものも残っている。この全集に収録された『在りし日の歌』は彼の二冊目の詩集であり遺作だ。そのすぐはじめのほうに『夜更の雨』という詩がある」

副題は《ヴヱルレーヌの面影》。はじまりはこうだ。《**雨は今宵も昔ながらに、昔ながらの唄をうたつてる。**》

ページをめくる。見憶えのある一編にたどり着く。おなじ『在りし日の歌』におさめられている「冬の日の記憶」。

「初めの一節を詠んでみろ」

昼、寒い風の中で雀を手にとつて愛してゐた子供が、
夜になつて、急に死んだ。

「五行詩の、《埋もれた幼子》はこれを指している」

「は？　ちょっと待てよ。それはいくらなんでも――」

「いや、これで合ってるんだ。まずは黙って連想ゲームに付き合え。中也と同時代を生きた作家で、彼とも親交があった男にご登場願おう」

四冊目。『現代日本文学館36』小林秀雄編――太宰治。

「太宰の短編『ダス・ゲマイネ』。この小説にもヴェルレーヌがひそんでいる」

ページをめくるごとに二十年前の記憶がよみがえった。あいつの嬉々とした語り口。

その文章は最終章のひとつ手前にあった。


私はひとりでふらふら外へ出た。雨が降っていた。ちまたに雨が降る。ああ、これは先刻、太宰が呟《つぶや》いた言葉じゃないか。


太宰は檀一雄を介して中也と知り合い、ともに同人誌『青い花』を発行した。中也のエキセントリックな性格に愛想をつかしつつ、しかし彼の死後、太宰はその才を称える言葉を残しているという。

「『ダス・ゲマイネ』自体、読みようによっては『青い花』をつくるために集まった太宰や中也たちの青春譚《たん》と読めなくもない。作中に太宰本人がわき役として登場しているのも意味深だが、おれたちの暗号解読に重要なのは馬場という名の自称ヴァイオリニストのほうだ」

　主人公は馬場がヴァイオリンを弾いている姿すら見ぬままその才を信じ、また疑いながら、彼の独特な話術と雰囲気に惹かれてゆく。

「これが《去っていく音楽家》」

「勘弁してくれ。わけがわからねえ」

「整理しよう。佐登志が遺した五行詩の最初の二行はヴェルレーヌを指している。三行目からはヴェルレーヌの連想で中也の『在りし日の歌』、中也からの連想で太宰の『ダス・ゲマイネ』が引っ張りだせる。ふたりに共通のキーワードは『青い花』。この誌名の元ネタはドイツ・ロマン派作家ノヴァーリスの幻想小説だ」

　最後の一冊の背を叩く。『ノヴァーリス全集　第3巻』。ここに未完の長編小説『青い花』が収録されている。

「あの落書きを見てここまで気づいたのか？　あんたがイカれた文学オタクでも出来すぎだぜ」

「いっただろう？　この暗号はおれたちの記憶にもとづいてつくられている。当人ならば無条件でたどり着くように。つまりここまでは、《栄光の五人組》であることの通過儀礼にすぎない」

　いい換えるなら、そうでない人間に暗号を解く資格は与えないという意思だ。

　茂田が鼻を鳴らす。「で？　お得意の連想ゲームだと『青い花』の先はどうなる」

「さあな。おれもこいつは名前だけでまったく読んだことがない」

「嘘だろ？」血管が切れかけている。「いちばん見つけるのがたいへんだったんだぞ！」

「まだ一時間以上ある。おまえの苦労に感謝しながらせいぜい楽しむとするさ」

河辺が『青い花』に目をとおすあいだ、茂田は『ダス・ゲマイネ』にチャレンジした。一分ごとに舌打ちをし、つまむようにページをめくる。おもむろに立ち上がったりほかの本に目移りしたり、そのせわしない読書を横目に、河辺は河辺で高尚な幻想小説に辟易《へきえき》していた。フィクションに娯楽以外を求めたことなどない。小説自体、ここ最近はまったくだ。茂田が苦戦している『ダス・ゲマイネ』を読んだのも、もうずいぶん昔だ。

「終わったぜ」

茂田が忌々《いまいま》しげに表紙を閉じた。天を仰ぎ、うんざりと息を吐く。

スマホで時刻を見ると閉館まで三十分を切っていた。

「どうだった、天才・太宰は」

「知らねえよ。でもラストは……まあ、なんかちょっと、アレだったたな」

小学生の感想文以下だが、気持ちはわからないでもない。大の大人が、それもチンピラ気取りの男が、文学をおもしろいと口にするのは恥ずかしいものだ。

「照れなくていい。星新一《ほししんいち》も最高傑作に推してる一編だ」

「うるせえな。誰だよ、ホシって」

星新一でそんなものなら荷風が廃れていても無理はないか。

「あんたのほうは？」

「お手上げだ」

おい！　とすごんでくる茂田を手のひらで制する。「ぜんぶ正解を知ってるならここにくる必要もなかった。おれだって手探りだ。そこは織り込み済みだろう？」

「だからって――」

「成果がゼロってわけでもない。具体的にピンとくる記述はなかったが、作品の性質から思いついたことはある。……まぼろしと現実を行き交う幻想小説のスタイルを五行詩に当てはめるなら、この場合、『青い花』の暗喩《あんゆ》は幻想から現実へのスライドだ」

間抜けに口を開ける茂田に河辺はつづける。「つまり詩と小説の連想や引用から、リアルな現実世界へ。まあ、こじつけだが、まったく根拠がないわけでもない。さっきおれは『ダス・ゲマイネ』に出てくるヴァイオリニストを《去っていく音楽家》だといったが、じっさい読んでみてどうだ？　そう、この作品のなかで彼は去っていない。じゃあ去った音楽家とは誰だ？　身近にひとり思いつく。コーショーだ」

茂田がはっとした顔つきになった。

「これで幻想と現実に橋が架かった。すると四行目、《狩人と、踊るオオカミの子どもたち》――これはもう自明だな。狩人は殺人犯、オオカミの子どもはおれたちを指している」

「おれたちって、《栄光の五人組》のことか」

河辺がうなずくと、じゃあ、と眉を寄せる。

「殺人犯ってのは近藤？　それともキョージュ？　それに最後の、《真実でつながれた双頭の巨人》ってのはなんなんだ？」

「たしかなことはわからんが、おれは昔、キョージュの家の裏山をうずくまった巨人の背中だと仲間に話したことがある。それともうひとつ。佐登志のベッドの枕もとには荷風の随筆集があった」

お気に入りをならべていたであろう棚の中におさまっていた『荷風随筆集』の上下巻。

「『深川の散歩』という作がある。そのなかにこんな部分があったはずだ」


崎川橋《さきかわ》という新しいセメント造りの橋をわたった時、わたくしは向うに見える同じような橋を背景にして、炭のように黒くなった枯樹《かれき》が二本、少しばかり蘆《あし》のはえた水際から天を突くばかり聳《そび》え立っているのを見た。震災に焼かれた銀杏《いちょう》か松の古木であろう。わたくしはこの巨大なる枯樹のあるがために、単調なる運河の眺望が忽《たちま》ち活気を帯び、彼方《かなた》の空にかすむ工場の建物を背景にして、ここに暗鬱なる新しい時代の画図をつくり成している事を感じた。


「巨大なる枯樹。おれたちの思い出にある木といえば、幽霊カツラと――」

「林檎の木か」

河辺はうなずく。「犯人が指すのはキョージュ。《巨人》はキョージュにまつわる二本の木を暗示していると考えられなくもない」

「なんだか……」茂田が唇をつまんだ。「いままで以上に適当な感じがするけどな」

やはり勘はいい。

「アルコールに溶けた脳みそが考えた暗号だ。きれいにつじつまが合っている保証はない」

「そりゃ……そうか」

黙り込んだ茂田が、意を決したというふうに顔を上げた。

「暗号を教えてもらったとき、佐登志さんがいってた。『双頭の巨人を倒したご褒美に、黄金の歌が響きだす』って」

「――どういう意味だ？」

「わかんねえよ。くれたヒントはそれだけだ」

この期に及んで、茂田が駆け引きをしているとは思えなかった。『双頭の巨人を倒す』は暗号の解読を指していて、『ご褒美の黄金』が手に入る――なるほど意味深だ。しかし『歌が響く』というのはどういうことだろう。深く考えるべきか、参考程度にとどめるべきか。

「――どのみち、すぐに行けるのは一ヵ所だ。行く価値がある場所もな」

「キョージュん家《ち》か」

閉館を告げるアナウンスが流れた。

「金塊がないとまずいんだろ？」

茂田のこめかみがピクリと動く。

「本を返してこい。車で待ってる」

立ち上がる河辺に茂田が毒づく。命令ばっかしやがって！

　千曲川に架かる屋島《やしま》橋に進入した。ついさっきプリウスは長野市オリンピック記念アリーナを過ぎたばかりだ。板チョコをならべたような幾何学的な建物に、初めて訪れたにもかかわらず河辺はなつかしさを覚えた。

「オリンピックのころは幾つだった？」

　河辺のスマホで情報を漁《あさ》っている茂田が、心底うざいという顔をする。

「冬季五輪は日の丸飛行隊の金メダルで大盛り上がりだった。おなじ年の夏、フランスじゃ日本代表が初めてワールドカップのピッチに立った。日本中がにわかサッカーファンに化けてた」

「うるせえな。だからなんだ」

「どっちに夢中だった？」

「うるせえっつってんだろ」

　むきだしの敵意を、河辺は黙って受け流した。冬季五輪とフランスワールドカップがあったのは九八年だと河辺ははっきり憶えている。茂田は生まれたかどうかという歳だろう。そこまでムキになる理由はない。

　橋は距離を置かず二本ならんで架かっていた。有料道路や鉄道というわけでもなく、どちらもふつうに乗用車が行き交っている。テールランプを追い、ヘッドライトとすれちがう。

「パブリックビューイングなんてものがはじまったのはいつだったかな」

「おっさん」そっぽを向いていた茂田が身を乗りだしてきた。「くだらねえことくっちゃべってる暇があんなら暗号の答えを真剣に考えたほうがいいぜ。間違ってましたじゃ済まさねえからな」

済まさねえときたか。さて、どう済まさないつもりだ？　後学のために教えてくれるか――。反射的に出そうになる憎まれ口を嚙み殺す。運転しながら喧嘩をするほど命知らずじゃないし、こいつの疑いも理解はできる。

いわれるまでもなく、暗号解読の後半が杜撰《ずさん》なのは承知していた。感覚的にはよくて五分五分。しかし問題はない。金塊があるかないか、河辺はほとんど興味がない。確かめたいことはべつにある。

車の右手に山がせりだしはじめた。高速道路のインターチェンジが見える。この辺はもう須坂市になる。山のほかは住宅と畑、雑木林。

真田町までの順路は河辺が決めた。真田町につながる長野真田線を使うこともできたが、あえて県道58号線を選んだ。菅平高原を通る行き方である。

「出身はどこだ」

ぎろりとにらまれた。

「おしゃべりくらい付き合ってくれ。こっちは運転しどおしなんだ。いつ居眠りしたって不思議じゃない」

「松本だよ」

「こっちに遊びにくることはあるのか」

「こっちってどっちだよ」

「北のほうさ」

県中部にあたる松本地域と北部の長野地域は昔から仲が悪い。どちらが県の顔か、意地を張り合っているところがあって、役所のなかですら学閥に近い住みわけがあると聞く。両地域の因縁を川中島の戦いまでさかのぼる説もある。長野側に上杉謙信、松本城には武田信玄が陣取った。四百年以上も前の話だ。

ふたつの地域と接する上田地域で育った河辺は、そんな噂を耳にする程度で、じっさいにいがみ合いを目の当たりにしたことはなかった。

「おまえらの世代でもそういう意識はあるか？　北の連中に負けるなって」

「偉そうにしてる奴は、ぜんぶムカつく」

答えになっているような、いないような。

「偉そうにしてる奴は何されたって文句はいえねえ」

「気持ちがいいほどわかりやすい哲学だな」

「馬鹿にしてんのか？」

「いや、悪くない。悪くないが、ただおれは、嫌なものを見すぎた。人は偉そうにしたくなる生き物だし、偉そうな人間に付き従う誘惑に勝てない動物だ。そして偉そうにできない人間を見つけては寄ってたかって攻撃する。それはまるでスポーツみたいに、楽しい」

「くそだな」

また、茂田が感情をこぼす。サイドウインドウへ目をそらし吐きだす。

「でも人間なんて、そんなもんか」

垣間見えた熱はすぐ消える。恥ずべきことであるかのように。

「名前は？」

「はあ？」

「下の名前だ。茂田太郎か、次郎か」

「どっちでも好きに呼べよ」

「そういうな。せっかく知り合えたんだ」

むっつり結んだ唇が苦虫を嚙み潰したようにゆがんだ。

「……とむ」

「ん？」

「トムだよ、トム」

「字は？」

苦々しげに吐き捨てる。「北斗の斗に、夢」

「斗夢か。カッコいい名前じゃないか」

「ざけんな。マスコットじゃねえぞ」

「親はどうしてる？」

沈黙が、駆け抜ける街灯の明かりに照らされた。

「兄弟はいるのか」

「……いたら殺してる」

「親を？　兄弟を？」

「どっちもだ」

国道４０６号線に合流する。いよいよ闇が濃くなる。山の奥へ分け入ってゆく。この先はぐねぐねと曲がった真っ暗な道がずっと山頂までつづいている。

「学校は？」

「なんなんだ？　おれの伝記でも書く気になったか」

「どこに需要がある？」

ちっと舌を打ち、また目をそらす。

「坂東とは長いのか」

「……忘れたよ」

「金塊を手に入れたらどうするつもりだ」

ふいに、茂田が宙を見やった。何か、ぽっかりとした表情だった。嘘も見栄も忘れたような。

「やりたいことくらいあるんだろ。カネをつかんで、何になりたい？」

「ない。何にも、なりたくなんかない」

心が止まった。こんなにも空虚で、説得力のある言葉を耳にするのはいつ以来か。

山道の先に菅平高原の入り口が見えた。看板に、ペンションを模したようなホテル。

この季節は雪の白でなく鮮やかな緑に塗られているであろうなだらかな丘が、夜の黒に沈んでいる。

「でも貧乏はうんざりだ。誰かに偉そうにされるのも」

「相手が坂東でもか」

茂田は答えずに指を噛む。

ほどなく道沿いに手づくりハンバーガーの看板が見えた。さすがに腹が騒いだ。考えてみれば今日一日、何も口にしていない。

「この道を、近藤も走ったのかな」

身の上話を封じるように、茂田がつぶやいた。

「おそらくな」

「あんたは何回目だ？」

「初めてさ。こっちでドライブした記憶は数えるほどしかない」

「ガキのころ、スキーとかしたんだろ」

「学校行事でな。ウチの親父はリゾートに家族を連れていくタマじゃなかった」

ふうん、とうなって茂田は窓の外へ目をやった。

曲がりくねった道はアップダウンを繰り返した。きちんと整備されてはいても、ここは山なのだと思い知らされた。ほどなく菅平交差点に着く。左折し、五分も行かぬうちに建物が姿を消した。ここから徐々に下りに入る。ヘッドライトが二車線道路のひび割れたアスファルトを照らし一秒後にプリウスはそこを越える。対向車はほとんどなかった。それでも気を抜くとひやりとする。道路の中央に引かれた黄色い線――イエロー・センター・ライン。これだけを頼りに下ってゆく。《If that single yellow line suddenly disappeared/Won't have nothing to guide me/Through this nightmare of a ride/How did I ever get here/And when will I ever get down/Down this endless misty road/With its single yellow line（もしこの一本の黄色いセンター・ラインが突然消えてしまったら／悪夢のような運転を乗り切る道標は何もない／ぼくはどうやってここまできて／いつになったら下りるのだろう／終わりのない霧の道を／一本のイエロー・センター・ラインとともに）》。

『青春の殺人者』に流れたゴダイゴの歌をレコードで聴いたのは刑事をやめ、警察を辞めてからだ。センター・ラインを踏み外したばかりの自分には皮肉が効きすぎていて乾いた笑いすら浮かばなかった。それでも歌詞を憶えるほど聴きつづけたのは、文字どおり何もかも失った不惑の男がすがりつくナルシシズムだったのだろう。

「すくだまってるでえら坊――、か」

「なんだって？」

「すくだまってるでえら坊。おれが山を巨人にたとえたとき、そう返されて笑われた」

「なんなんだその、スク玉ってるデーラ棒っつーのは」

「『すくだまる』はこっちの言葉で『しゃがむ』。『でえら坊』は、土くれを背負った雲より高い大男だ。伝説じゃあ夫神《おがみ》岳を造ったとも、富士山を一日で造ったともいわれてる」

国土創造神話というやつだ。上田市では川西地方などに伝わっていて、河辺たち真田の子どももよく耳にする物語のひとつであった。

「おれは、ロマンチストだったらしい」

だからなんだとでもいうふうに、茂田は窓の外へ顔を戻した。河辺も黙って運転に集中した。

やがて、「なんだ、こりゃ」と声がした。助手席の車窓から見えるガードレールの向こうに、大きな湖が広がっていた。

「菅平湖だ」記憶がうずいた。「もう少し先にダムがある」

本体の完成は六八年。セイさんはその末端で現場作業員の手配を請け負っていた。のちに知ったが、佐登志の会社も嚙んでいたという。

工事の最盛期、セイさんが仕切っていた在日作業員のまとめ役をしていたのが英基だった。本体完成後も周辺工事はつづいたが、セイさんは外された。町に帰ってくる頻度が減ったのはそのせいだった。作業員のグループも解散したが、英基だけは佐登志の会社が引き取るかたちで職を得て、あの家に住みついた。段取りをつけたのはセイさんだ。半ば強引に、手元に置いたのだと河辺は聞かされたことがある。英基たちは岩村姓を名乗り、同胞のいなくなった土地で暮らしつづけた。おそらく何がしかの、わだかまりを抱えながら。

左手にダムが現れた。闇の中に、深い貯水池の気配を感じる。

「なあ――」そちらを見つめながら助手席の茂田がいった。「ここでよくないか?」

「何がだ」

「遺体を棄てる場所だよ。湖なんてサイコーだろ」

いま、プリウスは下り車線を走っている。キンタの推理を信じるなら犯人が通った道だ。山裾の茂みに棄てたのは、崖が遠い反対車線だったから——たしかにあの場所はそうだった。しかし湖は下り車線側にある。それも道沿いに長くつづいているから一瞬で通り過ぎるものでもない。茂みに棄てるくらいなら、ここに沈めるのは自然といえるが……。

「考えすぎだ。夜の山道を運転していたんだぞ？　真っ暗な中を、人を殺した直後に。多少の矛盾はそれで説明がつく」

反論は返ってこない。ぶすっと湖をにらんでいる。

湖が消える。道はぐるぐるうねった。そのため下り車線も上り車線も関係なく、崖ととなり合うことはある。ついさっき退けたばかりの疑問がくすぶる。ここに棄てちゃ駄目だったのか？

しばらく進み、ささやかなトンネルをくぐる。その数分後、

「ここだ」

急カーブの前で速度を落とす。道がふくらんだ先に茂みが広がっている。千百合の遺体が見つかった場所である。

「そんなに、広い道じゃねえな」

茂田が、崖側へ目を移してからいった。同感だった。当時、キンタたちと捜査の真似

事をしたときは気にならなかったが、たいした道幅ではない。遺体を担いで渡るのはひと苦労だろうが、やってやれなくはないだろう。

　徐行でカーブを曲がりながら、

「いちばんの疑問は――」

　河辺の意識は助手席の向こうの、ふくらんだ茂みに吸い寄せられた。

「なぜ遺体を棄てたか、だ」

「は？」茂田が眉を寄せた。

「少なくとも心中なら棄てなくていい。いっしょに死ぬのが目的なんだからな」

「――初めっから近藤は、駆け落ちも心中も予定してなかったってことか？　たんにトラブって殺《や》っちまっただけで」

「そして自殺した――、のかもな」

　河辺はハンドルを切ってプリウスを停めた。信号の青に照らされた菅平口交差点のど真ん中にノーズを押し込む。

「後ろを見てみろ」

　いましがたやってきた４０６号線のとなりに、もう一本、舗装道がのびている。交差点を中心にしたＹ字路の、東へ向かう道だ。この交差点で４０６号線は１４４号線に合流し、東の道は群馬県へ、このまま下ると真田町へと着く。

「近藤のセダンは東の道を進んだ先、群馬県の山中で発見された。奴は千百合さんの遺体を棄て、ここでＵターンして道を変えたことになる」

そばにチェーン着脱場がある。それを見てUターンを決断した可能性もあるだろう。

何がいいたいんだ？　という視線を茂田が寄越す。

「千百合さんと落ち合った近藤はトラブルで彼女を殺した。パニックのまま車を走らせ、とりあえず適当な場所で遺体を棄てた。逃げようとして道を変えたが途中で観念した。山の中へ進路をとり、ちょうどいい廃屋を見つけて車を停め、自分の胸にサバイバルナイフを突き刺した」

「ありそうな展開じゃねえか」

「ふたつ、気になっている」

アイドリングの音だけがする。車両がやってくる気配はない。

「千百合さんの遺体は半月、近藤が死んでいたセダンはひと月以上見つからなかった」

「雪のせいだろ？」

「千百合さんのほうはな。だがセダンが隠れるほどは降っちゃいない」

「……山ん中なら、見つかんなくても不思議じゃねえ」

「当時の警察もそう考えたんだろう。近藤に遺体を隠す意思がなかった以上、発見が遅れたのは偶然だと」

「あんたはちがうってのかよ」

答える代わりに、「ふたつ目」とつづける。

「死亡推定時刻だ」

「いつ死んだかってやつだな？」ひとりで納得し、小首をかしげる。「そんなもん、失踪した日に決まってんだろ？」

「ふつうに考えればそうなる。だが確証はどこにもない。何せ遺体は、どちらも氷点下の環境にあったんだからな」

常温で起こる腐敗はなかったはずだ。直射日光を浴びでもしなければ昼間でも同様だ。ほかに役立ちそうな情報といえば胃の内容物くらいだが、これもふたりの行動が判然としない以上、いつ食されたものかが決めきれない。

「つまりこうだ。あのふたつの遺体は千百合さんが失踪した日から発見される日まで、どの時点でそこに置かれたとしてもおかしくない。たとえ発見の前日でも」

ちゃんと理解した。茂田の絶句からそう伝わってくる。

警官になって、もっというと刑事になって、ぼんやりと思いついた疑問であった。事件を忘れるために長野県を離れた。何もかも、なかったことにするために。けれどおりにふれ、不意打ちのように捜査ごっこの日々が脳裏に浮かんだ。キンタが語った推理の断片や、その後に判明した事実、五人組の思い出がごちゃまぜに交錯し、眠れぬ夜にあえぐこともあったのだ。

いや、ごまかしだ。ほんとうに何もかも忘れたいなら警官に、まして刑事などになっていない。どこかにこだわりがあったから、その道を選んだのだ。

まどろみの思考が、最後に見せる映像は決まっていた。逆光に陰って立つ、猫背になったキョージュの影。脂汗とともにそのイメージはこびりつき、ささやかな一日をいつも台無しにした。

「まあ――」アクセルを踏む。「いまさら確かめようもないがな」

しゃべりすぎたという自覚があった。カーブの茂みに触発された。いつになく脳みそがまわっている。けれどいま、大事なのは四十年も前の事件じゃない。佐登志の死だ。

そうは思えどダムの湖に導かれた千百合の幻影は去ってくれず、彼女の激情を垣間見た一瞬を、河辺は数十年ぶりに思い起こした。

あれはお泊り会の何年か前、河辺が小学三年くらいのころだ。日曜日の早朝、とつぜん家にフーカがやってきて、スケートに行こうと誘われた。佐登志やコーショーの家をまわって声をかけ、ママさんに断られたキンタ以外の四人が公民館に集まった。当時、スケートといえば須《す》川湖《がわこ》だった。スケート場ではない。自然の湖の、凍った湖面を滑るのだ。どこの家にもたいてい下駄に刃をくっつけた下駄スケートなるものがあり、子どもたちはそれをふつうのスケート靴だと信じきっていた。

須川湖まで十五キロほど。しかし公民館で待っていたのはキョージュの車ではなく、千百合ひとりだった。おはよう。その声は晴れやかだった。いつもより、何倍も弾んだ表情だった。

バスのおカネは千百合がだしてくれた。山の小高い場所にある須川湖は四方をさらに高い山々に囲まれていて、どこか秘境めいた雰囲気だった。湖面は見事にカチコチで、人もそんなには多くなく、絶好のスケート日和だ。河辺たちは我先にと飛びだした。フーカも佐登志もコーショーも、全力で氷上を駆けた。そんななか、千百合だけがのろのろと、不恰好に膝をがくがくさせて、ほとんど一歩も進めずにいた。初めてのスケートだったのだ。もともと運動が苦手なせいか、なかなか上手くならなかった。何度も転んで、そのたび佐登志やコーショーが起こしに向かった。何度目かに河辺が手を差しのべたとき、彼女は尻もちをついたままつぶやいた。こんなこともできないのね、わたし。

それでも千百合は滑りつづけた。転んでも立ち上がり、何度でも立ち上がり、まるで怒りをぶつけるように氷を蹴った。次の一歩を目指した。やがてコツをつかんだのか転ぶ回数はぐんと減り、なめらかに氷と遊びはじめた。到着から三時間ほど経ったころ、ふいに人がいなくなって、陽の光が差し込んだその広々とした湖面で、千百合は美しい一本の軌跡となった。生まれ変わったようにいきいきと、大きな円を描いてゆく。怒りは消え失せていた。風を切る姿にはのびやかな自由があった。そんな彼女に、少年たちは恋をした。

千百合！　湖岸から、キョージュの怒鳴り声が響いたのはどのくらいあとだったろう。早くこっちへきなさい！　千百合はゆっくり河辺たちのほうへ滑ってきた。佐登志とコーショーの肩に手を置き、血相を変えにらんでいるキョージュを遠目に眺め、ここは狭いね、と天を仰いだ。見上げた河辺の目に、可愛らしい泣き黒子が映った。

内緒で子どもらを連れだした愛娘を叱りつけ、キョージュは全員を真田町へ連れ帰った。

千百合から冒険に誘われたのは、後にも先にもそれきりだ。

どうして彼女があんな突拍子もない真似をしたのか、小学生の河辺にはわからなかった。ただそのころ、世間をにぎわせていた事件のことは憶えている。借金で揉めた暴力団員を撃ち殺した在日朝鮮人の男が、静岡県の旅館にライフルとダイナマイトを持って立てこもったのだ。八十時間以上におよぶ立てこもりのなかで、彼はマスコミを使い、いかに自分が差別的な目に遭ってきたか、どれほど社会に理不尽がはびこっているかを訴えた。まさしく劇場型犯罪だった。報道の力とは恐ろしい。犯罪者の勝手な言い分に共感する者もいれば反発する者もいる。反発は、身近にいる在日の人間へ向かった。事件発生から、町ではチェ家に対する風当たりも強まった。ずいぶんあとになって耳にした話だが、里子さんは酔った町の男たちに囲まれ、罵声とともに殴られたという。それを聞いた千百合は看病に出向き、里子さんの無惨に腫れた顔を見た。

キョージュは、何もしなかった。リンチに加わることも、町の住民をなだめることも。

スケートの誘いがあったのは、立てこもり犯が逮捕された翌日だった。

「あんたらが泊ったペンションって、この辺か」

追想が、茂田の声で夜の山道にすげ替わる。「――とっくに過ぎた。例のカーブより、もっと上のほうだ」

「ふうん」

車窓を眺めたまま、なあ、と話しかけてくる。「近藤を最初に見つけたのはあんたで、ハンターと勘ちがいしたんだよな？　でもハンターって、登山客より素人じゃねえだろ」

「――なんの話だ？」

「いや、そんなふうに見えた奴でも、たかが雪で道に迷うもんなんだなってさ」

考えたこともなかった。たしかに河辺は彼らの姿にある種の迫力を覚えた。子どもとはいえ親戚に猟師がいたし、学校で登山キャンプも経験していた。それなりの眼力はあったはずだ。事実、近藤はいっぱしの運動家で、それも山岳ベースに関わっていた新左翼グループの手練《てだ》れだった。けっして素人ではない。

「偉い坊さんでも、歩いてたら棒に当たっちまうってやつか」

「おまえ、どこでそういうのを憶えてくるんだ？」

ろくに一一〇番もできないくせに。

「おしゃべり好きの酔っ払いと暮らしてたら嫌でもこうなるんだよ」

不貞腐《ふてくさ》れたようにそういって、茂田は黙った。確実に何かと何かがごっちゃになったことわざの、正解を教えてやる義理はない。ただ、どうせなら星新一を読ませてやればよかったのにと、佐登志の死に顔を頭に浮かべ河辺は思った。

そういえば千百合は、そういう話をしなかった。小説も映画も音楽も、荷風についても。

菅平口を過ぎるとあとはほぼ直進の道が真田町までつながっている。集落という呼び方がしっくりくる細長い町並みを抜け、大きな倉庫にぶち当たる。ここで分かれる県道は真田東部線という。

河辺はそのまま144号線を下っていった。時刻は九時前。田舎の夜は暗い。子ども時代を暮らした町のなつかしさも、年月がおよぼす変化も、何ひとつ実感できぬまま、河辺はそこにプリウスを寄せた。かつて赤茶色のセドリックが駐まっていた場所。駅舎はなくなっていた。しかしカツラの木は立っていた。気色悪い枝ののび方もそのままだった。キョージュが住んでいた土地に、河辺はたどり着いたのだった。

ドアを開けようとする茂田に訊いた。「佐登志の携帯だったな」

「は？」外に片足をだしかけた中途半端な恰好でこちらを向いた。「なんだって？」

「朝にかけてきた最初の電話だ。佐登志のガラケーを使ったんだろ」

「……それがなんだ？　文句でもあんのか」

「ちょっと気になっただけさ」

黙っていると、舌打ちとともに茂田が車を降りた。ダッシュボードの懐中電灯をつかみ、あとを追う。

ドアを閉める音が、思いのほか大きく重く、辺りに響いた。それが消えると虫の鳴き声しか聞こえなかった。街灯のひとつも見当たらない。じんわりと汗がにじんだ。幽霊カツラをくぐり、坂を下った。神川の流れが聞こえる手前で立ち止まった。奥には、空よりもいっそう黒い塊がそびえている。山と川に挟まれた離れ小島は暗闇だった。

みぞおちのあたりがざわめいた。気温と無関係な汗が流れる。追いかけられる感覚、その予感。四十年という時間の壁は意外に低く、しかし横たわる溝は深かった。

「行こう」そうつぶやいて河辺は懐中電灯をつけた。かつて赤錆にまみれていた橋は新しくなっていた。それを踏みつけてゆく。背後から足音が付いてくる。若い息づかいがする。

あばら家を予想していた。なぜかあの二階建ての日本家屋はまんま残っているのだと信じきっていた。勘違いもいいところだ。光をどちらへ向けても、そこには何もなかった。曇りガラスの引き戸も家庭菜園も消えている。更地。いや、荒地。固い地面を踏みながら、ぐるりと頭をめぐらせる。うっそうとしげる木々が不穏な壁をつくっていた。まるで覆いかぶさるように。侵入者を閉じ込めるように。

「ハズレかよ」

茂田が坊主頭をかきむしった。「くそっ！　ぜんぶ無駄だ。ぜんぶ」

その癇癪を、河辺はじっと見つめた。それから懐中電灯の光を遠くへ投げた。キョージュの横顔を思い出し、記憶の中の視線を追った。林檎の木を植える——そうもらしていた彼の視線を。

土くれが目に留まった。近寄っていくと、掘り返した跡がそのままになっている。ぽっかりと窪んだ穴の中は、土以外に何もない。

「マジかよ」

いつの間にか茂田がそばにきていた。

「嘘だろ。やられたあとかよ！」

河辺はじっと人差し指を口もとに立てた。黙れ、と。

「でも、おれ……」全身がわななき震えだした。「……くそっ、くそ、くそ、くそ」

「落ち着け」

「くそ！　これでなんとかなったのに。なんとかなったのに」

「茂田」

「うるせえ！」

河辺は懐中電灯を消した。同時に茂田の喉を手のひらでつかんだ。息ができる程度に力を込めた。驚愕《きょうがく》に見開かれる目をまっすぐ見つめる。瞬間、この頼りない喉仏をちぎり潰す自分を想像する。

ゆっくり、息を吐く。「……静かにしてくれ。ここで騒げばほんとうにおしまいだぞ」

闇に浮かぶ苦悶の表情が、どういう意味かと問うていた。

河辺は小さく頭を左右にふった。「ここじゃない。その土くれは間違いだ」

「……なん、だと？」

「騒ぐなよ、ぜったい」

ゆっくり手を離すと、茂田は軽く咳き込んだ。憎悪で爆発しそうな目を向けてくる。

「これを掘り返した奴が誰かはわかるな」

「――佐登志さんを殺した奴だろ」

「十中八九な。そいつは佐登志から口頭で暗号を教わり、ここにたどり着いたんだろう。あいつが遺したという金塊を求めて」

だが――と茂田を見やる。

「ここじゃない。ほんとうの隠し場所はちがう」

疑いの眼差しを浴びながら手を差しだす。「『来訪者』を見せてみろ」

茂田がしぶしぶ、ジーパンの後ろポケットからそれを抜き取る。

河辺はページをめくった。「やっぱりな」

「何がやっぱりだ！　ちゃんと説明しろよ」

「わかってる。だが準備が先だ。おれたちはスコップのひとつも持っていない」

いいか、と彼の目をのぞき込む。

「ここで番をしててくれ。森のそばに隠れて、もし誰かきたら様子を探るんだ。場合によっては、黙らせろ」

ごくりと唾を飲む気配があった。「あんたは？」

「必要な物を買ってくる。まだやってる店に当てがあるから、小一時間もかからんだろう」

河辺は歩きだす。受け取った『来訪者』を手にしたまま。

「おれが戻るまで、勝手に動くなよ」

そういい残し、離れ小島をあとにする。橋を渡りながら頭の中を整理する。

土くれの跡は新しかった。佐登志が死んですぐ、あそこを掘り返した奴がいる。

これで、ようやく確信を得た。茂田は佐登志を殺していない。

宝探しに付き合った理由は、これを確かめるためだった。遺体を発見したにもかかわらず通報すらしない男を信じられるはずもなく、昔話をしながら、暗号を解きながら、その反応を観察した。おまえが金塊ほしさに佐登志を殺したのか？　奪った『来訪者』の暗号が解けなくて、おれを呼びつけたのか？　だとしたら――。

想像は杞憂《きゆう》に終わった。茂田が犯人なら掘り返し跡に説明がつかない。奴ひとりでこの場所にたどり着けるとも思えない。

いい換えるとこうなる。少なくとも犯人は、たどり着いた。あの五行詩からこの場所へ、おそらく河辺とおなじ推理によって。それが意味するところはひとつしか浮かばない。

ここまでだ、と河辺は思った。これ以上は、もういい。見たくないし、知りたくない。かつて仲間だった連中を、疑うなんて……。

プリウスに乗り込む。スコップを買いにいく当てなどない。暗号が示すほんとうの隠し場所に興味はない。じっさいあそこに金塊が埋められていようがいまいが、どうでもいい。

答えは出た。おれは降りる。なんの得にもならない犯人捜し、復讐。馬鹿な。まったく合理的じゃない。

シートにもたれ息をついた。茂田が抱える事情を想像しながら瞼《まぶた》を揉んだ。長野五輪の時期すら知らず、平気で遺体を放置する非常識な男は、河辺といるあいだ、一度も自分のスマホを取りださなかった。兄貴分の呼びだしに備えるチンピラが持っていないはずはない。失くしたか、使えなかったか。どちらにしても切羽詰まった状況なのだろう。見ず知らずのおっさんを、うっかり信用してしまうほどに。

おれが消えたあと、奴はどうするか。警察に通報するか、坂東に泣きつくか。後者なら連絡がくる確率は低い。河辺の電話番号もこの車のナンバーも、茂田は憶えちゃいないだろう。佐登志のガラケーに残った発信履歴は消してある。電話会社で調べられたらあきらめるし、警察の問い合わせには素直に応じよう。だが、自分から関わるのはもうやめだ。

左手に目がいった。つかんだ喉仏の感触が残っていた。握って開いてを繰り返す。もし――、茂田が犯人だったなら、おれは一線を越えただろうか。

『来訪者』を助手席に投げ置く。佐登志の部屋からくすねてきたウィトゲンシュタインがズボンのポケットにねじ込んである。ちょうどいい。買い損ねていた海老沼への土産にしよう。

エンジンをかけ、カーナビに「池袋」と打ち込む。バックミラーを見ることなく、河辺はプリウスを走らせる。


十月になっても残暑という言葉は通用するのだろうかと河辺はうなった。どちらにしても汗ばむ陽気はゆるがない。秋はそっぽを向いて、どこかへ出奔《しゅっぽん》したらしい。幸い夜中仕事だから汗でびしょ濡れというほどではなく、厚手の丸首シャツは一週間着っぱなしになっている。暑いより寒いより、いちばんの問題はものぐさだった。

東池袋の端っこのビルの前にプリウスを駐めた。テトリスの棒を思わせる細長いコンクリートの九階建て。ＳＲＰエンタープライズが借りているのは四階だ。タイムカードなんかない。事務所へ顔をだすこともなくなった。始業時刻にこの場所にいればいいと決めてから、もう数年が経っている。そんな河辺に海老沼は、おれを苛つかせて寿命を縮めるつもりかと被害妄想を抱いている。そのたびに河辺はいう。おまえは長生きするよ、と。

午後五時過ぎ。寝起きの頭を横にふった。首の関節がこきりと鳴った。来がけに買ってきた缶コーヒーを喉に流し、くすんだ裏路地を眺める。カレーハウスとセクキャバとカジュアルな質屋の看板を照らしている夕日はまもなく沈み、夜が街を覆う。

ラジオのニュースを聞き流しながら瞼を揉んだ。頭にかかるかすみが消えない。身体もずっと、だるさにまとわりつかれている。

スマホがショートメッセージを受信した。簡潔に行き先だけ記されている。カーナビに打ち込むとずいぶん遠い。メッセージの受信画面からそのまま電話をかけた。アルバイトのマネージャーではなく海老沼の不機嫌な声が、なんだ、と応じた。

「電車で行ってもらえないか」

〈駅からホテルまで、あんたが歩いてみるといい。割増をはずむと客もいってる。何が問題だ〉

「荒川を越えてる」

〈だから？〉

「北の上限にしてるんだ」

〈ほう〉怒りで弾けるポップコーンみたいな笑い。〈知らなかった。あんたいつから都知事になった？　上限？　何月何日の何時何分に成立した条例だ、それは〉

生きていて苦しくないか？　そう口にしかけ、自殺行為だと思ってやめた。何より今回は、すべて海老沼が正しい。

〈黙って働け〉

通話が切れると同時にビルから男の子が出てきた。薄い水色の襟シャツに、品の良いコットンパンツ。ノンフレームの眼鏡をかけた、いかにも俊才といった顔立ちだ。都内の有名私大に通う現役の大学生のキャスト、源氏名はリューク。半年ほど、週二、三のペースで出勤している。

どうも、とだけいってリュークは後部座席に乗り込み、無言でスマホをいじりはじめた。河辺も黙って車をだす。よけいな会話は極力しない。これも自分の決め事だ。

中山道を北上する。一本道に迷う余地はなかった。ほどなく板橋区に入った。辺りが暗さを増してゆく。

「大丈夫？」と声をかけられたとき、河辺は赤信号に停車したところだった。バックミラーへ目をやると、リュークの涼しげな目がこちらを見ていた。

「さっきからブレーキ荒いよ。反応が遅れてる」

「……そうか。すまん、気をつけよう」

「平気なの？　疲れてるっぽいけど」

ここ最近の不眠が頭をよぎった。それがはじまって二週間余りになる。原因にも、心当たりはある。しかし解決策は見つかっていない。

だがまさか、二十歳の子どもにおめおめ泣きつくわけにもいかない。

「ずいぶん心配してくれるんだな」

「事故ってもらっちゃこっちが困るから」

「そのとおりだ。肝に銘じよう」

信号が青に変わり、河辺は丁寧に車を発進させた。

店の子のなかには雇われ運転手を露骨に見下してくる者もいる。男のキャストも雇っているが多くは女性だ。それも若い女の子。河辺を完全無視する子もいるし、命令口調であれこれいってくる者もいる。おしゃべりが好きな子、気遣いのできる子、感情の波が激しい子。

どのキャストとも、当たり前だが河辺は一定の距離を保っている。もっと正確にいうならたぶん、それ以上関わり合う必要性を、お互い感じていないのだ。

たとえば海老沼と結んだような関係を、この職場でつくることはできないだろう。いや、自分の残りの人生で、もう二度と機会はないのかもしれない。残念なのか、どうでもいいことなのか、それすらよくわからない。

「また」

「え？」

「今度は車線。危ないって」

たしかに中央に寄りすぎている。河辺はハンドルを握り直した。

「心配事？　じゃなかったら――、恋わずらい？」

吹きだしそうになるのをこらえた。

「たいしたもんだ。優秀なカウンセラーになれる」

「それならコンサルのほうがいい」

「別物だろう？」

「おなじでしょ。何かをでっちあげるという意味では」

なるほどとうなずきながら、内心苦笑した。クールな青年に気づかわれるほど、おれは危うく見えるらしい。

「リュークというのは本名か？」

一瞬、彼の表情が消える。「どうして？」

「理由はない。ただの勘だ」

ふうん、と探るように見つめてくる。

「もしかしてこの流れで、人生の話とかしようとしてる？」

「なぜ、そう思う」

「よくいるからさ。おまえのことならぜんぶわかってるって勘違いしてるタイプの大人。そういうのにかぎって、ヤルときは乱暴なんだ」

「——男か？」

リュークがにやりと口もとをゆがませた。女性も男性も、彼はかまわず客にする。

「それより社長をどうにかしてよ。ラストの時間になると酔っ払って、いつもおれにナニさせようと絡んでくる」

「握りつぶすか嚙み切るか、好きにしてくれていい」

「嫌だよ、気色悪い」

手当てもつかないしな。そう返すと小さく笑い、リュークは束の間、外の景色をぼうっと眺めた。すぐにスマホへ目を落とし、それからもう、話しかけてはこなかった。

　河辺も今度こそ運転に注意した。荒川を越え、ホテルが見えた。たしかに駅から遠い。場末とまではいわないが、きらびやかとも呼べないだろう。適当なところに車を寄せ、リュークがエントランスに消えるのを見送る。部屋に着いた彼から問題なしのメッセージを受け取ればいったんここは終了だ。万が一揉めたとき、キャストを守るのも河辺の大事な任務だった。

　スマホが鳴るのを待ちながら、空いた手が自然に胸のあたりをさすった。妙にざわつく。荒川を越えたくないとゴネたのはたんなるわがままではなかった。いや、理由はあるが根拠はないからわがままといえばわがままか。しかしたしかに感じたのだ。嫌な予感を。

　長野から戻ってきて二週間。シンプルな生活はシンプルなまま、波風ひとつ立っていない。食って寝て起きて働く。池袋界隈をプリウスで走りまわり、キャストの愚痴や冗談に付き合って、たまに海老沼の癇癪を聞く。警察から連絡はこないし、佐登志の遺体が見つかったというニュースも流れてこない。いつもどおりに過ぎていく夜。ただ不眠だけがつづいている。

　スマホは鳴らない。手慰みに検索サイトをタップしてニュース欄を読み飛ばす。ルノーがゴーンの側近を解任、輸出規制について日韓の主張に溝、ホークスがCS突破に王手……。

　佐登志の名で検索すれば何かわかるかもしれない。だが、指は動かなかった。ふつうに考えて遺体は見つかっているだろう。殺人として捜査されているなら、とっくに連絡があるはずだ。

明日の午後から夜にかけて大型の台風19号が東海地方から関東地方に非常に強い勢力で上陸するとみられています……ラジオがそう告げたとき、リュークの姿が視界に入った。サイドウインドウをノックする。

「どうした」

ウインドウを下げ、彼の顔を確認したが腫れや痣《あざ》はできていない。表情もふつうに見えた。

「気に入られなかったか?」

写真で選んでおきながら難癖をつけてくる客はいる。

しかしリュークは答えず、「これ」と封筒を差しだしてきた。受け取り中をのぞいて、河辺は息をのんだ。

「見たのか?」

リュークが首を横にふる。「見ないほうがいいっていわれたから」

忠告を真に受けるほど相手に説得力があったなら、この青年の落ち着きはたいしたものだ。

「何人だった?」

「見えたのは三人」

「わかった」河辺は財布からなけなしの現金を引き抜いてリュークにわたした。「タクシーを拾って帰れ。海老沼にはいわなくていい」

返事を待たず車を降りた。エントランスへ向かいながら封筒を握り締める。中には赤い肉片がくっついた、見憶えのある輪っかのピアス。


エレベーターで十三階へ。指定の部屋をノックする。ドアの隙間から、いかつい一重瞼がのぞいた。河辺がひとりなのを確認し顎で中へ通される。若いドアマンは、相撲取りがヒップホップに目覚めたようななりだった。

サイドテーブルのそばに、フードをかぶった白いパーカーと黒いジャージの男がふたり。正面のベッドに、ラメ入りの紺スーツを着た男が座っている。三十代くらい。顎が尖り、異様なほど頰がこけている。

「チャボってのが、ここにいるか」

山勘で口にした名に、ベッドの男がギョロリと目を剝いた。血走っていた。感情がどうとかでなく、クスリの常用者だと河辺は見立てる。

「それともあんたが坂東さんか」

「ふざけた、野郎だ」

スーツの声を合図に白パーカーの右手が動いた。河辺の首もとに折り畳みナイフが光る。映画のワンシーンに使えそうな早業だった。これを身につけるための努力を想像するとほほ笑ましいが、さすがに言葉にはしないでおいた。

かまわずスーツの男を見下ろす。「あんたがチャボか」

「……口のきき方に、気をつけたほうがいい」

「こんな場所で喉をかっ切る馬鹿ならあきらめるさ」

スーツの男が不愉快そうに唇をゆがめた。

「どうしておれの職場がわかった？　何も残さなかったはずだがな」

「ＳＲＰエンタープライズ。てめえが、口走ったんだろ」

茂田と会ったとき、そんなやり取りをした気がする。そこから店を割りだすのは難しくない。

「わざわざ客のふりまでしてご指名とは光栄だな」

「そっちの会社と、揉める気はねえ。用があるのは、てめえ、だけだ」

「いちおう、営業妨害になると思うが」

「カネは、だす。ちゃんと金塊を、手に入れたらな」

ため息がもれた。この手の輩の思考回路はいつの時代もおなじだ。いっぺん耳にした儲け話は、たとえ百万回否定しても信じない。

「茂田はどうしてる」

「生きてる」

それ以上、スーツの男は説明しない。

「悪いが」と、できるだけ穏やかに河辺は切りだす。「おれは金塊の隠し場所に心当たりなんてない。それは茂田もおなじだろう。つまりあんたらは、無駄なリスクばかり負っていることになる」

「リスクは、代わりに茂田と、てめえに背負ってもらう。それが決定だ」

「坂東のか」

「わかった。気をつけるよ、チャボさん」

「坂東さん、と呼べ」

スーツの男は否定しなかった。

「だが、知らないものは知らないんだ。期待には応えられない」

「言い訳なら、坂東さんの前でしろ。通用するか、試せばいい」

「これから松本に？」

チャボの目がイエスといっている。

「もうすぐ台風がくるらしいが」

「それがなんだ？　どっちみちてめえは、動かなけりゃ、怪我をする」

なるほど。合理だ。

チャボが立ち上がり、相撲取りと白パーカーに両脇を挟まれた。スマホをだせと命じられて従った。パスワードは？　設定してない。世にも奇妙なものを見る視線を浴びた。電源が切られるのを眺めながら、職務放棄を伝えなくてはとの思いがかすめたがやめておく。プリウスは必要だ。海老沼の癇癪は必要ない。

相撲取りがプリウスを運転した。河辺は後部座席でチャボと白パーカーに挟まれた。ジャージの男はプリウスのあとをついてくる黒っぽいワゴンに乗った。ホテルの前で五人目が張ってたらしい。誘いに乗らず逃げたときの連絡要員だろう。なかなかちゃんとしてやがる。

「佐登志の遺体はどうなったんだ?」

チャボはむすっとして答えない。

「どうせ坂東に訊くぞ」

「坂東さんと呼べと、いったはずだ」

「たいした忠臣だが、それなら上司の負担を減らす努力をしてもいいんじゃないか」

急アルで片づいたのかと重ねると、肯定らしき舌打ちが返ってきた。

「葬式は?」

「五味のおっさんが、そんなもん、求めるか?」

たしかにな、と河辺は思う。おれだってそうだ。棺桶で読経を聞いたって子守唄にもならないだろう。

「家族と連絡は?」

「知らねえよ」

「冷たいな。あんたも少しは世話してたんだろ」

「そりゃあどっかに誰かは、いるんだろうよ。葬式だってあったのかもしれねえ。だから、なんだ? 関わりたくねえし、関わってほしいはずもねえ。五味のおっさんは、そういう生き方だった」

「あんたとおなじく、か?」

ふん、と鼻を鳴らしむっつり黙る。

「おまえはどうだ」河辺は右側に陣取る白パーカーを向く。「ずいぶん若いな。親は元気か」

当然のように無視された。

「年長者が訊いてるんだ、ウンとかスンとかいったらどうだ。それにそのフードはなんだ？　部下の出来は上司の鏡と教わってないのか」

白パーカーがにらみつけてきた。河辺は見返し、彼の程度を測った。

「見せてやれ」

チャボがいって、白パーカーがフードをとった。髪の毛が一本もなかった。代わりに頭皮の八割が紫色にただれていた。火傷の跡か、病気の名残りか。

「悪かったな」

河辺はそれだけいった。白パーカーはフードをかぶり直し、前を向く。ため息をつきたくなった。チャボがジャンキーであること以外、思いのほか教育されている。坂東という男、侮《あなど》れば命取りになりそうだった。

外はもうすっかり暗い。

「茂田は」誰にともなく尋ねる。「どういう奴だ？　見込みはあったのか？　本人は幹部候補生だといっていたが」

適当な嘘に、チャボが乾いた笑いをもらした。

「右腕だったんだろ？」

「あんなの、アルバイトみたいなもんだ。なんでもするっていうから、使ってやったが、クソの世話しか、できやしねえ」

「おれもよくやった。祖父さんと親父、二代つづけてオムツを替えた」

そりゃあ、ご苦労さんだな、とチャボは嗤う。どこかひび割れた音色で。

「酒まみれの部屋で、寝袋にくるまる。そんな幹部候補が、どこにいんだよ」

しかしその悪態も、強がりにしか聞こえなかった。左団扇《ひだりうちわ》の半グレなど大都市の一部にしかいない。闇社会のベンチャーとして、彼らが成り上がれるのは顧客の流動性があるからだ。それは人口に支えられている。若い血に。地方はどこも青息吐息だ。チャボが着るスーツの仕立てが、彼らの苦境を物語っている。

だからこそ是が非でもほしいのだろう。降って湧いたお宝が。

「茂田のスマホはおまえらが用意したものだな？」

家族携帯ならＧＰＳの位置情報が簡単に取得できる。金塊を見つけて姿をくらますつもりだった茂田は、だからあの日それを使わなかった。

「与えられたスマホしか持っていなかったのも、佐登志といっしょに暮らしていたのも、あいつに住所がなかったからか」

チャボは舌打ちをし、そっぽを向いた。

「情をわかせるほうが人質の価値は上がると思うが」

「うるせえ、野郎だ」

ほんとうに嫌そうだった。まるで古傷をえぐられているように。

「……べつに、めずらしい、話じゃねえ」

チャボが語った茂田のストーリーは、たしかにありふれたものだった。若い女性の父なし児。荒んだ生活、貧困、ネグレクト。母親の命令で中学へはほとんど行かなかった。やせ細った我が子を怪しまれたくなかったからだ。働けともいわれなかった。与えられたのはテレビとゲーム。それ以外はひとりアパートの壁にもたれ、ただただ天井の隅を見つめていたという。やがて母親が帰らなくなる。三日に一度が一週間に一度になり、月に一度になったころ、大家が家賃の催促にきて、茂田は悟った。ここはもう駄目なのだと。

部屋をあとにし、盗みを生業《なりわい》にした。万引き、かっぱらい。夜を明かす場所ならあった。ネットカフェ、二十四時間営業のファストフード、カラオケにサウナ。捕まったことはないらしいとチャボはいう。運動神経を買われ、坂東さんに拾われたんだ。だけど腕っぷしはいまいちで、おまけに頭が悪すぎる。モノを知らないし、憶えられない。仕方ねえからサルでもできる仕事をさせた。適材適所ってやつだろ？　なのに奴は裏切った。身のほど知らずもいいとこだ。

「どうだ？　助けたくなったか」

「雨に濡れてる子犬よりはな」

ふん、と鼻で笑われた。

「てめえが、どう思おうが、手遅れだ」

道の先に高速の乗り口が見えた。プリウスに備わったＥＴＣが海老沼へのツケを勝手に増やす。

ふと思った。この状況は「起こりそうなこと」だろうか。それとも「起こってほしくないこと」か。


松本市の看板は目に入ったが、くわしい住所まではわからなかった。マンションの一室にでも連れていかれるのだろうという見込みに反して、相撲取りが運転するプリウスは市街地を外れた。平坦な道がしばらくつづいた。建物の明かりがほとんどなくなる。田んぼと畑の面積が増えていくのが感じられる。

やがて車があぜ道へ舵を切った。ヘッドライトが砂利の先で半開きになっているガレージのシャッターを照らした。その横に建つロッジ風の建物は真っ暗だ。廃業したレストランらしい。

車を降りるとしっかり左右を挟まれ、シャッターの奥へ連行された。さすがに肝が冷えた。周囲の気配から察するに、ガレージの中でどれだけ叫んでも無駄だろう。

シャッターの向こうは明るかった。予想以上に清潔だった。正面に使い古されたソファが置かれていて、その後ろに筋肉質なランニングシャツの男と細身のロン毛が立っていた。ずいぶん派手な柄の襟シャツだ。

ソファには黒スーツの男が腰かけていた。黒髪をカチカチに固めた酷薄そうな面がまえは、バブル期の銀行マンを思わせた。それも経済ヤクザと似たり寄ったりの不良バンカーだ。

「坂東さんか？」

「どうも河辺さん。初めまして」

シャッターが地面にぶつかる音がした。絵に描いたような袋の鼠《ねずみ》。

「まあ、座ってください」

坂東の正面に四つ足の丸椅子が置かれていた。腰を下ろすと向き合う恰好になった。ふたりのあいだにガラスのローテーブルがあり、そこにペットボトルの水が三本立っている。一本つかんでキャップを取り、坂東がこちらへ寄越してきた。

「ウチであつかってる人気商品です。霊山のわき水を汲んでいるんです」

ペットボトルのシールはシンプルなデザインで、『麗雪水』のロゴがあしらわれている。

「ここらへんは蛇口をひねっても美味い水が飲めるんじゃないか」

「ええ、水道水にも霊山のわき水がまじっているでしょうしね」

薄笑いでまっすぐ見据えてくる。やはり、なめてかかれる相手ではなさそうだ。河辺は麗雪水をふた口飲んだ。ミネラルウォーター。それ以上の感想はなかった。

「どうです？　たとえまがい物でもその気になればありがたいものだ。こういう状況で飲む水は格別でしょう？」

「……わかるよ」

河辺は一気に飲み干した。ガレージの中はムシムシしていた。拉致《らち》のように車で運ばれ、六人のチンピラに囲まれて、おまけに吊るされた裸電球がすぐ頭上で熱を発しているのだから水がまずいわけがない。

「おれは訪問セールスの出なんです。人様に誇れる商売じゃあなかったが、社長が教育熱心な男でね。口酸っぱく仕込まれたんです。できるセールスマンになりたけりゃ、価値を与えられる人間になれってね」話しながら二本目のキャップをひねる。「ま、どうぞ」

断るわけにもいかず受け取って、かたちだけひと口ふくむ。

「社長の教えはいまでも憶えてます。おまえが灰皿を売るとき、客は灰皿を買うんじゃねえ。その灰皿を買うという物語にカネを払うんだ。おまえの仕事は客と灰皿のあいだに特別な関係を結んでやることだ。物語に魅せられた瞬間、人は対価を惜しまなくなる。なぜなら価格は希少性に比例し、特別な関係は世界でひとつしかないのだから」

「――この水が与えてくれる物語は？」

「長寿と美容」

「嘘も方便か」

「プラシーボ効果は医学的にも認められてるそうでね。お手頃な価格で希望が買えるんだから悪くない」

「ついでに喉も潤う、か」惰性でもうひと口飲む。「たしかに、この状況で飲むと美味い気がする。取り調べ室の煙草くらいな」

「ずいぶん世話になったんですか」

「世話してたのさ。おまえらみたいなハンチクから本職まで」

へえ、とわざとらしくソファに背中をあずける。「刑事さんでしたか」

「見えないか？　そうだろうな。跡形もないのは自覚してる」

ここで隠す意味はない。それよりほんのわずかでも、牽制《けんせい》になってくれればいい。

「茂田は？」

ガレージはがらんとしていた。隅まで目を走らせたが金髪の坊主頭は見当たらなかった。どこかへつながるドアも、隠れられそうなスペースもない。

「ここにはいません。もっと清潔な場所で休ませてます。じゃないといろいろ、ヤバそうでね」

「医者には診せてるのか？」

坂東は薄笑いのまま答えない。

「組の人間はなんといってる？　断りもなく動いてるわけじゃないんだろ」

「あのアパートについては全面的に任されてるんです。家賃の徴収もトラブルの処理も。彼らだって昔みたいに元気じゃない。高齢化ってやつです」

「だとしたらなおさらだ。身内のカネをパクったわけでもないのに、ずいぶん直接的なことをするじゃないか。肉ごとピアスを引きちぎったって一銭の得にもならないと思うがな」

「そりゃそうですがね。集まって解散してを繰り返せる都会の連中とちがって、おれらはファミリーでやらせてもらってるんです。おれはこいつらの面倒をみるし、こいつらはおれのために働く。裏切りは、カネには代えられません」

　所属組織が明確でない半グレは多い。仕事単位でチームを組む窃盗犯もいる。よく知らない者同士だから誰かが捕まっても芋づる式になりにくい。特殊詐欺グループも一、二ヵ月で解散するのが相場といわれている。

　これも人口が支える流動性だ。地方では新しい仲間と出会うこと自体が難しい。

「こっちにもこっちの事情があるってことです。まあ、飲んでください」

勧められるままペットボトルを傾ける。思わず従いたくなる物腰をもっている。

ひと息つき、「で？」と河辺は身を乗りだした。

「おれの取り分はいくらだ？」

　坂東が、愉快そうに目を細めた。

「五百万相当の金塊探しをするんだ。半分はもらわないとな」

「茂田を助けたくないんですか」

「おれはあいつの親父じゃないし親戚の伯父さんでもない」

　坂東が眉のあたりを指でさすった。楽しんでいる。

「でもここまで付いてきた」

「無理やりな。下手に抵抗するより組んだほうがマシと判断したんだ。それとも殴っていうことをきかせるつもりか？　それならひとつ忠告しておこう。あの車にはやっかいなGPSが仕込んである。おれの雇い主はいずれ、必ず取り戻しにくるだろう」

　おれじゃなく、プリウスを。

「おもしろいなあ」

すっと坂東が前かがみになる。「でもミスりましたね。ＧＰＳのことを明かす必要はない」

助けを待つ余裕があるなら。

「嘘だと思うか？」

「どっちでもかまいません。これでもおれはビジネスマンを自称してるんでね。暴力に頼るのは好みじゃない」

河辺は息を吐いた。ようするに彼はこういっている。下手な小細工は通じない、と。

「わかった。おれも面倒はごめんだ。あんたとおれだけの取り引きでいこう」

「河辺さんの報酬は二百万」

いきなり切り込んできた。

「こっちの取り分は三百万。それを先払いでいただきます」

じりっと汗が流れた。喉の渇きを潤してから確認する。

「つまり、金塊が見つかろうが見つかるまいが、三百万払えってわけか」

「見つかれば二百万の儲けだ。金の相場によっちゃあもっと稼げるかもしれない。夢のある話でしょう？」

逆のケースについてはふれず、「こっちからは人を貸します。自由に使ってくれていい」

坂東は三本目のペットボトルのキャップをひねる。同時に、河辺の後ろからチャボの手がのびた。ローテーブルに置かれる借用書。

「準備がいいな」

「ウチは年間契約もやってるんでね。取りっぱぐれ防止のノウハウはもってます。ちなみに年内の利息はサービスしときましょう」

「笑えるほど良心的なビジネスマンだな」

「河辺さん」

坂東が手のひらで、飲みかけのペットボトルを指した。

「水をどうぞ」

「さっき飲んだよ」

「ここは暑いですから。水分の補給はちゃんとしないと」

「いや、まだいい」

「そういわず飲んでください。おれがこうまでいってるんですから、さあ」

「――もう腹がパンパンなんだよ」

「それが？」

笑っているのは口もとだけだ。

「腹なんてどうとでもなるでしょう？　それともウチの商品にケチをつけてるわけですか」

熱っぽい目が、まばたきもせずこちらを射抜いてくる。賢くて冷静で感情的で理知的で暴力的。茂田から聞いた人物評だ。

河辺は三本目のペットボトルを口に運んだ。ふた口飲んだ。

「まだ残ってますね。不味《まず》いですか？　まさか、不味いんですかね」

河辺はもうふた口、それから最後に残りを流し込んだ。

「おい、お出ししろ」

坂東の命令に従い、ソファの後ろに立っていたふたりが河辺の前にペットボトルをならべた。合計十本。

河辺は大きく息を吐いた。あきらめを、精いっぱい強がりで糊塗《こと》していう。「せめてオプションをつけろ」

「なんです？」

「茂田をおれに寄越せ」

坂東が、満足げににっこり笑った。嗤ったのかもしれなかった。

その瞬間、頭の芯に熱が灯って腹の底からマグマがあふれた。

丸椅子を蹴倒しながら立ち上がり見下している整った面の鼻っ柱を足の裏で蹴りつけて馬乗りになって拳をふりおろし顎を砕いて歯を折って最後に親指を両目にすべり込ませてつぶす。

――そんな妄想を唾といっしょに飲み込んだ。

契約書にサインをする。いわれるまま免許証をだす。銀行のキャッシュカードとともに写真に撮られた。

ガレージをあとにする直前、ふり返って坂東に尋ねた。

「将来、なりたいものでもあるか?」

坂東はきょとんとした。初めて見せる素の顔だったのかもしれない。薄笑いをつくり、彼は答えた。「強いていやあ、あなたたちとはちがう大人でしょうね」

それが難しいのか簡単なのか、河辺にはわからなかった。


松本市内にあるマンションの一室まで河辺はプリウスを運転した。助手席には自由に使っていいと坂東が貸してくれた白パーカーの男が座った。運転をするでもなく、折り畳みナイフを〇・二秒で取りだせる物騒な少年は、ようするに監視役でしかなかった。

2DKだが狭苦しい部屋だった。部下の誰かの住まいだろうか。奥の襖《ふすま》を開けると、暗い和室の布団に下着一枚の茂田が横たわっていた。差し込む明かりに、まぶしそうに目をすがめた。でこぼこになった顔面。青あざが、腹や腕に地図を描いている。冗談にしか見えない長いリード付きの首輪。

聞きとりにくい口調でいう。「……来たのかよ」

「職場に押しかけられて拉致られたんだ」

はっと乾いた息を吐く。「そりゃ、悪かったな」

「ああ、もう少し早いと思ってた」

二週間。捕まった茂田がSRPエンタープライズの名を口にするまでに費やした時間だ。

苦しげに、茂田の口が動くのを黙って見下ろした。河辺を罵《ののし》る権利が、こいつにはある。

「雪の日の話だけどよ」

予想外の台詞を、ぎこちなく身体を起こしながら茂田はつづけた。「暇だったから、ハルちゃんにあんたがだしたクイズの答えを、それをずっと考えてたんだ。それでおれ、たぶんこうだったと思うんだ。あんたら五人いたんだろ？　だから、ひとりが山小屋の近くに残って、ぎりぎりそいつが見える距離まで行って、またそこに次の奴が残ってさ。そうやって、五人で道をつくったんじゃねえかって」

降りしきる雪、起伏する真っ白な地面。乱立する、やたら黒々しい木の幹。ふたり組の活動家が籠った山小屋を離れ、大人たちがいるペンションへ戻りながら、ひとりずつ置き去りにしていった。五人が四人に、四人が三人に……三番目が河辺だった。たったひとり、見ず知らずの場所に立ち、離れていくふたりの背中を見送った。長靴も手袋も帽子もマフラーも気休めにすぎない極寒の中で、ただ待った。自分の前後におなじように突っ立っている仲間がいるはずなのに、雪のいきおいが増したせいでよく見えない。寒さより、それがいちばん怖かった。このだだっ広い世界で、たった独りでいること。「バカボンの歌」を口ずさんで孤独をごまかしながら、ひたすら仲間の合図を待った。

やがてペンションに着いたフーカが大人たちを連れ、近くのキンタに手を上げて報せた。すぐにキンタが、空へ手をのばして応じた。それを目にした河辺は意味もなくうなずいて、自分の右手を思いっきり突き上げた。次の仲間は佐登志だった。あいつの上げる手がはっきり見えた。山小屋の近くで待つコーショーまでぜったいに伝わっている――その確信が、胸に熱を灯らせた。寒さも疲労も吹き飛ばす温度のたぎり。フーカや大人たちがやってくるのを待つあいだ、ペンションから山小屋までつづく一本の線を、星座のような美しいつながりを、河辺は脳裏に描き、胸に焼きつけていた。

「な？　いいアイディアだろ？　おれに友だちがいたら、きっとそうすると思うんだ。だっていい気分だろ？　みんなで、ちゃんとつながったら、うれしいだろ？」

うわ言のように茂田はつづけた。「なあ、合ってるだろ？　そうに決まってる。なあ、正解だよな？」

「……ああ、正解だ。子どもでも解けるクイズだがな」

「へっ。たまには褒めろよ」

茂田のそばに河辺はしゃがんだ。「立てるか？」と肩に手を置く。

「行くぞ。佐登志の形見を探しに」

血に染まったアロハシャツを引っかけた茂田がプリウスの後部座席に寝転んだ。シートは汚れるだろう。知ったことか。海老沼のブチ切れる血管が一本だろうと四本だろうと。

マンションの青空駐車場に駐めたまま助手席に尋ねる。「名前は？」

白パーカーの男が暗い視線を寄越してくる。

「それくらい知っとかないとやりにくい。おまえだって仕事だろ？」

「……キリイ」

桐井？　霧井？　いや、苗字とはかぎらないか。

「よし、キリイ。まずはスマホを返してくれ。べつにかまわんだろ？　どうせもう、おれは逃げられない」

返事を待たずまくし立てる。「それから騒がない医者、落ち着ける宿。おまえが手配しろ。当てがないならチャボに訊け」

反発の気配を遮って、「いちいちナイフをちらつかせるなよ。おれが死ねば三百万の借用書は鼻紙に化ける。くだらない脅しは時間の無駄だ。こっちには警察に駆け込むっていう奥の手もあるんだからな」

返事はなかった。フードのせいで表情はよく見えないが肩に強張りが感じられた。河辺は待った。相手が声を発しかけたとき、

「スマホだ」

手を差しだして黙らせる。キリイの歯ぎしりを横目に見てとる。

背後からかすれた笑い声がした。「やめといたほうがいいぜ。このおっさんは人をムカつかせる天才だからよ」

茂田のからかい口調に、キリイのボルテージが上がりかける。よけいなことを。

「怪我人は寝てろ」

キリイがスマホを乱暴に寄越してきた。同時にプリウスの外へ出る。ほんとうにチャヤ

ボを頼るらしい。

「しゃべんねんだ、あいつ」

痛みに顔をゆがめながら茂田がいう。「知らない奴とはぜんぜんさ。おれもほとんど話したことねえ。調子乗ってヤバい奴を気取ってっけど、ふん、べつに怖かねえ」

「わかったからおまえは黙ってろ」

「なあ、当てなんてほんとにあんのか」

「金塊のか？」

「ほかに何があんだよ。金塊があるから取り引きをしたんだろ？」

河辺はため息をついた。無理してしゃべるなといっているのに。

「――坂東は信じちゃいない」

え？　という茂田の顔。

「佐登志の隠し財産自体、よくて半信半疑ってとこだろう。だから借用書なんて面倒なものを持ちだしたんだ。金塊があってもなくても大丈夫なようにな」

二百万を餌にすればサインさせやすいと考えたのだろう。

「そもそも三対二の取り分が健全すぎる」

七対三をゆずらなかった男が「たしかにな」とうなずいた。

じっさい坂東はほとんど何もせず三百万の債権を手に入れたことになる。本気で取り立てるつもりがあるかは怪しいが、茂田にヤキを入れるついでと考えれば損はない。

一方でキリイという保険をかけている。万が一金塊が見つかったときの回収係――この読みを茂田に伝えるのは喧嘩をしてくれと頼むようなものだろう。

フロントガラスの向こうで電話をしながら落ち着きなく歩きまわっている白いフードを眺めながら茂田に訊く。「坂東に、どこまで話した？」

「――馬が死んだ夜に聞いた話だけだ。五行詩は憶えてなかったし、『来訪者』はあんたがパクってったしな」

河辺に置き去りにされた夜を思い出したらしい。

「くそっ、二時間も待ったんだぜ！」

ようやく恨み言が聞けた。

茂田は夜道を歩いて上田駅まで行き三日間、駅の近くのネットカフェに入り浸っていたという。三日目の朝、金もなくなり、切りっぱなしだったスマホの電源をオンにした。すでに佐登志の遺体は見つかっていて、坂東たちが張っていた網に飛び込んでいくかたちになった。

「嫌な予感はしたけどよ、だってもう、どうしようもなかったからさ」

状況からして警察への出頭は避けられず、初めの何日かは事情説明でつぶれた。

「変な疑いはかけられなくて済んだけど、そのあと、今度は坂東さんに詰められた」

警察にいらぬ腹を探られた一因は間違いなく茂田にあった。チャボや相撲取りの容赦ない鉄拳制裁に耐えきれず、少しでも言い訳が立てばと佐登志の話を披露した。金塊を隠したと聞いていた。そのときは信じなかったが遺体を見つけ、もしかしたらと思い直した。信ぴょう性が低かったので勝手に動いた。見つけたらちゃんと全額、坂東に差しだすつもりだった。——こんな戯言《ざれごと》を信じてもらえるなら悪党も楽な稼業だ。

拷問に近い聞き取りがはじまり、ほどなく口を割った。河辺のこと、耳にした職場の名前。金塊のせいで佐登志が殺されたかもしれないこと。

「悪いなんて思ってねえ。お互いさまだ」

ああ、と河辺は返した。当然だ。

「よく隠しとおしたな。チェリーの酒瓶に入っていたビー玉を」

なんでわかった？　という顔がバックミラーに映っていた。当たり前だ。実物の金を目にしていれば坂東はもっとその存在を信じている。

「そのまま隠しとけ。教えてやる必要はない」

神妙な顔つきで唇を噛む茂田の顔を河辺は観察した。

ところで、と訊く。「スマホをオフにしていた言い訳はどうしたんだ？」

「なんにも。さすがに無理があったぜ」

茂田の嘆きに思わず吹きだしてしまった。うるせえな、と毒づく茂田の声もゆるんでいた。笑いたきゃ笑えと観念したように。

「……それで？」茂田が探るような口調になった。「金塊の隠し場所はどこなんだ」

「さあな。それを知ってたらとっくに見つけてとんずらしてるさ」

「嘘だろ？」

素っとん狂な声をだす。「そんなんで坂東さんと取り引きしたのかよ」

「取り引きじゃない。脅されたんだ。だからほんとうに金塊の場所はわからない」

「ふざけんなって。マジで坂東さんの命令ならなんでもするぞ、あいつは」

ちょうど電話を終えたキリイが苛ついた足取りでこちらへ戻ってくる。その姿を眺めながら河辺は思う。キリイにトムにリュークか。どいつもこいつも――。

「――そうか。そういうことか」

「なんだって？」

「おまえら、まるで英語だな」

ぽかんとする茂田を横目に河辺はスマホを操作した。検索をひとつ、それから佐登志の部屋を撮った写真を確認する。穴があくほど見つめたが、それはどこにも映っていない。

ならば――。

「行き先が決まった。運が良ければそこに暗号を解く鍵が残ってる」

半信半疑の目が、どこだ？　と訊いている。

「外山《そとやま》の家だ。まだ住んでいればいいが」

「誰だ、そりゃ」

河辺は長く息を吐いた。胸にざわつきが生じた。記憶がくすぶる。

「おまえはもう、そいつを知ってる」

意識が二十年前の夏へ飛びかけた。唇を結び、言葉を殺す。語れない物語がある。語れないがゆえに、忘れられない物語が。

やってきたキリイが助手席のドアへ手をのばしたとき、スマホが鳴った。ディスプレイに海老沼の文字が光った。その拍子に、蓋《ふた》が開いた。ほんの一瞬、河辺が放心するあいだ、止める間もなく鮮やかに、過去があふれた。

第四章

強く儚《はかな》い者たち

平成十一年

阿南《あなん》　検察の動きが不透明になっている。情報がおりてこない。部長で止まっている気配。
佐々木《ささき》　霞が関ルートからも探っているが反応なし。特捜部案件に？
阿南　あり得るが、こちらも簡単には引き下がれない。課長はやる気。綱引きになる。

大粒の汗が手帳に染みをつくったとき、ピリリリと電子音が鳴った。かまわずペンを走らせた。省エネは毎年夏のスローガンとなっているが便所には関係ない。河辺が警視庁の配属になってから一貫して臭くて暑いままである。個室の便座の蓋に座った状態で、さっきから一行書くごとに汗をぬぐっている。

阿南　クロベエはほんとうに使えない男だな。無能、ゴミくず。

書きなぐりの文字はたまに自分でも読めなくなる。それでも優先されるのは速さだ。一言一句、記憶がたしかなうちに。

阿南　一刻も早く消えてくれないか。
佐々木　まったく、おっしゃるとおりです。

くそっ。また汗が落ちた。ただでさえぐちゃぐちゃの文字が抽象画になった。ピリリリ……。うるせえな！

わざと音を立ててトイレットペーパーを巻き取る。ついでに汗をふく。手帳をスラックスの後ろポケットに突っ込んでから水を流した。外に誰かがいたとき長便所と思わせるための小細工だ。

ドアフックに吊った上着の中で電子音が鳴りつづけていた。ＰＨＳという小型電話が、河辺は不愉快でしようがない。便利だと勧められて買ったはいいが、どこへも逃がしてもらえない、まるで腰縄だ。

電話機をつかんでドアを開ける。誰もいなかった。上着を肩にかけたまま洗面台の前で通話にする。

「なんだ？」

海老沼の、苦笑じみた声がした。〈これだけ待たせて、ずいぶんご挨拶ですね〉

「こんな玩具で《もしもし》か？　おままごとならほかを当たれ」

〈古いなあ、先輩は。そのうち公衆電話はなくなるって話なのに〉

馬鹿馬鹿しい。

鏡を見ながら髪をさする。警官になってからずっと変わらない刈り上げも、この数年で生えぎわが後退した。四十前だと思えないほど白いものが目立っている。

「用件をいえ」

〈紅閃《こうせん》の件に決まってます〉

紅閃グループ。表看板は投資顧問会社、実態は企業に食らいつく総会屋もどきだ。グループを率いる赤星寿道《あかほしじゆどう》は《兜町《かぶとちよう》の闇紳士》などと呼ばれ政財界に顔をきかせてきた。

その威光もここ数年、バブルのツケが噴出した金融ショックですっかり褪《あ》せた。赤星逮捕も秒読みとささやかれはじめた先月中頃、彼の右腕と目されていた男が都内のホテルで見つかった。バスタブに沈んだ変死体として。

〈捜査二課《ウチ》も地検も国税も、赤星の首を狙ってた連中はみんな捜査一課《ソウイチ》の横槍に戦々恐々としてますよ〉

「横槍だと？　おなじ台詞をホトケの墓前でいってみろ」

〈自殺に見えなくもないご遺体だったと聞いてますがね〉

舌を打ちそうになった。湯船の中で手首を切った遺体からはアルコールと睡眠薬が検出されている。部屋のナイトテーブルにウイスキーのボトルと睡眠薬のシート。遺書はなし。部屋に何者かが出入りした可能性は大いにあり、ろくに防犯カメラもないさびれたビジネスホテルを選んだのが本人の意思かも疑わしい。しかし「疑わしい」止まりでおれたちのシマを荒らすんじゃねえ――それが海老沼たちの本音だろう。

「こっちはこっちの仕事をする。そっちはそっちで動けばいい」

〈勘弁してくださいよ。赤星をパクッて終わりって話じゃない。奴とずぶずぶだった会社はごまんとある。一部上場企業も、CMでおなじみのあそこもここも〉

「第二の『野村・一勧』に仕立てる気か？」

おととしの春、総会屋への不正な利益供与の疑いで東京地検特別捜査部が第一勧業銀行に家宅捜索を敢行した。事件は野村證券を筆頭にした四大証券を巻き込み、戦後最大規模の金融スキャンダルとなった。勧銀は多くの逮捕者と自殺者までだし、元社長が逮捕された山一證券は廃業。大物総会屋へ不正に流れたカネは二百億とも三百億ともいわれている。

〈比べると赤星はセコい野郎ですが、一勧のとき、ウチはオミソでしたからね。次また抜かれたら末代までの恥だってピリピリです。嫌んなりますよ、プライドで飯が食えるタイプの上司は〉

冗談めかした苦笑を真に受ける気はなかった。黒いカネを標的にする点では二課と同類の特捜部だが、その突破力と政治力はずば抜けている。特捜部にかぎらず、伝統的に検察が上という風潮はあって、検事が起訴しなければ商売あがったりの警察は秋霜烈日《しゆうそうれつじつ》のバッヂにどうしても引け目を感じてしまう。

だがもちろん、理屈の通じない馬鹿もいる。

〈ウチの課長のプランはこうです。都議へのつまらん贈賄疑惑で赤星を引っ張って、奴

の体細胞がそっくり入れ替わるまでねちねちねちねちねち締め上げる——どうです？　素敵な方針でしょう〉

「日弁連が泣いてよろこびそうだ」

〈先輩。腹あ割って話しますけど、あれがコロシだとして、このタイミングで赤星がやったなんてあり得ません。奴《やっこ》さん、そこまで耄碌《もうろく》しちゃいない。あの件は別ルートのごたごたに決まってます〉

ほんの数年前、あぶくのようにカネが舞っていた時代、謀略と暴力はあっけらかんとまかりとおっていた。地上げのため町の食堂にバキュームカーを突っ込ませるヤクザ者が大手ゼネコンの紐付きでも驚くには値しなかった。ましてダーティな総会屋の金庫番がどこで誰の恨みを買い、どんな利害損得にもとづいて消されようが、捜査関係者は眉ひとつ動かさないだろう。

〈それがわからないほどそちらさんも間抜けじゃない。つまりこうです。捜一はウチや特捜が頭下げるのを待ってるんだ。顔を立てろって話でしょ？　やめましょうよ、そんなくだらないメンツごっこは。おおかた阿南係長と佐々木さんあたりの腹芸なんだろうけど、ねえ先輩。せめておれらだけでもまっとうな捜査を貫きませんか〉

清より濁を好む男の台詞じゃなかった。何年いっしょにコンビを組んだと思ってる？　海老沼ほど野心でギラついた捜査員を河辺は知らない。

二課とて検察ととことんやり合う気などないのだ。ようするにカッコをつけたいだけ。文字通りメンツごっこだ。

「すっかりそっちの水に染まったな」

〈どっちの水もないですよ。おれは滅私奉公の男ですから〉

へそで茶がわく――そう返す前に海老沼が声をひそめた。〈捜一にエスがいるって噂も聞きます〉

河辺は息を止めた。エスとはスパイを意味する隠語だ。

〈赤星がゲロって困るのは企業のお偉いさんより永田町のセンセイたちです。証拠隠しの時間稼ぎにコロシの調べを長引かせろと、密命が下ってるんじゃないかって〉

河辺は答えなかった。下手なことを、いくら無人の便所でも口にできない。

〈ウチだってカラスがまじっててもおかしくない。おれが信用できるのは、《堅物・河辺》くらいなもんです〉

「……間抜け――とも聞こえるが」

〈めっそうもない。むしろおれは怒ってるんです。先輩を端に追いやってる、この組織の体質に〉

ふん、と河辺は鼻を鳴らした。

「いいかげんクソが長いと叱られる」

〈おれは信じてますよ。赤星にフダ取る日がわかったら、きっとおれに報せてくれると〉

通話を終えたPHSを見つめ、ため息をつく。便所の中で、会わずに密談できる時代がくる。犯罪のかたちも変わるだろう。ついていける自信はない。ポケベルだって使いきれなかった男だ。

ディスプレイに浮かぶデジタル時計が目に入り、はっと書き忘れを思い出す。手帳のさっきのページをめくり、頭に書き足す。「八月三日、朝礼後、阿南デスク前」……。

「河辺さん」

心臓が跳ね、手帳を握りつぶした。トイレの入り口からのぞく顔を思わずにらんだ。制服姿の若手職員が、おびえたように腰を引いた。す、すみません！　上ずった声で謝ってから、あのう……とおうかがいを立ててくる。

「電話です。河辺さんを呼んでくれって。外山といえばわかるからって」

「え？」

今度は河辺の声が上ずった。外山という苗字に、浮かぶ顔はひとつしかない。

しかしなぜ突然——、コーショーが？


三軒茶屋駅から茶沢通りを北へ歩き、音楽スクールの看板を掲げる四階建てのビルを見つけた。スクールの若いスタッフによると最上階が住居になっているという。エレベーターを降り、玄関ドアを開けると奥から音楽が聴こえた。外国のロックンロールだ。曲名はわからない。通路の先はリビングにつながっていた。

「アイランドキッチンというそうだな」

リビングに向かって開かれた対面式キッチンを見やりながら、ソファで足を組んでいる男に河辺は訊いた。「便利か？」

相手が、呆れたように唇をゆがめた。「二十年ぶりの会話がそれか？」

「嫁が、憧れてるらしいんだ」

「やめとけ。会話のない夫婦には気づまりなだけだ」

「会話ならある」

「はっ、強がるな」

河辺はあらためてソファの男を見つめた。メッシュの茶髪に革パン。黒地のTシャツには不吉なイラストが描かれている。若づくりな恰好も、引き締まった体型のせいか違和感がない。年月に負けず、かつて二枚目だった少年の面影をしっかり残している。

外山高翔《こうしょう》と最後に会ったのは高校を卒業した年だ。時間にして十分足らず。お互い東京へ行くことをなんとなく確認し、また会おうぜと果たす気のない約束を交わした。

自分の目もとを指で差し、河辺は訊いた。「部屋でもつけてるのか」

相手は青いレンズのサングラスを押し上げた。「おまえに会うから特別良いやつをだしたのさ」

感動の再会とはほど遠かった。かといってぎこちないとも思わなかった。こうして顔を合わせていることを受け入れる一方で、少しだけ、あのころの親しみを探しあぐねている。

河辺は白壁の部屋を見まわした。バブルの饐《す》えた臭いがする――。そう感じるのは偏見だろうか。

「羽振りがいいみたいだな」

「お陰さまでな。スクールは渋谷にもある」

「青年実業家というわけか」

「しょせんは雇われ社長だ。青山の一等地ってわけにはいかない」

青年って歳でもないしな、と高翔が皮肉に吐いた。

壁に若い女の子のポスターや賞状が飾られている。ピースをする少女のとなりに高翔自身が立っている写真もあった。しかし日付は三年より前のものばかりだ。

「おれでも知ってる歌手はいるか？　タイアップソングでもいいが」

「アクターズスクールも知らない男に何をいっても無駄だ」

「名前は聞いたことがある。曲も、たぶん耳にしている」

「おまえが美少女ユニットに熱を上げてる姿は見物《みもの》だろうな」

河辺に業界の相場はわからない。高翔がヒットチャートを席巻するモンスターバンドのプロデューサーである可能性も否定はできない。たとえ埃の目立つ床の上で、昼間っから缶ビールを飲んでいても。

「おれのことはどこで知った？」

「去年な。これでも顔は広い。オリンピックの話題の延長で、警視庁に長野出身の男がいると小耳に挟んだ」

「捜一の世話になってる連中と仲がいいのか」

「いろいろだ。芸能界だぞ？　いろいろある」

いって高翔はビールをあおった。つづけざまに次の一本を開ける。「バンドブームはもう終わる。しばらく表舞台はユーロビートかガールズポップだ。テクノは高度すぎて駄目だな。ジャズもそうだろ？　音楽理論とか、若い奴は興味ない。しょせんおれたちの国民性は盆踊りだ」

ははっという乾いた笑いを、河辺はじっと受け止めた。

「ヒップホップも日本じゃウケない。パンクもな。やっぱりアイドルがいい。あれは高級じゃないから強い。とくに女の子は、手っ取り早い」

「カネになるか」

「勘違いするな。本人たちも望んでる。ギブ・アンド・テイクだ」

鋭い表情は、すぐにゆるんだ。「最近の子はたくましい。ガッツがガッツリあふれてる」

やけくそのような笑み。「いざとなればツブしもきくしな」

どんなツブしだ？　とは訊かなかった。聞きたくもない。

唾を吐く代わりに上着から煙草を取りだす。ラッキーストライク。

「やめろ」

尖った声に止められた。

「駄目に決まってる。副流煙でおれを殺す気か？」

冗談の気配はなかった。河辺は胸に湧き上がる炎を感じた。簡単に怒りと呼んでしまえる感情ではないような気がした。それをどうにか抑え、煙草を上着に戻した。

「おれを呼びつけた目的はなんだ？　カルチャー講座がしたいならほかを当たるほうがいい」

「旧交を温める、では駄目か」

「だったら飲み物をだせ」

たしかにな、とつぶやき、高翔はうなだれた。頭頂部が少しさみしくなっている。

「脅迫されてる」

おもむろな告白だった。

「いっておくが、おまえも無関係じゃない。だから声をかけた」

「――意味がわからないな。こうして会うのは二十年ぶりだし、おれは正真正銘、芸能オンチだ」

「だから、二十年前の話だ」

二十年前の話――。

黙って聞く態勢をつくった。十人は座れそうな囲みソファの後ろに突っ立っている河辺に一度も座れといわないまま、高翔はビールをなめ、語りだした。

「正確には二十二年前か。忘れるわけないよな。チェ・ムンナムを――、竹内が銃殺した」

「キョージュと呼べ。やりにくい」

瞬間、暗い視線を投げつけ、そして高翔は河辺の言葉を黙殺した。

「あのとき、竹内はおれたちの冗談を真に受けて、チェ家の面々を撃ち殺した」

「冗談、か」

「当たり前だ。高校生だぞ？　こっちが真剣でも相手にしないのが大人の分別だ」

「キョージュは精神的にまいってた」

「だからなんだ？　どんな理由があったって殺人は殺人だ。刑事のくせに人殺しの肩をもつのか」

拳がローテーブルを打ち、ビールの空き缶が倒れた。高翔は意に介す様子もなく声を荒げた。「おれたちは何もしてない。そうだろ？」

「……ああ、そうだな」

何もしてないんじゃない、何もできなかったのだ——そんな想いはのみ込んだ。

「そう、おれたちに罪はない。……だとしても関わりがゼロとはいえない。少なくとも野次馬どもはおもしろおかしく騒ぎ立てるだろう。一家惨殺のきっかけをつくった五人組の現在とかいってな」

こちらを見上げる表情に、奇妙な優越感が漂った。「警視庁の敏腕刑事さんも困るだろ？　腐っても公務員なんだから」

「具体的に、脅迫の中身を教えろ」

「余裕ぶるなよ、河辺。こっちはおまえの状況も聞いてるんだ」

「つづきは酒を抜いてからにするか？　永久に酔っ払うつもりならこれっきりにしてもいい」

しゃがれ声の男性ボーカルが何事かシャウトしている。ガールズポップではもちろんないし、ユーロビートでもないのだろう。

「……オーケー。揉める気はナッシングだ」

高翔は疲れたようにソファに背をあずけた。

「あの事件の詳細を、ルポにまとめているらしい。その発表を止めたけりゃ、ひとり二百万──五人で一千万を、ひと月以内に用意しろとさ」

「電話でか」

「え？」

「電話で脅されたのか」

「ああ、そうだ。電話だ」

「番号は？」

「──いや。教えてもらってない。たぶん公衆電話だったたし、突然だったから」

「突然なのに言い分を信じたのか」

「疑う余地がどこにある？　おれたちが事件に関わったのは事実だ」

「脅しに値する証拠は？　それがないなら相手にする必要はない」

「あるといってる」

「だからそれを、どうやって信じるんだ」

「おまえこそおれを信じないのか？　グッドフレンズだったろ？」

「人は、成長する」

「はっ！」高翔はおおげさにのけ反った。「おっしゃるとおりだ！　おれも成長した。

おまえたちにさんざん馬鹿にされたが夢をかなえた」

「馬鹿になどしてない」

「いや、してた。憶えてる。音楽で食うなんて世間知らずの間抜けだと」

黙って見つめた。先に高翔が目をそらした。

「納得のいく証拠があればいいんだな?」ローテーブルに伏せてあった用紙をすべらせる。「これで信用しろと、ＦＡＸしてきた」

手をのばし、河辺はめくった。免許証のコピーだった。黒く塗りつぶした住所。名前と、白黒の顔写真。

まばたきを忘れた。二十年の月日が経っている。だがひと目で確信した。丸みのある顔立ち。ボリュームのあるショートボブ。地味な雰囲気ながら、意志の強さがうかがえる目つき。

「――春子、か」

高翔が深くうなずいた。「声も、本人だった」

「間違いないのか」

「おれは耳で食ってる男だぞ」

自信と、わずかな自虐を感じさせる口ぶりだった。

「苗字は――」そこも黒塗りになっている。「変わったんだな」

「さあ……調べられないようにしただけかもしれないが」

生年月日や登録番号も消されている。

「ルポは、事実を過激にアレンジしてあるそうだ。まるでおれたちが、わざと竹内を煽《あお》って殺させたと読めるように」

「馬鹿げてる。おれたちにキョージュを煽る理由はない」

「チェ家への嫌がらせ。朝鮮人差別だ」

ＦＡＸの紙を握り締める。なるほど、もっともらしい。

「いまさら、なんの意味もない」

「おれにはある。立場を考えろ。経歴はスポンサーにもみられる。事実か事実じゃないかは関係ない。それっぽい噂が立つこと自体、命取りなんだ。それともお巡りさんには他人事か？」

河辺は息を吐いた。「逆立ちしたってそんな大金はない」

「サラ金を使え」

「それならおまえに借りる。たとえトイチでも」

ふん、と鼻で笑われた。「悪いがこっちも、用立てはできない」

「こんな立派な部屋に住んでるのにか」

「雇われだといっただろ。最近はオーナーも倹約を趣味にしてる」

バブル崩壊の後遺症――。

「勘違いするな。Ｊポップは大丈夫だ。おれはすぐに巻き返す」

自信なのか強がりなのか、河辺に問いつめる気はなかった。

「だが現状はふたりとも金欠だ。どうする？」

「ほかの連中に当たるしかないだろ」

佐登志、キンタ、フーカ。

「とくにキンタだ。あいつはどこぞの銀行に就職したらしい。きっとカネを持ってる」

どのみち、と高翔はつづける。「おれだけ用意しても意味がない。一千万なくちゃ暴露は止められないんだからな。頭数は要る」

「あいつらも、素直に払うとは思えないが」

「それでも巻き込むしかない。河辺。わかってるだろ？　これはおれたちの烙印《スティグマ》だ。ここで清算しなくちゃ駄目なんだ。過去から逃げ切るためには」

過去から、逃げ切る。

「人探しはお手のものだろ？」

「――あいつらと連絡は？」

高翔は首を横にふる。「キンタが銀行マンになったのは兄貴から聞いた。もう十年以上も前だ」

「たまには帰ってるのか」

「冗談じゃない。顔を合わせた瞬間、兄貴はおれを絞め殺すだろう」

地元のツテでキンタに連絡をつけるのは難しいと高翔はいう。石塚《いしづか》家まではいくが、そこから本人へつながらない。同窓会などに出ている形跡もまったくない。

「佐登志ならなんとかなる。そっちはおれがやるからキンタのほうを頼みたい」

「――フーカは？」

「当てが、あるか?」

「いや、まったくだ」

「そうか……。なら、あとまわしにしよう」

いいな? と念を押され、ああ、と返すほかなかった。

連絡先を交換し、自然と声が出た。「春子に会えないか?」

ぽかんとした顔が返ってきた。

「本人かどうか確認したい。いや、正直なところ、たんに会ってみたいだけかもしれんが」

「よせ。逆効果だ。そのくらいわかるだろ」

河辺は高翔をじっと見つめた。

「……わかった。次に連絡があったときに訊いてみる。たぶん無理だと思うが」

頼むといい残しリビングをあとにしかけ、立ち止まった。「ディープ・パープルはどうなんだ」

「なんだって?」

「ディープ・パープルは受けないのか? 昔、クールだといってただろ」

高翔はぽかんとしてから、「よくそんなの憶えてるな!」と髪をかき上げた。「おれのファンか? だったらサインをくれてやる」

黙って先をうながすが、高翔の唇はゆがんだきり動かなかった。胸の炎がしぼんでゆく。静かに納得した。時が流れたのだ。疑いようもなく。

「さっきからかかってるのはなんという曲だ？」

「さあな。有線だ」

　そうかと返し、河辺は玄関へ向かった。


　幸か不幸か、暇ならあった。泣く子も黙る警視庁捜査一課強行犯係に所属する捜査員としては考えられないほどの自由が、あの事件以来、有り余っている。河辺の名が高翔の耳に入ったきっかけも、長野五輪より、むしろこちらが理由ではないか。

　去年の秋口、六本木の会員制クラブで集団強姦事件が発生した。二十代の男らがＶＩＰルームに女性を連れ込み、酒を飲ませ行為に及んだ。口止めとしてその様子をビデオに撮った。やり逃げでもおかしくないケースだが、ほどなく強姦グループのひとりが自首してきた。良心の呵責《かしやく》に耐えきれなくなったという彼は所轄署でなく、いきなり警視庁に足を運んだ。グループのリーダーが、某有名芸能事務所の役員の息子で、これまでそのコネを使い警察沙汰をもみ消してきたからだった。所轄署では駄目だと、素人なりに危惧したのだろう。

　対応に当たった河辺はすぐさま動いた。自首してきた彼が持参したビデオテープには主犯の男をはじめ、残りの仲間もはっきり映っていたし、被害女性の抵抗する姿もおさめられていた。任意同行をすっ飛ばして逮捕してもいいくらいの内容だった。

　ところがじっさいに逮捕状を請求した直後、上から待ったがかかった。つづけざまに、自首してきた男性が証言をひるがえした。ぼくは嘘をついてました、あれは女の子も了承した、そういうプレイだったんです――。

ふざけるな。しかし河辺は担当を外された。男性捜査員でないほうがいいという理由で、肝心の被害女性に会うことすら許されなかった。牽制のようにつまらない雑用を押しつけられ、それを処理しているうちに事件はうやむやになってしまった。

年の瀬も押し迫ったころ、被害女性に会う決心をした。傷をえぐる真似になるんじゃないかと自問もしたが、彼女の意思だけは確認しようと迷いを捨てた。初めはおびえた様子だった彼女が、やがて意をけっしたように告白した。訪ねてきた警察関係者と連絡を寄越してきた加害者側の代理人を名乗る男たち。警察の人間は性犯罪の裁判がいかに屈辱的か、その過程で噂が広まってしまうなどのリスクをならべ、加害者側の代理人はカネで解決しようと提案してきた。ようするに圧力だ。彼女は顔を真っ赤にして声を絞りだした。納得なんかしていない、悔しい――。

河辺は密かにコピーしていたテープをわたした。どうするかは自分で決めてくれと伝えた。どちらを選んだとしても、おれは味方になる。ほどなく事件は表面化した。彼女はすべてをさらす覚悟で被害届を出したのだ。

逮捕せざるを得なかった。起訴せざるを得なかった。上の人間にしてみればメンツをつぶされた恰好だった。

以来、河辺は班から外された。予備役あつかいの男に与えられた仕事は掃除とお茶汲み。事実上の処分保留、あるいは自主退職ルートに乗せられたといっていい。

忸怩《じくじ》たる思いがあった。一から十まで単独で動いたわけではない。直属の上司にちゃんと打ち明け、筋をとおした。そのとき上司は、むしろ河辺に発破をかけた。虐《しいた》げられた人間の味方を、刑事がしないでどうすんだ――。

そんな過去がまぼろしだったかのように、いま佐々木は、媚びへつらっている。河辺つぶしの急先鋒である阿南に。

今日は無断で外出した。点数に響くだろう。点数というより、口実か。河辺を僻地《へきち》へ飛ばすためのネタ探しを、阿南は切手収集のように楽しんでいる。毎度毎度デスクに呼びつけ、能なしだ役立たずだと繰り返すのも、河辺の自尊心を削ることが奴の娯楽になってるからだ。

この状況にあって、春子の告発を恐れる理由があるだろうか。遅かれ早かれ居場所はなくなる。警察にしがみつくにせよ、二十年以上前の過失とも呼べない行いがなんだというのか。どのみちアイランドキッチンすら叶えられない家計に二百万を投げ捨てる余裕はない。

足が止まった。いつの間にか渋谷駅前のスクランブル交差点まで歩いていた。１０９ビルに設置された大型ビジョンが、国旗国歌法を審議する参議院の様子を報じている。汗だくの人々がみっしりと地面を埋める。体臭、ヤニの匂い。そういえば煙草を吸い損ねたままだ。信号が変わると同時に河辺はうつむき、人々とすれちがいながらＪＲの高架をくぐった。その途中で、ふたたび足が止まった。ふと疑問がよぎった。このまま警視庁に戻るのか？　なんのために？

後ろから肩を弾かれた。年配のサラリーマンが舌打ちをしながら去ってゆく。瞬間、身体の奥が熱を発した。コノヤロウ――。握った拳の中で爪が皮膚を刺した。噛み締めた奥歯が軋《きし》んだ。怒りが意識を覚醒させる。衝動に従い踵を返した。来た道を大股で戻った。前から歩いてくる若者の集団を割って進んだ。なんだあ？　と威嚇《いかく》するような声がした。ざけんなよ、おっさん、タコ殴りにしてやんぞ！

河辺は歩を進めながら背中で応じた。やれるもんならやってみろくそガキが。馬鹿にしやがって。ちくしょう。どいつもこいつも、おれを馬鹿にしやがって！　くそ、くそ、くそ……。

いつの間に、こんなふうになってしまった？　こんなにもカッコ悪い大人に。何かを変えなくてはいけないのはわかっている。だが何をどうやって、どう変えればいいのか、見つけられずにもがいている。取り戻したい。この気持ちは嘘じゃない。やり直さねばならないのだ。しかし、だとして、どこから？

――決まってる。二十二年前以外にない。

河辺の頭は、キンタの所在を突きとめる手立てを考えはじめていた。

東大に一発合格したという噂は耳にしていた。それからすぐ、一家で東京へ引っ越したと聞いた。顔を合わせるどころか「おめでとう」すらいえぬまま、河辺の人生からキンタは消えた。

煙草を三本吸い終えたとき、皇居外苑のほうからスーツの男が小走りに寄ってきた。日比谷公園噴水広場のベンチに座る河辺のそばで立ち止まり、荒い息でいう。「勘弁してください」ハンカチで神経質そうに汗を拭く。「仕事中ですよ？　いきなり呼びだすなんて正気じゃない。だいいち用なら、電話で済ませばいいでしょうが」

電話だとなんだかんだ理由をつけて手伝わないだろ？　直接こうやってドスをきかせないとエリートさんは聞きわけがないからな――。

言葉を選び直していう。「おまえたちのよくないところは運動不足だ。タコ部屋で書類とにらめっこばかりしてるからそんな腹になっちまう」

丸い目が精いっぱい吊り上がる。「ダンベル代わりに六法全書と帳簿を担いでいるんです。よっぽど神経がすり減ります」

男の名は鵜本《うもと》という。こう見えて東京地検に所属する検察官だ。まだまだ駆けだしではあるものの、若手のホープといっていい。まったく畑ちがいの河辺がこの男と出くわしたのは桜田門の庁舎でも裁判所の廊下でもなく、歌舞伎町のおさわりパブだった。三年前、まだ海老沼と組んでいたころだ。追っていた事件の聞き込みに客を装って足を運んだ店で、急に男がおっパブ嬢を怒鳴りはじめた。ふらつく足どりからしこたま酒を飲んでいるのはあきらかだった。にもかかわらずサービスの不手際を責める言葉は明瞭にして饒舌で、聞き惚れそうになるくらい達者だった。止めるか知らんぷりを決め込むか迷った刹那、海老沼が耳もとでささやいた。あのデブのツレ、スジもんですよ――。海老沼にスジもんを任せ、説教男を店の外へ連れだした。肩に置いた河辺の手を弾いて彼は叫んだ。無礼者！　独任制官庁たるぼくに気安くさわるとは何事だ！

　鳩の群れが空へ飛び立った。

「で？」鵜本が不機嫌にいう。「なんの用です？」

「おまえの職場は賢い奴が多いだろ？　中には企業舎弟のスジもんを商社マンと思い込むノー天気な世間知らずがいるにしても」

　鵜本の顔が真っ赤になった。経済ゴロと呼ばれる連中は企業の役員や管理職だけでなく、役所の窓口係にいたるまでめぼしい人材に唾をつけ、あの手この手で情報とコネクションを得ようとする。もちろん警官も対象だ。カタギでいるのが馬鹿らしくなるほどの豪勢な生活を経験させられ、転んだ人間も少なくない。

　鵜本に近づいた男もそういうたぐいの、いわば工作員だった。

「いちいち昔の話を蒸し返すのはやめませんか？　ぼくにだって我慢の限界があります」

「いいだろう。おれだっていちいち嫌味を必要としない立派な検事さんがいてくれるほうが助かるからな」

　苦々しい歯ぎしりは聞こえないふりをして、河辺はキンタが入学した大学の名前を告げた。「ここの卒業生を紹介してくれ。できれば七八年入学組、もしくはその前後三年くらい」

「――どういう捜査なんです？」

「たいしたことじゃない。ささいな裏取りだ」

「待ってください。さすがにそれは教えてもらわないと無理です。この時期に下手は打てない」

赤星の件だとわかった。やはり特捜案件になっているのだ。

「おれを一課の回しもんだと疑ってるのか？」

唇を結び、じっとにらみつけてくる。三年で、いい面構えになってきた。

「考えすぎだ。どのみち特捜が動けばウチも二課も黙るほかない。無理にそっちを出し抜くより、協力して点数を稼ぐほうが利口だろう」

「本気でいってるんですか」

「誓えというならなんにでも誓ってやるさ」

それに、と河辺はつづけた。どうせ鵜本も、河辺の事情は知っている。「いまのおれには、一課に花をもたせる義理がない」

「それを手土産に返り咲くつもりでは？」

思わず呆気にとられてしまった。そしてすぐ、頭の芯が痺《しび》れた。ずいぶん見損なってくれるじゃねえか――。

「なるほど。そういう手もあったか」河辺は薄ら笑いを保った。怒らせて様子を探るのは駆け引きの常套手段だ。動揺は風下に立つことを意味する。しかしまさか、鵜本に仕掛けられるとは。

河辺は肩をすくめた。「出身大学でスパイを選ぶと思うか？　もし該当する相手がまずいポジションにいるなら知らぬ存ぜぬでとおしてくれたっていい」

鵜本の目が、河辺の真意を測っていた。河辺は見返した。熱い憤りは不思議と失せ、むしろこの炎天下に似合わない薄ら寒さが腹の底に広がった。

「近いうちに」

そういって鵜本が切り上げる。河辺は煙草をくわえ、汗で地図ができた彼の背中に声をかけた。「気をつけろよ。小物とはいえ赤星は百戦錬磨の悪党だ。不用意に羽をのばして、パクッと食いつかれないように」

「河辺さん。あれからぼくは、一滴だって酒を飲んじゃいませんよ」

ゆっさと走っていく姿を見送りながら、嘘じゃないのだろうと感じた。ふっと力が抜け、煙草が地面に落ちた。腹に生じた薄ら寒さの正体がわかって、愕然とした。嫉妬だ。鵜本のまっすぐな生真面目さと若さに、おれは嫉妬してるんだ。

河辺はベンチで背を丸め、しばらく立ち上がれなかった。


鵜本の仕事は早かった。その夜のうちにパソコンの個人アドレスに匿名のメールが届いた。名前も役職もなく、一九七八年入学組であることだけが簡潔に記されている。現役入学だとすれば河辺とおなじ三十九歳か四十歳。キャリア警察官なら階級は警視正、所轄の署長でもおかしくない年齢だ。

素性の知れない相手を頼る不安もあったが贅沢はいえない。こちらも簡潔に、「石塚欣太《きんた》」の勤め先を知りたいのだと返した。

律義なのかせっかちなのか、一時間足らずで返信がきた。自分は面識もなく名前も知らなかった。同期の仲間に問い合わせたところ、おそらく就職先は都銀だったとのこと。そいつも顔見知り程度の仲で、卒業後のやり取りはなく、現在どうしているかはわからない……。

礼のメールを打ち終えたとき、玄関ドアの開く音がした。引っ越して八年になる官舎はやたらと音がとおる。慣れたつもりでいたそれが、最近また気になりだした。定時に帰り、妻の帰宅を迎えるようになってから。

仕事部屋を出て玄関に顔をだした。上がり框《がまち》に腰かけシューズの紐を解いている泰枝《やすえ》の後頭部と背中が見えた。おかえりと声をかければいいのだろうが、上手く口にできたためしがない。突っ立って眺めたあげく「ああ、帰ってたの」と先を越される始末だ。

「ご飯は？」

事務的な、ため息まじりの問いかけだった。

河辺の返答もシンプルだ。「食ってきた」

「そう。助かる」

ろくにこちらを見もせずリビングへ消える。河辺も追わない。そばにいればいるだけ気づまりは増す。高翔が指摘したとおりだ。

仕事部屋へ戻り、パソコンのあるデスクに座る。画面もキーボードも、これくらい大きければ自分も使いこなせる。そんなどうでもいいことを思うのは逃避にちがいなかった。いま、煙草に火をつけたのも。

もはや夫婦のあいだには修復不能な亀裂が走っている。何がきっかけといえば去年の強姦事件となるだろう。警官ばかりが住む官舎において、コミュニティの序列は夫の階級と実力が反映される。跳ねっかえりの家族に優しい者などいない。泰枝にとってもこの半年間は針のむしろだったはずだ。

しかしそれはきっかけにすぎない。夫婦のほころびは、もっと前から準備されていた。たとえばおととし、たとえば三年前、たとえば四年前、たとえば……。

女性を愛するということを、自分は信じきれずにいるのだと気づいたとき、とっくに溝はできていた。たしかに燃え上がるような恋ではなかった。上司の段取りで知り合い、なんとなく付き合いはじめ、断る理由を探せないまま結婚に漕ぎつけた。人並みに性欲はあったし、そばにいれば親しみも覚える。河辺は家事を、泰枝は安定した生活を、それぞれに求めた部分もあった。しかし結婚に実感をもてないでいた河辺を決断に導いたのは、泰枝のささいな一言だった。ある夜、おれのどこがいいんだと戯《たわむ》れに尋ねた。付き合ってから何度か訊いた質問だった。奥手の泰枝はたいてい「なんとなく」とか「安心する」といったぼんやりした返事をし、自分だって訊かれれば似たような答えを返していたから、さして期待したわけでもなかった。だがそのとき、泰枝は少し照れくさそうにこうつぶやいた。匂いが好きなの、あなたの肌の匂いが――。

笑い飛ばせなかった。むしろ腑に落ちた。ちゃんと理由があったのかと安心できた。そうか。匂いなら、そう簡単には変わるまい。だったら上手くやっていけるかもしれない。

結婚のタイミングで所轄から捜査一課に引き上げられた。仕事量は増え、あつかう事件の残虐性も高まった。容赦ない先輩の指導、反吐《へど》が出るほど狡知《こうち》で卑怯な犯罪者たち。一年、二年と過ぎ、河辺が三十五になったころ、泰枝から子どもをつくりたいと迫られた。結婚直後、捜一の仕事に慣れてからにしようと相談したままほったらかして五年、六つ下の泰枝は二十九歳になっていた。

あれが、最後のチャンスだったのだろう。少なくとも可能性はあったはずだ。

ふり返っても、よくわからない。なぜ自分は子どもをもうけることに、あれほど冷淡だったのか。おなじくらい仕事に励み、おなじような給料をもらっている同僚の多くが、ごく自然に父となっていた。冷淡ともちがうのかもしれない。臆病だったのだと、いまでは思う。そのうちな、と河辺は返し、その日を境に夫婦の営みが減った。

ある夜、河辺がひさしぶりに泰枝を求めたときだ。彼女はベッドにもぐり込んでくる夫を拒絶し、こういった。あなた、血の臭いがする――。

河辺は天井に煙草の煙を吹きつける。思い出すたび身体の奥が痛み、震える。背を向ける泰枝の肩を両手でつかんでひっくり返し、馬乗りになろうとした記憶。たぶん血走っていた自分の目。荒い呼吸。まるでつい最近のことのように鮮明だ。

春先から泰枝は働きに出ている。医療関係の仕事というが、くわしくは聞いていない。おそらく正社員が狙える職場だろう。河辺のもとから彼女が消えるカウントダウンははじまっている。

「おい、クロベエ、こっちゃこんかい」

阿南の声に、河辺は立ち上がった。デスクチェアに、ガマガエルみたいな面をした巨漢がふんぞり返っている。

「ぼけか。何手ぶらできてんだ、くそカス。チャー汲んでこい。それしか能ねえだろゴミが」

黙って踵を返す。先に茶を汲もうとすれば「勝手なことすんな!」と怒鳴られる。「茶が要りますか?」と訊けば「勝手にしゃべるな!」だ。

「走れ、急げ! 三秒で戻ってこんかったらスクワットさせっぞ。なあ、佐々木よ」

阿南のそばに立つ茄子面の佐々木が、引きつった笑いで応じている。クロベエ。阿南からつけられたあだ名だ。腹黒のクロだそうだ。裏切り者の黒だと。

阿南と佐々木の湯呑に茶を汲み素手で持っていく。盆に載せると蹴飛ばされる。こぼれたぶんをズボンで拭けと命じられたこともある。

デスクに置くと、阿南は鼻くそをほじった人差し指を突っ込んでぐるぐるかきまぜる。この癖のため、阿南の茶はぬるめと決まっている。

ふたりとも河辺を無視して話しはじめる。勝手に離れると命令違反だと難癖をつけられるからじっと待つ。

「赤星の周りよお、引っ張る前にみんな飛んどるらしいのう。ヤクザ崩れのチンピラまできれいに消えとるそうじゃない」

「ええ、人だけじゃなく、下っ端の店の帳簿まですっかり書き直されてるらしいです」

「聞き込みもろくにできんで、わり食ってるのはウチらよなあ。コロシの下手人はいまごろタイかシンガポールか、オホーツクの海の底か。こりゃあどっかから情報洩れてんじゃねえのかあ」

「あり得ますね。赤星は人たらしで有名ですから」

「犯罪者が人たらしたあ、いい身分してやがる」阿南はずっと指で茶をかきまぜている。

「そういやウチにもいたなあ、人たらしだか女たらしだかわからん奴がよお」

ちらりとこちらへ視線が向く。「ガイ者のネーちゃんにチンコ勃てて、似合わんハッスルした恥さらしがな。刑事の風上にもおけんゲス野郎がなあ」

突っ立ったまま、河辺はそのにやけ声に集中した。

「なあ佐々木よお、おめえ子どもは何人おったかのう」

「はあ、三人目が幼稚園に入ったところです」

「おう、おれも四人よ。なあ、嫁さん抱いてガキこさえて家族つくるんがフツーだろ。そんな当たり前もできんで、どこぞのアバズレに肩入れして組織の和を乱してよお。タネなし野郎は節操がなくていかんわ。なあ、佐々木」

ええ、はあ、まあ――。佐々木の返事に下品な笑いで応えた阿南が、いま気づいたかのような小芝居で河辺のほうを向く。「おお、クロベエ、いたんかい。黙りこくってどうしたあ？　おう、喉渇いたろ？　ほれ、飲めや」

指を突っ込んだ湯呑を差しだされる。手に取る寸前、阿南は茶の中に唾を吐いた。

堪忍袋がふくらむ。限界を超えて裂けそうになる。佐々木は困ったような面でへらりと笑っている。ここで手にしたお茶を阿南にかけてしまえればどんなに楽か。それをすればおしまいだ。勝ち負けでいうなら負け。手のひらで踊る猿が落っこちただけ。

河辺は湯呑をわざと床に落とした。「何しとんじゃ、こらあ！」足を蹴られた。そのいきおいでよろけたふりをしてひざまずき、後ろポケットに忍ばせておいた布巾でさっと床を拭く。

頭上から、ちっと舌打ちがした。給食係かおめえは、と嗤われた。河辺は無視した。朝の日課だ。阿南の気が済めば終わる。

「昨日は、職安にでも行っとったんか」

河辺は顔を上げ、小首をかしげた。ばちん、と頰をはたかれた。

「なあ、クロベエ。おめえも女々しい男だのう」太い指が、正座の恰好になっている河辺の頰をつかんだ。「こんだけ優しーく教えてやって、まーだ自分の立場がわからんとはな。いまの姿、鏡で見てみい。おれがおめえのお袋さんなら、情けなくって首くくるわな。そろそろ踏ん切りのつけどきだって、どんな阿呆でもわかりそうなもんだがな」

河辺は黙って阿南を見返した。頰を締めつけられているからしゃべりたくてもしゃべれない。

「嫁さんもつれえ思いしてんだろ？　けっこう抜けてるらしいじゃない、髪の毛」

頭に血がのぼった。拳が固くなった。泰枝の円形脱毛症は、誰のせいだ――。

手の届くところに阿南の薄ら笑いがあった。分厚い皮膚、つぶれた鼻。それをへし折るのは簡単だ。心が逸《はや》り、身体が強張る。

だが、こちらをのぞく下品な目に、計算高い光を見つけ、河辺は体内のマグマをなだめた。

阿南の顔に、悔しげな表情がちらつく。

「なあ佐々木よ。どうしたらこのインポ野郎を勃たせてやれるんかのう。おめえ、いい方法を教えてくれや」

いや、はは――と、佐々木が情けない愛想笑いを浮かべる。

阿南がぐいっと顔を近づけてきた。「おれのケツ、なめたくなったらいつでもいえや。それができんなら腹くくっとけ。消えるか消されるか、どっちになるか楽しみにしとるでの」

もう一発、ビンタが飛んできた。河辺はそれを合図に下を向き、床を拭いた。

■八月四日、朝礼後、阿南デスク前
阿南　ウチにも女たらしみたいな奴がいる。被害者にチンコ勃てて刑事の風上にもおけないゲスだ。佐々木は子どもがいたか。
佐々木　三人目が幼稚園に入ったところ。
阿南　子どもをつくるのがふつうだ。クロベエはそれもできないタネなし。アバズレに肩入れして組織の和を乱した。節操がない。

佐々木　ええ、まったくです。

個室便所で手帳に書きなぐる。思い出せるかぎりの会話を細かな字で連ねる。会話の横にされたことを書き足してゆく。お茶に唾を吐かれたこと、それを飲めと強要されたこと、足を蹴られたこと。二発のビンタから佐々木のへらへらした面までぜんぶ。次から次へ文字があふれる。おなじくらい汗が流れる。噛み締めすぎて奥歯が痛い。

意味があるとは思えない。こんなものを証拠とは呼べないだろう。監察に持ち込んだって相手にはされまい。巷では職場のいじめに厳しい声があがりはじめていると聞くが、警察組織でそれが問題になるのは医師の診断が必要なほどの大怪我をしたときか、被害者が自分の頭をピストルで撃ち抜いたときくらいだ。

それでも河辺にこの習慣をやめる気はなかった。された仕打ち、投げつけられた言葉を文字にすることは、それを消化するのと同時に焼きつける儀式でもあった。たとえ何十年という時間が過ぎて記憶があやふやになっても、この手帳があれば事実はよみがえる。怒りを忘れずに済む。

しかしなんのために、おれは怒っていたいのか。

メモを書き終えた直後、怖くなるような空白に襲われる。毎度のことだ。おもむろに顔を上げ、味気ない便所の壁と天井を見つめる。外の陽が明るければ明るいほど、個室には濃い影が忍び寄ってくる。

上着のＰＨＳが鳴った。我にかえって立ち上がる。腰かけていた便座の蓋を上げ、巻き取ったトイレットペーパーを捨ててから水を流し個室を出る。電話の相手は海老沼か、生活安全部の同期か。海老沼には昨夜メールで教えられた都銀の関係者を紹介しろと命じてある。見返りに一課の動向を伝えると請け負ったが、もちろん空約束だ。

電話機のディスプレイに表示された番号は、同期の男のそれだった。通話にし、頼み事の礼をいう。相手の話に相づちを打ちながら便所をあとにする。デカ部屋に背を向け、階段へ歩く。


指定された丸の内のブリティッシュパブで、待ち合わせの男は苛立っていた。強引に呼びだされた挙句に遅刻だから無理もない。とはいえ河辺も、ささくれた神経では負けてなかった。さんざん聞き込みで歩きまわり、身体も心もべとついている。

「先に一杯いただいてますよ」

すまなそうな気配はみじんもなかった。河辺よりひと回りは若そうだ。こざっぱりとした身なりが板に付いている。

「好きなだけ飲んでくれてかまいません」

我ながら無愛想に答え、メニューを広げる。店の内装は洒落ていた。だが一日の終わりに立ち飲みという神経は理解できない。しかもこの値段で。

英語とカタカナで埋まった紙切れを破り捨てたくなったところで、それは？　と男が持つ瓶を指す。スピットファイアだと返ってくる。やってきた店員に、おなじものをと告げる。

「挨拶はなしでいいですね？」男が確認してきた。名乗り合わないという意味だ。

「結構です。石塚欣太について聞けるならイギリス人だといわれても信じます」

男の嫌そうな顔を見て自分を叱りたくなった。現場を離れた時間のぶんだけ、自制心がゆるんでいる。

「失礼。じつは石塚とは小学生時代からの幼なじみなんです」

「へえ……」早々に切ったカードは微妙な反応しか引きださなかった。それでも少しは好奇心がうずいたらしい。スピットファイアがきたタイミングで男が次の一本をオーダーし、河辺は瓶をかたむけた。なるほど。ビールだ。

男の二本目が届き、あらためて尋ねた。「あなたは石塚の後輩だったと聞きました。彼は三年前に銀行を辞めたとも」

「ええ。九六年、三菱と東銀（東京銀行）が合併した年です。あれで都銀は十行になった。去年は拓銀が消えました。たぶんこの再編の流れは加速するでしょうね」

新しい瓶を半分ほど流し込み、「先輩は見事なタイミングで離脱したといえます。金融危機は本物です。残念ながらワイドショーの演出じゃない。バブル期の不良債権はどうにもならないし、ケリのついてないグレーな融資も腐るほど残ってる。上の責任逃れで割を食うのはいつだって下っ端だ」

「申し訳ないが経済情勢は管轄外です。一介の公務員にはバブルもくそもなかったので」

警察学校の入校が七八年。世間は円高不況の真っただ中で、サラ金の厳しい金利と取り立てによる自殺者が社会問題になる時代だった。バブル景気と呼ばれる八〇年代中盤ごろは交番勤務から所轄署に移り、一人前になるべく修業に励んでいた。土地も株もジュリアナも、刑事にとっては犯罪の動機や背景でしかなかった。

「刑事さんはラッキーですよ」男がビール瓶を軽くふる。「浮いて沈んでの人間こそたいへんだ。表向き逃げ切ったふりをして、じっさいはじわじわ首が絞まってる連中も多い。倒産に夜逃げに自殺。しばらくはトレンドでしょう。笑っちゃいます。もうすぐ二十一世紀ですよ？　なのにやってることはブラックサーズデイのころと変わりゃしない」

口調が皮肉を帯びる。「まあ、それでもいまの学生よりはマシかもしれません。この先は真っ暗な海底トンネルをくぐるみたいな時代がきます。重苦しい水圧の世界に潜っていくんです。出口が地上にあるかすら怪しい暗闇を。――って、ぜんぶ先輩の受け売りですが」

河辺の脳裏に、欣太の声が再生された。高校生にしてもずいぶん幼い声が。

「先輩からしたらぼくも気の毒な若者のひとりだったんでしょうね。じっさいいい迷惑だと思ってます。バブルの犠牲者なんて呼び方自体、こっちにすれば欺瞞《ぎまん》でしかない。バブルの犠牲者？　ちがうだろ。おまえらの犠牲者だ。欲をかいてバーストした間抜けなギャンブラーども。奴らの被害者面には反吐がでる。だってそうでしょ？　少なくとも奴らには選択肢があった。ぼくたちから、あらかじめ奪われているものが」

「それも石塚の受け売りですか」

「いいえ、どっかのコラムニストです」

二本目を飲み干し、三本目を注文する。ビッグ・ジョブ。

「お断りしておきますが、べつにぼくは特別かわいがられてたわけじゃありません。あの人が法人営業課長だった時代に仕えてただけで。はっきりいって、あの人は下の人間にはなんの興味ももっていなかった。興味も、期待も。というか、銀行に飽きてる感じだったな」

「辞めた理由は？」

「さあ。やり手だったのは間違いないです。でも出世コースじゃなかった。あの人は抜群に計算ができるけど……」

「できるけど？」

「他人を見下してた」

男がうれしそうにほほ笑んだ。「だから好かれない。客にも上司にも、ほんとの意味では信頼されていなかった。早い話、いっしょに働きたくないんです。おっと、これはぜんぶ、あくまでたった数年間お世話になっただけの、気の毒な若者のひがみですがね」

河辺は自分もビールをなめた。ふいに聴き流していたBGMが耳に入った。英語の、甘ったるい女性の歌声だ。男はビッグ・ジョブを片手に外を眺めている。にらみつけている。朱に染まった肌にはしわひとつない。なのに目は、鬱屈で濁っている。そう感じる自分こそひがんでいるのかもしれない。河辺は最後のひと口を喉に流した。

「いま、石塚がどうしてるかは?」

「知りません。何人かに訊いてみたけど不発でした。ただ、儲かる仕事をしてる。それはぜったいです」

河辺は目で訴えた。なぜそういい切れる?

男が肩をすくめた。ひょうきんなイギリス人が曇り空を嘆くように。「じゃなきゃ辞めるわけがない。居心地が悪いとか気後れとか、あの人にはそよ風みたいな話です。徹底して合理主義で利益主義。いっそ非人間的なほど」

有楽町のガード下は平日にもかかわらず酔客であふれていた。にぎわいから逃げるように道を外れ、日比谷通りを東京會舘のほうへ北上した。外苑のお堀を横目にPHSを取りだし、登録の番号にかけるとすぐ、おれだ、と高翔が応じた。

河辺は今夜の、実りのない成果を簡潔に伝えた。

〈くそっ〉耳に唾をかけられた気分になった。〈一歩も前進しなかったのか?　冗談じゃない。そんな報告は聞きたくないんだ〉

愚痴を受け流しながら、こいつはこんなに甲高い声だったのかと河辺は思った。

〈おい河辺、その銀行マンを連れてこい。おれが聞きだす〉

「むちゃをいうな」

〈何がむちゃだ。だったらなんとかしてみせろ。本気をだせよ！　警視庁の刑事だとか偉そうにしてるくせに手ぬるいことしてんじゃねえぞ〉

「おまえに、偉そうにした憶えはないがな」

〈それだ。いまのその、口のきき方だ〉

「高翔」

いうべき言葉はあった。ふざけるなよ。おまえこそおれに偉そうにできる身分か？　なんなら手を引いてやろう。ひとりで右往左往すればいい。告発？　知るか。どうせおれに失うものなどない――。

だが河辺は、そのぜんぶをのみ込んだ。「春子から連絡は？」

舌打ちが聞こえる。〈……それより欣太を見つける方法だ〉

「まず質問に答えろ」

〈ない。あったらいってる。おれだって気が気じゃないんだ〉

「わかった。先に春子を探そう」

〈は？〉

「届いたFAXを、まさか捨てていないだろうな」

高翔が、ああ、まあ……とうめく。

「発信者番号が載ってるはずだ。それを使えばだいたいの場所が特定できる。周辺に住んでるか働いてる可能性が高いだろう。あとは手あたりしだいに当たればいい。三日もあれば突きとめてみせよう」

返事が途絶えた。河辺は立ち止まった。東京會舘を過ぎ、道の先に首都高の高架が見えている。

沈黙が言葉になるまで、三秒ほどかかった。〈どのみち、欣太を探す必要はある〉

「春子に会えば必要なくなる」

〈――どういう意味だ〉

「告発を思いとどまらせればいい」

どうやって？　と、高翔は訊いてこない。ただ、何かをいい淀む呼吸だけがある。

「ＦＡＸの番号をいえ」

〈……わかった。だが河辺、そっちはおれに任せてくれないか〉

「素人が片手間でできる仕事じゃない」

〈いや、頼む。おれだってあの子にはいろいろ思うところがある。な、頼むよ〉

河辺はその声色に耳をそばだてる。

〈そもそも春子はおれに連絡してきたんだ。まずはおれが矢面に立つほうがいい。それにおまえには、やっぱり欣太を捜してほしい〉

「佐登志はどうするんだ」

〈ああ……、どうしようか。あまり役に立つとは思えないな。あいつの家が会社をたたんで夜逃げしたのは知ってるか？　投資詐欺に引っかかって不渡りをだしたらしい〉

もうずいぶん昔の話だけどな、と高翔はつづけた。

〈だからあいつも、そんなに余裕はないはずだ〉

「セイさんは」自然とその名が口をついた。「どうしているか、知ってるか」

〈さあ……おまえこそどうなんだ?〉

「いや、幸か不幸か、関わったことはない」

ヤクザ専門でなくとも噂くらい耳にしていておかしくない。相手が注目を集める大物ならば。

そうか、ともらした高翔が、すぐに、なあ、と呼びかけてくる。

〈なあ、頼む。欣太を捜してくれ。いや、おまえはきっとやってくれる。おれはそう信じてる〉

河辺は歩きだすと同時に電話を切った。


いじめが激しさを増す一方で、無断外出について阿南から注意はなかった。例年、八月の末ごろには秋の人事異動が発表される。人事課を抱き込んでいたとしても、せいぜい中旬には査定を終えなくては間に合わない。それまでに河辺を弾く「正当な理由」を用意しておくよう命じられているのだろう。職務怠慢、命令違反。いざ河辺が告発者になったとき、こうした実績は対外的に活かされる。こいつは信用に値しない男だという傍証として。

確実に道は閉ざされつつあった。あの若い銀行マンの言葉が頭をよぎった。選択肢。それがない苦しさ。

ブリティッシュパブで彼に会った二日後の金曜日、話があると泰枝に声をかけられた。理由の説明はとくになかった。河辺も訊かなかった。しばらく実家に帰ると聞いた。とりあえず一週間。ダイニングテーブルで向き合った。河辺も訊かなかった。ただ、離婚という単語もまた、明確にはされなかった。

「お母さんともひさしぶりにいろいろ話したくて」「うん」

「あなたも、たまには羽をのばしたいでしょう?」「ああ、そうだな」

別れたいのか? そう訊けばすべてがまっすぐ転がっていくのはあきらかだった。しかしどんな顔でそれをいえばいいのか、河辺にはわからない。

「困ったことがあったら電話をちょうだい」

「困らないさ。何もな」

泰枝が表情のない目で見つめてきた。観察といってもよさそうだった。あるいは自問だ。なんでわたしは、この人といっしょになったのかしら――。

「あなたにも、なんだか申し訳ない」

そのうつろな台詞は、会話になっているようでズレていた。瞬間、河辺は悟った。取り調べ室で向かい合った犯人の本音をつかんだときのように、彼女の心がはっきり読めた。

泰枝は泰枝で、自分が決めることを躊躇《ちゅうちょ》しているのだ。最後の決断は、河辺にいわせようとしているのだ。

だーん、と心の中で、何かが砕ける音がした。

「ずるいな」

「え？」

「お義母さんがさ。一週間も君を独占するわけだから」

ふたたび泰枝が「え？」ともらした。

「帰ったら――」河辺はできるだけ穏やかにいった。「今度はおれが独占する番だな」

泰枝の目もとが強張った。驚きと怒りを、河辺はそこに見てとった。卑怯者――。そんな非難が伝わってきた。

河辺は腕を組み、唇を震わせる妻を見つめ返した。

誰が、別れようなんていってやるものか。

しがみついてやる。おまえにも警察にも、ひたすらしがみついて、おれの重みを背負わせてやる――。

仕事部屋からＰＨＳの音がした。ふたりとも動かなかった。じっと固まったままでいた。もう、取り返しがつかない。耳障りな着信音と、ちらつく予感が息苦しかった。

しばらくして、河辺から席を立った。ダイニングを出るまぎわ、視界の隅で、がくんと泰枝がうなだれた。

鳴りつづけるＰＨＳを乱暴につかんだ。ディスプレイに、０９０からはじまる十一桁の数字が映っていた。ケータイ電話というやつか。「はい」と応じながら、疑問がかすめた。この番号を知っている人間は、すべて登録しているはずだ。

やあ、と相手が答えた。

〈二十二年と六ヵ月ぶりだね、ヒーちゃん〉

十時に勝鬨《かちどき》橋の中央で会おう――。そういい残して電話は切れた。かけ直したが取ってくれない。官舎からすぐに出ればちょうど間に合う計算で、それが気持ち悪かった。

タクシーを使い橋の手前の交差点で降りた。どでかい鉄骨のアーチの下、思いのほか交通量は多かった。考えもなしに横断歩道を渡ってから、どちら側の歩道かを確認していないことに気づいた。迷っている間に時刻が迫る。やむなく河辺はそのまま橋を渡りはじめた。

晴海の風を感じる。開放的な肌触りと香り。長野県には海がない。東京湾をそう呼べば笑われるかもしれないが、それでも河辺は晴海の先の有明、お台場といった臨海副都心に妙な高揚を覚えてしまう。そういえばできたばかりの東京ビッグサイトに行こうと泰枝を連れだしたことがある。展示や食事より外を歩きたがる河辺のせいで、彼女はへとへとになっていた。

握り締めたＰＨＳが鳴りだして、河辺はすぐ通話にした。

「どこだ？」

〈そこで止まって。佃《つくだ》大橋のほうを見て〉

いわれるまま河辺は左を向いた。反対側の歩道に黒い人影が立っていた。ふっくらした身体つき、足は短め。この季節に似合わない上下の背広を着込み、つばの円いハットをかぶっている。距離は二十メートルほど。車が通るたびに河辺は目をすがめ、人影の顔を見定めようとした。

〈『すみだ川』を憶えてる？〉

明朗で、楽しげな声が耳を打つ。〈荷風さんが一九〇九年に発表した中編小説。いちばん最初の勉強合宿のとき、キョージュが朗読に選んだやつだ〉

「思い出話は、顔を合わせてからにしよう」

車道の左右を確認したが、無理に横断できる交通量と距離ではなかった。

「ふたりとも橋を渡りきるでもいいし、おれがそっちまで行ってもいい」

〈嫌だね。ヒーちゃんがそこから動いた時点でぼくは消えるよ〉

「欣太」

親しみの欠片《かけら》もない呼びかけになった。

「初めから会わないつもりだったのか」

交差点で張っていたのだ。そして河辺と逆側の歩道を選んだ。住んでいる官舎も、今夜自宅にいたことも、すべて把握されていたと考えるべきだろう。

「なぜ避ける？　連絡をしてきたのはそっちだぞ」

〈先にアプローチしてきたのはそっちでしょ？　ぼくはそういうの、ほっておけないタイプなの。上司や後輩がぼくについて語ってる何もかもをデータに残して、いちいち対応したいくらいに〉

そのあっけらかんとした口調に背筋が冷える。

「ブリティッシュパブの彼に、何かしたんじゃないだろうな」

ははは、という無邪気な笑い。〈勘違いしないで。ぼくはヒーちゃんの手をわずらわせるような荒っぽい真似は苦手だ〉

「無事かどうかを訊いてる」

〈無事だよ。たとえ職を失ってもたくましく生きていけるという意味では〉

河辺は、悟られないよう深呼吸をした。

〈人間ひとり、機能不全にするのは難しくないからね。おカネの世界に浸かってる奴ならなおさら簡単じゃないかな。蛇口を閉めるだけでいい。資金という蛇口をね。それだけで彼らは窒息する。企業なら融資だし、サラリーマンなら給料を〉

「銀行を辞めたおまえに、彼の職を奪う力はない」

〈もちろん直接的にはね。でもやり方はあるよ。彼の不透明な迂回融資や役人への過剰接待、町工場から受け取ったリベートの額に日付に場所とかぜんぶ、資料にまとめて金融庁でも公取でもマルサでも持ち込むことがぼくにはできるし、労力さえ惜しまなければ彼を主人公にした一大喜劇をプロデュースしてクライマックスに十年くらいの懲役をプレゼントするっていうのもやってやれなくはないからね〉

でもまあ、と欣太はいう。〈そこまでの価値が彼にはないから。つまらない子会社に意味のない転勤をさせるくらいで赦してやろうと思うけど〉

「彼は、何もしてない」

〈ぼくの悪口をいった。だから敵でしょ？〉

息をのむ。あの場所に誰か潜ませていた？　古巣の都銀に情報網があって、あの若い銀行マンの動きは筒抜けだったのだ。向こうは名乗っていないが、河辺は名前も職業も電話番号も伝えている。だからこの通話が成立している。

「もう一度いう。やましいことがないなら顔を見せろ」

〈やましいのはそっちじゃないの？〉

「――高翔も、おまえに会いたがってる」

〈ふはっ！〉ハットの人影が腹を抱えた。〈会いたがってる！　素晴らしい表現だ。そのとおり。彼はぼくに会いたがってる。なぜならいままさに、彼の蛇口が閉まりかけてしまっているから！〉

河辺は黙ってつづきを待った。目の前をスポーツカーが駆け抜けてゆく。赤のプレリュード。

〈まさか気づいてないわけじゃないよね？　コーちゃんがやってるタレント事務所と音楽スクール、どっちも経営は火の車だ。タレントの給料さえろくに払っちゃいないらしい。まあ、あの業界の、とくに若い子たちはそういうのもめずらしくはないんだろうけど、でもどのみち、そんなんじゃあジ・エンドは目前だ。ちなみにオーナーはもう飛んじゃってる〉

知っていた。ブリティッシュパブで欣太の元部下に会った日の昼間、生活安全部の同期からネタを買い、テレビマンにイベント屋、六本木の黒服まで、業界関係者のもとを歩きまわって高翔の情報を集めた。さんざんな評判のなか、さる広告代理店の男がいっていた。オーナーが残した借金、けっこうヤバい筋のもあるそうです——。

〈親にも親戚にも借りまくってる。そして踏み倒してる。絶縁されたって噂だね。ようするに——、彼がほしいのは、ぼくのおカネだ〉

目の前を、大型トレーラーが横切った。

〈ヒーちゃんって、そっち方面は頼りにならなそうだけど、探偵仕事は本職だもんね。ぼく捜し、いったい幾らで請け負ったの？〉

「タダさ。むしろ同僚に借りをつくった」

〈へえ。なんでそんなボランティアを？〉

なんで？　——理由が要るのか。いや、要るか。おれだって高翔を調べた。言葉を言葉のまま真に受けるなんてできない。二十二年間、そういう人生を積んできたのだ。

「事情を話す。それくらい聞いても損はないだろ？」

手短に春子の脅迫を伝えると、予想どおり、欣太らしき人影は笑った。

〈すごいね、ヒーちゃん！　まさかそんな与太話を信じているの？〉

「免許証の写真は本物だった」

〈うん、脅迫はあり得る。コーちゃんが人目につく仕事をしているのも事実だ。でもぼくらから集めたおカネを、彼がハルちゃんにきっちり渡すと、本気でそう思ってる？〉

一千万——。自分のぶんを除いて八百万。それだけあれば、借金は返せずとも、どこぞへ逃げることはできる。

〈ナンセンスの極みだね。おカネをドブに捨てるって、こういうときに使う言葉だと思

うけど？〉

「春子に会えるかもしれない」

返事がやんだ。

「これを逃したら、次のチャンスはないと思う」

春子の真意はわからない。告発が本気かも不明だ。軽い小遣い稼ぎのつもりで、こじれそうになったとたん、さっと姿をくらます可能性だってある。

だが、そばにいる。この二十数年で、もっとも近くに。

〈――コーちゃんに邪魔されて終わりだよ。集めたおカネを持ち逃げしようって人間が、ぼくらを会わせて得することなんか何もない〉

「かもな。だがおれは、また二十年も待つのはごめんだ」

〈……いまさら会って、どうするの？〉

「それは、自分で考えろ」

答えなど、河辺だってもっていない。春子と顔を合わせ、いったいどうするのか。何を伝えればいいのか。彼女が河辺に、何を求めてくるのか。

トラックがつづけざまに三台過ぎた。ぬるい風が吹いた。開放感とは無縁の排気ガスだった。

〈条件がある〉

欣太の前に車が停まった。黒塗りのベンツだ。

〈フーカとセイさんを見つけてちょうだい。そしたらぼくも考えよう〉

「フーカとセイさん？　待て、なぜ――」

〈来週の月曜日、進捗《しんちょく》を聞かせて。今日とおなじ時刻に電話するから、必ず三コール以内に取ること。でないとそれっきりだ〉

人影がベンツに乗り込んだ。引き止める間もなく通話は切れた。走り去るベンツに向かって、無駄と知りつつコールした。すでに電源が切られていた。


新宿のフルーツパーラーに現れた男は、紫色の襟シャツの胸もとをざっくりと開けていた。素肌に金のネックレスをぶら下げている。

「歳くっても意外にわかるもんだな！」

どっかと椅子に腰かける。手首に、こちらも金ぴかの腕時計。そして指輪。

「クイズなら賞金がもらえたぜ」

「こんな店にひとりでいるおっさんを誰が間違うんだ？」

そんな場所を指定してきた当人はへっと笑って胸をそらせ、河辺の手もとに視線を寄越した。

「コーヒー？　よせよ、辛気臭え」

「酒を飲むような集まりじゃないぞ、佐登志」

薄い唇がにやりとゆがんだ。挑発するようにこちらを見ながらウェイトレスを呼びつけ、ビール！　と声をあげる。

「あとこの、ティラミスパフェな。ナタデココのトッピングで」

そんなサービスはしてません――。表情でそう訴えるウェイトレスは、佐登志の恰好を見るやそそくさとテーブルを離れていった。

「ブラックコーヒー砂糖多めって頼んでみっか」

「よせ。通報でもされたらどうする」

「怒るなよヒー坊。おりゃあうれしくってはしゃいでんだからよ」

細長い洒落たグラスビールが届き、美味そうに半分ほど空ける。

「へへ。しみったれた面してやがんな。おめえ、ちゃんと床屋行ってんのか？」

佐登志が自分の髪をなでた。坊主だった頭はテカテカのオールバックになっている。

「腕時計はカシオ？　セイコー？　警視庁のデカがそんなんで足もと見られてどうすんだよ」

「くれるってんならもらってやるさ。下品な金メッキも、ブタ箱じゃあ用なしだろうからな」

「脅かすなって。おりゃあこれでも堅気の実業家なんだぜ？」

どの口が――。しかし佐登志の軽妙な語りと人懐っこい笑みは、苛立ちを持続させない力があった。肩肘を張っているのが馬鹿らしくなる。

驚くほどでかいパフェが、ナタデココの別皿付きで届いた。すげえな！　と喜色を浮かべ、手づかみでバナナにかぶりつく。

「実業家って、どこで何をやってんだ」

だ。

「あちこちでいろんなことだよ。そういうもんだろ？　実業家って」

真面目にいうものだから吹きそうになった。これが取り調べなら一本とられたかたち

「儲け話がお望みなら世話してやってもいいけどな」

「いらん。あとが怖すぎる」

「警官の客だって何人かいるぜ？」

親しみが警戒に変わった。人たらしというなら、こいつは天才だ。

「で？」コーヒーを空にしてから尋ねた。「わざわざふたりで会おうってのは、どういうわけだ」

欣太がフーカとセイさんの捜索を望んだ時点で、佐登志を計画に引き込む方針が決まった。高翔が連絡をつけ、今夜新宿で落ち合う約束をした。それが昼間、突然電話で誘われた。先に会って話そうぜ。こうして集合の一時間前、女性客でにぎわうフルーツパーラーの隅っこで、おない歳のおっさんを待ちぼうけする羽目になったのだ。

遅れてきた友人は悪びれた様子もなく、生クリームをぺろりとなめた。「おめえと本音を分かち合いたくてな」

「本音？」

「高翔の状況はわかってんだろ？」

「おまえら、ずっと付き合いがあったのか」

「おれが東京にきてそんなに経ってないころだから、たぶん十年くらい前か。たしか次

の年にソ連がぶっつぶれたんだったっけな。年末のテレビニュースを、こっちで観たのを憶えてる」

「真田の家は引き払ったのか？　たいへんだったと聞いたが」

佐登志は口もとだけ笑い、「おめえこそどうなんだ？」と訊いてきた。「父ちゃん母ちゃん、姉ちゃんたちは元気なんか」

「さあな。親父は退職してお袋とふたりで暮らしてる。姉貴たちは元気だろうが、もう何年も会ってない」

泰枝との結婚式にきてくれたのが最後だ。正月も仕事を理由に帰省はしていない。

「会えばいいじゃねえか。おれとちがって、おめえは立派なデコ助になったんだから」

「ちょうどいい距離なんだ。お互いな」

どんな不義理も仕事といえば父はかまわない。元警官として理解を示すふりをしながら、じつは疎《うと》ましがっているんじゃないか。最後まで事務方だった男と、警視庁捜査一課の刑事になった息子。親子関係は良好どころかぎすぎすした冷戦だった。息子を誇る柄でもなく、河辺もそれを求めていない。むしろしたり顔で「おれが育てた」なんていおうものなら、ちゃぶ台をひっくり返すだろう。

母だけは年に数回、電話をしてくる。それも淡白な会話が十分つづくかどうかで、しつこく「子どもは？」と訊かれるので辟易していた。去年、泰枝の身体に問題があるんじゃないかといいだして大喧嘩をしたのが最後だ。

「まあ、おれんとこも似たようなもんだけどな。高翔もそうだろう。あいつは家出同然に上京して、高円寺のほうに住んでたんだ。で、先輩とバンド組んでよ。知ってっか？　あの野郎、じつはレコードもだしてんだぜ」

「いや、初耳だ」

「こっちに出てきて右も左もわかんねえときによ、野郎がやってるバンドのチラシを見つけてな。ロンサムボーイズって、スカした名前でよ。黙ってライブハウスに行って、帰りに楽屋裏で待ち伏せしたんだ。ひとりのとこを狙って、後ろから首に腕まわして、『動くな』っつったらあいつめちゃくちゃびびってよ。『誰々さんですか？　何々ちゃんの彼氏さんですか？　勘弁してください。おれたちほんと、へんな関係じゃないんです』って泣きべそかくんだ。『馬鹿、おれだ』って教えたら本気で怒りだしてよ。へへ。あんときはあいつも元気だったな。どうしようもねえくらい貧乏だったけど」

以来、たまに顔を合わせるようになった。ほどなく高翔はバンドに見切りをつけ、手伝っていた音楽事務所の仕事にのめり込むようになる。

「プロデュースっていうのか？　よくわかんねえけど、それから数年もしたらリッチな恰好してやがったぜ。『レコード売れてんのか？』って訊いたら、『時代はとっくにＣＤだ。コンパクトディスクレボリューションだ』とかいっちゃって、すげえ馬鹿にされた。昔っからそういうとこあるよな、あいつは」

じっさいＣＤがバカ売れしているということは河辺ですら知っている。ここしばらくはミリオンセラーの宣伝文句を頻繁に見かけるし、つい先日も、あるロックバンドがコンサートで二十万人集めたとかで話題になっていた。

「ギョーカイ全体がイケイケなんだ。ふざけた噂もたくさんある。ロックバンドの誰それがホテルでAV女優十人集めて乱交したとか、小学生のジャリタレが歌って踊って月収ウン百万とか。ある広告代理店じゃあ忘年会に高級クラブを借り切って、シャンパン注いだプールに新入社員をダイブさせて遊ぶんだってよ。はは、ひょうきん族の世界だろ?」

「高翔の話をしろ」

「悪りい悪りい。でもまるっきり関係ない話じゃねえ。そりゃあ売れてる連中は飛ぶ鳥落とすいきおいだ。だけど日向《ひなた》がまぶしけりゃまぶしいぶん、濃い日陰が生まれるのが世の常だよな。もともと芸能界なんつーのは危ない橋を渡ってなんぼみたいなとこもあるんだろう。成金どもの陰でひーひーいってる奴らも多い。ビルも事務所の運転資金も、ずさんな融資と空手形で賄《まかな》ってきた連中さ。たしかに借金を返すいちばん賢い方法が、もっとたくさん借金をするって時代だったよな。だから銀行が回収に乗りだしたとたん泡食ってやがるんだ。実業よりギャンブルで食ってた奴らはとくにな。株に先物、為替。業界っつってもピンキリだ。武道館でコンサートするのもディスコのパー券さばくのも、興行って意味じゃあいっしょだからな」

しゃべりながら佐登志は器用にパフェを平らげた。

「高翔はしくじった側だ。おととしあたりから頼まれて、おれは何度かカネを都合してる」

「――それも、初耳だな」

「いうわけねえだろ。たぶん、あいつはおれを引き込むのも嫌だったんじゃねえか？　カネ返せっていわれると思ってよ」

たしかに高翔は、金銭的に頼りにならないといって佐登志を遠ざけようとしていた。

「心配しすぎなんだ。貸したっつっても生活費に毛が生えた程度のもんだぜ？　まあ、その額に困るくらいヤバいともいえるけど」苦笑を浮かべ、「再会したころ、おれはおれであいつの世話になった。最初のバイトを紹介してくれたんだ。すぐ辞めちまったけど、助かった。だから恩は返したい。わかんだろ？　おれはキョージュの弟子だからな。義理人情は失くしたくねえ」

照れも自己陶酔も見いだせない。ブラックコーヒー砂糖多めとおなじ調子でキョージュの弟子だといってのけた友人に、河辺は戸惑いを隠せなかった。

スプーンについた生クリームをなめまわし、ふっとした調子でもらす。「フーカとセイさんの居場所は知らねえ。まったくな」

「待て。心当たりがあるんじゃないのか」

「ああ、嘘だ。そうでもしねえと高翔はおれに会いたがらねえからな。で、二百万。もっというとおまえと高翔のぶんを合わせて六百万。さすがにそれは、返す恩を超えちまってる。つーか物理的に不可能だ。おまえらが銀行強盗でもするってんなら、アシのつかないバンと模造拳銃を用意してやるけどな」

「冗談はいい。欣太から十時に電話がかかってくる。ふたりを捜す見込みがないと知られたら話は終わりだ」

「何いってんだ。嘘をつきゃいいじゃねえか」

「欣太に？」

「ああ。当てはあるがもう少し時間はかかりそうだって。フーカはともかく、セイさんは熱海に住んでるのはわかってるとか、そんな感じでいいだろ」

「——あいつはそこまで甘くない。少し話しただけだが昔よりも、なんというか……」

「鬼畜生になってたか？」

河辺は小さく肩をすくめた。「どのみち本人を確認せずに金をだしたりはしないだろう」

「それならそれでいい。たんなる時間稼ぎだ。ついでに高翔にもその気になってもらう」

「あいつのことも騙すのか？」

「そのためにこうしておめえと打ち合わせをしてんじゃねえか」

「理由は？」河辺は椅子にもたれ腕を組んだ。「なんのためにそんな面倒をする？」

「春子だ」

佐登志の顔は真剣そのものだった。

「おめえらはどうか知らねえが、おれにとっちゃ二十二年前の告発なんて痛くもなけりゃ痒くもねえ。サラリーマンじゃあるまいし、好きにしてくれってなもんだ。けどな、相手が春子なら話はちがう。おれはあいつに会いたい」

「会って、どうする気だ」

「幸せにしてやる」

虚をつかれた。それから河辺は呆れて天を仰いだ。しかしそれはごまかしだった。

春子に会いたい気持ちは河辺にもある。この騒動に関わる主たる理由といっていい。しかしなぜ、彼女に会いたいのか。会って何をしたいのか、どうしても言葉にできずにいた。

それに佐登志はあっけらかんと、答えを吐いた。

「嫁にするって意味じゃねえぞ？　まあとにかく、春子に会うには高翔をその気にさせなきゃならねえ。高翔がその気になるには欣太の協力が要る。欣太を逃がさないためにはフーカとセイさんって餌が要る。どっちも見つかりそうにないんなら、嘘をつくしかねえだろ？」

シンプルだ。いかにも佐登志だと納得しそうになる。

しかし――。

「どうしておれにはぜんぶ話す？」

全員まとめて騙すこともできたのに。

「疑ってんのか？　これだからデカは困るぜ」おどけたように両手を広げる。「べつに深い理由はねえよ。欣太の窓口はおめえだろ？　たぶん奴は、おれや高翔とはしゃべらない。何しでかすかわかんねえチンピラとはな」

楽しそうに笑ってビールの残りを飲み干す。

「その点おまえは安心だ。失うものがあるからな」

たぶん、そう見えるのだろう。もしかしたら唯一、欣太が読みちがえている点かもしれない。恥も外聞もなくしがみついてやるという決意は、はたしてチンピラよりマシなのか。

「ひとつ、疑問がある」自嘲を押しやり、佐登志を見据える。「欣太が協力の条件に、フーカとセイさんを挙げたのはなぜだと思う？」

眉を寄せる佐登志に河辺はつづけた。「フーカは加害者家族だ。いまさら春子に脅されてカネをだすとか、そういう立場でもないはずだ」

だから河辺も高翔も、仲間に引き込むメリットはないとごく自然に考えた。

「あの事件のあと、セイさんは春子たちを引き取った。ふたりがいまもつながっているなら共犯でも不思議じゃない。彼を捜せというのは筋がとおって聞こえるが――」

どうもしっくりこなかった。裏に誰がいようと、春子の説得が不可欠なのは変わらない。

「欣太の意図が想像できるか？」

一瞬、佐登志はぼんやりとした顔つきになった。「――さあな。イカれた秀才の脳みそはわかんねえよ」

伝票をつかんで立ち上がる。

「行こうぜ。同窓会の時間だ」

集合場所をカラオケ店に決めたのも佐登志だった。

「個室だし防音だし、密談にはもってこいだって警察小説に書いててよ」

予約の名に受付の店員が、「お連れさまがお待ちです」と教えてくれた。

「いまでも小説を読んでるのか」

指定の部屋へ歩きながら、佐登志は照れくさそうな笑みを浮かべた。「いまでもってことはねえだろ。おまえらとちがって、おれはキョージュの宿題をサボってばっかだったしな」

わざわざ教科書にない作品を手書きで写し、藁《わら》半紙に刷って配って感想を求める。教育というより、ほとんど趣味だ。

「あれはキョージュの失敗だよな。腕白盛りのガキどもに、永井荷風だ森鷗外だって、拷問にもほどがある。おかげでおりゃあ、文字がびっしりならんでるだけでめまいを覚える大人になった」

ドリンクサーバーを過ぎる。「おまえは？」

「毎日読んでる。事件の調書、鑑識の報告書」

「ついでに白紙の領収書か？　へっ。競馬新聞のほうがいくらかマシだな」

ラブホテルのような廊下の角を曲がると目的の部屋が見えた。

「小説じゃあ、エリート警視が演歌をうたってるんだが――」

ドアを開けると、

「仲良くそろってお出ましか」

ソファに座った高翔が、これ以上ないほど尖った態度で迎えてくれた。

「五分の遅刻だ。おれに無断で何をしてた？」

「くっ」佐登志が、髪をなでつけ喉を鳴らした。「マジで痺れる挨拶だな。ハバロフスクのロシアンマフィアでも、もうちょい愛想があるんじゃねえの？」

ただでさえ切れ長な高翔の目がサングラスの奥で吊り上がる。

「ふたりでこそこそ、何してたのかを訊いてるんだ」

「バナナ食ってた。生クリームをたっぷり塗って」からかい口調で返し、佐登志はコの字のソファの奥に腰を下ろした。

河辺が座る正面で、怒りに満ちた高翔が歯ぎしりをしていた。彼の目の前のテーブルにグラスが置かれている。琥珀《こはく》色の液体。ウイスキーの香り。ついさっき、佐登志のビールを咎《とが》めた自分が間抜けに思えた。

ちょうど三角形のかたちで、河辺たちは向き合った。

「いいねえ、この緊張感」ソファのてっぺんに両手を広げ、佐登志はだらしなくふんぞり返る。「死刑判決を待つ囚人の気分だぜ」

「罪状はなんだ」

軽口まじりで尋ねた河辺に、口もとをにやりとさせる。

「そりゃあ、過去に決まってる」

目は笑っていない。

「それ以外に何がある？　とっくに判決はくだってた。執行猶予二十二年。それが過ぎただけ。——いや、追いつかれたのか」

「馬鹿馬鹿しい」高翔が吐き捨てた。「カッコつけの懺悔《ざんげ》か？　十字架を背負いたきゃ勝手にひとりでやってくれ」

「清算するんじゃなかったのか？」

河辺の問いに、薄い頬がひくついた。「……ああ、そうだ。だがそれは償《つぐな》いじゃない。少なくともおれに償ういわれはない。あれは、おまえらが先走ってまねいたことだ。おまえらと、石塚がな。おれは、警察に任せるべきだといいつづけてた」

「マジかよ」佐登志が、ぴしゃりとおでこを叩いた。「ずいぶんゴキゲンなオツムだな。ちなみにその酒は錠剤入りか？　エクスタシーはやりすぎると記憶障害になるって聞くぜ」

「どういう意味だ」

「よせ」河辺は声に怒気をこめた。「くだらない口喧嘩はおれが帰ったあとにしろ」

「ほら怒られた。おれらみてえなチンピラふぜい、国家権力に逆らっちゃいかんよな」

にらみつけるが、佐登志はどこ吹く風でへらへらしている。

河辺は短く息を吐いた。同窓会。なんと滑稽な響きか。

「——無駄話はなしでいこう。佐登志、おまえからセイさんの情報を話せ」

「セイさんは松本に住んでる」

熱海のストーリーを聞くつもりでいた河辺は思わず「なんだと？」と口にしかけた。

「それまでは、もちろんこっちに住んでた。おれが世話になってた六、七年前は鶯谷《うぐいすだに》だ。

辺鄙《へんぴ》な場所だが、目立ちたくないからっていってたな。あの人は、いわゆる仕手師だっ
たんだ。わかるだろ？　株で食ってる玄人さ。もともと名を連ねてた組を抜けて一本独《どっ》
鈷《こ》で身を立てたんだ。東海銀行にもリクルートにも嚙んでたらしい。シトロエン乗り回
して、アルマーニを日替わりで仕立ててたからマジだろう。やっぱすげえよ、あの人
は」
フルーツパーラーで聞いた話とちがいすぎた。これが高翔を丸め込むための作り話な
のか即断できず、河辺は戸惑いを隠し聞き役に徹した。
「しこたま稼いで、引きぎわもあざやかなもんでな。九五年の不祥事を憶えてるか？
大和銀行ニューヨーク支店の十一億ドル損失隠ぺい事件。あれを潮に手仕舞いの準備を
はじめてな。おととし、きっちり足を洗って田舎に隠棲したってわけよ」
「おまえから、そんな話は一度も聞いたことがない」
高翔の疑問に、佐登志は余裕の態度で応じた。「聞くも聞かねえも、話す暇がなかっ
たじゃねえか。羽振りよくなってから、いっつも忙しそうなふりしてたもんな」
「ふりじゃない。ほんとに忙しかったんだ」
「いつだった？　黙って電話番号を変えたのは」
高翔の長い指がピクリと動いた。
「引っ越しが先だったっけ？　まあ、わかるぜ。チンピラまがいの貧乏人なんてお邪魔
虫でしかねえもんな。じっさいおまえにはよく飯をたかってたし、愛想尽かされんのは
仕方ねえ。おかげでいよいよどん詰まりになったおれは、そっから抜けだしたい一心で

セイさんを頼ったんだ。あの人の弟子になって勉強して、どうにかここまでやってきた。シャンパンは無理でも、ビールのプールならつくれる身分にな」

「昔話はいい。要点だけ話せ」

「おいおいコーちゃん。てめえの立場を忘れてねえか？　おれのこと、たんなるお人好しの金貸しと思ってんならショックだぜ」

高翔は反論せず、何より雄弁に肌を紅潮させた。

「いまでも連絡がとれるのか」助け舟でなく、本心から河辺は訊いた。

「引退選手にゃかまわないのがおれの流儀だ。松本に引っ込んだあとは年賀状のやり取りもしてねえよ」

簡潔な説明は、都合のいいはぐらかしとも解釈できた。

「とりあえず松本に移住したのはたしかだ。いったんそれで欣太を納得させるのはヒー坊に任せるとして――」

じろりと高翔を見やる。「おまえは春子を説得しろ。一度でいいから、おれたちと会うようにって」

「簡単にいうな。向こうが連絡してこなきゃどうにもならない。それに脅迫者が、のこのこ顔をだすと思っているのか？」

「女を口説くのは朝飯前だろ？　世渡り上手のロックスターさまならよ」

高翔は前かがみのまま、じっとウイスキーのグラスを見つめた。

やがてそれを飲み干し、「おまえは命令するだけか？」と佐登志に迫った。「ビールのプールがつくれるんなら、おれたちのぶん、気前よく払ってみろよ」

「ああ、いいぜ」

あっさりと、佐登志は応じた。打ち合わせにないことばかりだ。

「ぜんぶは無理だが百万ずつ、立て替えてやってもいい。ただし――」

と、河辺にも視線を寄越す。

「おれの仕事を手伝え」

「は？」高翔が口を開けた。気持ちは河辺もおなじだった。

「そんな顔すんな。おまえらに危ない橋を渡れとはいわねえよ。おっと、ちがうな。おれ自身もヤバい橋は渡ってない――っていう設定なのを忘れてたぜ」

無邪気な、心の壁をすっと越えてくる笑み。

「たとえば家庭用インターネットの契約代理店なんてどうだ？　事務所を借りて営業マンを集めてよ。個宅訪問で回線とプロバイダを売りつけるんだ。ワイドショーが二〇〇〇年問題を騒いでるし、ネットに興味津々なじいさんばあさんも多いだろう。タダ同然のモデムを、今回だけタダにしますって餌まけば、あいつらよろこんで食いついてくる」

「待て」河辺は割り込んだ。「事業もネットも、おれはまったく興味がない。はっきりいって、金儲けも」

「へっ。ヒー坊らしいな。わかってるよ。いますぐどうこうって話じゃねえ。いずれお膳立てして、あらためて口説きに出向くさ。だからいまは口約束でいい。そういう未来があるってことを、忘れずにいてくれたらな」

一瞬、カラオケルームは静まりかえった。近くの部屋で誰か外へ出たのだろう。ウォウ、ウォウと男性客の粗末なシャウトが聞こえた。

「どうでもいい」手にした空のグラスを見つめ、高翔がつぶやいた。それから「どうでもいい」と繰り返した。サングラスのせいで表情がはっきりしない。

「未来の約束？　『ああ、わかった』『楽しみに待ってるぜ』――満足か？　こんなあやふやな言葉でいいなら、一万回だって叫んでやる」

「恋と夢と未来は、ミュージシャンの専売特許だって聞いてるけどな」

「くだらないんだ。何もかも」

グラスを握る手に力がこもっていた。割れてしまわないか心配になるほど。

「佐登志。おまえ、自分が勝ち馬のつもりか？　冗談の前に鏡を見ろ。頭からつま先まで、田舎もん丸だしのヤー公だ。そんな奴を、いったい誰が信じる？」

「おれは杯なんかもらっちゃいねえよ」

「だから中途半端だといってるんだ。ヤクザじゃないなら証券マンか？　弁護士資格は？　何もない。空っぽだ」

「おい、よせ」

「河辺。余裕で高みの見物か？　昔からおまえはそうだ。かきまわすだけかきまわして、手に負えなくなったら被害者ぶる。熱血正義の無責任野郎だ」

「高翔」

「あの事件もそうだったろ？　おまえが犯人捜しなんていいださなかったら、文男や里子は死なずに済んだ。竹内もそうだ。そしたら――そしたら春子も、こんな真似をしなくてよかったはずなんだ」

熱に浮かされたように高翔はしゃべりつづけた。「なあ教えてくれ。千百合さんの葬儀のあと、いつもの物置小屋に集まって、おまえいったよな？　おれはひとりでも犯人捜しをするんだと。ほかの選択肢なんてないんだと。あのとき、どうだった？　いい気分だったか？　最高に気持ちよかったか？」

視界が狭まる。高翔の下卑た面に焦点が絞られてゆく。

「それとも真に受けちゃったか？　ヒーちゃん、良き事をしましょうね、って」

ひゅっと心に亀裂が走った。閉じ込めていたものが、そこからあふれ出そうになった。真っ暗な川沿いの道、黒く塗りつぶされた剣岩山。月、口笛。耳に残る、名も知らぬメロディー。

「しょせんカッコつけの、戯言なんだ」

「おれは好きだったぜ？　ロンサムボーイズ」

佐登志が明るい声でいった。「『俺の名前がわからねえ』って、ゴキゲンな曲だったよな。おまえのギターが上手いか下手かは、ちっともわかんなかったけど」

グラスが飛んだ。佐登志の顔のすぐ横で壁にぶつかり破裂した。砕けた破片が、ソファの上に散らばった。

もう駄目だ。凍った理性で、そう確信する自分がいた。おれたちは、もう駄目なのだ。

自然と拳を握った。立ち上がりかけた。佐登志をにらみつける高翔の横顔。サングラスの隙間からのぞく眼光――。

電子音が鳴った。中腰のまま、河辺は我にかえってＰＨＳを取りだした。

「欣太か？」佐登志に訊かれるのと同時に通話ボタンを押した。約束の三コール目だった。

「おれだ」

〈どこ？〉欣太の声が訊いてきた。

「新宿のカラオケだ。佐登志も高翔もいる」

〈そっか。じゃあ部屋を出て〉

「――なんのために？」

〈話すのはヒーちゃんだけ。そばに誰かいると感じてもアウト。嫌なら切るよ〉

河辺はふたりを見やった。佐登志の薄笑い、高翔の尖った目。

「ちょっと出てくる」

「なぜだ」高翔が嚙みついてきた。「ここで話せばいい」

「それが条件だといってる」

「信用できない。電話を代われ」

「いいのか？　カネが要るんだろ」

高翔があきらかに狼狽した。それはもしかしたら、河辺たちにけっして見せまいとしていた感情だったのかもしれない。高翔から目をそらし、河辺はドアの外へ出た。

狭い廊下の突き当たりまで行き、ほかの客がいないのを確認した。

「声くらい聞かせてやったらどうだ」

〈声を聞かせてどんな得があるの？〉欣太が可笑しそうにいう。〈損をするパターンならすぐに七つは挙げられる。不愉快、気づまり、脅される可能性。あと、怒鳴られたら耳が痛い〉

「もういい、わかった」

〈失望っていうのもあるね〉

「それは、お互いさまだ」

沈黙を一拍挟み、ふふ、と聞こえる。〈期待するから失望がある。ならぼくがそれを感じることはあり得ない。撤回するよ〉

虚しさのほか、共有できるものはなかった。

「セイさんは松本にいる。くわしい住所は不明だが、突きとめるのは可能だろう」

〈ほんとに？　片手間じゃあ難しいと思うけど〉

「なら本腰を入れるさ。幸い時間は、どうとでもなる」

ふうん、と欣太は返してきた。

「とりあえず本人を見つけるまで、いったん結論は保留にしてくれ。もちろんいますぐ、協力の約束をしてくれてもかまわないが」

〈フーカは？〉

「そっちはまだだ。何せ手がかりがなさすぎる」

境遇を考えれば、名前を変えていてもおかしくない。国内にいるかすら怪しい。

「簡単にはいかないだろうが、やるだけはやってみる」

返事を待たず、河辺は重ねた。「だからというわけじゃないが、こっちの頼みも聞いてほしい。ごく簡単なお願いだ。おれたちに春子を会わせるよう、高翔に条件をだしてくれ」

〈コーちゃんと話す気はないけど？〉

「わかってる。おれがそういう嘘をつく、いちおうの確認だ」

呆れの気配が伝わってくる。〈相変わらず面倒な性格だね〉

「念のためさ。まかり間違っておまえと高翔が連絡を取り合う可能性だってなくはない」

〈まあ好きにしてよ。でも物好きだよね。そんな無駄に、アレコレ労力を割くなんて〉

「無駄？」

〈うん。こないだからずっと考えてる。でもやっぱり、ハルちゃんに会うのは無駄だ〉

ねえヒーちゃん――と、彼はつづけた。〈市場価格がどうやって決まるか知ってる？　そう、需要と供給のバランスだよね。でもじっさい、多くの投資家にとって、それは安く買って高く売るためのバロメーターでしかない。だって金の先物で、ほんとうに金を買っているのはごく少数の業者だけでしょ？　マーケットに出入りするほとんどの人間は、数字の売り買いで利ザヤを稼ぐ。小麦でもトウモロコシでもそれはいっしょで、ようするに商品は名前でしかなくて、物自体の価値とは本質的に無関係で、数字の上がり下がりだけが重要で、つまりマネーゲームを支配してるのは投資でなくて投機なんだ。だから価格も、これが上限とか下限とかいう決まりはない。経験則にもとづいてこのへんだろうと予測はできても、絶対じゃない。たとえばヒーちゃんのいるカラオケ屋の株価が過去二十年間一度も三万円を超えなかったとして、でも今日、次の瞬間、三万一円にならない保証はない。どれだけデータを積み重ねても、どれだけ歴史を分析しても、それを決めることは不可能なんだ〉

だから——。

〈過去にはなんの意味もない〉

言葉が喉でつっかえた。馬鹿げていた。詭弁《きべん》ですらない。なのに欣太の口調には、冗談の気配がほんの少しもうかがえない。

〈いい？ もう一度いうよ。過去は無意味だ。ようは《いま》が劣化したゴミであり、排泄物にほかならない。たしかに経験は、決断の指針になり得る。でもそれも、銘柄だ。現在の都合で価格が決まる銘柄だ。ぼくらの過去は、数あるそれの、たんなるひとつの銘柄なんだ〉

「だったらなぜ、フーカとセイさんにこだわる？」

怒りではなかった。苛立ちとも異なった。自分でもわからない感情で、河辺は問うた。

「おまえはおまえなりに、過去に思い入れがあるからだろう？」

〈ちがう〉即答だった。〈ちがうね。見当外れだ。青春の日々？ 甘酸っぱい思い出？ そんなの、腐ったマドレーヌより興味ない。ただぼくは、自分のミスをたしかめたい〉

「ミス？」

〈ヒーちゃんは気づいてないの？　千百合さんの死——彼女の遺体がもつ、あり得るもうひとつの可能性に〉

河辺は黙った。警官になり、刑事になり、ふと頭の片隅に芽生えた疑問。誰にも明かす当てなどないと思っていた閃《ひらめ》き。

「……死亡推定時刻か」

〈そう！〉はしゃいだ相づちが耳を打つ。〈彼女は七六年の十二月二十七日に失踪し、翌年一月十六日に遺体となって発見された。ぼくらはごく自然に殺害を失踪のあとすぐだと思い込んでいたけど、じっさいはわからない。なぜならあのとき真田町は、とくに菅平は、氷点下の日がつづいていたから。遺体は腐敗せず、たとえ殺されたのが十二月だろうと一月だろうと、区別なんかつきっこなかった〉

「警察だって馬鹿じゃない。その可能性は考えて捜査にあたったはずだ」

〈同時に、さっさと切り上げたがってたのも事実でしょ？〉

否定できない。警察組織の暗部なら、いま現在経験している。

「だからといって事件の様相が大きく変わるわけじゃない」

〈本気でいってる？〉

挑発めいた口ぶりに、河辺は奥歯を嚙みしめた。

〈だって千百合さんが失踪直後に殺されたんじゃないとしたら、あの日アリバイがあった全員に、もれなく容疑者の権利があるってことになるんだよ！〉

たとえば千百合がどこかに隠れていたとしたら。失踪の目的が駆け落ちであったことを考えればあり得ない話ではない。翌日以降、身を隠している彼女を殺害し、遺体を菅平口交差点のそばに棄てることは可能だ。

〈死亡日時のあやふやさは、無理心中の犯人とされている近藤柾人にもいえる〉

近藤は山中に駐めたセダンで死んでいた。暖房のついていない車内は外と同等の温度だったにちがいない。

〈ぼくの考えだと、以上のことから、なぜ犯人が千百合さんの遺体を棄てるのにあの国道のカーブを選んだのかが解ける〉

胸がぞくりとした。崖でなく草むらに棄てた理由——山沿いの下り車線を走っていたという都合じゃなく、あえて選んだ？

〈だからフーカとセイさんに会いたい〉

「馬鹿なっ。ふたりが千百合さん殺しに関わっているというのか？」

〈早まらないで。ぼくはまだ、そこまではいってない。ただふたりが、とても重要な証言者になってくれると確信してる。そして、もしかしたらヒーちゃんも〉

おれも？

「おい、ちゃんと説明しろ！」

怒鳴ったせいで、近くの部屋から客が顔をのぞかせた。好奇の目に背を向け、河辺は乱れた呼吸を整えた。

「——ふたりを捜したら、ぜんぶ話すと約束しろ」

〈条件をだせる立場なの？　ぼくのおカネを当てにしてるぶんざいで〉

「黙れ。カネなど要らん。もともとおれは、告発なんぞ興味ない」

〈そっか、なるほど。ようやくわかった〉

「何がだ」

〈ハルちゃんに会おうとしてる理由、メリット。ヒーちゃん、彼女を排除するつもりでしょ？〉

欣太の言葉に、思考が停止した。

〈それなら告発を怖がる必要がないもんね。おカネも要らない。どう、合ってる？　コーちゃんなら賛成しそうだね。もしかしてサッちんのアイディア？〉

欣太は嬉々としている。河辺の感情は置き去りになっている。思考は混乱のなかで像を結ばず、締めつけられた胸が苦しい。

なぜ、そんな発想ができるんだ？　──いや、正しいのか。合理なのか。損と得を秤《はかり》にかけて、もっともシンプルな答えが、排除なのか。

できる。河辺には可能だ。捜査のノウハウを知ることは完全犯罪の手口を知ることでもある。ようするに事件化しないようにやればいい。自殺、失踪。小娘のひとりくらい、なんとでもなる。佐登志と高翔の協力があれば、より楽に、目的は達成できるにちがいない。

だが、欣太。

これが、おまえの求めていた「真実みたいなもの」なのか？　「美しいもの」なのか？

〈次は三日後、十二日にしよう。正午に電話するから、ちゃんと成果を用意しといて。もちろん三コール以内に出ること。じゃなきゃおしまいだ〉

「切るな。このままだ」

通話が終わりかけるのを遮った。

「十分だ。十分間、このままでいろ」

返事を聞かず廊下を大股で戻った。血が沸騰していた。何もかもが馬鹿げていた。怒りの矛先は、自分自身にも刺さっていた。

おれたちはもう駄目なのか？　ほんとうに駄目なのか？

――やり直せないのか？

廊下を踏みしめながら、阿南の傲岸《ごうがん》な面が、佐々木の卑屈な笑みが、そして泰枝の震える瞳が頭に浮かんだ。やり直す気など失せていた。醜《みにく》くしがみつき、どいつもこいつも道づれにしてやるつもりだった。

だがほんとうに、おれはそれを望んでいるのか？

扉を開けた河辺に、高翔と佐登志の視線が集まった。気づまりな時間の余韻を感じながらソファに腰かけ、ＰＨＳをテーブルに置いた。

「高翔、歌え」

「は？」高翔が目を丸くした。

「歌え。でなきゃおれは降りる」

「ま、待て。河辺、おまえ何を――」

「いいから歌うんだ」

有無をいわせなかった。河辺は腕を組み、高翔を見据えた。

「ビートルズでもショーケンでもいい。歌え。何か、おれたちの歌を」

高翔は唖然としていた。

笑い声がした。「あきらめたほうが良さそうだぜ」佐登志がニヤついていた。「いいじゃねえか、カラオケなんだ。おれも一曲、聴いてみたい」

曲を入れる機械とマイクを寄せられ、高翔は頭を抱えた。「なんなんだ、おまえらはっ！」

河辺は待った。ＰＨＳのほうは見なかった。まだ通話になっているのか、もう切れているのか。

高翔が観念し機械をいじった。曲が入り、すぐに歌がはじまった。ゴダイゴ、『イエロー・センター・ライン』。

I'm driving through a mist at night　霧の深い夜、ひと気のない山道で
On a lonely mountain road　ぼくは車を走らせている

達者だった。あからさまに投げやりな歌い方が合っていた。さすがミュージシャンだと素直に感心させられた。

I'm trying to keep my weary eyes　疲れた目をじっと凝らして
On that yellow center line　黄色いセンター・ラインを見つめても

Now and then my eyes go blind　ときどき何も見えなくなり
I lose control of the wheel　ハンドルさばきも危うくなる
But just before I hit the curve,　しかし、カーブにぶち当たる寸前で
I see the yellow line　あの黄色いラインが現れる

聞き込みをした関係者がいっていた。もともと高翔の会社はプロダクションで、スクールは後付けだ。しかし誇れる実績はない。肝いりでデビューさせたパンクバンドは鳴かず飛ばずのまま消えた。それでも九〇年代半ば、自社ビルを建てるほど資金が潤沢だったのは、不動産で財を成したオーナーの懐具合だけが理由ではなかった。スクールを興《おこ》すタイミングで、会社の色合いを根本から変えた。ガールズポップ、セクシーアイドル。集まった生徒のなかからめぼしい女の子に声をかけ、コンパニオンとして派遣する。ときにそれは、もっとカネになるハードな営業も請け負った。つまり、売春の斡旋だ。

Single yellow center line　シングル・イエロー・センター・ライン
Keeps me on the road　これがあるから道を外さずに済むんだ

Single yellow center line　シングル・イエロー・センター・ライン
Keeps me hanging on　これがあるから間違わずに行けるんだ

夢を抱き東京へ出てきた女の子に、デビューをチラつかせいうことを聞かせる——。業界に巣くう宿痾《しゅくあ》のごときビジネス。知恵のない者は利用され、力ある者に屈服する。業界にかぎらない世の摂理。高翔はそれを学び、実践したにすぎないのか。街にバブルの余熱が残っていたころ。爛熟《らんじゅく》した遊びに踊っていられた最後のひととき。

Single yellow center line　シングル・イエロー・センター・ライン
Don't mean much anymore　もう大した役に立ちゃしない
Single yellow center line　シングル・イエロー・センター・ライン
I don't need it anymore　もう必要ないのさ

歌詞を映すモニターへ向く横顔が、河辺の場所からはっきり見えた。不貞腐《ふてくさ》れたように歌う友人の、サングラスの隙間からのぞく皮膚が、紫色に腫れていた。あきらかな暴力の痕だった。佐登志も画面を見つめていた。茶化す様子はなく、かといって楽しんでいるふうでもなかった。たぶん自分も、似たような顔をしているんだろう。同窓会。もしも河辺の人生が映画で、ここがラストシーンなら、それなりのハッピーエンドに見えるのだろうか。

Now I can't believe it　おや、信じられないが
But the mist is clearing up　霧が晴れだした
Yes, I made it down the mountain,　そうだ、山を降りられたんだ
But it sure took a long long time　やれやれ　ずいぶん時間をくっちまった

高翔が歌い終え、伴奏が消え、河辺はいった。

「おれはやり直すぞ。人生を」

その宣言に、ふたりは無言で視線を送ってきた。戸惑いと、冷笑だった。河辺はそれを受け止めた。迷いはなかった。やり直す。やり直さねばならない。ごまかしつづけた二十二年間を。

ＰＨＳに目を向ける。欣太とは、もうつながっていない。


ゴールデン街のアーチの下に、佐登志はひとり立っていた。高翔と別れたのち、ふたりで示し合わせた場所だった。

河辺を見るなりニヤついて、「めちゃくちゃな奴だな」と咥《くわ》え煙草を口から離した。

「いきなり『歌え』とはな。変な宗教にでも入ってんのかと心配したぜ」

「こっちの台詞だ」

河辺は自分もラッキーストライクを取りだし火をつけた。「セイさんが松本にいるなんて、打ち合わせじゃ一言もいってなかった」

「悪りい悪りい。なんか、あの場の空気でな」

「やっぱり、でまかせか」

失望を込めて吐いた煙を、佐登志は「ちげえよ」と手で払った。

「松本に隠棲したのはほんとだ。おれが一時期、あの人の弟子だったのもな」

「……騙されたのはおれか」

「まあ、そうなる」

あっけらかんと認め、また笑う。「怒るなって。おめえはデカだし高翔は煮詰まってっし、欣太の野郎は意味不明だし。こんな状況でべらべら手の内を明かしてちゃ長生きできねえだろ？　それにここ最近、音信不通なのはマジだしな」

「おれがデカなのも高翔が煮詰まってるのも欣太が意味不明なのも、一ミリだって変わっちゃいない。長生きをやめたくなった理由はなんだ？」

「嫌味ったらしくいうなよ。なんとなくさ。ただなんとなく、おまえらに嘘をいうのはやめようって思ったんだ」

佐登志は目をそらし、地面に灰を落とした。猫背になった輪郭を、ネオンの明かりが照らしていた。

「嘘ばっかついて閻魔《えんま》さんに舌抜かれたら、ディープキスもできなくなるだろ？」

「――おまえみたいにうるさい舌は、どっちにしたって抜きたくなるさ」

かもな、と煙草を吸いつけ盛大に吐く。

「おめえこそどうなんだ？　ぜんぶほんとじゃねえんだろ？」

欣太と話した中身だ。窓口は河辺にかぎること。次の連絡がある十二日までに最低でもセイさんの情報を得ておくこと。そして春子と直接会えるよう手配すること。これを守らない場合、カネはビタ一文払わない。

「嘘はついてない。たしかに欣太と交わした取り決めだ」

「春子のことも？」

「同意はある」

なるほどね、というふうに佐登志は唇をゆがませた。高翔は、もっと不機嫌な顔をしていた。そんなもん向こうしだいだと毒づいて、カラオケ屋のテーブルを蹴っていた。

「フーカとセイさんを捜す理由は？」

「教えてもらえなかった」

佐登志は身体ごとこちらを向いて、河辺を見上げた。「追及したんだろ？」

「慎重にやってるんだ。カネづるにへそを曲げられたらおしまいだからな」

「隠したいならそもそも捜せなんて条件はつけねえよな」

「無理難題を吹っかけて主導権を握るってやり方もある。たんに会いたいだけで照れてるのかもしれないしな」

「欣太がセイさんに？　あり得ねえ」

「心当たりがあるのか？」

「訊いてんのはおれだ」

「つばぜり合いだな」

けっ！　佐登志がふたたびそっぽを向く。「これだからデコ助は嫌なんだ！」

河辺はその悪態を聞き流した。胸の奥に、捨て置けない疑惑がチラついていた。欣太が語った千百合殺害の新しい可能性。近藤柾人による無理心中でなかったというストーリー。それが事実だとしたら、誰かが彼女を殺したことになる。真犯人がいるなら、おそらくは近藤も、そいつに殺害されたと考えるのが自然だ。

欣太は明言しなかった。奴が何を考えているのか、河辺に全貌はわからない。だがひとつだけ、真犯人の条件は挙げられる。

車の運転ができることだ。

でなければ、あのカーブに遺体を棄てられない。

「デコ助だからってわけでもねえか。おめえの頑固は昔っからだ。生きにくい性格してるぜ」

かつて軽トラで河辺たちを菅平口まで運んだ男が苦笑を浮かべ、地面に煙草を弾いた。

「だから、やり直すって、そんな青くさい台詞が吐けるのかもな」

「いっしょにくるか、松本に」

セイさんの捜索は河辺の仕事だ。高翔は春子の説得、佐登志はフーカの居場所と資金繰りをそれぞれ受けもつ。しかしその合意が建前にすぎないことは、たとえ刑事の勘が鈍っていても容易に見抜けた。

「おれは松本にくわしくないし、手伝いがいれば何かと助かる。おまえが高翔の代わりに春子を捜すというならそれでもいいが」

「いや、おれは降りる」

不意打ちだった。あまりのことに煙草が指から落ちてしまう。

「そんな顔すんな。パーラーでもいったろ？　脅迫なんてどうでもいいって」

「――春子を幸せにするともいった」

動揺をのみ込んで、どうにかそれだけ河辺はいった。

「ああ、そうだ。本心だ。間違いなく本心だ。おめえらといつか、いっしょに仕事をしたいってのも」

だけど――。

「みんないろいろ、事情があるよな」

佐登志はこちらを見なかった。河辺の落とした煙草を、エナメルの靴で踏みつけた。

「なら――」

なんで今夜、来たんだ？　高翔の誘いにのって、河辺をわざわざ呼びだして。

だが問いかけは途切れたまま夜に吸い込まれた。わかりきっていた。意味のない参加。行き当たりばったりな提案、策謀。それはなんの打算もなく、ただ胸躍るままに放たれた稚気《ちき》なのだ。なぜならこいつは、五味佐登志なのだから。

それともうひとつ――。

「春子のことはおめえに任せる」

託すためか、おれに。

「――冗談じゃない。あの子と会えたら電話をする。ぜったいに出ろ」

「わかったといいたいが、この番号はもうすぐ使えなくなる」

しばらく西のほうへ行くことになりそうだ、と佐登志はいった。春は天皇賞、夏は甲子園、羨ましいだろ？

なぜ、とは訊けなかった。訊いた瞬間、きっと自分は刑事の顔になってしまう。

「だがまあ、おめえの番号に、こっちからかけることはできるしな」

「取るさ。三コール以内の約束はできないが」

佐登志がズボンのポケットに手を突っ込んだ。それからひとりで笑った。

「びっくりだったな」

「何がだ」

「高翔さ。高翔っつーか、フーカか」

高翔の、嘲りがよみがえる。ヒーちゃん、良き事をしましょうね――。

「まいったぜ」佐登志がアスファルトを蹴った。「いまさらなのは百も承知だが、意外ときつい」

「……二十年以上経つのにな」

「ああ、いい歳したおじんとおばんだぜ？　笑っちまう」

いつ、高翔がそれを彼女から聞いたのかはわからない。佐登志とフーカの関係も、もはやどうでもいいことだ。彼女が何を考え、河辺たち三人に、あの詩を口ずさんだのかも。

　わからない。すれちがった人生は、交わらずにここまで過ぎた。たしかなのは、あの時間が存在したという、ただそれだけだ。

「でもまあ、世の中にはよ、暴かなくていい嘘もあるよな。嘘でも真実でも、どっちだろうと、もうそのままでいいってやつがさ」

　いや、どうかな、わかんねえな。佐登志はそうつぶやいて、かぶりをふった。

「フーカの行方は？」

「知らねえ。ほんとだ。知ってても、会いにはいかねえだろうな。たぶん会ったら、おれはあいつも幸せにしたくなる。んでそれは、きっと無理だ」

　佐登志が目を細めた。「ひでえ女に惚れたよな。でも不思議なんだけど、ほかはぜんぶやり直せても、これだけは変えられないって気がするぜ」

　酔客が、アーチのこちらへやってくる。新しく入っていく者がいる。

「……そういえば聞きそびれてた。おまえが、あいつのどこに惚れたのか」

「教えてやるよ、次会ったとき」

　愉快げに、佐登志はつづけた。「おれらが五人戦隊だとしたら、あいつは白かピンクだろ？　こんなハスっぽいヒロイン、見たことねえや」

「高翔はブルーか」

「おれは黒で、欣太はグリーン。栄光戦隊ウジキントキさ」

「すぐ打ち切りだな」

ちげえねえ——。夜が深まっていた。じきに戻れなくなる時刻がくる。遠くでクラクションが鳴っている。

佐登志の手が、河辺の肩を叩いた。

「じゃあな、栄光レッド」

踵を返し、ポケットに手をつっ込んで、ゴールデン街へ歩いていく背中を、河辺はしばらく見送った。

いつもの嫌味を阿南からぶつけられ、しかしこの日、河辺は便所にこもることなくまっすぐ庁舎を抜けだした。新宿から特急『あずさ』で松本まで二時間半。終業時刻に帰ってこようと思ったらよけいな真似はしていられない。

どちらにせよ無断外出なのだから、開き直るのは簡単だ。仮病で休む手もあった。だが、やり直す決心をした以上、自分なりの意地を張らねばならない。

発車まぎわの『あずさ』に駆け込み腰を落ち着けひと息つくと、窓に映る陰気な面にため息がもれた。我ながら不器用な男である。ほんとうなら阿南に頭を下げるのが手っ取り早い。阿南を通じ上層部へ、跳ねっかえりが尻尾をふりだしたと伝えてもらうのが、結果はどうあれ、いちばん無難なやり方だろう。捜査員としての実力は、誰にも負けない自信がある。

だが、それは無理だ。この仕事をつづけようと思うからこそ、選べない。

しがみつく動機が変わった。相手を道連れに沈んでいく気は失せた。悪あがきといえばそのとおりだが、少なくとも、自分自身のためにあがくのだ。つかんだ手を放さないのは、おれがおれでありつづけるためなのだ。

納得のいかない屈服を受け入れる——そんなカッコ悪い真似を、久則少年は許すまい。一度、あそこまで戻る。そしてあの場所から、やり直せばいい。

二十二年前の雪の日、真っ白な地面に転がった死体、それを見下ろすキョージュの影、それを見下ろす自分たち、それを見下ろす剣岩山の黒い塊……。

八王子を過ぎたところで電話がかかってきた。欣太、佐登志、あるいは高翔。もしや春子、万が一にもフーカかもしれない。二回目のコールで通話にした直後、ディスプレイに映る海老沼の文字に舌打ちがもれた。

「何か用か」

〈先輩、どっかでイライラの実を食ったんですか?〉

「なんだ、それは」

〈息子がハマってる漫画です。今度アニメになるんだそうで〉

コンビを組んだあとに小学校に入ったはずだから、十歳くらいか。彼の息子にも奥さんにも、河辺は会ったことがない。同僚から、男好きする派手な容姿だと噂を聞いたくらいである。お互い私生活に口を挟まれたくない性分で、その点はウマが合っていたのだろう。

「悪いが電車だ。切るぞ」

〈マナーより大事な話があるんです。話せる場所に移動してもらえませんか〉

　そこまでいわれると断れなかった。幸いとなりは空席で、乗客自体も多くない。河辺は声を落とし「話せ」と命じた。

〈赤星の件、特捜が奴をかこって任意の聴取をしてるって話を聞いてますか？　司法取引じみたやり方で、あることないこと吹かすんじゃないかって企業も永田町もびくびくしてます〉

　仮にそれが「ないこと」でも、赤星がしゃべったという事実が捜査の口実になる。

「抜け駆けぐらって二課は大慌てか」

〈そんなせこいことをいってるんじゃない〉

　思いのほか強い声が返ってきた。〈赤星は都内のホテルにいるって噂です。噂はもうひとつあります。ある筋の人間が、赤星を邪魔だといってるって話です〉

　先月の事件が思い出された。赤星の金庫番だった男の不審死。

「だから奴は検察にくだったわけか。なら差し当たり、身の危険は心配ない」

〈ほんとにそう思いますか？　なんでおれのとこにこんな噂が流れてきたか、わからない先輩じゃないでしょう〉

「――リークか」

　嫌な筋書きが頭に浮かんだ。保護の代わりに赤星の口を割る。ひととおり情報を絞りだしたところでいったん解放する。暗殺者にとって、これほど楽に赤星の居場所を特定できる瞬間はない。

〈ある筋ってのは、右翼の大物だって話です〉

検察の誰かがつながっていても不思議でない人物ということか。

すべては噂だ。ほとんど具体性のない、ゴシップ紙に載るような。

だが海老沼の声から切迫感は消えない。〈奴が匿《かくま》われてるホテルを調べられませんか〉

「正気か？　特捜案件に捜一は無関係だ。他人の庭に土足で踏み込んだらどうなるか、わからないおまえじゃないだろ」

〈だから先輩を頼ってるんです。汚ねえ組織の建前と、喧嘩できる男と見込んで〉

勝手なことをいいやがる。一方で、義憤をくすぐる甘い誘いでもあるが――。

「ずいぶん、赤星を大切にするんだな」

暗殺を阻止する。相手が誰であれ、それは当たり前だ。しかし内部の裏切り者を疑い、自分の職を賭すほど信ぴょう性のある情報とは思えない。

「おまえ、何に首を突っ込んでる？」

予感は、ほとんど確信に近かった。噂の真偽にかかわらず、こいつはやっかいな泥土に足を捕らわれている。

〈先輩〉かすかに媚びるにおいがあった。〈あの坊ちゃん検事と、まだ付き合いがあるんでしょ？〉

大きな腹をゆらす鵜本の姿が頭に浮かんだ。

〈情報、取れませんか〉

ふざけるな。てめえのケツはてめえで拭け。そんな説教が浮かんだ瞬間、耳の奥で佐登志の声がつぶやいた。みんないろいろ、事情があるよな。

正面の扉が開き、車掌と目が合った。

「――また連絡する」

通話を切ると同時に、『あずさ』がトンネルに突っ込んだ。


松本駅に立つのは初めてだった。真田町に住んでいたころ、遠出をするなら長野市か、そうでなければ東京へ出てしまうことが多かった。都市の規模でいえば県内随一といっても過言ではない松本だが、険しい山を越えて足を運ぶほどではなく、訪れたのは千百合が消えた日の昼間、セイさんのセドリックで療養施設に出向いたときが唯一だ。

西口に背を向け、松本城方面の出口へ歩く。曇っているわりに涼しさはなかった。東京の蒸し暑さに比べるとマシだが、気温は似たり寄ったりだ。二階の駅舎から階段でロータリーに降りると、もう汗が噴き出る。

セイさんの住まいについて、佐登志が本人から聞いた情報はひとつだけ。ベランダから松本城を拝みながら酒でも飲むさ――。

すでに過去形かもしれない。ただの軽口だった可能性もある。事実だとしても雲をつかむような話だ。それでも動くしかないと、手はじめに河辺は駅近の不動産屋を訪ねた。これが捜査なら桜のバッヂを掲げ「岩村清隆」を調べさせるところだが、そうもいかない。客のふりをして城が見える物件を探しているのだと嘘をつき、ありったけの資料をだされた。その中から安い単身者用のワンルーム、九八年以降に建てられたものを除外する。数十枚におよぶ資料をもらい店を出て、次の店をくぐる。

三店ぶんの紙の束とともに、河辺は松本城を目指した。線路沿いを北上し、女鳥羽《めとば》川を渡ると右手に小さく天守が見える。旧城下町のイメージに反して背の高い近代的なビルが点々とし、城の威容は頼りない。山間の真田町とは比較にならないほど平らな道がつづく。変わらないのは四方八方、遠くに山がそびえていることぐらいだ。東京よりも空を近くに感じる。

来がけの電車で頭に入れてきた大まかな地図と、自分の歩いている風景を重ねながら、まずは西堀交差点のそばに最初のマンションを見つけた。

百戸はくだらない大型のファミリーマンションだった。エントランスは最近増えてきたオートロック仕様になっている。ひと目見て、資料の紙をたたむ。ベランダが松本城を向いていない。

たったひとり、時間もかぎられた捜査である以上、佐登志が聞いたセイさんの言葉を信じるほかなかった。念のため郵便受けの名前だけ確認したが、岩村は見つからない。

次のマンションへ向かう。おなじ理由で二件空振りし、三つ目で条件に合う物件に当たった。大手一丁目交差点を越えたところに建つ、九階建ての小洒落たビルだ。

ここからはひたすら聞き込みだ。オートロックならインターホンを使うしかないが、幸い自由に出入りができた。郵便受けを確認するが該当はなし。名前のない部屋を資料の紙にメモする。各階の部屋数は十戸だ。エレベーターで最上階まで上がり、近くの部屋からインターホンを押す。佐登志が個宅訪問のビジネスを熱く語っていたのを思い出す。

〈はい、なんですか〉

三軒目で女性の声が応えてくれた。「すみません、岩村清隆を訪ねてきたのですが」

〈ウチはちがいますけど〉

「どうやら部屋番号を間違って聞いたらしいのです。住人の方に岩村さんはおられませんか」

〈さあ……聞いたことないですね、ごめんなさい〉

「いいえ、ありがとうございました」

こうしたやり取りを延々つづける。不審がられた場合は警官と明かすつもりでいた。東京の刑事が引退した昔の先輩のもとへ遊びにきたという設定だ。

一棟を終えるまでに小一時間かかった。成果はなし。

松本城下はかつて、親町《おやまち》三町・枝町《えだまち》十町・二十四小路から成っていたという。さすがというか当たり前というか、旧お堀の辺りにでかい建物はさほどない。町並みも大通りから路地へ行くにつれ情緒が漂う。歴史を感じさせる木造りの壁、瓦屋根、石畳の道。

西堀方面から北へ進むと、旧開智《かいち》学校校舎の案内板があった。重要文化財の文字に驚くが、だからといって愛《め》でる感性を河辺はもち合わせていなかった。それよりもいまは水が飲みたい。

四件、五件とこなしてゆく。バッヂを見せて管理人に訊けると早いが、そうでない場合は一戸一戸訪ねてつぶす。いいかげん何件目か数えるのをやめたころ、郵便受けに書かれた岩村の文字にぶち当たった。勇んで訪ねるが、すぐにたんなる同姓と判明した。

三時を過ぎ、定食屋で山賊焼きをかっ食らった。鳥南蛮と唐揚げをかけ合わせたような地元料理はたしかに美味く、それをよろこぶ余裕がないのが残念だった。

田《た》町、新《しん》町、袋《ふくろ》町……現在では北深志《きたふかし》とくくられた城の北東部をまわり、さらに城東へ進むにつれ、キリのない素振りをしている気分が濃くなった。これが仕事ならば割り切れもする。無駄と汗は捜査の必需品とたたき込まれてきた。けれど今回は、あやふやな情報にもとづく自分勝手な苦行にすぎない。

倦怠をねじ伏せ、河辺はマンションめぐりをつづけた。ようよう日が傾きはじめ、だが夜はまだ遠い。この調子だと七時になっても明かり要らずではないか。つまりその時刻まで、肌を焼かれる覚悟が要る。紙の束は残り三分の一ほどだった。北側の町を横断し、河辺は城の東に位置する和泉《いずみ》町の狭い四辻に立っていた。帰るなら、このタイミングがぎりぎりだった。

捜査から外されている河辺の退勤時刻は事務方の職員とおなじだ。はっきり命じられたわけではないが、それを守らなかった瞬間、阿南か佐々木が咎めてくるだろう。それとも静かに、人事票のペケ印を増やしておくか。

大急ぎで駅へ戻っても、帰京は最短で八時前。アウトには変わりないが、まだ言い訳のきく範囲だ。それを過ぎたら無断退勤のあつかいにされても文句がいえない。

クラクションにふり返ると、タクシーが徐行でやってきた。思わず手を上げ乗り込んだ。松本駅まで急いでくれと告げると、運転手は苦笑した。「ラッキーでしたね、お客さん。ここらは流しの営業ができないんで、ふつうは待っててもつかまらないんです」お客を降ろした帰りだったらしい。そうか、ツイてたのか。ほっとしている自分に気づき、河辺は首をふって額を叩いた。

いまさら、何を守ろうとしてるんだ、おれは。

「行き先を変えてくれ」

「へ？　そりゃあ、かまいませんですが……」

どこへ？　と口ぶりが問うていた。すぐには答えられなかった。当てなどない。ただ成果もゼロですごすご帰路につく自分が許せないだけだ。

記憶を探った。無駄足でもいい。どこか、手がかりになりそうな場所はないか。松本とセイさんをつなぐ思い出は――。

ある。忘れようもないドライブ。あのとき、セドリックは三才山《みさやま》トンネルをくぐった。山を抜け、それから道路を左へ……。

「療養所があるはずなんだ。たしか小高い丘のそばに」

「丘……」

「山を背にした場所だった気がするんだが」

「アルプス公園のほうじゃなく？」

「たしか、南だったはずなんだ」

運転手はしばし考え、「ああ」と声をあげた。「もしかしてあれかな。霊園のそばのとこ」

ほどなく田畑の広がる地域に入った。霊園の丘が左手に見える。運転手は鼻歌まじりにハンドルを握り、「帰りはどうします?」と訊いてきた。用が済んだら戻るから待っててくれと頼んだとき、突如、憶えのある景色に出くわした。

白壁の、学校じみた三階建ての建物。かつてここに、飯沢伸夫が入所していた。河辺がその両目をつぶしかけた男の顔は、もうだいぶかすんでいる。

鉄の門は閉まっていた。時刻はまもなく午後六時。タクシーを降り、案内板へ近寄った。すでに面会時刻は過ぎている。

無駄足か。しかしこれは踏ん切りをつけるための無駄だ。無意味ではない。

背を向けようとして、とっさに頭を戻した。まるで河辺を引き止めるようなタイミングで、建物の廊下に明かりが灯ったのだ。決まった時刻なのか、外の明るさに反応したのか、ともかく、河辺の目は吸い寄せられた。蛍光灯に照らされた二階の廊下をすたすた歩く、その人物に。

確信はなかった。見間違い、記憶違い、勘違い。すべてあり得て、それらのほうが確率は高かった。

人影が、窓ぎわから奥へ消えた。

緊急用のインターホンを押そうか。いまこそ刑事の威光を利用すべきときじゃないか。いや、待て。チャンスは一度きりかもしれない。落ち着け。

逸る気持ちを抑え、手帳に施設の電話番号をメモした。これで明日も、この町にくる理由ができた。

タクシーへ戻り、駅へと頼む。


デカ部屋へ向かう廊下で佐々木と出くわし、お互いぎょっとして立ち止まった。帰り支度を済ませた相手はその茄子面に驚きの表情を浮かべ、気まずそうに目をそらした。こちらも似たような反応になった。たまたま廊下には誰もおらず、何か一言、口にしようかと思ったが、いいたいことは一言で済まないし、それをあきらめるなら黙るほうがマシだった。

目礼しすれちがおうとしたとき、腕をつかまれた。抗議する間もなく近くの小会議室に連れ込まれた。明かりもつけず、ドアが強く閉められた。

「どこで何してた？」文字どおりの詰問だった。

「……ちょっと、頼まれ事で外に」

「こんな時間まで？　なんだよその、頼まれ事って」

「いや、口外無用と命じられてますんで」

「誰に」

「まあ、逆らえない人です」

見え透いた嘘に佐々木の目がギラついた。胸ぐらをつかまれる気配を感じ、しかし佐々木自身がそれをこらえるようにネクタイをいじった。乱暴な舌打ちが聞こえた。

「……おまえ、どうすんだ」

「どうする、とは？」

「いいかげんケジメつけろって話だよ」

神経質そうに眼鏡のブリッジを押し上げる。「わかるだろ？　もうこうなったら駄目だ。捜一じゃやっていけない。所轄に戻るか？　それとも交番で道案内からやり直すのか？　——おれなら耐えられん」

冷たい視線、軽蔑。弱肉強食の警察組織は、仲間うちでも常に使う者と使われる者の立場を争っている。いったん定まった評価を覆すのは至難の業だ。まして河辺のように左遷をくらった出戻りは、嫉妬も込みで冷や飯を食わされる。

けっして尊敬を得られない職場で日々を過ごすのは、どれだけ苦痛だろうか。

「おまえとは知らない仲じゃない。いまならまだ間に合う。再就職先、見つけてやれる。それともつまんねえ事務方で、一生を終える気か？」

瞬間、父の達磨《だるま》顔が頭に浮かび、右手が佐々木の襟元へのびかけた。それを必死で押しとどめたのは、彼の表情に期待の色を読み取ったからだった。

「——いやあ」河辺は右手を、ゆっくり自分の頭に置いた。「先のこと、考える余裕なんかないですよ。とりあえず、いまはやれるだけ、やってみようと思ってるんで」

「やるって、何をだよ」

「たとえば、赤星のエスを突きとめるとか」

ぽかんとした佐々木の顔に、思いつくままでまかせをぶつけた。「そいつを見つけて監察にタレ込めばおれの株も上がるんじゃないですか？　エスが捜一にいる可能性もある。部下の不祥事となったら、阿南も無傷じゃ済まない。ははは、そりゃいいや。なんならおれが転ぶほうが手っ取り早かったかもしれねえな」

　佐々木の手提げ鞄が床に落ちた。ひょろりとした身体のどこにこんな力があるのかと思うほどのいきおいで胸ぐらをつかまれ、背中が壁にぶつかった。

「ふざけやがって。てめえ、クビ飛ばすぞ」

「――誰に、いってんすか？」

　ほんとうに可笑しかった。この期におよんでそれが脅しになるつもりかよ――。

　次の瞬間、腹に鈍痛が走った。つづいてみぞおちにもう一発。細身からは想像できない威力だ。

「笑えねえっつってんだ、河辺」

　腹立たしさとおなじくらい、懐かしかった。管理職になり、子どもがカネの要る私学に入り、親が重度のアルツハイマーに罹って以降、佐々木は凄みを失った。河辺に刑事のイロハをたたき込んでくれた鬼軍曹の面影は消え、引きつった笑みを浮かべる提灯持ちに成り下がった。

　そんな男が、かつての鋭い顔つきで河辺をにらんでいた。

「――赤星、消えたよ」

「え？」

「特捜が缶詰にしてたホテルから白昼堂々、忽然《こつぜん》とな。行き先は不明。身内の誰かが手引きした疑いが濃厚だ」

「ま、待ってください」さすがに声が上ずった。「ほんとに、エスがいるっていうんですか？」

佐々木の血走った視線が、反応のすべてを観察していた。よみがえった眼力は現役の刑事をひるませるに足る迫力だった。ここで中途半端な態度はできないと、河辺はしっかりと見返した。

やがて胸ぐらを締め上げる力がゆるんだ。肩で息をしながら佐々木はいった。「噂が流れてんだ。エスは刑事部の奴だって」

また、噂か。

「監察が動くのも時間の問題だろう。赤星が、死体《マンジユウ》で見つかったら確実にもしくは東京湾に打ちあがる水死体《ドザエモン》。

「おまえじゃ、ねえんだな？」

「——事務仕事に嫌気が差して映画観てたんです。ぐっすり寝ちまったんで、あらすじは話せませんが」

猜疑《さいぎ》であふれた目つきに、思わず声が荒ぶった。「おれがくそ真面目な堅物だって、いちばん知ってるのはあんたでしょうがっ」

佐々木の肩が落ちた。急にしぼんで、提灯持ちの背中になった。ああ、そうかと河辺は悟った。このいっとき、彼を昔の激情に駆り立てたのは正義でも責任でもなく、たんなる保身だったのだ。

「もういい。おまえ、明日出勤したらデカ部屋を一歩も出るな。命令だ」

「――いいえ、休みます」

「……は？」

「やることがあるんで、休みます」

「おい」佐々木がうろたえた。「待て。おまえ、何を考えて――」

「親戚が亡くなったらしいんです。忌引きは正当な権利でしょ？」

ドアを開ける背に唾が飛んだ。河辺っ！　その怒号にふり返る。佐々木さん――。

「あまり束縛しないでください。ストレスでおかしくなって、おれが人様に迷惑でもかけようもんなら、上司のあんたも道づれですよ」

啞然とする佐々木を捨て置き、河辺は会議室をあとにした。


眠れなかった。日が替わる前にメタリックグレーのレガシィに乗り込み松本へ出発した。真夜中の高速を全開で飛ばしながら何度となく唾を吐きたくなった。酒をあおりたくなった。なぜこんなに気持ちがささくれ立つのかわからなかった。佐々木の変節など、半年前からあきらかだ。失望する価値もない。

なのになぜか、フロントガラスのずっと先まで埋めつくす暗闇に心が塗られていく焦燥に襲われて、河辺はときおり叫んだ。獣のように咆哮《ほうこう》した。そのたび脳裏に、高翔の媚スカしたサングラスや佐登志の下品なスーツや欣太の哄笑《こうしょう》、阿南の太い指、海老沼の媚びた声、泰枝の息をのむ姿やらが重なって、いまバックミラーに映る悲劇のヒーローを気取ったおのれの面《つら》がもうほんとうにおぞましく、喉がちぎれるまで叫びアクセルを踏み込んですれちがう街灯やヘッドライトの光をにらみ眼球を焼かせた。

やり直すのだ、やり直すのだ、やり直すのだ――。

呪文のように護符のように、そればかりを心で唱えた。カーラジオから聞こえるガールズポップ、それをバックにしゃべる女性パーソナリティの甘ったるい声。みなさん今日は日本時間の十九時過ぎから二十世紀最後の皆既日食があるんですよ。ランス、ウルム、シュタインハイム、ザルツブルク、ゼーハム、ゴボラ……。太陽と月が、この数時間、ぴったりと抱き合うんです。ね？　とってもロマンチックだと思いませんか――。

視界の隅をブツ切れのセンターラインがかすめてゆく。黄色でなく真っ白なその線は迫ったかと思うや過ぎ、次の線がまた迫って過ぎ、次の線が――。ふいに自分が線を越えているのか線に越えられているのか判然としなくなる。過ぎた線はどこへ消える？　それをたしかめることは不可能だ。このスピードで走っているかぎりふり返る暇はない。ひたすら越えつづける以外にない。

欣太はいった。過去は無意味だ――。

高翔はいった。未来の約束などくだらない――。

佐登志はいった。じゃあな――。

泰枝はいった。卑怯者――いや、これは幻聴か。

そうしましょうね。

あの夏合宿の夜、彼女の手を握っていたら、未来は変わったのだろうか。

レガシィが限界までスピードを上げる。河辺は車に興味がなく、中古のカタログから選んだのは泰枝で、泰枝とて動けばなんでもいいというタイプだから、ようするになんとなく、刑事が乗っても恥ずかしくないものを選んだにすぎないが、それでも泰枝は、この車を気に入っていたんじゃないかと根拠もなくそんな気がする。すがるように、そんな気がする。

おれたちはこの先、失ったぶんの何かを手にすることができるんだろうか？

ハンドルを強く握る。やり直すんだと口ずさむ。センターラインを踏み外し前方車両をやり過ごす。車内まで風の悲鳴が聞こえる。じゃあな。無意味だ。くだらない。卑怯者。そうしましょうね。——やり直す。じゃあな無意味だくだらない卑怯者そうしましょうね、やり直す。じゃあな——。

河辺は吠えた。どこまでも陽気な恋の歌が流れている。


暑さによる目覚めは不快の一言につきた。ドリンクホルダーに刺さった水のペットボトルを引っこ抜いてひと息で空にする。開け放ったサイドウインドウから吹き込んでくる風は驚くほどぬるかった。河辺は首の筋肉をほぐしながら、デジタル時計に目をやった。八時四十分。白壁の施設が開くまであと二十分だ。

五時間は寝た計算になる。なのに頭ははっきりしない。身体もだるい。車中泊は張り込みで慣れているはずなのに。

外に出て、のびをすると少しだけ疲労を忘れた。空は薄い雲に覆われている。レガシィを駐めた路肩は霊園がある丘のそばで、河辺の場所からは繁る木々の隙間から墓参客が使う遊歩道がうかがえた。絶え間なく、雀と蟬《せみ》の鳴き声が響いている。

レガシィを残し、河辺は歩きだした。施設には駐車場もあったが、ここからたいした距離ではない。徒歩で行けば、ちょうど面会開始時刻に着くだろう。何よりこびりついた倦怠を払うため、身体を動かしておきたかった。

たった一度、セイさんの車で訪れた土地に白い建物以外の思い出はなく、目に映るだだっ広い田畑に郷愁を抱くこともなかった。隆起の激しい真田町の耕作地はことはちがい、その多くに圃場《ほじょう》整備がほどこされ段々に連なっている。

考えてみれば、なんの不思議もなかった。高校二年の夏、未遂ではあったが河辺息子の暴力によって飯沢伸夫は心を病んだ。飯沢の父親は上田市に住むチンピラで、の息子の慰謝料を加害者家族からかすめ取ろうと画策していた。そこでセイさんは父親たちを松本へ引っ越させ、飯沢のために療養施設を手配した。

そう。この施設を手配したのは、セイさんなのだ。

正門は開いていた。守衛の姿はなく、素通りで敷地に踏み入る。さほど広くない駐車場を抜け、玄関の自動ドアをくぐると、右手に受付があった。河辺は迷わず桜のバッヂを掲げ、「岩村さんに会いたいのですが」と切りだした。

事務的なやり取りをいくつか交わしたのち、主任の肩書をもつ四十代と思《おぼ》しき男が河辺を案内してくれた。東京で起きた事件の追加捜査で大昔の確認がしたいのだという作り話に、純朴そうな男性主任は不審がるそぶりすら見せなかった。

階段を二階へ上がる。左手に窓が、右手には個室のドアがずらっとならんでいる。静かだった。奥からシーツを運んできた女性職員とすれちがったところで、男性主任が立ち止まった。部屋の中をのぞいて声をかけ、少々お待ちを、と入っていった。まもなく「どうぞ」と招かれた。

簡素なベッド、部屋の雰囲気、窓の位置――。二十年以上前、飯沢を訪ねたとき、窓の外には雪が降っていた。ベッドの上に飯沢はいなかった。世話を任されていた文男をいいくるめ、抜けだしていたからだ。

いま、目の前のベッドでは、半身に座ったその人が、呆《ほう》けたように河辺を見ている。男性主任に外へ出るよう半ば命じ、河辺は備え置きのパイプ椅子に腰かけた。そしてベッドの人物と目を合わせた。

「ひさしぶりだな、春子」

少女だったころの面影は消え失せていた。免許証の写真を見ていなければ、同一人物と信じられなかったかもしれない。昨晩、窓の外から気づけたのは小柄なシルエットとショートボブの髪型のおかげで、それもこの場所だからつながったのだ。

身体はやせ細り、唇がひび割れていた。丸く柔らかかった頬は、地に落ち干からびた果実のそれに変わっていた。こちらを見やる瞳に、意思の力を読み解くことは難しかった。入所者用と思しき半袖の服からのびた腕の内側に、切り傷の痕がいくつも筋になっている。

なぜ——と問うことはできなかった。なぜこんなことに？　——答えは明白じゃないか。いや、もしそれが直接当てはまらないのだとしても、無関係だと断ずることは、少なくとも河辺たち五人には許されない。あの雪の日の惨劇が、この姿の、どこにも関与していないだなんて妄言は。

河辺は口を開きかけ、言葉が出そうになって、しかしそれをあえぐようにのみ込んだ。思わず目をそらしてしまった。じっとこちらを見る春子の、虚ろな視線が痛かった。かける言葉など、ない。懺悔《ざんげ》が、いったいなんの足しになるのか。

意味もなく頭をふった。上手く呼吸ができなかった。寒気と汗が同時に襲ってきた。春子。すまなかった。赦《ゆる》してくれ。——自分の醜さに反吐が出そうだ。殴られ、罵倒されるほうが、どれだけ楽か。

「セイさんは、ここに顔をだすのか？」

訊けたのは、そんな事務的な質問だけだった。

かつて英基と春子を引き取ったセイさんだ。隠棲したのちも春子を気にかけ、馴染みの施設に預けたのだろう。

「あの花も、持ってきてくれたんだろ？」

窓のそばに花瓶が立っている。青い花が三本、きれいに咲いている。

「それとも、英基さんが」

「やめろ」

どん、と心臓を殴られた気分になった。ようやく聞けた春子の、その荒《すさ》んだうなり声に、記憶に残る少女の像が砕けた。

「やめろ。近づくな。殴らないで」

「春子――」

「やめろ！　殺すな！」

両手で頭を押さえ、春子は叫んだ。殺すな！　やめろ！　殺すな！　やめろ！　矢継ぎ早にまくし立てた。廊下から主任と女性スタッフが飛び込んできて、呆然とする河辺を尻目に春子をなだめにかかった。それでも彼女の膿《う》んだ言葉は部屋に響きつづけた。

応援のスタッフが駆けつけたところで河辺は外へ連れだされ、主任から事情を訊かれた。

「すみません……、清隆さんについて訊いたとたん、興奮しだして」

主任が首をひねった。「どなたです？」

「岩村清隆です。彼女はセイさんと呼んでいましたが……、彼をご存じないんですか」

「清隆さん……、ええ、はい。そのようなお名前はまったく」

「――彼女をここに入れたのは？」

「契約は、お父さまのお名前になっているはずです」

「英基さんですね？」

さようです、と主任はうなずき、「ですが――」とつづけた。

「いつもお越しになるのは旦那さまです」

河辺は胸に手を当てた。長く息を吐いた。春子の発作が脳裏に焼きついている。そこに嫌な予感が加わって、動悸がおさまってくれない。

逃げだしたい感情を押し殺し、河辺は顔を上げた。「英基さんの住所を教えてください」


レガシィを走らせながら主任の話を思い返した。

春子が入所したのは去年の夏前。施設は治療でなく療養を謳っており、最低限度のサポートで日常生活を送れることが受け入れの条件だった。

初めて春子が訪れたとき、彼女は外からの刺激に対し、まったく無視するか過度におびえるかの両極端な反応を示したという。機械的な意思疎通のほかは自分の世界に引きこもっている状態で、彼女を連れてきた《旦那さま》は、その原因を実父との不和であると説明した。自分も仕事で家を離れることが多い。しばらく静かに暮らさせてやりたい。それが預ける動機だった。

ふだんは手のかからない入所者だが、ふとした拍子にパニックを起こし支離滅裂な言葉をならべる。暴力性はなく、発作が長引くこともないが、頻度は上がっている。そろそろウチでは面倒が見切れなくなるだろう――応接室に移動して向かい合った河辺に、主任はそう口にした。

自宅介護の地獄を経験しているせいか、河辺はこうした施設の利用を薄情とは思わない。祖父の最期は悲惨だった。日常的な苛立ちは怒りへ、それを過ぎると恐怖に変わった。おのれの加虐性。そして憂い。いつか自分もこうなるのか。家族に迷惑をかけ、憎み、憎まれるのか。

西堀の青空駐車場にレガシィを突っ込んだ。経験上、慣れない土地は歩くほうが早い。

少し行くと奇妙なスナック通りに出くわした。いかにも場末といったふうで、刑事の勘を持ちださずとも、軒を連ねる店の多くが非合法なサービスを提供していることは明白だった。そういえば大昔、誰かが得意げに吹聴していた。たぶん佐登志だ。あそこのオネーサンたちはやらせてくれるんだぜ――。

昨日とは逆向きに女鳥羽川を渡り、南へ下ってゆく。本町《ほんまち》通りはこの辺りの、いわば目抜き通りで、ビルのテナントには海外の有名ブランドも看板をだしていた。

河辺は黙々と歩を進めた。歩きながら頭に浮かぶのは、やはり春子だった。あの腕の傷痕は昨日今日のものではない。一年以上、あるいはもっともっと昔から、彼女は自傷に耽《ふけ》っていたのかもしれない。つまりそういう人生を歩んできたのかと、暗い想像がぬぐえない。

世界中に不幸せは転がっている。その全員が心を病み、人生を投げ捨てているわけではない。立派に立ち直った人間を刑事として何人も見てきたし、けっきょく引きずるか吹っきるかは本人の意志と心がけしだいだと感じることも少なくない。

しかしやはり——と、思考は堂々めぐりにおちいってゆく。しかしやはり、春子の幸せを奪ったのは、おれたちじゃないのか、と。

道の先に橋が見えた。薄川《すすき》に架かる栄橋《さかえ》だ。この辺りは昔、馬喰《ばくろ》町とか博労《ばくろう》町とか呼ばれていた地域で、ここにかぎらず、地元の人間は城下町の旧名を口にすることが多いのだと施設の主任がいっていた。

河辺は橋の手前で道を折れ、大通りから狭い路地へ踏み入った。いかにも下町の風情だった。大きな建物はほとんどなく、道沿いには小綺麗な戸建てよりも、年季の入ったトタンや木造りの壁が目立った。あばら家のたぐいも散見された。

日差しが高くなっていた。これで薄雲がなかったら汗だくでは済まなかったにちがいない。

なかなか住所プレートが見当たらず、自分が目的の場所に近づいているのか離れているのか、にわかに判然としなかった。不思議なほど住人と出くわさない。何者かに拒絶されている妄想すら抱きそうになる。近づくな——春子の声がこだまする。殺すな——。

思いのほか時間を使い、ようやくたどり着いた英基の住まいは薄川に面した二階建てのアパートだった。鉄の階段をのぼり、五つならんだドアの奥から二番目を叩くが、返事はなかった。ドアの郵便受けには何もない。電気メーターだけ、針がのろく動いている。

少し迷ってから、河辺は隣の部屋を訪ねた。薄くドアを開けたステテコ姿の老人に、できるかぎり柔和な表情で岩村英基さんの行き先を知らないかと訊いてみた。

さあ、と返すステテコの老人は愛想こそないが警戒しているふうでもなく、最近見かけたかと重ねた問いに、「借金取り？」と下世話な興味をのぞかせた。

「とんでもない。大昔の知人です。上田のほうに住んでたころの」

「ああ、そういやダムで働いてたとかいってたっけなあ」

菅平ダムの建設現場だ。

「よくお話をされてたんですか」

「まあ、お隣さんだから。でもほんとにたまによ。あの人、向こうの人だろ？」

話を聞くに、どうやら日本語は不得手なままだったらしい。

英基が住みはじめたのは二年ほど前。仕事をしていたふうでもなく、身だしなみに頓着する様子もなかった。買い物以外は家から出ず、テレビを観つづけていたんじゃないかと老人はいう。

「壁が薄くて、だいたい生活わかっちゃうんだ」

「借金取りがくるような感じだったんですか」

「直接は知らんよ。でもここの住人は、多かれ少なかれそんなんだからね」

おれも似たようなもんだし、と照れるでもなく笑った。

「でもニイさんがもしそうでも、あきらめたほうがいいと思うよ。たぶんどっかへ行っちまってる。というか、亡くなったんじゃねえかな」

「心当たりが？」

いやあ直接は知らんよ、と繰り返し、「おれがいうのもなんだけど、あの人だいぶ惚《ぼ》けちゃってる感じでさ。夜中に歩きまわったり、勝手にほかの家に入ったり。表の自転車とか車に傷つけたりとかもあって。車はさすがにまずいだろ？　そのたび、家族の人が謝りにきてたね」

「女性ですか」

「背の小っこい娘さんな。たまにご主人もいっしょだったな」

ステテコの老人が知る《旦那さま》の年恰好は、施設の主任から聞いたものとそっくりだった。

「身体も悪かったんじゃないかな。足を引きずってたし、あれじゃあなかなか仕事も見つかんないだろ。で、去年の春ごろかな。しばらく夫婦がバタバタしてて、静かになったと思ったらぱったり姿を見なくなってね」

「――引っ越したのでは？」

「どうかな。テレビの音がぜんぜんしなくなってね。代わりにラジカセの歌が流れることが多くなってさ。あの人がよく聴いてた向こうの歌謡曲で、羅なんとかっていう男の歌手の。元気だったころは歌ってることもあったなあ。意外と上手いんだ、あの人」

向こうの曲だからよくわからんけどもと付け足し、「でもまあ、四六時中見張ってたわけじゃないからね。おれはけっこう外に出るんだよ。駅のほうの将棋クラブで馬喰の七冠って呼ばれてて――」

無駄話になりかけるのを遮って英基の行方を聞きだそうとしてみたが、心当たりはないという。「ま、おれたちの歳だと、引っ越すよりくたばるほうが楽だったりするんじゃない？」

大家の住まいを聞き、河辺はいったん薄川沿いのアパートを辞した。老境に差しかかった英基の心のうちを、河辺は想像するしかできない。

健康面も経済面も、恵まれていたとはいいがたい。

思えばセイさんも六十近い歳になっているのか。

およそ一キロ歩いて日本家屋にたどり着く。ステテコの老人が電話をしてくれたおかげか、大家の男性に煙たがる様子はなかった。警察手帳を見せると、応接間へ案内された。ゆうに八十は超えていそうな見た目だが、しっかりした足取りだった。

「入居は、九七年の四月ですな」

「保証人は？」

「ウチはそういうものを頼んでいません。神経質にやるほどたいそうな家賃でもないですから」

ところで岩村英基さんですが――、と大家が神妙に切りだした。

「わたくしもこの歳ですし、家族はアパート経営にまったくかかわってくれません。掃除も外注の業者に頼んでおる始末なのです」

「つまり、住人の方とはほとんど面識がないと」

「そのとおりです。ただ、彼が亡くなったという話は聞いておりません。お家賃も、問題なく振り込まれています」

来た道をアパートへ戻り、英基の部屋の前に立った。いま一度ノックするが、やはり返事はない。大家から借りてきた合い鍵を差し込み、ノブをひねる。中へ身をすべらせる。涼しかった。エアコンが効いているとかではなく、空気が澄んでいるのだ。靴を脱いで床板を踏み、台所と風呂を過ぎる。奥へ進むにつれ、またぞろ嫌な予感が込み上げた。

八畳ほどのひと間だった。きれいに片づいていた。きれいすぎるほどだった。テレビ、本棚、たんす、ちゃぶ台……物はあるのに、なんだこの寒々しさは。

ひくり、と鼻が動いた。

あっ、と叫びそうになるのをこらえた。

――臭いだ。

かすかだが、こびりつく、脂の臭い。

血の。

内臓の。

河辺は口を押さえ、小さく深呼吸をした。押し入れが目に入った。ゆっくり近づき、開け放つ。けれどそこには何もなかった。布団が積まれ、衣装ケースがあるだけだ。踵を返し、台所へ向かった。勘がおもむくまま、水道の下の戸を開けた。あるべきものがなかった。包丁が、一本も。

息を吐き、冷蔵庫の中を見る。とくに何も見当たらない。いや、空っぽだ。

洗面所へ行って、洗剤がないことを確認した。浴槽に顔を近づけた。乾ききっている。

河辺は身体を起こした。汗が落ちないよう額をぬぐった。いまさらながら、ハンカチを右手に巻く。便所へ入り、ここにも洗剤がないことを確かめる。それから洋式便器をなめるように観察し、見つけた。便座のへりの裏側に、わずかな血痕。

立ち上がり、嘔吐をこらえた。血痕に対する不快ではなかった。そんなものは見飽きている。

ただ、この部屋で起こった所業を想像し、発熱と寒気を同時にくらった。

居間へ引き返して出窓を開けた。やわらかな光が差し込んでいた。薄川の水面が見下ろせた。

去年の春ごろ、岩村英基は姿を消した。その後を追うように、娘の春子が施設に入った。これを偶然と信じられる人間は、刑事になどならないほうがいい。

英基は、ここで死んだ。そして浴槽で解体された。細切れの肉片は便所に流したのだろう。薄川の底をさらえば、人骨が見つかるかもしれない。犯人たちは洗剤で浴槽と便所を洗い、肉を刻んだ包丁とともにゴミとして捨てた。

ふつうに考えて、自然死ではない。殺人があったのだ。そして隠そうと決めたのだ。

父親の肉を刻む作業が、いったい人の心にどれだけの痣《あざ》をつくるのか、河辺にはわからない。ただ彼女の言葉から、ひとつの場面を思い描くのは難しくない。やめろ、近づくな、殺すな。――殴らないで。

英基と春子の関係がどういったものだったのか、推し量るよりない。いや、すべてが想像なのだ。

自分の指紋をふき取り、英基の部屋を出る。鉄の階段が響かせる靴音に、頭痛がした。

――その死を隠すため、一年以上も家賃を払いつづけているのか。そしてあそこの入所費も、《旦那さま》が……。

大家に鍵を返し、河辺は薄川沿いを歩いた。冷たい汗が止まらなかった。まだわからないことはいくつもあった。線と線のつなぎ目が欠落している。しかし重要な、河辺たちにとって切実な出来事のほとんどは、あきらかになってしまった。

町を南から北に流れる田川とぶつかった。西日を浴びて朱に染まった川面を見下ろしながら橋を渡った。ほどなく、コンクリートの建物が見えた。松本警察署である。

「岩村清隆、ですか」

警視庁の刑事に多少の気後れがあるのだろう。刑事課のデスクに座った年配の刑事から、馬鹿丁寧に椅子を勧められた。

「わたしもここは長いですが、耳にした憶えがないですな」

「上田の出身で、こっちの組にも顔が利く男だったはずなんですが」

うーん、とうなり、ちょっと失礼、と席を立つ。

取り残された河辺は瞼をきつく押さえた。身分を明かした以上、私的な捜査が本庁に伝わる可能性はある。しかしもう、いちいち減点がどうしたと気を揉む余裕は失せていた。黒い荷物を背負ってしまった。道端におろせないなら、膝が壊れるまで付き合うほかない。

年配の刑事がバインダーを手に戻ってきた。「やはりちょっと、見当たりませんね。ここらには組がふたつばかしあるんですが、どっちにもそういう名前の組員はいないようで」

東京が親でこちらは枝だろうから、名が知られてなくても不思議はないが……。

わずかに逡巡してから、河辺は訊いた。「英基という男はどうです？　岩村英基。二年ぐらい前から深志――馬喰町のほうに住んでいるのですが」

「さあ……新しい住人なら交番に訊くほうがいいかもしれませんな」

「……そうですね」

「すみません、わざわざお越しいただいたのに」

立ち上がったとき、「あのう」とセンター分けの若い刑事がやってきた。

「岩村って、岩村清隆のことですか」

河辺よりも年配の刑事が驚いた。「おまえ、知ってるのか」

「ええ。ずいぶん前ですが、おれが交番勤務だったときに何度か」

「捕まえたのか？」

河辺のいきおいに気圧《けお》されながら、センター分けの彼がいう。

「はい――、万引きで」

駅からパルコまでのびる公園通りには飲み屋と飯屋とテナントビルがひしめいている。

路地の奥にはけばけばしい店もある。薄闇が降りてきた街を、サラリーマンの集団や若いカップルが陽気に行き交っている。

ひときわ明るい電飾と騒がしい音楽を放つゲームセンターに、河辺は足を運んだ。松本署のセンター分けがつないでくれたこの店の店長は、以前、岩村清隆と親しくしていたことがあり、その名を聞いた河辺は、柄にもなく運命という言葉を思い浮かべた。

「どうも」

ＵＦＯキャッチャーの奥から、白いワイシャツの男がやってきた。ツーブロックの髪を軽く茶色に染めている。年齢はおなじくらいだ。当たり前か、と河辺は思う。

「憶えてます？　おれのこと」

「ああ、憶えてるよ、飯沢さん」

じっさいは街で見かけても気づかなかっただろう。記憶にあるのは林を逃げていく背中と、おびえきった泣き顔だけだ。目の前の彼は、当時より引き締まった身体つきに見えたし、表情は別人のようにやわらかい。

ただ、そうだといわれればそうかと思えるところはあって、説明しがたい連続性が、たしかに存在するのだった。

「飯沢さんって呼ばれるの、なんか変な感じです」

「そっちも、敬語はおかしな感じがする」

「職業病です。この商売、お上に逆らっちゃやっていけないから」

「おれは東京だ。関係ないよ」

苦笑するように、飯沢はがっしりとした鼻をかいた。

「出ましょうか」

店頭に置かれた機械の上で、若い女性が音楽に合わせて黙々と踊っている。

「音ゲーとか知りませんか」

「何も知らない。刑事なんて無粋な仕事だから」

「お子さんは？」

「まあ、なかなか」

気まずい返事に、飯沢は軽くうなずく。有線放送で、女がアイムプラウドと歌っている。

「裏《うら》町ってとこへ向かいます。そこでやってるスナックの常連に、岩村さんをよく知る人がいるんです。昔はスジもんでしたがいまはカタギで、あのゲーセンのオーナー社長でもあります」

「――あんたは、組の人間なのか」

「めっそうもない。ただの雇われです。小市民ですよ」

空はすっかり夜だった。華やいだ通りを抜け、交差点を渡る。

「いろいろ、ありましたね」

飯沢がぽつりといった。ああ、と河辺は返した。それ以上、何をいっても嘘になる気がした。

「かれこれ四半世紀ってやつでしょ？　長いような短いような」

「――岩村さんとは、ずっと付き合いがあったのか」

「ずっとってことはないですが……まあ、それは向こうで話しましょう」

裏町の飲み屋街は、路地にぽつぽつと明かりが灯る、いかにも地元の顔見知りでまわし合っているといった雰囲気で、飯沢の足は、「ユア・ブレス」というスナックで止まった。

「ちょっと待つことになりますが、かまいませんね？」

カウンターと、テーブル席が三つあるだけの店だった。カラオケ機のそばで休んでいたママさんが立ち上がり、あら飯沢ちゃんと親しげに声をかけた。客はおらず、ほかに店員がひとりだけ。白い肌にドレスを着た女性が片言の挨拶をしてくる。中国人か韓国人だろう。

カウンター席でおしぼりだけもらい、ふたりとも水を頼んだ。腰が落ち着くと、こうして飯沢とならんで座っていることに戸惑いを覚えた。ごまかすように煙草を取りだし吸いつける。

「――あれから、どうしてたんだ」

「河辺さんにボコられてからですか？」

冗談口調に、ふくみは感じなかった。しかし自信はもてない。

「ボコっちゃ、いないけどな」

「ええ未遂です。不思議ですよ。親が親だったから、ガキのころは粋がって、喧嘩も慣れっこのつもりだったんです。なのに河辺さんたちに襲われたあのときは、パニックで逃げることしか考えられなかった。林の中ですっ転んで、追いつめられて、ほんとうに殺されると思った」

飯沢が、コップの水をゆらした。

「あの日から、目をつむるたび、あんたの姿が浮かぶようになったんです。姿といっても顔はない。はっきり見えるのは二本の指だけ。それが、闇の中からじわっと迫ってくるんです。毎晩毎晩、繰り返しね。そんなんだから眠れなくなって、気が変になっちまった」

目を合わすことなく、河辺は煙を吐きつづけた。むしろ飯沢のほうが落ち着いていた。

「もとはこっちの悪ふざけが原因だ。自業自得ってやつでしょう。恨むのは筋ちがいと、いまならわかりますけど、当時は無理だった。どうしても、あんたの指を切り落とさなきゃ、そうしないと、ずうっとあの幻影は消えないんだって、そんなふうに思いつめたんです」

「――なのに欣太を、先に石塚欣太を狙ったのか」

「迫ってくる二本の指の奥からね、感じるんですよ。蔑《さげす》むような視線です。こっちを見下す無邪気な笑み。あれもどうにかしなきゃって。強迫観念ってやつでしょう」

欣太のほうが勝てそうだ。そんな打算もあったと、照れつつ認める。

「それで終業式の日、文男を呼びつけたんだな」

「ぜったい来いって頼んでおいたんです。何もせずに年を越すのが耐えられなくてね。高校まで送ってもらおうとしたんですけど、さすがに途中で気づかれました。長野駅のロータリーで、思いとどまるように説得されて。機嫌をとるためなのか、弁当を買ってくれたりしてね」

このとき文男は、高翔の兄の友人に目撃された。

「そうこうしているうちに制服姿の連中が大量にやってきて、終業式が終わったんだとわかりました。だったらこのまま駅で待とうと思ったら、今度は急に車を発進させるんです。『戻れえ！』って怒鳴りましたよ。暴れたし、殴りつけた。ずいぶんひどいことをしちまいました。けっきょく雪の中を新潟のほうまで行ったのかな。おれの気が済むまで、文男くんは付き合ってくれたんです。こっちもいいかげん怒るのに疲れて、気がついたら他愛ないおしゃべりをしてました。日本のロックを知らないっていうから『ふざけるんじゃねえよ』っていう頭脳警察の曲を教えたらよろこんでね。いっしょに大声で何度も叫びました。ふざけるんじゃねえって」

救われた、と飯沢はもらした。

「たぶん、そういうことなんだと思います。毒が抜けたっていうのかな。少なくとも、立ち直るきっかけになった。夕方、施設に戻って別れるとき、あんだけ好き勝手したおれに、文男くん、名残り惜しそうに『また』って笑いかけてくれてね。ちょっとうれしかったですよ。まあそれが、最後になっちまったわけですが」

「待ってくれ」

胃の底のざわつきに抗うように、河辺は訊いた。

「施設に帰ったのは、夜中じゃないのか？」

「まさか。閉門までに戻らなかったら警察沙汰です。だから夕方といっても、せいぜい四時を過ぎてたかどうかで」

河辺がセイさんと訪ねた、およそ一時間後だ。

「腕は？」

「腕？」

「文男の腕を、折っただろ？」

飯沢は目を見張り、そして笑い飛ばした。

「勘弁してください。そこまではしません。だいたい文男くんの腕を折ったら、誰が帰りの運転をするんです？」

河辺は、煙草を灰皿に押しつぶした。コップを握り締め、まばたきを忘れた。その様子に、飯沢が戸惑いの視線を寄越してきた。

なんだ、これは。

ドアベルが鳴った。飯沢が席を立ち、挨拶をする。やってきた元ヤクザの社長を横目で見ながら、頭の中で自分の声がこだました。おかしい。何かが、狂っている――。

龍の刺繍をあしらった白地のトレーナーが異様に似合う男だった。丸刈りにでかい腹。

古いヤクザなのだろう。小指の先が欠けている。

テーブル席の上座にどかりと腰を下ろし、社長はげっぷをした。先に一杯ひっかけてきたらしい。席に呼ばれ、ビールを勧められた。こちらから頭を下げている手前、車だろうが病気だろうが断れない酒である。

「岩村なあ」くわえたキャメルに、すかさず飯沢がライターの火を差しだした。「あいつ、なんかしでかしたんか、東京の刑事さん」

「いや、そういう用じゃありません。じつは昔、世話になっていたんです。縁が切れてずいぶん経っちまって、ここらで一度、顔を拝みたくなりまして」

「じゃああんた、佐久《さく》のほうの出か」

「いえ、真田です」

河辺が答えると社長は「そうかい」と顎鬚《あごひげ》をさすった。カマをかけられたのかもしれない。

ビールをあおってから社長がいう。「しかし信じらんねえな。あの野郎、警視庁のデカさんに世話できる器量じゃあなかったぜ」

「ガキ時分の話です。二十年以上も前の」

「だからいってんだ。そんくらいのときはもう、ヒーヒーいってたはずだからな」

眉にしわが寄った。社長は河辺の表情を見逃さず、にたりと笑う。「ろくなシノギももたない一匹狼――いや、カラス一羽ってとこだあな」

吹きつけられるキャメルの煙を、河辺はにらんだ。

「あいつはおれの舎弟でよ。正確にはおれの舎弟の舎弟、ようは使いっ走りだったんだ」

「それはちょっと、こっちの認識とちがってますね。ダム工事で儲けてたんでしょう？」

「ああ、そのころはマシだった。地縁があるからってカシラに土下座して任せてもらってな。はりきってたよ。食いつめもんの朝鮮人集めてピンハネして、車買って服買って、派手に遊んでやがった」

　そらみろと河辺が胸をなでおろす前に、

「まあ予想どおり、あっさり切られちまったんだけどな」

　ぴりっと拳の中に痛みが走る。

「──本工事のあとですか？」

「おう。予定の人数が集まらないとかさぼる奴が多すぎるとか、いろいろあったみてえだぜ。言葉ができねえ奴もまじってたし、日本の人夫とは気が合わなかったりな。逃げる奴もいた。最後のほうは誰か怪我したんだったか、死んだんだったか。ともかく管理がずさんすぎるってんでウチまで苦情がきたくれえでよ。あいつ自身も前借りの給料を踏み倒されたり、盗難騒ぎを起こされたりで頭抱えてた。そらおめえ、向こうの奴らは必死よ。一筋縄じゃあいかねえ。あいつには荷が重かった。わかってた話だけどな」

　調子にのってバレンチノだかハレチンだかのスカした黒いコート羽織って、だからおれらカラスって嗤ってたのよ──。

河辺はビールを飲んだ。空にして手酌で注いだ。赤茶色のセドリック、シュッとしたサングラス、間延びしたしゃべり方……。

「東京の組にいたって、聞いてますけどね」

「誰に？」

誰？　――本人に決まってる。

社長がのけ反って笑いだした。「何が東京だよ。あいつは十六からずっとこっちだぜ。ずっとおれが面倒見たんだからよ！」

社長の哄笑を聞きながら、河辺はもう一杯ビールを喉に流し込む。飯沢の、不安げな視線を感じる。

コップを置き、社長を見据えた。

「少なくともあの人は七七年、ダッカのハイジャックがあった年から、こっちには帰ってきてない」

「こっちって真田のことだろ？　だからそれはよ、東京じゃなく、ずっと松本にいたってだけの話だろ。いや、間違いねえよ。ダッカのときは憶えてら。何もすることがねえって泣きつかれたんで、国道沿いの、組の息がかかったパチンコ屋で店員させてやったんだ。けっこう長くつづいたはずだぜ。なんせほかに、できることがなかったからな」

社長が鼻で笑った。「クチだけは達者で、妙な雰囲気があるから最初は騙されるんだが、正体はすっからかんよ。根性ねえし頭も足りねえ。使いっ走りがせいぜいだった」

「嘘をつくな。東京で仕手師になって稼いでたって、そういう証言があるんだよ」

「仕手師？　おいおい、刑事さん。そりゃむちゃだ。だってあいつ、字が読めねえんだぜ？」

「……え？」

社長の赤ら顔に、嗜虐《しぎゃく》と、かすかな同情が浮かんだ。「わかるのは平仮名と数字と簡単な漢字だけ。だから外国映画が観れねえってふくれてたっけな。字幕は消えるのが速すぎるってよ」

さすがに仕手師はつとまんねえだろ——。意味がとらえきれなかった。ただ自分の足もとが、からからと崩れてゆく。

「まあ気の毒っちゃ気の毒な奴なんだ。あれは戦争の子でな。満蒙《まんもう》開拓団ってわかんだろ？　戦前の恐慌で製糸産業が駄目んなって、口減らしで村人を満州に送り込んでよ。全国で二十万人以上も行ったそうだが、そのうち十五パーセント近くがウチの県民だ。戦争で敗けて戻ってきたら、おまえらを食わす余裕はねえってまた故郷から追いだされてな。おれもよおく憶えてる、そのころのことはよ」

訳知り顔の台詞は、河辺の耳を素通りしてゆく。

「清隆の親もそうだった。帰国がいつかはくわしく知らねえが、敗戦のときで五歳ってとこか。あいつは朝鮮語がしゃべれたから在日の連中の相手ができて、それが唯一の取り柄でな。なまじっかできることがあるもんで、日本語のほうはずっと読めないし書けないままだった。そういう教育を受ける暇がなかったんだな」

河辺はうつむき目をつむった。こぼれそうになる熱を嚙み殺した。

「だが境遇なんて嘆いてもはじまらねえ。情けねえのはあいつ自身だ。世話してやったパチ屋を万引きの常習でクビになったって聞いたときは笑うより悲しくて——」

「黙れ」

気がつくと立ち上がり社長の胸ぐらをつかんでいた。飯沢が必死で河辺を止めていた。社長は苦しそうに歯を剝きながら、強い視線でこちらを見上げている。

「やめてください！　河辺さん！」

無理やり店の外へ連れだされた。何してるんですか！　と怒鳴られた。奴は嘘をついている、と河辺はいった。でたらめだ。パチンコ屋も万引きも、何もかも。

嘘じゃないんです、と飯沢が、店へ戻ろうとする河辺を押しとどめた。

「嘘じゃない。おれもそのころ、おなじパチンコ屋で働いてたから、知ってます。あの人が警察にやっかいになるたび、おれが謝りに行ってたんだから」

スーパーで、コンビニで、地元の靴屋で。セイさんは盗みを繰り返した。小銭で買えるようなつまらない物を。

「だが」

河辺は否定した。そうせざるを得なかった。「だがあの人は、英基さんと春子を食わせていた」

飯沢が首を横にふった。「たしかに、あの人たちはおなじ借家に住んでました。でも英基さんだって清掃の仕事で稼いでた」

「春子は——」

「——春子さんは」

飯沢がいい淀んだ。「……出ていったんです。たぶん、それが嫌になって」

何を？　とは問わなかった。かつて、フーカがいっていた。女の子だからよ、と。

それを、させていたのか。英基が。セイさんが。

「実質、家計を支えていたのは春子さんです。彼女がいなくなる前に、岩村さんはウチをクビになってしまって——」

「そうか」

河辺は飯沢を押しのけ進んだ。飯沢が慌てて阻んだ。「ちょっと！　どこ行くんですかっ」

「どけ。もう一度あのヤー公に確認する」

「待って！　頼みますから！　おれが知ってることをぜんぶ話すから、だからちょっと待ってください」

唾を飛ばす飯沢の面を、河辺は見下ろした。

「……春子さんがいなくなって、あの人たちの生活はガタガタになったんです。まともに働いてたのは英基さんだけで、それもたいした稼ぎじゃなかった。あちこちから借金の噂が聞こえてきて、それで、ちょうどそのタイミングで、オリンピックの誘致が決まったんです」

冬季長野五輪、開発特需。ダム工事時代のツテを使い、ふたりは期間作業員として長野市へ出稼ぎにいった。

「借家を引き払う手伝いをさせられたんで間違いありません。それからしばらくして、英基さんが戻ってくることになりました。足を怪我して、働けなくなったんです」

あのアパートを見つけてやったのも飯沢だという。

「岩村さんは向こうで働きつづけてた。あとのことは知りません。英基さんがいうには、貯めたカネで東京へ行くつもりだったらしいけど」

ああ……と、河辺の冷静な部分が納得する。またひとつつながった。セイさんと東京。そのつなぎ目が、はっきり見えた。

「嘘だ」

それでも、河辺は認めなかった。

「おまえらは嘘をついてる。少なくとも字が読めなかったというのはあり得ない。セイさんは、キョージュの弟子だ。文学を愛する国語教師のな。おれは何度となく、あの人から本の感想を聞いている」

飯沢が、やるせない笑みを浮かべる。「河辺さんは彼が字を読んでるところを直接見たことがあるんですか？　本の感想なんて、文男くんの受け売りでもいいじゃないですか」

「そんな嘘をつく、理由がない」

苦しそうに口もとをゆがめる飯沢に、河辺は重ねた。「おまえらだってセイさんの世話になったはずだ。おれにびびって、松本へ引っ越したときに」

「たしかに」と飯沢は認めた。「たしかに彼は、あなたを守ろうとした。穏便に済ませるために組の偉い人に頭を下げたりもしたそうです。ウチの親にも、多少の見舞金は用意したんでしょう。だけどそれは、漢気《おとこぎ》なんかじゃない。あの人はね、河辺さん。ただの、いいカッコしいなんだ」

河辺は額を押さえた。かつて慕った男の薄笑みがぐにゃりとゆがんだ。ぐるぐると記憶がめぐった。中学の授業はほとんど出なかったと聞いてる。キョージュの趣味は字が読めなくともいい読み聞かせで、買った本はすべて文男の部屋に預けていて、それらを文男は、まるで仕事のように読みきっていて……。セイさんが語った本の感想、堂々とした文学論。あるいは人生訓。そのぜんぶが、どこかからパクってきた偽物だったというのか？

――人間なんてのは、そう簡単に新しくはならんのさ。

「パチンコ屋で働いてたときもそうでした。知識をひけらかして、余裕ぶって、でもそんなの、中身なんてひとつもなかった。英基さんをそばに置いていたのも、彼が自分以上に生きづらい性格をしていたからだ。見下せる相手がほしかっただけなんですよ」

「……どけ」

「いいかげん認めてください。岩村清隆は空っぽで、大人からはなめられて、馬鹿にされて、だから何も知らない田舎のガキをつかまえて、偉そうにしてたんだって」

「どけ。両目をつぶされたいか？」

「やってみろや！」

怒号は河辺を震わせ、夜に失せた。

「……もういいじゃないですか」

飯沢は、河辺を抱くように立っていた。「――河辺さん、おれ今度、三人目の子どもが産まれるんです。次もまた男の子みたいでね、名前をどうしようかって悩んでるとこなんです。どうです？　立派なもんでしょう？　たしかに昔はいろいろあった。反省してもしきれないこともある。だけど、だからって、やめちまうってわけにはいかないじゃないですか」

あの人ね、と弱々しくつぶやいた。「いつか松本城を見下ろすマンションに住むんだって、そんなことばっかいうんです。それをおれは、万引きで捕まったあの人を引き取りに行った帰り道に聞かされるんです」

「放せ」

飯沢が顔を上げた。苦しそうだった。憧れの欠片すら抱いたことのない男を罵倒するだけなら、こんなふうにならないだろうという顔だった。

「もういい。放してくれ」

力まかせにふりほどき、河辺は肩で息をした。天を仰ぐと、月は雲に隠れていた。夜風が凪《な》いで、熱を慰撫《いぶ》した。

「もうひとつだけ教えてくれ」

河辺を警戒したまま、飯沢はつづきを待っていた。

「あんた、誰から欣太の高校を聞いた？」

その瞳に動揺が走った。

「あいつが長野市の高校だったのは、真田じゃ有名だったが、あんたは上田の人だろ？ 襲撃に参加したことだって、顔と名前が一致しなくちゃわからない。もちろん、おれのことも」

彼の額から流れる汗は、たんに偶然耳にしたという穏便な可能性を否定していた。それで充分だった。答えだった。これでほんとうに、線のつなぎ目がすべて埋まってしまった。

何かいいかける飯沢を、河辺は手のひらで制した。「もういい。悪かったな」息を吐き、二度と会うことはないだろうと思いながら「じゃあな」と告げた。

缶ビールをあおった。片手でハンドルを操った。たまにそれすら放棄した。窓の景色がびゅんびゅん飛び去ってゆく。アクセルは踏みっぱなしだ。カーブのたび、命が終わりかけた。生き残るたび、アルコールを喉につぎ足した。

ここまでして理性を麻痺させようとしてるのに、どうしても考えずにいられない。この二十数年間の、彼らの人生。

すれちがっていた時計の針は、一九九〇年ごろ、上京した佐登志と高翔の再会を機にふたたび動きだした。ほどなく高翔はバンドから裏方に転じ、ショービジネスの世界で成功の階段をのぼりだす。高翔に縁を切られ、食い扶持のためセイさんを頼ったと佐登志はいうが、これは嘘だ。

セイさんは東京にいなかった。ずっと松本に住んでいた。あの事件のあとは英基らといっしょに、パチンコ店員をしながら、万引きを繰り返しながら、春子の稼ぎを当てにする日々を送っていた。

九一年、長野五輪の開催が決まる。すでに春子は松本を去り、カネに困ったセイさんと英基はオリンピック特需を目当てに長野市へ移り住む。怪我をした英基が戻ってきたのが二年前。工事は去年の開催ぎりぎりまでつづいたはずだが、セイさんがいつまで働いていたかは定かでない。

飯沢や社長の話が事実なら、セイさんの生活力は一般人よりだいぶ劣る。そんな彼にとって、英基は唯一の味方だったのだ。長年の相棒がいなくなり、たった独りになったとき、おのれの先行きに不安を覚えたとしても不思議はない。

セイさんは二年前に引退した——佐登志はそういっていた。英基が怪我をした時期と重なる。加えて「松本城を見下ろせるマンション」。偶然がふたつ重なれば、必然を疑うのが刑事の性《さが》だ。

六、七年前、食うに困った佐登志がセイさんを頼ったのではない。二年前、セイさんが佐登志を頼ったのだ。そしてマンションの夢を話したのだ。

佐登志は、セイさんと現在もつながっている。世話を買って出て、いっしょに西へ行くつもりでいる。

しかし、なぜ、そのことを隠した？　河辺たちの目的は欣太にカネをださせることだ。協力して得はあっても、困ることはないはずなのに。

憧れ慕った兄貴分の、その幻想を守るためか。東京で一目置かれる仕手師。すげえ人。新たな幻想を上塗りしたのも、おなじ動機だ。

矛盾している。ならば松本という土地は、ぜったいに隠しとおすべきだった。現役の刑事が捜索に乗りだすと決まった時点で、真実が暴かれる確率は跳ね上がったのだ。なのに佐登志は、明かした。あえて口にした。たんなるミスとは思えない。矛盾は言動にではなく、あいつの想いのほうにある。それが河辺には、わかる気がするのだ。

暴かなくていい嘘、真実が、この世にはある。弱さやあさましさ、醜い本音、野蛮な本性……。それらを必死に覆い隠そうとする一方で、おれたちは欲望を抱えている。白日の下にさらされた真実を、ろくでもない代物を、それでも受け入れてほしいという欲望を。

佐登志は受け入れた。金ピカの仮面を取り払った、ありのままの岩村清隆を。そして無理とわかっていながら、願っているのだ。河辺たちに、おまえらもセイさんを受け入れてくれないかと。いつかまた、いっしょに肩を組まないかと。

嘘と真実。本音と建前。巨大な黒い影の塊と、それを照らすまぶしい光。ふたつが交わったとき、その狭間にあるものを人は見ることができない。おれがあのとき、光を背負い影になったキョージュの、最期の表情を見られなかったように。

だが、それゆえ、おれたちはそこへ近づきたくなる衝動から逃れることができない。目を開けていられなくても目を凝らし、踏み外すとわかっていても踏み込んでしまう。たとえ誰ひとり幸せにならなくたって。

河辺はつながらないPHSを助手席に放った。もう幾度となくかけている。高翔、佐登志、欣太。だがどれひとつ、ただの一度もつながらない。そこになんの不自然も感じないのが不自然といえば不自然で、つまりおれの理性はやはり溶けているらしかった。うぁん、と対向車とすれちがう。中央分離帯越しに振動が伝わる速度だ。一瞬だけ目に入った白い車体は、フェアレディにそっくりだった。

サイドウインドウを全開にし空き缶を投げ捨てた。窓から猛烈な風が吹き込んだ。ぬるい風。排ガスの風だ。眠気はなかった。酒を飲めば飲むほど意識がはっきりするのが奇妙で気色悪かった。かといって何ひとつ前向きな思考は結ばなかった。道の先を見つめた。はるか先に光と陰の焦点があった。永遠にそこを目指し、永遠にたどり着けない焦点だった。気がつくと首都高に入っていた。ぐるぐると環状道路をめぐった。空が白みつつあった。ようやく理性が速度をゆるめハンドルの安定を求めた。下道へおり、高架沿いの路肩にレガシィを駐め、草むらに吐いた。一度二度、三度と吐いた。汗がだらだら流れた。食い物などひとつも出てこなかった。黄色い液体がビールなのか胃液なのかわからなかった。それでも次から次へ、驚くほどの量が身体からこぼれていった。大昔、こんな小説を読んだ。ひたすら汗を流し嘔吐を繰り返す小説だ。まるでいまの自分だ。足りないのは麻薬とセックスだ。

そばの自動販売機で水を買ったとき、電話が鳴った。目当ての相手の誰でもなく、海老沼だった。

〈お願いがあります〉

「断る」

海老沼は黙った。河辺は水でうがいをし地面に吐いた。

「おまえなんだろ？　エスは」

やはり返事はなかった。

「捜一にエスがいると噂を流したのもおまえだ。おれの立場を知って、上手くスケープゴートにするつもりだったんだろ？」

トラックが立てつづけに過ぎてゆく。あれが法定速度なら法律のほうが間違っている。

「赤星に飼われていたのか？　それとも奴を邪魔に思うほうの犬だったのか」

〈ガキがいるんです〉

ようやく聞けた返事は泣き言だった。

〈カネが要るんです。女房はブランド志向の女でね。きょうび教育だってタダじゃない〉

「おれに関係のある話をしろ」

〈愛しているんですよ〉

河辺は小さく息を吐いた。手に持ったペットボトルから水がこぼれて安い革靴を濡らした。靴には反吐の飛沫がくっついている。

〈カードローンの請求書に溺れても、この生活を、どうしたってつづけたいんです。先輩。お願いです。どうか――〉

「もういい」

それだけいって河辺は電話を切った。すぐに折り返しがかかってきた。無視した。一度切れてまたかかる。無視しつづけた。煙草の箱から最後の一本を取りだして吸いつけた。内臓が裏返るほど不味かった。地面に捨て、レガシィに戻ってひと息ついて、もうどうしようもない。そんな台詞が口からもれた。耳障りな電子音にまるで追われるような感覚だった。無機質な響きのなかに血のにじむ叫びを聞いた気がしてエンジンをかけた。追い立てられた。しかし何がしたいのだ？　それすらもう、わからない。

警視庁のそばに車を置いて歩いた。快晴だった。着っぱなしのワイシャツがじりじりと灼《や》かれた。刑事部のフロアへ行きデカ部屋をのぞくと、すぐに佐々木と目が合った。河辺が何かいうより先に速足で寄ってきて、ちょっとこいと命じてくる。例の小会議室に引っ張られ、放置され、小一時間も待たされたのち、佐々木は阿南を連れて戻ってきた。もうひとり若い制服警官がいた。顔を見た記憶はあるが名前は知らない。

阿南は挨拶もなく窓ぎわへ歩き、背を向けたまま河辺にいった。

「あの女な」

眉をひそめる河辺を、阿南がふり返った。「おめえが世話焼いたツッコミのマルヒよ」

強姦を指す隠語は生理的に受けつけない。阿南が口にするとなおさら不愉快だった。

「いま病院だ」

「は？」

「なあ、おい」

「は、はい！」若い警官が恐縮したように返事をした。「昨晩、山下公園で倒れているところを一一〇番通報がありまして、病院へ運ばれたのを自分が確認しております」

「集団で輪姦されて、全身痣だらけでな。顔のかたち、変わってたってよ」

頭が真っ白になった。そんな河辺のそばへ、阿南が近寄って、にたりと笑みを浮かべた。「あの坊ちゃん、不起訴になったぞ」

「――」

「おめえがよけいなことすっからだ。かわいそうになあ」

馬鹿な。報復だというのか？　それが怖ければ黙っていろというのか？　やられてもやり返すなと、泣き寝入りするのが賢いのだと、刑事がいうのか？　それは、もう、正義だとかモラルだとかいう前の、話じゃねえか。何もかもが、くそじゃねえか。

「――ってください！　河辺さん！　河辺さん！」

目の前で阿南が尻もちをついていた。鼻血を流してた。唇が切れてた。目もとが青くなっていた。そのたるんだ腹に乗っかった河辺は後ろから羽交い絞めにされていた。ようやく拳に痛みを覚えた。だが感情は起き上がろうとしていなかった。若い警官をふりほどき、涙目になっている阿南の面に拳を掲げる。

「河辺っ！」

佐々木が叫んだ。「ちがうんだ」といった。

河辺は佐々木のほうへ顔をやった。ちがうんだ、と佐々木は繰り返した。

「ちがうんだ……。嘘だ。ジョークだよ、河辺」

台詞とは裏腹に、佐々木は心底から苦しげな顔だった。汚物を飲み込んだ面だった。

嵌《は》められたのか。静かにそう悟った。どけ！　と下から声がした。阿南が河辺の下から這って逃げ、「見たな？」と佐々木にいった。「見たな？」と若い警官にいった。

「終わりだ、馬鹿め」

河辺は立ち上がった。ついでにその腹に蹴りの一発でもぶち込んでやろうかと思ったが、それももはや無意味だろう。

「……赤星のエスはおれですよ」

「は？」

「監察にそういいます」

阿南に背を向けると佐々木が青白い顔をしていた。「嘘をつくな」震える声でそういった。「おまえのいうことなど誰も信じない」祈るような口ぶりだった。でしょうね、と思った。海老沼を救うのも、しょせん、ついでだ。もはや何もかもが馬鹿らしい。どうでもいい。みなまとめて腐ってしまえ。

だがおれも腐ってる――。ノブを握る自分の拳にべっとり血がついている。


警視庁を出て歩いた。車ではたぶん事故るし身体を動かしたかった。ズボンから手帳を取りだし、汗とみじめさで染まったページを破った。ちぎった紙を次々放り捨てながら歩いた。ふり返りはしなかった。警察を辞めれば泰枝をつなぎとめることはいよいよ難しくなるだろう。いや、初めから無理だった。手遅れだった。

電話がかかってきた。河辺は取った。「いまそっちへ向かってる」と相手に伝えた。悪いが事務所にはいない、と高翔が応じた。

〈ほんとうに、上手くいかないことばかりで嫌になる〉

皮肉な調子にどこか晴れ晴れとした明るさがあって、河辺は足を止めた。六本木の駅を過ぎた辺りだった。

「欣太のことか」

〈佐登志も、おまえもだ〉

苦笑いの恨み節に邪気はなかった。

〈まさか、春子を見つけられるとは思ってなかった〉

「――施設から連絡がいったのか」

かすかに息を吸う気配があった。〈そうだ。刑事が訪ねてきたもんだから慌ててた。まあ、やっかいごとは勘弁してくれってのが本音だろう〉

それに、とつづける。

〈飯沢からもメールが届いた〉

そうか、と河辺は返した。もともと飯沢伸夫と高翔はおなじ工業高校に通っていた。長じてからも付き合いがあったのだ。春子のためにあの施設を紹介したのはセイさんでなく、飯沢だった。

「いつから、春子と？」

質問に、春子の《旦那さま》が答えた。

〈事務所が軌道にのったころさ。おれの名前を見つけて、あの子はウチのオーディションにやってきたんだ〉

「どっちのだ？」

表のタレント業か、裏のコンパニオンか。

〈なんでも、よく知ってるんだな〉

呆れがこもった声だった。

〈九五年の話だ。あの子も、もう三十を超えてた〉

そうか、と河辺は返した。春子自身、承知の上だったのだろう。割り切った再会だったからこそ、ふたりはやがて関係をもつにいたった。

〈不思議なものだな。おれもさんざん遊んできたつもりだが、やはり特別な女ってのが世の中にはいるらしい。見てくれや身体の相性だけじゃあ説明がつかない。性格だとか都合が合うとかともちがう。むしろ当時から、春子の心は危うかった。ヤルだけなら便利だが、付き合うには面倒な女の典型だ。ただ、なんというか――、そう、あいつはおれのナジャだったんだ〉

「なんだって？」

〈ナジャさ。アンドレ・ブルトンだ。シュルレアリスムの提唱者を知らないのか？　ナジャは、その自伝的著作に出てくる放逸な女だ。ブルトンを引っかきまわし、苛立たせ、最後には精神病院に入っちまう。それでもブルトンは、彼女との決定的な別れを無意識で恐れていた〉

ブルトンの気持ちはわかる気がする、と高翔はもらした。

〈ナジャは本名じゃなく、勝手に名乗ってる偽名だ。ロシア語のナディエージダ。ああ、不思議だな。どんどん記憶が鮮明になってくる。その一節が、はっきり思い出せる。彼女はこう説明する。『ナジャ。なぜって、ロシア語で希望という言葉のはじまりだから、はじまりだけだから』〉

河辺は歩みを再開した。速足になった。妙な焦燥が胸の奥から迫っていた。

〈気がついたら離れられなくなっていた。初めは、たぶん罪滅ぼしの気持ちもあった。わからない。いまもそうなのかもしれない。だがな、河辺。おれは一度だって、後悔したことはない。誓っても、後悔なんてしてない〉

「英基さんを殺したこともか」

返事が消えた。数秒のあいだ、河辺は待った。

〈……やっぱり、刑事なんだな〉

「松本は管轄外だ」

ふっと高翔が鼻で笑った。

〈英基さんが足を怪我したのは知ってるか？　あの人はあれで駄目になった。たぶん何か、糸が切れちまったんだろう。ひさしぶりに春子に連絡がきてな。ちょうど心が落ち着いていた時期だったのもまずかった。松本まで様子を見にいって、それから親子の縁が戻っちまった〉

英基は春子を頼った。春子にも父親を捨てた負い目があった。献身的な世話を焼く一方で、彼女は疲弊していった。

〈仕事をしなくなって、英基さんは一気に老け込んだ。投げやりになってたし、ボケもはじまってた。春子を呼びつけるために、あの人は近所に迷惑をかけるんだ。おれはおれで、事務所がヤバくて助けてやる暇はなかった。むしろ邪険にしてたくらいだ〉

春子が松本にいる時間は長くなった。英基の認知症はひどさを増した。春子を、妻であった里子と間違うようになったことは高翔も聞いていた。けれど気にもとめなかった。ほんとうなら英基を施設に入れるべきだったのだろう。しかしそんな余裕はどこにもなかった。

去年の春ごろだったという。春子から電話がかかってきた。その様子は尋常でなく、高翔は仕事を投げだし松本へ向かった。

下半身を露出した英基が倒れていた。胸に包丁が刺さっていた。そばで春子が放心していた。

〈五日かかった。ふたりで、ぜんぶやり遂げるのに〉

人間の解体。処分。

〈しばらく部屋に住むといいだしたのは春子だ。いきなり消えたんじゃ怪しまれるからといってたが、本心はわからない。たぶんあいつ自身、よくわかっていなかったんだろう。変調には気づけなかった。おれも疲れきっていたしな。少しして会いにいったら、あいつは裸で湯のない浴槽に座ってた。『遠いふるさと』。親父さんのラジカセで羅勲児《ナフナ》を流しながらな〉かすれた吐息がもれた。〈東京へ帰ろうと説得したが無駄だった。話がぜんぜん通じなくなっていた。まいったよ。どうにかなだめて、あの施設に入れた。東京よりはまだ安い。だが、いまのおれにはそのカネすらきつかった。佐登志に借りるのも限界があったしな〉

「あいつに、事情は」

〈話せるわけがないだろ。ちゃんと腹を割って相談すればちがう道もあったと思うか？　無理だ。英基さんをバラした時点で、もう無理だったのさ〉

　声に悲愴感はなかった。それが河辺を落ち着かなくさせた。

〈英基さんの部屋、春子の施設、事務所の借金、怖い借金取り……、お手上げさ。もうどうにもならない。だからおまえたちからまとまったカネを巻き上げて、春子とふたり、どこか遠くへ行くつもりだった。そう、『地獄の逃避行』みたいにな〉

「当てにしたのは欣太だろ」

　河辺に白羽の矢が立ったのは、その捜索要員としてだ。

「また、裏切るつもりだったのか？」

〈また？〉

「おまえは二十三年前、飯沢に欣太を売った。あの襲撃に欣太が参加していたこと、あいつが長野市の高校に通っていることを、おまえが飯沢に伝えたんだろ？」

　懐かしいな、と高翔は軽やかにいった。〈ああ、そうだ。おれがぜんぶ教えた。おまえらは襲って終わりだから気楽でいい。おれはおなじ学校だったんだぞ？　おまけにこの身長だからばれるに決まってた。いってなかったが、あのあとおれはけっこうな報復を受けたんだ。フクロにされて、的にされて……。飯沢が復讐したがってると聞いて、おれは協力を申し出た。当たり前だ。卒業まであと一年もあった。逃げようがなかった〉

　だが、これがきっかけで飯沢との交流が生まれた。

〈音楽の趣味が合ってな。ガキはいい。その程度のことですぐに心をゆるせる〉

　こないだカネを借りてから、連絡はしてなかったけどな――。笑える思い出話のように高翔はいう。

「なぜ欣太だった？　差しだすのはおれだけで良かったはずだ」

〈そんなもん決まってる〉からりとした口ぶりだった。〈嫌いだったからさ。あの坊ちゃん面が、ずっと〉

　渋谷の街並みが見えた。人の群れが蠢《うごめ》いている。アイムプラウド。なぜかその歌詞が頭をよぎる。

〈なあ、河辺。おまえはもう本も映画もやめたのか？　おれはバンドのとき曲をつくったり歌詞を考えたりしてたから、よく観たしよく読んだ。安い古本でコクトーとかサルトルとか、ポール・オースターとかな。キョージュの大嫌いな坂口安吾も読んだ。安吾が褒めてるから太宰も読んだ。太宰の『ダス・ゲマイネ』は良かった。ほんとうに良かったんだ。なんであんなに良かったのか考えてみたが、当時はよくわからなかった。でも、太宰が中原中也なんかといっしょに『青い花』って同人誌をつくったと知って、なんとなく腑に落ちた。太宰は『青い花』を人に勧める手紙にこう書いてる。《ぜひとも文学史にのこる運動をします》、《のるかそるかやつてみるつもりであります》。すごいだろ？　恥ずかしくなるくらい熱いだろ？　けっきょく『青い花』はたった一号で終わってしまう。太宰がどう思ったかは知らない。挫折だったのか、納得していたのか……。『ダス・ゲマイネ』も芸術家気取りの連中が自分たちの同人誌をつくろうと集まる小説だ。太宰本人も出てくる。おれはたぶん、『青い花』の経験をモチーフにしたんだろうと思ってる。だが物語の登場人物たちに、熱く純粋な想いはない。嘘があって見栄があって、おのれの才へのあきらめと日常の惰性がある。わかるか、河辺？　『青い花』は、ノヴァーリスというドイツ人作家が書いた未完の小説から名をとっている。ノヴァーリスは作中の青い花に愛や無垢——、つまり《美》を託したんだとおれは感じた。河辺、聞けよ。おれたちは『青い花』になれなかったんだ。たった一冊もそれをつくれなかった、『ダス・ゲマイネ』の住人なんだ〉

「高翔——」

〈ああ、そうだ。忘れてた。荷風さんを忘れてた。ははっ。ほんと、何がいいんだろうな！　だがそれでもおれは読んでみた。小説はわからんが、随筆は悪くなかった。『深川の散歩』なんてけっこういい。それにおもしろい共通点があってな、太宰の『ダス・ゲマイネ』にはペリカンが出てくる。中也の二冊目の詩集にはこんな詩がある。《昼、寒い風の中で雀を手にとつて愛してゐた子供が、夜になつて、急に死んだ》。それでな、荷風の随筆の一編にも鳥が出てくるやつがあるんだ。山鳩だ。山から鳩が飛んできたから雪が降るというんだ〉

「高翔」

〈それでな、たしか『雪の日』ってタイトルのその随筆にはヴェルレーヌの詩が引用されてる。わかるだろ？　ボードレールの弟子で、ランボーの愛人だ。《そうしましょうね？》の人さ。そのヴェルレーヌの有名な詩を荷風は訳してる。《巷に雨のふるやうにわが心にも雨のふる》。中也の詩集にもヴェルレーヌと雨の引用が出てくる。『ダス・ゲマイネ』にも！　でな、河辺。ここからがおもしろいんだ。荷風はその随筆のなかで――〉

「高翔っ」

河辺は叫んだ。ＪＲの高架を越えたところだった。行き交う人々が何事かと視線を寄越した。

〈なんだ、興味ないか？　佐登志はおもしろがってくれたけどな〉

「――会ってから聞く。三軒茶屋の事務所で会おう」

〈無理だ。そっちへは行けない〉

「だったらおれが行く。どこにいるんだ？」

〈三時間はかかる。いや、もっとか。だからきっと、間に合わない〉

河辺は深呼吸をした。壁に貼られた映画のポスターが目に入った。女子高生が写っている。『ラブ＆ポップ』。

勘としかいいようがなかった。「そばに、春子がいるのか？」

〈寝てる。気持ちよさそうだ〉

背筋が凍った。

〈こいつにもこだわりがあるみたいでな。自分の身体はもともと親のものだから、綺麗なまま返さなきゃいけないというんだ。傷つけるのはまずいんだって。《孝の精神》ってやつなのかもな。まあ、肝心の父親を殺してバラしてるわけだから、《孝》もくそもないんだが〉

なあ河辺、と高翔がいう。

〈おまえ、カラオケ屋でいってたな。人生をやり直すって〉

答えられなかった。交差点の信号が赤になる。

〈あれを聞いて、決心がついた。わかったんだ。おれには無理だ。やり直せない〉

「やめろ」声が尖った。「どこにいる？」

〈思えばもうずっと、おれはどうにもならなかったのかもしれない。ノーミュージック、ノーライフ。アンド、ノーフューチャー〉

「どこにいるのかと訊いてるんだ！」

〈春子がいうんだよ。再会して付き合いはじめたころだったかな。いろいろひどい目に遭ってきたけど、でもべつに平気だって。どうせこの世は仮初《かりそめ》だ。仮初の姿なんだって。なあ、そう考えれば、何も怖くなんかないだろ？〉

かける言葉が見つからない。

〈輪廻転生、霊的進化、ニューロマンサー……。完全にクレイジーだったけど、でも春子がそういうんなら、もうそれでいいよな〉

小さなため息が、かすかに笑う。〈心残りは、哀しいほどおれにミューズのギフトがなかったことだ。佐登志はよろこんでくれたが、『俺の名前がわからねえ』だってひどいもんさ。めちゃくちゃにギターを鳴らして、タイトルを絶叫してるだけだからな。よくいえばパンクだが、ほとんどジョークだ。おまえがあの雪山の日に歌ってた、「バカボンの歌」よりな〉

鼻歌が聞こえた。河辺でも知っているメロディーだった。

〈おまえらといっしょで、じつはおれもあのとき、これを歌ってた。独りで心細くて、どうしようもなくて、だからずっと、心の中でな。『ヒア・カムズ・ザ・サン』。ここだけの話、おれはディープ・パープルよりビートルズのほうが好きだったんだ〉

歩行者用信号が青に変わった。人々がいっせいに歩きだす。

〈ヒー坊。おれのカラオケ、ロックだったろ?〉

センキュー、ベイベー。

電話が切れた。かけ直そうとした手に通行人がぶつかった。PHSが道に転がった。人波が押し寄せて行方がわからなくなった。河辺はやってくる人を押しのけ、過ぎていく人に邪険にされながらPHSを捜した。どこかから聞き慣れたコールがした。欣太だと一瞬で悟った。ワンコール目が終わった。ツーコール目が鳴った。汗がとめどなく流れた。横断歩道は人で埋めつくされている。信号待ちの車がずらりならんでいる。109のほうに、ようやく電話機をみつけたとき、スリーコール目が消えかけていた。飛びついて通話ボタンを押した。——切れていた。

河辺はかけ直した。欣太に? 高翔に? 佐登志に?

そのとき、背後から影が差した。引き寄せられるように河辺はふり返った。大型ビジョンに太陽が映っていた。皆既日食のＶＴＲ映像だった。光が、黒く塗りつぶされてゆくさまを、河辺は呆然と見つめた。だらりとぶら下がった手の中で、ＰＨＳが、延々とコールをつづけていた。

翌日、菅平ダムのそばに駐まった車の中で男女の遺体が発見された。死因は一酸化炭素中毒だった。高翔と春子の夫婦は、しっかり手を握り合っていたという。

第五章　巨人

令和元年

プリウスがすべり込んだ駐車場には外灯すらなかった。クリニックの建物から、かすかな明かりがもれていた。とっくに診療時間は過ぎている。坂東かチャボに、無理やり開けさせられたのだろう。監禁と暴行で傷だらけになった茂田と付き添いのキリイが建物に消えるのを見届け、河辺は先ほど無視した海老沼の番号にコールした。

応答を待つあいだ、あふれた記憶の余韻に浸った。

高翔と春子は、密閉した車に排ガスを引き込み命を絶った。最後の通話相手だった自分のもとに長野県警から連絡があったとき、ちょうど河辺は退職願を書いていた。遺書がなかったため動機の心当たりを訊かれた。借金の相談があったと伝えた。最後の電話でカネを貸すのは無理だと断り、高翔は「わかった」とだけいって電話を切った。――刑事がすべてを信じたとは思えなかったが、とくに不審な点もなかったのだろう。事件は借金苦によるありふれた心中として決着したようだった。その後、英基の行方についてもう一度だけ問い合わせがあったが、河辺は知らぬ存ぜぬを貫いた。

退職と同時に泰枝と別れた。上から下へ、水が流れるように手続きは進み、十年足らずの結婚生活は幕を閉じた。

身のふり方を考える気力もわかないうちに、母から帰ってこいと請われた。父の痴呆がはじまったのだ。住む場所すら失った身に断る理由はなかった。実家へ戻り、亡くなるまでその面倒を看た。介護のほかは無為に過ごした。前向きな意欲はほんのわずかも芽生えなかった。警官時代の貯えなど微々たるもので、父の年金と母のパート収入に頼る日々を情けなく感じながら、かといってもう、口が裂けてもやり直すなんていえやしない。少年時代を過ごした自室で『イエロー・センター・ライン』を聴きながらちびちびと酒を飲む。あるいは『遠いふるさと』、そしてビートルズ。やがて酒すら受けつけなくなった。煙草もやめ、しらふのまま、高翔が口にした太宰や中也を読み耽る。荷風の随筆。『雪の日』『深川の散歩』……。供養に似ていた。高翔と春子、そして自分自身の。

東日本大震災の年の一月に父は亡くなった。肝硬変だった。立てつづけに地震があった。心配した県内に住む姉夫婦がいっしょに住もうと母を誘い、それを機に実家を売り払うことが決まった。河辺は諾々《だくだく》と従った。売却益もすべて母とふたりの姉にわたした。本もレコードも処分し、単身東京へ出ることにした。当てはなかった。どうするつもりだったのか、よく憶えていない。阿南を殴ったあと、手帳を破り捨てて以来、自分の歴史の記録をやめた。記録に値する時間を過ごすことをあきらめた。

ただひとつ、ＰＨＳだけが手放せなかった。

スマホに買い替えたのは、番号移行ができるようになってからだ。茂田が「こんな番号」といっていたのは、０７０からはじまるものがめずらしかったからだろう。変えるチャンスはあった。退職、離婚、帰郷、父の死、実家の売却、再上京。そのたび考えるふりだけしたが、最初から答えは決まっていた。この番号だけが、過去とつながる唯一残った糸だった。佐登志から電話がかかってくるかもしれない。欣太からかかってくるかもしれない。自分から捜す執着はないくせに未練がどうしても捨てきれず、気がつくと着信に飛びつく癖まで身についていた。

しかし先にかけてきたのは海老沼だった。近況報告もそこそこに奴はいった。先輩、おれの仕事を手伝いませんか？

〈あんた、いったい何様だ？〉

七年後、使われる言葉の変化が、そのまま自分の体たらくなのだと唇の端が皮肉に上がった。

〈仕事はしない。電話に出ない。言い訳すらない。ないない尽くしのロイヤルストレートフラッシュじゃねえか〉

「立て込んでいたんでな」

〈何時間立て込めば気が済む？　あんたがリュークをほっぽって何時間経つと思ってる？　一日が何時間か知ってるか？　その三分の一時間近くが無駄に過ぎちまった現実をどう思うんだ〉

「頼みがある」

はっ！　という嘲り。〈まさかまだ、自分のクビがつながってると思っているのか？〉

「そんなつまらないことじゃない」

返答が消えた。風船が割れる寸前のような沈黙だった。

「――悪かった。おまえの仕事を馬鹿にするつもりはないんだ」

じゅるっと気味の悪い音がする。嚙みしめた歯の隙間から唾といっしょにこぼれる気炎は、海老沼が酒に呑まれているときの音だった。

「感謝してる。おまえが拾ってくれたからどうにかやってこれた」

〈……やめろ。耳が腐る〉

「帰ったら、靴の裏をなめてもいい」

くそったれ！　悪態が耳を打つ。儀式めいたやり取りだった。お互いとっくに了解している。自分たちの言葉は道化でしかない。道化と道化をぶつけ合い、踊らせているうちにいろいろなことをやり過ごしている。たとえば怒り、たとえば侮蔑、たとえば親しみ。

海老沼と初めてコンビを組んだとき、河辺は三十代半ばだった。

「長くなったな」

〈なんだと？〉

「昔を思い出していたんだ。おれたちが、まだ桜の代紋を背負っていたころのことを」

〈よせ。しみったれた話に興味はない〉

「あのころのおまえは脂がのっていた。強欲で野心家で、ギラついてた」

〈馬鹿いうな。おれはいまがいちばんだ。いちばん稼いでるし、いちばん楽しんでる〉

不思議と強がりには思わなかった。いや、やはり強がりなのかもしれない。ただ、惨めさと比べ合う種類のものではない気がした。わからない。わからないことをわからないといってあきらめる分別を成熟とするなら、自分は見事に熟した。少なくともロックンローラーとは呼べないほどに。

不機嫌な声がする。〈さっさと、頼みとやらをいえ〉

そうか、そうだな。河辺はそのとおりにし、聞き終えた海老沼から〈そんなことでいいのか?〉と確認された。かまわない。役に立つかは定かじゃないが、それでも安心できる。おまえがいてくれて心強いよ——しかしこんな台詞を吐こうものなら、たぶん頼み事は断られるし、ついでにクビになるに決まっていた。

〈甘やかすのは一日かぎりだ。もし約束どおり車を返さなかったら——〉

「なあ、海老沼」

これを訊くのも数年ぶりだ。「おまえけっきょく、赤星とその敵対グループと、どっちのエスだったんだ?」

電話は切れた。ホテルから消えた赤星がマニラで拘束されたのは翌年だ。失踪のくわしい理由もやり方も、その後の奴の人生も、河辺は知らない。海老沼がいつどんな処遇で警察を辞め、どういう経緯で事業を興したのか、どういうふうに家族と別れ、いま彼らがどうしているのかも。

「人生には、知らなくていいことが多すぎるな」

「は?」後部座席に乗り込みかけた茂田が眉をひそめ、似たような面をキリイが助手席のドアからのぞかせた。

　河辺は無視して茂田に訊いた。「調子はどうだ」

「ああ、まあ」アロハシャツの、パステルピンクの襟もとから包帯が見えた。耳たぶの白いガーゼにふれる。「痛みはつづくけど、死にゃあしねえだろうってよ」

「けっこうだ」

　河辺はエンジンをかけた。プリウスのデジタル時計が、まもなく零時になろうとしている。

「宿へは行かない」

　キリイの、白いフードをかぶった頭が驚いたようにこちらを向いた。宿を手配しろといったのはてめえじゃねえか、と。

「動けるうちに動いておく。茂田、おまえは横になってろ」

「それより腹が減って死にそうなんだけど」

「コンビニに感謝するんだな」

　牛丼も食えねえのかよと文句を吐く。

「外山って人の家、どこにあるんだ？」

「真田町だ。引っ越していなければだが」

　高翔の実家までおよそ一時間。夕飯も仮眠も、表札を確かめてからでいい。

　キリイの耳を気にもせず、なおも茂田が訊いてくる。「なんのために行くんだよ」

「黙って寝てろ」

それから助手席へ目をやる。「おまえも、シートを倒していいぞ」

パーカーに手を突っ込んだ少年は、じっと唇を結んでいる。

「このまま北海道へ行くといってもついてくる気か?」

返事はない。つまり確固なイエス。たとえそれが南極だろうと。

真っ暗な車道へプリウスを進めたとき、迫っている台風の最初の水滴がフロントガラスに張り付いた。


雨がまどろみを騒がしくしていた。午前七時に合わせたアラームが鳴ると同時にスマホをつかみ、電話をかけた。相手はすぐ出た。高翔の兄と連絡先を交換したのは三軒茶屋の自宅で遺品整理を手伝ったときだ。形ばかりのお悔みと事務的な会話。その後、河辺が真田町で暮らしたあいだも、彼と話し込む機会は一度もなかった。

「来てもいいって?」後ろから、寝ぼけ眼《まなこ》の茂田が身を乗りだした。河辺はスマホをズボンにしまいながらうなずいた。好きにしろ——久しぶりに聞く声は、歓迎とはほど遠かったが。

「便所、借りれるかな」

「ションベンなら外で済ませておけ」

助手席のキリイに訊く。「おまえもいっしょに連れションするか?」

予想どおり無視された。ついてくるそぶりもない。甘いな、と思う。

外へ出ると頭上から大粒の水滴が降ってきた。プリウスを駐めた路肩はすぐ横に林があって、水滴は、高くのびた木々から零《こぼ》れ落ちてきたものだった。夜のうちに外山の表札を確認し、飯の買いだしを済ませてから仮眠をとった。似たような真似を二十年前の夏にもしたが、歳のぶんだけ疲労は濃かった。

ひと気のない林に分け入り、茂田とならんで用を足した。

「佐登志さんとも、連れションしたことあってよ」

「外へ出たりもしてたのか」

「じゃなくて、だから夜中にしこたま飲んで、窓から外へさ」

「最低だな」

「ああ、でも……いや、まあ、最低か」

ジーパンをはき直し、茂田は雨で両手を洗った。

車へ戻ろうとしたところをつかまえて引っ張ると、痛てえな！　と跳び上がった。

「馬鹿野郎っ。身体じゅう青たんだらけなんだぞ」

「騒ぐな。このまま高翔の家へ行く」

「え？　あいつは？」

「わざわざ連れていく必要がどこにある？」

「……そりゃ、そうだな」

茂田は金髪の坊主頭をぼりぼりかいて、「目的は？」と訊いてきた。

「つーか外山って、五人組のメンバーだったんだな。元気なのか？」

どうだったろう。しかし、あのカラオケ屋の夜に、佐登志が高翔を見捨てたのは事実だ。

「さあな……」

「佐登志さん、知ってたのかな、それ」

林を抜けるまで、茂田は何もいわなかった。

「死んだ。二十年前に」

春子の脅迫は狂言だと、薄々勘づいていた可能性はある。ふたりの関係まで知ってい
たとは思わないが、高翔の追いつめられた状況は、河辺より正確に把握していたはずだ。
自分に助ける余裕がなくとも、欣太を巻き込むことはできた。しかし佐登志はそうしな
かった。セイさんを隠したまま、行方をくらました。高翔の破滅に背を向けて。

耳に、高翔の声がよみがえる。なぜ欣太を裏切ったのかと問う河辺に、あいつは答え
た。そんなもん決まってる。嫌いだったからさ。あの坊ちゃん面が、ずっと――。

小高くなった山裾の住宅地に、高翔の実家は建っていた。年季を感じさせる日本家屋
と、それに似つかわしくないカーポート。泥跳ねの目立つランドクルーザーを横目にチ
ャイムを鳴らすと、玄関に大柄の男が現れた。高翔の兄、恭兵《きょうへい》だ。

挨拶もなく、「そっちのは？」と茂田へ鋭い視線を向ける。強張った肩に太い腕。筋
肉質な身体つきは、古希に迫る年齢とは思えない迫力だった。

「気にせんでください。強いていうなら、こいつも高翔の被害者みたいなものです」

河辺のでまかせに、恭兵の反応は鈍かった。慣れっことといった様子だったし、問いつ

めるのも億劫というふうでもあった。高翔が残した負債や不義理に外山家がどれほど苦しんだか、母から飽きるほど噂話を聞かされている。そしてじっさい、さまざまな風体の輩がこの家を訪れていた。

「迷惑はかけません。遺品を見せていただけるなら」

「……じき台風だ。さっさと済ませて帰るんだな」

玄関へとおし、あとは勝手にしろといって恭兵は家の奥へ消えた。濡れそぼった客を気づかうそぶりも、そんな連中が弟の遺品にふれる心配も感じさせない背中だった。つまりそれが、高翔に対する彼の距離の取り方なのだ。

「プロレスラーみたいなじいさんだな」二階へ階段をのぼりながら茂田がささやく。

「あんたとふたりがかりでも、ぜんぜん勝てる気しなかったぜ」

「おれがガキのころは、もうひと回りでかかった」

熊かよ、とおおげさに感嘆する。あんたの頭くらい素手で引っこ抜けんじゃねえの？

遺品をまとめてある部屋に入るや、茂田は「おお」と声を発した。八畳ほどの和室に家具はなく、畳を埋めるのは無造作に積まれた段ボール箱の山だった。

「これが探し物か？」

「ああ、五行詩の暗号を解く鍵だ」

半信半疑の様子で段ボール箱をのぞき込む。ぎっしり詰まった薄い板は、四角い紙のカバーで覆われていた。その中におさまっているものを抜き取って、まじまじと見つめる。黒い合成樹脂でできた円盤。真ん中にドーナツのように空いた穴。茂田は物珍しげに、指でレコードの表面を撫でた。

「にしても、すげえ数だな」

「ああ……隠していたんだ」

は？　という疑問を無視してレコードでいっぱいの段ボール箱を数えてみたが、途中でやめた。すごい数。それで充分だった。

三軒茶屋の部屋で再会したときは目にしていない。遺品整理を手伝ったさい、部屋の奥から出てきた大量のコレクションに戸惑ったのを憶えている。同時に、妙な実感をもった。たしかに友人が、死んだのだと。

「けどこんなかに、ほんとに金塊が隠してあんのか？」

「先走るなよ。おれがあるといったのは、あくまで暗号を解く鍵だ」

文句を聞く前に河辺はつづけた。「佐登志の暗号は、間違いなく高翔の影響を受けている。ヴェルレーヌを太宰や中也が引用していたことも、彼らの同人誌がノヴァーリスの幻想小説から名をとっていることも、すべて高翔がネタ元なんだ。あいつはおなじ話を、佐登志にもしたといっていた。おれとちがって、おもしろがっていたとな」

そうした記憶が、佐登志に歳をとってから本を読ませるきっかけになったのだろう。

「理屈はいいけど、じゃあこのレコードが、いったいどんな鍵だってんだ？」

「ダスゲマイネ」

「はあ？」茂田がおおげさに顔をしかめた。「それは太宰の小説だろ」

「そう。暗号の三行目、《幼子は埋もれ、音楽家は去った》が示すものだ」

つづく四行目は《狩人と、踊るオオカミの子どもたち》。

「《狩人》は千百合さんを殺った犯人で、《オオカミの子ども》はあんたら五人組だったよな」

「ちがう。そこがちがった」

河辺は部屋の隅へ向かい、置かれたレコードプレイヤーの埃を払った。

「一行目と二行目がヴェルレーヌ、その連想で三行目の前半が中也になり、中也ゆえに後半が太宰になる。おれはそこからノヴァーリスの『青い花』を引っ張りだして現実と幻想の架け橋だと解釈した。《去った音楽家》は高翔を指していて、つづく四行目も現実の犯人やおれたち自身のことだろうと。だがこれは、おまえもいっていたとおり、ずいぶん強引な解き方だった」

河辺はかがみ、プレイヤーのコンセントを差し込んだ。

「答えはもっとシンプルだった。現実だとか幻想だとかより、重要なのは《ダスゲマイネ》という響きそのものだったんだ」

「頼むから、わかるように話してくれ」

「ゲマイネで気づいた。ゲット・マイ・ネーム」

茂田が混乱で爆発しそうになっている。

「ダズント・ゲット・マイ・ネーム。翻訳ツールで調べたらこうだ――」

わたしの名前がわからない。

「『俺の名前がわからねえ』――かつて、高翔がつくった曲の名だ」

あんぐりと開いた茂田の口に、河辺は意地悪な笑いを向けた。

「バンド名はロンサムボーイズ。《子どもたち》だろ?」

「じゃあ、《オオカミ》は」

「黒い毛並みのイメージ。《踊る》の説明はもういらないな」

プレイヤーの電源を入れる。手近なレコードから一枚抜いてターンテーブルにのせる。黒い円盤がくるくるとまわりだす。陽気なワルツのように。

その優雅な回転に、ふと脳裏をよぎる光景があった。場所は安い大衆酒場。『ダス・ゲマイネ』をもじったタイトルの由来を得意げに披露する高翔と、手を叩いてよろこぶ佐登志。――いかにもチープな、セピア色の妄想。

「これが、《狩人》」

河辺は尖った針を、レコードの艶めかしい表面にそっと刺した。


しゃがれ声のロックンロールをBGMに段ボール箱をひっくり返し、おびただしい数のレコードを一枚一枚確かめた。ロック、ブルース、カントリー。ヒップホップにテクノにジャズ。ジャケットのデザインを素人の凡庸なイメージで測った頼りない分類だが、ここに多種多様な音楽が集められていることだけは河辺にもわかった。それが高翔の趣味だったのか、苦悩や模索の痕なのか、永遠に解き明かすことはできないだろう。

国内盤を集めた箱もあった。『東京ナイト』、『ブラッシュボーイ』、『わたしの素顔』

……。

小一時間が経ったころ、ようやくそれが見つかった。

立ち上がって茂田を呼び、ジャケットを眺めた。上部にいきおいよく殴り書きされた『俺の名前がわからねえ』。下部にスマートな書体で『Lonesome Boys』。12インチシングル盤だ。

「こんな車、ほんとに道を走ってたのか?」

「ああ、ガキはみんな憧れた」

ジャケットの中央に描かれた白いスポーツカーはフェアレディ。ボンネットをこちらへ突きだし、暑苦しい砂埃を上げている。背景は外国の荒野だろう。くすんだ色味がアメリカンニューシネマを思わせた。

「中身は?」

「黄金の下敷き――、ならよかったが」

河辺は半透明の保護袋を掲げた。茂田が絶句した。袋の中には、黒い破片がばらばらと入っているだけだった。見事なほど粉々になり果てた、黒いレコードの残骸だった。

「……うっかり割ったって、レベルじゃねえな」

疑うまでもなかった。強い意志をもった誰かによって、この歌は破棄されたのだ。

歌詞だけでもと探してみたが、ジャケットに記載はなく、カードのたぐいも見当たらない。

自然と肩が落ち、徒労がこぼれた。

「どうやら、ここまでのようだな」

「世界に一枚ってわけじゃねえだろ」

「レコード屋をまわる気か？」

「まずは検索しようぜ。段ボール漁《あさ》るより手っ取り早くよ」

たしかに結果はすぐに出た。膨大なネット情報のどこにも『俺の名前がわからねえ』は見つからず、ロンサムボーイズが存在した痕跡すら探せなかった。

「こんなものだ」

スマホのブラウザを閉じた。訳知り顔の台詞が、やせ我慢のように響いた。「星の数ほどいた無名バンドの、海賊盤に毛が生えた程度のものじゃな」

「やめろ。そういう言い方は頭にくる」

「事実をいったまでだ。高翔は何も残せなかった。借金以外な」

バキッと鈍い音がした。茂田が保護袋を強く握って、中の破片がさらに砕けた音だった。バツが悪そうに視線を外す茂田を横目に、ついさっき浮かんだ妄想がくすんでいくのを、河辺は静かに受け止めた。得意げな高翔と、はしゃぐ佐登志。かけっぱなしのレコードが英語のサビを歌っている。『グローリー・デイズ』。

こんなものだ。だいたいぜんぶ、こんなものなのだ。

河辺はプレイヤーを止めた。

「それより、これからのことを考えたほうがいい」

「わかってる」

茂田が恨めしそうに保護袋をいじった。「……こんだけぐちゃぐちゃにしたってことは、やっぱり暗号のヒントだったたんだよな？　おれたちに知られちゃまずいくらい重要な」

金塊に直結するような。

「くそっ」と悪態をつく。「ちょうど、こういうセコい真似をしそうな奴を知ってるぜ」

「佐登志を殺した犯人、か」

ギラついた表情が応じた。ちがうのか？　と。

ゆっくり間をとってから、河辺は答えた。

「レコードの破壊と暗号が関係しているとはかぎらない。むしろそれなら、壊すより盗むほうが早いし楽だ」意識せず、噛んでふくめる口調になった。「そしてもし、ほんとうにレコードが重要な手がかりなんだとしたら、残念だがもう遅い。暗号は解かれ、金塊はそいつの手にわたってる」

「決まってねえだろ。あんただって四行目を間違えた」

まあでも――と、目つきが変わる。「なんとでもなるけどな。暗号が解かれようが、金塊が奪われようが、そのくそ野郎を、とっ捕まえちまえばよ」

「本気でいってるのか？」

冗談の気配はなかった。犯人を見つけ、襲い、奪う――。危険で、勝ち目の薄いアイディアを、茂田は疑っていないのだ。

「あの熊みたいなじいさんに訊きゃわかんだろ。これをぶっ壊した野郎が誰か」

「茂田」

河辺は、金髪の坊主頭をまっすぐに見た。

「このまま逃げる手もある」

いちばん現実的で、いちばん堅実な選択だった。ここで姿をくらませても、坂東は茂田を追わない。追うだけの価値を、こいつに認めていない。

「借金を背負ったのはおれだけだ。どこかちがう場所で、おまえはやり直せばいい」

はっ！　と茂田は笑った。「何をだよ」

そう吐き捨てた唇が、どきりとするほど醜いかたちにゆがんでいった。「やり直す？　何をどうやってだ？　おれには、いっこも想像できねえ」

笑みが、完全に消えた。「カネがなきゃ、けっきょくいっしょだ」

河辺は言葉を失った。カネ。それを否定する虚しさなら知っていた。カネがないせいで高翔は死んだ。春子は死んだ。カネだけが理由じゃない。だがカネさえあれば、生きつづけたのは間違いない。

あのときもおれは、やり直す、と、そんな言葉をあいつに投げた。

「あんたこそどうなんだ？　佐登志さんを殺されて、金塊は奪われて、それで納得できんのか」

感情を、ため息でごまかした。心の中で罵《ののし》った。偉そうなことをぬかすんじゃねえ。そういうカッコつけた台詞は、おまえが目の前の物事を目の前の物事のとおりだと信じてる世間知らずのくそガキだからいえるんだ。

「それともいまさら、どうでもいいか？　詐欺師で酒飲みのションベン垂れが、くたばろうが殺されようが」

「……もう黙れ」

「逃げるのか？」

「いいから黙れ」殴るようにジャケットを押しつけた。「いいから黙って、ここを片づけておけ」

　ぽかんとする茂田にいった。「恭兵さんに会ってくる」


　玄関から庭へ、その距離で身体の半分が濡れた。立てかけられたステンレスの梯子を見上げると濃い雨雲に瓦屋根、そして大きな人影があった。

「恭兵さん」

　人影が反応した。のそりと立ち上がり、梯子のほうへやってきた。黒い雨合羽《あまがっぱ》を着込んだ恭兵が、無言で河辺に用件を問うていた。容赦なく雨粒が当たり、瞼を開けるのも難しかった。

「訊きたいことがあるんです。下りてきてもらえませんか」

「おれに話したいことはない。用ならおまえが上がってこい」

　一瞬のためらいがあった。それでも河辺は梯子をつかんだ。足をかけると同時に、瓦を踏む音が遠ざかった。

「雨漏りが二箇所。ズレてる瓦も直さなきゃならん。前の台風のとき、そのままにしといたら剝がれて飛んでな。近所のビニールハウスを突き破っていろいろ面倒だった」

背を向けしゃがんだまま、ふつうの調子で話すから、ひどく聞き取りづらかった。河辺は梯子をのぼり切り、瓦屋根に立った。地面より何倍も、風が強く吹いていた。

「業者に頼むのも、けっこうなカネが要る」

「ご家族は」

「次男は遠い。長男は稼ぎ頭だ。食わせてもらってる暇人が働くのが理屈だろう」

奥さんは、と訊きかけやめた。河辺が父の介護をしていたころも入院がちという話だった。恭兵のほか在宅者の気配はなく、これ以上踏み込む理由も必要も、河辺はもっていなかった。

「で？　何が訊きたい」

「ここを訪ねてきた人間です。高翔の、あのレコードを見に」

「いたな。何人も」

恭兵は立ち上がり、腰をのばした。「なかなかのコレクションらしい。まとめて売ってくれと頼まれたこともある」

「断ったんですか」

「しょせんレコードだ。あいつが遺した借金の、利息にもならん」

「瓦を張り替える、足しにはなったんじゃないですか」

恭兵がふり返った。屋根の斜面にどっしりと立ち、河辺を見据えた。

「おまえのとこは改築で、瓦を取っ払ったんだったな。土塀も洒落たタイルに変えて」

「よく、憶えてますね」

河辺が小学校に上がるころ、半世紀以上も昔の話だ。

「片流れの屋根なんて初めてだった。この町に、こんな家が建つのかと驚いた。ウチは便所も汲み取りで、井戸の水で風呂を沸かしてたからな。おれはこの家の古臭さが、嫌で嫌で仕方がなかった」

真っ白いパンタロン、サファリジャケット、色味のあるトンボメガネ……思い返すと、高翔が拝借してくる恭兵の私物は流行りものであふれていた。

「それが気づけば、七十年だ」

屋根を軽く踏みつけ、恭兵は町を見下ろした。「しみったれた人生だった」

「町の青年実業家が、何をいっているんです」

河辺より十歳近く歳上の恭兵は、当時まだ地元ではめずらしい大学進学組だった。事件の翌年、勤めていた会社を辞めて家業の商店を継いだ。まもなく看板をスーパーに変え、上田市の中心街へ進出した。

「たった一店舗、死にもの狂いで守っただけだ。それも経営が苦しくてドラッグストアに乗り換えた。女々しく流行りを追ったわけだな。昔、あいつにいわれたことがある。『空手馬鹿がモテたくて半端に着飾ってるのが死ぬほど恥ずかしい』と」

「……高翔も、あなたの影響を受けていた」

「それが腹立たしいんだ。それが」

雨が、瓦屋根を流れてくる。河辺の運動靴はびしょ濡れになっている。次の修復箇所へ移動する恭兵の背後に、黒々とした山がそびえている。

「あいつの遺品を見にきた客に、おれの仲間がいませんでしたか」

「《栄光の五人組》か」

「……そんな呼び方も、もう何十年ぶりかわからない」

「知ってどうする？」

恭兵が身体を向けた。雨合羽のフードから、水滴がしたたっていた。

「来たんですね？」

「答えろ。知ってどうするんだ」

「べつに、どうもしません。どうにもならない」

手遅れだ。暗号を解いても、佐登志を殺した犯人を見つけても――。

「時間が、経ちすぎたんです」

茂田は納得しないだろう。だが河辺にとって、それはゆるぎない真実だった。

取り戻せない。やり直すタイミングは、もう過ぎた。

ならば自分は、いったい何を追いかけているのか。なぜ、佐登志の暗号ごっこに付き合っている？　金塊のため？　チンピラに押しつけられた借金を返すため？　あるいは茂田のため。それとも弔い、もしくは復讐。

どれも間違いではなく、しかし充分でもない。

説明などつかない。ここまできた理由も、ここで引き下がらない理由も。

「きっと、あなたが高翔のレコードを売らなかったのと、似たような理由です」

「……癪《しゃく》だっただけだ。あれをカネに替えるのがな」

その視線が、ふいに遠くへ吸い込まれた。長雨が似合う目だ。なぜか河辺はそう思った。

と、太い指が、おもむろに河辺を招いた。

「こい。知りたいというなら、自分の足でな」

足もとに寒気を感じた。安い運動靴が、急に薄っぺらく思えた。

「どうした？　怖いのか」

恭兵を見返した。傾斜の先で、彼はじっと待っていた。息を吐き、河辺は歩を踏みだした。進むたび、ガチャガチャと瓦が鳴った。お世辞にも恰好良い姿勢とはいえなかった。ほとんど四つん這いだった。恭兵の長靴へ近づいてゆく。間近にして見上げると、彼の威容が際立った。こんな男に、おまえは逆らっていたのか、高翔。

起こしかけた上体を強風に叩かれ、体勢がぐらついたとき、腕に圧力を感じた。恭兵が、無造作に河辺の肘をつかんでいた。

「見ろ」と町のほうへ顎をやる。「変わらない。もちろん細かくは変わっている。橋も新しくなったし、公民館も、図書館も、道路も。だが、変わらない」

河辺もそちらへ目をやった。山と山に囲われた、窪みのような土地である。段々になった畑、斜面に建つ学校、神社。新しい家も増えている。なのに風景は、誰に強制されずとも、自然とおなじかたちに落ち着く。片流れ屋根のモダンな家も、いまやすっかり溶け込んでいる。

あれは父の生涯で、きっと唯一の贅沢品だった。大反対する祖父を押しきり、家族の仲と引き換えに築いた城は、けれど河辺にとって、初めからそこにあるものでしかなかった。

町を突っ切って流れる神川。その周辺の木々が、風に大きく揺れている。

「未来永劫、この町が都会になることはない。おれがこの町を出ていくこともな。いつだろうな、それを受け入れたのは」

千百合殺しの三年後、彼は町の女性と結婚した。男児をふたりもうけ、店をだし、数十年の月日が経った。

「新しいものへの興味はなくした。流行りもわからん。最近の楽しみは料理番組だ」

恭兵の顔に表情はなかった。疲れともちがう。あきらめと呼べばわかりやすいかもしれない。だがそれも、けっして充分ではないのだ。

恭兵が、河辺の腕を放した。

「客なら来た」

町を眺めたままいった。「おまえの仲間は、三人」

「三人？」

「ああ、三人だ」

よろけた足が、滑りそうになるのをこらえた。

「いつです？」

「最初はずいぶん前だ。四年か五年か、正確には憶えていないが、たしか選挙カーが走っていた。おそらく衆院選の年だろう」

といって河辺を見る。「あとのふたりは最近だ」

「初めは――」

「運送屋のせがれだった。元運送屋、だが」

佐登志。

「昼間に突然やってきて、遅くなったと頭を下げられた。あいつの事情は、親戚伝いに聞いたらしい」

線香をあげたいと請われたが、家には恭兵ひとりでなんの用意もなかった。仏壇もしばらくほったらかしになっていた。

「断るわけにもいかないからな。軽く掃除させろといった。そのあいだ、レコードでも見ててくれと」

「――それから？」

「仏間でいろいろ訊かれた。あいつのことや、おまえらのこと。どこでどうしているのかを」

「恭兵さんは――」

「知ってることは教えてやった。まあ、ここは田舎だ」

どうせ誰かに訊けばわかる。河辺が東京から引き上げてきたときもそうだ。おおっぴらに明かした憶えもないのに、警察を追われたこと、離婚のこと、町の住民はひそひそささやき合っていた。

「あれは、おかしな男だったな。立派なジャケットを、これが喪服代わりで申し訳ないと大真面目に謝って、かと思ったらこの辺にくるのは久しぶりだとはしゃいでいた。ずいぶん変わったといいだすんだ。何も変わらん。さっきとおなじような話をしたら、こういい返された。変わってないように見えるのは、ずっと変わりつづけているからだと」

恭兵が、小さく笑った。

帰りぎわ、佐登志はカネの入った香典袋をそっと残し去ったという。以来、連絡はない。

残りふたり。

「片方は、女性ですか?」

恭兵がうなずく。

「千百合さんの妹だ」

フーカが、ここに……。

「彼女は、どんな?」

「五味の坊主と変わらん。レコードを見て、線香をあげて、少し近況を話したくらいだ。東北のどこかで暮らしているといってたが、くわしくは聞いていない」

「名刺や、連絡先は」

「ない。もらう必要がどこにある?」

時期は、今年の夏前だという。

「最後の男は、石塚と名乗っていた」

「そいつも、レコードを見ていったんですね」

「さあな。ほかのふたりとは様子が少しちがってた。夕方に訪ねてきて、玄関で顔を合わせるなり、あいつ宛てに手紙か何かが届いてないかと訊かれてな。知らんと返した。じっさいそんなものは、もう何年も届いていない。借金の督促も、告訴状も」

小さく息を吐き、

「それだけだ。あとは勝手にしろといって、おれは居間に引っ込んだ。いつ帰ったかも知らん」

三人とも、高翔の部屋へはひとりきりで行っている。仮にレコードの一枚や二枚盗まれても、粉々に砕かれても、恭兵が気づくとは思えない。

石塚と名乗っていた――。「恭兵さんは、欣太を憶えていなかったんですか」

「おまえらのなかにいたお坊ちゃんなら憶えてる。だが訪ねてきた男に、その面影はなかった。サングラスをしてたせいもあるのかもしれないが、それを差っ引いても、ずいぶん印象がちがって見えた。なんというか――、生き方を変えたんだろうというふうに」

どういう意味です？　無言で説明を求めたが、恭兵はそれ以上語ろうとはしなかった。

つづけて彼がしゃべったことに、河辺の疑問は吹っ飛んだ。

「そいつはサングラスにつばの円いハットをかぶって、この暑さの中、灰色の背広を着込んでいた」

「ちょっと待ってください」声が上ずった。「この暑さ？　ハットの男は、いつきたんです？」

恭兵が答えた。「おとといだ」


梯子の下に茂田がいた。鼻息荒く寄ってきた。しかしその期待に応えることは難しかった。

「少し、整理させてくれ」

遮るように先手を打ち、河辺は外山家をあとにした。雨は一秒ごとに強さを増した。それを嘆く余裕はなかった。鈍った五感が、ずぶ濡れの丸首シャツより重かった。プリウスを駐めた林のほうへふらつくように進んだ。頭をなでると、短い髪がしぶきをあげた。

それぞれに外山家を訪れていた仲間たち――。

まずは佐登志だ。四、五年前といえば、すでに松本で暮らしていた時期である。高翔と春子の心中は地元の親戚から聞いたという。東京、関西とわたり歩いたすえにようやく県内へ戻ってきて親戚との交流が復活する。旧友の不幸を耳打ちされる。充分にあり得る話だ。

ならばフーカと欣太は？　偶然にしては間隔が近すぎる。フーカの訪問ですら佐登志の死までわずか数ヵ月しか空いていない。

その意味を、考えるのはつらかった。

――予想していたことじゃないか。佐登志を殺した犯人は、あの暗号の半分を読み解ける人物なのだ。ヴェルレーヌ、中也、太宰……。なおかつ五行目、《真実でつながれた双頭の巨人》から、キョージュの家を思いつける人物なのだ。

しかし、と思考は迷走する。

しかし、犯人が誰であっても、いったい佐登志を殺す動機はなんだ？　ほっておいても遠からず尽きた命だ。あの部屋を見れば、それは一目瞭然じゃないか。

やはり動機は金塊なのか。――たかが五百万のため？　いや、五百万がたかがじゃない人生など、そこらじゅうに転がっている。四十年前も、二十年前も、いま現在も。

だが佐登志のお宝は、茂田や坂東も初耳という代物だ。アカの他人が偶然知って、殺しも辞さずと決意する確率はほとんどゼロといっていい。けっきょく、動機が金塊だろうとなかろうと、結論はおなじところに着地する。犯人は、佐登志と近しい人物なのだ。

額から流れてきた滴《しずく》に、河辺はきつく目をつむる。

親しくしている人間から向けられる殺意――。まったく気づいていなかったとは思えない。身の危険を感じたからこそ茂田に託したのではないか。暗号のメッセージ、そして記憶にあった河辺の電話番号を。

二十年以上、変えずにいた番号は、いつでもできた連絡を、佐登志が一度もしてこなかったことを意味した。落胆はない。たぶん自分もおなじようにする。お互い、それが選んだ距離だ。

だからこそ、あるのだ。理由が。河辺に連絡を寄越さざるを得なかった事情が。

しかし、なら、なぜ、暗号なのだ？　仲間にしか解けない趣向はわかる。佐登志の稚気も知っている。だがじっさい、河辺も謎が解けていない。佐登志の意図がわかっていない。河辺に暗号を解かせる——その目的に、佐登志は失敗したことになる。

ほんとうに？

そもそも——、暗号の答えは金塊なのか？　だったら、キョージュの家の庭でいい。あの場所だっておれたち以外たどり着ける者などいない。あそこがゴールで、なぜ駄目だった？

《双頭の巨人》をつなぐ《真実》。もしそれが、金塊以外の何かであるなら——。

「おい、おっさん！」

肩をつかまれ、河辺はよろけた。

「待てよ。ここで話しておかなくていいのか？」

プリウスまで、十メートルという場所だった。助手席にキリイの白いパーカーが見えた。フードの下からこちらをにらんでいるのがわかった。雨の往来でする立ち話はさぞかし不自然にちがいない。それを失念するほど動揺していたのだ。

河辺は指で額をさすった。不自然もくそもない——。肚《はら》を決め、プリウスに背を向けた。恭兵と屋根で交わしたやり取りを伝えると、茂田の顔は困惑と不機嫌へみるみるうちに染まっていった。

「わけがわかんねえ……。おとといだと？　なんでそんなことになるんだ」

「こっちが教えてほしい」

「でも――」

「まず答えてくれ。おまえが佐登志の遺体を見つけて部屋を調べたとき、ほんとうになんの異変もなかったか？　なくなっているもの、増えたもの。いつもと場所が変わっているもの」

「あの部屋のゴミに定位置なんてねえし、あっても憶えちゃいねえよ」

「佐登志の口からおれたちの名前を聞いたことは？　外山高翔、竹内フーカ、石塚欣太、岩村清隆、それに飯沢伸夫。苗字と名前、どちらかだけでもいい」

「ねえよ」

「ニックネームは？」

「ねえって」

「佐登志がしゃべってた自慢話はどんな内容だった？」

「東京時代にどうやって稼いで、どんな遊びをしたかだよ」

「友だち、恋人、相棒の話」

なかったと茂田は即答した。代わりに有名人の名前はよく出た。誰それと飯を食った。何々ちゃんとデュエットした。なんとか先生のパーティで乾杯の音頭をとった……。

「社長とか親分とかがたくさん出てきてよ。さすがに嘘くせえと思ったけど、おもしろく話すからな、あの人」

思えばカラオケの夜もそうだった。あいつが口にした嘘の数々を刑事だった自分はまったく見抜けず、最後まで翻弄された。

「恭兵さんによると、フーカが訪ねてきたのは今年の夏前だ。何か思い当たることはないか」

ない、と茂田はいい切る。

「まったくか?」

「しつけえな。悪りいかよ」

「念のため訊く。高翔のレコードを、あいつは持ってなかったか」

茂田が眉間にしわを寄せた。プレイヤーはなかった。それは河辺も昨晩、スマホで撮った写真を見返し確認している。

記憶を探ったすえに、頼りない答えが返ってきた。「……わかんねえ。見た憶えはねえけど、クローゼットの奥までのぞいたわけじゃねえから」

「ずいぶん手ぬるい家探しをしたんだな」

「ゴールが部屋じゃ暗号の意味ねえだろ。文句あんのか」

「いや、むしろ希望が見つかったと思ってる」

茂田が小首をかしげた。

「佐登志の持ち物をもう一度洗い直す。まさか捨てちゃいないだろ?」

「知るか。おれはずっと拷問されてたんだ」

だがまがりなりにも金塊の存在を知った坂東が、簡単に処分するとは思えない。

「レコードはともかく、犯人を特定する手がかりが埋もれているかもしれない」

「女と男、どっちのだ？」

いって、茂田は唇をつねった。「男のほうが、一千倍は怪しいけどな」

石塚欣太を名乗ったハットの男。

「おとといと聞いて、引っかかることはないか」

「だからおとといも三日前も四日前も、おれは拷問されてたんだよ」

「よく思い出せ。ハットの男とおれたちの動きはシンクロしてる。《双頭の巨人》から連想してキョージュの家を掘り起こし、次にレコードにたどり着いた。しかもおなじ程度の日にちをあけてだ。これが偶然でないなら、この数日でハットの男に何か新しい情報がもたらされたとしか考えられない」

「……おれが、原因かもしれねえのか？」

「わからん。ただ、おなじタイミングでおまえが坂東たちにおれや金塊の情報を明かしたのは事実だ」

正確にはいつだった？　その問いに茂田は顔をしかめた。「……たぶん、三日前」

「たぶん？」

「わかんねえんだよ！　ずっと監禁されてて朝も夜もなかったんだ。ぜんぶしゃべってからあんたがくるまで、一日以上はあったって気がするだけで」

ひと息ついて整理する。坂東たちが河辺の情報を手に入れたのが三日前。ＳＲＰエンタープライズを調べ、準備し、河辺の前に現れたのが昨晩。一方でハットの男はおととい、外山家を訪れている。

「つじつまは、合うな」

「あんた、坂東さんとハットの男がつながってると考えてんのか?」

やはり勘はいい。

「いちばん自然な流れだとそうなる」

「ハットの男は――」茂田の目つきが鋭くなった。「石塚欣太でいいんだな?」

河辺は、きつく唇を引き結んだ。否定できなかった。かつて欣太と交わしたやり取り。不穏な台詞や怪しげな行動。坂東のような輩と付き合いがあってもおかしくない空気を、あいつはたしかにもっていた。

それだけではない。少なくとも佐登志は、欣太の連絡先を知っていたと、河辺は考えている。

佐登志から五人組の近況を訊かれたとき、恭兵は河辺たちの現在を承知していなかったという。だが欣太に関してはツテがあった。小さな町のネットワークは、東京へ移住した石塚家とも細く長くつながりつづけ、羨望と嫉妬のまじった噂話をこの田舎町にもたらしていた。思えば欣太が銀行員になったことを高翔に伝えたのも恭兵だった。そのツテを恭兵は、佐登志に教えた。

二十年前は、それでも簡単にはいかなかった。銀行を辞め、後ろ暗いビジネスに手をだしていたせいだろう。多忙と、何より警戒心が、よけいな人間関係を遠ざけていた。しかし時は流れた。当然といえば当然だが、欣太にだって変化はある。ふたりが河辺の知らないところで、親交を結んでいても、驚くには値しない。

　だが、それを認めることはつらすぎた。

「石塚が、金塊目当てに佐登志さんを殺したんだな？」

「先走るなよ、茂田。まだぜんぶ憶測の段階だ」

　茂田より、自分にいい聞かせた。「説明がつかない点もある。なぜ奴が馬鹿正直に本名を名乗ったのか。それも佐登志を殺したあとだぞ？　そんな危険をおかすような男じゃない」

「レコードを確認するために仕方なくだろ？」

「だとしても、あいつならもっと上手いやり方を選ぶ」

　口にしたそばから反論が浮かんだ。欣太はレコードより先に、高翔宛ての手紙が届いていないかを恭兵に尋ねている。これも何かしら、佐登志にからんだことだろう。そして手紙なり封筒なりがあった場合、それを恭兵から疑われず受け取るために、やむを得ず本名が必要だった……。

「どのみち――」ぼそりと、茂田がもらした。「落とし前をつけなきゃな」

「なんだって？」

「落とし前さ。ぶっ殺してやる」

「――縁起でもないことをいうな」

　茂田の幼稚な怒りが、むしろ河辺を冷静にさせた。

「焦るなよ、茂田。おまえがいっていたとおり、暗号が解かれたと決まったわけじゃないんだ。まだ充分、金塊を手に入れるチャンスはある」

「誰が、金塊の話なんかしてんだよ」

歩きかけた足を止め、思わず凝視した。茂田は雨の中に突っ立っていた。こちらへ向いたその瞳に、不穏な光がちらついているのを、ようやく河辺は気がついた。

「何をいってる？　奪われた金塊を取り返す話じゃないのか」

「金塊は取り返す。だけど落とし前はべつだ」

「べつ？」

「ああ、ぶっ殺してやるんだよ」

「馬鹿な」

反射のように言葉が出た。

「メンツのために無意味な制裁をする気か？　頭の悪いチンピラの、カビの生えた発想だ」

「そういう問題じゃねえ。佐登志さんが殺されたんだぞ！」

呆気にとられた。飛んできた水滴が、雨か唾かわからなかった。

茂田が絞りだすように繰り返した。そういう問題じゃねえんだ、と。

「なら、どういう問題だ？　まさか本気で、仇討ちをするつもりじゃないんだろ？」

茂田は答えなかった。唇をつまんで、恨めしそうに地面をにらんでいた。目は頼りなく泳いでいた。だがそこに灯った熱は消えていなかった。その正体がつかめずに、河辺は戸惑う。

「あいつに、そこまでの義理はないはずだ」

オムツを替え癇癪をぶつけられ、安酒に付き合わされた。たった半年の付き合いじゃないか。

「何を熱くなってる？　賢くやるんじゃないのか？　金塊のことだけ考えればいい。自分の儲けのことだけを――」

「くそっ、わかってるよ！」

茂田が水たまりを蹴りつけた。「ぜんぶビジネスなんだろ？　わかってる。だから偉そうに、おれに指図すんじゃねえ」

地面に唾を吐き、精いっぱい肩をいからせ歩いていく薄い背中は、つまらない理解を拒んでいた。それはそのまま、河辺に対する拒絶に思えた。雨のいきおいに押されるまで、河辺はあとを追うことができなかった。


運転席に乗った瞬間、首をつかまれシートに押しつけられた。キリイの顔つきに、ためらわず一線を越える決意があった。

「次はない」

「……なかなか、魅力的なハスキーボイスじゃないか」

喉にかかる力が増した。その状態のまま身体をあらためられた。

「ネコババを、疑ってるのか？　金塊はこっちのもの、って取り決めの、はずだが」

聞く耳はついていないらしい。したたる水滴でシートがじわりと濡れる。

白いフードをかぶった頭が、次に後部座席を向いた。我関せずでいた茂田が、待ってましたと身を乗りだした。「やるんならやってみろよ」

「よせ」キリイの手をふり払い、声を張った。「やめろ。じゃれ合いなら外でやれ」

ハンドルを殴りつけ、河辺はエンジンをかけた。

「佐登志の持ち物はどこにある?」

キリイは前を向いて答えない。

「ふざけてんじゃねえぞ。てめえが知らねえならチャボでも坂東でも連絡つけて聞きだすんだ。それが仕事でてめえはここにいるんだろうが」

珍獣に出くわしたような目で見られた。しかし抑えがきかない感情の起伏に、いちばん戸惑っているのは河辺自身だった。車を発進させながら呼吸をしずめた。

「すぐ向かう。さっさと手配しろ」

不貞腐れた手つきでキリイがスマホをいじり、後部座席から茂田の乾いた笑いが聞こえた。すべて無視した。衝動のマグマが漏れだすなんて阿南を殴りつけて以来だ。動揺している。フーカと欣太の存在を近くに感じ、おさまらなくなっている。

「チャボさん」スマホを見ながらキリイがいう。「こいって」

「どこへ?」

「アパート、一時」

「西堀だな?」

デジタル時計を確認する。ふつうに走れば間に合う時刻だ。しかし天候は、事故とおなじくらい土砂崩れを警戒したほうがよさそうなほど悪化の一途をたどっている。過去最大級の大型台風――。報道はおおげさではないのかもしれない。

河辺はバックミラーを見やった。肩を丸めた茂田が親指の爪を噛んでいた。チャボの名が出たとたん威勢が消えた。いたぶられた記憶がうずいているのか。

道の先へ視線を戻し、わからない、と心の中でつぶやいた。

茂田は見るからに小心者だ。河辺やキリイに噛みつくのも虚勢でしかない。一方で、ついさっきの殺意は真に迫っていた。そのバランスの危うさが、河辺を落ち着かなくさせる。

それとも、あの怒りもやはり虚勢で、自分は見誤っているだけなのか。父と子、孫でもおかしくない齢の差だ。刑事を辞めてから、世間との付き合いは急激に狭まった。若者の感性など端的にいって未知だ。デリヘルの送迎中に交わす会話は街頭インタビューの域を出ない。何かをわかった気になるのは傲慢どころか滑稽だろう。まして茂田とは、二日ほど行動をともにした程度の仲だ。

けっきょく――。

おれは何を求めているんだ?

恭兵に問われた疑問が頭をもたげた。佐登志の死。それをきっかけにここまできた。暗号、金塊、殺人の痕跡。そして過去。

無意味だ。手遅れなのだ。

一九九九年の夏、おれはやり直せなかった。無様にしくじり、つまずいた。それから未来は、二十年も減ったのだ。ほとんどのことがなんとなくで済むほど、心は老いた。いまさらやり直すことはできないし、できたとして、だからなんだというのか。

金塊の在りかも、佐登志を殺した犯人も、それを知りたいと思うのは、酒や煙草とおなじ種類の欲求にすぎない。しょせん、この瞬間の刺激を求めているだけなのだ。美しかったはずの未来は、もう二度と手に入らない。

「おい。事故んなよ」

「わかってる」

茂田に返し、河辺はアクセルをゆるめた。せわしないワイパーの先に、三才山トンネルの料金所が口を開けている。

プリウスを横づけし、アパートのエントランスをくぐった。光のない階段に、三人の足音が冷たく響いた。二〇六号室には鍵がかかっていた。約束の時刻まで三十分以上ある。

「開けちまおうぜ」

茂田が金属のドアを殴った。「管理人室にスペアがあっからよ」

動きかけた茂田の前にキリイが立ちふさがった。

「は？　なんだ、てめえ。どけよ」

肩を突こうとした手を弾かれ、茂田が後ずさった。「——痛てえな、コノヤロウ！」怯《ひる》んだ背中が喧嘩腰に沸騰する。

「中を見ていいってチャボが許可してんだぞ？　さっさと済ませて何が悪りいんだネクラ野郎」

キリイの、パーカーに突っ込んだ右手に殺気がこもった。

「それともてめえ、チャボのリモコンで動くロボットか？　脳みそはオイル切れか？」

「茂田、やめろ」

「おっさんは引っ込んでろっ。おい、どうなんだ。なんとかいってみろよ、白ゾンビ」

パーカーの胸もとへのびた茂田の手がまたたく間にひねり返された。腕があらぬ方向へ曲がった。無駄のない蹴りが足を刈った。コンクリートの廊下に叩きつけられ、キンキンの坊主頭がうめき声を発した。

「そこまでだ」

ねじり上げた腕に体重をかけたところで、河辺はキリイの肩にふれた。鋭い視線がこちらを見上げた。

「そこまでだ」

河辺が繰り返すと、わざとらしいほどゆっくり、関節を解放する。

「こいつ——」茂田が、涙目でキリイをにらんだ。「ぶっ殺してやる」

「やめろ。先に突っかかったのはおまえだ」

くそっ！　と床を殴る。だがそれで終わりだ。わかりやすい、虚勢のほうの「ぶっ殺す」。

「鍵を取ってきてもいいか」

キリイはこちらを見もしない。河辺の目配せに、茂田が唇を尖らせた。不満げに立ち上がり、肘をさすりながら階段へ向かった。

「どこで習った？」

キリイが、わずかに顔を向けてきた。

「おれも昔かじったが、柔道の技じゃないだろ」

警察時代は剣道より柔道をやらされた。その経験からしてキリイの体さばきは、たとえばある種の逮捕術に近いものに感じられた。

「我流にしてはさまになってた。街の喧嘩で身につけるのは難しい」

なんの反応もない。

「日拳か、合気か。それとも海外の格闘技か」

いっそ見事なほどの無視だ。

「頭の怪我と、関係があるのか」

コン、とスポーツシューズのつま先が床を打った。フードに隠れた横顔は、もう河辺への興味を失っている。我ながら嫌気が差した。これではまんま、リュークがうんざりしていた輩ではないか。すべてをわかった気になっている偉そうな大人。

茂田が鍵を手に戻ってきて二〇六号室のドアを開けた。電気はつながったままだった。玄関の様子も変わらない。しかし室内は、二週間前とかけ離れていた。

まるで大地震のあと。無邪気な子どもたちが三日三晩暴れまわったなれの果て。衣類は投げだされ、ゴミ袋は開けられ、ベッドマットは切り裂かれている。そして本。大量の古本が床に投げ置かれ、まるで折り重なる瓦礫《がれき》のようだ。

ただ一筋、ベッドから玄関へつづく獣道ができていた。ここを通って坂東の手下どもは行き来し、そして佐登志の遺体は運びだされたのだろう。

茂田の視線が、早く指示をしろとせっついてくる。しかしこの惨状に、はたして最善などという概念は存在するのか。

「本を漁るしか、なさそうだな」

落書き、折れ目、栞《しおり》がわりのメモ紙や名刺……。それらを求め、部屋中に散らばった二千冊におよぶ本をひたすらめくる。茂田は床にあぐらをかき、河辺はベッドに腰かけ、キリイがふたりを看守のように見下ろした。

「おまえも手伝えよ、ロボ」

キリイが眉を寄せた。

「おまえのことだよ。それとも白ゾンビのほうが好みか」

「いいかげんにしろ、茂田」

次は腕を折ってもらえ――。そう口にしかけたとき、ふん、とキリイが鼻を鳴らし、それから黙って便所へ向かった。

「ほんっっと、わけわかんねえ野郎だぜ」

「絡むな。無駄な労力ばかり増える」

『ビリー・バッド』を眺めながら返事代わりにくしゃみをひとつ。

「おまえ、あいつが相手だとやけに舌がまわるな」

「へっ。さっきはちょっとだけあんたを真似てみたんだ。いい感じに嫌な奴だったろ?」

「……そういうのは、学ばなくていいんだ」

「おかげでまだ関節が痛てえよ」

水を流す音がする。キリイが戻ってくる前にと、河辺は素早く伝えた。「それらしい何かを見つけたら気づかれないようにページを破れ」

「苛ついてわめき散らすふりをしながらか?」

「腹が減ったと騒ぎだす演技でもいい」

「ちっ。いうなよ。思い出したら食いたくなる」

ドアが開く音がした。河辺が顔を向けると、白いパーカーではなく、下品なラメ入りの紺スーツが立っていた。

「勝手に、何してくれてんですかね」

チャボが、引きつった笑みを浮かべていた。キリイが便所から戻ってきて、兄貴分の姿に慌てて頭を下げようとした瞬間、チャボの拳が彼の腹にめり込んだ。苦悶で曲がった背中を肘が打ち抜き、鈍い音がした。「倒れたら、蜜蜂な」

踏ん張ったキリイの顔面を、今度は膝がかち上げた。ぱっと鼻血が飛び散る。

チャボが次の拳をふりかぶり、河辺は止めた。

「やめろ。なんの余興だ？」

「ああ、すみませんね、河辺さん、お騒がせして。これは、こっちの話だ。あんたらはそっちで、好きに読書でも、しててくれ」

「部屋を調べるお許しはいただいたはずだ」

「そう。だからあんたらに、文句はねえ。けどこいつには、おれが行くまで待ってろっていいつけてあったんでな。どうあれ、それを破ったわけだから、仕方ねえ。ウチは、こういう教育方針なんでな」

チャボが首をコキッと曲げた。目が据わっていた。口もとがわずかに痙攣《けいれん》している。やっ、て、や、が、る。

「おれは坂東の客だぞ？　それともこういうもてなしが田舎ヤンキーの方針なのか」

「坂東さんだ」

仁王立ちするチャボを見上げる。青白くさえある憤怒の面。いつ革靴の爪先が飛んできても不思議でない。

「宝探しの邪魔はするなと命じられてるんだろ」

「コソ泥を、見逃せとまではいわれてねえ」

とくに――、と視線が茂田へ向いた。

「とくにソレの、手癖の悪さは、有名でな。女の給料から、八百屋のカボチャまで、なんにでも手をだしやがる。おれも財布から、抜かれたことがあった。なあ、おい、あのとき蜜蜂は、何本だった？」

あぐらで背を向けている茂田の肩が、はっきりと強張った。スーパー銭湯の帰り、いつの間にか履いていたスニーカーが河辺の頭をよぎった。

「最初の盗みは、母ちゃんのピアスだっけか？　それとも、タンポンだったか」

ひとりでくくっと喉を鳴らし、キリイへいう。

「おい、てめえも笑え。腹を抱えてゲラゲラ、とよ」

キリイはじっと下を見ている。鼻血がパーカーに落ちている。

ちっ、バケモンが――。そういって唾を吐き、チャボは茂田の坊主頭をつかんだ。

「てめえも、何黙ってんだ。笑うんだよ。お母ちゃんに、会いたいプーって」

乱暴に頭をゆらす。「なあおい、恋しいか？　あのピアス、ウチの便所に、飾ってあるぞ。クソといっしょに流れる前に、いつでも取りにきて、いいぞ。便器なめたら返してやっから」

茂田は固まったままでいる。

「無視してんじゃねえぞボケカス。泣かすぞ、くそが」

「いま、こいつはおれの預かりになってるんじゃないのか」

サディスティックな笑みが、河辺を向いた。

「そうそう。あんたが、引き取ってくれるってんで、こっちはせいせいしてるんですよ。だからちょっと、もとの飼い主として、一言、別れの挨拶をさせてくださいよ」

声色が変わった。身体をかがめ、茂田の真後ろから耳もとにささやく。「おれたちの仲間じゃなくなるって、どういうことか、ちゃんと理解、してるんだよな？」

汗をにじませ、まるでうずくまるように、茂田は背を丸めている。

チャボが、満足げに鼻を鳴らした。

「で？」とベッドに座る河辺を見下ろす。「お宝は、見つかりそうなんですか」

「教える義務があるか？」

「おいおい、河辺さん。おりゃあ、あんたと、揉める気はねえ。ちゃんと礼儀さえ、とおしてくれりゃあ、むしろ仲良くやりたいくらいのもんで、じっさいこうして、足を運んでるだろ？　そんな人間が、訊いた質問に、ちゃんと答えるってのは、つまりおれがいうところの、礼儀ってやつに、ならねえか？」

「悪いが聞き逃した。初めから繰り返してくれ」

ひくり、と唇の片端が動いた。笑みが固まる。

河辺はわざとらしく肩をすくめた。「手応えなんてない。ゼロだ」

「……笑えねえ、寝言だな」

「ほんとうだから仕方ない。そこであんたにお願いがある。佐登志のことをいちばんよく知ってるのは誰だ？　松本に住みはじめた経緯、暮らしぶり、この部屋に引っ越した五年前の事情」

「それを、おれが教える――」

「義務があるかないか、勝手に決めて大丈夫か？　五百万の金塊を、背伸びしたスーツのぼくちゃんが粋がったせいでフイにしたら、坂東はどうするかな。おっとすまん、坂東さんか」

「てめえ――」

「いいか？　おれの前で二度とガキに手をだすな。仲良くカネ儲けがしたいなら、二度とだ」

チャボの片頰が奇妙にねじ曲がった。拳に血管が浮いている。

「その代わりお宝が見つかったら、おまえの手柄にすればいい」

チャボが、足もとのゴミを蹴り飛ばした。河辺を見据え、ゆっくり胸を上下させる。ようやくクスリの効き目もおさまってきたらしい。

「――おれだな。五味のおっさんを、知ってるのは」

「ボスよりもか」

「坂東さんは、組に頼まれただけだ。ここらのヤクザに、見栄を張るカネはねえ。面倒を押しつけてくんのが、あいつらの得意技だ」

「こっちに住みはじめた経緯はわかるか」

「十年、くらい前。もともとは大阪のほうにいたらしいが、くわしいことは、誰も知らねえ感じだった」

「公園通りで用心棒ってのは？」

「用心棒、っつーか、コンサルだな。税金のこと、裏帳簿の管理。役所からカネを、引っ張るやり方とか、妙にくわしかったらしくてな。あと、仲裁屋か」

「仲裁屋？」

「揉め事が起こったとき、あいだに入って、おさめてた。わりと、重宝されてたそうだ」

天性の人たらし。それは河辺も痛いほど知っている。

「それがどうして、こんな部屋に突っ込まれるほど落ちぶれた？」

「酒だ。おれが会ったときはもう、昼間っから、べろんべろんだった。もともと資格のない、モグリの相談役だ。信用がなくなりゃ、お払い箱は当然だろ」

それと――。

「ギャンブル。馬狂いだ」

会場や場外馬券場がなくても、インターネットで好きなだけ買えるし観られる。稼ぎはすべてアルコールと左クリックに消えた。酒乱に借金が重なり、仲裁どころか自分が揉め事の種になっていった。

河辺は額を指でなぞった。ディープインパクトの引退が二〇〇六年の年末。「潮目が変わった」と茂田にもらしていたとおり、つづく二、三年で佐登志は関西から松本へ移っている。凱旋とはほど遠い、いわば都落ちの恰好だろう。しばらくは悪知恵と持ち前の愛嬌で食っていたが、まるで破滅をみずから望むように、どん詰まりの堕落にはまっていった。

その心境は、わかりすぎるほどわかった。退屈だったのだ。人生が、どうしようもないほどつまらなくて、酒とギャンブルくらいしか熱くなれるものがなくなって、少しずつ、何もかもがどうでもよくなっていったのだ。

佐登志と自分の差は、たぶんもう二歩もない。とっくに自分も、ゆるやかな堕落の途上にいる。

「あいつに、目立った客はなかったか？　男でも女でも、子どもでも老人でもいい」

「さあ。憶えて、ねえな」チャボがぶっきらぼうに答えた。

「出かけることは？　県内、東京、外国」

「もしくは湯河原《ゆがわら》温泉、か？　行ってたとしても、勝手にどうぞだ」

「このアパートに防犯カメラは？」

「あると、思うか？」

「あるのかないのか、どっちだ」

「うるせえ野郎だ。ねえよ」

河辺は額を指で押した。佐登志が殺された日に不審者を目撃しなかったか、近所に聞き込む価値はあるだろうか。

「――正確に、あいつは何年何月からここに住んでた？」

「たしか、五年前だ。梅雨だったから、六月ごろ、だな」

「二〇一四年で間違いないか」

「たぶんな」

「調べろ。正確にといったはずだ」

チャボの目つきが変わる。「あんまり調子に、のんなよ」

「そのとき誰かと連絡を取ったりは？　引っ越しを報せた人間、手伝いにきた人間」

「おれは、知らねえ」

「何かあるはずだ。外部とのやり取りが。ここに住みはじめたあと、あるいはここへくる直前に」

「その相手が、金塊の在りかと、関係あんのか？」

「かもしれない」

「本を調べてる、理由は」

暗号のことを明かす気はない。

「苦肉の策さ。あいつのガラケーのデータをもらえるなら、こんなアナログな作業はしなくていいが」

「残念だが、無理だ。あの電話はもう、クリーニングしちまった」

「そうか。残念だ」

チャボが、まばたきもせず首をコキッと曲げた。

「ほかはぜんぶ、とっくにあんたらが洗ってるんだろ？」

荒れ放題の床へ顎をやる河辺に、「まあ、な」と返してくる。

「目ぼしいものは？　財布、金庫、名刺入れ、住所録」

「あったら、教えてる。当然、な」

余裕をにじませた口ぶりは、暗に手札があることをほのめかしていた。だが、はったりなのは見え見えだった。すでに金塊を手にしていたり、決定的な手がかりを握っているなら、ここにくるのはもっと下っ端でいい。

「殺しの疑いは信じてないのか」

「そりゃあ、あくまであんたの、憶測だろ？　ウチは正直、どっちでもかまわねえ」

両手をポケットに突っ込み、目を細めた。「まあ、がんばってくれ。金塊を、見つけられなかったらあんた、自腹で三百万、用意しなくちゃなんねんだから」

「ああ、正直いって気が気じゃない。誰かに先を越されたら終わりだからな」

ふっ、と嘲笑が聞こえる。「せいぜい祈って、おくんだな」

そう残し、チャボは部屋を出ていった。

「鼻を冷やしてこい」

壁に寄りかかっていたキリイが河辺を見て、そして小さくうなずいた。洗面所に消えると同時に、「なんでだよ」と茂田が声をかけてきた。

「なんであんな言い方したんだ」

「嫌味が足りなかったか？」

「ごまかすなって。早い者勝ちみたいにいったろ？　五百万とか手柄になるとか、煽ることばっか」

「まずいか？」

「当たり前だ！　チャボの奴、ぜったい先に見つけようって気になってるぜ」

「そう仕向けたからな」

「……は？」

「自分の利益とおれへの憎しみで、やる気満々になるようにな」

唖然としている茂田に、河辺は声を落とすよう唇の前で人差し指を立てた。「あいつは佐登志の交友関係をもっと知ってる。知っていながら隠してる」

「なんで、わかるんだよ」

「これだけの本を前にして、奴は挙げなかった。古本屋のじいさんを」

茂田があっと口を開けた。毎月トランク片手に佐登志を訪ね、二千冊におよぶ本を売りつけたという商売人だ。佐登志はマンションからこの部屋へ引っ越すときも本を運ぶのがたいへんだったともらしている。古本屋との付き合いはすでにはじまっていたはずで、それをチャボが把握していないとは考えにくい。

「端《はな》っからおれたちにヒントを与えるつもりはなかったんだ。たいして役に立ちそうもない昔話以外はな」

神妙にうなずいた茂田が、すぐにしかめっ面になった。

「でも、どうすんだよ。けっきょく競争相手が増えただけじゃねえのか」

「かまわない。あいつは暗号を知らないし、知っても解けない。何かつかんでもどうせ行き詰まる。だったら人手は多いほうがいい」

行き詰まれば河辺たちを頼ってくる。そのときは駆け引きになるだろう。

「もし、チャボが石塚と組んでたら？」

「そのときは五馬身差をまくるしかない」

マジかよ、と茂田が嘆いた。しかし確かめようのない不安をアレコレ考えてもはじまらない。いまできることはひとつだ。ふたりは本をあらためる作業に戻った。

ページをめくりながら尋ねた。「蜜蜂ってのはなんなんだ」

「くそさ」茂田が文庫本を床へ投げた。「……太ももの内側によ、細い針をぶすぶす刺すんだ。目隠しされて、いつ痛みがくるかわかんなくて」ぎりっと奥歯を嚙みしめる。「……終わるころには拳くらいの丸になってる。穴が密集して、蜂の巣みたいになる」

地獄だぜ――。そう吐き捨て次の本を手に取る。

耳たぶのガーゼが目に入った。「さっき話してたピアスってのは、そこについてた輪っかのやつか」

「だったらなんだ?」

関係ねえだろ、と声が訴えていた。たしかにな、と河辺は思う。たしかに無関係だ。

「盗みは、やめられないのか」

「おい」苛立ちの針がふれた。「説教ならよせ。ごちゃごちゃいわれる筋合いねえぞ」

「そうだな。そのとおりだ」

河辺が認めると、拍子抜けしたように舌打ちをし、茂田は作業に戻った。河辺も新しい本を手にする。島崎藤村、『夜明け前 第一部(下)』。

洗面所のドアが開き、キリイがそばまでやってきた。白いパーカーの胸もとに赤い染みができていた。

「何を、探したらいい」

河辺は彼を見上げた。フードの下はいつもの無表情だった。淡白な口調も変わらない。

「スパイする気かあ?」茂田の尖った声がパーカーの赤い染みに気づき、からかいに変わった。「けっ。いよいよ白ゾンビっぽくなったじゃねえか」

キリイが眉を寄せた。初めて見る人間らしい表情だった。たとえそれが「ムカつく」という感情だとしても。

「なんでもいい。印でもメモでも、挟まっているゴミでも」

黙って足もとの本を手にし、キリイは片膝を立てて座った。

「ゾンビに字が読めるとはな」

「茂田、真面目にやれ」

雨が屋根を打ち、風が壁に吹きつけるなか、三人は本のページをめくりつづけた。ほどなく、ページを破る真似も無駄に騒ぐ演技もなしに、茂田が本の瓦礫の底からそれをつまみ上げた。

「なんだ、これ？」

文庫本ではなかった。単行本よりも幅がある。小ぶりの大学ノート。ノートというより帳面と呼ぶほうがしっくりくる。縦書きの右綴じ仕様が古風な雰囲気をかもしている。茂田が、問うように河辺へそれを差しだした。近寄って膝をつき、受け取った帳面を手のひらでさすった。傷み具合に年季があった。そのわりにオレンジ色の表紙は鮮やかな発色を保っていた。左上に、四角い縦長の囲みがあって、そこに手書きの筆文字でこう記されていた。

『竹山雪花日常』

筆名はない。ないが、悩む必要はなかった。生真面目に角ばった線と豪快な払いが同居した筆跡は、中学のころ、ざらついた藁半紙で何べんも読まされた。

題字の下へ目をやる。「第一巻　昭和二十三年―二十四年」と付記されている。唖然とする思いだった。こんなものがあったとは。いや、当然か。荷風を愛する、彼ならば。

茂田がしびれを切らした。「なんなんだ、これ」

「日記だ。キョージュのな」


河辺は息を吐き、心を静めた。「『断腸亭日乗』――荷風が三十半ばから亡くなるまで四十年以上もつけつづけた日記は彼の代表作ともいわれている」

「真似したってわけか」

「それも、あったんだろう」

日記自体はめずらしくもない。だが題も体裁も、影響はあきらかだった。

中は縦書き二十行で一ページ。最初の書きだしは昭和二十三年「九月十六日（木）晴」。当時キョージュは三十ちょっと。戦争が終わり、復員したてのころである。


九月十六日（木）晴。町長より採用の連絡あり。正式な打診は来月以降になるとのことだが、来春より中学にて教壇に立つ。奮うものあり。夕は団子汁、里芋の煮っころ、お葉漬けを食す。

文章は簡潔だった。日にちと天候、それから数行、ささいな日々の出来事や所感がつづられているだけで、ざっとめくってみたが、一日の量は多くて十行あるかないかだ。

足もとを探ってみると、散らばった古本の底からおなじ日記帳が次々と見つかった。そばに場違いな洋菓子の箱があり、「こんなの見たことねえ」と茂田がいった。試しに二冊ならべてみると、ちょうどぴったりおさまった。日記帳はこの箱に入れられ、クローゼットの奥にしまわれていたのだろう。坂東の手下が見つけて床にぶちまけるまで。

集めた日記帳は第一巻を除き、忠実に年一冊を守っていた。昭和二十五年の二巻、昭和二十六年の三巻……。短い記述ゆえか、この薄さで一年ぶんをまかなえている。

一冊一冊、年ごとに整理しながら、昭和五十一年と昭和五十二年のものを探した。千百合が消えた一九七六年、キョージュが自死した一九七七年。

予想どおり、一九七七年の日記帳はなかった。千百合が消え、日記どころではなくなっていたのは、憔悴しきったキョージュを目にしている河辺には納得できた。

ならばと一九七六年の日記を開く。


八月十九日（木）快晴。五人組来る。『花火』朗読。昼、ソーメン。夜、バーベキュー、酒。歌。祭りのよう。早寝。

二十八巻に達し、筆は淡白さが増していた。ほとんどメモ書きといった文章ばかりだ。最後の記述は、千百合が失踪する前日だった。

十二月二十六日（日）曇天。前日の雨のぬかるみ、足もと危うし。


説明しがたい落胆があった。あまりに素っ気ない記録と、その後に起こった悲劇の落差が、嚙み砕けない裏切りのように、言葉を失わせた。

「なんでこんなもんが、佐登志さんちにあるんだ？」

茂田の疑問で我にかえった。

「――わからん。だがこれで、フーカと佐登志に交流があったことがほぼ確定した」

日記が遺族以外の手にわたるとは考えにくい。つまりなんらかのやり取りを経て、これはフーカから佐登志に託されたのだ。

しかし、なぜ？　いつ、どうやって？

カラオケ屋に集まった夜、別れぎわにゴールデン街のアーチの下で向き合った佐登志の言葉を、声を、態度を、仕草を、表情を、河辺は記憶から引っ張りだした。ぬるい夜の風の肌ざわり。

結論はすぐに出た。たとえあいつが稀代の嘘つきであろうとも、あの時点でフーカと交流があったとはどうしても思えない。

額を指で押さえる。ほんとうか？　自分の目は曇っていないか？　まだどこかで、佐登志を信じたい気持ちがあるんじゃないか。フーカのことだけは、おれに嘘をつくはずないと……。

どのみち、わからないことだらけだった。日記帳が手渡された経緯も、連絡を取り合った方法も。欣太の居場所を突きとめるのとはわけがちがう。フーカは父親が大量殺人犯となって遠くへ引っ越したのだ。故郷とのつながりは全力で消しているだろう。名前を変えていてもおかしくない。探偵でも雇えばべつだが、元刑事の勘は、素人がいたずらに動いたところでどうにもなるまいと確信している。可能性は、逆しかない。フーカから佐登志にコンタクトを取ってきた場合だ。じっさい、彼女は今年の夏前に高翔の実家を訪ねている。恭兵には東北で暮らしてるといっていたそうだが……。

「暗号と、関係ありそうなのか？」

茂田の問いを理解するのに一拍が必要だった。

「ああ……、おそらくな」

「残りの一行は《真実でつながれた双頭の巨人》だぜ？　ぜんぜん関係ない気がするけど」

「暗号を解く鍵とはいってない。ただ、暗号づくりのきっかけだった可能性は高い」

茂田が眉間にしわを寄せた。

「佐登志は高翔の実家でレコードの存在を確認している。そのあとに暗号を考えた。いいか？　その前じゃない。レコードを確かめずに、レコードがないと解けない暗号はつくれない」

暗号は、誰かに解かせるために存在している。解けない暗号ほど無意味なものはない。

「だからって、日記と関係してるかはわかんねえだろ」

河辺は洋菓子の箱をひっくり返した。「製造年月日を読んでみろ」

「……二〇一四年十月二十日」

「賞味期限は？」

「ちょうど一ヵ月後だけど」

「佐登志が買いそうな菓子か？」

「まさか。あの人はもっとコンビニの生クリームとかチョコがべったりのったやつが好きだった」

「だが手土産にはちょうどいいな。もらうにせよ、あげるにせよ」

「どういう意味――」途中で茂田は気づいた。「会ったのか、フーカって女と」

河辺は小さく息を吐き、それから顔を上げた。「恭兵さんがいうには、佐登志の訪問は四年か五年前、衆議院選挙のさなかだったらしい。該当するのは――、二〇一四年の解散総選挙だ」

ネットによると十一月二十一日に解散し、翌月十四日に投開票となっている。

「女と再会して、日記をもらって、レコードを確認して、そんで暗号をつくった……」

「あり得る筋道のひとつにすぎないがな」

菓子の箱と日記をワンセットとする強い根拠はない。だが、佐登志がマンションからアパートへ引っ越したのはおなじ年の六月だ。新しい箱に詰め替えたと考えるより、日記とそれを入れるのにちょうどいい箱を同時に入手したと考えるほうが自然だろう。

「だが、なぜ、こんな暗号をつくったのか」

「金塊の隠し場所だからだろ？」

ストレートな茂田の意見に曖昧なうなずきを返しつつ、直感は「ちがう」とささやいていた。もはや河辺は、ゴールが金塊だと信じていない。この暗号は、あまりにも、河辺たちに紐づいている。ばらばらになった《栄光の五人組》に、絡みついている。

「足りない」

つぶやきのほうへ、河辺は首をまわした。

キリイが、ならべた日記を眺めていた。「十一巻と、二十四巻」

瞬間、脳天から電撃に貫かれたようなしびれを感じた。河辺の頭は欠けた二冊についてほとんど反射的に計算を済ませた。二十四巻は一九七二年の日記だ。浅間山荘事件の年。キョージュが河辺たちを《栄光の五人組》と呼びはじめた年。そして千百合が近藤と、最初の駆け落ちを企んで失敗した年。

やはりそうだ。この暗号は、おれたちの人生に関わる何かを解かせようとしている。

「はあ？　十一巻？」茂田が食ってかかった。「そんな大昔がなんだってんだ？」

キリイに答えられるはずがない。河辺には明白だ。あまりにも明白だ。

一九五九年。

「おれたちが、生まれた年だ」

茂田が当然の疑問を口にした。「その二冊、犯人が抜いてったのか？」

「だったら箱ごと処分しただろう」河辺は、最初ここに駆けつけた日に撮ったスマホの写真を確認した。クローゼットの中は整然と本が積み上がっている。

「漁ってから積み直したふうでもない」

「じゃあ、もとからなかったんだな？」

ああ、と返しながら、ならばいつなくなったのかと考えずにいられなかった。河辺たちの生まれ年と、《栄光の五人組》となった年。たまたまこの二年ぶんだけ、不慮の事故で失われたと納得するほどお気楽にはなれない。あきらかに、誰かが意図した欠落だ。誰が？　いつ？　なぜ？

「で？」と、茂田が足もとに散らばった本へ目をやる。「まだこれを調べんのか？」

日記が出てきた以上、フーカの連絡先がある見込みが高い。一方で佐登志は河辺の電話番号を暗記していた。昔の悪党には証拠を残さないようすべての電話番号や住所を頭にたたき込んでいた奴もいる。じっさいガラケーには個人の登録がいっさいなかった。ならばここを探しても時間の無駄か。発着信履歴の番号を片っ端からかけて確認する方法もあったが、すでにデータはクリーニングされているという。茂田に会ったとき、面倒がらずにメモしておけばよかったが――。

「待て」

待て、と心の中で繰り返し、河辺は記憶を探った。見逃していた矛盾に曲がり角で出くわした気分だった。佐登志のガラケー。それを茂田から受け取り、中を見て、登録されていた番号を確認した。個人名はなし。ほかは店名のない属性ばかり。中華、ラーメン、それに――。

「クリーニング店」

酒浸りで引きこもっていた男の生活の、どこにそれが必要だった？

落ち着けと自分にいい聞かせた。冷静に考えると、どこまで重要かは疑わしい。たんなる気まぐれで番号を登録しただけかもしれない。引っ越したばかりのころに、何回か使っただけかもしれない。一度も利用していないかもしれない。

だがその着想は、河辺の胸をざわつかせた。

雨の音はどんどん強くなっている。あと少しで傘は棒きれに成り下がるだろう。早々に、店じまいもはじまるだろう。

河辺は尋ねた。茂田もまたクリーニングと縁のない人間だったが、一店だけ、憶えていた近所の店を教えてくれた。

もうひとつ、と河辺は重ねた。いま、ふと思いついたことだった。高翔のレコードを、万が一にも持っていそうな人物――。

「パルコがある公園通りに、ゲームセンターは残っているか？」


みっつの幸運に恵まれた。本の調べをふたりに任せ、雨の中を駆けだした結果、クリーニング店のシャッターがおりるのにぎりぎり間に合ったこと。店を閉めようとしていた白髪の店主が親切だったこと。そして彼が、五味佐登志の名を知っていたこと。

「亡くなったのですか？」

紳士然とした店主は神妙にうなだれ、胸に手を当て黙禱《もくとう》を捧げた。

幼なじみという河辺の言葉を信じ、店の中へ通してくれたうえタオルも貸してくれた。頭をふきながら河辺は尋ねた。「佐登志は常連だったんですか」

「いえ、ご利用は年に一度と決まっていて、ふつうの意味でいう常連さんとはちがいました。ただ、特別に頼まれてお品を長期間、こちらでおあずかりしていたのです」

そういって店の奥へいき、ハンガーにかかったままの服を抱えて戻ってくる。

カウンターに背広一式がならんだ。

上着は品の良いぬくもりを感じさせる黒のツイードジャケットだった。おなじく黒のズボン、ダークブラウンのYシャツ、カシミア生地のチェスターコート。さらに店主が箱を持ちだしてくる。そこにマフラー、靴と靴下、ベルトやカフスがおさめられている。どれも安物ではない。

「本来こうしたサービスはしないのですが、お話をしているうちに、ついつい引き受けてしまいまして」

以来、年明けに一式をわたし、またあずかって一年間寝かせるという付き合いがはじまった。

なけなしの一張羅《いっちょうら》を酒浸りの部屋に置いておきたくない気持ちはわかるが――。

「いつから、あいつはこんな真似を？」

「五年ほど前です。それが初めてのご来店でした。おあずかりしたお洋服はまったく傷んでおりませんで、おそらく仕立てたばかりだったんでしょう」

「理由を聞いていませんか？　毎年一月に、どこへ何をしに出かけていたのか」

「お墓参りのようなもの、とおっしゃっていましたが、それ以上は。ただ、いつも子どものような顔つきをなさっておいでで、よほど楽しみなのだろうなと」

まさかご自身がお亡くなりになるとは——。あらためてそうつぶやき、けれど、と店主はつづけた。「どこかで覚悟していた気もします。ご病気だったのでしょう？」

河辺が濁す間もなく、承知しているとばかりに小さくうなずく。「今年、お休みになったのもきっとそれが原因だったのでしょうね」

「服を、取りにこなかったんですか？」

「はい。お見えになったのは二月の初めでした。体調を崩してどうしようもなかったとおっしゃって、おれももう長くないよと。冗談交じりでしたが、たしかに顔色がすぐれない気もいたしました。お互い遅かれ早かれだと軽口を交わし合って、次のぶんの預り賃だといってお代を置いていかれて……」

彼の哀悼を、河辺は複雑な気持ちで受け止めた。店主に、佐登志の生活を察している気配はなかった。飲んだくれになっていたこと、ヤクザと付き合いがあること。詐欺師だった過去。

佐登志は、この人の好い老人を騙しきった。それを暴く権利など、河辺にはない。

「ほんとうに愉快な方でした。年に二回お会いできるのを、いつも楽しみにしてたんです。他愛ないおしゃべりをする、あの笑顔が忘れられません」

残念です。店主はしみじみとそう口にした。

二十年前、もう二度と会わないつもりで彼に「じゃあな」といった。じっさいこの歳になるまで河辺は、飯沢伸夫と連絡を取らなかった。連絡先も知らないし、風の噂すら聞いていない。記憶にある地図をたどって、彼が店長をつとめていたゲームセンターへ向かいつつ、人生のままならなさを嚙み締めた。

茂田もキリイも、公園通りのゲームセンターは知っていた。ネットで調べた番号に電話をかけ飯沢と話したいむね伝えると、若い男性店員は恐縮した口調になって「社長にご用ですか」と訊き返してきた。

西堀のクリーニング店から公園通りまで三百メートルほどだった。平成十一年の名残りを探すが、風と雨でそれどころではなかった。かろうじて数人、道行く人が目に入った。銃弾を防ぐごとく突きだされた傘は、まもなくひっくり返って骨だけになるだろう。

それでも松本はまだマシらしいと、電話で話した店員はいっていた。どこか興奮した口ぶりで、長野市のほうはヤバいみたいです――。

道に面した入り口に体感型ゲーム機とUFOキャッチャーが置かれていた。昔とおなじ構えに見えた。そんなはずがない。変わったのは、変わったと思えなくなった自分だ。

奥の事務室へ招かれ、中に入るとがっしりした体格の男性が立ち上がった。パーマなのか癖毛なのかわかりにくい頭髪は軽く茶色に染まっていた。ポロシャツから浮かぶでっぷりした腹。はきちれそうな太もも。それらに不釣り合いな丸眼鏡。

「どうも、飯沢です」

河辺は会釈を返しながら、「仲夫さんは？」と尋ねた。

「父は亡くなりました。膵臓癌で、三年前に」

愕然としてしまった。亡くなった。べつに驚くことではない。飯沢も、河辺や佐登志と同い歳だ。早いといえば早いが、充分あり得る年齢だ。なのに河辺は意外なほどの衝撃を受け、めまいすら感じた。裏町のスナックで出会った巨漢の元ヤクザを思い出した。かつてオーナー社長だったあの男も、飯沢に店をゆずって隠棲しているか、亡くなっているのだろう。

二十代でここを継いだという若社長は気楽につづけた。「じつは河辺さんのことは親父から聞かされたことがあったんです。いつか訪ねてくるかもしれないぞって」

「どういう、意味です？」

「いや、くわしく聞かされたわけじゃないんです。遺言みたいにいわれたもんだから、忘れようにも忘れられなくなっちゃっただけで」

飯沢の息子は出先で河辺の来訪を知り、いったん自宅に寄ってからここへきてくれたようだった。服の端々に雨の染みができている。おなじように濡れた大きなビニール袋が、事務室のデスクにのっていた。

「これを」

受け取ったビニール袋の、厚さと大きさで中身がわかった。「レコード、ですね」

「知っていたんですか」

かぶりをふり、袋からそれを取りだす。スポーツカーが迫ってくるイラスト。「俺の名前がわからねえ」の文字。

「ウチのプレイヤーはずいぶん前につぶれちゃってて、おれは聴いたことがないんです。親父も、元気なときは忘れていたんでしょうね。身体が弱ってから急に昔の話をするようになって、それで引っ張りだしてきたんです。このレコードは友だちがつくったんだ、すごいだろ、まるで頭脳警察みたいだろって」

すごいかどうか判断しようもなかったわけですが、と飯沢の息子は苦笑いを浮かべた。

「で、もしかしたらこれを取りにくる奴がいるかもしれないっていうんです。そのときはちゃんと譲ってやるんだぞって」

「おれの名前が出たんですね」

「ええ。あと、五味さんと石塚さん」

「彼らは？」

このレコードが残っている意味を考えればあきらかだ。そう思いかけたとき、飯沢の息子が答えた。

「五味さんだけ」

「え？」

「葬式にきてくださったんです」

亡くなったのは三年前。とっくに佐登志は松本に住んでいた。

「喪主をつとめてたおれのところに挨拶にこられて。で、ちょうどいいと思ってレコードの話を切りだしたんです。でも五味さんは、自分は生前に親父と付き合いがあったわけじゃないし、名前を知っていた程度だって。それに昔の思い出は恥ずかしいことだらけで、最近までずっと逃げまわっていたんだよって。だからこんな近くに住んでいたのに、会わないように気をつけていたくらいなんだとおっしゃって」

　可笑しそうに頬をゆるめる。「だったら葬式もこなきゃいいのにって思うんですけど、なんなんですかね、あれは。語り方というか雰囲気というか、気がつくとすっぽり丸め込まれてる感じになって。それがぜんぜん嫌味じゃないんです。だからおれも、まあそんなこといわずに食って飲んでしてってくださいとかいっちゃってってね」

　屈託のない笑みが広がる。

「そんなわけで五味さんには渡し損ねたんです。何より、ご自身も持ってるとおっしゃってましたしね」

「え？」ふたたび声が裏返った。

「持っていた？　佐登志が、このレコードをですか」

「ええ。友だちがつくった曲だ、すげえだろ――って、親父とおんなじことといって」

　幸福な思い出し笑いのそばで、河辺は混乱していた。あの部屋には、なかった。それは間違いない。しかし最初に足を運んださい、きちんと調べたわけではない。茂田の捜索もいいかげんなもので、事実、手をつけていなかったクローゼットからキョージュの日記は見つかった。

　レコードはクローゼットの奥にしまわれていて、坂東たちが持ちだした？　あり得る。

しかしすると、奴らはその重要性に気づいていたことになる。つまり暗号を知り、解ける人物が、坂東たちの側にいなくてはならない。

「それと河辺さん」

我にかえって飯沢の息子を見つめた。

「親父からの伝言です。『吊るし雛は濡れていたか』」

「……なんですって？」

「『吊るし雛は濡れていたか』。残念ながら、おれにも意味はわかりません。誰にも訊けなかったんだそうです。訊き忘れて、伝えそびれたともいってました。ずっと、なんとも思ってなかったけど、最近になって急に気になりだしたんだって」

だからどうしても伝えてほしい――。飯沢は強く願っていたと息子はいう。

河辺は、湿った額を手のひらでぬぐった。考えをまとめたかった。気の利いた質問をすべきだった。きっかけさえ与えれば、彼自身に心当たりがなくとも、父親が残したヒントを引きだせるかもしれない。

しかしここまでだった。絞りだそうにも、ほとんど頭は真っ白だった。閃くどころか、いったい自分が何に直面しているのかすら判じあぐね、やがて肩が落ちた。

最後に訊いた。

「飯沢は、苦しんで亡くなったんですか」

「ええ、だいぶ。でも最期の最期は、けっこう穏やかでしたよ。死ぬ三、四日前だったかな。目をつむって、よくわからない寝言をいうんです。二本の指が浮かんでる。お元気ですか。もう怖くない――ってね」

飯沢の息子は涙声になっていた。きっといい父親だったのだろうと、河辺は思った。

車で送るという申し出を辞してゲームセンターをあとにした。代わりにといって、飯沢の息子は紺色のレインコートを河辺にくれた。ビニール袋を二重にかぶせたレコードをレインコートの懐に抱え、来た道を戻った。

地面の水たまりを踏みつけるたび、頭に去来するのは仕立てのいいツイードジャケットであり革靴であり、かつて林の中で小便をもらしていた飯沢伸夫であり、ふたたび向かい合った二十年前の彼であり、今際《いまわ》のきわに目をつむっている老人と、そして吊るし雛だった。この短時間で最高といえる成果なのは間違いない。佐登志の奇妙な生活の一端を突きとめ、高翔のレコードが手に入った。急激な前進とまではいえずとも、後退はしていない。だが吊るし雛は、この意味不明の伝言だけは、前進でも後退でもなく袋小路なのだった。

千百合とフーカが、春子のためにつくっていた手づくりの雛人形。それしか当てはなかった。市松人形とはちがう、いまでいうストラップのぬいぐるみに近いものが、何体か、紐にくくられ連なっている。千百合が亡くなった当時、その年の吊るし雛は完成していた。雛祭りまでたっぷり日にちは残っており、千百合が駆け落ちを前もって計画していた傍証ともいえた。

しかし、「濡れている」とはなんだ？　まったく意味がわからない。

事件と無関係の話とは思えなかった。上田に住んでいた飯沢伸夫が千百合たちの吊るし雛について知っていたと考えるのも無理がある。思いつくのは文男だ。療養していた飯沢の世話役をつとめていた春子の兄は、千百合が失踪した日に頼まれて松本の施設から長野駅へ車を走らせている。その後、新潟のほうまでドライブしたと、飯沢はいっていた。文男と話し込んだのだと。

そうした交流のなかで吊るし雛の話が出たとしか思えなかった。しかし、核心がすっぽり抜け落ちている。どんな流れでそんな話になったのか。濡れているとはなんのことか。飯沢が感じた引っかかりとはなんなのか。

伝言をあずかった息子も、さすがに気になりいろいろ探りを入れたらしい。父親はろくすっぽ答えなかった。無理もないと河辺は思う。部外者に説明するには事情は複雑で、掘り下げていくといずれ自分が中学生の女の子にした暴行未遂まで明かさねばならなくなる。とてもじゃないが息子に誇れる過去ではない。おかげで謎かけのような伝言だけが残ってしまった。

歩を進めながら考えた。佐登志には、この伝言の意味がわかったのだろうか。

当然、飯沢の息子は葬儀にきた佐登志にも伝言を伝えている。佐登志の反応は、呆けたように軽く天を仰いだだけだったという。それが三年前。あるいはあの饐《す》えた臭いがこもるワンルームの、酒と活字に溺れる日々のなかで、なぞなぞの答えを見つけることもあったのではないか。それが暗号に込められている可能性は？

ビルの通りを抜けた瞬間、横殴りの風に吹きつけられ、河辺は懐のレコードを強く抱いた。頭の中で吊るし雛がゆれた。

茂田とキリイは、お互い背を向け合って本のページをめくっていた。キリイは片膝を立て、茂田はごろんと横になっている。

レインコートを脱いでレコードを見せると、茂田が「おおっ」と歓声をあげた。

「中身は？　ちゃんと無事なのか」

「おそらくな。そっちは？」

手にした『竹山雪花日常』の四巻を乱暴に掲げる。「このおっさんのこと、あんたよりくわしくなりそうだぜ」

「ようするに収穫なしか」

「時計くらいだな」

「時計？」

「置き時計がさ、すっかりあきらめてたのが見つかったんだって書いてある」

渡された日記に目をとおすと、たしかにそういう記述があった。戦争のどさくさで消えたと思っていたものが、亡くなった親戚の遺品にあって戻ってきた。抑えた筆致だが、行間からよろこびのほどがうかがえる。舶来のねじ巻き時計。夏合宿でおなじみだったあの置き時計のメーカーや品番も記されていた。そしてそれが、学生時代に発表した論文が認められ、表彰されたおりにもらった記念品であることも。

「たぶん、高価なもんなんだろ？」

「――お宝の正体だといいたいのか？」

「わかんねえけど……、あり得なくはないだろ？　この日記があるんだから、ついでに時計をもらってても」

両方ともフーカから譲り受けたと？　たしかに、可能性だけでいうならゼロではない。記憶にある置き時計の、金ピカに光る二本の柱。しかしあれが純金でも、五百万という量ではなかった。アンティークとしての価値となると、河辺に判断はつかないが。

茂田が、反応を待ってそわそわしている。イエスといってくれと全身に書いてある。

「説得力に乏しいな。むしろなんの根拠もない。よくこんな記述を読み飛ばさなかったと、そっちを褒めたいくらいだ」

河辺の視線に、茂田はやり返してこなかった。気まずそうにそっぽを向き、唇をゆがめて親指の爪を噛む。その姿を河辺は見定めた。

「どちらにせよ、隠し場所を突きとめないことにははじまらない」

わかってるよ、と不貞腐れ、レコードを指差してくる。

「プレイヤーの当てはあんのか？　この部屋にはねえぞ」

まさか高翔の実家に引き返すわけにもいくまい。しかしそこは抜かりなく、河辺は飯沢の息子に試聴ができるレコードショップを紹介してもらっていた。

だが、それにしても――。

レコードなら自分も持っていると、佐登志は飯沢の息子に伝えている。あとから買える代物でもないし、手に入れたのはずいぶん昔、東京時代だろう。たんなる遠慮の口実でないかぎり、少なくとも飯沢伸夫が亡くなった三年前まで、佐登志はそれを所有していたことになる。

ならば、どこかへ消えてしまったのか。捨てた？　このゴミ部屋から、わざわざ放りだす必要があったのか？

「おい、どうすんだ。早く暗号を解かねえと、マジで手遅れになっちまうぞ」

茂田にせっつかれ、思考は途切れた。

「――ああ、大丈夫だ」

うわ言のように返し、軽く一発、頬に平手を打ちつける。それから河辺は部屋を見まわした。何か、見落としはないか。

「古本屋の名前を知ってるか？」

「え？」

「佐登志にこの本を売っていた店だ。名前、住所」

「下弦堂《かげんどう》。住所はわかんねえ」

正規の店ならネットか電話帳で探せるだろう。

「チャボならもっと知ってるかもしれねえけど」

「いや、あいつには犯人捜しをがんばってもらおう」

歩きだそうとしたとき、尖ったつぶやきが耳に届いた。

「暗号、犯人」

ふたりの行く手をキリイがふさいだ。さっきからなんの話をしている？　鋭い視線がそう問うていた。

茂田と目が合った。とぼけとおすか手札を見せるか——。

「交換条件でどうだ？」

キリイが、警戒するように腰を引いた。

「灰色の背広を着た円いハットの男」

その表情や仕草を見逃すまいと、河辺は目をすがめた。

「心当たりは？」

フードをかぶった頭が、躊躇なく横にふられた。

「仲間の誰かがそんな恰好してたとか、誰かがそういう奴に会っていたとか」

今度はじっと黙り込んで否定する。河辺の目には、ごまかしも動揺も映らない。

「——暗号の話をしろ」

「まだおまえから有意義な情報をもらっていない。おまえらの人数、坂東の住処、チャボの立ち回り先」フードに半分隠れた両目に敵意が高まっていくのがわかる。「ケツ持ちのヤクザに知り合いはいるか？　坂東たちを嫌ってる奴、逆らえない人間。ひとつくらい答えられるだろ？　おまえがチャボの、たんなる便利なナイフじゃないならな」

キリイの右手がパーカーに滑り込み、河辺は重心を落とした。まともにやって勝てる相手じゃない。だが一撃さえかわせれば隙を突ける。——頭の片隅で乾いた苦笑がもれた。六十を前にしたおっさんが何を粋がってる？　下手くそな感情をもてあましてるのはどっちだ。

キリイの肩がぴくりとゆれたとき、

「もういいよ」

茂田がふたりのあいだに入った。「偏屈野郎と頑固爺の殺し合いなんてうんざりするぜ。それにこいつ、たぶんなんにも知らねえよ。下っ端だし、仲良い奴とかぜんぜんいねえし」

からかう笑みを引っ込め、茂田はキリイに迫った。チンピラの仕草でフードの中をのぞき込む。

「いちいちこそこそすんのは面倒だから、おれは気にせずくっちゃべることにする。おまえも勝手にすりゃあいい。どうせ敵同士だ。ぎくしゃくしたままでいこうぜ、白ゾンビ」

鬼のように目を剝くキリイを鼻で笑い、河辺のほうへ肩をすくめる。「上手くまとまっただろ？」

ため息がもれた。ごちゃごちゃ考えていた自分が馬鹿らしくなる。

「わかった、勝手にしろ。――だがキリイ、ひとつだけ教えておく。金塊を手に入れるには暗号が要る。それを知ってるのも解けるのも、おれたちだけだ。おまえが上司に褒められたいなら、敵対と協力のどっちを選ぶのが賢いか、よく考えて決めるといい」

返事は求めていない。釘を刺せれば充分だ。

「とにかくよ」
茂田が仕切った。
「俺の名前がなんなのか、早く確かめに行こうぜ」

かつて高翔が評していた。「めちゃくちゃにギターを鳴らして、タイトルを絶叫してるだけの曲」。

夜が痛くて吐きそうだ
実験室から聞こえる悲鳴
俺の名前がわからねえ俺の名前がわからねえ俺の名前がわからねえ
俺の名前がわからねえ俺の名前がわからねえ俺の名前がわからねえ
なあ俺の名前どこいったんだ？

肌を蝕む紅い炎
飛行機が墜ちる明け方
俺の名前がわからねえ俺の名前がわからねえ俺の名前がわからねえ
俺の名前がわからねえ俺の名前がわからねえ俺の名前がわからねえ
なあ俺の名前を盗んだのは誰だ？

まるで弾け飛ぶ火の玉だった。ボリュームを絞っても頭痛を覚える激しい演奏、歌詞を理解する気も失せる荒々しいシャウト。ボーカルは野太く男くさい声質で、きっと上手いのだろう。しかしこの曲には、高翔のやさぐれた歌声のほうがぴったりくるんじゃないかと河辺は思う。

二番が終わり、長い間奏が挟まった。ひずんだギター、殴りつけるようなドラムス。ときおり意味不明な叫び。最後にサビが延々と繰り返される。破壊的なサウンドがようやく収束へ向かい、演奏が消えかかったところでむせび泣くような歌声が締めくくる。

争いは終わったかい？
じゃあ俺の名前を呼んでくれ

大昔というわけじゃない。九〇年代初頭。流行りに縁のない河辺でも、これが売れる曲でないのはわかった。自意識の空回り。赤面しそうなほどの必死さ。

「わけわかんねえな」

茂田の感想は、当時これを聴いた多くの人間が口にしたものだろう。

ニット帽をかぶったレコードショップの店員が半笑いで、まあフォークですよね、と評した。何が気に障《さわ》ったのか、茂田がぐるんと首をまわしてガンを飛ばし、河辺は肩を組んで無理やりなだめた。ありがとう、申し訳ないがもう一回かけてくれないか。鈍感なのか肝が据わっているのか、ニット帽の店員は茂田やキリイの風体にびびる様子もなく、そして悪びれもせず、耳に悪そうだなあと嫌味をいいながらお願いを聞いてくれた。河辺はそれをスマホで録った。二回聴いても、曲の良さはわからなかった。

コンビニでも茂田はキレた。弁当の味や種類を選ぶことができない品ぞろえ、正確には台風に備えた買い占めですでに空になった棚に対する苛立ちを、留学生と思しき浅黒い肌の店員にぶつけた。とんだ貧乏くじを引いた彼は流暢な日本語で、もうすぐ店も早じまいだと教えてくれた。売れ残ったカップ麺に湯を注ぎプリウスへ戻った。その数メートルでびしょ濡れになった。いよいよ風が渦を巻き、道路を覆う水たまりの厚みが増す。春雨をすすりながらラジオに耳をかたむけたが、ろくなニュースが流れてこない。上信越自動車道が通行止めになっている、北陸新幹線に加え普通電車も軒並み運休に……。

「ほんとにこいつ、暗号と関係あるのかな」

カレーヌードルをつっついていた茂田が、シートの上のレコードへ目をやった。ちょうど河辺のスマホから流れる『俺の名前がわからねえ』が終わったタイミングだった。

答えようがなかった。河辺にも、まったく見当がついていないのだ。

繰り返し再生し、歌詞も頭にたたきこんだ。なのに、まるで手応えを感じない。五行目の《真実でつながれた双頭の巨人》にどうからむのか。『双頭の巨人を倒したご褒美に、黄金の歌が響きだす』というヒントとどう関わるのか。

一方で、解読が間違っているとは思えなかった。四行目の《狩人と、踊るオオカミの子どもたち》は、高翔のレコードを示している。そこには確信をもっている。

何かが欠けている。あるいはまだ見えていないのだ。佐登志の意図。そもそも暗号をつくった動機……。

B面の曲がはじまった。『Snowflakes dance』と名づけられたギターのバラードには歌詞がなかった。もしこれが「黄金の歌」だというならお手上げだ。自慢じゃないが音楽の教養はゼロ。楽譜も読めない。

ふと、車内のみなが申し合わせたように言葉を切った。箸を止め、咀嚼《そしゃく》を休んだ。呼吸も憚られるなか、コーショーのギターの音色に包まれた。雨の打つ音も風が吹きつける音も、ラジオが流すBGMも、この一瞬にかぎっては倦怠を彩るアンサンブルとなっていた。

ただいま大雨特別警報が発表されました。群馬県、埼玉県、東京都、神奈川県、山梨県、長野県、静岡県に大雨特別警報が発表されました。特に土砂災害警戒区域や浸水想定区域などでは、土砂崩れや浸水による災害がすでに発生している可能性が極めて高く、ただちに命を守るために最善を尽くす必要のある警戒レベル5に相当する状況です――。

「……祭りみてえだな」茂田がラジオに向かって、おもしろがる口調でいった。「野外フェスってこういう感じなんだろ？　みんなで嵐の中で飛び跳ねてよ」

かもな、と返した。ゆがんだイメージを訂正できるほどこちらもくわしいわけじゃない。

「それよりどうするか決めよう。出かけるか、とどまるか」

下弦堂が長野市の商店街にあることは調べがついた。しかし電話をしてもつながらない。ここからその商店街まで、長野自動車道を突っ走って一時間ほど。この天候だと到着はゆうに五時を超えるだろう。コンビニが店じまいをする状況下で、はたして足を運ぶ価値があるのか。

ラジオのアナウンサーが千曲川の氾濫に注意を呼びかけていた。長野市を縦に貫く一級河川だ。堤防が決壊でもしようものなら移動もままならなくなるだろう。

「いったん出直す道もある」

「行くしかねえだろ」

茂田が即答した。「ハットの男はおとといから動いてんだ。のろのろしてたら逃げられちまう。それにこの台風で、あした動けるかもわかんねえ」

茂田にしてはまともな意見だ。

「チャボは、ぜったい動いてる」

「いいだろう」

河辺はスープを飲み干し、空のカップを袋に放り込んだ。

「おまえはどうする？」

助手席のキリイは返事の代わりに袋を奪い、焼きそばの容器をゴミにした。

車内は汗と雨とカップ麺の香りとがまじり合って最悪のブレンドをかもしていた。茂田とキリイからは血の臭いもする。プリウスを発進させながら、それに慣れはじめている自分に呆れた。

道中、佐登志の部屋から持ちだした『竹山雪花日常』を茂田に音読させた。しかし成果はこの金髪の脳みそにいくつか新しい言葉を授けたくらいだった。たとえば「小春日和」の正しい使い方、「メリヤス生地」という素材、「田楽」という料理。

「暗愁《あんしゅう》って、こんなもんどこで習うんだ？」

「安心しろ。それはおれも初耳だ」

心を暗くする悲しい物思い。ロシア語でトスカ。ネットでは、荷風もこの言葉を好んで使ったとされていた。左手でスマホの検索画面を閉じ、運転に集中しようとつとめるそばから、茂田が読んだ記述がよぎった。


二月七日（日）雪模様。午前、連れだってチェの家へゆく。千百合らのこしらえた吊るし雛をチュンジャへ贈り、三人が嬉々と飾りつける姿を眺める。暗愁。これと合点す。


一九七一年の日記だ。栄光の五人組と呼ばれる前の年、フーカが小学五年のころ。けっして裕福でなかった岩村家に正規の雛人形はなく、手づくりの吊るし雛を、七歳の春子は喜んだにちがいない。以来、このプレゼントは千百合が亡くなる年までつづいた。

しかし、暗愁なのだ。年ごろのちがう三人の女の子があげる黄色い声まではっきり想像できるのに、なぜかキョージュの心は物哀しさに囚われた。思い描いた団らんが、急に寒々しい光景に色を変える。場所はあの平屋の居間だろう。里子が茶を運び、英基は炬燵で温まっている。日本語が駄目だった祖母さんはいただろうか。文男は？　その輪のなかに、ぽつんとキョージュが座っている。好々爺《こうこうや》とした笑みのぜんぶが、体温のないからくり仕掛けに思えてしまう。

いったい竹内三起彦とは、どういう人間だったのか。こんな疑問自体が初めてだという事実に気づき、それに答えるすべがないことに愕然とする。飄々《ひょうひょう》とした振る舞い。豪放磊落《らいらく》。しかしふり返るとたかが数年の付き合い、しょせんは大人と子どもの関係だった。

「台風一過ってわかるか」

得意げな口調で茂田が訊いてきた。

「台風が過ぎて広がる晴れ間。転じて騒動がおさまる意味でも使う。間違っても、騒がしい家族のことじゃない」

ちっ、という正解の合図。「あんたみたいなおっさんがなんで物知りなんだよ」

「教えられたんだ。いろんな人に」

キョージュがいた。セイさんがいた。欣太にも教わった。警察時代は佐々木に。それから月日が経って、気がつくとキョージュが死んだ年齢になっている。

暗愁、か。

置き時計について書かれた日記が頭に焼きついていた。あれをもらうきっかけとなった論文、それを書いた自分に対するささやかな誇らしさ。

「にしてもよ」ラジオが長野市の浸水被害状況を報じた直後だった。「なんでこんな遠くの店を選んだんだろうな」

　下弦堂が長野市にあることを、茂田も初めて知ったという。けっして近くない。何より古本屋なら松本にもある。地域で文字が変わるわけでもないのに。

「下弦堂の店主と話したことはないのか」

「すれちがったくらいだな。あんな狭い部屋に三人もいたら息が詰まるからよ、おれは外へ出てたんだ」

　よぼよぼのじいさんに興味はねえし、といって後部座席に寝転ぶ。

「――おれとチャボが交代したとき、佐登志さん、病み上がりだったんだな」

　一月の墓参りを中止し、月が替わるまでクリーニング店へ詫びにも行けないほど弱っていた。その病気をきっかけに、いよいよ身体にガタがきたのだ。オムツを必要とするほどに。

「煙草も吸えない身体《からだ》んなっててよ」

　茂田が百円ライターを握っていた。佐登志の部屋からくすねてきたものだろう。寝転んだままつけたり消したりを繰り返し、その火を見つめる。

　ヤニ臭い部屋の、空っぽの灰皿。どうしても、佐登志の何かが失われた象徴に思えてしまう。

「墓参りしてたっつーのも初めて聞いた。あの人、真面目な話なんかいっこもしなかったからな」

おれさ、とこぼす。

「最初会ったとき、めちゃくちゃ怒鳴ったんだ。だってそうだろ？　いきなりおなじ部屋で暮らすことになったおっさんがクソ垂らしてたら、誰だって」

「もういい。休んでおけ」

ああ、とつまらなそうにいって茂田はライターをしまった。それからキョージュの日記を読みつづけた。プリウスがしぶきを上げ、いつ土砂崩れが起こってもおかしくない山道を抜ける。


長野自動車道の高架道路が千曲川に差しかかった。視界をふさいでいた道沿いの防護ネットが途切れ、車窓が開けた。キリイと茂田が、それぞれ窓に張り付いた。河辺も高架の下へ視線を投げた。

「なんか、化けもんみてえだな」

茂田の感想に異論はなかった。ふだんなら緑が映えていそうな河原はすでに水没している。川面は波打っていた。弾ける軽やかさとはちがう、質量を感じさせるうねりだ。そこに惜しみなくそそがれる盛大な雨量の拍手。なんらかの覚悟が要る——そんな風景だった。

長野ＩＣで下道におり、ふたたび千曲川を渡る。高架道路より川面と距離が近い。せり上がった水位はこちらを飲み込むいきおいだ。プリウスの横っ面に風が直撃し、頼りなく車体が揺れる。柄にもなく肝が冷える。

市街地を抜けるあいだも悪路がつづいた。茂田でさえ軽口を封印し外の様子に見入っている。

「マジかよ」

信号機が消灯していた。停電である。

しかし引き返す余裕はない。つづけざまに、今度は犀《さい》川という千曲川の支流を渡る。横でキリイが汗ばんでいるのがわかった。河辺はできるかぎり速度を上げて橋を抜けた。

市の中心部に入ってからは信号機の不調もなく、この状況では幸運といっていいほどスムーズに進めた。道路の状態は最悪だったが、おかげで交通量はほとんどない。すでにみな、自宅か避難所にこもっているのだろう。いよいよ下弦堂へ出向く益は怪しい。

「無駄足を覚悟しとけよ」

「無事に着けりゃ文句はねえよ」

市役所を過ぎ、まもなくアーケード商店街が見えた。そばの路肩にプリウスを駐め、ドアを飛び出し一気にアーチ屋根の下へ走り込んだ。アーケードの中も地面は水たまりになっていた。それでも外より百倍マシだ。

アーチ屋根を打つ雨のリズムが下まで響いた。人通りはなく、見わたすかぎりすべてのシャッターがおりている。わずかな希望は下弦堂が本屋という点か。水に弱い商品ゆえ店主が張り付いている——そんな可能性にすがるほかない。

百メートルほど行った先の左手に、下弦堂はあった。往来と交叉する四ツ辻の角に見間違いようのない「古本」の看板。雨風が吹きつける四ツ辻を小走りで渡り、ぴったりと閉じた扉を確かめてから、茂田は立派な文句を吐いた。「ちくしょう、話がちがうぜ！」

ガラス戸の向こうはカーテンが覆っていた。道に面した両開きの引き戸は幅広く、開けた軒下が想像できる。それがいまは無愛想に閉じている。

また空振りか――。膝が折れそうな感覚があった。そこまで落胆する話ではない。店が閉まっているのはむしろ自然で、そもそも有意義な情報を得られる保証だってなかったじゃないか。

なのに疲労が、全身にのしかかる。雨に奪われた肌の体温とはちがう熱が、身体の芯から消えてゆく。寒気に似た粘膜がべとついて、一言もしゃべる気力がわかない。一歩を進む忍耐が見つからない。なんだこれは、と自問する。骨身に染みていたはずだ。人生はこんなものだと。上手くいかないのがふつうだと。だからシンプルな生活を守ってきた。期待は疲れるからだ。やり直せる歳でもないからだ。なのにいまさら、何を落胆してるんだ？　何を望んでいたんだ。佐登志は死んだ。高翔も、春子も。それはもう、どうやっても変えられない。ぜったいに変わらない。死んだ。飯沢伸夫、岩村英基。千百合が死んで里子が死んで文男が死んで文男の祖母が死んでキョージュが死んだ。その因果がなんであれ、誰が誰を殺《あや》めたのだとしても、憎んだり愛したりがあったところで、おれの現在には関係ない。真実を知ることで救いが得られるとでも？　では救いとはなんだ。罪悪感を解消することか。それとも復讐を果たすことか。たんに納得することか。だがどうせ、取り戻せない。何もかも取り戻せない。雨が空に向かって降ることがないように。

「おい、おっさん」

肩を小突かれ河辺はよろけた。その手応えのなさに茂田が戸惑っていた。風邪をひいたか。おいおい、年寄りに乱暴しないでくれ。そんな減らず口を思い浮かべ、しかし声にするのは億劫だった。暗愁。それに囚われているのか。

「大丈夫かよ」

「ああ……、死にはしないさ」

嘘をつけ。驚くほど簡単だ、死は。

「頼むぜ、しっかりしてくれよ」

そのときようやく、茂田が声をひそめていることに気づいた。手招きし窓のほうへ歩み寄る背中を、考えもなく河辺は追った。茂田がガラス戸におでこをくっつけた。見ると、カーテンと柱のあいだにわずかな隙間があった。

茂田が耳もとでささやいた。「さっき、なんか動いたんだ」

腐っていた意識が少しだけ起きた。

場所を代わり河辺も中を覗いた。本棚と平台のワゴン。明かりがなくずいぶん暗いが、本で一杯になっているのはわかった。だがそれだけだ。

疑いの眼差しを向けると、茂田が早口に弁解した。「マジだって。階段みたいなとこで、サッて感じで。影が、こうしゃがんだみたいに……」

もう一度目をやる。やはり動くものはひとつもない。

このまま覗きの真似事をつづけていてもしようがない。意を決し、河辺は戸を叩いた。ごめんくださいと声をかけ、ふたたび叩く。反応はない。建物の二階へ顔を向ける。住居ではなさそうだった。倉庫だろうか。外にいる河辺たちに気づいて階を移動した。それを茂田が目撃した。あり得なくはない。

戸を引いてみるが動かない。

「開けるか？」茂田がささやく。

「できるのか」

「あんま得意じゃねえけど……」

「ならやめとけ。もし得意でも、こんな往来でピッキングなんて――」

トン、と店の中から木を打つ音がして河辺は言葉を切った。茂田も黙った。足音か、本が落ちた音。どちらにせよ、聞き間違いではないのはたしかだ。河辺はカーテンの隙間に顔を寄せた。暗がりを見つめ息をのんだ。ガラス戸の向こうで、相手もそうしているにちがいなかった。

店の人間やまともな客が、そんな真似をするはずがない。

肩を叩かれた。茂田が親指で店の横っ腹を指していた。目が訴えている。裏口か勝手口があるんじゃないか？

うなずき返し、ふたりは動きだした。店の横っ腹は四ツ辻の往来にあった。植木に半

分隠れているが、たしかにドアらしきものが見える。茂田が雨の中に飛び込んだ。河辺がつづこうとしたとき、
ピリリリ。

甲高い着信音が耳を打った。そばで黙っていたキリイが、慌ててスマホを取りだした。思わずもれそうになる舌打ちをこらえ、「ここで見張ってろ」と命じて茂田を追った。

河辺が着くと、茂田が目配せをしてくる。開いてたぜ、と。

店の中は薄暗く、肌寒かった。ゆっくりドアを閉め、耳を澄ます。何も聞こえない。茂田がそろりと踏みだした。河辺も注意しながら店内をうかがった。細長い間取りだ。壁は棚で埋まっている。中央にも棚がならび、ワゴンとプラスチックケースは通路の床に置かれている。人の気配は感じない。

茂田の足は勝手口と反対側にある階段へ向かった。上を見に行くつもりか。一瞬、河辺は迷った。茂田を追いたいが、ここを離れると隠れている何者かに勝手口から簡単に逃げられてしまうおそれがある。

せめて時間稼ぎに鍵をかけておこうとふり返り、そこにいた人影に思わずのけ反った。内心、くそっ、と悪態をつく。ドアのそばに立つマネキンだった。等身大フィギュアと呼ぶべきか。安っぽい甲冑《かっちゅう》を身につけている。

トン、と音がした。店の奥のほうからだ。河辺は身構え、目を凝らした。茂田が階段を踏む音だったか？　いや、あれは本の音だ。本が床に落ちた音。気配を探りながら、音がしたほうへにじり寄った。じわっと汗が目に染みた。ふいに思った。かくれんぼ

――。

同時に疑問を抱いた。何か、おかしい。この展開は、おかしくないか？

自問の答えが出ぬまま、音の正体にたどり着いた。やはり本だった。タイルの床に投げだされた文庫本を手に取る。『ジュリエットの悲鳴』。

「おい！」

怒鳴り声がして、河辺は階段からおりてきた茂田のほうへ顔を向けた。それが失敗だった。勝手口へ駆ける人影に遅れをとったのがはっきりわかった。この文庫本は誘導だと気づき、そして鍵をかけ忘れていることを思い出した。

「コノヤロウ！」

「待て、茂田！」

河辺の制止にかまわず茂田が走った。人影がドアの外へ消えた。棚やワゴンに蹴つまずきながら、河辺もあとを追って雨の往来へ飛びだした。

道の先にパステルピンクのアロハシャツが遠ざかった。それを目印に必死に走った。雨が河辺の全身を叩いた。絵に描いたような下町の街路を駆けた。細い道の両脇はフランチャイズとは無縁の飲み屋と食堂が軒を連ねている。いつもならにぎわいはじめる時刻にもかかわらず、往来は無人のランニングコースと化している。

さすがといっていいのか、かっぱらいで生計を立てていた男の足は軽かった。相手との距離がみるみるつまっていくのが感じられた。それはそのまま、河辺との距離が離れていくことを意味していた。民泊ホテルを越え、青果店を越え、青空駐車場を越える。

足音も吐息もぜんぶ雨と風が奪ってゆく。やがてパステルピンクの背中が石碑が建った角を左へ曲がって消えた。河辺は付いていくのをあきらめた。追いついたところで、息も絶え絶えのざまでは役に立つまい。

速度を落として石碑まで進み、左手へ目をやった。狭い街路のわきへのびる、さらに細い路地だった。そこにピンクのアロハが尻もちをついていた。

「――撒かれたのか」

「銃を向けられた」

茂田の青ざめた表情に言い訳の気配はなかった。

「撃たれたのか」

「いや、びびってこけちまったから」

「立てるか」

茂田は悔しそうに唇を嚙み、河辺の手を拒んだ。

「人相は？」

「わからねえ。でも、ハットをかぶってた」

円いつばなら河辺も見た。灰色っぽい背広も。

「銃は、ドラマとかでよく見る、四角いかたちのやつだった」

ベレッタ型。トカレフのたぐいか。

「モデルガンだった可能性は？」

「知らねえよ！　銃なんてめったに目にするもんじゃねえんだ」

「責めてるわけじゃない」

茂田は「くそっ」と吐いて立ち上がり、乱暴な足どりで来た道を戻った。責めてるわけじゃない。この台詞が責めているように聞こえるのかと、詮のない反省をしながらあとを追った。

茂田は迷わず勝手口から下弦堂の中へ入った。河辺は表玄関のほうで待っていたキリイに「もうしばらく見張っててくれ」と声をかけ、「ハットをかぶった男がきたら闘わずに大声をあげろ」と告げた。

「銃を持っているかもしれない」

口にした自分の言葉に違和感を覚えた。勝手口をくぐる前にドアノブを確認した。ピッキングではない。撃ち抜かれ、破壊されている。

さっきの疑問がよみがえる。この展開はおかしい。こんなはずじゃなかった。ここでハットの男と出くわすなんて想定外もいいところだ。

なぜ、奴はここにいた？　いったいここに、何があると期待して――。

勝手口から店に入ると、暗がりで茂田が親指を噛んでいた。ハットの男がひそんでいたと思しき場所に立ち、じっとうなだれている。奴はここから『ジュリエットの悲鳴』を放り投げたのだ。

「見ろよ」

視線は濡れた床に向かっていた。河辺はうなった。タイルに浮かぶ、水の形。

「足跡、か」

「ハットの男——、じゃなくて女か？」

足跡は明瞭とはいいがたかった。しかしサイズはわかった。せいぜい二十五センチ前後。成人男性としてはずいぶん小さい。

河辺は息を吐いた。茂田がいぶかしげに眉を寄せた。それを横目に、もう一度、長く息をついた。覚悟はしていた。竹内家の庭が掘り返されていた時点で、《栄光の五人組》に関係する人間なのは確定的だった。しかしそれでも、それゆえに、河辺はずっと否定してきた。いや、見て見ぬふりをしていた。仲間が、仲間を殺したという事実から。

「おれの友だちに、変な歩き方をする男がいてな」

夏の山道を登ってくる姿が目に浮かんだ。白いワイシャツに肩掛け鞄を下げ、腕をほとんどふらずに近づいてくる。幼い顔をにこにこさせて。

「そいつはフーカの——女の子の靴が履けるくらい、足が小さかった」

ハットの男は、欣太だ。

今日一日で一生ぶんのため息をついたのではないか。河辺は張り付いたしずくを塗り込むように手のひらで顔をこすった。

動揺を分厚いタールで包み隠し、茂田に訊いた。「欣太は、何か持っている感じだったか」

「何かって？」

「この店にやってきた、目的の何かだ」

「手ぶらだったとは思うけど……、ポケットの中を見たわけじゃねえからな」

持って逃げるのは簡単だ。文庫でも単行本でも、ノートサイズの日記でも。

「五百万円相当の金塊は何キロだと思う？」

知るかと吐いて、茂田はぎりっと奥歯を噛んだ。

「二階は？」

「……売り場じゃねえかな。暗くてよく見えなかったけど、棚がならんで、ごちゃごちゃした感じだった」

ひっくり返すか？　気負った表情が問うている。できれば避けたい。不法侵入者である自分たちに許された猶予がどれほどあるか。捕まれば窃盗犯への格上げだ。

だがここでヒントをつかまなければ、おそらく欣太には追いつけない。

「あいつが上からおりてきたのは間違いねえ。カーテンの隙間からおれが見たのはきっと、階段の辺りでこっちに気づいて、慌ててしゃがむとこだったんだ」

ならば行くしかないだろう。足もとに気をつけながら店の奥へ進み、階段を上った。

河辺がライト代わりのスマホを照らすと、うおっと茂田がのけ反った。壁にかかっている鬼の面が目に飛び込んできたのだ。

「なまはげだ」

「なんでこんなもんが」

「下には武将の人形もあった。いろいろ手広くやっているんだろう」

二階は下の半分ほどのスペースが売り場になっていた。奥のもう半分は事務所か物置きらしく、出入り口に長い暖簾がかかっている。フロアには五段に分かれたスチールラックが等間隔で三つ置かれ、壁ぎわにはガラスケースが備わっていた。さまざまな商品が陳列されていた。置き時計、招き猫の陶人形、箱入りの玩具……。

「古本屋じゃねえのかよ」

「よくあるんだ。古本といっしょにビデオやゲームを売っていたりすることは。もっとも、ここの品ぞろえは骨董屋に近いようだが――」

足跡を探して床に向けていたスマホがピタリと止まった。いちばん右手に立つラックの奥のほう、中段に置かれたそれに目が留まった。青白い明かりを当てつつ、河辺はゆっくり近づいた。後ろから付いてきた茂田が「おっ！」と身を乗りだした。

それはほかの商品にまじって無造作に置かれていた。松本で目にしてきたばかりの平べったい機械。レコードプレイヤーだ。

「見ろ」

スマホを明かりに、河辺は窓に接するワゴンを示した。ずらりとならぶそれには、びっしりとレコードが詰まっていた。CDと思しき列もある。

「『俺の名前がわからねえ』が、ここにあんのか？」

河辺は答えなかった。たしかにそれなら欣太がやってきた理由が説明できる。じっさい雨水の足跡はここへつづいていた。しかしワゴンの前には達していない。

この店にレコードがあることをどうやって知ったのかという疑問もある。そもそもインターネットで検索すらできない代物が、ほんとうにこの店にあったのか。

「探してみるか？」

「いや――、無意味だ。見つけたところで」

暗号は解けないのだから。

「あいつは解いてんのか？」

「わからん。だが脳みその出来じゃ、逆立ちしてもかなわないのはたしかだ」

「――捜すしかねえか、本人を」

捜す。見つける。そしてどうする？

黙りこくる河辺に、茂田が舌打ちをした。「行こうぜ。まだそんなに遠くへは行ってねえだろ」

「車を使われていたら間に合わない」

「この雨だぞ？　たいしたスピードはだせねえよ」

まるで河辺のプリウスだけは百キロで走れるといわんばかりだ。

河辺は指で目頭を押さえた。考えをまとめたかった。ハットの男は欣太。それはほぼ確定した。高翔の実家を訪ね、この古本屋に現れた。レコードが目当てだったかはわからない。その可能性は低い気がする。どちらにせよ、佐登志と無関係な行動のはずはない。何より拳銃を持っていた。あの壊れたドアノブを見れば、それが本物であることは一目瞭然だ。

おまえが、佐登志を殺したのか――。注射器を使い、アルコールを血管に流して事故死に見せかける。欣太なら思いつく。そして実行できる。ヒーちゃん、彼女を排除するつもりでしょ？　二十年前、あいつはいとも簡単にいってのけた。春子のことを、かつてハルちゃんと呼んで可愛がっていた少女のことを、なんの葛藤もなくただの脅迫者とみなして、邪魔者の命を摘むという選択肢の合理性に嬉々としていた。それが最短最適の解ならば、倫理など踏み越えて、あいつはたぶん、実行するのだ。

そんな実感が、河辺の身を引き裂いていた。頭は考えている。たとえそうだとしても、どうでもいい。佐登志のあの生活を思い出せ。生きながら死んでいたようなものだろ？　そもそも二十年間、連絡すらなかったんだ。とっくの昔に死んでいたって、どうせおれは知らずに平気で過ごしていたんだ。だから、もういい。適当に哀しむふりをして、そして東京へ帰ればいい。シンプルな生活に戻ればいい。一方で、内臓は波打っていた。衝動としかいいようのないマグマ。殺してやる、悪め。殺してやる。殺してやる……。

河辺は胸に手を当てた。

「行き先もわからないんじゃ、追いようがない」

口にしてみると、そんなおためごかしも、あんがいそれらしく聞こえた。

「あきらめろ。おれたちの負けだ」

室内は暗かった。それでも茂田の表情はわかった。半開きで、息も止まった唇。見開いている瞳。それらが表す失望。あるいは侮蔑。

おまえにはわからない。ガキには。

「逃げるカネくらいくれてやる。五百万の百分の一にもならないが」

「出せよ」

茂田が右手を突きだしてきた。河辺は一瞬、彼の目を見た。それから財布を取りだそうとした。

「ちがう」強い声だった。「キーだ。車のキーを寄越せ」

「……なんのためにだ」

「あんたの知ったことじゃねえ」

「追うつもりなら無駄だ。やめておけ」

「いいから寄越せ」

「運転もできないくせにか？」

茂田が、必死に何かをのみ込んでいた。抑え込んでいた。抑え込みながら、けれど感情はそこにはっきり存在していた。怒りなのかなんなのか、たぶん自分でもわかっていない。ただ、退くことはない。その決意が伝わってくる。まもなく殴られるかもしれないと河辺は思った。好きにしろと思った。それで気が済むなら安いものだ。虚しさだけがあった。どれだけ茂田ににらまれても、いったんおさまった腹の底のマグマは騒がなかった。たとえ唾を吐きかけられてもおなじだろう。ただその瞳を見つめ返せば返すだけ、妙な寒気が広がった。いつかも味わったことがある。ずいぶん昔だ。

突然、丸首シャツの肩口をつかまれた。すごい力で引っ張られた。階段のほうへ茂田は進んだ。河辺は逆らわなかった。逆らわず引っ張られるまま、階段を転げるように下った。壁にぶつかり、つまずき、体勢を崩した。茂田はシャツを放さなかった。ふりまわすように河辺を引きずり、勝手口へ乱暴に歩いた。

外へ出て、茂田は迷わず商店街をプリウスのほうへ向かった。キリイが慌ててあとを追ってきた。茂田は一顧だにせず、前だけ見てずんずん進んだ。アーケードを抜け、プリウスが目に入り、雨に全身を打たれたとき、河辺は「もういい」と茂田の手をふり払おうとした。だが茂田は放さなかった。指が溶けてくっついたのかと思うほどしっかり、河辺のシャツの肩口を握り締めていた。

無理やり立ち止まり、河辺は訊いた。

「何がしたい？」

茂田が眉をひそめた。

「金塊なんてないんだろ？」

その顔に刻まれたしわが、滴の流れる軌跡をつくった。

「ちがうというなら、おまえの持ってるビー玉とやらを見せてみろ。ほんとうに、そんなものがあるならな」

茂田は答えなかった。ただじっと河辺を見ていた。

「置き時計だなんだといいだしたのも、不安になったからだろ？　この暗号の先に、ほんとうにお宝があるのかどうか」

「何もないなら――」茂田が目を剝く。「あんたに連絡なんかしねえ」

「たしかに佐登志はいったんだろう。五百万の金塊をどこかに隠したと。だがそれは、あいつお得意のホラだった」

「そんなんで騙されるかよっ」

なるほどな、と河辺は返した。「金塊の手がかりに思える何かはあったんだな」

茂田がはっと奥歯を噛んだ。試しやがったなと、シャツをつかむ拳が語っていた。

口車だけでなく、金塊の存在を信じたくなるブツがあった。だから信じた。そして河辺を呼びつけた。

「だがそれが、チェリーの瓶に隠してあったのはちがう。あれは、おまえの茶番だ」

『来訪者』に書かれていたチェリーの箇所に丸をつける。筆跡など関係ない。猿でもできる。

「いい思いつきだったが」

「ちがう！　あれは――」

「茂田。あいつが、おまえに金塊をくれてやるつもりなら、そんな面倒はしない。暗号もそうだ。もっと簡単にすればいい。おれを呼ぶ必要なんて何もない。――わかるだろ？　佐登志はおまえに何もくれてやる気がなかった。なのにおまえは、そのブツを持っている。佐登志に託されたんじゃない。おまえはそれを、盗んだんだ」

茂田は身じろぎもしなかった。まばたきすらやめ、ゆっくり鼻で呼吸をした。

「あの部屋にあったそれを、いつもの癖で懐に入れたんだろ？　佐登志は気づいたが、問いつめたところで認めさせるのは骨だった。生活の実権を握られて立場も弱い。だから金塊の話をでっち上げた。解けない暗号を教えた。おまえが勝手に、それを売っ払ってしまわないようにな」

シャツをつかんでいた拳が解けた。伏せた目に、痛みに似た色がかすめた。

河辺はいった。

「ないんだ。金塊は」

雨は土砂降りといっていい強さだった。陽も落ちかけ、水の底に立っている気分になった。

茂田が、絞りだすようにつぶやいた。

「……つかねえよ。佐登志さん、おれには嘘を」

河辺は天を仰いだ。もういいだろ？　何度目になるかわからない自問だった。もういい。もうこれ以上、落胆を繰り返さなくても。

「もう一度だけいう。このまま消えろ、茂田」

背後に立つキリイの気配を感じながら河辺はつづけた。「ぜんぶ忘れて、やり直すんだ」

「あの野郎を見逃せってのか？」

「そうだ。追ってどうする？　金塊はなく、そして相手は銃を持ってる」

「――もう、びびらねえ」

「そういう問題じゃない」

「じゃあどういう問題だ？　おれに、あの野郎が殺せないと思ってるのか？」

「……冗談でも、殺すなんていうんじゃない」

「なめんなよ。殺すっつったら殺すんだ。先に向こうが佐登志さんを殺《や》った。文句はいわせねえ」

「ふざけたことをいってんじゃねえぞっ」

声が荒ぶった。胸ぐらをつかみ力いっぱい引き寄せた。

「殺すだと？　その意味がほんとうにわかってんのか？　誰かの人生を終わらせる意味を、ちゃんとわかってんのか？　取り返しがつかない過去を、背負う意味を」

にらみつけた。茂田がにらみ返してきた。震えるように歯を食いしばっていた。頭から顎へ、雨水が幾筋も流れ落ちるなか、その目はまっすぐ河辺を捉え、迷いも臆病も見いだせなかった。

身体から力が抜けた。なぜ？　と心から思った。

「なんでだ？　なんでそんなにこだわる？　おまえには未来がある。復讐なんてしてる暇はない。そうだろ？」

「シーチキンが魚だっていつ知った？」

「……なんの話だ」

「おれは最近まで鶏肉だと思ってた。マジで知らなかったんだ。教えてくれる人なんていなかった」

河辺の間近に、燃える瞳が迫った。

「馬鹿にされてきた。みんなに、ずっと。佐登志さんと会うまで」

街は人っ子ひとり歩いていない。通りをいく車もない。雨の音だけがうるさい。

「チェリーは」茂田が背を向けた。「佐登志さんと窓からションベンした夜に飲んだんだ。洋酒は苦手なくせにガンガン飲んで、下手な歌を大声でうたってよ」

ピンクのアロハはずぶ濡れで、薄い背中が透けていた。

「あの人のこと、あんたがいろいろくっちゃべるから、そういうのばっか思い出しちまう。理由なんておれにもわかんねえ。でも、忘れるのは無理だ」

唾を吐き、プリウスへ歩きだす。まあべつに、どうでもいいけどよ――。まるで、そんなふうに。

「待て」

河辺の声に、茂田が半身をこちらへ向けた。彼と対峙し、途方に暮れた。引き止めて、待たせて、そしてどうするのだ？　間抜けに立ちつくし、言葉を探した。説得する、けむに巻く、丸め込む。どれを選んだっていい。口にするのは簡単だ。忘れられないなんて一瞬だ。人の記憶はもっと都合よくできている。いいか、佐登志は死んだんだ。死者はもう、おまえの役には立ってくれない。そんな男のために危険をおかすなんて、正真正銘の馬鹿じゃないか。……茂田が納得せずともいい。ただおれ自身が、区切りをつけたいだけだ。

義務で付き合ってるわけじゃない。意見が合わずに決裂するのは自由だろう。プリウスに乗って東京へ帰る。シンプルな生活に戻る。三百万の借金？　知るかそんなもん。初めから払う気などさらさらない。

なのに、言葉が出てこない。

〈大雨特別警報が発令されています。お近くの避難所、または頑丈な建物の上層階へ避難するなど、安全の確保につとめてください。少しでも命が助かる可能性が高い行動をとってください。大雨特別警報が発令されています……〉

役所の広報アナウンスが流れた。

「……欣太も、これを聞いてるはずだ」

じっとこちらを見てくる茂田を見返し、河辺はつづけた。

「もし奴の用事が、レコードではなく、下弦堂の店主にあるなら」

そしてまだ、会えていないなら――。

「近くの避難所をのぞきにいくかもしれない」

茂田が息をのむ。確かめるように河辺をにらみつけてくる。河辺は目をそらさなかった。

茂田が、鋭くうなずいた。河辺は息を吐いた。心の命令。正気か？　おれを幾つだと思ってる？

「――いいだろう」自分にいい聞かせるように河辺はいった。

プリウスに乗り込んだ。茂田が助手席を取り、後部座席にキリイが座った。

エンジンをかけ、その音に隠してつぶやく。なあ茂田――。

「おれは嫉妬してる」

おまえにもだ、佐登志。

最寄りの避難所は簡単に検索できた。下弦堂へ引き返し店主の住まいや連絡先を探す手もあったが、空き巣を繰り返すリスクと手間であきらめた。あそこに潜んでいた以上、欣太もそれを知るまいという見込みもあった。

下弦堂にいたあいつの目的がレコードではないことを、河辺は確信している。足跡があった辺りに『俺の名前がわからねえ』はなかったし、探した形跡もなかった。高翔の実家で確認済みなら、危険な不法侵入をおかす理由としては弱い。

もっと単純な答えがある。欣太は店主に会うために下弦堂へおもむき、二階の暗がりに隠れていたのだ。店主がくるまで、日が替わっても待ちつづけるつもりだったのだ。自宅を知っている男が、こんな気長な方法を選ぶとは思えない。

しかし先に現れたのは河辺たちだった。老人ひとりを相手にする予定が怪しげな三人組に変わり、慌てて逃げた。あの状況で河辺を視認するのは無理だろう。欣太にはチンピラ集団の一員としか見えなかったはずだ。

すると新たな疑問が生まれる。拳銃を手に、それを使って勝手口の鍵を壊してまで、いったい欣太は下弦堂の店主にどんな用事があったのか。

「暗号を解くヒントに決まってる」

「だが暗号自体に、下弦堂を連想させる要素はない」

「ちげえよ。石塚の野郎は佐登志さんを殺す前、差し向かいで飲んでたんだろ？」

そして暗号を聞いた。部屋に『来訪者』が残っていたことから、口頭で教わったと考えるのが自然だ。

「そのやり取りからピンとくるものがあった、か」

暗号の性格上、解読に文学の知識が活かされる可能性は充分ある。下弦堂の店主がそれをもっていても不思議はない。河辺たちには知りようのないヒントだ。一歩も二歩も先をいかれているとみたほうがいいだろう。しかし——と、河辺は思う。

ならばなぜ、いまさらバッティングしているのか。佐登志が殺されてから二週間以上経つ。欣太なら、自分たちよりはるかに早く暗号の答えにたどり着く。河辺はそれを疑っていない。専門知識が要るのだとして、下弦堂を訪ねるのも遅すぎる。それとも、欣太には欣太の事情があったということなのか。

どちらにせよ、最大の疑問は残ったままだ。なぜ佐登志を殺さなくてはならなかったのか。

隠してある金塊を奪うのに、殺人はまったく必要ない。むしろ暗号を解き、ちゃんと手にするまで生かしておくほうが賢明だろう。じつは金塊はあの部屋にあり、直接奪うために殺したとしたらどうか。それならその時点で目的は達せられているはずで、高翔の実家を訪ねたり下弦堂に侵入したりという行動に説明がつかない。つまり金塊を動機とするかぎり、佐登志の殺害は不合理なのだ。

注射器を準備していたことからも、あらかじめ殺意を抱いて部屋を訪れたとみるべきだ。目的は殺害で、金塊は副産物、おまけにすぎないということか。だがけっきょく、その動機がわからない。酒浸りで、引きこもりの男を亡き者にしようと決意した理由。

やはり、金塊じゃない、と河辺は思う。ほかにあるのだ。暗号が示す、《真実》。欣太が、佐登志を殺さなくてはいけなくなる、真実が――。

なだらかな上り坂の右手に小学校の校舎が見えた。アーケード商店街から行ける範囲でいちばん大きな避難所だった。校門の前に立つ雨合羽の誘導係に従ってプリウスを駐車場に駐めた。校舎に入り、避難場所の体育館へ向かった。河辺たちの前にも住民はいたし、あとからやってくる者もいた。自然と塊になってぞろぞろ歩いた。

体育館には茣蓙《ござ》やシートが敷かれ、老若男女、さまざまな人たちがスペースの半分ほどを埋めていた。人々は、茂田とキリイに親しみとはかけ離れた視線を投げた。茂田がじろりと見返した。人捜しと知らなければ威嚇《いかく》にしか見えまい。そそくさと顔をそらす彼らを責めるのは酷だった。

下弦堂の店主と会ったことがあるのは茂田だけだ。欣太に関しては服装だけが頼りで、着替えていれば見分けるのは難しい。河辺にも自信はなかった。恭兵によれば、昔とはずいぶん感じがちがっているという。

茂田がじろじろと品定めをしながら歩きだし、それにキリイがくっついていった。河辺もつづこうとしたところでスマホが震えた。ショートメッセージだった。画面を確認し、便所に行くと茂田に伝えた。体育館を出て、案内の職員に怪しまれないようスマホで話すふりをした。人目がないのを確認し経路を外れ、校舎の暗がりに身体をすべり込ませた。階段を三階まで上がり、スマホを握り直してコールした。廊下を歩きながら、何年ぶりだろうかと思った。小学校。壁や床は自分が通った校舎とちがうのに、なぜか懐かしさがあった。小学校ならではの造り、雰囲気があるのだろう。幸いにも刑事時代には縁がなかった。もっと前、交番勤務だったころ、地域のイベントか何かで足を運んだ記憶があるきりだ。

ふいに、泰枝の思い出が浮かんだ。古い映像だった。出会ってすぐのころ、場所はどこかの植物園。

おれと別れ、彼女は子どもをつくっただろうか。

《栄光の五人組》が出会ったのも小学校だった。

三コール目で通話になった。

〈びっくりだよ。まさか、まだつながるとはね〉

「おまえこそ、よくこの番号を憶えていたな、欣太」

長い廊下には非常灯すらない。


〈その窓から下を見て〉

河辺は立ち止まり、外を見下ろした。用具入れと思しきプレハブ小屋の軒下に人影が立っていた。背広、円いハット。

〈動かないでね。動いたらぼくは消える〉

明かりはなく、雨のせいもあって顔はほとんど見えない。かろうじてサングラスがわかるくらいだ。

河辺は届いたショートメッセージの内容を思い返した。『そこを離れてひとりで三階の廊下を歩いて。五分以内にコールすること』。河辺が体育館にいることを知っていたのは間違いない。しかしあいつがあのままの服装で体育館にいたなら、河辺は見逃していないだろう。

「おれたちを、尾行《つけ》ていたのか？」

〈ご名答〉

年齢を感じさせないはしゃいだ声に、現実感がゆらぎそうになった。

欣太を追うつもりでここまできたが、じつは欣太に追われていた。茂田を撒いたあとで当たりをつけ、プリウスのそばに先回りしていたのだ。

〈初めは気づかなかったけど、ヒーちゃん叫んだでしょ？　それでピンときた。ピンときたというか、びっくりした。嘘でしょって〉

小学校まで尾行て、ショートメッセージを送った。かつてやり取りをした番号に。

〈これが届かなかったら退散するつもりだったんだ。だからまあ、いちおう運がよかったってことになるのかな〉

「おれにとってはな」

〈うれしいね。そんなにぼくに会いたかったの？〉

「なぜ、佐登志を殺した」

束の間、電話口の向こうが静まった。耳に痛い沈黙を、雨音が吸い込んでゆく。

〈ああ――……〉

間延びした響きだった。

〈傷ついちゃうなあ〉

わざとらしい嘆きだった。

〈それは元刑事としての意見？　それとも幼なじみに対するジョーク？〉

「拳銃を持った男を笑わせる趣味はない」

ふっとかすれた吐息が届いた。〈護身用だよ。ややこしい仕事をしてた大昔の記念品〉

「佐登志を殺した理由をいえ」

〈ぼくが殺ったという積極的な根拠は？　だって銃は関係ないよね？〉

「おれはあいつの死因を、一言もいってない」

返事はなかった。河辺が知るかぎり、佐登志の死は急性アルコール中毒で片づいている。

「佐登志の死が他殺だと、どうやって知った？　それが銃殺でないと、どうやって知ることができたんだ」

やがて、プレハブ小屋の下に立つ人影が顔をそらした。

〈べつに知っちゃいなかった。たんに話を合わせただけ――っていうのはどう？〉

「それなら軽蔑するだけだ。友だちが殺されたと聞いて、へらへらしていられるおまえを」

〈相変わらず青くさいね、ヒーちゃんは〉

ぼくが殺したとして――とつづけた。〈なんでだと思う？〉

明るい声だった。気の利いたなぞなぞを思いついた子どものように。

奥歯が軋《きし》んだ。噛み殺さないとあふれてしまいそうだった。喉が焼けるほどの虚しさが。

「質問に答えろ、欣太」

〈オッケー。いいよ。よく聞いて。サッちんが死んだのは新聞で読んだ。死因についてはある人から教えてもらった〉

「いつの何新聞で、どこの誰からだ」

〈答えたら疑いは晴れるの？〉

人影はこちらを見ない。〈いや、手遅れだ。たとえぜんぶに説明がついても、もう戻れない。疑った事実と、疑われた記憶が、ぼくらの歴史になってしまったから〉

「歴史だと？」

〈そう。つまり変化だよ。痛みをともなう不可逆の変化〉

「御託はいい」

河辺は静かに深呼吸をした。

「おれが知りたいのは真実だ」

〈真実！〉

人影の左腕が跳ねた。〈ははっ、真実ときたか！　ねえ、いったいそれがいつあった？　どこにあって、どんな姿で、どんな色をしていたの？　どんな香りだったんだい？　ああそうさ、わかってる。あの一瞬、たしかにそれはあったんだ。かぎりなく純粋な経験が。何にも邪魔されない剝きだしな瞬間が。でもそれは時間の濁流にのみ込まれた。雪の結晶が溶けるようにとっくに姿を変えている。昭和五十二年の二月にも、平成十一年の八月にも、ぼくらはけっして戻れない。物理的な意味じゃない。精神的な意味でもない。タイムマシンがあったっておなじだ。いいかいヒーちゃん、あらゆる意味で真実は取り返しがつかないものなんだ。記憶も記録も感情や罪さえも、すべてはとっくに起こり終えて、そして変わってしまっているんだ。そこから見わたすぜんぶがもう、まがい物でしかないんだよ〉

円いハットが前後にゆれた。腹を抱えて笑うように。

〈二十年前にもいったはずだ。過去は無意味だって。だけど最近はこうも思う。もしこの考えが正しいとして、ぼくらに残されたわずかな未来に、はたして意味はあるんだろうか〉

いつの間にか、人影はうなだれていた。何もいえなかった。ただ彼を見下ろした。突然、死が、目の前に現れた錯覚におちいった。雨粒がとめどなく降りそそぐ、底の見えない穴だった。

「ごまかしはやめろ」

声を張った。張らねば奈落に落ちてしまう。

「御託はいらないといったはずだ。げんにおまえはそこにいて、おれと顔を合わすのを怖がっている。それが真実だ」

人影が顎を上げた。

「高翔の実家へ行ったな?」

表情のないサングラスがこちらを見ている。

「そしてあいつのレコードを探した。暗号を解くために」

暗号――、と欣太がいった。

「おまえはレコードを見つけ、割って粉々にした。金塊を独り占めするために」

金塊――、と欣太がいった。

それは奇妙なオウム返しだった。心にすっと影が入り込んでくるような。

つぶやきが聞こえた。ほんとうに小さな声で、なるほど、と。

〈ぼくはおカネのために、サッちんを殺したというわけか〉

声が出なかった。気がつくと河辺の胸には不吉な染みができていて、水嵩《みずかさ》を増すように、それが圧迫を強めていった。

ねえ河辺――。欣太は、河辺をそう呼んだ。

〈まさか五味佐登志が、まともな人間だと信じているんじゃないだろうね？〉

ふいに自分の居場所を見失う。長野市の避難所に指定されている小学校の校舎の三階。外は夜。暴風雨。令和元年、十月十二日。河辺久則。五十九歳。

立ちくらみをこらえ、河辺は窓のふちに手をかけた。外の暗がりに円いハットの男が立っている。石塚欣太だ。おれの幼なじみだ。だがその姿は黒く覆われ、正体を見極めることは叶わない。

〈そろそろこっちの質問に答えてもらおう。そのためにわざわざ連絡したんだからね〉

「待て。いったいおまえは――」

〈訊いてるのはぼくだ。それとも電話を切ろうか〉

河辺は言葉をのみ込んだ。欣太は迷いなく実行する。そして二度と、この番号はつながらなくなる。

唇をなめる気配があった。〈下弦堂にきた理由は？〉

「それはこっちが訊き――」

〈いいかげんにしなよ、河辺〉

河辺は額の、冷たい汗を手の甲でぬぐった。

「……佐登志が遺した暗号の、ヒントを探してた。最後の行だけが、おれはまだ解けていない」

反応を探るが、ふうん、と素っ気なかった。

〈あの若い男の子たちは？〉

「佐登志を世話してたグループの下っ端だ」

〈はっ！　まんまとしてやられたね〉

「なんだって？」

〈嵌《は》められたんだ。まあいいか。ぼくの目的とは関係ないし〉

「欣太、さっきから何をいってる？」

〈河辺、君とはここまでだ。ぼくは千百合さんの仇を討つ〉

その台詞のぜんぶが理解できず、河辺は真っ白になった。

河辺の反応にかまわず、欣太はしゃべりつづけた。

〈やっぱりあれが、はじまりだった。ぼくらの栄光がねじ曲がった最初の一撃だったんだ。憶えてる？　平成十一年のあの日、君はぼくの電話に出なかった。三コール目を数えながら、ぼくは内心ほっとしていた。もういいやと思えたからね。自分が犯したかつての間違い。文男くんを犯人だと指摘したせいで起こった過ち。それを正したかったのは嘘じゃない。だけど目をつむるほうが楽だった。顔をそむけるほうが簡単だった。しょせん喉に刺さった魚の小骨だと、そう思い込むほうがね。番号を変えて、もう真田の仲間とはこれっきりだと心に決めた。たかが過去じゃないか。そううそぶいてね。おなじ日にコーちゃんとハルちゃんが死んだと知ったのは、だいぶ時間が経ってからだ。ぼくの母さんは、いまだに真田の噂話をわざわざ教えてくれる。ふたりの心中はショックだったけど、気にしないようにつとめた。自業自得だ。上手く生きられなかったのはコーちゃんたちの責任で、タダでおカネをあげる義務はぼくにはなかった。そういい聞かせて、いい聞かせつづけて、その結果どうなったと思う？　ふたりの死はぼくの中で大きなゆがみとなってしまった。時間が経てば経つほどはっきり、ぼくの世界の決定的なゆがみにね〉

あの心中の日から――。そう吐きだす声に疲れがにじんだ。

〈何かが変わった。ぼくの人生も世の中も。ビルに飛行機が突っ込んで意味不明な戦争がはじまってすべてがメディアのもとでエンターテインメント化されてった。株価とフェイクと再生回数が支配する時代になった。ＩＴバブル、リーマンショック、仮想通貨――。そのたびぼくは上手に立ち回ったよ。この才能だけは胸を張れる。ぼくはおカネに愛されてたんだ。稼げるときは利益をだして危ないと思ったら手を引いた。その見極めが肝心だ。損切りの決断がね。凡人はここでしくじる。捨て切れなくなってしまう。ぼくは平気だった。勝敗の確率を天秤にかけて自分で決めた売り買いのルールに従い決断する。そういうのが好きだし得意だったんだ。でも、気づいてしまった。そう、コーちゃんたちの死を知ったときさ。責任を感じたわけじゃない。悔やんだわけでもない。ただ、見て見ぬふりをしてきた事実に気づかされたんだ。自分が、彼らを損切りしていたことに。過去を損切りしつづけていたことに。彼らを助ける義務はなかった。だけど、義務がないだけだった。たったそれだけの理由でぼくはふたりを見捨てた。そしてぼく自身も、この世界に損切りされていた。不要なもの。数字を生みださないもの。そのなかにはちゃんとぼくも入ってた。ぼくの過去もぼくの人生も。コーちゃんとハルちゃんの死も、千百合さんやキョージュや文男くんたちの死も、とっくに損切りされていたんだ〉

わかるかなあ、と欣太がもどかしそうにいう。

〈だからこそ、回復させなくちゃいけないものがある〉

ひときわ大きな風が窓を叩いた。

〈コーちゃんたちの死はぼくの世界をゆがめた。でもそれは、昭和五十二年から放たれた矢だったんだ。ずっと飛んでいたものが二十年かけて着地したってことなんだ。ぜんぜん過去じゃなかった。ぼくらはそれをずっとやり過ごしてきた。いつか必ず何かを損なうとわかっていながら時間の空を飛ぶ矢をつかもうとせず、跳び上がろうともせず、

ただただ地を這ってしまった。そして矢はいまも飛んでいる。損なわれるのは、もうたくさんだ。ぼくは跳ぶ。手をのばす〉

額に当てた指に熱を感じた。頭の芯がざわついて、思考を邪魔した。欣太が垂れ流した言葉の数々は、理解の外で響いた。それを拒否する気持ちと、かすかな共感の境目で、この熱は発せられているのだと、河辺は思う。

吐息が聞こえた。欣太の声から、感情のいっさいが消えていた。

〈最後の質問をする。千百合さんが消えた終業式の日、君はキョージュの家へ遊びに行ってる。国道の、幽霊カツラが生えていた辺り、坂の頂上からあの家を目にしたはずだ。二階の窓。そこは千百合さんの部屋だった〉

欣太の一言一言が、かつての記憶を鮮やかに呼び寄せた。大きなカツラの木、国道のひび割れたアスファルト。赤茶色のセドリック、雪で白くかすむ剣岩山。

〈あのとき、君は何か見なかったか〉

たとえば――、

〈たとえば、吊るし雛を〉

河辺は動けない。相槌すら打てない。

〈千百合さんの部屋の窓に、それは吊るしてなかったか?〉

二階建ての日本家屋。キョージュの家。松本から戻ったのは五時ごろ。学校の忘年会があったにもかかわらずキョージュはすでに帰っていて、フーカと千百合はまだだった。外はもう暗かった。千百合の部屋を見たとすれば昼間、坂の上にいたときしかない。学校から飛んで帰った。ドライブに誘われた。自転車を引いて坂をおりた。赤錆の橋を渡った。神川の流れは強かった。セイさんと会えたよろこびで気が急《せ》いていた。雪も降っていた。坂をおりるさいは足もとに気がいっていた。

吊るし雛。河辺は実物を目にしている。見たのはフーカの部屋で推理ごっこをしたときだ。人形は完成していた。女雛と男雛で二列に分かれ、ほかに人形が二体ずつ、人形と人形のあいだに雛道具が挟まっていた。ぜんぶそろったなかで女雛だけ足りなかった。千百合の遺体が見つかった日からキョージュがちぎり取って握っているのだと、フーカはそういっていた。

だが、千百合が消えた日も、おれはそれを目にしていたか？

――わからない。どれだけふり絞ろうと、記憶はすでに消え去っている。

「教えてもいい」河辺はいった。「その代わり、おまえがなぜそれにこだわっているかを話せ」

〈合図だよ〉

「合図？」

〈家出をして合流する相手に、千百合さんは報せなくちゃいけないことがあったんだ〉

「――なぜ、そういえる？」

〈推理の結果さ。あの事件は、恋人同士の無理心中なんて単純なものじゃない。もっと複雑にいろんな思惑が絡まり合った混沌なんだ。でも、もういい。充分だ。どうせ君は吊るし雛のことを憶えちゃいないんだろ？〉

そのとき、ブブッと電子音が鳴った。キャッチホンだ。欣太に電話がかかってきたのだ。

〈ねえ河辺〉どこか懐かしむ口ぶりだった。

〈過去は無意味で未来はわずかだ。ならぼくは、この瞬間に従うよ。心が命じるままにね〉

電話が切れた。同時に人影が駆けだした。あっと思う間もなく闇に消えた。追いかけようとして足がよろけた。スマホを落としそうになって握り直した。動悸がした。走らねば。しかし頭がぼうっとする。熱だ。比喩ではない体温の上昇。めまい。嘔吐感。濡れすぎた。動きすぎた。気温は下がっている。衰えた身体に耐えがたいほど。

吊るし雛の合図？　近藤柾人に？

思考は入り乱れていた。意識が過去に引きずり込まれて帰ってこられない。万華鏡がめぐるようにちかちかと、雪の降る真田町の光景が浮かんでは消える。

——合図を決めておくのはおかしくない。不測の事態が起こったとき、携帯電話もメールもないあの時代、それを伝える手段はかぎられていた。窓から垂らす吊るし雛は国道から見えるうえ目立ちすぎもしない、ちょうどいいアイテムだ。問題は、それがどんな、誰に向けられたメッセージだったかだ。まずは近藤柾人。しかし逆に、近藤だけならそこまでする必要はない。連絡は、千百合が勤めていた会社の電話を使っても怪しまれない範囲で済んだだろう。つまり吊るし雛の合図は、ほかにも誰か、それを伝えるべき人物がいたことを意味する。

事件の土台がゆらぐ。千百合と近藤が、ふたりで駆け落ちを計画していたという前提が。

曇り窓だ。かつて幽霊カツラのたもとから眺めた千百合の部屋は、曇り窓だった。合図として吊るし雛を垂らすなら、中ではなく、窓の外しかあり得ない。あの天候の中で外に吊るせば、人形は、間違いなく濡れただろう。

河辺は自分の太ももを殴った。痛みを求めてもう一度全力で打った。ふらつきながら一歩二歩と進み、スピードを上げた。階段まで走り、一気に駆けおりた。段を飛ばすたび心臓が跳ねた。そういうことか。そういうことだったのか。これが、双頭の巨人がつながれた真実か。肺が悲鳴をあげた。黙れ！　ひたすら足を動かした。たぶん欣太には追いつけない。それでも止まるな。

一階に着いたとたん職員に出くわした。何してるんですか、勝手に校舎を歩かれたら困ります！　無視して体育館へ急いだ。ちょうど茂田とキリイがこちらへやってきた。おっさん、と茂田が手をふり上げた。こんなときにクソかよ！　河辺は肩をつかんだ。来い！　と怒鳴った。

「おい、待てって」

無視した。

「こっちの話も聞けってば！」

ふり切るようにして進んだ。

廊下を走り、外へ出た。駐車場へ向かう背中に、知らない男の声がした。もうすぐ千曲川が氾濫するぞ！　かまわず河辺はプリウスを目指した。

そして悟った。欣太が長々と話していたわけ。下弦堂でキリイにかかってきた電話の相手。

「元気そうで何より、だな」

暗がりから現れた男たちに、河辺と茂田は囲まれていた。チャボをふくめてぜんぶで五人。「くそったれ、白ゾンビが！」六人目の男としてチャボのとなりへ移動したキリイに茂田が唾を吐き、次の瞬間、キリイの爪先がアロハシャツの真ん中に突き刺さった。悶絶する茂田を相撲取りのような体格をした舎弟が羽交い絞めにして抱え、運転役と思しき男とふたりでワゴンへ連れていった。

「せっかくの天気だ。ドライブ、しようぜ」

チャボが嗤いながらキーを寄越せと手をだしてきた。プリウスの後部座席に半ば無理やり押し込まれた。チャボとドレッドヘアーの舎弟に挟まれた。東京から連れてこられたときと似た状態で車は発進した。ちがうのはキリイが助手席に座っていることくらいだった。

小学校を出ると、道は浅瀬の海になっていた。坂の上でこれなら低地はもっとひどいだろう。どこへ行くんだ、と河辺は尋ねた。

「溺れ死ぬのはごめんだ。おまえらに付き合ったら地獄行きに決まってるしな」

「言葉に、気をつけろ。この状況だ。何があっても、だいたい事故で、片がつく」

「石塚欣太の指示か？」

チャボは答えなかった。ニヤニヤとするだけだった。

「おれが金塊を見つけないと、おまえらの儲けはなくなる」

「気にするな。もう、いい。あんたは自由だ」

「――それも石塚か」

三百万払って河辺を買った。いや、売ったのか。

「最高だよな、自由、ってのは。何をしても、許される」

「坂東さんに会わせてくれ」

「呼び捨てに、しないのか？」

「電話でもいい」

くくっとチャボが喉を鳴らす。スーツの懐から細く長い鉄の針をだし、それを指ですうっとなぞる。「おれをなめた奴はみんな、後悔する」

河辺は目をつむった。自分の太ももにできる蜂の巣を想像し吐き気がした。

「天秤にかけてたんじゃないのか？　石塚とおれたちと、どっちに肩入れするほうが儲かるか」

「金塊は、ない。あんたがそう、認めた」

キリイだ。茂田との言い争いを伝えたのだ。

「石塚とはいつからつるんでるんだ」

「教えると、思うか？」

「佐登志を殺したのは奴だぞ」

チャボがぽかんとこちらを見た。そして「馬鹿か」と楽し気に唇をゆがませた。

「あいつが犯人、だと？　死んだと教えたらびっくりして、声を震わせてた野郎が？」

「……茂田からぜんぶ聞きだしたあとに連絡があったんだな？」

チャボは答えなかったが、ほかに考えようはない。拷問の末に茂田が佐登志の死の真相を吐いたのは三日前。それから欣太は坂東にコンタクトを取った。どうやって？

「佐登志のガラケーか」

これも必然だった。報酬をチラつかせて情報を引きだし、取り引きにもち込んだ。欣太と坂東ならビジネスの話は早かっただろう。

どうやって佐登志の番号を知った？

生前から付き合いがあったに決まっている。

「金塊は存在しない。なのに佐登志は殺された。あんな酔っ払いを手にかける動機はなんだ？」

金塊があると思い込んでいたという推理は崩れた。欣太は坂東たちに三百万以上のカネを払っている。真偽不明のお宝が目当てでは採算のバランスが取れない。何よりそれだけのカネを撒きながら、奴は自分で動いている。危ない橋を渡っている。

「怨恨。せいぜいそれくらいしか考えられない。そして殺すほどの恨みを抱くには、それ相応の付き合いが要る」

たとえばガキのころから知る仲で、おなじ悲劇を目の当たりにした者同士のような。

「死んだと知って声を震わせていただと？　三文芝居もいいとこじゃねえか」

「ピーピー、わめかないでくれ」

チャボの薄ら笑いは消えていない。

「べつに誰が、誰を殺したって文句はねえさ」

先導するワゴンにつづき、プリウスが赤信号を突っ切った。

「あんたの、悲鳴が聞けりゃあな」

「おれを痛めつけて、東京と揉める気か」

「冗談、だろ？　あんたは自分から、消えるんだ。ウチの大事な茂田を勝手に連れて、どっかへ。むしろ詫びを、入れてほしいのはこっちのほうだ」

つまらない脅しだと思った。人間をふたりも始末する覚悟とメリットがこいつらにはない。一方で、チャボの口から漂うイカれた臭いがドラッグのたぐいなのは間違いなく、こいつのラリった命令に意見できる舎弟がいるかは疑わしかった。そしてこいつら全員が、殺し以外は何をしてもかまわないと思っている可能性は高かった。

「わかった。取り引きをしよう」

次の瞬間チャボの右手が動いた。肩の高さまで上がった拳が即座にふり下ろされた。鉄の針が河辺の左ももに突き刺さった。痛みと呼ぶのが生ぬるく思えるほどの電撃が全身を貫いた。

「うるせえ、野郎だ」

右側のドレッドヘアーが、河辺の首に腕を巻きつけてきた。喉に食い込み、あとほんの少し力を加えられたら息ができなくなりそうだった。河辺は叫ぶのを必死にこらえた。

左ももを両手でつかみ歯を食いしばった。針が抜かれた。血があふれた。びしょ濡れのズボンに一瞬で広がった。

「そうだ。声はあげない、ほうがいい。苛つくとおれはこいつを、ふりまわしたくなる癖がある」

細長い針についた血を、チャボは舌でなめた。おぞましかった。知性も品性もない。それを微塵も恥じていない。人間の当たり前が壊れた笑みだ。

「心配するな。死体置き場へ連れてこう、ってんじゃねえ。つぶれたボウリング場が、あってな。そこの駐車場が、雨をしのげる。人目も、な」

贅沢なことだ――。軽口をたたこうとしたが荒い息しか出なかった。頭の発熱は強まっていた。身体は寒気に襲われている。唾と汗と鼻水と雨に打たれた水滴がいっしょくたにぽたぽた垂れた。

「みんなで仲良く、遊んでやるよ」

「――茂田は関係ない。おれがそそのかしただけだ」

「お優しいじゃねえか。掘って掘られる、間柄か？　どっちがどっちだ、ああん？」

チャボにつられるようにドレッドが笑う。運転手も肩をゆらしている。

「奴のケツは、さぞかし具合が、いいんだろ？　そういうことも、ずいぶんしてたって、話だからな」

チャボは片手で器用に針をくるくるまわした。「五味のおっさんとも、どうせ仲良く、やってたんだろう」

「……何が可笑しい」

は？　とチャボがこちらを見た。

「なぜ嗤う？　あいつを嗤っても、一銭の得にもなら――」

太ももに激痛が走った。反射的に身体を丸めかけるが巻きついたドレッドの腕に阻まれた。体臭とオーデコロンの臭いがする。

「どうした？　説教、するんじゃないのか？　つづけてくれよ」

ぐりっと針をねじられ、喉が決壊した。河辺の絶叫にチャボは目を細め針をくねくねまわした。反響する叫び声がエンジンと雨の音をかき消した。

「なあ、河辺さん。人間は、二種類しかいねえって、よくいうだろ？　強い奴、弱い奴。勝ち組、負け組。使う奴、使われる奴。食う奴、食われる奴。たしかにそうだと、おれも思う。わかりやすくて楽だしな。だがそれは、いつ、決まってるんだと思う？　強いとか、弱いとか、偉いとか、偉くないとか、いつの時点で、決まるんだ？　昨日カネ持ってた奴が、今日も持ってる保証はねえよな。明日持ってるかも、怪しいぜ？　鬼みたいに強ええ格闘家だってよ、ぽっくり死んだあとはただのゴミだろ。政治家だろうが、マフィアのボスだろうが、重要なのは、そいつが今日、政治家やマフィアのボスかどうかだろ？　昨日何したとか、こうだったとか、どうでもいい。十年後、どうなってるかなんて、知りゃあしねえ。いまだ。この瞬間しか、リアルはねえんだ」チャボがバックミラーを指さした。「てめえの姿、鏡で見てみな。あんた、デカだったんだろ？　それが、びしょ濡れで首絞められて、太ももに穴開けられてるいまこの瞬間に、何か役立ってるか？　立ってねえ。ほんの一ミリも、立っちゃいねえ。あんたが何十年と積み上げてきた人生は便所のクソ、だったのさ。下水に落っこちりゃ、あっちのクソも、こっちのクソも、ちがいはねえ。だからおれは嗤うんだ。嗤いつづけたってあんた、なんにもできやしねえだろ？　圧倒的に、弱者だろ？　おれはそれが、楽しくって仕方ねえのさ」

針が抜かれた。そして三度目の痛み。

「『ぼくちん哀れなおじいちゃんなのだ』といってみろ」

針をねじる。

「ダブルピースで、テヘペロってやりながらな」

針に体重がかかる。

「『生意気に説教しようとして申し訳ございませんでしたナリ』って、いうんだよ！」

太ももが串刺しになりかけたときプリウスがゆれた。大きくハンドルが切られ車体が斜めに停まった。体勢を崩しかけたチャボが「何してんだ！」と怒鳴った。

運転手が情けない声をだした。「すんません、前が急に」

土砂降りの雨を貫くヘッドライトの先でワゴンが停まっていた。危うく鼻をこするかという距離だった。チャボが舌打ちをした。サイドウインドウから外をのぞき、まだ走れんだろと吐き捨てた。道路の水嵩は尋常でないものの、タイヤを取られるほどではなかった。

スマホを取りだしかけ、先に「見てこい」と命じた。運転手がキリイと自分のどっちに命じているのかと目で問うた。「ふたりともだ」ようやく運転手が動いた。

「おい」

チャボが助手席に乗りだした。「何ぼけっとしてんだ、てめえ」

キリイはシートに座ってじっと前を向いている。

「あん？　何シカトくれてんだ、こら」

チャボがフードの上から頭をつかんだ。

「寝てんじゃねえぞボケが」

力まかせにゆすっていう。「てめえもクソか？　クソだからクソみたいに動かねえのか？」

キリイはされるがままになっている。

「おいおいおい、なんなんだいったい。まさかいっちょ前に反抗期か？　ムカついてんのか？　人間らしい反応、してんのか」乱暴に顔をバックミラーへ向けさせる。「てめえ、おれに逆らって、やっていけると思ってんじゃねえぞ出来損ないが。てめえ、おれに逆らって、」


紫色の皮膚が露《あらわ》になる。「これが人間か？　これが人類のオツムか？　誰が、こんな気色悪いバケモンの面倒みんだ？　いねえ。ひとりもいねえ。だから、棄てられたんだろ？　ゴミだから棄てられた。てめえは生ゴミとして生まれてゴミの身分しか、選べねえ。そうだろ？　そうですって泣いてみろ！」

閃光が走った。フードをつかんでいたチャボの手首から赤い噴水が散った。チャボは、「は？」という顔をしていた。自分の手首ととめどなく流れる血液を、怪奇現象に出くわしたような面で見つめていた。ドレッドもおなじだった。河辺もそうだ。太ももの痛みも飛ぶほどに。

「おれは、バケモンじゃない」

右手に握ったナイフを、キリイは前を見たままふった。チャボの悲鳴がした。右手を抱えてうずくまった。小指がすっぱり消えていた。

キリイが半身をこちらへ向けた。フードをかぶり直す一瞬、その凶暴な視線と正面からぶつかった。耳の奥で声がした。――おしまいか？　懐かしい声だった。大昔から、ずっとおれの中にいる、マグマの声だ。――身体を張るのはもうやめか？

河辺は動いた。太ももに残った針を抜き、ドレッドの腕に刺した。ぎゃっという声がして、今度は腹をめがけて突いた。首に巻きついている腕がゆるんだ。キリイは外へ出ていた。後部座席のドアを開け、泣き叫ぶチャボを引きずりだした。水が跳ねた。それがどうでもよく思える量の雨が降っていた。キリイのスポーツシューズがチャボの腹にめり込んだ。つづけざまに何発も作業のようにキリイは蹴った。河辺はドレッドの腹から針を抜き、自分も外へ転がり出た。

「よせ！　殺す気かっ」

声を張った。張らないと雨と風で消えてしまう。

キリイが蹴りをやめ、こちらを見下ろした。

「やめろ。こんな奴、殺す価値もない」

河辺はよろけながら腰を上げた。

「せめて殺すなら、『いつも変なしゃべり方をしてすみません』といわせてからだ」

キリイの唇が動いた。たぶん、ゆるんだのだろうと河辺は思った。

「痛てえなコノヤロウ！」

ワゴンのほうから声がした。茂田が誰かとやり合っている。状況がまったくわからない。この反乱が計画なのか事故なのか、それすら判断できないでいる河辺を置き去りにキリイがワゴンへ駆けてゆく。

足もとでチャボがうめいていた。腹を抱えて寝転んで、身体の半分が水に浸かっていた。しゃがもうとして太ももが痛んだ。すぐにそうした感覚を、叩きつける雨が奪っていった。

「石塚の行き先をいえ」

短い髪をつかんで引き起こし、針を瞳の上に据えた。血が、指が……と、チャボは泣き言を繰り返していた。ろくに聞こえなかったが、薄い唇がそう動いていた。

「石塚の行き先だ！　おまえらが調べて奴に報せたんだろ！」

通話の途中で割り込んだキャッチホンだ。折り返しの電話で欣太は河辺たちの拘束を依頼した。それをチャボが即座に実行できたのは、つまり欣太の目的地がここからそう遠くない場所にあることを意味していた。

まともな返事はなかった。チャボは「血が、指が」とぐしゃぐしゃの顔でわめきつづけた。バッドトリップだ。歯の隙間から白い泡を噴いている。

河辺はスーツに手を突っ込んでスマホを奪った。立ち上がりかけて、先に起動してみた。なるほど。こういうときのためのパスワードか。

　チャボの胸ぐらをつかみ、上から覆いかぶさるように怒鳴った。パスワードを教えろ！　もう一本指を切られたいか！　二度とくっつかないようにすりつぶしちまうぞ！

　うるせえ！　チャボはパニックにおちいっていた。必死で手首を押さえ痙攣している。死にたくねえバカヤロウ、指を返せ！

「チャボ！」

「もう駄目だ、指がもげちまった……」

「おい、聞け。救急車を呼んでほしけりゃスマホのパスワードをいうんだ」

　額がくっつく距離でにらみつけた。意識が消えかけた目をしていた。いつの間にか河辺は拳をつくっていた。その中に、ついさっきまで自分の太ももに刺さっていた針があった。嗤いながらその針を突き刺していた男が目の前で朦朧《もうろう》としていた。てめえずいぶん調子に乗ってくれたじゃねえか頭のイカれたくそ野郎。どうせおまえは何人もこうして痛めつけてきたんだろう？　貶《おとし》めてきたんだろう？　――悪め。喉をかっ切ってやろうか目玉をえぐりだしてやろうか。

　雨が降っていた。血を鼓舞するリズムで打っていた。針をふり下ろすだけだった。あるいは左手で首を握りつぶしてもいい。

「まだ間に合う」と、河辺はいった。「まだ間に合うんだ。おまえのスマホのパスワード、それだけでいい」

　チャボが、ああ……とうめいた。蚊の鳴く声で数字を吐いた。そのまま意識を失い、首ががくんと落ちた。河辺はスーツのベルトを抜いて、チャボの切られた手首をきつく縛った。聞きだしたパスワードでロックを解除しようと立ち上がり、指でパネルにふれたとき、後ろから首を絞められた。とっさに顎を引いて卒倒はまぬがれた。巻きついた腕から血が出ていた。ドレッドヘアーの男だった。針は地面に置いていた。殺してやると耳もとに息がかかった。話が通じる様子ではなかった。しゃべりかけようにも声がだせなかった。腕に指の爪を食い込ませてみるが締めつけは少しも弱まらなかった。何もできなかった。ただ顎に力を込め、耐えた。視界がぼやけた。意識がかすんだ。そんななかで河辺は、さっきチャボを殴らなくてよかったと、頭の片隅で思った。おびえきった無抵抗の人間を、自分を傷つけたクズのような人間であっても、殴らなくてよかった。

「おっさん！」

頰をはたかれた。薄っすら視界が開けた。自分がアスファルトの上に座り込んでいるのに気づいた。目の前には金髪の坊主頭があった。

「おい、しっかりしてくれ。あんたの面倒まで見切れねえぞ」

いいながら茂田はぐったりしているドレッドヘアーの両脇に手を入れて、ワゴンのほうへ引きずってゆく。開いたハッチバックのそばにキリイの姿があった。シートの奥にチャボの背中が転がっていた。

河辺は手のひらで顔をこすった。この熱が風邪なのかアドレナリンなのか気のせいなのか判断のしようもなかった。立ち上がろうとして左足の太ももが悲鳴をあげた。プリウスに乗り込んで後部座席からダッシュボードに手をのばした。何かあったときのために積んである救急セットを引っつかんだ。出血だけでも止めたい。この湿度で自然に乾くのを待つなんて自殺行為だ。

「大丈夫かよ」

茂田が助手席から乗り込んできた。おまえにだけはいわれたくない――。そう返したくなる青あざだらけの面が、いっちょ前に心配そうにしてやがる。

「おまえ、何をしたんだ」

「何って、暴れたんだよ」

「あの相撲取りみたいな奴を相手にか？」

「蹴られた胸が折れたっていって腹抱えてよ。そんで見えないように火をつけた」

「――は？」

「火だよ。佐登志さんちから持ってきたライターで、ワゴンのシートとカーテンに」

むちゃくちゃだ。

「あとはもう、やけくそで殴りまくって」

「キリイと、相談してあったのか」

「ふざけんな、あの野郎。マジで蹴りやがって。心臓が止まるかと思ったぜ」ひとしきり悪態をつき、「べつに相談なんてしてねえよ。ただ、佐登志さんの部屋であんたを待ってるときにちょっとくっちゃべって。あと、さっきの体育館で、チャボから電話があったときに」

そうだ。あの状況で、茂田に気づかれず電話をできるはずがない。金塊は存在してないと、伝えられるはずがない。

「襲撃は、承知してたわけか」

「あんたにも教えようとしたんだぜ？　なのにぜんぜん聞きゃあしねえから」

ぐうの音も出ない。欣太を追うことしか頭になかった。

「で、あいつが、電話を取る前に訊いてきたんだ。『ピアスは要るのか？』って」

茂田が、バツの悪そうな顔をした。「は？　って思ったけど、急だったから、『ああ』って答えちまった。そんで電話が終わってから、いっしょに取りに行くか？　って。仕方ねえから、また『ああ』って返した。それだけだ」

それだけ、か。

「――いい響きだ」

「は？　なんだって？」茂田の質問と同時にキリイが運転席にやってきた。河辺は訊いた。「運転できるのか」

黙ってエンジンをかける。そして無造作にスマホを四台、ドリンクホルダーに突っ込んだ。ドレッドや相撲取りから取り上げてきたのだろう。

「救急車は？」

返事代わりに投げてくる。ワゴンのキーだ。アクセルを踏む気配に河辺は声をあげた。

「待て。このままほっておくのはまずい」

「わかってるよ」茂田が答えた。「だけどおれたちはチャボの住処へ行く。あいつが貯めこんでるカネと、それとピアスを取り返しにいく」

「この雨の中を松本まで？　むちゃだ」

「むちゃならもうした。一個も二個も変わんねえよ」

危険すぎる。途中で事故る確率、向こうで返り討ちに遭う確率。

「ま、怪我人にできる仕事じゃねえのはたしかだけどな」

「……ここで降りろというのか」

「そのほうがお互いハッピーだろ？　どうせその足じゃまともに運転もできねえ」

「この車は上司の愛車だ。譲るわけにはいかない」

「くれなんていってねえ。ちゃんと仕事をやり終えたら電話する。長野駅で落ち合おうぜ」

河辺は茂田の横顔をじっとにらんだ。

「佐登志の落とし前なんて、どうでもよくなったか」

「そうじゃねえ。いや、わかんねえな……。でも、なんつーか、ここだって気がするんだ。ここでつけなくちゃ駄目だ。おれが、おれの落とし前を」

もどかしそうな口調が、いつの間にかまっすぐな響きになっている。

――馬鹿め。それは幻想だ。気が昂《たかぶ》っているだけだ。

「佐登志さんの落とし前は、あんたに任せる」

勝手なことを。さんざん人を、ふりまわしておいて。

茂田がこちらを向いてニカッと笑った。

「信じろって。その日記とレコードはあんたにわたす。あんたが持ってるべきだからな」

後部座席のシートの下に、洋菓子の箱とレコードが転がっている。

「ぜったい戻ってくる。佐登志さんに誓うよ」

あんな嘘つきに？　冗談じゃない。

「これだけはいっておく」

河辺はふたりのほうへ身を乗りだした。「油断せず想像しろ。起こりそうなことと、起こってほしくないことのすべてを。そして世の中はたいてい――」

「起こってほしくないことが起こるんだろ？」

床に落ちたレインコートを引っつかみ、ドアを開ける。

「必ず電話をしろ。三コール以内に取る」

雨の中へ舞い戻る。同時にプリウスが走りだす。

二車線道路の路肩に寄せてあるワゴンと充分距離をとってから、チャボのスマホで救急車を呼んだ。名乗りもせず、最寄り交差点だけ告げて切る。あとあと面倒になるおそれはあった。だがほかに妙案もない。それからアドレスをいじって電話をかけた。すぐにつながった。

〈どうした〉

「契約を結び直す必要があるんじゃないか、坂東」

　息をのむ間があった。

「聞こえてるか？　こっちはものすごい雨と風でな。悪いが我慢してくれ」

〈チャボは、どうしたんです？〉

「べつにどうもしてない。親切にこのスマホを貸してくれただけだ」

〈契約を結び直すって意味を説明してください〉動揺は少しもなかった。たいしたものだと素直に思った。

「二重契約はルール違反だろ？」

　大きな道に出た。しかし車の姿はない。道沿いの店もぜんぶ明かりが落ちている。

「だからこうしよう。おれとおまえは無関係で借金も揉め事もなかった。子どもでも理解できるほど明快だ」

〈それを受け入れる、こっちのメリットがわかりませんね〉

「石塚に雇われていたんだろ？　下弦堂について調べ、伝えた。店主の自宅は出し惜しみか？」

〈……人聞きが悪いな。ウチのホームは松本だ。そっちのことまでなんでもわかるわけじゃない〉

「今夜、人手をだした追加料金は幾らだ？」

　答えは返ってこなかった。

「佐登志の死を知ったあいつが、なんのためにおまえらを頼ったか。どうせはぐらかされたんだろうが、ちょうどおまえの目の前にはそれらしい理由があった」

茂田の口から出た金塊の話だ。欣太の目的も、当然これだと坂東は考えた。素知らぬ顔で欣太に協力する一方で、河辺たちの動向を押さえる。金塊が見つかったときはかっさらい、丸儲けを狙っていたのだろう。

「だが見誤ったな。石塚はちがう。あいつはカネじゃないんだ」

〈カネじゃない？〉

「石塚欣太は人を殺そうとしている」

〈何を馬鹿——〉

坂東が言葉を切った。すべてを悟った絶句だった。同時に、意外なほど彼がこの事態を予期していなかったのが伝わってきた。欣太を同類とみなしていたのだ。復讐のために人殺しなんて割に合わない真似はしない——と。

「このままいけば、それはおそらく実現する。あいつに逃げる気があるかは怪しい。捕まればおまえも道づれでブタ箱かもな。止めることができるのは、おれだけだ」

〈——べつに、あなたじゃなくていい。ウチの連中を行かせれば済む〉

「それができる状況だと思っているのか？」河辺はスマホの通話口を指で叩いた。「考えろ。おれがおまえと、こうして話している現実を」

嵐に逆らって河辺は進んだ。折れた傘が道を流れていった。

〈……どうしてほしいんです？〉

「石塚が向かっている場所を教えろ。そしておれや茂田やキリイに、二度とかまうな」

また間があいた。キリイの名を吟味している間か。

「代わりに石塚は止める。おまえに払うカネも約束どおり用意させる。できなかったら三百万、いつでも取り立てにくればいい」

〈……口約束で済む内容じゃない〉

「いまからいう番号にかけろ。海老沼という男が出る」

今夜だけ、酒を飲まずに起きていてくれという河辺の頼みを守っているなら。

「そいつが再契約の証人だ」

〈それは、あなたに有利すぎる〉

「坂東。ほかの選択肢はない。ビジネスで食ってるというんなら、最後までちゃんとソロバンを弾いてみせろ」

唇を嚙むわずかな時間。

〈――チャボたちは〉

「無事とはいえない。だが生きてる」

〈おれが、それを赦すとでも？〉

「こっちも太ももに三つ穴をあけられた。ついでにいうが、あいつはおまえを裏切っちゃいない」

〈そんなことは、わかってる〉

荒い吐息が聞こえた。怒りと打算がまじっていた。やがて事務的な声がした。坂東は二度、おなじ住所を口にした。河辺はそれを自分のスマホに打ち込んだ。近場という予想は当たっていた。いや、予想よりもだいぶそばだ。

〈わかってるでしょうが、手遅れだったとか努力はしたとか、そういう言い訳は要りません。おれが取り引きするのは結果だけだ。結果以外に興味はない〉

「だがいずれ歳をとったら無駄ながんばりほど愛おしくなったりするんだ、おまえみたいな男はとくにな」

舌打ち。思わずこぼれた坂東の感情に口角が上がる。

河辺さん――。

〈いつかまた会いましょう。次はしっかり吠え面かかせてあげますから〉

「せいぜいおれの健康を祈っておけ」

河辺はチャボのスマホとワゴンのキーを道に捨てた。間違いなく坂東は残っている兵隊の何人かをこちらへ送り込んでくる。それが茂田たちのチャンスになればいいが。

サイレンを響かせた救急車が水たまりの道路をのろのろと走ってきた。河辺は顔をそむけやり過ごした。遠ざかるまで足を引きずるのを我慢した。いらぬ詮索にかまっている余裕はない。この瞬間、欣太の拳銃が火を噴いているかもしれない。それは河辺にとって真実にふれるチャンスの喪失を意味していた。真実なんてどうでもいい。いまさら知ったところで何が変わるわけでもない。すべては取り返しがつかない過去の出来事だ。わかってる。それが正しい。

正しいだけで済むのなら、どれほど人生は楽だろう。

河辺は嵐に向かって速度をあげた。正面からぶつかってくる風を受け、踏ん張るたび傷口から血があふれた。巻いた包帯が赤く染まった。雨水がそれを流した。粒のひとつひとつが重量をもっていた。それがとめどなく大量に絨毯《じゅうたん》爆撃のように飽きもせず一帯に降りそそいでいた。太ももの痛みを忘れるほど全身が一秒一秒痛かった。軽自動車が浮かんでいた。電柱が傾いていた。世界の終わりといわれたら納得しそうな風景だった。だがどこにも、それを決める裁定者はいないのだから、河辺は進むしかないのだった。

くるぶしはすっかり沈み、水嵩は脛《すね》に迫っていた。まるで雪山の行軍だった。道がなだらかな上り坂に変わった。だが水嵩がマシになる気配はなかった。河辺が上る速度で雨量が増えていた。追いかけられていた。身体じゅうが重たく、倒れ込みそうになった。強い風に立ち止まることもあった。息ができず必死に身体を丸めた。泳ぐように両手で嵐をかきわけた。歯を食いしばった。ぎりぎりまで細めた目を、しかしつむってはならなかった。這いずってでも、行かねばならなかった。

傾斜が下りに変わった。下手をすると膝まで浸かりそうだった。ためらいが河辺の足を止めたとき、正面からヘッドライトを浴びた。坂の向こうから乗用車がやってきた。水しぶきを避けようと腕を上げかけ、どうせいっしょだと思い直した。河辺に気づく様子もなく、車は通り過ぎていった。教えられた住まいは、この傾斜の底にある。

踏みだしかけた足が、ふたたび止まった。通り過ぎた車体が思い出された。濃い緑の、ミニクーパー。河辺はふり返った。雨のカーテンの向こうへテールランプが遠ざかっていった。欣太だ、と確信した。あれを運転していたのは欣太だ。こちらに気づかなかったのは河辺がレインコートを着ていたからだ。

遅かった。犯行を終えて引き上げていったのだ。落胆が全身を襲った。急に身体がずしりと重みを増し、その場に膝が落ちた。首が、意思と関係なくうなだれた。このまま伏せてしまいたかった。どうにかそれをこらえ、しかし立ち上がる気力が見つからなかった。嘆くように天を仰いだ。口の中に容赦なく雨がふりそそいだ。――なぜ、それが映ったのだろう。河辺のほとんど閉じかけた目が、坂の向こうにそびえる黒い影をとらえた。この大雨の中、真っ暗な中、大きな影は河辺を見下ろし、そして呼びかけているように感じられた。何をしている？　まだだぞ。まだ、おまえの番じゃない。

いや、ちがう。番なのか。むしろここが、おれの番なのだ。

テールランプはすでに去っていた。欣太が目的を果たし終えているなら、河辺にできることは遺体を確認しに行くくらいだ。――そうとはかぎらない。まだ可能性はある。欣太がしくじった可能性。この傾斜の底に住む住民が、すでに避難済みだったという可能性が。

欣太は河辺の邪魔を恐れてる。明日まで待ち伏せするなんて方法はもうとるまい。

河辺は立ち上がった。手足は驚くほど素直だった。スマホを操りながら来た道を戻った。地区の避難所は近かった。身体の芯が発熱していた。今度こそ河辺は速度を上げた。残った力をふり絞った。なんという皮肉かと思った。避難所は、目に映ったあの大きな黒い影だった。小高い場所に建つ中学校。

正門にたどり着いた河辺に雨合羽の職員が駆けてきた。大丈夫ですか！　若い男性だった。「ミニクーパーは？」河辺は叫び返した。「緑色のがここを通ったか？」

河辺の剣幕に気圧《けお》されながら、男性がうなずいた。ついさっき、と教えてくれた。

「あなた、その足――」

「いいんだ。ありがとう」

助けを拒み、河辺は校舎へ進んだ。入り口をくぐると床にビニールシートが敷いてあった。土足で歩ける順路は、ここでも体育館につながっているらしかった。先に着いていた家族連れを小走りで追い抜き進んだ。体育館の手前で河辺は足を止めた。さっき訪ねた小学校とおなじつくりの階段が、通路の横にしつらえてある。反射的にスマホの明かりで床を照らした。もはや直感でしかなかった。学校に着いた欣太は目当ての人物を捜して体育館へ向かった。見つけたその人物のそばへ近寄り、しかしその場で射殺できるはずもなく、そっと耳打ちした。付いてこい、でないと撃つ――。

スマホの明かりの輪の中に、泥と水の足跡がしっかり浮かんでいた。

河辺はそれを追った。暗闇にスマホをつけたまま階段を上った。足跡は二階、三階、四階へとつづいていた。壁に身を隠し、河辺は四階の廊下をのぞき見た。教室のドアと窓がずうっと奥までならんでいた。耳を澄ました。けれどささいな物音は、外の嵐がかき消してしまうだろう。商店街で鍵を壊すのに使ったくらいだ。欣太の拳銃に消音器がついている見込みは高い。

千百合さんの仇を討つ。あいつはそういっていた。過去など無意味だと切り捨てていた男はいま、拳銃を手に、なりふりかまわず目的を果たそうとしている。

スマホを閉じた。闇に慣れた目で、わずかな痕跡を確認し進んだ。五感が尖っているのがわかった。いつ銃弾が、自分の頭や胸を撃ってもおかしくない。引き金を引くのが欣太でも、欣太からそれを奪った人物でも。

この先に、答えがある。《真実でつながれた双頭の巨人》。佐登志の暗号が伝えようとしていたもの——千百合殺しの真犯人が。

床に落ちた水滴が途切れた。開け放たれたドアの先へ消えていた。河辺は息を止め、教室の中をうかがった。黒い塊が目に入った。グランドピアノだ。勝手に足が動いた。状況を忘れ声が出た。ピアノのそばで仰向けに倒れている人影へ向かって叫んだ。

「欣太！」

しゃがみ込もうとしたとき、

「くるな！」

突きだされた手のひらが河辺を止めた。欣太はつらそうに身体を動かしながらもう片方の腕で顔を覆った。口もとを濡らしているのは鼻血だろうか。そばに円いハットが転がっている。

「欣太——」

「なんできた？　なんで、いつも出しゃばるんだ」

河辺は、中腰のまま動けなかった。

「それともぼくを捕まえにきたのか。佐登志を殺した犯人を」

「——おまえじゃない」

河辺は腹の底から絞りだした。

「おれが間違ってた。おまえにあいつを殺す理由はない。もし動機があって犯人だとしても、佐登志のガラケーに電話するなんて真似はしない。おまえにかぎって、ぜったいに」

そんな、自白に等しい間抜けなコールは。

「佐登志を殺した犯人はべつにいる。そしておまえが坂東を頼ったのは、おまえも犯人を追っていたからだ」

追いつめ、落とし前をつけるために。

「……遅いんだよ」すねた口調がいった。「ぼくがどれだけ傷ついたと思ってるんだ。たかがおカネのためにサッちんを殺しただって？　冗談じゃない！　ひどい侮辱だ」

かける言葉がなかった。二十年ぶりの会話、開口一番で犯人あつかいをした。心の底から自分の性根が嫌になる。

河辺は欣太の身体に目を這わせた。この暗闇の中でも、彼の肌が河辺と比べものにならないほど若く、きれいといってよいほど白く、そしてふっくらした唇が、ただ鼻血のせいだけでなく朱に染まっているのがわかった。しかし不思議と、面影がないとは思わなかった。恭兵とちがい、河辺はこれが石塚欣太なのだと受け入れていた。

目立った傷がないのを確認し、何があったのかと尋ねた。油断したよ、と欣太は苦しそうに答えた。急に殴られて投げ飛ばされたのだと。

河辺の予想どおり、欣太は体育館でその人物を見つけた。密かに拳銃を突きつけ、ここまで連れてきた。後頭部に銃口を当て、まさに撃とうとした瞬間、相手の長い腕がバックブローを放った。固い拳が顔面を直撃し、そのあと身体が宙に浮いた。

「背中から落とされて、しばらく息ができなかった」

「足は動くか？　吐き気は？」

大丈夫だと返事があった。ぱっと見、後遺症のたぐいはなさそうだった。

安心したとたん、この音楽室の四隅に目を凝らしていなかったことを思い出した。河辺はしゃがんだまま構えた。「奴は？」

「ここにいないなら、出ていったんだろうね」

ただ——とささやく。「殴られた拍子に一発撃った。当たってるかもしれない」

河辺がくる五分ほど前だという。そして拳銃を奪って去った。

「——奴は、認めたのか」

「糖尿病なんだってさ」欣太の声には、侮蔑と疲れがこもっていた。「手もとにあったインシュリン用の注射器を使ったそうだよ」

河辺はうなずき、「佐登志と奴の関係は知っていたのか？」

「まさか。サッちんとは真田を出てから一度も会ってないし、話してもいない」

「だが電話番号を知っていた」

欣太が、ふっと唇をゆるめた。「やっぱり、君には届いてなかったのか」

「何がだ」

「『浮沈・来訪者』」

河辺は眉を寄せた。腕で顔を覆ったまま欣太がつづけた。「荷風の薄い文庫本が入った封筒だよ。実家を経由して送られてきたそれを、ぼくは十日前に受け取った。開けると文庫のほかにメモ書きがあって、携帯の電話番号と、それからサッちゃんの字で『解けるもんなら解いてみろ』って書かれてた」

腑に落ちた。佐登志は、茂田が持っていたのとおなじ本をもう一冊用意していたのだ。そして死の直前、恭兵に教わった地元のツテを使い欣太の実家へ送付した。

「三日三晩、真剣に考えた」

「解けたんだな」

「うん、解いた。でもどこか、足りないような気もして、だから番号にコールしたんだ」

電話はチャボにつながり、欣太は佐登志の死を知った。香典を餌に情報を引きだすと、他殺の可能性を聞かされた。見せ金を振り込み、坂東とコンタクトを取った。佐登志の死の真相を知るための情報と調べ物を頼んだ。

「復讐のためにか」

「ほかに何がある？　誰がサッちゃんの死を清算できる？　誰が過去を清算できるっていうんだ？　――決まってる。ぼくらだけだ」

「だがおまえは高翔のレコードを壊した」

「誰がそんなことするもんか！　彼の家に行ったのは文庫本が届いていないかを確かめたかったからだ。だいたいぼくはあのレコードを持ってる。とっくの昔に買って、こすれるくらい聴いてる。三十年も前、発売してすぐに！　友だちのレコードだ。当たり前じゃないか」

友だち――。欣太の白い肌が紅潮していた。

しかしそこまで思うなら、初めから連絡を取り合えばよかったのだ。高翔とも佐登志とも、おれとも。そうしていたら何かが変わっていたかもしれない。おまえの援助があれば高翔と春子は死なずに済んだかもしれない。おれたちはこんな薄暗い音楽室で倒れ込んでいなかったかもしれない。――そんな間抜けな説教をする権利が、いったい誰にあるだろう。おれたちが生きた時代や文脈、積み重ねた感情のほつれやわだかまり、プライド。さまざまなめぐり合わせをすべてなかったことにして、美しいパズルのピースにまで削ぎ落とすなら、あるいはそれが正解なのだ。

だがそんなものを、おれたちは人生と呼ばないだろう。

どうしても確認しなくてはならないことがあった。「おれのことを、坂東はおまえに教えなかったのか」

「ああ、そうさ。もし聞いてたらもっと上手く立ちまわれた」

「小学校で別れたあと、おれを襲うよう命じたな」

欣太の返答がやんだ。

「ちがう」

顔を覆った腕の下で、唇が強く、鋭く動いた。「足止めは頼んだ。そのぶんのカネをだすともいった。でも、暴力は許さないと釘を刺した。ほんとうだ。ぼくらの栄光に誓ってもいい」

そうか、と河辺は返した。それが真実であれ嘘であれ、どちらでもいっしょだった。

こいつは信じろといい、おれは信じる。シンプルだ。ただそれだけのことなのだ。
訊きたいことはまだまだあった。だがその猶予はもうない。
「立てるか」
「ぼくにかまってる場合？　追うなら早くしないと間に合わない」
欣太を投げた人物は、拳銃を手にしながら彼にとどめを刺さなかった。すべてを捨て
て逃げだす決心をしていても不思議ではない。
だが――。
「おまえをほっぽっていったら、また叱られるんだろ？」
欣太が唇を引き結んだ。それから悔しげにいった。「鼻がつぶれてる。――見られた
くないんだ。こんな醜い顔を、君には」
次の瞬間、欣太は力強く身を起こし、河辺に抱きついた。顔を肩に押しつけ、荒い息
でつぶやいた。
「気をつけて。弾は三発残ってる」
それだけ告げ、欣太は離れた。背を向け、横になって身体を丸めた。「サッちんから
封筒を受け取ったとき――」投げやりな調子でいった。「あのときぼくは、信じられな
いかもしれないけどぼくは、うれしかった。自分でもびっくりするほど、うれしかった
んだ」
彼の肩に手をのばしかけて、河辺はやめた。
「――ここで待ってろ。片をつけて戻ってくる」

立ち上がり、歩きだした背中を欣太が呼び止めた。「ヒーちゃん」

年齢をどこかに忘れてきたような澄んだ声で、

「会えてよかった」

河辺は足を止めなかった。止めればふり返ってしまう。ふり返ってしまったら、もう置いていけなくなる。しかしそれは、おれたちのやり方じゃない。

入ったのと逆側のドアへ河辺は向かった。音楽室を出る直前、頭上を飛ぶ矢と、黒い巨人のイメージが浮かんだ。矢は巨人が放ったものだろうか。それとも、巨人を討とうとしているのだろうか。

長い廊下と対峙した。突き当たりは闇につぶれていた。五つくらい教室がありそうだった。そのうちのどこかに隠れているか、すでに階を降りているか。河辺は床を見やった。かがんでスマホの光を当てた。欣太の銃弾が当たっていれば血痕があるかもしれない。助けを呼んでいるおそれもあった。救急、警察。――どちらでもいい。とうに決心はついている。捕まるだとか面倒だとか、そういう段階は過ぎていた。

欣太もおなじ気持ちだったんだろう。佐登志の死を知ってから、あいつは決断し、実行した。慎重に計画を練る道を捨て、乱暴で拙速な、似合わない勝負を選んだ。

怖かったのだ。時間が経ち、この怒りや感情が冷めてしまうこと。純粋さを失ってしまうこと。一歩を踏みださない理由を見つけることは簡単で、どれほど楽か。そうやって得た平穏が、ゆっくりと鈍色《にびいろ》に染まっていく年月が、いかに重く、息苦しいか。立ち止まり、やり過ごす。その代償をおれたちは、何十年も、身をもって学んできたんだ。

あと一度くらい、いいだろ。心の命令に従ったたって。

太ももの傷をかばいながら河辺は進んだ。変わらず外は嵐が吹き荒れていて、ちょっとやそっとの物音は聞こえそうもなかった。ひと部屋ひと部屋、教室をあらためていくほかないと覚悟したとき、床に赤い滴を見つけた。欣太の予想どおり、弾は当たっていたのだ。

血痕は、点々と奥へつづいていた。それを追って、ひとつ目の教室を過ぎたところでスマホの明かりが弱まった。省エネモードに切り替わったと画面に表示されていた。電池が残りわずかになっていた。だが明かりなしではどうにもならない。迷わず河辺は床を照らした。

明かりで血痕を探しながら、あの時代にこれがあれば――と思わずにいられなかった。スマホでなくてもいい。メールでもポケベルでも、なんだってかまわない。吊るし雛より簡単で、確実な連絡方法さえあれば。そうすれば、避けられた。少なくとも最悪の結末は。

河辺の想像が正しいなら、あの終業式の雪の日、ふたつの偶然が吊るし雛のメッセージをゆがめた。そして雪崩を打つように、事態は悲劇へと転がり落ちていったのだ。

次の教室を越えた。三十センチほど距離をあけながら、血痕はもっと奥へとつづいている。

吊るし雛は、誰に対する、なんのための合図だったのか。

近藤柾人ひとりと連絡を取り合うもっと簡単な方法はいくらでもあっただろう。そして、ふたり以上とやり取りをする場合でも、勤めていた会社の電話が利用できないわけではない。多少怪しまれたところで、どうせ家出する身なのだから気遣いは無用のはずだ。

つまり、こうなる。あの日、千百合には連絡をつけたい相手が複数いて、同時に、ほんのわずかでも怪しまれる確率を上げたくない事情があった。

当時も、疑惑はささやかれていた。彼女のショルダーバッグから見つかった一枚の便せん。手書きで記された『インターナショナル』の日本語歌詞。そこにちりばめられた不自然な誤字は、仲間であることを証明する一種の符牒だったのではないかと。

仲間——。そう。恋人ではない。彼女の計画は駆け落ちではなかった。たんなる家出でもなかった。仲間とともに、運動へ身を投じる、いわば決起だったのだ。目的は、革命。

みっつ目の教室。頭上に薄っすら「視聴覚室」のプレートが浮かんでいる。

ペンションのお泊り会からおよそ五年後、二度目の決起だ。

くしくもあの年に起こった浅間山荘事件以降、左翼運動家に対する世間の見方はテロリストと等しくなった。事実、一九七七年にダッカ事件は起きている。運動は、もはや社会改革や知的ファッションを離れ、文字通りの闘争となり、それでも夢を追う者は、覚悟を抱いて実力行使のステージに立つほかなかった。

竹内千百合も、そんな覚悟をもつひとりだったのだ。一度身を捧げ損ね、急速に冷え込んでいく運動の退潮を目の当たりにしながらも、火は消えていなかったのだ。それは刑務所を出た近藤柾人も同様だった。五年の月日ですれちがっていたという河辺の想像を超え、彼女たちは十二月二十七日の夜に合流し、革命を信じつづけるグループのもとへ馳せ参じる予定だったのだ。

千百合が通じていた革命グループの正体はわからない。だが時代背景からして、かぎりなく犯罪者集団に近い組織だったはずだ。行動のひとつひとつに注意を払うのは当然だった。怪しまれないよう、ぎりぎりまでふだんどおりに過ごす。彼女がちゃんと出勤し、定時まで働いていた事実から、そうした意思が読み取れる。

だからこそ決起の前日、千百合の心中は穏やかでなかったはずだ。雪が降る。それも例年にない豪雪のおそれがある。のちに五二豪雪と呼ばれる大雪の予報を知った彼女の脳裏に、お泊り会の日の失敗が浮かばなかったはずがない。あのときも、朝から雪が降っていた。そして近藤たちは道を誤り警察の手に落ちた。

もう二度と、あんな失敗は繰り返したくない。

しかし日程を変える余裕はなかったのだろう。出所したばかりの近藤には公安のマークがついていたはずで、チャンスは一度きりと考えるのがふつうだ。ならばと彼女は保険をかけた。天候次第で合流場所を変える。人目につきにくいが雪で立ち往生しかねない山の中と、人目はあるが雪の影響を受けにくい街中。あらかじめ候補を決めておき、どちらで落ち合うか吊るし雛を使って報せる。人形の数や並び順でパターンをつくれるのも吊るし雛の利点だった。苦肉といえば苦肉の策だが、変わりやすい山の天気は当日、現地でないとわからない。兵庫から車でやってくる近藤には判断できないことだった。

じっさい雪は降った。けれど車が立ち往生するほどではなかった。千百合は会社の昼休みに自宅へ帰り、部屋の窓の外に吊るし雛を垂らした。

集合場所は山の中。あとはこれを近藤と、もうひとりの仲間が見てくれたらいい。もうひとりの仲間。千百合が得た新たな同志。さまざまな状況が、彼を名指ししている。――岩村文男だ。

廊下に落ちた血痕の量は、深手を負ったものではない。かすり傷程度だろう。

文男もまた、革命に目覚めていたのだ。運動に殉ずるため、住み慣れた町を捨てる決心をつけていたのだ。

ふたりには朝鮮語の勉強をとおして意気投合する時間があった。千百合が無理やりリクルートしたともかぎらない。文男とて自分の境遇や生活に不全感はあっただろう。在日の同胞が不遇にあえぎ、北朝鮮が理想郷のヴェールをまとっていた時代だ。真面目でインテリだった青年の中で、くすぶる想いが燃え上がっても不思議はなかった。ふざけるんじゃねえ――と。

しかし、ここでひとつ目の偶然が起こる。飯沢伸夫の呼びだしだ。

次の教室もドアはきちんと閉まっている。時が停まっているかのように、ほんの少しの乱れもない。

長野市まで連れていけ——その命令に文男がいいなりになったのも、ぎりぎりまでふだんどおりに過ごすという千百合の方針に従った結果だろう。セイさんに任された仕事に対する責任感もあったのかもしれない。だがそれよりも、短い付き合いなりに文男は、飯沢へ親しみの情を覚えていたのではないか。だから遠出というむちゃにも、合流時間に余裕があったという以上の気持ちで、望みのままスバルを走らせたのだ。しかし欣太を襲うという目的は予想の範疇《はんちゅう》を超え、それを止めるため新潟くんだりまで車を走らせたのは完全に誤算だった。ようやく真田町へ帰ってきたとき、時刻は五時を過ぎていた。

文男は飯沢伸夫と別れるさい、彼に「また」と伝えている。しかしほんとうにそれだけだったのか。打ち解け合った飯沢に、うっかりしゃべったのではないか。緊張と弛緩、不安と期待が入り混じった感情にまかせて、窓の外で吊るし雛が濡れているから会えなくなるのだと。

飯沢にとっては意味不明な言葉だ。だから忘れていた。死が目前に迫り、おのれの過去をふり返ってみるまで記憶の底に沈んでいた。

飯沢と別れた文男はその足でキョージュの家へ向かった。国道の、幽霊カツラがある場所から合図を確認した。

しかしそこに吊るし雛はなかった。

廊下のどん突きに着く。階段がある。血痕も。

終業式の日だった。年末だった。学校終わりに職員の忘年会が開かれることは、千百合も計算していただろう。フーカが友だちと遊んでくることも知っていたにちがいない。そもそも吊るし雛の合図は、千百合の昼休みから夕方のあいだにひと目見るだけでよかった。少なくとも、おなじ町内に住む文男には簡単なことだった。いや、五時の時点でも、吊るし雛は垂れているはずだった。しかしふたつ目の偶然がそれを邪魔した。キョージュが、仕事納めの飲み会を早々に退散したのだ。そのことを、河辺は本人から聞いている。早めに帰宅したキョージュはあの坂をおりる直前、まさに幽霊カツラの辺りから窓の外に垂れた吊るし雛に気づいた。このままほうっておけば濡れてしまう。あのおっちょこちょいめ——家に着いてから、彼はそれを片づけた。

文男は遅れ、キョージュは早かった。狂った歯車が、文男を混乱させた。吊るし雛の合図はあるはずだった。それがないというパターンはなかった。山なら山、街なら街、吊るした人形の順番を変えるなどして伝える手はずだったのだ。

いったい何が起こったのか。計画がバレたのか。すでに千百合が逮捕されている可能性も文男は想像しただろう。会社のそばへ出向くのは危険だ。警官が待ち伏せしているかもしれない。しかし何もしないわけにもいかない……。

とにかく集合場所へ行くしかない。彼は千百合を拾うことなく山へ車を走らせた。

忘れていた太ももの痛み。一段おりるたび脂汗がにじむ。

仕事終わりの千百合を車で運ぶのは、余所者《よそもの》の近藤ではなく地元に住む文男の仕事だった。約束の場所に彼のスバルが見当たらず、今度は千百合が焦る番となった。集合場所には行かねばならない。しかし非合法活動に参加しようとしている手前、バスもタクシーも使いづらい。彼女に許された選択肢はかぎられていた。

逡巡は、きっと長くなかったはずだ。ナンパしてきた男のスポーツカーが、県外ナンバーだったとき。

三階。長い廊下をのぞく。血痕を探す。階下に一滴見つける。

山の集合場所――群馬県山中の廃屋に、すでに近藤は着いていた。スバルを降りた文男は、建物のそばに駐めたセダンの中で近藤と顔を合わせた。おそらく初対面だ。千百合を連れてこなかった文男に対し、近藤が「はいそうですか」と納得するわけがない。運動家として先輩にあたる男は文男を責め、なじった。服役も経験済みの猛者だ。昨日今日加わった新参者が太刀打ちできる相手ではなく、まして口下手の文男では議論になったかすら怪しい。

車内でどんなやり取りがあったのか、正確にはわからない。ただ事実として、近藤のサバイバルナイフが文男の手にわたり、持ち主の胸を突いた。絶命の寸前、近藤の両手が文男の右腕を強くつかんでいたとしたらどうか。巨軀の男の死にぎわの怪力だ。たとえトレーナーの上からでも、はっきり痕が残ったにちがいない。


階段、踊り場、転がった形跡。


文男の腕は折れていなかった。包帯とギプスは、近藤に握られてできた強烈な内出血の痕を隠すための偽装だった。怪力につかまれた痛みもあっただろう。それによって生じる日常生活のぎこちなさをごまかすためにも、包帯とギプスはちょうどよかった。いっしょに暮らす両親や春子に対するカモフラージュでもあったのだろう。

廃屋のそばで先に殺されたのは近藤柾人。そのあとで千百合の遺体が加わった。殺害現場は天然の冷凍庫と化しており、ふたりの死にそうとうの開きがないかぎり、死亡推定時刻は誤差の範囲で済む。人が立ち入らない場所だから、すぐに見つかることもない。

近藤柾人による無理心中――。しかしその結論がくだるより先に、キョージュが暴発してしまう。チェ家惨殺というかたちで悲劇は完成し、犯人の計画は崩れた。

そう。文男の計画ではない。河辺は確信をもっている。千百合の遺体は崖の下でなく、カーブの草むらに横たえてあった。無理心中を偽装するなら、遺体は動かさなくていい。

そのまま現場にほっといたって、勝手に心中とみなされそうな状況だ。にもかかわらず、遺体が移動した理由は《双頭の巨人》――つまり、犯人がふたりいたからだ。

こすれた血の跡。階段を踏み外し、ここで倒れ、立ち上がっている。

思えば欣太は、あのカラオケ屋の時点で、すでに事件の真相に指をかけていた。千百合の遺体がいかにも見つけやすいカーブの草むらに棄てられていたというその一点からはじめて、河辺が飯沢のメッセージなしにはたどり着けなかった答えを描いてみせた。いや、飯沢の証言があってもなお、欣太に教えてもらうまで、吊るし雛が合図だという着想にはいたらなかった。欣太のヒントなしには暗号を解くこともできなかったにちがいない。

そしてもうひとり、千百合殺しの答えにたどり着いた男がいる。気づいた真相を暗号に仕立てた張本人――佐登志だ。

いったん、スマホの明かりを消した。階段の壁に身を隠し、河辺は二階の廊下をうかがった。すぐそばの教室のドアに目を凝らした。この暗闇でもわかるほどの隙間があった。プレートは「二年一組」となっている。

河辺は、細く長く息を吐いた。不思議と恐怖は消えていた。相手は怪我をし、拳銃を持ち、人を殺している。問答無用で一発くらっても文句はいえない。それを承知しながら、河辺はごくふつうの足どりで教室へ歩んだ。ドアの隙間から中をのぞくと教壇が見えた。黒板があった。机がずらりとならんでいた。整然としたそのならびのなかで最前列だけが崩れていた。よろけながら押しのけて進む姿が目に浮かんだ。

人影は、窓ぎわの壁に背中をあずけ座り込んでいた。

「助けは呼んだんですか」

河辺の声に驚く様子はなかった。不審がっているそぶりもなかった。ここに自分がいるのだから、やってくるのはおまえに決まってる。そんな確信すら感じられた。

「なぜです?」

河辺は一歩、人影に近づいた。古本屋、下弦堂の主人に尋ねた。

「なぜ、千百合さんを殺す必要があったんです?」

「運命だったのさ」

そう、セイさんの声が答えた。

床に座り込んだ黒い人影の、投げだした両足は老人という言葉の印象を裏切るほど長かった。おなじようにすらりと長い腕が、こちらへ突き出ていた。窓からわずかに差し込む常夜灯の明かりのおかげで、ベレッタ型の拳銃を握っていることがわかった。

「肩ですか」

だらりと垂れた左腕に負傷の気配があった。人影はそれには答えず、拳銃の先を軽くふった。「しっかり狙ってる。まさか撃てないと、思っちゃいないだろうな」

　しわがれた声だった。痛みのせいか疲れのせいか、苦しげにかすれて聞こえた。顔は影で黒く塗られている。それでも河辺は、間違いなく彼が岩村清隆だと確信できた。

「おれを始末してどうするんです？　ここまできちまったら、もう手遅れだ」

「黙れ」

　グリップを握り直す仕草が目に入っても、河辺はやはり恐怖を感じなかった。撃たれないとたかをくくっているわけではなかった。麻痺している。ネジが外れてしまっている。

「文男が、近藤を殺したところまではわかってるんです。山中の廃屋のそばで、セダンの中で、たぶんそれは突発的に起こってしまった。でもそこに、千百合さんはまだ着いていない。千百合さんが廃屋にやってくるのは、文男が近藤を殺したあとだ」

　ナンパ男を菅平のほうへ誘うのは難しくなかっただろう。しかし待ち合わせ場所まで送ってもらうわけにはいかない。群馬の山中の近くまで行かせ、なおかつ途中で車を降りて姿をくらませるのはひと苦労だったはずだ。

「とはいえ、文男が帰宅したという春子の電話が嘘だったはずはない。千百合さんはどうにかその男をふり払い、おれたちが彼女の捜索をしてたころ、廃屋で文男と顔を合わせていたんでしょう」

「まるで、見てきたようにいうんだな」

「欣太なら、もっとそれらしく説明しますよ。あいつの脳みそと想像力にはいつも驚かされる」

「想像力とは、言い得て妙だ」人影が鼻を鳴らした。「いっておくが、おれは事件と関係ない。ぜんぶあいつとおまえの妄想だ。近藤を文男が殺した？　だとして、だったら千百合ちゃんを殺ったのも文男だろう」

「するとあなたに、佐登志を殺す理由がなくなる」

「だから、それもおれじゃないんだ。石塚には認めるふりをしたが、なりゆきでそうしたまでだ。頭に拳銃を突きつけられて、お気に召す答えをいうよりなかった」

銃口が、わずかに河辺をそれた。

「頼むから冷静に考えてくれ。石塚に何を吹き込まれたか知らないが、おれが事件に関わった証拠があるか？　そもそもほんとうに佐登志は殺されたのか？　その証拠がどこにある？」

興奮が懇願の調子に変わった。「いいか？　千百合ちゃんが死んだのは運命だ。人の生き死になんてそんなものだ。いまさらほじくり返してなんになる？　佐登志の死もおなじだ。運命。ただそれだけなんだ」

人影が、大きくかぶりをふった。「……おれだってつらい。あいつとは長くいっしょにやってきた。大阪で、おれの仕事を手伝わせたこともある」

「よせ。あんたの正体は飯沢から聞いてる」

息をのむ気配があった。パチンコ屋で働いていたこと、万引きの常習犯だったこと。それがもとで仕事をクビになったこと。

「食いつめたあんたは、英基さんといっしょに松本から長野市へ越した。オリンピック特需のおこぼれにあずかって、そのあと、佐登志のもとに転がり込んだ」

銃口が、ふたたび河辺をまっすぐとらえた。

「下弦堂は買ったんですか？」

「――譲り受けたのさ。前の店主とはこっちに住んでたときに知り合った。ずいぶんよくしてもらってな。ちょうど大阪の商売がまずくなった時期に、あとを継がないかと誘われた」

おなじタイミングで佐登志も大阪を離れている。長野市と松本に別れて暮らしながらも本を通じて交流はつづいた。

「店主が亡くなってから七年経つ。そのあいだ、おれが切り盛りしてきた。わかるだろ？　苦労したんだ。ヤクザな仕事をしていたこともたしかにあった。だが、いまはまっとうにやっている。つつましくな。それがなぜ、こんなふざけた責めを受けなくちゃならない？」

「過去が、終わってないからですよ」

河辺は、闇に沈む人影を見つめた。「まだつづいているんです。たとえ想像でも、妄想でも、それを語る人間がいるかぎり、終わりはないんだ」

心の隅に染みが残っている。ふだん見えない裏側に、けれどはっきり、白い雪に散った赤い血の染みが刻まれている。あるいは傷かもしれない。けっしてかさぶたにならない傷だ。佐登志にも、欣太にも、高翔にも、そして河辺にも、刻まれた傷は生乾きのまま、密かに血を流しつづけていたのだ。

おまえもそうだったんだろ、佐登志。だからあの五行詩を——。

「話を、昭和五十一年の十二月に戻しましょう」

文男が近藤を殺したあと、待ち合わせ場所に千百合がやってきたところから。

「近藤の死を知って、いったい千百合さんは何を考えたか。警察を呼ぶ？　いや、文男が捕まれば自分たちがしようとしていることもバレてしまう。それはできない。彼女にとって、もっとも優先すべきは革命運動だった。それに身を投じることだった」

安定した職を捨て、家族を捨てる覚悟で準備してきたのだ。退く道などなかった。

「革命グループと接触し、合流の段取りをつけたのも千百合さんだったんでしょう。彼女からすれば、問題は、文男が近藤を殺したことじゃなかった。それより重大だったのは、死んだ近藤のぶん、約束の参加人数が減ってしまったことだった」

信用に傷がつく失態だ。運動家といえども性別でみくびられる時代でもあった。

「いちばんの戦力だった近藤が不在では、そろって追い返されるおそれもある。無事に受け入れられても、重要な役割を任せてもらえなくなるかもしれない。そこで彼女は考えた。どうにかひとり、補充できないだろうかと」

失態を糊塗する要員として——。

「あなたが選ばれた」

「まともじゃない」人影が吐き捨てた。「おまえも、おまえの物語の登場人物も」

「そのとおりです。イカれてる。思いついてもふつうは実行に移さない。だが千百合さんはちがった。キョージュの家に出入りするあなたの言動を間近で見ていたあの人には、勝算があったんだ」

ヤクザ者の豪胆さに期待した面もあっただろう。断られたら文男とふたりで行けばい い。そしてそのときセイさんならば、近藤の死を見逃してくれると彼女は踏んだ。

しかし連絡を取ろうにも、家に電話するわけにはいかなかった。自分の失踪が騒ぎになっていることは容易に想像がついたし、じっさいあの夜、セイさんは千百合を探して上田の界隈をまわっていた。だから彼女は、彼が立ち寄りそうな店へ文男を行かせた。

上田の店はかぎられている。ふたりは首尾よく顔を合わせ、文男の案内で千百合が待つ廃屋へ向かう。

「彼女から事情を聞き、そしてあなたは口説かれた。いっしょに革命をしないかと」

はたして千百合の本心はどこにあったのか。本気で近藤の代わりがセイさんにつとまると思っていたのか。生まれついた狭い場所から脱けだすために、今度こそと満を持した二度目の決起が、あれよあれよと雪崩にのまれ、目の前には死体と殺人犯という状況で、たとえ鋼鉄の意志をもっていようとも、しょせん素人に毛の生えた程度の若者が冷静でいられたとは思えない。人数を補充する。それを口実に、頼れる大人を欲していたのではないか。

「あなたは――」胸に生じたためらいを、河辺は嚙み殺した。「あなたはその誘いに乗った。ふつうなら即決できるはずのない危険な誘いに、うなずいた」

おびえるよりも、きっと心は奮った。キョージュの家で飲んだ酒のせいもあったのかもしれない。だがそれ以上に、魅せられたのだ。革命という響き、その温度に。なぜなら不遇だったから。大人たちから馬鹿にされ、仕事も上手くいかず、子どもにしか偉そうにできずにいたから。

世の中を変えることに、憧れていたから。

そんなチャンスがめぐってくるのを、自分の番を、密かに待ち望んでいたから。

なのに彼は、千百合を殺した。

「千百合さんは、知らなかったんだ。知らずにあなたを選んで、だから失望してしまった。あなたが、文字もろくに読めない男だということに」

近藤の代わりである以上、最低限、活動家として恥ずかしくない人物に仕立てたい。ちょうど手もとには即席の教養にふさわしいものがあった。彼女の青春がたどり着いた革命歌、『インターナショナル』の日本語歌詞。千百合はそれを手渡し、合流までに憶えてほしいと頼んだのではないか。当然、仲間同士の符牒に誤字がまぶしてあることも伝えたはずだ。セイさんは焦っただろう。彼には、どれが誤字であるかがわからなかった。

「期待のぶん、反動も大きかった。失望だけにおさまらず、彼女はそれを、はっきり言葉にしたんじゃないですか？　あなたみたいな、無学な男を仲間にはできないと」

妹のように可愛がっていた少女は革命を目指し、弟のように世話していた舎弟をパートナーに選んだ。自分は補欠あつかいで、ついに選ばれてなお、その高揚はおのれの尊厳を罵られ無惨に凍った。黒い影に覆われた。

だから殺した。背を向けた女の後ろからマフラーをつかんで力いっぱい引っ張った。文男は止めようとしただろう。だが止まらなかった。何もかもが異常だった。狂っていたのだ。文男が近藤柾人を殺したことも、千百合がセイさんを呼びだしたことも、投げつけた残酷な言葉も。革命、殺人、大雪、暗闇、そして山……。

「キョージュが文男を殺しに向かったあと、あなたは町医者から連絡を受けて、キョージュの家に電話をかけてきましたね？」

変わったことがあったら教えてくれと事前に頼んであったのだろう。泊り込みで面倒をみていたセイさんだ。医者は疑わずそのとおりにした。

キョージュが医者から聞きだした文男の怪我。しかしそこで得られた情報は、河辺たちの予想と反対のものだった。骨折の治療をした記録はない――。暴かれた偽装は、疑いを確信に変えるに充分だった。

「あなたは電話口で、おまえらがキョージュによけいなことを吹き込んだんじゃないか？　とおれたちを責めた。――なのに、文男の骨折が偽装だったことについてはいっさい口にしなかった。あきらかにおかしな事態であるにもかかわらず、一言も」

とっくに知っていたからだ。文男の偽装は自明のことで、重要なのはキョージュの動向だけだった。しかし考えてみれば、医者へ問い合わせたぐらいであそこまで取り乱す必要もない。キョージュが文男を殺そうとするなんて、予想できるはずがない。

「それでもあなたが取り乱したのは、千百合殺しの真犯人を、文男だけは知っていたからだ」

問いつめられれば文男はすべてを白状しかねない——。おのれの罪が暴かれる不安が理性を焦がし、ダイヤルを回させた。

「あの電話は、キョージュを心配したものでも文男を心配したものでもなく、たんなる保身だったんだ」

いや、と河辺はいい直す。「すべてが保身だった。千百合さんを殺したあと、あなたは自首するどころか、その死を隠した。匿名の通報で見つけさせてもよかったはずなのにそうはせず、まるで世話をするような態度でキョージュの家に居座って、憔悴していく彼を目の当たりにしたまま、フーカに気のいい兄貴分を演じながら、ずっと千百合さんの遺体を放置しつづけた。あなたの気がかりは、千百合さんの私物や友人たちへの聞き込みによって、運動に参加するという彼女の計画があきらかになるかどうかだった。相手方のグループは特定されるのか、近藤との関係は？　それらが、文男につながるおそれはないか」

文男の逮捕は、そのまま自分が捕まることを意味した。

「文男の性格を考えれば、いつ、あの気弱で人の好い男が罪の意識に耐えかねて、おのれの罪を告白してしまうか、気が気でなかったはずだ。おそらく必死に説得したんでしょう。おれのために我慢してくれ、家族にも迷惑がかかるんだぞ、春子の将来はどうなるんだ……」

どうにか納得させ、骨折の偽装をさせた。二週間が経っても疑われる様子はなく、このまま失踪という結論になるかもしれない。冬を越し、遺体が見つかったところで、思惑どおり無理心中とされるのではないか……。

そんな淡い期待を壊したのは、やはり文男だった。

「千百合さんの遺体が見つかって、さぞ驚いたんじゃないですか？　文男が、密かに千百合さんの遺体をあのカーブに移動させたと知ったときはどうです？　――文男の目的は、千百合さんの遺体を、なるべくきれいなまま、父親であるキョージュに届けることだった」

文男に、千百合を恨む理由はない。キョージュに対してもそうだ。そして彼には、家の教えがあった。孝の精神。かつて春子は死のまぎわにいっていた。自分の身体はもともと親のものだから、綺麗なまま返さなきゃいけない――。

無理心中を装いながら遺体を棄て、発見させる。この矛盾した行動こそ、犯人がふたりいるという推理の核心だった。

文男なりに、それでも無理心中のストーリーは守れるという理屈はあったのだろう。だが本音はどうか。河辺の記憶に残る、「ヒーちゃん！」という悲痛な叫びは、彼のひび割れた良心が発したものではなかったか。

遺体発見後、セイさんは葬式にも出なかった。いつでも逃げられる準備をしていたと考えても、大きく外れてはいないだろう。

キョージュが暴発し、文男が殺され、状況は変わった。隠蔽の必要がなくなり、匿名の通報を装って近藤の遺体を発見させた。ショルダーバッグに『インターナショナル』の便せんを残したのも、もはやそれを恐れる理由がなかったからだ。むしろ運動家同士のいざこざとされるほうが都合はよかった。

英基と春子を連れ松本へ戻り、真田町とは縁を切った。真実をのみ込み、背を向け、逃げるように腐った人生を送った。子ども相手に胸を張ることすらやめて。

「文字どおり、あなたは《真実》という鎖につながれていた。なのに見て見ぬふりをつづけた。感心するほど臆病者で、そして卑怯者だった」

「よくもまあ――」

疲れきった声がする。

「そんな作り話ができるもんだな」

人影が、視線を外すのがわかった。

「おまえの妄想とおなじように、佐登志も考えたというのか？」

少なくとも欣太はそう推理した。そのうえで佐登志に対し、犯人だと気づきながらずっといっしょにいたのかと疑いを抱いた。真相を知りながら平然と助け合っていたならば、「まともな人間ではない」と。

「真相に気づかれたから、おれは佐登志を始末したのか？」

人影が息を吐いた。か細く長い息だった。「……何十年前の話だと思ってる？　とっくに時効で、証拠も残っちゃいない。そんなもん、勝手にいわせておけばいい。口を封じる意味がない」

「心からそう信じているなら、キョージュの庭を掘り返す必要はなかったはずだ」

佐登志の五行詩は、彼の不安をえぐった。《わが山に雪がふる》は殺害現場を、《幼子は埋もれ》はカーブに棄てられた遺体の状況を、《狩人》は殺人を、それぞれ示唆していないかと。そして五行目、《双頭の巨人》は、幽霊カツラと林檎の木であると同時に、自分と文男、犯人がふたりいることの暗示でないかと。

平成十一年の夏からおよそ二十年間、彼と佐登志の関係は途切れなかった。昔話をする夜もあっただろう。それを語る言葉や仕草や表情を、佐登志はずっと目にしてきた。その蓄積が、飯沢のメッセージをきっかけに像を結んだ。結んでしまった。忘れていればよかったのに、気づかなければ何も起こらなかったかもしれないのに。

「それはやっぱり、あいつの過去も、終わっていなかったからなんです」

四十年以上もの月日を経た罪の告発。五行詩の暗号が示す場所に、千百合殺しの動かぬ証拠が埋まっているのじゃないか。千百合の遺体をひとりで動かした文男が、何か証拠となるものをポケットにしまっていた可能性は？　あるいは何か書き残したものがあるのではないか。それが佐登志の手にわたっていたら――。

「そんな妄想に囚われるほど、あなたの過去も終わってないんだ」

法が裁く力を失くしても、記憶は追いかけてくる。けっして逃げ切れない速度で。

雨粒が窓を叩いている。

「冗談じゃない……」

いつの間にか、彼の拳銃を握る右腕が下がっている。

「終わってないだと？　勝手なことばかり、よくいえるもんだ」

疲れ果てた吐露だった。長い長いため息が教室を満たした。

なあ、と人影が語りかけてきた。「ほんとはわかっているんだろ？　おれがあの事件を運命だという意味が。たくさんの事情と感情が入り組んで、積み重なって、さまざまな思惑と行動がまじり合って、文男もキョージュも、千百合ちゃんも、自分にとっての良き事を、必死にやろうとした結果があれだったんだ。おまえらだってそうだろう？　どこにも、悪意は存在しなかった。あったのは意地悪な偶然の采配だけだ。たとえあのころに戻れても、おれたちは胸を張っておなじことを繰り返す。おなじような悲劇が起こる。避けられないんだ。この世界には大きなさだめがあって、自分ではそう思っていないうちにそうなってしまうんだ。意志の力や努力ではどうにもならない、そうでしかあり得ない仕組みの、おれたちは小さな部品にすぎない。どれだけ背伸びをしても、部品が全体を見わたすことは不可能だ。自分はなんの部品なのか、何に必要な部品なのか、いつそれは出来上がるのか、出来上がらずに終わるのか、何もわからないまま暮らすんだ。隣人を愛し、苦労を惜しまず、世の中の役に立つよりよい部品を目指した結果、組み上がった製品が機関銃だったりするのさ。自分が兵器になっていること自体、部品にはわからない。弾が発射され、誰かが血を噴き、それでようやく気づくんだ。『ああ、こうなったのか』」

いいや、と人影がうなだれた。

「それでもたいていは、気づけない」

「くだらないことをいわないでくれ」

自分の声に、胸の奥が痺れた。

「仕組みだと？　さだめだと？　そんなつまらないことをいうために、あんたはこの四十年を過ごしてきたのか？　……冗談じゃねえ。そんなもんでおれたちの、あの時間をくくられてたまるかよ」

拳が固くなっていた。爪が皮膚に食い込んでいた。

「あれはひどい事件だった。最低の出来事だった。誰もが無様にしくじって、取り返せない不幸を背負った。たしかにそうだ。簡単に説明なんかつきやしない。何か大きなものの力が働いていたのかもしれない。だが、いいか、よく聞け。だとしても、断じて運命なんかじゃない。そんなあやふやなものを、おれはぜったいに認めない。あんたのいうとおり、おれたちは愚かな部品だ。それも錆びついて、もうすぐ棄てられる不良品だ。大きな仕組みなんてのは、死ぬまで理解できやしないだろう。だがな、これだけはいい切れる。二十年前も、四十年前も、生きていたのはおれたちなんだ」

うなだれる人影を見下ろした。身体の中で、行き場のないマグマが暴れた。

「あんた岩村清隆じゃないのか？　おれたちにいろんなことを教えてくれた男じゃねえのか。たとえそれが、どこかから借りてきた安い言葉だったとしても、おれたちはあんたから教わった。誰がなんといおうと、あんたから」

見下ろされたままでいる彼に悔しさを覚えた。見下ろしている自分に腹が立った。いったいおれは何様だ？　おれたちは、どうしてこうも、つまらない人間に成り下がってしまったんだ。

「頼むから答えてくれ。あんたの四十年はなんだった？　ただ過去から目をそむけ、日々を暮らしていただけなのか？　それとも、何かを成したのか」

敗北が、ただ敗北でしかないのなら、この生には、いったいなんの意味がある？

「答えろ。あんたが岩村清隆だというなら、おれに答えなきゃ駄目だ」

声は響いて、すぐ消えた。ふたりしかいない教室の、寒々とした空気を河辺は拳で握った。

人影が、顔を上げた。

「――じを」

ぽつりと答えた。

「字を憶えた」

つぶやきが、はっきりと河辺に届いた。

「下弦堂の店主から教わったんだ。カネも取らず、趣味だったのかもしれないが、素晴らしい先生だった。字を憶えて、おれは初めてまともに本を読んだ。読みまくった。荷風も、鷗外も、太宰も安吾も、マルクスもな。大阪へ出てからも、自分で勉強しながら読みつづけた」

佐登志が感化されるほど熱心に。

「世界が広がった。ほんとうに、世界が広がっていくのがわかるんだ。――いまはおれが、近所のガキに字を教えてる。本の読み聞かせもしてる。あいつらは、おれを先生と呼ぶ。あいつらの親たちもな。ようやくだ。ようやく、おれはそういうふうになれたんだ」

下がっていた銃口が、ふたたびこちらへ狙いを定めた。

「これがおれの栄光だ。失くせない。これを失くしたら、もう、やり直せない。残りの時間じゃ、足りなすぎる」

「だから佐登志を殺したのか？　そんなことのために――」

「保身と嗤うか？」

人影が、喉を鳴らした。

「おまえに何がわかる？　あいつの暮らしがどんなものだったか、ほんとうに知っているのか？　誰からも相手にされず、馬鹿にされ、軽んじられていた。何より自分が、自分自身をあきらめていた。心が躍ることも、欲望も、快感すらなくしていたんだ。てめえのシモの世話もできずに、若いチンピラに叱られて、恥じない自信がおまえにあるか？　無様な余生に、誇りをもてるか？」

祖父の面影がよぎった。父の最期が。そして自分の汚れた部屋が。

「あいつはもう、やめたがってた。あの暗号は、告発なんかじゃない。おれへの依頼だ。とっくに終わっているんだという、終わらせてくれという、あいつの本音だ」

「ふざけるな」

唾が飛んだ。目頭にめぐった血が温度を上げた。

「無様でも、それでもあいつは本を読んでいたんじゃないのか。あんたが用意した本を」

二千冊におよぶ、古本の山を。

「毎日ページをめくってたんだろ？　たとえそれが惰性でも、右から左に追っていただけだとしても、次の新しい文字を読む一瞬を、あんただけは嗤っちゃいけないんじゃないのかよっ」

雨が降っている。建物を叩いている。石のように握った拳が痛かった。

低い、笑い声がした。ゆっくり、人影が動いた。よろけ、壁にもたれながら、大きな身体が立ち上がった。「おめでたい奴だ。昔から、ちっとも成長しちゃいない」

なあヒー坊――。

「臆病者で卑怯者。おまえのいうとおりかもしれん。だがおれは、はじめたぞ。おれの革命運動を」

しわがれた声が、ふいに張りを取り戻した。影で塗られた顔が、ニヤリと笑った。

「闘うことすら許されなかった。生まれたときから敗北を押しつけられた。そんな男が、やっとはじめた闘いだ。法律なんざどうでもいい。いつだって正義は、おのれの生きざまに宿るんだ。しがらみを捨て、罪をのみ込むのが闘争だ。後悔なんかしてられるかよ。あらゆる障害をなぎ倒し前進するのさ。誰にも邪魔はさせやしない。たとえそれが、命の恩人だったとしてもな」

ほんのわずか、ゆがむ表情の気配があった。

「過去に囚われている？　冗談じゃない。おれが何を成したかだと？　笑わせるな。ならばおまえはどうなんだ？　――成しちゃいない。けっきょく何も、成しちゃいない。おれたちの歴史は、失敗に終わったんだ」

人影が顔を上げた。見えない眼差しが熱気を帯びた。

「希望は未来にしかない。そうだろ？　それがおれたちに残された仕事だろ？　ガキどもを育てる。知識を教え、生き方を与える。それがおれの革命だ。——教育者さ。おれにとって、タコ先生がそうだったように」

銃を握った手が、ゆっくり差しだされた。そして手招きのように動いた。久則——。

「こないか？　おまえもこっちに」

人影が、背後の窓を開けた。荒ぶる雨風がなだれ込んできた。視界が奪われ、音が支配された。人影がしゃべっていた。何か、大切なことをしゃべっていた。河辺の直感はそう訴え、しかし声は嵐の中でかき消えて、ほとんど耳に入らなかった。人影が窓枠に腰かけた。よせ、と河辺は叫んだ。人影が窓の外へ吸い込まれるまで数秒もかからなかった。駆け寄ろうとした足がもつれた。太ももの傷が痛んだ。風と雨が全身を打ち、目をふさぎ、息を許さなかった。そのすべてに逆らって河辺は駆けた。窓枠をつかみ、下をのぞいた。獰猛な夜があった。その中を人影が動いていた。片足をひきずり、左肩を押さえ、進んでいた。よせ！　ともう一度叫んだ。人影はふり返らなかった。一心に進みつづけた。声は届いていないのかもしれなかった。届いたところで、歩みは止まらないのだろうと思った。人影が敷地の外へ消えるのを、二階の窓から見送った。すべてが手遅れだった。もう間に合わない。けれど気がつくと、河辺は窓の外へ右手をのばしていた。身を乗りだし、のばしていた。憎むべき殺人者の、遅れてきた革命家の、そして自分が憧れ慕った、岩村清隆というひとりの男の、その背中にめがけて、まっすぐに。

届かない向こう側へ去っていく影を、引き止めたいのか、押しだしたいのか、けっきょくおなじことなのか。のばした手は雨に濡れ、指は何もつかめない。それでもこの手は、のばすべきだった。のばさなくてはならなかった。まもなく、雪崩のような胎動が起こった。それが近づいてきた。学校が、町が、予感に震えた。圧倒的な暴力がおとずれて、何かを持ち去ってゆく。コンクリートの建物の二階に立って、河辺は、氾濫した千曲川の濁流が地上に流れ込むのを、ただ言葉もなく目に焼きつけた。

十月十三日、台風が去った明け方にスマホが震え、河辺は中学校をあとにした。学校の職員に応急処置をしてもらい、太ももの調子はだいぶマシになっていた。その代わり校内を歩きまわったことを叱られた。

岩村清隆のことを、河辺は何も話さなかった。彼がこぼした血痕は自分のものだということにした。安否を調べようとも思わなかった。

欣太も、姿を消していた。電話はつながらず、ショートメッセージにも返事はない。あいつのことだから、銃弾は回収済みだろう。そしてもう二度と、河辺の前に現れるつもりはないのだろう。飛んでいた矢が一本着地し、区切りがついた。それが河辺の実感だった。

町のいたるところに看板やゴミが転がり、生ぬるい泥水の臭いが立ち込めていた。飛ばされたベランダが道をふさいでいた。多くの場所が水没していた。膝丈まで沈むところもあった。それでもかたむいた電信柱を行き来する雀たちの鳴き声が夜明けを伝えていた。

長野駅のロータリーに駐まっている車はプリウスだったが、それがほんとうに自分が乗っていた車なのか、一瞬河辺はわからなかった。助手席のウインドウには見憶えのないひびが刻まれ、サイドミラーはゆがみ、車体のあちこちにできた引っかき傷が塗装を剝がしていた。テールランプの片方が割れ、後部座席のドアはへこみ、そしてなぜか反対側のボディにピンク色のペンキがぶちまけられていた。

「いろいろあってよ」と茂田がいった。そのいろいろを聞きだすのが馬鹿らしくなるくらい、いっそ清々しい惨状に、河辺は湿った髪をなでた。まあいい。とっくに車内も血まみれなのだ。

「上手くやったのか」

「それがあの野郎、思ってたより貧乏でよ。しかもピアスもどこにもねえし」

ま、そんなに上手くいくなんて思ってなかったけどな――とぼやき、

「仕方ねえから現物でもらってきた」

茂田が背後を親指で指した。向こうのほうでキリイがバイクにまたがっていた。ネイキッドタイプのＳＲだ。

「あれで、大阪に行こうって話になってよ」

「大阪？」

「どうせこっちにはいらんねえから」

「行って、どうする」

「さあ。なんとかなんだろ」

「あいつといっしょにか」

「仕方ねえだろ。バイク転がしたことねえし。車でこのザマだし」

たしかに自殺行為だが――。

「裏切られたら、どうする気だ」

「ぶちキレてぶん殴る」即答だった。「それでいいよ。おれはそういうの、慣れてるしな」

「茂田――」

「よせよ」金髪の坊主頭が、わざとらしく横にゆれた。「ごちゃごちゃいうなって。どうせいろいろあるんだろ？　あんたの歳まで生きりゃあよ」

東京にこないか？　――用意していた台詞は喉でつかえた。おそらく無免許運転以上に、こいつらを知らない土地へ行かせるほうが、はるかに自殺行為だ。盗みをつづけ、暴力に頼る。その先に、明るい未来は待っていない。むちゃを思いとどまらせる言葉をかけ、諭し、丸め込む。無理やりにでも世話をする。たぶん、まっとうな教育者なら正解なのだ。

胸に、あの男の指が引っかかっている。こっちへこないかと声がする。教え、与えることが革命だと見いだしたあの男なら、どうするだろう――。

だがきっと、それは河辺のやり方じゃない。彼らが、自分で選びたがっているかぎり。

「電話番号は、変えないでおく」

それだけを伝えた。誓いのつもりで。

うぜえと茂田が顔をしかめ、キリイがバイクで乗りつけてくる。リアシートに茂田が座る。ピアスの代わりに手に入れたピカピカの戦利品に股がって、少年のような笑みを浮かべる。メットくらい買えという忠告は、落ちてたら拾うよと受け流された。

「これ」まさぐったポケットから寄越してくる。「佐登志さんの形見」

茂田がくすね、金塊を信じる原因となったブツは、小さな金色の、ネジのような鍵だった。

「盗られないように、管理人室の鍵束にまぜといたんだ。賢いだろ？」

得意げに鼻を鳴らし、

「やるよ、あんたに」

「――カネにしなくていいのか？」

「うるせえな。おれはライターで我慢するから、宝箱は自分で探せよ」

手にした鍵を見つめた。記憶がうずいた。昔、似たものを見たことがある。そう、あれはキョージュの家で――。

「ま、嘘ってわけじゃなかったな」

茂田のつぶやきの意味がわからず、顔が上がった。

「だから、チェリーの瓶さ。あれはおれのアイディアじゃねえ。ほんとに赤ペンの丸があって、じっさい隠してあったんだ。丸めた紙に、あんたの電話番号が書いてあった」

どうせ口頭では忘れてしまうと思い、あのゴミ部屋でも探せるように。

「佐登志さん、いってた。金塊とは関係なしに、なんかあったらあんたを呼べって。困ってたら、助けてくれる。頼りになる奴だって。あいつはおれの、栄光レッドなんだって」

河辺の脳裏に、空へのびる手が見えた。あの雪山で、か細くつながった五人のなかで、佐登志がまっすぐに上げた手だ。

「もし自伝を書くならよ」茂田が笑った。「あんたとつるんだ話も入れなきゃな。スーパー銭湯のこととか」

「――冴えない冒頭だ」

「じゃあ第一章は佐登志さんにするよ。ウンコ掃除からはじまって」

「窓にならんで立ちションベンか」

「十八禁になったりしてな」

キリイがスロットルをまわしエンジンを吹かした。鼻歌が聞こえた。『俺の名前がわからねえ』のサビだった。

「じゃあな、おっさん」

バイクが水しぶきとともに走ってゆく。新しい矢が、空に放たれたのを河辺は感じる。まもなく陽が差し、びしょ濡れの道路は、まぶしくきらめきだすのだろう。

第六章

誰ぞこの子に愛の手を

令和二年

この季節に軽自動車のノーマルタイヤは無謀だったかと、河辺は後悔した。降雪こそないが積もった雪は厚い。仕事明けの疲れた身体だ。油断すれば崖の底へ真っ逆さまという恐れもあるが、反面、視界いっぱいの雪景色には値打ちがあった。ふもとから見上げる山頂は靄《もや》にかすみ、純白の化粧をほどこした山肌には何者も寄せつけない厳しさと、吸い込まれたくなる陶酔とがないまぜになっている。ひとたび山道へ入ると、道の両脇に樹木の近衛兵がずらりとならぶ。黒々と立つ幹が柄《つか》ならば、天を穿《うが》つ樹冠は銀色の刀身だ。これも荘厳と陶酔のコントラストにちがいなかった。

山頂に迫ろうかという辺りで側道へ折れた。カーナビを信じるなら獣道ではないはずだが、目に映る風景と身体で感じる振動は文明の利器に対する妄信を許してくれない。そこからまた十分ほど、人が歩く速度で車を進め、ようやく目当ての建物が見えた。駐車場らしきスペースにラパンで乗り込む。あの騒動で廃車になったプリウスの後継機を選んだのは海老沼で、ローンの半分は河辺が背負わされている。

駐車場にはほかに車が二台あった。年季の入ったジープは管理人のものだろう。もうひとつは真っ白なフォルクスワーゲン。河辺はその美しい車体を一瞥《いちべつ》してからペンションのほうへ向かった。

丸太を積み重ねたログハウスは、いかにも山のペンションといった雰囲気だった。雪が積もっても埋まらないよう上げ底になっていて、建物自体は二階建てだ。そっくりおなじものが斜め奥にもう一棟建っている。どちらも三角屋根から煙突が突き出ているが、本物かレプリカかはわからなかった。

あのときは本物の暖炉があった。五十年近く前の記憶だが、なぜかはっきり憶えている。

さすがに改装しているだろう。宿泊施設の営業基準、消防法もうるさそうだ。変わっているのがふつうで、むしろこの二棟のペンションが半世紀、おなじ家族によって営まれてきたことのほうが驚きだった。ほとんど奇跡といっていい。いや、運命。つい、そう呼びたくなってしまう。そんなことを考えながら、玄関へつづく十段ほどのステップを踏んだ。

頑丈そうな玄関扉を引くとあたたかな風が流れてきた。扉を閉め、ふり返ると大きなウッドテーブルがあった。そこに座る人物から、とっさに河辺は目をそらしてしまう。

わざとらしく部屋を見まわした視線が、奥の壁で止まった。

「何かご不満でも？」

からかうように訊かれ、河辺は奥の壁に付いたエアコンへ顎をしゃくった。「風情がないと思ってな」

「そりゃあそうでしょう。暖炉より安全だし、まんべんなく行き渡るんだから」

たしかにそうだ。便利になった。

踏みだすと、木の床の心地よい感触がした。エアコンの下に木製の飾り棚があり、埃ひとつない骨董品が物言わずならんでいる。左手のほうには、リビングのくつろいだソファが見える。高い天井で、ファンがゆっくりまわっている。以前とおなじ間取りなら、寝室は二階にふたつあるはずだ。ひと家族でちょうどいいくらいの広さだが、いまはまったくひと気がない。

河辺は、意を決してウッドテーブルへ向き直った。

「座ってもいいか」

「許可が要る?」

「ここのホストは君だ」

「その気になれば、あなたを追い返すこともできる」

「警察を呼ぶことも」

「面倒ね」

「この歳になると、たいていぜんぶ面倒だよ」

担いでいたリュックをテーブルに置き、河辺は椅子に腰かけた。正面で、彼女がティーカップを口に運んだ。紅茶をたしなむ習慣などないが、いい香りだと思った。心がほぐれ、緊張を忘れさせてくれる。

もっとも、彼女のほうはずっと涼しい顔をしている。この闖入者《ちんにゅう》に自慢の茶葉をふるまう気はないらしく、ひとりそのぬくもりを楽しんでいる。すみれ色のセーターに、白いカーディガン。しっとりと黒い髪は肩の辺りまでのびていた。カップに落とした瞳。まつ毛が、少女のように長い。

「君は、歳をとらないな」

「ええ、よくいわれる」

河辺を見て竹内風花《ふうか》は、花を咲かせるようにほほ笑んだ。

管理人に話はとおしてあった。河辺の来訪は先刻承知だったのだろうが、それにしても。

「まったく驚かないんだな」

「涙を流して抱き合いたかった？」

敵意のない、おもしろがる口ぶりだった。しかしそれを無邪気な親しみと受け入れられるほど、ふたりを隔てた年月は短くなかった。

ふっと奪われたような空白がおとずれた。相手を正面にしながら、互いを見つめることもなく、それぞれがそれぞれの背負ってきた時間にふれるのをためらうように口をつぐんだ。静かだった。エアコンの音が気になるくらいに。

「このまま干からびるまで黙っているつもり？」先に風花がしびれを切らした。「わたしに死にざまを見せつけるつもりならよして。嫌いなのよ、退屈は」

憎まれ口に、思わず笑みがもれそうになった。彼女の背後の窓に、菅平の山頂が広がっている。ゲレンデはスキー客でにぎわっていることだろう。

「ちょうど、四十八年前の今日だったな」

そう、河辺は切りだした。

「おれたちは小学六年で、冬休みが終わる直前の土日だった。思えば、五組の家族が二棟に押しかけるなんて迷惑な話だ。たしか、子どもたちはこっちの棟の寝室でまとまって寝たんだったな。おれに佐登志に高翔、欣太、おれのふたりの姉、佐登志の弟妹、恭兵さん、そして君と千百合さん」

ぎゅうぎゅう詰めの雑魚寝だった。うるさい狭いと文句をいって、河辺の姉たちはリビングへおりていったんじゃなかったか。しかしもう、そうした記憶は確証のないまぼろしだ。

「あんな無理がとおったのは、ここが佐登志の親戚がやってるペンションだったからだろうな」

そしていまも、経営者家族は変わっていない。

「年に一回、君と佐登志はここで会っていた」

あのときとおなじ日、おなじ場所で。

故郷と縁を切っている風花とコンタクトを取るには、相手がやってくるのを待つしかない。彼女が訪れそうな場所で、かつ佐登志がそれに気づける場所。自分たちが《栄光の五人組》となったこのペンション以外、河辺は思いつけなかった。

「最初に君が通いはじめ、おそらくそれを佐登志が耳にしたんだろう」

　毎年一月のおなじ日に泊りにくる女性客がいる――。松本に越してから、佐登志は親戚との交流を復活させた。高翔の死を聞いたときとおなじように、風花のことを知ったのだ。

「おそらく、か」風花がもらした。「彼から聞いたんじゃないのね」

「ああ。おれは死に顔だけで、話すことはできなかった」

　そう、と視線を外す。

「だったら、年に一回しか会ってないとはいい切れないんじゃない？」

「いい切れるさ」

「なぜ？　わたしたち、あなたの想像よりずっと仲が良かったかもよ」

「だとしたらよけい、カッコをつけずに、君の前に立てるあいつじゃない」

　クリーニング店にあずけた一張羅の出入りが、佐登志の動きそのものなのだ。

「惚れていたからな」

　風花は答えなかった。河辺は黙ってつづきを待った。紅茶をつぎ足したカップから、湯気がふわりと立ちのぼった。

「そんなあやふやな根拠を頼りにここまできたの？」

「悪くて五分五分の勝負だと踏んだ」

「じっさいはちゃんと事前に、オーナーさんの確認をとったんでしょ？」

「片道二百キロをギャンブルで走る元気はないさ」河辺は小さく肩をすくめた。「流行りのサプライズをしたいからと、頼んでおいたんだが」

佐登志の甥っ子にあたるオーナー兼管理人の彼とはクリーニング店にあった佐登志の遺品を届けるという名目で会い、いろいろ話を聞かせてもらった。相手は河辺家のことも竹内家のことも知る地元民だから、なんでも気さくに教えてくれた。これも小さな町の良し悪しだろう。

「だが君は、教えられたというよりも、おれがくることを初めから予期していたようだ」

風花は答える代わりに訊いた。

「彼、最期は苦しんだ？」

「いいや」と河辺は答えた。それ以上語る気はなかったし、彼女も尋ねてこなかった。ただ目を伏せ、そっと息を吐いた。

「死んだことは知っていたのか」

「ええ。手紙がこなくて心配で調べたから」

「手紙？」

「毎年、秋に届いていたやつがね。それが去年はいつまで待ってもこなかった」

気になって電話をかけたのは台風の日よりもあとだった。ガラケーは柄の悪い他人につながり、ペンションのオーナーに問い合わせてようやく知ったのだという。

再会は二〇一四年だと風花は語った。「いまのあなたみたいに突然押しかけてきてね。そのときは、ほんの少ししか話せなかった。何を話したらいいのか、あっちもこっちもわからなくて戸惑っていた感じ。そりゃあそうよね。四十年、お互いいろいろあったんだから」

かたちばかり連絡先を交換したが、たぶん電話がかかってきても自分は出ないだろうと思っていた。だがその年の秋、佐登志からきたのは電話でなく、手紙だった。

「べつに会おうという内容でもなかった。なのにどうしてか、わたしから電話をして、日取りを決めて会うことにしたの。彼が東京まできてくれて」

「そして君は、あいつにキョージュの日記帳をわたした」

「何でもよく知ってるのね」皮肉な笑みを浮かべる。

浅草で落ち合った。日記帳といっしょに手土産として箱入りの洋菓子を用意した。

「あれが電話だったら断っていたでしょう。肉筆の、つたない手紙というのが、おかしな言い方だけど、お上手だった。つい、丸め込まれてしまうくらい。でも、お父さんの日記帳を持っていこうなんて、どうして思ったのかしら。魔が差したとしかいいようがない」

ほんとうに不思議。そんなふうに横顔をこちらへ向ける。

「その後も電話はなかった。メールもね。一月にここで会う以外、顔は合わせなかったし、そのときだって連絡を取り合ったりはしなかった。わたしが勝手に行って、彼が勝手にくる。あとは秋に手紙が届くだけ。会ってるときも、他愛ない話ばかり……だからつづいたんでしょう。きっとお互い、ちょうどよかったのね、それが」

細い指が、ティーカップのふちをやさしくなぞった。

再会から都合四年、ふたりは一月のこの日に会いつづけた。彼女が泊った翌日の朝に佐登志はやってきて、チェックアウトまでのささやかな時間、こうしてテーブルを挟み、ありふれた世間話や冗談を交わし合った。昔の話も、仲間の話もしなかった。そして現在の話も、まるで無言の取り決めがあるかのように避けられて、それは佐登志が送ってくる手紙もまた同様だった。

「ところが去年、彼はここに現れなかった。そしたらわたし、自分でもびっくりするくらい取り乱したの。パニックといってもいい。電話をかけて、とにかく生きてることを確認して」

心配は消えず、後日もう一度コールした。

「インフルエンザだったというの。でもほんとうは老衰だよと笑ってた。そのときよ。みんなに会いたくないかと訊かれたのは」

初め、風花は返事ができなかった。嫌なら無理にというわけじゃない――。慌てる佐登志の言葉が耳に入らないほど動揺した。

「正直、やめて、という気持ちだった。いまさらどんな顔で会えばいいの？　会って何を話せばいいの？　――悪く思わないでね。もちろん、あなたたちに非があるんじゃない。嫌っていたわけでもない。ただわたしは、やっぱり竹内三起彦の娘なのよ。大量殺人鬼の娘なの。文男くんやその家族だけでなく、あなたたちの人生を、そしてハルの人生を、身勝手にゆがめた男の子どもなの。たとえ優しい言葉が用意されていても、いっしょに笑い合うのは無理。どうしても無理だった。それがわたしという人間の性《さが》だった」

　息をついた拍子に、肩までのびた髪がゆれた。

「だからわたしは、すべてなかったことにして生きてきた。真田町のことは、いっさい耳に入れないように。目をつむり、足を向けず。……どれだけ時間が経っても、たぶん、負い目が消えることはない」

　ゆっくり持ち上げたカップを、風花はそのまま戻した。

「でも、なぜかはっきり断ることができなかった。よしましょうよ、いまさらみんなに会うなんて。そんなむちゃをいうなら、もうあなたとも会えないわ。……頭には浮かんだけど、言葉にはならなかった。彼の想いにほだされたというんじゃない。ただたんに、わたしの気持ちの問題だった。会いたくない、知りたくない。それはまったく変わっていない。でも、いまなのは間違いなかった。いまを逃したら、もう二度目はない。不思議よね。二度となくていいと思いつづけて、思うことすら忘れようと念じつづけて、なのにいざこれが最後のチャンスだと突きつけられたら心がゆれたの。どうしようもないくらい、ぐらぐらに」

　天を仰ぎ、長いまばたきをした。

「わかってる。心の底から捨てる気でいたんなら、最初からこのペンションにきてないものね」

　軽い笑みが河辺を向いた。「その電話で、わたしたちは初めてあなたや欣太の話をした。昔の話を。といっても、わたしは聞くばかりで、ずっと彼が話していた。東京で会ったときの話、フルーツパーラーやカラオケ屋の話。あなたが刑事だったこともね。そして、高翔やハルの最期を教えてもらった」

ふたりの死に、佐登志がどんな想いを抱いていたのか、風花は語らなかった。たとえ何かを聞いていても、感じていても、彼女は語らないだろうと河辺は思った。

「あいつは、ここに、おれたちを集めるつもりでいたんだな。君と会わせるために」

その電話の時点で、すでに佐登志は欣太の実家の住所を突きとめていた。恭兵から教わったツテをたどって『来訪者』を送り、そして河辺には、昔憶えた番号へ電話をするつもりでいたのだ。旧友の、びっくりする声を聞くために。

「あの人ね」と風花がいたずらっぽく目じりを下げた。「あなたの番号がつながるかを確かめたくて、非通知で無言電話をかけたのよ。愛想のない、偏屈爺の声になってたって、楽しそうに教えてくれた」

思わず舌打ちと苦笑がもれた。無邪気。それもあいつの才能だった。

「その計画に賛成したから、今日おれがくることを予期していたんだな？」

風花はうなずきかけ、しかしすぐ、つんと顎を斜めに曲げた。

「けっきょく、わたしは返事を濁したの。あなたが会いたいんなら勝手にどうぞといって電話を切った。それが最後になるとも知らず、素っ気なくね」

さみしげな笑みをつくった。つくったという言い方が、ぴったりくる表情だった。

「やっぱりわたしは、怖かった。あなたたちと、会うことが」

「だが君は、その後高翔の実家へ足を運んでいる」

住まいは東北と聞いている。少なくとも東京より遠くから、彼女は真田町までやってきた。

「……ケジメというのかしらね。怒鳴られて追い返される覚悟もしてた。でも恭兵さんは優しかった。無愛想だったけど、わかるのよ、心のぬくもりは」

遺品を見に二階へ上がった。レコードの山から一枚一枚、手に取り眺めた。この町で過ごした日々の思い出をなぞりながら。

「そしてわたしは高翔のレコードを見つけて、粉々にした」

河辺は目の前の女性を見つめた。相手もこちらを見ていた。やわらかな表情だった。にもかかわらず、ふいに風がやむような、冷たい不穏が河辺をとらえた。

「……理由を、訊いてもいいか」

「とくにない。高翔にも彼のお兄さんにも、申し訳ないことをしたと思ってる。ただ感情が昂ってしまったの。過去が一気に押し寄せてきて、忘れていた記憶であふれてしまった。感情が噴火して、耐えられなかった。だってひどいタイトルだと思わない？

『俺の名前がわからねえ』なんて」

にっこりとした笑みの、瞳だけが寒々と光っている。

「あのレコードのジャケットを見て、急に思い出したの。ああ、そうだ、名前がはじまりだったんだって」

河辺は首をひねることもできず、ただ彼女の顔から後退していく親しみを見つめた。

「あなたも、疑問に思ったことがあるんじゃない？　なんでわたしの名前がフーカなんだろうって。荷風を愛するお父さんが、どうしてその名前を長女につけなかったんだろうって」

風花の、一分の隙もない笑みは冷たく、美しかった。

「大人になったいまなら、いくつか想像できるでしょう？　たとえば、そう、わたしとユリ姉の、母親がちがうとか」

河辺の脳裏にふたりが浮かぶ。おしとやかに見える千百合と勝気な風花。まったく似ていない姉妹。

「お父さんには、わたしの母親の前に最初の奥さんがいた。結婚してすぐお父さんは軍の仕事で上海へ渡って、戦争が終わって帰ってきたとき、その人は行方不明になっていた。でも、それが事実だという保証がどこにあるの？　会ったこともなければ顔も名前もわからない。その人の存在自体が、わたしにとっては真実じゃない。おなじぐらい、彼女がどこかでユリ姉を産んで、お父さんが引き取ったという可能性を否定することができない」

ううん、と風花はかぶりをふった。

「もしかしたらユリ姉は、お父さんの子どもですらなかったのかもしれない。ああいう時代だもの。何があっても不思議じゃないでしょ？　お父さんが上海でどんなことをして、どんな目に遭ったのか。帰ってきてからどうだったのか。わたしは何ひとつ確かなことを知らされなかった。お父さんの過去は、わたしとつながっていない。途切れているの」

彼女の背後の窓を、風が叩いて過ぎてゆく。

「ただ、これだけはわかる。お父さんはユリ姉を愛していて、でもユリ姉を愛するほどには、わたしのお母さんを愛さなかった。どう思う？　愛していない女の子どもを、あなたなら愛せる？」

河辺の答えを待つでもなく、風花はしゃべりつづけた。

「愛していない女の子どもを愛するために、無理にでも愛そうとして、だから荷風の名をつける決心をした。なのにやっぱり駄目で、おまけにそれを、わたしに気づかせてしまった。愛せなかったことよりも、そっちのほうが父親としては失格でしょう」

わずかに、目を細める。

「これはわたしの名前じゃない。――ずっとそう、思ってた」

訊けなかった。君のその被害妄想じみた推理に根拠はあるのか？　もしかして、失われたキョージュの、一九五九年の日記帳に書いてあったのか？　何か、暗愁のようなものが……。

「子ども心にわたしは確信していた。お父さんがユリ姉を愛していること。わたしを愛していないこと。ユリ姉が羨ましかった。嫉《ねた》んでいた。同時にわたしはユリ姉を必要としていた。ユリ姉がいるから、わたしたちは家族のようにやっていけてる。わたしだけじゃ駄目になる……。だから幼いころのわたしは、ユリ姉の一挙手一投足、ぜんぶに注意を払っていた。憎かったから。いなくなるのが怖かったから。ユリ姉は、そんな妹でも可愛がってくれた。なんでもわたしに話してくれた。将来の夢や、恋の話も」

ふつうに仲の良い姉妹がそうするように。

しかし彼女はいう。「それが間違いだったのよ」と。

「お泊り会の二日目のことを憶えてる？　朝起きたら雪が降ってて、わたしたちははしゃいで外へ飛びだした。鬼ごっこをして、かくれんぼをした。もう忘れたでしょうけど、かくれんぼをしようといいだしたのはわたしだった」

そしてその二回目のとき、河辺たちは近藤柾人と連れの男を山の獣道に見つけたのだ。

「あのふたりに最初に気づいたのはあなただった。でも、あなたが見逃したらわたしが教えるつもりでいた。だってわたしは、あそこをふたりが通るとわかっていたから。通る前から見つけていて、初めから追いかけようと提案するつもりだった。一回目のかくれんぼのとき、わたしはふたりがやってくる道へ駆けていたの。あなたが目にするより先に、ふたりに会っていたのよ」

巨軀の近藤と連れの男が、降りしきる雪の中、山道を黙々とやってくる。そこにニット帽とマフラーをした小学六年生の女の子が現れる。

「わたしは知っていた。あの日、ユリ姉の仲間がペンションの近くへやってくること。ユリ姉が家を出ていくつもりだということ。お泊りに出かける前の晩、教えてもらっていたの。布団でいっしょに寝ながら、ユリ姉に抱き締められて、ごめんねといわれた。許してねって。でもわたしは、許さなかった」

かくれんぼを口実に雪の中を駆けた少女は待ち伏せをした。近藤たちがその道を、その時刻に通る確率がどのくらいだったか、もはや誰にもわからない。しかし彼らはやってきて、少女はその前に立ちふさがった。そして告げた。千百合お姉ちゃんは向こうで待ってるよ――。

「そういったの。ペンションと、ぜんぜんちがう方角を指さして」

記憶を確かめるように、風花はあさっての方向へ指をのばした。遠くを見つめていた。菅平のゲレンデの、さらにはるか向こう。もう二度と届かない場所を。

「それ以来、ユリ姉はわたしに大事な話をしなくなった。わたしも、子ども心にとんでもないことをしてしまったと気づいたんでしょう。自分の中の、その記憶をどんどん薄めていった。ユリ姉が亡くなるころには、すっかり忘れてしまってた。あなたたちとの探偵ごっこで、あらためてふり返ってみるまでは」

彼女の部屋で会議をしたときの、影が宿った瞳を河辺は思い出す。

近藤が服役し、千百合は運動への熱を隠して次のチャンスを慎重に待った。それが皮肉にも風花の心を安定させた。長じるにしたがって、彼女は姉を、素直に慕うようになっていた。

「たぶん、それも一方通行の想いだった。ユリ姉はけっして、わたしを許さなかったはずだから」

無邪気な思い出の舞台裏に、彼女はひとりで立っていた。幼い少女の人差し指が、幾人かの人生を変えた。悲劇の矢が放たれた。しかしそれを、その瞬間、少女に理解できたはずがない。セイさんなら、やはり運命と呼ぶのだろうか。

「君が、わざと近藤たちを誘導したと、キョージュは気づいていたのか？」

日記帳はもう一冊なくなっている。一九七二年。《栄光の五人組》が誕生した年のものが。

「だから君は、それを処分したのか」

風花の目もとがやわらかく崩れ、唇がゆっくり薄く広がった。

「あの人はときおり、ユリ姉を焦がれるように見つめていた。まるで嚙み合わない恋人を眺めるみたいに。そして食卓の、ほんのわずかな隙間、落とし穴にはまったような沈黙のいっときに、ふっと呆けた顔をした。なんでおれは、ここにいるんだろう。なんで死んでいないいんだろう。なんでここで、こうして生きているんだろう……。それからわたしへ目を向ける。なんでおれは、この子の父親なんだろう。——わたしは気づかないふりをして、テレビへ顔をやっている」

畳敷きの居間、ちゃぶ台、箸が食器にあたる音、テレビの笑い声。ふたりの娘と、その真ん中で戸惑いながら必死に笑みをつくる父なる男。からくり仕掛けの幽霊。

「ユリ姉が殺されて、あの人は復讐を決行した。わたしの将来のことなんか、考えもせずに」

最後まで——。

「愛せなかったんでしょう」

答えはそれで充分だった。これ以上、心のうちを暴くのは、幼なじみのわがままを超えていた。

ただ風花は、日記帳を二冊だけ処分した。いつでもぜんぶ、失くしてしまえたはずなのに。

彼女は説明しないだろう。河辺が問うこともない。過去に刻まれた傷痕は、干からびることなく熟成し、生々しい疼《うず》きをやめていない。年月は無力だ。

けれどその呪いを笑い飛ばすための歌を、河辺はすでにもっていた。

「あいつは、君にも五行詩を贈ったか？」

きょとんとする風花に教えた。

巷に雨がふるやうに
わが山に雪がふる
幼子は埋もれ、音楽家は去った
狩人と、踊るオオカミの子どもたち
真実でつながれた双頭の巨人

冒頭二行のヴェルレーヌ、三行目の中也と太宰、そして『ダス・ゲマイネ』をもじった『俺の名前がわからねえ（Dosen't get my name）』。彼女は呆れた。曲の題名の由来を知って、馬鹿ね、と笑った。高翔も高翔、佐登志も佐登志。どうしようもない男の子たち！

「おれはずっと、これを暗号だと思い込んでた。それはあながち間違いでもなかったが、正解ともいえない。じっさいのところ、こいつは誘い文句でもあったんだ。おれたちに集まるよう呼びかける、あいつらしい遊び心がつまった招待状」

とくに欣太だ。あの頭でっかちの気を引くためだ。佐登志が仕掛けたなぞなぞ遊びに、見事欣太は引っかかり、思惑どおり電話をかけさせられた。

「あいつはここで、同窓会を開くつもりだった」

河辺は腰を上げ、飾り棚へ歩いていった。骨董品がふたつ置かれている。片方は、立派なレコードプレイヤーだ。横に、いくつかレコードが立てかけてある。『俺の名前がわからねえ』もある。佐登志が自分で持っていたものを、ここに移していたのだ。

リビングのほうへ目を向ける。かつて千百合さんが、近藤柾人が現れるのを待ちながら座っていた窓際が見える。そこに吊るし雛が垂れている。手づくりとわかる愛らしい人形たち。あの当時と変わらない肘掛け椅子。

そして河辺は、飾り棚に置かれたそれを手のひらで包むように抱いた。考えてみると佐登志の一張羅一式には、大切なものが欠けていた。おれたち世代の男子がカッコをつけるなら、ぜったいに外せないアイテム——腕時計が。

手抜きの理由は簡単だ。この場所で時を刻むにふさわしいものが、べつに用意されていたからだ。

河辺は、両手でつかんだ長方形の骨董品をテーブルへ運んだ。金ピカの柱が立った、キョージュの置き時計は、針が動いていなかった。ジャケットの胸ポケットからおなじように金ピカの、ネジに似た鍵を取りだす。茂田からゆずられたねじ巻き鍵は、置き時計の文字盤に空いた鍵穴にぴったりはまった。河辺はねじを巻いた。風花が目を細めた。

彼女がここへ持ち込んだ置き時計のねじ巻き鍵を、佐登志は毎年ごとに持って帰っていたのだろう。それを風花は黙認した。来年も、ここで会おうという約束代わりに。

　きっとあいつは、厳《おごそ》かなふりでねじを巻いたにちがいない。これは儀式だ。おれたちの、時間を動かす儀式なんだ。「なん時間？」と久則は訊いた。「二時間よ」とフーカが答えた。「夏合宿の倍も？」「だって大人ですもの」「そりゃ、そうか」「でも今日は、だいぶ過ぎちゃってる」

　そうだな、失敗したな。久則はいいところで巻くのをやめる。針が息を吹き返す。チクタクと時が動きだす。席に座ってフーカを見つめた。フーカは軽く目をつむっていた。穏やかな表情だった。針の音色を楽しんで、少し鼻歌をうたっている。穏やかでいて、溌剌《はつらつ》とした小悪魔のままだった。ちぇ、おまえにも見せてやりたかったな、コーショー。こいつ、こんなにイカした女になるんだぜ？

「双頭の巨人を倒したご褒美に、黄金の歌が響きだす」

　誰にともなく久則はいう。

「サトシが残したヒントなんだけど、ぜんぜん意味がわからなくてさ。ほんとに暗号解読に役立つのか、それも怪しいと思ってた」

　暗号の答えは金塊だと、ミスリードする目的もあったはずだから。

　しかし、こうも考えられる。仲間たちの招待状に、セイさんの告発という二重の意味をもたせたせいで、暗号は難解になりすぎた。だからあいつは、答えをちゃんと導くためのヒントをあらかじめ考えていて、それをアレンジしたものを茂田に伝えたんじゃないか。

暗号の、もうひとつの答え。告発をA面とするなら、《栄光の五人組》に向けられたB面。

「《双頭の巨人》が、何を指しているのか。この場所にきて、ようやくわかった気がするんだ。憶えてるか？　お泊り会の二日目の朝、鬼ごっこをする前にサトシが雪を食べたのをおまえ叱ったろ」

「憶えてる。そしたらキンタが光化学スモッグがどうとかいいだして」

「コーショーも雪を食べはじめてな。みんな、かまってほしかったんだ。子どものころはコーショーですら、おまえのことが好きだった。おれだって、じつは雪を食べようか迷ってた。けっきょくそこで動けないのが、おれの駄目なとこなんだけど」

「それ、わかる。とってもよく、わかる」

うるさいな。

「で、何がいいたいかというと、やっぱりあの日は、おれたちにとって特別だってこと。近藤たちを追ったのは無謀な冒険だった。あいつらは大人で、おれたちは子どもで、しかもあのころのサトシは、キンタよりも小さかった。山小屋からペンションまで、みんなで道をつくろうってなったとき、山小屋のいちばん近くに残ったのはコーショーだったろ？　背が高くて、見失わずに済むからって。おまえは『お願いね』っていってあいつの手をぎゅうっと握った。それをおれたちは、ちくしょうって思いながら見てた。わかるか？　サトシにとって《巨人》ってのは、いわば憎っくき存在の代名詞なんだ」

あいつはジャイアンツも嫌っていたし。

「じゃあ――」

「そう。おれたちに向けられた暗号において、《双頭の巨人》は近藤たちのことだった。ふたり組の悪い大人。それが五行目が意味する半分で、もう半分はおまえだよ、フーカ」

「わたし？　わたしも《巨人》？」

「正確にはちがう。この五行詩は、ぜ、ん、ぶ、お、ま、え、だ、っ、た、ん、だ、」

ヴェルレーヌはいうまでもない。中也と太宰から導かれるのはノヴァーリスの『青い花』で、あれは主人公が夢で逢った女の子に恋をして、その子を現実で探すために旅へ出るっていう話で――。

「でも、『俺の名前がわからねえ』は無関係でしょう？」

「そうでもない。だってほら、レコードのジャケットに描かれた車の名前――」

フェアレディ（美しいお嬢さん）

「馬鹿みたい！」

フーカがのけ反って手を叩いた。

「それ、本気でいってるの？」

「おれは真面目に解読している。苦情ならサトシにいってくれ」

「じゃあ最後の一行も、ちゃんと解いてくれるんでしょうね？」

「笑うなよ」

「神に誓って」

ほんとかよ。

「あの日、ペンションに着いたおまえから合図があるまで、おれは歌をうたってた。怖くて心細くて、思いっきり明るい歌を」

「『バカボンの歌』」

「そう。あいつらは馬鹿にしてたけど、でもコーショーだってうたってた。『ヒア・カムズ・ザ・サン』」

「初耳」

「あいつ、ビートルズ好きを隠したくて内緒にしてたんだ。そして、おまえは知らないだろうけど、じつはサトシもキンタも、あのとき歌をうたってた」

キンタはなんだったと思う？

『信濃の国』とか？

ある意味、惜しい。『知床旅情』。

どんな小学生よ！

ママさんの趣味だって。ちなみにサトシは『ズンドコ節』な。

「さっきもいったけど、事情があって暗号は難解になってしまった。それをマシにするためのヒントが『双頭の巨人を倒したご褒美に、黄金の歌が響きだす』。黄金は無視していいから、重要なのは《歌》だ。これは五行目の《真実》と対応してる。つまり《真実でつながれた》を、《歌でつながれた》に置き換えるんだ。おれたちはあの雪山でそれぞれに歌をうたって、寒さや孤独に耐え抜いて、ふたりの巨人を倒したろ？　歌が、奴らを鎖につなげたといってもいい。そのご褒美はなんだ？　おれたちが聴きたい歌に決まってる。そんなもん、ひとつしかない。もうわかるだろ？　おまえの歌だよ、フーカ。山小屋からペンションまで、ずっと歩きどおしだったおまえだけ、最後まで歌をうたう暇がなかったろ？　おれたちはあのとき、みんなばらばらの歌だったけど、でもたしかにつながれていた。歌でつながることができていた。だからサトシはこの場所で、おれたちの栄光を、もう一度つなげようとして――」

暗号に願いを込めた。

君の歌を、聴かせてくれ

風花は笑うのをやめ、そっと宙へ目をやった。

「佐登志ね、間違いなく」

「ああ、間違いない」

暗号を解いたって金塊は用意されていなかった。ここにあったのは輝かしい時間、そして永遠のマイ・フェアレディ。くそっ。あの、嘘つきめ。五行詩はお宝の暗号ではなく、同窓会の招待状ですらなく、たんなるラブレターだった。

同時に告発文でもあった五行詩を、佐登志はセイさんに伝えた。みんなで集まるんだ、こんな暗号を送りつけてやるんだ――。きっと楽しそうに、得意げに。セイさんが、その日のうちに殺害を決意し実行したとは思えない。少なくとももう一度、ふたりは顔を合わせている。殺人犯は注射器を隠し持ち、告発者は快く迎え入れた。かつて自分が慕った女性を殺し、それを隠しつづけてきた男の前で、酒を飲んだ。注射器で刺されても抵抗できないほどに泥酔した。

油断なら間抜けだし、何かを背負ったつもりなら自惚《うぬぼ》れすぎだ。真意はわからない。ただ佐登志が、偽りを剝ぎ取ったほんとうの姿を知ってなお、セイさんを受け入れ、ともに生きてきたことは事実だった。

あいつはもうやめたがっていたと、セイさんはいった。たしかにそうかもしれない。悔やんでも悔やみきれない失敗が、おれの知らない絶望が、佐登志の人生にもあっただろう。

だからといって、すべてをあきらめるあいつの姿が、おれには少しも想像できない。過去の罪を糺《ただ》す一方で、それでも佐登志は望んでいたんじゃないか。できるならこの場所へ、セイさんにも来てほしい。無邪気にそう、願っていた。終わらせる気なんて、さらさらなかった。

愚かなロマンチシズムだ。酒飲みでギャンブル狂いで、自堕落なカッコつけ。そんな詐欺師がろくな人間のはずもない。だがセイさん。あいつだって闘っていたんだろ？あんたのいう運命のようなもの、時代や老いや無力といった、この世界が、そうでしかあり得ない大きな仕組みを仰ぎ見ながら、つまらない部品として従いながら、間違いを重ねながら、凍った地面にしがみつく草木のように、ときにささやかな良き事を。

それが美しくないなんて、おれはぜったいに認めない。

河辺は飾り棚へ向かった。立てかけてあるジャケットから『俺の名前がわからねえ』を取りだした。プレイヤーの電源を入れ、レコードのB面をセットした。

「君の四十年はどうだった？」

音を鳴らす前に訊いた。

「幸せだったに決まってる」

迷いのない、胸を張った声だった。

「いままでも幸せだったし、これからも幸せに生きていくんです」

「強いな、君は」

まわるターンテーブルに、佐登志の言葉がよみがえった。教えてやるよ、次会ったとき――。

「過去は、果たされない約束だらけだ」

「いいえ、途中なのよ。罪も希望も、過去も未来も」

それは彼女の歌だった。人に裏切られ、自分に失望し、傷ばかり増えてゆく。過ぎた時間は取り戻せない。けれど、まだ途中だと思えるかぎり、約束をつなげばいい。次の音符を付け足せばいい。

来年も風花は勝手にここを訪れ、河辺も勝手にやってくる。そして去る。すべての来訪者がそうであるように。

ところで、と河辺はふり返る。

「けっきょくおまえ、おれたちの誰を好きだったんだ？」

「そんなの――」彼女が笑う。薄ピンクの可愛らしい花が咲く。「内緒に決まってるじゃない」

河辺は苦笑を浮かべ、そしてプレイヤーの針を回転するレコードに乗せた。

『Snowflakes dance』雪片の踊り――「風花《かざばな》」に。

東池袋の路地裏にそびえる九階建てのビルの前に駐めたラパンの中から、河辺は空模様を確認した。昼に目覚めたときから曇り空は変わっていない。いつ雨になってもおかしくない様子で、気温も昨日に比べだいぶ冷え込んでいた。

熱い缶コーヒーを片手に、スマホをいじった。あの騒動以来、空いた時間に電子書籍を読むのが日課になった。部屋に物を増やしたくないという理由で電子にしているが、いずれ紙の本にも手をだす気がする。ときおり、自分の指でページをめくるあの感覚が無性に恋しくなるのである。

平成の時代にふたたび起きた誘拐事件に主人公が驚いたとき、視界の隅を雨よりも質量のある粒が過ぎた。窓の外に、それが次々降ってきた。雪とは呼べない、みぞれであった。

ふと思い立ち、クライマックスにさしかかろうとしている警察小説を閉じて荷風の『断腸亭日乗』を開いた。『断腸亭日乗』は、ほとんどの日が天候の記述からはじまる。晴、雨、曇。あるいは陰と書いて「くもり」と読ませる。「半陰半晴」、「寒気凛冽《りんれつ》」みたいな馴染みのない言葉が出てきたりもするし、何せ文豪・荷風だ。「空晴れ雪解の点滴しきりなり」「東南の風強く乱雲月を掠《かす》めて飛ぶ」といった風流な表現も多い。さて、「みぞれ」にあたる何か変わった言葉があったろうか。そんな興味ともいえない興味でスマホをタップすると、前回読み終えた個所が画面に映った。まさに最後の一ページ、昭和三十四年、荷風が七十九年の生涯を終えた年の四月である。

日日欠くことなく筆とらむ――。四十年にわたってつむがれた日記文学は、晩年にいたり極限まで簡素化されていた。昭和三十年代に入ると長文はめったになくなり、空いた日にちも多くなる。昭和三十四年はほとんどメモ書きといっていい。体力も気力も尽きた荷風の様子が、その行間から残酷なほど匂い立つ。

けれど彼は、病死の前日までこれを書き切った。

最後の記述はこうだ。

四月廿九日。祭日。陰。

スマホが震えた。メッセージが届いた。本日最初の行き先は河辺のテリトリーを越えていた。

電話をかけた。海老沼が出た。なんだ？　と不機嫌な声がした。

「落ち着いたら旅行にでも行かないか」

〈……なんだと？〉

「沖縄かダボスか。べつにハワイでもいいが」じつはパスポートを持っていないが。

「たまにはのんびりするのもいい」

〈寝言はよせ〉本気で怒っている声だった。〈落ち着いたら？　のんびりだと？　おれ

に、そんなときがくると思っているのか？〉

　返事の間もなく、海老沼は電話の向こうで唾を飛ばした。

〈いっておくがあんたもだ。おれが走りつづけるかぎり、落ち着く暇なんてやるものか〉

「――わかったよ。湯河原温泉で我慢する。ローンを返し終わったら」

〈十年、がんばるんだな〉

「鬼の目にもなんとかって、ことわざがあるんだが」

　電話は切れた。同時にビルから若いキャストの子が出てくる。みぞれに驚き、はしゃいで空へスマホを向ける。河辺はその姿を横目にエンジンをかけ、あと五秒数えたら、小さくクラクションを鳴らすだろう。

執筆をはじめるにあたり、一九七〇年代の時代状況を多くの方にご教授いただきました。長野県上田市について当時の生活感を上田市教育委員会 生涯学習・文化財課の塩崎幸夫氏、和根崎剛氏に、同県松本市の歴史や風土を松本市文書館 特別専門員・小松芳郎氏に教わりました。松本市議会議員の上條一正氏から伺ったあの時代の青春譚はたいへん魅力的で、これらのすべてが作品の土台をつくってくれたと感じています。

全共闘運動の実感について大場久昭氏、LoveMeDo株式会社 代表取締役CEO橋本眞史氏より貴重なお話を伺えたのは得難い経験でした。

在日朝鮮・韓国人の生活についてもさまざまなご指摘をいただき描写に取り入れています。お世話になったみなさまに心より御礼申し上げます。

作中の設定や出来事は考証をもとに大きく脚色をほどこしたフィクションです。その責任のすべては筆者に帰するものです。

呉 勝浩

引用出典

『花火・来訪者 他十一篇』(永井荷風/岩波文庫)
『浮沈・来訪者』(永井荷風/新潮文庫)
『珊瑚集』(永井荷風/春陽堂文庫)
『摘録 断腸亭日乗(上・下)』(永井荷風/岩波文庫)
「深川の散歩」(永井荷風/『荷風随筆集(上)』/岩波文庫)
「雪の日」(永井荷風/『荷風随筆集(下)』/岩波文庫)
『限りなく透明に近いブルー』(村上龍/講談社)
『ヴェルレーヌ詩集』(ヴェルレーヌ/堀口大學訳/新潮文庫)
「通俗作家 荷風――『問はず語り』を中心として――」(坂口安吾/『坂口安吾全集04』/筑摩書房)
「在りし日の歌 亡き児文也の霊に捧ぐ」(中原中也/『中原中也全集 第一巻 詩I』/角川書店)
『ダス・ゲマイネ』(太宰治/『太宰治 現代日本文学館36』小林秀雄編/文藝春秋)
『ノヴァーリス全集 第3巻』(ノヴァーリス/青木誠之、池田信雄、大友進、藤田総平訳/沖積舎)
『ナジャ』(アンドレ・ブルトン/巖谷國士訳/岩波文庫)
『太宰治全集第十一巻 書簡集』(太宰治/筑摩書房)

参考文献

『残夢 大逆事件を生き抜いた坂本清馬の生涯』(鎌田慧/講談社文庫)
『昭和史 七つの謎』(保阪正康/講談社文庫)
『小説 太宰治』(檀一雄/小学館 P+D BOOKS)
『東京地検特捜部』(共同通信社社会部/講談社+α文庫)
『総括せよ! さらば革命的世代』(産経新聞取材班/産経NF文庫)
『上田市誌 別巻三』
『上田市誌 民俗編(4) 昔語りや伝説と方言』

単行本　二〇二一年二月　文藝春秋刊

この物語はフィクションであり、登場する人物および団体名等は実在するものと一切関係ありません。

ＤＴＰ制作　エヴリ・シンク

JASRAC 出 2304563-301

文春文庫

おれたちの歌《うた》をうたえ

定価はカバーに
表示してあります

2023年8月10日　第1刷

著　者　呉《ご》　勝《かつ》浩《ひろ》
発行者　大沼貴之
発行所　株式会社　文藝春秋

東京都千代田区紀尾井町 3-23　〒102-8008
ＴＥＬ　03・3265・1211㈹
文藝春秋ホームページ　http://www.bunshun.co.jp
落丁、乱丁本は、お手数ですが小社製作部宛お送り下さい。送料小社負担でお取替致します。

印刷製本・大日本印刷

Printed in Japan
ISBN978-4-16-792084-5

（　）内は解説者。品切の節はご容赦下さい。

宮部みゆき
人質カノン
深夜のコンビニにピストル強盗！　そのとき、犯人が落とした意外な物とは？　街の片隅の小さな大事件と都会人の孤独な肖像を描いたよりすぐりの都市ミステリー七篇。（西上心太）
み-17-4

宮部みゆき
ペテロの葬列（上下）
「皆さん、お静かに」。拳銃を持った老人が企てたバスジャック。呆気なく解決したと思われたその事件は、巨大な闇への入り口にすぎなかった——。杉村シリーズ第三作。（杉江松恋）
み-17-10

道尾秀介
ソロモンの犬
飼い犬が引き起こした少年の事故死に疑問を感じた秋内は動物生態学に詳しい間宮助教授に相談する。そして予想不可能の結末が！　道尾ファン必読の傑作青春ミステリー。（瀧井朝世）
み-38-1

湊　かなえ
花の鎖
元英語講師の梨花、結婚後に子供ができずに悩む美雪、絵画講師の紗月。彼女たちの人生に影を落とす謎の男K……。三人の女性たちを結ぶものとは？　感動の傑作ミステリ。（加藤　泉）
み-44-1

湊　かなえ
望郷
島に生まれ育った私たちが抱える故郷への愛、憎しみ、そして憧憬……屈折した心が生む六つの事件。日本推理作家協会賞・短編部門を受賞した「海の星」ほか全六編を収める短編集。（光原百合）
み-44-2

水生大海
きみの正義は　社労士のヒナコ
学習塾と工務店それぞれから持ち込まれた二つの相談事。無関係に見えた問題がやがて繋がり……（表題作）。社労士二年目のヒナコが、労務問題に取り組むシリーズ第二弾！（内田俊明）
み-51-4

水生大海
熱望
31歳、独身、派遣OLの春菜は、男に騙され、仕事も切られ、騙す側になろうと決めた。順調に男から金を毟り取っていたが、一転、逃亡生活に。春菜に安住の地はあるか？（瀧井朝世）
み-51-3

（　）内は解説者。品切の節はご容赦下さい。

三津田信三
黒面の狐
敗戦に志を折られた青年・物理波矢多が炭鉱で起きる連続怪死事件に挑む！　密室の変死体、落盤事故、黒い狐面の女……。ホラーミステリーの名手による新シリーズ開幕。（辻　真先）
み-58-1

三津田信三
白魔の塔
炭坑夫の次は海運の要から戦後復興を支えようと灯台守の職を選んだ物理波矢多。二十年の時を超える怪異が待ち受けるとも知らず……。大胆な構成に驚くシリーズ第二弾。（杉江松恋）
み-58-2

山口恵以子
月下上海
昭和十七年。財閥令嬢にして人気画家の多江子は上海に招かれたが、過去のある事件をネタに脅される。謀略に巻き込まれた彼女の運命は……。松本清張賞受賞作。（西木正明）
や-53-3

薬丸　岳
死命
若くしてデイトレードで成功しながら、自身に秘められた殺人衝動に悩む榊信一。余命僅かと宣告された彼は欲望に忠実に生きると決意する。それは連続殺人の始まりだった。（郷原　宏）
や-61-1

矢月秀作
刑事学校
大分県警刑事研修所・通称刑事学校の教官である畑中圭介は、小中学校時代の同級生の死を探るうちに、カジノリゾート構想の闇にぶち当たる。警察アクション小説の雄が文春文庫初登場。
や-68-1

矢月秀作
刑事学校Ⅱ　愚犯
大分県警「刑事学校」を舞台にした文庫オリジナル警察アクション第二弾！　成長著しい生徒たちは、市内の不良グループの内偵をきっかけに、危険な犯罪者の存在を摑む。
や-68-2

柚月裕子
あしたの君へ
家裁調査官補として九州に配属された望月大地。彼は、罪を犯した少年少女、親権争い等の事案に懊悩しながら成長していく。一人前になろうと葛藤する青年を描く感動作。（益田浄子）
ゆ-13-1

（　）内は解説者。品切の節はご容赦下さい。

横山秀夫
陰の季節
「全く新しい警察小説の誕生！」と選考委員の激賞を浴びた第五回松本清張賞受賞作「陰の季節」など、テレビ化で話題を呼んだ二渡が活躍するD県警シリーズ全四篇を収録。（北上次郎）
よ-18-1

横山秀夫
動機
三十冊の警察手帳が紛失した——。犯人は内部か外部か。日本推理作家協会賞を受賞した迫真の表題作他、女子高生殺しの前科を持つ男の苦悩を描く「逆転の夏」など全四篇。（香山二三郎）
よ-18-2

横山秀夫
クライマーズ・ハイ
日航機墜落事故が地元新聞社を襲った。衝立岩登攀を予定していた遊軍記者が全権デスクに任命される。組織、仕事、家族、人生の岐路に立たされた男の決断。渾身の感動傑作。（後藤正治）
よ-18-3

横山秀夫
64（ロクヨン）（上下）
昭和64年に起きたD県警史上最悪の未解決事件をめぐり刑事部と警務部が全面戦争に突入。その狭間に落ちた広報官三上は己の真を問われる。ミステリー界を席巻した究極の警察小説。
よ-18-4

米澤穂信
インシテミル
超高額の時給につられ集まった十二人を待っていたのは、より多くの報酬をめぐって互いに殺し合い、犯人を推理する生き残りゲームだった。俊英が放つ新感覚ミステリー。（香山二三郎）
よ-29-1

吉永南央
萩を揺らす雨
紅雲町珈琲屋こよみ
観音さまが見下ろす街で、小さなコーヒー豆の店を営む気丈なおばあさんのお草さんが、店の常連たちとの会話がきっかけで、街で起きた事件の解決に奔走する連作短編集。（大矢博子）
よ-31-1

吉永南央
その日まで
紅雲町珈琲屋こよみ
北関東の紅雲町でコーヒーと和食器の店を営むお草さん。近隣で噂になっている詐欺まがいの不動産取引について調べ始めると、因縁の男の影が……。人気シリーズ第二弾。（瀧井朝世）
よ-31-3

（　）内は解説者。品切の節はご容赦下さい。

連城三紀彦
わずか一しずくの血
群馬の山中から白骨化した左脚が発見された。これが恐るべき連続猟奇殺人事件の始まりだった。全国各地で見つかる女性の体の一部に事態はますます混沌としていく……。（関口苑生）
れ-1-19

若竹七海
依頼人は死んだ
婚約者の自殺に苦しむみのり。受けていないガン検診の結果通知に当惑するまどか。決して手加減をしない女探偵・葉村晶に持ちこまれる事件の真相は少し切なく、少し怖い。（重里徹也）
わ-10-1

若竹七海
悪いうさぎ
家出した女子高生ミチルを連れ戻す仕事を引き受けたわたしは、ミチルの友人の少女たちが次々に行方不明になっていると知って調査を始める。好評の女探偵・葉村晶シリーズ、待望の長篇。
わ-10-2

若竹七海
さよならの手口
有能だが不運すぎる女探偵・葉村晶が帰ってきた！　ミステリ専門店でバイト中の晶は元女優に二十年前に家出した娘探しを依頼される。当時娘を調査した探偵は失踪していた。（霜月　蒼）
わ-10-3

若竹七海
静かな炎天
持ち込まれる依頼が全て順調に解決する真夏の日。不運な女探偵・葉村晶にも遂に運が向いてきたのだろうか？「このミス」2位、決してへこたれない葉村の魅力満載の短編集。（大矢博子）
わ-10-4

若竹七海
錆びた滑車
尾行中の老女梅子とミツエの喧嘩に巻き込まれ、ミツエの持ち家の古いアパートに住むことになった女探偵・葉村晶。ミツエの孫ヒロトは交通事故で記憶を一部失っていた……。（戸川安宣）
わ-10-5

若竹七海
不穏な眠り
相続で引き継いだ家にいつのまにか居座り、死んだ女の知人を捜してほしいという依頼を受ける表題作ほか三篇。満身創痍のタフで不運な女探偵・葉村晶シリーズ。NHKドラマ化。（辻　真先）
わ-10-6

（　）内は解説者。品切の節はご容赦下さい。

高村 薫
四人組がいた。
山奥の寒村でいつも集まる老人四人組の元には、不思議議で怪しい客がやってきては珍騒動を巻き起こす。「日本の田舎」から今を描く、毒舌満載、痛烈なブラックユーモア小説！
た-39-3

高野和明
幽霊人命救助隊
神様から天国行きを条件に、自殺志願者百人の命を救えと命令された男女四人の幽霊たち。地上に戻った彼らが繰り広げる怒濤の救助作戦。タイムリミット迄あと四十九日――。（養老孟司）
た-65-1

高杉 良
世襲人事
大日生命社長の父に乞われ、取締役待遇で転職した広岡厳太郎。世襲人事と批判されるも、新機軸を打ち立てリーダーと認められていくが……。英姿颯爽の快男児を描く。（高成田 享）
た-72-9

高杉 良
不撓不屈
税理士・飯塚毅は、中小企業を支援する「別段賞与」という会計処理が脱税幇助だと激怒した国税当局から、執拗な弾圧を受ける。最強の国家権力に挑んだ男の覚悟の物語。（寺田昭男）
た-72-10

千早 茜
西洋菓子店プティ・フール
下町の西洋菓子店の頑固職人のじいちゃんと、その孫であり弟子であるパティシエールの亜樹と、店の客たちが繰り広げる、甘やかなだけでなくときにほろ苦い人間ドラマ。（平松洋子）
ち-8-2

千早 茜
正しい女たち
偏見や差別、セックス、結婚、プライド、老いなど、口にせずとも誰もが気になる最大の関心事を、正しさをモチーフに鮮やかに描きだす。胸をざわつかせる六つの物語。（桐野夏生）
ち-8-4

知念実希人
レフトハンド・ブラザーフッド（上下）
左腕に亡き兄・海斗の人格が宿った高校生・岳士は殺人事件に巻き込まれ、容疑者として追われるはめに。海斗の助言で、真犯人を見つけるため危険ドラッグの密売組織に潜入するが。
ち-11-1

（　）内は解説者。品切の節はご容赦下さい。

筒井康隆
わたしのグランパ
中学生の珠子の前に、突然、現れた祖父・謙三はなんと刑務所帰りだった。俠気あふれるグランパは、町の人たちから慕われ、次々に問題を解決していく。傑作ジュブナイル。（久世光彦）
つ-1-19

辻村深月
鍵のない夢を見る
どこにでもある町に住む女たち――盗癖のある母を持つ娘、婚期を逃した女の焦り、育児に悩む若い母親……私たちの心にさしこむ影と、ひと筋の希望の光を描く短編集。直木賞受賞作。
つ-18-3

辻村深月
朝が来る
不妊治療の末、特別養子縁組で息子を得た夫婦。朝斗と名づけた我が子は幼稚園に通うまでに成長し幸せに暮らしていた。だがある日、子供を返してほしいとの電話が――。（河瀬直美）
つ-18-4

月村了衛
コルトM1847羽衣
羽衣の二つ名を持つ女渡世・お炎は、失踪した思い人を追い、最新式六連発銃・コルトM1847を背中に佐渡へと渡る。正統時代伝奇×ガンアクション、人気シリーズ第2弾。（細谷正充）
つ-22-3

月村了衛
ガンルージュ
韓国特殊部隊に息子を拉致された元公安のシングルマザー・律子。息子を奪還すべく、律子は元ロックシンガーの女性体育教師・美晴とともに、決死の追撃を開始する。（大矢博子）
つ-22-2

恒川光太郎
金色機械
時は江戸。謎の存在「金色様」をめぐって禍事が連鎖する――。人間の善悪を問うた前代未聞のネオ江戸ファンタジー。第67回日本推理作家協会賞受賞作。（東　えりか）
つ-23-1

ツチヤタカユキ
笑いのカイブツ
二十七歳童貞無職。人間関係不得意。圧倒的な質と量のボケを刻んだ「伝説のハガキ職人」の、心臓をぶっ叩く青春私小説。笑いに憑かれた男が、全力で自らの人生を切り開く！
つ-25-1

文春文庫　最新刊